国家社会科学基金重大招标项目"延安文艺与20世纪中国文学研究"成果

"十三五"国家重点图书出版规划项目

国家出版基金项目

陕西省委宣传部重大文化精品项目

陕西师范大学中国语言文学世界一流学科建设成果

"十三五"国家重点图书
出版规划项目

延安文艺与20世纪
中国文学研究

赵学勇 李继凯 主编

延安文艺与20世纪
中国文学的价值体系重建

赵学勇 著

陕西师范大学出版总社

图书代号　SK20N2076

图书在版编目(CIP)数据

延安文艺与20世纪中国文学的价值体系重建/赵学勇著. — 西安：陕西师范大学出版总社有限公司，2021.7
（延安文艺与20世纪中国文学研究/赵学勇，李继凯主编）
"十三五"国家重点图书出版规划项目　国家出版基金项目
ISBN 978-7-5695-1879-5

Ⅰ.①延… Ⅱ.①赵… Ⅲ.①中国文学—文学研究—20世纪 Ⅳ.①I206

中国版本图书馆CIP数据核字（2020）第189169号

延安文艺与20世纪中国文学的价值体系重建
YAN'AN WENYI YU 20 SHIJI ZHONGGUO WENXUE DE JIAZHI TIXI CHONGJIAN

赵学勇　著

出版统筹/刘东风　雷永利
责任编辑/梁　菲
责任校对/杜莎莎
出版发行/陕西师范大学出版总社
　　　　　（西安市长安南路199号，邮编710062）
网　　址/http://www.snupg.com
印　　刷/中煤地西安地图制印有限公司
开　　本/710mm×1000mm　1/16
印　　张/34.25
字　　数/537千
版　　次/2021年7月第1版
印　　次/2021年7月第1次印刷
书　　号/ISBN 978-7-5695-1879-5
定　　价/168.00元

读者购书、书店添货或发现印装质量问题，请与本公司营销部联系、调换。
电话：（029）85307864　85303629　传真：（029）85303879

总　序

延安文艺是20世纪中国文学历史进程的重要节点。自1940年代至今，延安文艺及其相关问题的研究不断拓展深化，并于不同的历史语境及研究者的身份立场中呈现出有别甚至迥异的话语阐释与纷争局面，成为中国现当代文化史、文学史上难以绕开的学术研究领域。如果说20世纪的延安文艺研究更多为外在的各种（政治的、文化的、文学的）力量所推助，那么在拨开意识形态的迷雾后，新世纪以来的延安文艺研究则更加彰显出延安文艺自身的丰富内涵与持续性研究的宽阔空间，并不断促使延安文艺研究向更加深广的领域拓进。

延安文艺研究的重要价值和意义，首先由延安文艺本身的价值和意义所决定。在中国现当代文学的发展中，延安文艺上承"五四"、左翼时期的文学传统，下启"十七年"、"文革"及新时期至今的文学路向。这一承前启后的文学历史的"坐标"意义及其影响巨大而深远。其次，延安文艺是一种特殊空间范畴的文艺形态，它完成了将战时特殊的区域化文学实践与一般意义上的民族／国家文学的创构目标相联结的巨大的文化实验。因此，认识中国现代文化与文学，以至认识现代中国革命与社会，认识当代中国诸多文化与文学的现实问题，都离不开对延安文艺的不断认识和解读。

延安文艺研究的价值还在于其在当代中国文学话语中的元叙事作用。一方面，它所建立的文学规范显性地呈现为一种话语权威，支撑起新意识形态下文艺体系中的文学组织方式、生产方式的合法性运转；另一方面，它隐性地内化为当代文学所具有的特殊文艺传统和精神品格——作为极为重要的中国经验的组成部分，不断地渗透于中国文化建设的各个层面。

此外，延安文艺研究的价值无疑还在于其鲜明的当下性指向。作为吸收、鉴取和凝聚了中国传统民间智慧与外国文艺理论及艺术形式的大众文艺形态，延安文艺以其"新鲜活泼的、为中国老百姓所喜闻乐见的中国作风和中国气派"的艺术样式，真正意义上践行了文学与社会现实、与广大民众密切结合的时代诉求，具有鲜明的先锋性、民族性与现代性特征。新世纪以来，面对大众文化的崛起、底层书写的兴盛、民间资源的流失、全球化与本土化的对峙等中国文学亟待解决的问题，重新爬梳并清醒认知延安文艺的历史经验及其创造性转化的价值和意义，无疑能够为当代人民文艺的健康发展提供借鉴与审思的契机。

强调以历史意识和史学视角切入研究，亦即本着贴近历史语境的原则，对延安文艺做出历史的、社会的及美学的阐释和评价。历史与现实视域是评价延安文艺应持守的基本态度。坚持历史的实事求是的学术精神，注重对历史的多重把握与透视，在理解与阐释中触及历史的真实；重视现实的客观中肯的研究方法，尝试探索具有当下延伸意义的理论路径，并着力针对历史文化现象做出科学的阐释。这是本课题研究的基本出发点。

"延安文艺与20世纪中国文学研究"书系，是其同题国家社会科学基金重大招标项目的终期研究成果。课题组成员力图从新的理论视界，对延安文艺本体形态与中国新文学的历史关联和发展、延安文艺的重大历史价值和影响、延安文艺的马克思主义文艺理论的中国化理论和实践、延安文艺之于中国现当代文学精神的经验借鉴、延安时期及对后来产生广泛影响的作家作品、延安文艺的中外传播及世界影响等重要议题，进行深入、系统的研究。书系主要包括对延安文艺的文学史价值重估、本体研究、文本细读、史料钩沉等方面，且延展至对延安文艺所纳含并有突出贡献的戏曲、电影、书法等多种艺术门类作品的再读与评价，亦触及对女性主义、传播生态、族裔书写、文人心态等相关重要理论命题及实践层面的探讨。由此构成了整一的"延安文艺与20世纪中国文学研究"课题的内容结构。

深入系统地研究延安文艺与20世纪中国文学的广泛联系及深远影响,对重新认识中国现当代思想史、社会史、革命史、文化史、文学史具有重大的学术价值和意义。在每部著作的内容和结构中,最值得反复强调的是,站在学术的时代前沿,审慎地、科学地重估延安文艺的价值,着力建构延安文艺史料学与延安文艺学术史,在作家新论的基础上探究延安文学的经典化历程,在广阔的社会文化视野中考察延安文艺的发生、特征及影响,探索精英文化与民间文化的融合、新型文艺形态的创构,等等。这些都是本课题的创新和亮点。

作为马克思主义文艺理论与中国本土文艺实践和历史语境相结合的综合性、创造性转化成果,延安文艺以鲜明的时代性诠释了马克思主义理论与中国文化传统和实践经验的融合、生发与创新,成为马克思主义中国化的成功方案。延安文艺本身也以其丰富性、多样性和创新性不断地诠释、发展和丰富着马克思主义文艺理论中国化的内涵。延安文艺思想中的人民主体文艺观、革命功利主义文艺观、文学艺术源泉论、中国民众喜闻乐见的民族形式论、文艺舞台上人民群众主角论,都包含了文论方面的独特创造,充分体现了其话语体系的实践性特征。因此,正视和总结马克思主义文艺理论中国化的经验,无疑有着重大的现实意义与理论价值。

延安作家的书写行为及特殊战时环境中延安文人形象的塑造,其精神内涵丰富且意味深长,对研究现代中国知识分子的生命历程及精神史有极为重要的价值。因此,在关注延安文艺的本质特征、艺术价值、珍贵史料之外,更直接地从文艺制度、文人处境、文人性格、作家精神气质、日常生活场景、民间文化资源等层面入手,探讨延安文艺的创作经验及其在之后文学发展中的赓续与转化问题,不失为延安文艺研究中突破政治与文学的二元对立模式,凸显革命政治文化与文学文化之间的互文,积极尝试重构一种文人与政治、政治与文学之间相互独立、相互融通、相互创造关系的研究范式,有意想不到的发现。

延安文艺传播的成功经验,建基于传播主体与受众间密切且灵活的联系,既汇聚了集体智慧共同参与文艺创作,更扩展了艺术与生活的边界,在良性的深度互动中呈现出包容性、广泛性与渗透性的文艺传播效果。而域外作家的延安书写及域外延安文艺学术史的研究，使得延安文艺与20世纪中国文学研究的视野更加开阔，眼界更具开放性、包容性及参照比较的特点，对中国当代文学具有积极的书写经验的镜鉴意义。延安文艺的世界性传播，引发了海外汉学界的关注与研究。面对海外汉学界某些偏颇的批评观念，给予理性的符合历史情境的回应，且进行深刻的自我审视与反思，在融汇本土视角与国际视野的研究视域下，开启对文化身份认同、国际形象建构与世界文学追求等方面的积极探索，具有重要的理论价值。

不断深化延安文艺与20世纪中国文学的历史发展研究，旨在形成一种必要的更加宏阔的研究视野，以此拓宽认识20世纪后半叶及新世纪的中国文学、文化、艺术对延安文艺精神的继承、发展与创变，以及随之收获的历史资源和经验教训。其学术价值的重点在于，对当下文学、文化和艺术的广泛观照与深刻反思。通过考察新的历史条件下，毛泽东《在延安文艺座谈会上的讲话》与习近平《在文艺工作座谈会上的讲话》之间的精神联系，探索并回应社会主义文艺的重大问题，如世界文化发展趋势与中国经验的兼容性内涵，社会主义文艺观的当代性发展，弘扬革命文艺传统与坚持社会主义文艺的前进方向，等等。强烈的当代意识和当下观照是本课题研究的鲜明特色。

可以看到，有关延安文艺的研究目前正不断地朝着更加学理化、纵深化、精细化、历史化的方向拓进。这一研究课题的再深化，对整个20世纪中国文学话语资源及范式的清理、反思、再认识及重塑，于学科层面而言具有十分重要的意义。与此同时，在中国文化软实力全球化推进的背景下，延安文艺的相关研究亦可对当下所倡扬的"中国经验""中国智慧"进行丰富的更深意义上的补充。因而，在此基础上，我们期待一个更加开放的、深化的、互通的延安文艺研究的新局面。

赵学勇

2020年10月6日

目　录

导　论
第一节　延安文艺与20世纪中国文学研究综论 / 004
第二节　延安文艺研究的时代要求与学术背景 / 010
第三节　延安文艺与20世纪中国文学研究价值重估 / 014
第四节　延安文艺研究空间的拓展 / 019

第一章　延安文艺与20世纪中国文学发展纵览
第一节　延安文艺与新文学的革命话语 / 027
第二节　延安文艺与新文学的民族化道路 / 033
第三节　延安文艺与左翼文学思潮 / 042
第四节　延安文艺精神的当代传承与反思 / 046

第二章　延安文艺与左翼文学的现代精神
第一节　左翼文学的现代品格及精神指向 / 063
第二节　左翼文学精神与延安文艺的形成 / 072
第三节　左翼文学精神影响下的当代文学 / 082

第三章　延安文艺与20世纪中国文学的启蒙思潮

　　第一节　个体启蒙与革命启蒙的双重奏 / 109

　　第二节　大众启蒙的发现与启蒙主体的转换 / 116

　　第三节　知识分子的被启蒙与有机化 / 120

　　第四节　启蒙的意识形态性实践 / 129

第四章　延安文艺与20世纪中国文学的现代性追求

　　第一节　延安文艺的现代性命题 / 137

　　第二节　延安文艺现代性的多向阐释 / 146

　　第三节　从"五四"到延安：现代性的同构与异质 / 151

　　第四节　延安文艺现代性的精神特征 / 159

第五章　延安文艺与20世纪中国文学的大众化思潮

　　第一节　大众化的理论倡导：革命政治与文化启蒙 / 171

　　第二节　大众化的实践表征：战争与革命主题 / 202

　　第三节　大众化的集体追求：创作整一化 / 224

　　第四节　大众化的实践转向：文学市场化 / 232

第六章　延安女作家的话语创构与书写转型

　　第一节　延安女作家群的形成及女性话语创构 / 246

　　第二节　延安女作家的集体叙事特征 / 275

　　第三节　延安女作家的情感方式与文本意蕴 / 292

第七章　延安文艺的"戏改"路向与文体样式

　　第一节　延安戏曲改革研究的回顾与反思 / 313

第二节　延安"戏改"的现代性主题与民间资源的互补 / 334

第八章　延安文艺与当代文学新方向的构建
第一节　新文学中心的转移与作家队伍转型 / 369
第二节　政治审美与文学本体的活力 / 374
第三节　现实感应与作家情感的表达方式 / 381
第四节　新文学经验的启示与作家书写的多样追求 / 389

第九章　延安文艺经验与当代文学实践
第一节　延安文艺话语的当代延展 / 398
第二节　延安文艺影响下的当代书写潮流 / 413
第三节　文学话语的变异与激进文艺思潮 / 423
第四节　无产阶级文艺经典的再造 / 435

第十章　延安文艺与20世纪中国文学研究范式的反思
第一节　民族性与世界性研究的反思 / 452
第二节　现代性理论研究的反思 / 465

第十一章　延安文艺精神对新世纪中国文学的启示
第一节　新世纪文学对延安文艺精神的延展 / 488
第二节　延安文艺经验与新世纪文学的创化之路 / 493

参考文献 / 511

后　记 / 532

导论

延安文艺的形成及演进是百年中国文学史上的重大文化事件，它既是中国现代文学历史逻辑发展的合理结果，又全面规范了当代文学的建构与走向。延安文艺不仅对20世纪中国文化、文学和政治意识形态产生了极为深刻的影响，而且产生了广泛的世界性影响。延安文艺凝聚着中国作家和文艺理论家对新文学的智慧和贡献。然而，多年来由于受主流政治意识形态的制约，中国现当代文学学科领域对延安文艺的研究和重视程度显得非常薄弱，延安文艺的历史成就及巨大影响始终没有得到科学、公正、系统的研究和评估。在中国文化软实力亟待提升的背景下，对延安文艺所提供的强大的动力资源和精神系统的研究必然成为一个具有重大理论价值与现实意义的课题。延安文艺的再研究，需要研究者以建构的而非解构的、理性的而非漠然的姿态进入，同时需要研究者形成新的研究理路。这样研究的基本要求，就是既不忽视延安文艺的本体性研究，又能将研究的重点置于考察延安文艺与20世纪中国文学的复杂关系上，进行整体性的研究和评价。

第一节

延安文艺与20世纪中国文学研究综论

一、源起：解放区文学研究

在20世纪中国文学研究中，延安文艺作为一个特定的历史研究对象，是与解放区文学的研究同时兴起的。有人曾将解放区文学研究大致划分为三个阶段：第一个阶段（20世纪40年代至70年代）是以颂扬为基本格调的阶段，第二个阶段（20世纪80年代）是解放区文学研究的蜕变阶段，第三个阶段（20世纪90年代以来）为解放区文学研究获得根本性改变的阶段。[①]这种划分基本勾勒了半个多世纪以来解放区文学（主要指延安文艺）研究走过的历程。事实上，延安文艺作为解放区文学形态最为典范的体现者，其内在要素当然要复杂得多，尤其是与政治、文化的关系更为复杂。延安文艺的研究史既如同一部中国现代文学研究发展的学科史，也如同一部呈现中国当代思想界面貌变迁的文化史。鉴于此，我们认为，有必要综合政治观念、文化语境及文艺思潮等几方面的变迁来考察和简要描述延安文艺的研究史。

全国第一次文代会（1949年7月）召开，将延安文艺及其范式确定为中国新文学的主流和发展方向，这样，以延安文艺为代表的解放区文学自然成了当代文学的源头。以王瑶、刘绶松等为代表的学者所展开的新民主主义革命文化视野下的文学史叙事，如蔡仪的《中国新文学史讲话》（新文艺出版社1952

---

① 参见刘增杰：《于平静里寓波澜：读王培元〈延安鲁艺风云录〉》，载《中国现代文学研究丛刊》2005年第4期。

年版）、刘绶松的《中国新文学史初稿》（作家出版社1956年版）、江超中的《解放区文艺概述：1941—1947》（百花文艺出版社1958年版）、王瑶的《中国新文学史稿》（上海文艺出版社1982年版），着重从建构的角度来叙说延安文艺，具有开创性的历史贡献，为后来的研究者提供了最初的理论准备和探索实践的空间。但我们也不能不看到，以新民主主义革命文化为主要标准来考量1917—1949年文学发展的动态，会导致缺乏文学的、美学的、文化的等多重视野的共同观照，进而使研究出现不可避免的局限性。

二、国内研究综论

新时期以来，特别是20世纪80年代中后期，延安文艺在"新启蒙""重写文学史"和"20世纪中国文学"等思潮的连续冲击下，渐渐模糊了其文学史视野，常常被某些研究者叙述为一种缺乏历史延续感的政治暴力的产物，被视作一种反现代性的文学实践。正如研究者所指出的那样，延安文艺在这种种思潮中几乎被全面解构，其历史线索被人为切割，"'重写文学史'热潮中出现的某些研究成果就会呈现为一种扬此抑彼的二元论式存在，对新民主主义论研究成果进行了颠覆、瓦解，对中国左翼文学发展途中的某些现象缺乏了解和同情，大体上采取了一种轻蔑和否定的态度，很少采用较为复杂化的处理方式"[①]。90年代产生广泛影响的"再解读"思潮，尽管与"新启蒙"等思潮有所不同，采取了某种较为复杂的观察与研究方式，研究者也推出了诸如《丁玲不简单——毛体制下知识分子在话语生产中的复杂角色》（李陀）、《暴力的辩证法——重读〈暴风骤雨〉》（唐小兵）、《〈白毛女〉演变的启示——兼论延安文艺的历史多质性》（孟悦）、《一场难断的"山歌"案：民俗学与现代通俗文艺》（刘禾）、《灰阑中的"叙述"》（黄子平）等成果，为我们呈示了延安文艺的多种空间，但是，并不排除其对延安文艺潜在的解构动机。"再解读"思潮主将唐小兵的话可视为这种动机的表白，他曾毫不含糊地指

---

① 毕海：《延安文学研究的历史与现状》，载《文艺争鸣》2011年第1期。

出:"延安文艺的复杂性正在于它是一场反现代的现代先锋派文化运动。"①而这显然不利于延安文艺研究的客观性和公正性。

进入21世纪,西方对中国文学表现出的"覆盖"危机日益显现,研究者开始逐渐意识到中国经验的重要性,因之也就能够对延安文艺以不同于八九十年代的态度进行研究。有人指出:"延安文学在解放区特殊的政治体制下,在民族战争、解放战争的大背景下,如何处理政治与文学的关系,如何建立一套文学制度,并催生出一套新的话语系统、新的审美系统,并如何或明或暗地承传到当前的社会文化当中,不仅是极具价值的研究课题,更是迫在眉睫的研究话题。"②在这种认识的支配下,产生了一些值得重视的成果,如王富仁的《延安文学有重新加以研究的必要》(载《学术月刊》2006年第2期)、刘增杰的《回到原初:解放区文学的一个问题》(载《中国现代文学研究丛刊》1999年第4期)等,大都特别重视史料的重新开掘,显示了学术思路的转变;袁盛勇的《民族-现代性:"民族形式"论争中延安文艺观念的现代性呈现》(载《文艺理论研究》2005年第4期)、《"党的文学":后期延安文学观念的核心》(载《中国现代文学研究丛刊》2005年第3期)、《延安文艺及延安文艺研究刍议》(载《文学评论》2005年第1期)等,从历史与现实语境出发,重新考察延安文学形成的原因及其在中国现代文学史、思想史上的地位;朱鸿召相继出版了《延安文人》(广东人民出版社2001年版)、《延安日常生活中的历史:1937—1947》(广西师范大学出版社2007年版)、《延河边的文人们》(东方出版中心2010年版),从知识分子角度论述延安生活、文化对中国文人知识者思想变迁的影响;贺桂梅的《转折的时代——40~50年代作家研究》(山东教育出版社2003年版)从文学、政治、文化等多种维度重新梳理了40年代文学发展的脉络,给人以多方面的启示。

---

① 唐小兵:《我们怎样想象历史(代导言)》,见《再解读:大众文艺与意识形态》,北京大学出版社2007年增订版,第6页。
② 周维东:《延安文学研究的现状与深化的可能》,载《现代中国文化与文学》2005年第2期。

综观半个多世纪以来国内的延安文艺研究,不难发现其表现出以下几方面的趋势与特点:比较重视文献资料的收集和整理,尽管还处于零散、不成体系的状态,但毕竟为后继的研究奠定了基础;研究者大多具有较开阔的文学史视野,不管彼此的文学史观念、审美观念和价值观念差异有多大,都能从文学史的整体观念出发来研究延安文艺,形成了一个良好的延安文艺研究的传统;关于延安文艺的民族化、大众化的研究成果较为突出,近年来,更多的研究者试图进入延安文艺的核体,即从文化、政治、现代性等多重视角重新理解延安文艺,并取得了一定的研究成果,标志着这个研究领域的中兴趋势;对延安文艺关于马克思主义文艺理论中国化的研究有一定的阐释与说明。但延安文艺研究的局限与不足也表现得很突出:50—70年代的研究缺乏必要的反思意识,而新时期以来的研究却是解构有余而建构不足,宏观来看二者都缺乏冷静的、客观的、辩证分析的学术姿态;在这个研究领域公认的具有高水平学术价值的成果并不多见,特别是将延安文艺与20世纪中国文学做广泛深入的联系,真正客观认知20世纪中国文学的流变,及至能为建构民族化、大众化、现代化的新世纪文学提供经验的成果则更少;已有研究成果的触及面有限,比如延安文艺建构过程中的知识分子问题、文艺体制问题、文学传播问题、文学经典化问题、民间文化问题等,尚未有人进行过深入的研讨;缺乏世界性的学术眼光,太局限于本土范畴,延安文艺不仅是中国现象,而且是世界文学演进过程中的一种独特现象,其与世界范围内广泛兴起的左翼思潮是紧密联系在一起的,而这方面的研究太显薄弱,亟待弥补与充实。

三、国外研究综论

国外学界对中国解放区文学(主要指延安文艺)的研究比国内还要早。早在20世纪30年代初期,苏联学界已有人涉足解放区文学研究专域,至40年代,延安文艺成为国外学界研究中国解放区文学的重心。这其中,日本和苏联的延安文艺研究走在其他国家的前面。半个多世纪以来,中国解放区作家的主要作品基本上被国外汉学家译介并进行了研究,涌现出一批世界知名的中国解放区文学研究专家，如日本的小野忍、冈崎俊夫，苏联的费德林、艾德林、切尔卡斯基，美国的梅仪慈、西里尔·贝契、加里·约翰·布乔治，法国的苏珊纳·贝尔纳、林曼叔等。国外延安文艺的研究实践证明，在中西方异质文化的碰撞与对话中，延安文艺不仅成为某种共识，而且可呈现互补互动的良好态势。

尽管国外学界对延安文艺的研究缺乏整体性的审视和宏观性的把握，但其对具体作家作品所做的微观透视与丰赡阐释却给予我们诸多的警示与启迪。丁玲、赵树理、艾青、周立波等作家在延安时期的创作尤为国外学者所重视。仅以丁玲而论，已有二百多家杂志社和出版社刊载并出版了丁玲文学的研究论文和专著三百多篇（部）。有人指出："半个世纪来，国外解放区文学研究成绩，可以说，是'硕果累累'。据不完全统计，这期间日本共发表（出版）研究论文、论著约374篇（部），苏联共发表（出版）约154篇（部），美国共发表（出版）约87篇（部），欧洲共发表（出版）约65篇（部），四块总计约680篇（部）。"①

延安文艺是中国革命战争语境中的产物，从某种意义上讲，它既是一种战争文学，同时是一种革命文学，而这样的文学必然带有强大而鲜明的意识形态特质，或者说，它本身就是一种强有力的意识形态。因此，对国外学者（苏联的学者不同，因为意识形态的相似性，他们大多能够同情与认可延安文艺作品）来说，克服意识形态的差异所导致的困扰成了他们正确研究延安文艺的前提。也许正如那些深入研究延安文艺的学者所说，延安文艺的意识形态指向使其成为一种非常独特的异质性的文化存在，他们从延安文艺看到了另一个"自我"，看到了他们迫切需要的"镜像"。这也为西方学者反思自我提供了极其重要的资源，而美国、日本学者的研究动机在这方面表现得极为明显。

通观国外学者的延安文艺研究，我们可以发现，其表现出如下几个趋势与特点：从事延安文艺研究的专家学者多为较了解中国国情的汉学家，他们大

---

① 宋绍香：《在异质文化中探寻"自我"——国外汉学家中国解放区文学译介、研究管窥》，载《文艺理论与批评》2006年第2期。

多在中国有过较长时间的停留，有些研究者甚至获得了珍贵的原始资料；其研究大多起步于20世纪40年代，50年代为研究的鼎盛期，60年代之后逐渐衰落，八九十年代又表现出复兴的态势；研究者能在与异质文化的碰撞与对话中，从文学性、审美性、政治性等多重视角解读延安文艺作品，为中国学者提供了不同的研究思路；赵树理、丁玲等作家的个案研究非常深入。

但国外延安文艺研究的不足也表现得很明显：普遍缺乏文学史视野，没有深层次地探究延安文艺形成的历史必然性，更没有描述出延安文艺对中国当代文学的深刻影响；不能联系文艺思潮的演变进行研究，常常对延安文艺做静止的、局部的观察。所以，这种研究说到底是片面的，需要辩证地看待：没有人试图说明延安文艺在世界文学格局中的地位，也没有人联系世界左翼文艺思潮做客观的描述，故仍然缺乏世界性眼光；没有马克思主义文艺理论的导向，即使从文学性、审美性、政治性等多重视角解读延安文艺作品，也始终不能从整体上进入和把握延安文艺的核体。

第二节

延安文艺研究的时代要求与学术背景

通过延安文艺研究史的简要回顾，我们不难体察到延安文艺本身的巨大价值还未得到全面的展现与阐释，从学术本身的意义上来讲，延安文艺的再研究已是摆在研究者面前的一项迫切任务。不仅如此，延安文艺的再研究也是对时代要求的一种真切的回应。随着中国经济实力的增强，如何提升文化软实力便成为一个具有重大战略意义的问题。而中国文化软实力提升的一个重要指标，就是要加强对那些于振奋中华民族精神、总结中国经验、重塑中国形象有引领作用的基础性工作的研究。中国文化软实力的提升，更需要站在新世纪的高度，深刻反思20世纪中国历史文化的重要经验，正视和研究中华民族自近代以来在现代文化不断发展的世界潮流中所承担的文化的自觉、自救、自信与自强的建构过程，科学地面对和发掘中国经验的得与失，为当代文化建设提供强大的文化动力和精神资源。基于此种认识，我们认为，延安文艺的再研究确乎是中国百年文学研究的一个重大课题，其着眼的学术背景具体来讲主要体现在以下三个方面。

一、延安文艺的历史地位

从延安文艺的历史地位看，在20世纪中国文学的发展历史中，延安文艺的形成及演进构成了其中最重大的文化事件和文艺事件，延安文艺既是中国现代文学历史逻辑发展的合理结果，又深刻影响和规范了当代文学的建构与基本走向。五四文学革命虽然是中国现代文学的发端,但这种文学革命本身却是一种被迫的行为,是中华文明崩溃之后中国文学被迫走向世界的某种自救行为,对此,有人曾精辟地指出:"现代中国文学不是一个自然发生的过程——类似中国文学从先秦、两汉、唐、宋、元、明、清的发展,而是外力作用的结果,这个外力,就是西方现代文明及其背后的强势文化;现代中国文学的全部复杂性,它的特点、局限与种种后遗症,都先在地由此决定。"①五四文学革命的实质是中国文学的全盘西化,是文学领域中文化思想主权对西方的拱手相让,这也使五四文学革命陷入了悲剧性的矛盾:文学革命的目标是要启蒙民智,但这种文学却不是从本土文学中产生的,因此很难对民众发生实质性的影响;五四先驱知道,他们从身兼现代化的教父和侵略者双重角色的西方那里学来的东西,无不带有耻辱性标志的半殖民地文化的烙印,而这,深刻地折磨着他们的民族自尊心,他们实际对这种西方化的文学并不满意,也领悟到五四文学革命的过渡性与暂时性表征。缘于此,我们也就不难发现,创造社、太阳社等社团早期的作家会迅速地走向革命文学和左翼文学,是因为他们深刻体认到了五四文学革命与中国社会实际的断裂。他们希冀通过自身的社会实践以产生一种更具中国本土性质的文学,其最初的文学大众化运动不啻是回归本土的努力。延安文艺正是在对中国文学经验——五四文学革命、革命文学和左翼文学的文学经验充分吸收与反思的基础上,建构起的最具中国本土文化气象和中国风格的文学形态。延安文艺在现代中国革命和文化现代化的历史创建中,充分体现了中华民族以其巨大的革命和文化热情,结合中国实际,把马克思主义文论中国化,自觉、自信、自强地创构的一种相对成熟、丰富的现代中国文艺形态。可以说,在20世纪中国文学的发展中,所有积累的正、反两方面的经验都与延安文艺有着密切而复杂的关联。同时,延安文艺并没有随着时代的变迁而消隐,相反,它在不同的历史阶段、不同的现实境遇中得以不断发展,并内化为当代文化(文学)所特有的文艺传统和精神品格,渗透于中国文化(文艺)

---

① 杨匡汉主编:《20世纪中国文学经验》(下),东方出版中心2006年版,第735页。

建设的各个领域。因此我们说，对关于延安文艺的历史地位、影响及其对当代文化建设的重要性的认识和研究怎么估价都不过分。

二、延安文艺的中外影响

从延安文艺所产生的中外影响看，延安文艺不仅对20世纪中国文化、文学产生了持续、深远的影响，而且具有广泛的世界性影响，它是中国作家和文艺理论家对世界文学做出的特殊贡献，特别受到了西方马克思主义者的重视。20世纪30年代，世界范围发生了广泛的左翼文艺运动，但资本主义国家的左翼文艺运动均遭遇挫败，只有中国的左翼文艺运动在进入延安之后，有了新的发展——延安文艺，所以在理论与实践上能够提出新的命题，比如民族化与大众化的问题，文艺为什么人以及如何为的问题，文艺的普及与提高问题，文艺批评的政治标准与艺术标准的问题，等等。20世纪60年代以来，后现代主义在西方社会普遍兴起，但后现代主义文学却始终难以解决好大众化的问题、以读者为中心的转向问题等，延安文艺实际上为认识当代西方文学提供了种种现实的参照。从这个意义上讲，中国当代文学要走向世界并被世界文学认可，同样应该从延安文艺中汲取成功的经验。延安文艺是在与现实和民众的结合中走出了一条中国化的道路。如果我们将延安时期开创的人民文艺与其他时期、其他派别的文艺稍加比照就可以发现，它既不同于传统的中国古典文艺，也不同于西方国家的任何一种文艺样态，它是最切近中国经验且最适应中国民众的审美趣味的，完全是一种新的创造。延安文艺是历史上真正把文艺还给了人民的文艺，是中国现代精英智慧与民间智慧的有机融合体。中国当代文艺要有大的、持续的发展，也必须是在继承古典文艺、外国文艺菁华的基础上，在与现实和民众的结合中走一条中国化的道路。而在这方面，延安文艺的成功经验无疑最值得汲取。

三、延安文艺的学术史建构

从学科建设和学术史的历史与现状看，多年来由于受意识形态和当代文艺思潮（主要指新时期以来）的双重制约，中国现当代文学学科领域对延安文艺的研究和重视程度显得非常薄弱，延安文艺的历史成就及巨大影响始终没有得到科学、公正、系统的研究和评估，多年来我们很难见到有重要影响的学术成果。这种失衡现象的产生，不仅反映出本学科自身的局限，也反映出中国现当代文学学术史的欠缺。特别是新时期以来，中国文化（文学）受到西方文化（文学）的极大冲击与同化，中国文学在文学观念、文学思维、文学创新等方面遭遇空前的挑战，中国文学在繁荣的同时，几乎被西方话语遮蔽或颠覆，中国当代文学不仅很难建构起具有中国特色的文论体系，且相当一部分作家在疲惫而绝望地追随着西方现代派（包括后现代）文学，这种趋向自90年代以来呈愈演愈烈之势。与此同时，那种充分体现中国民众所喜闻乐见的中国作风和中国气派的文学（包括文论）在被当代的研究者大肆解构之后，已逐渐归于沉寂。因此，重新发掘和认识中国文学经验是摆在中国现当代文学研究者面前的一个重大的课题，而要有效解决这个课题，则不能不从延安文艺入手。因为无论如何，延安文艺都是中国历史、中国现实、中国风格和中国气派最典范的体现者，20世纪中国文学的各种重大现象和问题都可以与延安文艺联系起来进行阐释。所以，就学科发展和学术史的建构来说，本课题的提出显得尤为迫切而重要。

第三节

延安文艺与20世纪中国文学研究价值重估

延安是直接催生社会主义中国诞生的革命圣地，它无疑与20世纪中国社会、历史和文化进程有着不容漠视的血肉般的联系。作为马克思主义文艺理论中国化实践过程中所取得的重大成果，延安文艺不仅在当时产生了极为广泛的政治文化影响，更值得关注的是，它在新中国成立后很快就转换为国家的文学，即一种整体性的塑造国家形象的文学，并规范了以后中国文学的基本构体和走向。因此可以说，即使要深入探究1949—1976年这一阶段文学（甚至包括新时期以来的许多文学现象）的形成、发展及特质，也必得追寻延安文艺的形成、发展及其特质的构成，否则就会对中国当代文学的完整状貌的形成缺乏深入的理解，也就不可能真正把握中国当代文学进程的内在规律。正因为这样，探究延安文艺的形成及其特质的构成也就自然成为中国现当代文学研究领域不可或缺的探源性工作。而在这个探源性研究中，马克思主义文艺理论是如何中国化的无疑是极为重要的关键词之一。而所谓中国化，就意味着它不是一种被动接受、被动驱使、被动模仿的过程，而是在实践中经由中国式的反复验证得以不断认识和转化，是与中国具体国情结合的一种相当成功的历史经验的集大成。历史已经证明了马克思主义中国化道路的正确性，当然也证明了马克思主义文艺理论在延安文艺实践中的历史必然性及合理性。由此看来，延安文艺再研究的价值意义体现在多个方面。

一、延安文艺精神资源的发掘与重估

从价值重估的角度看延安文艺再研究的价值意义。作为20世纪中国文学历史链条中的一个关节点,延安文艺上承左翼文艺,下启50—70年代的文艺,与五四新文学、新时期文学和新世纪文学又都有着千丝万缕的精神联系。20世纪中国文学史上的所有重大文学现象及文艺问题,都与延安文艺有着直接或间接的联系,而对延安文艺的研究又可以多向反思20世纪中国文学的许多重大问题,这二者之间是无法割裂的互依、互存、互动的关系。因为延安文艺形成于民族解放战争年代,是被高度意识形态化了的话语体系,所以,延安文艺多年来始终难以成为一个相对客观的研究对象。在文艺体制一体化的50—70年代,延安文艺被神话,笼罩着太浓厚的权力色彩和意识形态迷雾,研究者不敢越雷池一步,故其研究其实并未真正在学术层面充分地展开。新时期以来,由于拨乱反正的时代要求以及文艺思潮的频繁变动,过去那种对延安文艺的二元对立研究走向了别一种二元对立,即形成了对延安文艺内在精神的整体性怀疑、祛魅甚至颠覆的态势。绝大多数涉足这个领域的研究者实际仍徘徊于延安文艺的外围,其着力解构与批驳的也不过是曾经笼罩在延安文艺之上的权力色彩和意识形态迷雾,远没有进入延安文艺的核体。因此,对延安文艺与20世纪中国文学予以价值重估的意义就显得极为重要。而价值重估,就是要更加科学地、学理性地将延安文艺作为一个客观的研究对象,以探讨其形成的历史必然性,发掘其形成的理论资源并解析其体系架构。在此基础上,将延安文艺作为一种特殊的切入视角,以观察和辨析20世纪中国文学发展、演进的内在联系,反思、重估和总结20世纪中国文学的成功经验与深刻教训,广泛深入地探讨延安文艺所生发的中国经验的丰富性和独特性。通过对延安文艺与20世纪中国文学每一时段及整体性价值意义的重估,包括对延安时期重要作家作品的重估及其经典意义的发掘,深化、升华和提炼于当代文化建设有意义的精神资源。不难发现,延安文艺的再研究明显具有突破性的学术价值和重要的现实意义。

从探寻当代文化建设资源的视角看延安文艺再研究的意义和价值。20世纪中国文学的发展始终离不开文学经验的烛照，从新文化运动中文学革命作为新文化建构的先声，到新中国成立后社会主义文化初创期十七年文学的导向与示范，再到1978年后社会主义文化转型中新时期文学的思想领潮，都不难发现，文学经验始终是文化建设极其重要的信息资源、理论资源和精神资源。而当代中国文化实际处于前现代、现代和后现代多元并存的状态，在这种大背景下，如何建构一种在现代化、市场化和全球化的发展过程中，能不断焕发新的生机与活力并激发现代潜能，为中国特色社会主义现代化建设提供强大的精神动力和思想保证的新型的文化（文学），是社会主义文化建设的核心任务。我们看到，这种时代要求使延安文艺重新焕发出光芒。例如，延安文艺中民族精神（中国形象）塑造的历史经验，为当代文化关于精神家园重建的问题提供了样本；延安文艺中现代性实践的历史经验，为当代文化建设中如何化解与释放前现代文化、现代文化和后现代文化相交织的矛盾与困惑提供了参照；延安文艺中马克思主义中国化的历史经验，为当代文化建设如何形成一种以马克思主义文化为主流的、多元文化并存的文化生态提供了范式；延安文艺的本土经验、民族经验、大众经验、美学经验都为当代文学的发展提供了弥足珍贵的精神资源。由此看来，强化延安文艺对于当代文化建设的重要性，以高度的当代意识和当代文化建设的高标始终贯穿延安文艺与20世纪中国文学研究的课题，其意义和价值显得尤为重大。

二、马克思主义文论中国化经验的当代意义

从马克思主义文艺理论中国化的视角看延安文艺再研究的意义和价值。中国主动接受和吸收马克思主义文艺理论，不是为了研究，而是为了改造和运用，以解决中国文艺发展的具体问题，这个过程即马克思主义文艺理论中国化的实践过程。毛泽东文艺思想主要形成于延安文艺时期，是经典马克思主义文艺理论中国化的典范。事实上，以毛泽东思想为代表的延安文艺，在马克思主义文艺理论中国化方面所取得的巨大成就、所达到的理论高度，半个多世纪以

来没有人能够超越。毛泽东将经典马克思主义文艺理论充分运用于中国实践，并使其在中国反法西斯战争、解放战争的历史语境下得以创造性运用和发展，首先解决了文艺为什么人和如何为的问题。此外，《在延安文艺座谈会上的讲话》（以下简称《讲话》）所阐发的人民主体文艺观、革命功利主义文艺观、文学艺术源泉论、中国人喜闻乐见的民族形式论、文艺舞台上人民群众主角论，都包含了中国马克思主义者在文论方面的独特创造，充分体现了其话语体系的实践性活力。中国化马克思主义文艺理论，作为当今中国主导的文艺理论形态，要随着实践的发展而发展。面对当下日益丰富复杂的文艺现象，中国化马克思主义文艺理论还有许多重要的领域和课题需要研究。在这样的意义上，重返延安文艺的历史现场，探寻和总结马克思主义中国化的经验，无疑有着重大的现实意义与理论价值。

三、中外传播与接受现象

从传播与影响的视角看延安文艺再研究的意义和价值。全面系统地分析延安文艺传播的文化生态环境，以及延安文艺传播的历史面影、性质和特点，不仅可以填补该研究领域的空白，而且对深入认识这一世界范围内极少有的文化文学现象的生成及独特的传播语境和传播形态，都有着十分显在的价值意义。延安文艺是中外历史上罕见的经由报刊与大众文艺活动共同传播的文艺现象，它在战争环境中最大限度地实现了传播的目的，即最直接的目标、最直接的受众、最显著的效果。延安文艺的传播实践、效应及影响，又为文学的民族化、大众化道路提供了难以跨越的历史范型。延安文艺传播的政治文化生态与媒介生态，使其传播成为战时宣传最有力的武器，这一特性不仅充分体现了意识形态机器的强大功能，在很大程度上决定了延安文艺的生产和生存，也决定了延安文艺传播诸要素及模式：文学的不平衡和接受的多元状态下的多层次受众群体，传播者的多重身份定位和角色转换融合，传播主体与接受主体融合互动的集体创作模式。延安文艺传播的主要载体——期刊与报纸，最大程度上实现了媒介的呈示性、表现性和建构性，使其同质化功能与文学功能合流，媒介传播与文学传播协同，建构了延安文艺关于民族／国家的想象空间。正是这样一种传播语境和途径，形成了延安文艺与国统区、沦陷区形貌迥异的文学版图。延安文艺中的朗诵诗运动和街头诗运动使诗歌在传播中得到回归和升华，新秧歌剧运动使戏剧从原始歌舞形态转变为现实生活的承载体，广场演出的大众狂欢传播效应实现了传播形态从剧场走向广场的大众化重构，由此形成了中国现代文化史上文学及传播现象的奇观。延安文艺的世界传播及影响不仅为战争环境中的世界文学提供了相当独特的经验，也为中国文学与世界文学的对话提供了丰富的理论与实践资源，使这一研究的意义和价值更值得珍视。

四、文献史料及学术史研究的价值

从文献史料的整理及学术史角度看延安文艺研究的意义和价值。延安文艺再研究的突出特征，就是格外强调把延安文艺与20世纪中国文学的研究置于充实丰富的文献史料的基础之上。由于长期以来延安文艺研究领域不被人重视，研究者其实对延安文艺的文献史料和实物样本既缺乏全面系统的搜集、整理与分类，更缺乏深入的学理性的探究与阐述，存在的问题突出表现为：一是文献史料的搜求和整理方面应体现出的基础性、完备性、合理性及前沿性都存在明显不足；二是版本与校勘、辨伪与注释、目录与辑佚，以及延安文艺文献史料的来源、体例编排等方面的研究很不完善；三是延安文艺文献史料及其研究成果的系统编辑与学术史研究还没有充分展开。作为延安文艺研究的基础性建设工程，延安文艺史料学应当对探索和增强延安文艺研究的科学性与学术性起到应有的推动作用，从而避免学术研究中的简单化与机械论，以及方法论方面的潜在困境。我们认为，延安文艺史料学应该对延安文艺的文献史料进行集成整理，并做出科学的分类与编辑，对延安文艺与20世纪中国文学研究的历史与现状进行学术史的清理、研究和综合评估。这些工作必将对21世纪延安文艺的文献研究和学术研究发挥重要的作用，产生久远的学术影响。

第四节

延安文艺研究空间的拓展

我们认为，延安文艺的再研究必然包含两方面的内容，即延安文艺研究、延安文艺与20世纪中国文学复杂关系研究。倘若将这两方面的研究截然分开，极容易将研究的重心滑向延安文艺，而使延安文艺与20世纪中国文学复杂关系的研究得不到应有的重视，也极容易走以往研究的老路。鉴于此，我们主张，延安文艺的再研究应形成新的研究思路。在我们看来，新的研究思路应该体现为三大板块，即形成与本体研究、传播与影响研究、文献与史学研究。这样设计思路的优势在于，既不忽视延安文艺的本体性研究，又将研究的重点置于考察延安文艺与20世纪中国文学的复杂关系上，做整体的价值重估。

一、形成与本体研究

形成与本体研究旨在从发生学、文艺学及价值论等多种视野，深入细致地考察延安文艺的形成、样态和价值等，深刻揭示延安文艺的历史与美学特征。形成与本体研究主要涉及以下几个层面：其一，考察战争环境中的延安语境，需要什么样的文艺，文艺所能承担的使命是什么，有哪些文艺样式可供选择。对此类问题的正本清源，是我们展开"形成"研究的前提。其二，考察延安文艺在形成过程中所借鉴的文学经验，如对五四新文化（新文学）传统的继承与转换，对苏区文艺左翼文艺理论及创作经验的借鉴，对世界无产阶级文学经验的介绍与吸收，对民间文化（文学）资源及创作经验的吸收、改造等，在大文学史的视野中进行全方位考察。其三，考察延安文艺的创作队伍和理论队伍的构成状况，并研究其在延安文艺的形成过程中所发挥的历史作用。在此基础上，对延安文艺生态的多样性、延安时期重要作家作品进行深入研究；在重返历史现场的前提下，考察政治与文化如何深层次地规范文艺活动，其内在的规律是什么，为什么政治与文化最终成为建构延安文艺思想的主要参照系等；研究乡土中国在延安文艺形成中的价值意义，与"农村包围城市"的政治战略相一致，延安文艺实质上是乡土文艺，是通过乡土文艺以占据全国性文艺运动的主导权；探察延安文艺的民族化、大众化的可能途径与现实手段，并分析其在民族化、大众化的追求中如何实现文学的现代化的理论与实践；对延安文艺与20世纪中国文学进行宏观的理论反思与价值重估，结合延安文艺与20世纪中国文学相关联的诸多重大现象和问题，多侧面地提炼、升华、整合对当代文化（文学）富有积极意义的精神资源。

二、传播与影响研究

传播与影响研究旨在从传播学、文学比较或比较文学的视角，深入探讨延安文艺在国内外的传播和影响，尤其关注中国当代文学对延安文艺精神和文学传统的承继与扬弃。传播与影响研究主要涉及以下一些层面：考察延安文艺是通过哪些方式最大限度地实现了文艺传播的目的，如何达到最直接的目标、教育和鼓舞最直接的受众、取得最显著的效果的；考察延安文艺传播的主要载体——期刊与报纸，如何实现其媒介的呈示性、表现性和建构性，使其同质化功能与文学功能合流，媒介传播与文学传播协同，共同建构延安文艺关于民族／国家的想象空间；考察朗诵诗运动、街头诗运动、新秧歌剧运动，如何通过广场演出的大众狂欢传播效应实现其传播形态从剧场走向广场的大众化重构；考察延安文艺的传播实践、效应及影响，其如何为文学的民族化、大众化道路提供了难以跨越的历史范型及省思资源；考察延安文艺的世界性传播，在当时及20世纪后半叶对世界文艺思潮演进产生的影响，特别是对发展中国家文学所产生的较大的影响；考察延安文艺在世界文学格局中的地位与意义等；从

40年代国统区文学与沦陷区文学所受延安文艺的影响入手,探讨延安文艺体制对50—70年代文学的直接影响;探讨新时期文学对延安文艺传统的继承与持续深化;考察新世纪文学对延安文艺精神的高扬及其历史的必然性;除了"民族化""大众化""现代化"这些被广泛接受的极具涵盖力的术语,还应在这个板块的研究中,总结与归纳出影响了当代文学进程的具有涵盖力的理论资源与话语资源。

三、文献与史学研究

文献与史学研究旨在从文献学和学术史的视角展开相关的资料收集、整理和研究,从而建立系统的延安文艺史料学,创构延安文艺学术史,将延安文艺文献史料的整理与学术史研究推进到一个崭新的阶段。文献与史学研究主要涉及以下几个层面:延安文艺史料学的建立——对延安文艺文献史料进行收集、整理及鉴别的研究,包括文献资料及版本文本的描述和阐释、重要作品版本的考证和重要期刊及内容特点价值的阐释;延安文艺文献史料的探源和考证——发掘因多种因素散佚的文献资料,并考证因历史及意识形态形成的版本文本变化及时代意味,进一步研究延安文艺与20世纪中国文化环境和文学生态的多重关系;在前人文献整理的基础上,进一步完善相关资料的整理和研究,特别是要对延安文艺文献史料展开充分的整体性研究;对半个多世纪以来延安文艺研究的史料史、学术史进行研究与描述,并编辑和撰写相应的著述,如《延安文艺作品总目提要》(包括诗歌、小说、戏曲、电影与美术、文艺理论与民间文艺等)、《延安文艺文献史料目录索引》、《延安文艺学术史(1935—2011)》或《延安文艺文献史料研究》等。

这种研究思路的预设,意在形成延安文艺研究及延安文艺与20世纪中国文学复杂关系研究的具有高水平学术价值的成果。鉴于这个整体性的目标,三大板块的预设虽有主次之分,但在具体的研究中却没有轻重之别,它们之间无疑应该相互印证、彼此呼应,研究成果总体上还应体现出浑然一体的整体效应。在形成与本体研究板块,要将形成延安文艺的各个要素阐释得清楚明了,使之有章可循且易于理解，在紧紧把握战争背景以及政治与文化语境的前提下，结合现代性、审美性与文学性等视角，全方位地对其进行分析与描述；在传播与影响研究板块，应从传播生态、传播媒介、传播制度、传播模式、传播者、受众以及文本内容等文学报刊研究的多角度切入，对延安文艺做系统化的、纵深化的动态研究。在具体的研究中，不仅始终要有宽广的文学史视野和理论视野，而且要有世界文学的视野。也就是说，在世界文学的格局中系统地总结中国经验和马克思主义理论的中国化经验。在文献与史学研究板块，要体现基础性、完备性、合理性和前沿性的特点，使其成为学术界研究延安文艺最完整、最系统、最便利的文献资料。整体看来，三大板块的研究无疑是有机联系、互相衔接又各具侧重及特色的：形成与本体研究和传播与影响研究一定要以完备的文献资料为基础，这将有助于解决研究中的疑难和分歧；而文献与史学研究最终又要服务于其他两大板块的研究，力求在最完备、最系统的文献史料的基础上展示延安文艺再研究的新的成果。我们认为，这样的研究设计及其有效实施，必将使延安文艺研究跨上新的台阶，并最终为延安文艺开拓出更为广阔的存在空间。

第一章 延安文艺与20世纪中国文学发展纵览

在中国现代化的历史征程中，延安无疑与20世纪后半叶中国社会、历史和文化进程有着血肉般的联系。延安文艺是经由马克思主义理论中国化实践，并最终形成的以毛泽东文艺思想为指导思想的一种系统的意识形态话语。延安文艺所代表的意识形态话语在20世纪50年代后的数十年间，一直是中国社会主义革命建设和文学艺术活动开展的指导思想，而且我们不能不注意到新时期以来文学的种种表现特征，如现实主义复归、底层写作泛起、大众文化兴起等，均体现着延安文艺内在精神的深层延展。可见，延安文艺不仅在当时产生了广泛的政治文化影响，更值得关注的是，它在新中国成立后很快由延安时期的党的文艺路线转换为社会主义国家的文学形态，并由此对新中国成立后的文艺进程产生了毋庸置疑的决定性影响。

不可否认，延安文艺作为一种历史形态，其本身存在着时代的局限。比如说，延安文艺所强调的暴露与歌颂、普及与提高等问题以及毛泽东《讲话》中所规定的"工农兵方向""政治标准第一，艺术标准第二"等内容，均带有鲜明的党的权力话语色彩和意识形态特征。显然，在民族生死存亡和阶级矛盾尖锐的特殊历史时期，对文艺与政治的关系等问题做出这种规定是可以理解的，也可以说是符合时代需要的。但是在新的历史时期，当多元文化环境熏陶下的民众对文艺的需求与延安文艺所强调的这些问题产生冲撞时，不仅研究者开始怀疑延安文艺所遵行的种种标准，就连创作者也不得不应时代之需而逐渐抛弃了延安文艺传统。于是当代文艺出现了一些新情况，如文艺思想上出现淡化政治、表现自我的倾向，艺术实践上盲目追逐西方技法，文艺脱离人民、远离现实，等等。而延安文艺作为中国经验的集大成，恰恰能为当代文艺的健康发展提供多方有价值的启示，这正是我们研究"延安文艺与20世纪中国文学"这一论题的出发点。

第一节

延安文艺与新文学的革命话语

一、晚清民初文学革命的发生

中国新文学诞生于民族生死存亡的内忧外患之际,基于救亡图存的民族大义和意识形态的空前危机。自晚清的"新民"文学开始,先驱们就将文学活动作为改造国民思想、推动社会变革的重要途径。近现代以来,较早明确地将文学与革命、启蒙联系在一起的是梁启超。梁启超认为:"国民性以何道而嗣续?以何道而传播?以何道而发扬?则文学实传其薪火而管其枢机。"①梁启超在对中国文化专制特征进行了深入剖析后,提出了"改良群治""新民"的政治理论构想。然而戊戌变法的失败阻断了维新派从政治上进行变革的道路,于是梁启超改变了"新民"的途径,即以"艺学"为主导,以"政学"为附从,转而提倡"新民"文学。正如梁启超提出"小说界革命"的用意是"借小说家言,以发起国民政治思想,激励其爱国精神"②,他的"三界"(文界、诗界、小说界)革命的主要指向是赋予文学改造文化、启迪民智的社会功能。

梁启超的"新民"理论以及赋予文学启蒙重任的主张得到了五四新文化

---

① 梁启超:《〈丽韩十家文钞〉序》,见《饮冰室合集·文集32》,中华书局1989年版,第35页。
② 新小说报社:《中国唯一之文学报〈新小说〉》,见陈平原、夏晓虹编:《二十世纪中国小说理论资料》(第1卷 1897—1916),北京大学出版社1989年版,第41页。

运动的先驱们的积极响应。五四新文化运动高举"德先生"和"赛先生"这两面大旗来反对封建思想文化，其目的就是"新民"。陈独秀在《青年杂志》创刊号上著文《敬告青年》，旗帜鲜明地向国人提出告诫："国人而欲脱蒙昧时代，羞为浅化之民也，则急起直追，当以科学与人权并重。"① 胡适、陈独秀等主要从事社会活动的思想家和革命家提出"反对文言文、提倡白话文，反对旧文学、提倡新文学"等一系列文学革命的主张，显然寄希望于文学能担负启迪民智、唤醒国人的重任。近代以来的"新民"理论及文学启蒙思想也对五四新文学产生了深刻的影响。鲁迅对此非常赞同，并主张运用文学艺术来改造和启蒙愚弱的国民。鲁迅在《〈呐喊〉自序》中说："凡是愚弱的国民，即使体格如何健全，如何茁壮，也只能做毫无意义的示众的材料和看客，病死多少是不必以为不幸的。所以我们的第一要著，是在改变他们的精神，而善于改变精神的是，我那时以为当然要推文艺，于是想提倡文艺运动了。"② 鲁迅在《我怎么做起小说来》中追忆自己在十多年前写下《呐喊》《彷徨》等小说时指出："说到'为什么'做小说罢，我仍抱着十多年前的'启蒙主义'，以为必须是'为人生'，而且要改良这人生。"他还认为："在中国，小说不算文学，做小说的也决不能称为文学家，所以并没有人想在这一条道路上出世。我也并没有要将小说抬进'文苑'里的意思，不过想利用他的力量，来改良社会。"③ 这与梁启超用小说来承载政治使命的观点有着异曲同工之妙。

二、左翼文学的革命启蒙

20世纪20年代末，中国的左翼文学运动肇始。为了强调这场运动的特殊性，左翼文艺理论家将五四新文学与左翼文学进行了质的区别，分别用"文学革命"和"革命文学"来指称，研究者又为二者贴上了"启蒙"与"革命"的

---

① 陈独秀：《敬告青年》，载《青年杂志》1915年第1期。
② 鲁迅：《〈呐喊〉自序》，见《鲁迅全集》（第1卷），人民文学出版社1981年版，第417页。
③ 鲁迅：《我怎么做起小说来》，见《鲁迅全集》（第4卷），人民文学出版社1981年版，第511、512页。

标签。正如王德威所论:"这批(左翼)文学工作者与前一辈五四作家的作风迥然不同。他们倾心于意识形态的号召,也因此更愿意从事具有煽动性的文学述作。"[1]即便如此,革命文学也改变不了其脱胎于文化批判的特质。这些以"普罗列塔利亚特的前锋"[2]自许的革命文学的倡导者们,站在革命的"智识阶级"的精英立场上,宣称自己正在从事的是一场"伟大的启蒙"。成仿吾就宣称:"《文化批判》将贡献全部的革命的理论,将给与革命的全战线以朗朗的光火。这是一种伟大的启蒙。"[3]30年代掀起的对五四新文学进行重新审视和言说的"新启蒙运动"讨论,就是在这种大环境下产生的。新启蒙运动的"新"是为了与五四新文化运动的资产阶级启蒙运动的"旧"进行区别,强调了"五四"与左翼之间的差异性。正如张申府在《五四纪念与新启蒙运动》一文中说的:"在思想上,如果把五四运动叫作启蒙运动,则今日确有一种新启蒙运动的必要;而这种新启蒙运动对于五四的启蒙运动,应该不仅仅是一种继承,更应该是一种扬弃。"[4]但是绝大多数论者仍认为左翼文学运动是五四新文化的继承者,继续和推进着"五四"未完成的启蒙运动的事业。如陈伯达就曾多次表明类似的观点:"我们都是五四的儿子,都是一九二五—二七年大革命的儿子,过去的先觉们已给我们开了多少的道路,我们现在就是要继续他们开辟的工作,并去完成这工作。"[5]齐伯岩也认为:"我们当前的文化工作,正是继续着'五四'未完成的工作,而展开一个更新的更伟大的文化运动——新启蒙运动。"[6]左翼文艺理论家们把五四新文化运动与新启蒙运动联系在一起,是因为这两者之间启蒙大众的目标和反封建的革命思想文化的指向是一致的。陈伯达就认为,"我们的新启蒙运动是要把四万万同胞从复古、独断、迷

---

[1] 王德威:《现代中国小说十讲》,复旦大学出版社2003年版,第53页。
[2] 李初梨:《自然生长性与目的意识性》,载《思想月刊》1928年第2期。
[3] 成仿吾:《祝词》,载《文化批判》1928年第1期。
[4] 张申府:《五四纪念与新启蒙运动》,见张燕妮编:《张申府散文》,中国广播电视出版社1993年版,第298页。
[5] 陈伯达:《论五四新文化运动——民国二十六年五四节纪念文》,见《在文化阵线上》,生活书店1939年版,第162页。
[6] 齐伯岩:《五四运动与新启蒙运动》,载《读书月报》1937年第2号。

信、盲从的愚昧精神生活中唤醒起来，要使四万万同胞过着有文化、有理想、光明的、独立的精神生活"。具体到文学创作，就是"应该和一切新文学家联合，去消灭那荒唐、迷信、诲淫诲盗的旧小说、旧鼓词，把最广大的下层社会读者夺取过来"。①社会时代的变革往往会使文学主潮发生相应的变化，然而，那些在五四新文化运动中成长起来的作家们却一直坚持以革命与启蒙的姿态进行创作。在国统区，胡风、冯雪峰等左翼作家继承了五四传统，将革命话语与启蒙意识纳入特殊年代的民族救亡和人民解放的历史潮流。自从毛泽东在《新民主主义论》中高度评价了鲁迅的价值和地位，提出"鲁迅的方向，就是中华民族新文化的方向"②后，以革命与启蒙为旨归的创作思潮，被延安民主革命根据地作家奉为典范。在毛泽东的《讲话》发表之前，延安就已经出现了一批具有强烈的启蒙意识的作品，尤其是丁玲的《我在霞村的时候》《在医院中》《三八节有感》等，以及王实味的《政治家·艺术家》《野百合花》等，就是其中的代表作品。但是，这种以暴露和批判为主要倾向的创作风潮，与延安所处的战时环境极不和谐，也给延安政权带来了不利影响。在文艺已经触及了延安敏感的政治问题的背景下，中国共产党的领导人召开了延安文艺座谈会。

三、《讲话》与无产阶级文艺的发展

《讲话》的发表具有里程碑式的重要意义，不少评论者将延安文艺与五四新文学区别为文艺的大众化和化大众，在此，我们不妨将延安文艺看成是"文艺为工农兵"与五四文学革命启蒙旨归的互为并置。但是，这里需要注意的是，《讲话》并不反对文学的革命与启蒙思想，整风运动也并不是完全针对作家的对立情绪和写作姿态。其实在整风运动之初，当知识分子通过《轻骑队》

---

① 陈伯达：《思想的自由与自由的思想——再论新启蒙运动》，载《认识月刊》1937年第1期。
② 毛泽东：《新民主主义论》，见《毛泽东选集》（第2卷），人民出版社1991年版，第698页。

和"讽刺画展"来暴露延安的现实社会弊端的时候,毛泽东并没有表示反对。毛泽东在《讲话》中对工农兵的缺点也毫不掩饰:"无产阶级中还有许多人保留着小资产阶级的思想,农民与小资产阶级都有落后的思想,这些就是他们在斗争中的负担。我们应该长期地耐心地教育他们,帮助他们摆脱背上的包袱,同自己的缺点错误作斗争,使他们能够大踏步前进。"并且明确表示:"他们由于长时期的封建阶级与资产阶级的统治,不识字,愚昧,无文化,所以他们的迫切要求就是把他们所急需的与所能迅速接受的文化知识和文艺作品向他们作普遍的启蒙运动"。①所以座谈会的目的之一就是使文艺成为"团结人民、教育人民"②的有力武器,借此唤起大众的革命意识。也就是说,延安文艺界整风的缘起并不是这些作品所具有的反叛意识,而是它们批评讽刺了农民出身的战士和干部,触犯了延安干部和高级领导者的根本利益。延安文艺座谈会召开前后,就有一个八路军的将领对延安文艺中的暴露很不以为然:"我们打天下,找个老婆你们也有意见!"③丁玲在著名的《三八节有感》中也记录了延安干部不满的训词:"他妈的,瞧不起我们老干部,说是土包子,要不是我们土包子,你想来延安吃小米!"④可见,延安文艺对延安干部在个人生活上的问题,以及"衣分三色,食分五等"的不平等等级制度等的讽刺和暴露,不仅让根据地干部感到不满,而且冒犯了高层将领的根本利益,这应该是整风的重要原因之一。

为了突出文学服务于政治的观念,毛泽东在《讲话》中强调了知识分子向工农兵学习的重要性。虽然知识分子被人为规定为被启蒙者,但在文艺创作中,这种启蒙意识却始终没有被抛弃。我们还可以从《讲话》发表后根据地的

---

① 毛泽东:《在延安文艺座谈会上的讲话》,见《毛泽东选集》(第3卷),人民出版社1991年版,第849页。
② 毛泽东:《在延安文艺座谈会上的讲话》,见《毛泽东选集》(第3卷),人民出版社1991年版,第848页。
③ 艾青:《延安文艺座谈会前后》,见《艾青全集》(第5卷),花山文艺出版社1991年版,第607页。
④ 丁玲:《三八节有感》,载《解放日报》1942年3月9日。

创作情况来说明这个问题。就以自称"为老百姓写作"的作家赵树理为例，其作品有着浓厚的为民众启蒙的意识。"农民在经济、政治、文化上的提高，是赵树理终生的心愿。正是因为想要改变低俗、封建、愚昧的思想和观念，他才写小说和剧本。"①赵树理的这种启蒙心态显然与"五四"以来知识分子的启蒙思想有着深层联系。赵树理用农民的语言和民间形式进行创作，也是出于宣传与普及革命文艺的目的："我应该向农民灌输新知识，同时又使他们有所娱乐，于是我就开始用农民的语言写作。"②所以，他的小说所塑造的那些与旧社会完全不同的，具有崭新面貌的人物形象以及生活方式，主要还是来自革命文艺创作中的大众化追求。因此，可以这样认为，从革命的层面上来说，五四新文化运动与延安文艺处在重合的话语范畴与价值追求之中，文学创作所承载的革命意识，成为自"五四"以来的一个光荣传统，一直延续到延安文艺的生成，并以一种巨大的规约性力量与文化精神在整个新中国文学发展中得以延续。

---

① 荻野脩二：《访赵树理故居》，程麻译，见荻野脩二、马若芬等：《赵树理研究文集》（下卷），中国文联出版公司1998年版，第107页。
② 杰克·贝尔登：《中国震撼世界》（节选），邱应觉等译，见荻野脩二、马若芬等：《赵树理研究文集》（下卷），中国文联出版公司1998年版，第11页。

第二节

延安文艺与新文学的民族化道路

一、左翼文学与革命大众文艺的兴起

五四新文学运动伊始，作家们就以一种启蒙者的姿态对民众进行启蒙，他们把如何解决文学和民众之间的关系作为重要问题进行创作实践。然而，如何使新文学最大限度地影响民众，以达到改造国人思想的预期目标呢？首先新文学作家的创作要能被民众广泛地接受。尽管以周作人为代表的五四作家提出了"人的文学"与"平民文学"的主张，但文学与民众之间的关系却不容乐观。无论是文学革命还是革命文学，作家们都面临着同样尴尬的处境，那就是新文学与民众的疏离。茅盾曾这样评价启蒙文学的接受状况："六七年来的'新文艺'运动虽然产生了若干作品，然而并未走进群众里去，还只是青年学生的读物；因为'新文艺'没有广大的群众基础为地盘。"[①]启蒙文学脱离了广大群众，尤其是脱离了社会底层民众，接受范围仅局限在知识分子圈子里，自然无法实现启蒙民智、唤醒国人的目标。初期的革命文学也遭遇了与此相似的接受困境。正如瞿秋白化名宋阳所撰写的《大众文艺的问题》一文中所指出的："'五四'的新文化运动，对于民众仿佛是白费了似的。五四式的新文言（所谓白话）的文学，只是替欧化的绅士换换胃口的鱼翅酒席，劳动民众是没有福

[①] 茅盾：《从牯岭到东京》，见北京大学、北京师范大学、北京师范学院中文系中国现代文学教研室主编：《文学运动史料选》（第2册），上海教育出版社1979年版，第148页。

气吃的。"他在对五四启蒙文学和20年代的革命文学进行了全面而深刻的反思后，明确提出了"革命的大众文艺"的问题，指出必须在充分"利用旧的形式的优点"的基础上，适当地逐渐"加入新的成分，养成群众的新的习惯，同着群众一块儿去提高艺术的程度"。① 郑伯奇就曾表示："新兴文学的初期，生硬的直译体的西洋化的文体是流行过一时。这使读者——就是智识阶级的读者——也感觉到非常的困难。启蒙运动的本身，不用说，蒙着很大的不利。于是大众化的口号自然提出了。"②

1930年左联成立后，其中心工作之一就是探讨革命的大众文艺问题。左联还特别设立了文艺大众化研究会，依托《北斗》《拓荒者》《萌芽》等左翼刊物刊发了大量有关革命大众文艺的讨论文章。左联执委会通过的决议《中国无产阶级革命文学的新任务》规定："为完成当前迫切的任务，中国无产阶级革命文学必须确定新的路线。首先第一个重大的问题，就是文学的大众化"③。为了贯彻革命文艺的大众化方针，左联理论家要求文学创作不仅要正面反映底层苦难的生活以及大众的革命斗争实践，而且在语言和形式上要做到通俗易懂。正如鲁迅要求的："应该多有为大众设想的作家，竭力来作浅显易解的作品，使大家能懂，爱看，以挤掉一些陈腐的劳什子。但那文字的程度，恐怕也只能到唱本那样。"④ 可以毫不夸张地说，正是因为就革命文艺的大众化问题所展开的广泛而深入的研讨，中国现代文学才找到了正确的发展方向，才真正走向了自觉与自立，逐渐摆脱了欧化与泥古的双重焦虑。左翼文学中的革命文艺的大众化问题才成为新文学的核心关键词，诚如胡风所言："八九年来，文学运动每推进一段，大众化问题就必定被提出一次。这表现了什么呢？这表现了文学运

---

① 宋阳：《大众文艺的问题》，见北京大学、北京师范大学、北京师范学院中文系中国现代文学教研室主编：《文学运动史料选》（第2册），上海教育出版社1979年版，第391—392、396页。
② 郑伯奇：《关于文学大众化的问题》，载《大众文艺》1930年第3期。
③ 《中国无产阶级革命文学的新任务》，见北京大学、北京师范大学、北京师范学院中文系中国现代文学教研室主编：《文学运动史料选》（第2册），上海教育出版社1979年版，第239—240页。
④ 鲁迅：《文艺的大众化》，载《大众文艺》1930年第3期。

动始终不能不在这问题上面努力,这更表现了文学运动始终是在这问题里面苦闷。"①胡风的话无疑传达了一个中国现代文学思潮亲历者的深切体验。

二、《讲话》与文艺的大众化

出于对一种全新的社会制度的向往,全国各地的作家纷纷奔赴延安和各抗日根据地,尽管作家们希望投身于革命洪流的目标一致,但因生活环境和创作经验各不相同,对文艺大众化的重视和实践也有差别。经过延安整风运动,特别是在《讲话》发表之后,文艺工作者关于大众化的文艺产生了新的、更为深刻的认识,在思想意识方面达到了高度的统一,文艺为工农兵成为他们自觉实践和主动探索的创作方向,并取得了客观的成果。延安作家与群众文艺运动结合,使中国传统民间文艺在现代新文艺的启迪下得以蓬勃复兴;而民间文艺的创造活力又补充丰富了现代新文艺。对于自"五四"以来就主要受外国文学影响的新文学来说,这种来自民族传统和民间文化的推动力,是具有特殊的意义与价值的。②《讲话》发表后,抗日民主根据地文学的一个突出表征就是工农兵真正成为文学的主体,他们变身为作品的主人公,其深层的思想动机和鲜明的行为特征都得到了立体呈现,同时他们的历史能动性与阶级主体性被一再确认和肯定,人民群众推动历史、改造历史的壮举得到了丰富的表现。此外,大众的政治生活和日常生活也得到了全方位的再现,仅以《中国人民文艺丛书》所收录的作品而论,就有涉及战争、土改、婚姻、革命历史故事等多样的大众题材。

无论大众化的理论建设还是创作实践,左翼文学并没有像作家们声称的那样真正与"五四"断裂。他们赋予文学以批判性、抗争性的政治文化功能正是"五四"开创的现代性精神的继续与展开。创造社、太阳社等社团早期的作家

---

① 胡风:《大众化问题在今天》,见徐迺翔主编:《中国新文艺大系(1937—1949)·理论史料集》,中国文联出版公司1998年版,第7页。
② 参见钱理群、温儒敏、吴福辉:《中国现代文学三十年》(修订版),北京大学出版社1998年版,第349页。

之所以会迅速地走向革命文学和左翼文学,显然是深刻地体认到了五四文学革命与中国社会实际的断裂,并且希冀通过自身的社会实践以产生一种更具中国本土性质的文学,其最初的文艺大众化运动不啻是回归本土的努力。延安文艺正是在对中国文学经验——五四文学革命、革命文学和左翼文学的文学经验充分吸收与反思的基础上,建构的一种最具中国本土文化气象和中国风格的文学形态。延安文艺在左翼文艺运动理论建设的基础上,将大众化的讨论和实践推向深入,并强化了文学的政治性和阶级性,创作了以工农兵为主人公,具有为中国老百姓所喜闻乐见的形式和大众语言特色的作品。可见,延安文艺的重要历史功绩之一,就是对新文学创作中的民族形式问题的讨论、深化以及实践,也就是说,文学创作的大众化问题只有到了延安时期才得以真正走上了民族化、本土化、中国化的实践之路。从这个意义上说,延安文艺不仅是左翼文学的承接和发展,更是晚清以来中国文学现代进程的逻辑发展。

文艺的大众化问题,其实就是文学创作为什么人的问题。毛泽东在《讲话》中强调了该问题的重要性:"为什么人的问题,是一个根本的问题,原则的问题。"[①]毛泽东总结了"五四"以来的左翼文艺运动的历史经验,提出了"文艺为工农兵服务""文艺为无产阶级政治服务"等一系列鲜明的主张。其中以工农兵大众为服务对象,以文艺为政治服务为基本定位,以大众化、民族化为创作主导风格,以作家深入工农兵生活并改造世界观为根本保证等重要理论阐述,实际上解决了中国新文学的方向性问题,即为什么人和如何为的问题。我们认为延安文艺真正解决了文艺的大众化问题,就是因为它明确了为群众并解决了如何为群众这两个中心问题。那么,为什么说五四新文学、20年代的革命文学以及左联作家的创作都没有能够彻底解决这个问题呢?五四先驱提倡的"人的文学"与"平民文学",充分展示了新文学为生活在社会底层的平民创作的艺术宗旨,革命文学与左翼文学也都是书写底层苦难的生活以及大众的革命斗争实践,这些创作者都以民众的启蒙者或者农工阶层的代言人身份出

---

① 毛泽东:《在延安文艺座谈会上的讲话》,见《毛泽东选集》(第3卷),人民出版社1991年版,第857页。

现，按理说也应该是在实践为什么人的问题。但是，为什么五四启蒙文学和革命文学会遭遇到大众的冷遇，启蒙者和革命先驱也会感受到一种不被理解、孤军奋战的悲哀呢？而且左联关于文艺大众化的探讨非常深入，但为什么不像延安时期的文艺那样受到群众如此热烈的欢迎呢？其中原因可能有多种，但最重要的恐怕还与作家的身份意识和立场有很大关系。

五四作家们的本意是启蒙大众，但由于他们立足于知识分子的精英立场，往往以民众的先生自居，并没有主动融入大众的实际生活，因此，在他们的作品中，大众的形象是模糊的，是想象化了的，此类文学遭到大众的冷眼与拒绝是可想而知的。随后出现的革命文学尽管在政治立场上比启蒙文学更坚定，并明确提出："我们要努力获得阶级意识，我们要使我们的媒质接近农工大众的用语，我们要以农工大众为我们的对象。"①但与启蒙作家一样，革命作家们也是一副高高在上的姿态，不仅没有充分了解大众的生活样态，更没有自觉地反映大众的期待和心声，而且其所使用的文学语言与启蒙文学如出一辙，都生硬艰涩，并带有欧化的风格。如果延安作家也将自己预设为大众的先生，显然会重蹈五四启蒙作家的覆辙，脱离大众的文学显然是不会被大众接受的；而如果延安作家将自己预设为大众的学生，就有可能了解大众、熟悉大众、表现大众，也就有可能创作出为大众乐于接受的作品来。在充分认识到新文学大众化的缺陷后，毛泽东在《讲话》的"引言"中这样自设问答："什么叫做大众化呢？就是我们的文艺工作者的思想感情和工农兵大众的思想感情打成一片。……在群众面前把你的资格摆得越老，越像个'英雄'，越要出卖这一套，群众就越不买你的账。"②延安文艺中出现的大量书写现实生活、表示同情于弱小者之不幸、反映被压迫者种种遭遇的作品，如戏剧《白毛女》以及赵树理的《福贵》《督税吏》等小说，描写地主阶级剥削和压迫借了高利贷的农

---

① 成仿吾：《从文学革命到革命文学》，见北京大学、北京师范大学、北京师范学院中文系中国现代文学教研室主编：《文学运动史料选》（第2册），上海教育出版社1979年版，第21页。
② 毛泽东：《在延安文艺座谈会上的讲话》，见《毛泽东选集》（第3卷），人民出版社1991年版，第851页。

民，致使其不是家破人亡就是走上绝路，反映了旧社会使人变成鬼而新社会使鬼变成人的共同主题。尤其是赵树理在《李家庄的变迁》中真实叙述了土地改革时期农民与地主的斗争，"他让我们看到了最近十五年来中国在政治上、经济上、文化上发展的一幅真实的图画。他的意义不仅是在暴露了国民党反动统治的本质和中国共产党惊人的建设力量，而且在这里面忠实地描写出中国人民的觉醒与政治力量的成长"[1]。显然，作家们只有深入人民大众，才能写出如此真实的场面，只有在"文艺为以工农兵为主体的人民大众服务"的号召下进行创作，才能对备受压迫的民众有如此真切的情感。

但需要注意的是，为什么人的问题不仅是一个理论问题，更重要的还在于创作实践。左联提出的文艺大众化理论是中国新文学诞生和发展的必然要求。五四时期在"人的文学"和"平民文学"的口号下，中国新文学展现了一种不同于古典文学的全新风貌，表现普通平民的生活成为其中的亮点，但是五四新文学中的平民并不是我们所认为的下层百姓，而是与士大夫贵族阶层相对的以小资产阶级为主的市民阶层。随着无产阶级革命文学的兴起，特别是在左联成立后，文艺大众化就成为左翼文学的首要任务。尽管左联所谓的大众指的是工农阶层，但由于当时的政治和历史条件，以及作家没能结合大众等限制，文艺的大众化努力主要还是停留在理论探讨层面，而为工农大众的文学创作实践并不多见。《讲话》在探讨中国新文学和无产阶级革命文学创作的民族形式问题与大众化方向的基础上，解决了文艺为群众和如何为群众这两个中心问题，将文艺大众化的追求提升到了一个新的阶段。毛泽东明确指出，文艺应该为最广大的人民，而"占全人口百分之九十以上的人民，是工人、农民、兵士和城市小资产阶级"[2]，当代文艺就是为这四种人服务的。尽管延安文艺最终把表现和服务的对象限于工农兵，但相对于左联文学的大众化来说，写工农兵无疑扩

---

[1] 西维特洛夫、乌克伦节夫：《关于中国农村的小说》，金陵译，见荻野脩二、马若芬等：《赵树理研究文集》（下卷），中国文联出版公司1998年版，第227页。
[2] 毛泽东：《在延安文艺座谈会上的讲话》，见《毛泽东选集》（第3卷），人民出版社1991年版，第855页。

大了文学的表现范围，为以工农兵为代表的群众服务，使文艺服务的对象更加明确。

三、民族形式与大众化道路

文艺为大众必然要求文艺形式的民族化，这是因为只有创作出老百姓喜闻乐见的文艺形式，文艺才能贴近大众，达到为大众服务的最终目标。五四新文学和革命文学没有能够很好地结合大众，其中一个重要原因应该是作家们在创作中简单地反对旧形式，造成文学与民众之间出现隔离。左联理论家已经意识到了民间形式之于文艺大众化的重要性。瞿秋白认为，左翼作家"必须去研究大众现在读着的是些什么，大众现在对于生活和社会的认识是什么样的，大众现在读得懂的并且读惯的是什么东西，大众在社会斗争之中需要什么样的文艺作品"①。而他研究的结果是，大众非常乐于接受"旧式体裁的故事小说，歌曲小调，歌剧和对话剧等"。故为了推进文艺的大众化，左翼文学要有意识地利用这些旧形式，瞿秋白（史铁儿）表示"应当做到两点：第一，是依照着旧式体裁而加以改革；第二，运用旧式体裁的各种成分，而创造出的新的形式"。②茅盾也曾撰文阐述这样一个观点：既然利用旧形式是新文学大众化必须解决好的课题，新文学作家就应当尽全力去做好，否则大众便不来理你，其根据是"二十年来旧形式只被新文学作者所否定，还没有被新文学所否定，更其没有被大众所否定"③。正因此，不少左翼作家投身民间和底层，并取得了丰硕的实绩，如臧克家的《罪恶的黑手》、张天翼的《齿轮》、端木蕻良的

---

① 宋阳：《大众文艺的问题》，见北京大学、北京师范大学、北京师范学院中文系中国现代文学教研室主编：《文学运动史料选》（第2册），上海教育出版社1979年版，第393页。
② 史铁儿：《普洛大众文艺的现实问题》，见北京大学、北京师范大学、北京师范学院中文系中国现代文学教研室主编：《文学运动史料选》（第2册），上海教育出版社1979年版，第380页。
③ 茅盾：《大众化与利用旧形式》，见北京大学、北京师范大学、北京师范学院中文系中国现代文学教研室主编：《文学运动史料选》（第4册），上海教育出版社1979年版，第389页。

《科尔沁旗草原》、艾芜的《咆哮的许家屯》、萧军的《八月的乡村》、萧红的《生死场》等，都带有浓烈的民族气息。

关于利用和改造旧形式为大众服务的问题，《讲话》也提出了一个原则性的意见："对于过去时代的文艺形式，我们也并不拒绝利用，但这些旧形式到了我们手里，给了改造，加进了新内容，也就变成革命的为人民服务的东西了。"[①]毛泽东在这里明确指出，只要是为了大众，能被大众接受和喜爱的文艺，无论是中国的还是外国的文艺形式，都应该是延安文艺可以利用和改造的。

因此，延安文艺对民间文化资源的重视，以及对传统的改造与运用显得格外突出。延安文艺是知识分子智慧与民间智慧高度融合的文学（文化）形态，其内在的精神诉求，强烈地映射出延安文艺工作者本着文艺为工农兵大众服务的人民本位思想，力求创作出为工农兵大众所喜闻乐见的艺术形式，他们的创作真实地反映和表现了根据地老百姓的生活、命运和情感。在文艺表现工农兵新生活的要求下，作家们深入民间，认真体味广大群众的思想情感和审美情趣，并运用知识分子的智慧，对中国传统艺术和民间形式及资源进行发掘和改造，创作了一大批深受人民大众欢迎的成功作品。这些表现工农兵新面貌的作品给抗日民主根据地的文学带来了一股刚健清新的创作风气，也使知识分子与老百姓的关系空前融洽，出现了诸如街头诗热、朗诵诗运动等群众性诗歌热潮。而且，每逢乡村戏剧和新秧歌剧演出，老百姓观看的热情空前高涨，盛况不衰。不仅如此，因为渗透了知识分子的智慧，民间传统艺术因被赋予了新的生命而得到复兴，推动并影响着中国现代文学的发展。当时在根据地流行的新评书体小说、新章回体小说、民歌体叙事诗、新歌剧等，都是作家在吸收、改进民间传统艺术的基础上创作出来的。

延安文艺对传统民族文化的继承和改造是显而易见的，那些认为延安文艺背离了五四新文学传统的观点，显然没有认识到延安文艺实质上是对五四精

---

① 毛泽东：《在延安文艺座谈会上的讲话》，见《毛泽东选集》（第3卷），人民出版社1991年版，第855页。

神的承续和发展。毛泽东《讲话》所号召的学习人民群众的语言，就是希望知识分子用纯正的农民的语言去描写农民的生活，可见延安文艺创作中对民族形式、民族语言的讨论与运用，与五四新文学所提倡的白话文创作要求是相一致的。如果说白话文作为现代人运用的大众化语言，成为文学现代化的内容之一，是民族现代化的要求在文学上的反映，那么，延安文艺更是符合了新文学发展的内在要求的，而不是背离或者中断了中国文学的现代化进程。

第三节

延安文艺与左翼文学思潮

一、中国左翼文学与世界左翼文化思潮

纵观中国新文学的历史演进过程,无产阶级革命文艺思潮其实在五四新文化运动时期已初现端倪。然而,中华民族并没有像五四启蒙者所设想的那样实现国富民强,而是面临着更为严重的内忧外患的困境。"五四"退潮后,新文化运动和文学革命的号召力也开始式微,整个社会的思想、文化、价值观陷入迷茫和虚无。在这个生死存亡的转折时期,左翼文学成为国人激励自己走出彷徨的最终选择。可以说,左翼文学是在五四新文化运动和国内外进步文艺活动的实践基础上展开的。

无产阶级文学运动并没有背离文学的现代化进程,而是代表着人类的一种先进文化方向。正如郭沫若在《革命与文学》中说的:"在欧洲今日的新兴文艺,在精神上是彻底表同情于无产阶级的社会主义的文艺,在形式上是彻底反对浪漫主义的写实主义的文艺。这种文艺,在我们现代要算是最新最进步的革命文学了。"[①]可见,中国的无产阶级文学运动其实是这一世界性文化思潮的重要表现和实践。中国左翼文学尽管对国际左翼思想和理论可谓是亦步亦趋,但从文学自身而言,中国左翼文学又与中国社会和革命实践密不可分,有着独

---

① 郭沫若:《革命与文学》,见北京大学、北京师范大学、北京师范学院中文系中国现代文学教研室主编:《文学运动史料选》(第1册),上海教育出版社1979年版,第444页。

特的文学特质。

早在左翼文艺运动初期,左翼理论家们就将文学视为阶级斗争的工具,甚至把文学的阶级性绝对化并作为唯一特性来加以强调。左翼文学力图以"我们"取代五四时期的"我",以"群体"解放代替"个体"呐喊,强调文学的阶级属性,同时赋予了文学以浓厚的政治功能和教育作用。这一切实际上与梁启超、鲁迅等先驱的主张及实践在内在精神上是一脉相承的。因此,我们认为,以文学承载社会政治革命的思想内容,并希望以此解决阶级矛盾的左翼文学,有着与晚清、"五四"异质却同构的社会变革和思想启蒙指向。就精神实质而言,左翼文学与五四启蒙主义文学家的立场完全一致,都是要唤醒民众改变自身,进而改变社会。如洪灵菲的《家信》、蒋光慈的《老太婆与阿三》,都明显表现出这种精神的内在继承,只不过他们将唤醒大众、启迪民智的情绪与重构现代政治文化的社会理想结合在一起,从而体现出作家的社会责任感和文学的政治使命。在与新月派展开的关于文学的阶级性和普遍人性的论争中,左翼理论家进一步确定了其无产阶级革命文学的性质,所以,尽管左翼作家发出的是"粗暴的叫喊",但那种靡靡之音与这种粗粝的美所负载的时代情绪根本不可同日而语。

二、延安文艺对左翼文学的发展

《讲话》发扬了五四文学"为人生"的精神,深化了左翼文学的文学阶级性的观念,结合延安文艺运动的实践经验,对文艺的阶级性进行了这样的理论概括:"在现在世界上,一切文化或文学艺术都是属于一定的阶级,属于一定的政治路线的。"并且认为:"为艺术的艺术,超阶级的艺术,和政治并行或互相独立的艺术,实际上是不存在的。"[①]在无产阶级革命意识的支配下,依据根据地经济基础的工农联盟的性质,延安文艺最终解决了文艺为什么人的问题,确立了文艺为工农兵的方向,创造性地发展了无产阶级文艺理论。可见,

---

① 毛泽东:《在延安文艺座谈会上的讲话》,见《毛泽东选集》(第3卷),人民出版社1991年版,第865页。

延安文艺理论及实践对阶级性的进一步凸显，既是国内战争形势的必然要求，也是马克思主义文艺思想中国化的重要成果。

延安文艺被学界批评的一个焦点就是文学与政治的关系问题。一个是文艺服从于政治，一个是文艺批评的标准问题。文艺服从于政治，这是由无产阶级革命功利主义思想决定的。然而，文艺为之服务的政治内涵不是一般狭义的政治，正如毛泽东指出的："我们所说的文艺服从于政治，这政治是指阶级的政治、群众的政治，不是所谓少数政治家的政治。""革命的思想斗争和艺术斗争，必须服从于政治的斗争，因为只有经过政治，阶级和群众的需要才能集中地表现出来。"①这里的"政治"，指的是无产阶级工农大众的政治，是体现大众的阶级利益的政治。在特定的文化语境中提出的这一主张，是中国战争年代的特殊需要，它突出了文艺的阶级意识和政治属性，具有天然的合理性。延安文艺把政治标准作为文艺批评的一个重要尺度，即"一切利于抗日和团结的，鼓励群众同心同德的，反对倒退、促成进步的东西，便都是好的；而一切不利于抗日和团结的，鼓动群众离心离德的，反对进步、拉着人们倒退的东西，便都是坏的"②。只有对作品的意识形态指向做出基本的判断之后，才谈得上艺术批评的问题。《讲话》并没有忽视作品的艺术性，认为真正有价值的文艺，是"政治和艺术的统一，内容和形式的统一，革命的政治内容与尽可能完美的艺术形式的统一"，而"缺乏艺术性的艺术品，无论政治上怎样进步，也是没有力量的"。③从《讲话》发表后数十年的批评实践来看，文艺批评家在遵循《讲话》精神的基础上，逐渐形成了一种既注重大众的接受效应又注重艺术质量的批评范式。由此可见，《讲话》提出的两个批评标准是经得起实践检验的。

---

① 毛泽东：《在延安文艺座谈会上的讲话》，见《毛泽东选集》（第3卷），人民出版社1991年版，第866页。
② 毛泽东：《在延安文艺座谈会上的讲话》，见《毛泽东选集》（第3卷），人民出版社1991年版，第868页。
③ 毛泽东：《在延安文艺座谈会上的讲话》，见《毛泽东选集》（第3卷），人民出版社1991年版，第869—870页。

延安文艺是马克思主义中国化的成功践行，延安文艺在革命根据地受到群众的欢迎，充分展示了其作为无产阶级革命文艺的本质特性。延安文艺顺应了中国社会历史发展的趋势，规范了中国文艺现代化的走向，而且使中国文艺汇入了世界无产阶级革命文艺运动的潮流。因此，无论是从中国现代作家们的精神追求，还是从根据地文艺创作实践来看，延安文艺都带有明显的现代性和先锋性特质。王德威就曾这样评价延安文艺作家："当三四十年代政治激进的作家朝向为革命而文学的目标迈进时，他们对中国现代性的追求结果，即使不算是中国所有的政治传统中最老旧的传统，也是中国所有的现代性可能中，最不现代的现代性"①。唐小兵也认为，延安文艺"是一场反现代的现代先锋派文化运动"。这是因为延安文艺"一方面集中反映出现代政治方式对人类象征行为、艺术活动的'功利主义'式的重视和利用，另一方面也表达了人类艺术活动本身所包含的最深层、最原始的欲望和冲动——直接实现意义，生活的充分艺术化。从这个角度来看，延安文艺是一场含有深刻现代意义的文化革命"。②对延安文艺性质的评价，不管是王德威所认为的"最不现代的现代性"，还是唐小兵所说的"反现代的现代先锋派文化运动"，显然都具有局限性。应该说，延安文艺的现代性和先锋性特质不仅与世界现代潮流同步，而且是与中国革命的历史进程相结合的产物，它所展示的现代性和先锋性特征带有鲜明的中国文化现代化的因素。因此，我们认为，延安文艺的创构无疑是马克思主义文艺理论中国化的重大成果。

---

① 王德威：《被压抑的现代性——晚清小说新论》，宋伟杰译，北京大学出版社2005年版，第27—28页。
② 唐小兵：《我们怎样想象历史（代导言）》，见《再解读：大众文艺与意识形态》，北京大学出版社2007年增订版，第5—6页。

第四节

延安文艺精神的当代传承与反思

一、延安文艺传统与十七年文学

以整体性的新文艺发展眼光来看，延安文艺在20世纪中国文学发展史上起着承前启后、继往开来的重大作用。如何看待延安文艺对此前左翼文艺传统的承袭，又怎样认识延安文艺自身的独异性传统的形成以及对此后中国文学的影响，是极为重要的问题。透过历史可以看到，20世纪30年代的左翼文艺运动并不成熟，可以说正是在进入延安之后，中国的左翼文艺运动才逐渐成熟起来，开始将马克思主义文艺理论中国化，并在与抗战现实的结合中，在与大众的结合中，在理论与实践的探索中，创作了大量为中国老百姓所喜闻乐见的艺术形式，开创了民族的、科学的、大众的新文艺。而新中国成立后的十七年文学以《讲话》所指示的方向为创作标杆，直接继承了延安文艺的优秀传统。周扬就表示，《讲话》"规定了新中国的文艺的方向……深信除此之外再没有第二个方向了，如果有，那就是错误的方向"①。以此可见，中国当代文学新秩序的建构，完全沿袭了延安文艺的经验。所以，要探讨延安文艺与中国当代文学的关联问题，首先应搞清楚中国当代文学到底在哪些方面承续了延安文艺传统。

新中国的文艺工作确立了毛泽东文艺思想的指导地位，并以《讲话》为

---

① 周扬：《新的人民的文艺》，见北京大学、北京师范大学、北京师范学院中文系中国现代文学教研室主编：《文学运动史料选》（第5册），上海教育出版社1979年版，第684页。

方向对新中国文艺理论和创作进行规范。第一次文代会是解放区和国统区文艺队伍的大会师，标志着三十年的中国现代文学的终结和当代文学的开端。在会上，茅盾和周扬分别总结了国统区和解放区文艺运动的经验，以传经送宝的方式把解放区文艺运动的经验推广到全国。尤其是作为新中国成立后文艺界的主要领导者之一，周扬发表了题为《新的人民的文艺》的报告，阐述了新中国成立后文艺创作的方针，即毛泽东《讲话》提出的文艺要为无产阶级服务、为工农兵服务的立场，作家的世界观和创作方法，普及与提高的关系，文学批评的政治标准与艺术标准等一系列问题。这些问题从马克思主义文艺理论的高度，系统地论述了当代文艺工作面临的最根本的问题，形成了一整套规范和指导新中国文艺创作和批评的基本理论。这些理论又规定了新中国文学创作的基本路线，具有明显的纲领性质。当代文学就是在这样的理论体系框架中产生的。

新中国文学由延安时期战时环境的区域化特征，上升为一种整体性的国家文学形态，并在整个国家意识形态和文化建设中被赋予了建构历史的重任。国家文学是指随着全国政权的取得，在建构新的国家体制的同时，需要在全国范围内展开对文学领域的组织建构及思想的改造与整合。随着社会主义中国新政权的建立，文学被赋予了推行新型意识形态的重任。正如毛泽东所说的："一个新的社会制度的诞生，总是要伴随一场大喊大叫的，这就是宣传新制度的优越性，批判旧制度的落后性。"[1]文学作为"革命机器的一个组成部分""思想战线上重要一翼"[2]，自觉承担起确立和巩固新政权的政治责任。新中国的文学通过对历史题材的革命讲述，对革命叙事的历史性再现，提供了一种新的价值观念和意识形态的合法性视角，使民众对新政权产生认同感。因此，在意识形态功能的制约下，新中国文学具有鲜明的一体化特征。作为新中国文艺体制基石的延安文艺经验，其运作方式也被进一步移至新中国的文艺领域。第一次文代会除了将毛泽东的《讲话》确立为新中国文艺工作的指导方针，还继承

---

[1] 毛泽东：《〈中国农村的社会主义高潮〉按语选》，见《毛泽东文集》（第6卷），人民出版社1999年版，第460页。
[2] 邵荃麟：《沿着社会主义现实主义的方向前进》，载《人民文学》1953年第11期。

和发扬了延安经验,并将其推广到新的社会文化体系之中。周扬以革命根据地的文艺运动实践为依据,指出了当前文艺界亟待解决的问题:我们党"除了思想领导之外,还必须加强对文艺工作的组织领导"①。可见在当时语境中,组织领导成为党领导文艺工作的不可替代的重要方式。于是,第一次文代会成立了中华全国文学艺术界联合会这一全国性的文艺界组织。不久,中华全国文学工作者协会也成立了。这些群众文艺团体中设有党组或党的组织,领导并组织文艺活动的开展,从而使文艺活动具有明显的一体化特征。新中国成立之初,新政权的领导者们就通过文化领导以及后来成立的各级文艺团体等组织的实践活动,在文学艺术领域轻而易举地实施了组织建构并完成了对知识分子的思想改造和统一。

新中国成立以后,文艺政策仍然坚持着延安文艺确定的为工农兵服务的方针,承继了文学从属于政治的延安文艺思想,因此新中国的文学体制的建立与规范都与政治意识形态有着密切的关联。本着文学为政治服务的宗旨,当一个国家政权确立后,意识形态势必会对文学提出更高的要求。除"赶任务"配合其时的阶段性工作如抗美援朝外,建构国家形象、宣传现实秩序的合法性等意识形态任务就显得更为重要和迫切了。在阶级意识和战斗精神的制约下,出现了一大批追求史诗性质和反映阶级斗争的作品,如"三红一创"(即《红日》《红岩》《红旗谱》《创业史》)、"青山保林"(即《青春之歌》《山乡巨变》《保卫延安》《林海雪原》)等红色经典系列。这些作品具有鲜明的政治性、思想性,重点突出了时代的战斗精神,是个人政治激情与时代精神自觉合谋的产物。正因为红色经典符合新中国的时代语境,所以被确立为新中国小说创作的美学范式和创作范式,并被作为标杆来衡量其他作品。如果某部作品在一定程度上符合基本规范,就会被官方意识认同并具有一定的合法性,就会在那个需要旗帜和方向的年代被作为样板推广且成为模仿的对象。例如被给予极

---

① 周扬:《新的人民的文艺》,见北京大学、北京师范大学、北京师范学院中文系中国现代文学教研室主编:《文学运动史料选》(第5册),上海教育出版社1979年版,第706页。

高评价的史诗性作品《保卫延安》《红日》《林海雪原》等红色经典作品的叙事模式，都或多或少对十七年时期战争题材或者其他题材的创作产生影响，甚至被逐渐经典化为一种写作范式。

同时，在文学体制的规范过程中，文学批评发挥了巨大的作用。延安整风运动用政治运动代替文艺批评，成功统一了各种不同思想的办法，也被沿用到了新中国的文艺界，导致正常的文学批评逐渐为政治批判所代替。如果说整风运动有利于革命根据地统一思想、团结一致地进行民族解放斗争，那么，新中国成立之初的文学政治批判运动就错误地夸大了文学创作中的阶级矛盾，那些被批判过的作家、作品和派别，不是被列为敌人、反革命，就是被与封建主义、资本主义和帝国主义联系在一起。例如在批判"胡风集团"时，就因为胡风等说了"不一律"的话，就被认为是"敌人""反革命"而《武训传》也被认为"狂热地宣传封建文化"，"对反动的封建统治者竭尽奴颜婢膝的能事"，是"资产阶级的反动思想侵入了战斗的共产党"。①因此，对其进行一场政治大动员式的批判就成为自然而然的事了。对《武训传》及知识分子小资产阶级倾向的批判和改造，对俞平伯《红楼梦》研究及胡适思想的批判，对胡风文艺思想的批判等，都是采用政治运动式的极端批判方式。尤其是对作家作品和文学问题，常以决议的方式，做出政治裁决性质的结论，以此方式控制作家创作的方向。这种批评范式进一步规范了文学创作，牢固地建立了新中国的文学体制。

延安文艺运作方式移植到新中国文艺领域后，推动着新中国文学走向了与工农兵群众相结合的新阶段。毛泽东总结了"五四"以来的左翼文艺运动的历史经验，提出了"文艺为工农兵服务""文艺为大众服务""文艺为无产阶级政治服务"等一系列鲜明的主张。其中以工农兵大众为服务对象，以文艺为政治服务为基本定位，以大众化、民族化为创作主导风格，以作家深入工农兵生活并改造世界观为根本保证等重要理论，实际上解决了当代文学的方向性问

---

① 《应当重视电影〈武训传〉的讨论》，载《人民日报》1951年5月20日。

题，即为什么人与如何为的问题。《讲话》自发表以来直至70年代后期，一直是规范当代文艺创作的重要纲领，尤其是在要求文艺为工农兵服务以及文艺的大众化、民族化等人民性方面，对当代文学的建构甚至当下文学创作都具有重要的指导意义。延安时期，赵树理被誉为"赵树理方向"，是因为他努力创作出了合于大众化、民族化的新形式作品。

对传统民间形式的利用以及对中国传统小说叙述技巧的继承和改造，在新中国的文学创作中也是讨论的重点。在20世纪50—70年代，那些在当代文学中被推崇并获得高度评价的长篇小说，如梁斌的《红旗谱》、刘知侠的《铁道游击队》、李英儒的《野火春风斗古城》等，都或多或少借鉴了民间形式并再现了民族精神。不仅如此，赵树理开创的山药蛋派，周立波的方言体《山乡巨变》，以及郭小川、贺敬之、闻捷等的民歌体，都是"十七年"作家在文学大众化、民族化方面做出的创造性贡献。1958年的新民歌运动，是在探索中国新诗的出路时，在毛泽东注重搜集民歌的倡导下，由各级党委、政府组织发动的一场群众性运动，对诗歌的民族化产生了巨大的影响。郭小川在形式上提倡民族化和群众化，用民歌体创作了《祝酒歌》；贺敬之用信天游的民歌体创作了《回延安》；闻捷创作了表现少数民族独特风土人情的《吐鲁番情歌》《苹果树下》等诗歌，呈现出一种柔和、轻快、明朗的牧歌风格：这些都在20世纪50年代诗坛产生了很大影响。这些作品对传统文学和民间形式的借用和改造，不仅是艺术创作的问题，其所具有的民间形式的意识形态话语也在客观上弘扬了民族精神和传统文化。

因此，中国文学要想走向世界，必须立足于本土，在表现本民族独特的生活特征和精神面貌的同时，自觉融入人类的普遍价值和审美情感，才能得到世界的认可。作为中国经验的集大成，延安文艺在继承中国民间传统和国外文艺理论的基础上，又与社会现实和广大民众密切结合，可谓既切近中国社会现状又适应中国民众的审美趣味的文艺形态，其本土性和民族性特征格外鲜明。从中国当代文学发展的趋势来看，延安文艺给我们的启示是，应该自觉地把本民族的创作实践纳入世界文化现代化的潮流，学习和吸收国外优秀的创作理论和技巧，同时坚持和发扬能够体现本民族特征的文学传统。这不仅仅因为中华民族已经备受世界关注，还因为越来越多的民族都已经意识到了保持民族自我的重要意义。延安文艺的这种经验不仅在当时是适宜中国国情的，在当代文化建构中，也应该是符合中国文学的发展道路的。

二、延安文艺与当代文学的一体化

当代文学的一体化过程，除了表现为占主导地位的文学形式和文学特征逐步趋同的现象，还应该是"这一时期文学组织方式、生产方式的特征。包括文学机构、文学报刊，写作、出版、传播、阅读、评价等环节的高度'一体化'的组织方式，和因此建立的高度组织化的文学世界"[①]。研究当代文学的一系列机制和生产方式，首先要对中国作家协会有清醒的认识。尽管章程声明作协是一个纯粹的、中国作家自愿结合的群众团体，但需要清楚的是，它并非一个普通的群众团体，而是有行政级别，享受国家财政经费的单位。作协的主要功能之一就是对作家的文学活动进行政治和艺术领导，从而保证各种文学规范得以实施。作家被纳入作协，领着国家发给的津贴，就理所当然要完成上级交给的创作任务。其次，政府通过制定文艺政策来指导作协的工作，作协承担着执行政府文化决策的功能。新中国成立后，我国实行计划经济体制，文艺部门也是一样。上级主管部门不仅决定作协的行政级别、人员编制、财政投入等，而且会为各级作协制定发展规划和创作任务。因此，只要是加入了作协的当代作家，就成了文学体制内的人，必须严格按照体制所规定的任务和要求去完成自己的职责。不仅如此，文艺刊物、图书出版、经销发行以及稿酬评奖等环节，都因为物质的调配与经济的划拨而被国家意志监管和掌控。《文艺报》《人民文学》等权威刊物和其他文学刊物不仅发布文艺政策、推动文学运动并进行思想领导，还通过举荐优秀作品和文艺批评来规范作家的创作倾向。作家的创作被制约，文学刊物和出版发行被监管，文学作品被文艺批评规范，同样，读者

[①] 洪子诚：《问题与方法——中国当代文学史研究讲稿》，生活·读书·新知三联书店2015年增订版，第188页。

的阅读也间接地被规训。可见,文学的整个生产过程和每个环节都被纳入政治体制,其生产方式带有很强的计划性和强制性。

可见,延安文艺在实践过程中所积累的经验基本沿用在当代文学范式的建构之中,成为运用行政强制力来推行的文学制度和规范。这种延安文艺的经验和做法在新中国成立后被沿用,并且成为新中国的文艺体制,对此,不少研究者肯定会产生这样的疑问:尽管革命根据地和新中国的政权性质一样,都是无产阶级政党领导下的具有社会主义性质的政权,但它们所处的形势和面临的任务都发生了变化,那么作为战时中国经验的延安文艺体制是否还适应于建设年代?并不是所有的经验都具备普适性,更何况延安文艺的一些做法也不一定都是符合文艺自身发展规律的,没有与时俱进的文学体制是否会影响和制约新中国语境下的作家创作呢?的确如此,社会的主要矛盾发生了变化,文艺的任务也会出现不同的侧重。延安时期面临的是民族危机和国内的阶级矛盾,需要团结广大人民群众进行革命斗争。新中国成立后,尽管也需要团结全国人民,但阶级矛盾已不再是主要矛盾,新政权的主要任务是建设新的国家。新中国文艺不同于战时文艺,它的主要任务不在于激发老百姓的斗志、坚定对敌斗争的必胜信心,而是要在广大人民群众中植入一种新的思想理念,让他们认同新政权的合法性,从而增强民众的主人公意识。因此,新中国的文艺首先必须突显中国的革命历史,增强民众认识和建设新国家的责任意识;其次就是用文学来陶冶民众的审美情趣,提升全民族的文化艺术水平。尽管时代已经发生了变化,文艺的中心任务也有所不同,但如果从文艺应配合社会主义革命和建设事业这个角度来说,文艺从属于政治、文艺为政治服务等这些在战争年代就被证实了的延安文艺的成功经验,显然仍可沿用于新中国的文艺领域。

不可否认,延安文艺是在战时条件下形成的文学范型。文学从属于政治,并把文学纳入国家行政管理体制进行领导,是为了最有效地发挥文学的宣传鼓动功能,这在特定的环境中具有一定的合理性。新中国成立之初的各类文艺活动,沿用了这种文艺体制,把全国作家都组织起来,以严密的组织形式为作家的创作提供身份认可和生活保障,解决了他们的后顾之忧,同时收获了不少优秀的作品。在"文艺为工农兵服务"的号召下，延安时期，作家深入民众，走向广阔的社会生活，创作了大量深受老百姓欢迎的反映民众生活的作品，客观上起到了服务工农兵、发动民众的作用。延安时期的这些文艺政策和举措为抗战的胜利以及新政权的诞生做出了不可忽视的贡献。但是，延安文艺的内在机制中也有一些负面因素，如对文艺活动的政治介入导致文学的整个生产过程带有强烈的意识形态色彩，用思想批判和政治批判代替文艺批评，再加上现有的文学体制造成创作的计划化和作家身份的职业化，在一定程度上影响了作家创作的主动性和创造性。同时，提升全民族的审美素养，也不是"政治标准第一，艺术标准第二"等强调政治标准和政治使命的文学所能够肩负的重任。因此，为了推动当代文学的发展和创新，激发作家的创作热情，我们应该深刻总结延安文艺传统的正、反经验，并与时俱进地对现有文学体制进行全面革新，以促进文艺事业的进一步发展。

三、延安文艺精神在新时期的承续与变异

新时期以来，随着政治意识形态的拨乱反正，人们开始了对文学的政治属性的反拨与质疑，并认识到了庸俗社会学、狭隘阶级论和实用功利主义之于文学的负面影响。当文学与政治的关系被消解甚至阻断时，当代文艺出现了诸如在文艺思想上淡化政治、表现自我的倾向，在艺术实践上盲目追逐西方技法，文艺脱离人民、远离现实等新的问题。在新时期的文学现场，我们不难发现有些作家在有意无意地规避宏大主题、疏离主流话语和回避社会责任，他们移植和借鉴西方现代主义叙事手段，把文学创作变成了文本的试验场。如果说以北岛为代表的朦胧诗创作者和以王蒙为代表的意识流小说作家仍然没有摆脱民族、国家、政治之类的宏大叙事话语，那么以马原、格非、余华、苏童等为代表的先锋文学派则一反传统的约定俗成的创作原则，忽略了故事的营造，淡化了情节的设置，沉迷于极端的语言试验和文本游戏。先锋作家对形式技巧的迷恋使其创作远离了民族本土文化和社会现实，而民众因为看不懂或者无法接受而放弃阅读相关作品，由此先锋小说最终只能成为作家和评论家狭小圈子里的

自娱自乐。出于对以形式为本体的先锋小说的反动，对深度模式和宏大叙事的颠覆，20世纪80年代后期，以池莉、方方、刘震云为代表的新写实小说流派，"注重写普通人（'小人物'）的日常琐碎生活，在这种生活中的烦恼、欲望，表现他们生存的艰难，个人的孤独、无助，并采用一种所谓'还原'生活的客观的叙述方式"[①]。新写实小说从先锋文学的叙事圈套中挣脱出来，将创作重新凝聚到生活在最底层的普通百姓身上，但新写实、零度叙事的美学原则与传统写实存在着很大的差异，特别是吸取了现代主义和后现代主义的诸多因素，创作出现故事平面化、零散化，以及情节生活化、原生态等特征，最终也没能真正走向大众读者。同样由于与宏大叙事的意识形态话语的对抗，中国文坛出现了一种以个体的生存体验取代集体意识的个人化写作现象。作家在个人本位思想的主导下，从国家代言人式的书写转为自我写作，他们关注个人的生命体验和成长经历，用私人化的心理表白和个人隐私欲望的书写来消解宏大叙事的主题，从而回避文学所应担负的社会责任。由此可见，个人化写作显然是将自己游离于时代和社会之外的。当文学不再关注社会现实，不再关注大众的生活境遇时，大众显然也不会关注这种与其毫无关联的文学，这也是当下文学逐渐走向边缘化的根本原因。

然而，正当我们忧虑文学正不断地疏离大众、走向边缘的时候，大众文化开始兴起。在市场经济的主导下，文艺一反此前疏离大众的清高姿态，从高雅向世俗靠拢。文学艺术从只能少数知识者享用的高雅殿堂步入了世俗人间，成为普通大众消遣娱乐的商品，似乎文艺的大众化问题在当下得到了很好的解决。但是，需要注意的是，这种全方位侵入人们日常生活的大众文化并不是以底层民众的民生为本，而是一种消费文化，公众对流行音乐、电视剧、时装、畅销书等大众文化的接受，实际上是市场经济体制下资本追求高额利润的必然结果。有市场就有竞争，为了使自己的创作适应大众的消费市场，满足其消遣娱乐的目的，作家的身份意识和创作观念都发生了巨大的转向。文学创作由以

---

① 洪子诚：《中国当代文学史》，北京大学出版社1999年版，第340—341页。

往的以作家为中心转为以读者为中心，由代大众立言转为投大众所好，由自娱自乐转为讨大众欢心。为了迎合大众的生活趣味和阅读兴趣，文学不再以满足读者的审美精神需求为创作宗旨，而是走向了媚俗和庸俗，最终沦为赚钱的手段和工具。当文学张扬个性的自由精神被市场规律湮灭，当文学的审美理想被商品经济颠覆，当文学批判现实的功能被迎合大众趣味剥夺，文学已经堕落为没有精神和灵魂的空壳，这才是当前文学所面临的最严重的问题。

以上所列举的当下文学的种种问题，其实都归结于一个问题，那就是在新文学发展过程中被讨论最多的大众化问题。关于文艺大众化问题的讨论虽然发生在20世纪初，但它所涉及的问题一直留存在新文学的发展过程中。正如有研究者所认为的："50年代的'新民歌运动'，80年代的'新写实小说'，包括长期以来对赵树理评价上的矛盾，都直接关系到'大众化'讨论的接受问题。80年代的'寻根文学'、'先锋文学'思潮，以及世纪末郑敏等人对五四新诗传统的反思，于坚等提出'口语化诗歌'，以及李锐等提倡'汉语写作'、'方言写作'等，都与'大众化'讨论中涉及的民族形式问题密切相关。这意味着新文学的'大众化'问题始终没有得到真正解决"[①]。因此，进一步反思和借鉴延安文艺对大众化的成功实践和经验，有助于探求在大众消费文化盛行的当下，如何解决文艺与大众的关系问题。

四、延安文艺经验对当代文学大众化、民族化的启示

除了要立足本土、发扬本民族的文学传统，当下文学存在的问题还有作家未能处理好文艺为什么人这个根本问题和原则问题。显而易见，先锋文学和个人化写作并不是为了大众，因为大众看不懂先锋作家进行的所谓的文本试验，对那些极端私人化的体验和意欲也不会感兴趣。而那些在市场经济浪潮中，迎合大众趣味去写作的作家，也不是真正为了大众。投大众所好的目的是让自己的文字能够被大众消费，因为作品的畅销可以带来更多的经济利益。作为文化

---

① 贺仲明：《"大众化"讨论与中国新文学的自觉》，载《中国社会科学》2006年第6期。

精英，作家首先应该承担和发扬知识分子忧国忧民的传统，也就是说应本着文学为社会、文学为大众的思想，而不是走小部分圈子内人自娱自乐的狭小道路。作家与底层关系最为密切的时期是中国现代。自近现代以来，中国知识分子为探索文学的大众化进行了深入的讨论和实践，尤其是自《讲话》确立了文艺为工农兵大众服务的方向后，文艺才开始真正与大众结合，底层民众才开始参与到文学活动中来。因此，延安文艺延续了中国现代作家与底层大众的融洽关系，建构起为生活在最底层的弱势民众写作的目标，也就是说，作家坚持人民本位的立场，用平民叙事的风格书写大众的生存状态，表达他们的情感和愿望，反映他们的思想和诉求，这才是作家安身立命的根本。其实在延安时期，赵树理取得成功并得到大众的认可，并不仅仅因为其作品的通俗性，更因为作品的内容与大众息息相关，作家的创作态度与大众融为一体。只有大众感受到了作家关注他们、理解他们，写出了他们的生存状态，并替他们道出了心声，其作品才是大众真正喜欢和接受的作家作品。因此，我们认为，为大众服务，为底层民众写作，仍然是中国当代文学应该承载的使命和责任。21世纪以来，以曹征路、陈应松、胡学文、刘继明等为代表的底层写作作家，以关怀和同情普通民众的态度，揭示了现代化进程中出现的新问题，如农民在失去赖以生存的土地之后的窘迫，进城打工的农民工在困顿中谋生而正当权益还得不到保障，城市中的下岗职工在生活和精神方面面临的双重焦虑，还有公司里的白领在激烈竞争中出现的人性的压抑和扭曲，等等。尽管底层写作还存在着叙事方法和主题表现等稍显陈旧的种种问题，但作者对底层民众命运和情感的关注是难能可贵的，至少其创作重新回到了探索文学大众化的道路上，这显示出知识分子强烈的正义感和责任心。

不可否认的是，文艺的大众化必然要求文艺工作者向底层民众靠近，创作出大众能接受并乐于接受的作品，但不能认为作家就应该毫无原则地迎合大众，甚至取悦大众。如果作家真那样做的话，那就是鲁迅所说的"迎合和媚悦"。早在20世纪30年代，鲁迅就指出了文艺刻意迎合大众的弊端："若文艺设法俯就，就很容易流为迎合大众，媚悦大众。迎合和媚悦，是不会于大众有益的。"①迎合和媚悦，不管是对文学的发展还是对大众的生活都没有什么好处。如果在创作时只为追求时尚或者时髦的东西，或者仅考虑到读者的阅读兴趣，就可能会因过分迎合有些读者比较低俗的喜好而使作品的格调低下，这种投其所好的行为显然丧失了作家的创作个性和主体意识。要化解文艺大众化中可能出现的雅、俗难辨的现象，我们可以从《讲话》有关普及和提高的论述中得到启示。《讲话》强调了普及的重要性，即"普及工作的任务更为迫切"，但又认为"普及工作和提高工作是不能截然分开的"，"我们的提高，是在普及基础上的提高；我们的普及，是在提高指导下的普及"。②如果说作家创作出易于被大众接受的作品是为了普及，那么同样存在另一个目标，那就是提高大众的欣赏水平，而不是生产仅供大众消遣和娱乐的消费品。也就是说，作家不能因为大众接受水平较低就特意地俯就大众，那样只会将作家与大众区别视之，也不利于大众的提高。在充分考虑了大众的接受水平之后，用大众能接受的作品去引导他们提高欣赏能力，改变接受习惯，这就充分发挥了文学的作用。而且文学不等同于教育或者文化宣传，针对大众的教育和文化宣传可以实现普及的功能，但文学不同，它在教育和宣传之外，更为大众带来一种审美情趣和艺术感受。倘若文学沦落为供民众消遣娱乐的工具，那么文学就丧失了存在的价值。因此，作家应始终保持着一种引领大众接受能力和审美情趣的思想高度，从而引导整个民族文化的提高。而作家在创作时无疑要把握好雅与俗的畛域，在保持必要的思想性和文学性的同时要更好地融入大众，从大众实际生活中发掘素材，以大众易于接受的方式进行写作，这样才能与大众进行平等对话，从而创作出大众看得懂、喜爱看的作品。

可以说，在20世纪中国文学的发展中，正、反两方面的所有经验都与延安文艺有着密切而复杂的关联。同时，延安文艺并没有随着时代的变迁而消隐，相反，在不同的历史阶段、不同的现实境遇中，它得以不断发展，并内化为当

---

① 鲁迅：《文艺的大众化》，载《大众文艺》1930年第3期。
② 毛泽东：《在延安文艺座谈会上的讲话》，见《毛泽东选集》（第3卷），人民出版社1991年版，第862页。

代文化与文学所特有的文艺传统和精神品格，渗透于中国文化与文艺建设的各个领域。

在全球化时代，特别是中国进入多元文化乃至消费文化的时代，如何深化认识现代中国的文化和文学的历史经验，如何从历史记忆、历史经验或已经形成的巨大传统中呈现或者提取行之有效的精神资源，以促使当代文化与文学的建设和可持续发展，已成为当下社会备受关注的课题。在当代多元文化语境中，特别是在西方话语蔓延、浸淫乃至导致我们众声喧哗甚至失语的尴尬处境中，我们不仅要吸收西方文化，更重要的是要正视中国经验和中国现实。延安文艺的当代意义主要就体现在，它所承载的中国经验可以为新时代的文化建设提供更为有益的借鉴。在全球化时代，文艺大众化、民族化、本土化问题，作家与民众结合的问题，民间文化资源的吸收、利用、改造问题，文学创作中的历史观问题，以及如何创造具有中国作风、中国气派的文学精品等问题，都可以从延安文艺所彰显出的中国经验中得到深远的启示。

延安文艺作为一种战时文艺形态的中国经验，为其时文艺环境所产生的价值和意义，对于如今而言是否同样有效，这是一个需要认真探讨并解决的问题。延安文艺为中国现代革命和文化建设提供了弥足珍贵的历史经验，已经成为中华民族精神文化中弥足珍贵的优秀传统。特别是在当今中国的现代化进程中，对延安文艺精神的充分理解与重新看待，成为指导我们真正认识中国历史、正视中国问题、总结中国经验等一系列重大现实问题的关键。也正因为如此，对延安文艺研究的关注更应该在新的文化语境中得到凸显，从而在一个多元的研究空间中进行更为深入且极具价值的探索。

第二章 延安文艺与左翼文学的现代精神

左翼文学在中国现代史上的发生，是多种因素交互作用的结果。以左联为中心的左翼文学思潮与创作，形成了新的文学传统和创作模式，对解放区文学、十七年文学、"文革"文学、新时期文学以及当下动态发展的中国文学产生了重大而深远的影响。鲁迅、茅盾和一些对文学艺术本质有着精深把握的左翼理论家、创作家对左翼文学精神的理解及相关创作，真正代表左翼文学全部内涵的现代文学意识，同一度造成当代文学发展之路窄化甚至停滞的极左文艺思潮、文学观念有本质区别。左翼文学思潮的兴盛，为延安文艺输入了丰富的精神资源。左翼文学的现代化路径及文学书写经验对延安文艺的生成具有无法替代的作用。因此，从中国文学的现代化发展路向研究左翼文学现象，探讨左翼文学精神对20世纪中国文学整体面貌和文学现代化的影响，具有重要的价值和意义。

文学的现代化，是一个民族国家和民族文化现代化的有机组成部分。自"五四"以来，中国文学走过了20世纪漫长而曲折的发展路程。中国文学的现代化，就是传统中国社会进入现代社会以来，文学自身在中西文化交融冲突和继承民族本土文学传统的大背景中，追求能体现文学"现代性品格"的历史过程。这是一个内涵不断拓展而又很难精确化的动态历史范畴。文学，究其本质，是一种艺术精神。20世纪中国文学追求现代化的进程，正是在长期的文学实践中形成各种文学精神，展示各自的艺术力量，塑造不同时代文学整体面貌的形形色色文学灵魂的分化与整合过程。文学精神在一个特定阶段文学活动中的集中体现,是推动文学自身不断调整变化,获得艺术生命力,从而逐步向文学的现代性品格靠近或最终实现文学现代化的强大动力之一。人类存在,文学存在,文学精神就存在。它存在于我们对文学历史的深切认识中,存在于我们对当下文学的理解中,存在于我们对未来文学的深情瞩望中。左翼文学不仅在当时推动了中国文学现代化的历史进程,而且深刻影响了20世纪中国文学现代化追求历史和文学的整体面貌。我们选取"现代化"这一角度来重新审视中国左翼文学及其文学精神,就是想厘清这种表面看起来与文学现代化目标甚为矛盾,且又让人容易将其与造成中国现当代文学(尤其是当代文学)发展之路越走越窄甚至停滞不前的极左文艺思潮、文学观念等同起来的文学现象(传统),在中国文学自身不断追求现代化的历史中,起到了怎样的作用。左翼文学精神在不同的历史时期有不同的表现形态,同样也展现出与文学现代化追求的复杂而曲折的关系。我们试图说清楚这种关系:哪一个历史时段的左翼文学观念或创作有助于中国文学现代化总体目标的推进,而哪一个历史时段的左翼文学观念影响下的文学创作并不能体现真正的左翼文学精神,而是极左的政治思想在文学上的表现。这就要求研究者做细致的历史的辩证的区分。我们相信,左翼文学精神作为深刻影响20世纪中国文学现代化追求历史的中国文学精神之一,必将在新世纪的文学实践中,发挥其应有的作用,展示其独特的力量和风采。

第一节
左翼文学的现代品格及精神指向

左翼文学精神，是指20世纪二三十年代，以左联为文学活动中心，激进的、参加无产阶级文学运动，以及之后受其文学观念和创作模式影响，始终属于革命的、社会主义意识形态规范的文学创作中所贯穿的现实主义文学品格以及创作主体的精神品格。这是一种已构成20世纪中国文学强大传统的文学形态所独具的艺术内涵和现代文学意识，它同一度造成中国现当代文学，尤其是当代文学发展之路越走越窄甚至停滞的极左文艺思潮、文学观念有本质区别。

左翼文学在现代史上的发生，是多种因素交互作用的结果。概括而言，有20世纪30年代世界范围"红色革命风暴"的影响，有马克思主义社会政治学说的广泛传播与盛行，有文学自身不断发展的必然要求，有现实政治和革命形势的思想需要，有30年代政治文化心理对左翼作家创作的影响[①]，以及中国固有的文人传统在新的历史条件下的重新发扬等诸种重要因素。左翼文学在当时文坛掀起风暴，备受青年读者欢迎，推动了新文学的发展。当时主要的左翼文艺刊物有四五十种之多，可见其文学力量和影响。左联是左翼文学家的大本营。在左联的领导下，文学创作取得了出色成就，出现了以鲁迅、茅盾为代表的左翼文学巨匠和一大批有鲜明创作个性的左翼作家，如蒋光慈、丁玲、胡也频、柔石、张天翼、萧红、萧军、艾芜、沙汀等，他们以扎实的创作向世人展示了

---

① 林虹：《从众心理与三十年代文学转向》，载《郑州大学学报》（哲学社会科学版）2001年第3期。

文学的价值，丰富了左翼文学的艺术表现方式，提升了左翼文学的艺术追求品格。鲁迅与茅盾投身左翼文学实践，但又与极端强调"革命"而使文学沦为政治工具的极左文学观念保持警觉和距离。他们以及一些对文学艺术本质有着精深把握的左翼理论家、创作家对左翼文学精神的理解和创作，真正代表了左翼文学的全部内涵及其所具有的现代性的文学意识。这种左翼文学精神，既有力地促进了民众的觉醒，又为现实主义文学在中国的现代化注入了真正现代的生命和活力。

左翼文学精神突出文学的政治实践品格，强调文学为无产阶级的现实斗争服务，强调文学的现实战斗性。这在军阀混战、外患频仍的20世纪30年代来讲，是关注现实的文学家的必然选择。左翼文学是在当时的政治高压下发生、发展乃至壮大的文学。它代表了与统治阶级的文艺相对抗的文学。左联成立大会上通过的纲领认为："社会变革期中的艺术，不是极端凝结为保守的要素，变成拥护顽固的统治之工具，便向进步的方向勇敢迈进，作为解放斗争的武器。也只有和历史的进行取同样的步伐的艺术，才能够唤喊它的明耀的光芒。诗人如果是预言者，艺术家如果是人类的导师，他们不能不站在历史的前线，为人类社会的进化，消除愚昧顽固的保守势力，负起解放斗争的使命。"① 显然，那个时代，艺术家以群众的导师自居，以启蒙者的身份出现于文坛，自觉肩负起政治使命，他们对所处时代的政治思想文化环境和艺术状况的把握和感觉还是相当敏锐的。也许，他们是不无偏激的，是狂热的，是过于理想主义的，但最终，他们是对时代负责的，是真诚的。于是他们发出这样的号召："无产阶级作家和革命作家，一切爱好文艺的青年，你们的笔锋，应当同着工人的盒子炮和红军的梭标枪炮，奋勇的前进！"② 要求文学家直接参与现实的政治斗争。他们的文学作品，激励了一代又一代人走上革命的征途，去追寻真

---

① 《中国左翼作家联盟的成立》，见马良春、张大明编：《三十年代左翼文艺资料选编》，四川人民出版社1980年版，第133页。
② 《告无产阶级作家革命作家及一切爱好文艺的青年》，见马良春、张大明编：《三十年代左翼文艺资料选编》，四川人民出版社1980年版，第170页。

理，舍身报国，这是何等的威力。左翼作家的语言及思维方式对中国人的政治和日常生活，对中国之后的文学和日常语言形式更是产生了深刻的影响。左翼作家积极投身反帝反封建、宣传社会主义思想的崭新文艺运动，继承并充分发扬五四文学的感时忧国精神，其作品中流动着浓烈的爱国热情。而"那种把中国当作一个受精神疾病折磨的国家所产生的执着的关心"的感时忧国精神，正是"区别中国文学现代阶段的标志"。①大多数左翼作家文学观念中的现代意识，也体现在他们日益鲜明而强烈的社会政治意识中。因此，他们反对作家缩进艺术的象牙之塔"为艺术而艺术"，要求文学面对客观的现实问题。他们的思想才逐步从专注于自我的浪漫主义转向关注中国社会、无产阶级的生存命运这个更广阔的现实世界，他们才全身心地倾心于更加具有概括认识社会能力的现实主义艺术。鲁迅在写于1931年的《黑暗中国的文艺界的现状》一文中也指出，在当时的中国，"无产阶级的革命的文艺运动，其实就是惟一的文艺运动。因为这乃是荒野中的萌芽，除此以外，中国已经毫无其他文艺。属于统治阶级的所谓'文艺家'，早已腐烂到连所谓'为艺术的艺术'以至'颓废'的作品也不能生产，现在来抵制左翼文艺的，只有诬蔑，压迫，囚禁和杀戮；来和左翼作家对立的，也只有流氓，侦探，走狗，刽子手了"②。郭沫若、蒋光慈、胡也频、丁玲、茅盾等左翼作家的文艺思想和创作上的内在转变，就有力地证实了革命现实主义文学的强大吸引力。

左翼文学直接继承五四时期"为人生"的文学传统，并把五四文学所喊出的寻求个人政治、经济解放的声音纳入寻求整个民族、国家、阶级解放的轨道，把五四新文化（文学）的现代化目标真正向前推进了一大步。左翼作家的作品，至今仍令人感动的，就是那种罕见的激情、对理想的执着和对普通人生存命运的深切关注。一个民族，一个国家，以及这个国家的人民，如果没有追

---

① 李欧梵：《论中国现代小说（摘要）》，邓卓译，载《中国现代文学研究丛刊》1985年第3期。
② 鲁迅：《黑暗中国的文艺界的现状》，见《鲁迅全集》（第4卷），人民文学出版社1981年版，第285页。

求美好生活的激情、理想，这个民族和国家就是没有希望的。左翼作家正是在那个灾难深重的时代，在对国家和民族命运的强烈的使命意识和独立思考中，获得了完全不同于传统文化的现代文化意识。这种秉承五四传统的现代意识，体现在对建设什么样的现代民族/国家的目标认同上。左翼作家是用生命创造文学、书写人生的激情的理想主义者。他们所编织的文学故事，总透出一种悲天悯人的对国家、民族、人类的终极关怀，表达出对民族自立、自强的渴望，这是他们的作品至今富有价值的内在原因。

丁玲"左转"之后的代表作品是《水》。以现在的阅读感受来说，作品给人的印象是单调、模糊。通篇由一些带有浓厚主观色彩的场面描写外加一些简单的众声喧哗式的对话语言构成，若同当今一些现代派作家相比，艺术技巧显得粗陋，甚至幼稚。但贯注在作品中的气势是磅礴的，力量是惊人的，场面是壮观的，愤怒、悲哀、绝望、恐怖、压抑直至反抗的情绪也如作品中的水一样，是滚滚流淌的。那是人要活着的欲望和要求，那是人处于绝望中的悲悯的呼号与生存意志发出的呐喊，那是沉默太久的火山的爆发，那是血的蒸气，真正的人的声音……那也是一个关注普通劳动者命运的知识分子梦中的理想……这样的作品的产生自然与作家创作时的生活现实境况和个体思想变化有关，但产生于那样的时代，气度还是不凡的。《水》中的苦难与反抗，并不单是一种农民起义的动因展示。作品中的民众，首先是意识到要争取生存权的具有问题意识的民众，而后才是山洪暴发般起来反抗的民众。他们的理想是没有苦难，没有剥削和压迫，获得平等做人的权利。这是作家为广大民众描绘的未来中国的图景。胡也频的《光明在我们前面》里的光明，预示的就是一种新的社会理想：平等，公正，人民听得见真理的声音，普通劳动者也能过上幸福生活。萧红的作品《生死场》，虽然书写的是农民的生存苦难和对土地、动物的感情，但这背后有他们对"生的坚强和死的反抗"，呈现出对美好生活理想的坚实向往。有学者这样评价："没有清楚紧凑的结构。它只是一组松散地结合在一起的短文，没有明显的叙述顺序（相比之下，鲁迅《狂人日记》的各种记载则是经过仔细推敲的）。……这部中篇小说通过描写贫困和泛灵论（动物作为偶象和价值与人类等同），再现了一个奇妙的真实世界。小说'硬性'的人道主义特点正是它吸引人的基本原因。"①柔石的《二月》里的芙蓉镇，更是现实中国的缩影。萧涧秋试图带来的，正是现实中国所缺少的真诚与爱，即人道主义和博爱思想。正是基于一种理想，作家才在创作中或撕破现实的假面，或剖析人物内心的矛盾，或对社会的不合理现象进行抨击。这种自觉的文学启蒙，有力地唤醒了民众的觉悟，提高了他们认识社会的能力，不能不说是左翼作家对中国文学现代化的独到贡献。

左翼文学一开始就是世界革命文学的一部分，深受苏联、日本无产阶级革命文学思潮的影响，广泛吸收中外文学尤其是19世纪以来的批判现实主义文学的优良传统，表现并反映广大人民群众的根本利益和要求，开创了真正的革命现实主义的文学传统，建立了符合当时中国国情的文学范式。左翼作家在中国现当代文学史上被称为"战斗型的文学家"。这一战士的身份同时确定了文学必然成为他们走进文学的战场与敌人进行拼杀的武器。他们的组织——左联，同时是一个战斗的革命的文学家的团体，是一个带有半政党性质的文学团体。左联也是国际革命作家联盟的一个分支机构。它的一项重要任务就是要向广大人民群众介绍世界的革命文学和普罗文学，这也决定了左翼文学一开始就被纳入了世界文学思潮和运动的范畴。这种世界性的眼光，正是中国近现代文学真正走向现代所急需的。左联的关于具体工作的决议中，对左翼青年文艺研究团体有这样的明确要求：

> 他们一面研究着世界的普罗文学和革命文学，一面就要学习着把世界革命文学的名著用普通的白话传达给群众，这在最初，可以只是最简短的讲述故事的口头谈话（例如《铁流》《毁灭》等等都是可以关涉到目前紧迫的反帝国主义斗争的题目）。②

---

① 李欧梵：《论中国现代小说（摘要）》，邓卓译，载《中国现代文学研究丛刊》1985年第3期。
② 《关于左联目前具体工作的决议》，见马良春、张大明编：《三十年代左翼文艺资料选编》，四川人民出版社1980年版，第195页。

我们可以很清楚地看到，左联为了进行反对帝国主义（尤其是侵略中国的日本）的斗争，自觉地把研究、介绍、传播其他民族的革命文学当作非常重要的政治任务和具体工作来抓。这也显示了左翼作家继承了五四文学的现实战斗传统，有一种开阔的世界文学意识和文化眼光。战斗的需要决定了他们对他国文学的选择一开始就有功利性的目的和主观情感上的偏好，甚至不惜牺牲文学自身[①]。文学是全人类的精神文化财富。在国门被迫打开或民族存亡的危急时刻，凡血性儿女，谁愿国破家亡，谁能躲得过国际大气候的影响。知识分子——那个时代的左翼知识分子，应该说是良知没有泯灭、理想正在成长的一代人，自然将目光放在更有希望和生气的民族、国家、文化上。

其时的社会主义苏联就是审视自身的镜子，马克思的共产主义社会就是他们为之流血奋斗的最高理想。应当说，他们积极投身反帝反封建、批判资本主义、宣传社会主义的思想文化建设工作，是一种比较具有普遍性、现代性的历史选择。于是，他们自然而然地要批判自己国家和民族的某些体制之内的劣根性——种种阻滞现实社会向着光明发展的不合理现象，为着理想，也要借鉴和学习他们认为能代表理想的东西。鲁迅为叶紫小说集《丰收》所作序言中的一段话，能深刻地说明左翼作家在那个时代对文学的态度。他说："伟大的文学是永久的，许多学者们这么说。对啦，也许是永久的罢。但我自己，却与其看薄凯契阿，雨果的书，宁可看契可夫，高尔基的书，因为它更新，和我们的世界更接近。"尤其认为"作者还是一个青年，但他的经历，却抵得太平天下的顺民的一世纪的经历，在辗转的生活中，要他'为艺术而艺术'，是办不到的"。"作者已经尽了当前的任务，也是对于压迫者的答复，文学是战斗

[①] 如左翼作家联盟于1930年4月29日召开会员大会，其政治报告中非常重要的一点就是号召"革命的文学家在这个革命高潮到来的前夜，应该不迟疑地加入这艰苦的行动中去，即使把文学家的工作地位抛去，也是毫不足惜的"。参见《左翼作家联盟的两次大会记略》，见马良春、张大明编：《三十年代左翼文艺资料选编》，四川人民出版社1980年版，第140—141页。

的！"①鲁迅的这些话，是能够代表广大的左翼作家从事文学创作的心声的。

左翼文学追求文学的大众化，是体现出真正人文关怀精神的平民文学。五四文学在大众化方面做了可贵的探索，当时虽然倡导平民文学，但毕竟在实践中没有迈出实质性步伐。鲁迅第一次把中国这样一个有着悠久的农业文明传统的土地上的主人——农民，带进了现代的文学世界。关注农民，就是关注中国最大的现实。即使作家的艺术形式并不可能真正实现大众化，这一切努力也为后来产生真正大众化的文学艺术作品提供了宝贵经验。左翼作家茅盾也为文学的大众化尽了艺术家的责任，他笔下所塑造的吴荪甫、林老板、老通宝等艺术形象，是有着典型的现代中国生活特征的，苦苦挣扎于求生存、求发展之路途的逼真而鲜活的一时代"国人的魂灵"，具有高度的艺术真实性和恒久的艺术魅力，为当时及以后的思想者和政治实践者提供了全新的认识中国问题的形象化文本。

在左翼作家的创作观念里，读者是具有认识社会本质的水准的，甚至能够从作家的作品里读出进行革命和反抗的必然性来。作家并没有彻底置读者于不顾，倒是无比真诚地希望他们的作品能唤醒无数还沉睡在黑暗与苦难中的读者，这也是左翼文学最可宝贵的文学品质。无论是文学的表现内容，还是文学表现的形式，作家始终都是替读者考虑的。比如《中国无产阶级革命文学的新任务》②在谈到创作问题时，就从题材、方法、形式三方面提示最根本的原则。这种行政命令式的"必须如何"的创作要求，对今天的作家和读者来说可能有点不可思议，但当时的左联就是这样要求的，一些左翼作家也都是按照这个要求去创作的。今天，我们可以很轻松地说这是"题材决定论"的那一套，是无视创作规律和文学的全部复杂性和丰富性的要求的。但为什么有的作家还主动写"遵命文学"呢？这就关涉到另一个问题，即作家的身份究竟是什么？

---

① 上海文艺出版社编：《中国新文学大系（1927—1937）·第七集 小说集五》，上海文艺出版社1984年版，第169—170页。
② 《中国无产阶级革命文学的新任务》，见马良春、张大明编：《三十年代左翼文艺资料选编》，四川人民出版社1980年版，第174—184页。

他们为什么写作？为谁写作？

与其说左翼作家在替文学着想，不如说他们是在为革命着想，而革命意味着现代民族/国家的建立和无产阶级劳苦大众的最终解放。他们真正所关注的并不是文学，而是让无产阶级求得阶级解放的政治革命。政治，在这里已经潜在地占据了文学的重要席位。文学的艺术话语自然也就被隐含在文学文本的政治话语中了。不是文学主观上促成了革命的政治，而是革命的政治客观上催生出这样的文学。从五四时期"为人生"的现实主义文学，到左翼作家如茅盾所开创的具有社会剖析性质的革命的现实主义文学，再到革命的现实主义和革命的浪漫主义两结合的文学，哪一种文学思潮、创作原则和作品离开了政治的轴心？甚至可以说，在中国，文学是很难离开政治的。为什么？因为中国首先是一个高度政治化的国家。中国民众的生存状况，中国文化的兴衰更迭，更多地或最终都取决于特定的政治环境。离开具体政治规范的中国人的人生，只能是游离于人间的自我欺骗和瞒哄的人生，不是真实的和现实的人生。文学如果是指向人生的，在中国，文学就更离不开政治。左翼作家的创作，使传统的贵族文学、具有浓厚封建意识的文学、为统治者歌功颂德的文学、只注重娱乐消遣的鸳鸯蝴蝶派文学等受到颠覆和削弱。文学的大众化，才在现实中成为可能。

正如阳光谁也不能垄断，文学也不是靠垄断就能发展的事业。1930年代，左翼文学在当时黑暗的现实环境中能够争得生存权和发展权，肯定有其必然的原因。在现代文学思潮和创作多元发展的年代里，革命现实主义、批判现实主义、人道主义、人性论与自由主义、现代主义、幽默与闲适、民族主义与复古主义等文学思潮竞相论战，文学创作的选择多种多样，左翼文学屹立于那个年代的文坛，并深受年轻读者和普通读者的欢迎，必然与其文学产生的广阔的国际国内历史现实的深厚文化背景分不开，更与左翼文学精神的独特品格和对真正的文学现代化的追求密切相关。"从文学自身角度而言，'左翼'文学强调斗争哲学的实用理念，强调文学对于政治意识形态的无条件服从，实际上如果仅仅凭借这些令人感到枯燥乏味的政治性术语，在当时中国社会的思想认知水准并不是很高的情况下，还并不足以导致'左翼'文学会如此迅猛的发展和倍受社会民众尤其是下层知识分子的一时青睐。'左翼'文学运动取得一定成功的真正秘诀，是其极有针对性地引导和渲泄了下层社会对于现实生活状态的强烈不满情绪，并从主观预设的政治理念出发，为那些无奈现实却又渴望社会变革的精神压抑者，运用粗糙的艺术表现方式描绘出了一个未来理想社会的美好蓝图和远景规划。"[①] 30年代的左翼文学最大限度地发挥了文学的社会功能，成功地释放了文学的战斗能量，使革命的现实主义文学精神真正成为中国现代文学的灵魂。它以高度的文学自觉唤醒了民族和民众建立现代国家的信心。而现代民族／国家的建立是一个民族及其文学走向现代化的基本前提。左翼文学先驱为中国文学现代化所做的所有努力，都是朝着民族独立、国家统一的现代目标挺进的。

---

① 宋剑华：《论"左翼"文学现象》，载《文艺理论研究》2000年第6期。

第二节

左翼文学精神与延安文艺的形成

　　文学精神的生命存在于文学历史的承续中。随着抗日民族统一战线的建立，文学家救亡意识的强化，左翼文学精神更为直接地表现在处于不同政治力量控制区域的不同文学家的创作中，显示出一定的差异性。正是所处地域环境和政治思想文化环境的差异，致使原先同是革命的有共同政治追求的作家对现实主义的理解产生了分歧。文学的现代化也有了异常复杂的表现。

　　文协成立时提出"文章下乡，文章入伍"的口号，获得了不同流派作家的认可。文学充当时代号角，直接反映现实，为普通民众所接受，成为众多作家的共识，出现了昂扬乐观的爱国主义文学潮流。文学的战斗性和时代性增强，同时难免付出丧失多样化和个性化的代价。随着武汉失守和皖南事变的发生，社会心理和时代气氛变得复杂起来，文学也呈现出与此前不同的丰富性、复杂性与深刻性。萧红的《呼兰河传》，试图从日常生活的再现中探讨民族文化传统、民族性格的优劣得失，体现出对现实主义的开拓。路翎的《财主底儿女们》描写抗战背景下知识分子的苦难历程，透出浓厚的悲凉色彩，突破了传统现实主义的朴素性和单纯性，向更注重开掘人物内心世界的现代心理现实主义发展，而且体现出真正意义上的文学现代化的努力。"复杂的人物内心世界刻画和浓重的感情色彩，使《财主底儿女们》与客观写实的作品大异其趣，却跟现代的世界文学潮流或现代主义有了某些共通之处，对新文学运动以来的现实主义文学，有所突破，有所创新，有所发展，对中国文学的进一步现代化，有所贡献。因此,胡风把这部作品的出版称为'中国新文学史上一个重大的事件'(《财主底儿女们》序),是很有见地的。"①

左翼重要文艺理论家、鲁迅精神传人胡风倡导具有"主观战斗精神"、能揭示国人"精神奴役创伤"的现实主义。这种现实主义与西方推崇客观写实性的现实主义不同,更注重文学的主体性,即"五四"以来文学中的个性化思潮,突出文学的启蒙性质,强调在创作中要融入作家的主观人格精神和力量,认为现实主义的作品要有丰厚的心理内容。作家要敢于直面现实,揭露黑暗。胡风对鲁迅所开创的真正的左翼文学精神进行了卓越的理论概括和坚韧的现实捍卫。胡风关于现实主义的理论思想最有价值也最为重要的就是三个重要观点:一是"到处都有生活"说,主张在题材问题上,作家有选择的自由,不能外在地加以限制,作家完全可以自己确定写作的题材;二是"精神奴役创伤"说,认为应当承继"五四"的改造国民性主题,应看到人民群众的精神中随时随地"都潜伏着或扩展着几千年的精神奴役的创伤";三是"世界进步文艺支流"说,认为五四文学革命运动是世界进步文艺传统的一个新拓的支流,他所说的世界进步文艺指反封建的现实主义(以及浪漫主义)文艺、弱小民族文艺和劳动人民的新兴文艺。这些观点尽管还有需要进一步分析和探讨之处,但总的说来具有辩证的、历史的眼光,切中时弊,有很强的现实针对性。当然,胡风对五四文学与传统文学的历史联系没有给予足够的重视,也表现了其理论的某种局限性。但在那个特殊的政治化的年代里,作为左翼理论家,胡风为现实主义理论的拓展和深化,为中国现实主义文学的现代化发展,做了卓异的探索并对此付出了沉重的代价。他的理论所包孕的精髓,对当今现实主义的文学创作依然有重要的启示意义。

毛泽东在《新民主主义论》中指出,"民族的形式,新民主主义的内容,——这就是我们今天的新文化"。这一对新文化(新文学)内涵的阐释及性质的定位,其实是有针对性地肯定了鲁迅所代表的30年代的左翼文学。毛泽

---

① 张大明、陈学超、李葆琰:《中国现代文学思潮史》(下册),北京十月文艺出版社1995年版,第1211—1212页。

东的《讲话》是马克思主义文艺理论中国化的重要成果，是中国共产党领导中国革命文艺运动历史经验的总结，也是毛泽东个人的理论发现。其中的一些重要思想，显然是从对30年代左翼文学思想和创作实践的经验总结中推演而来，又融入了政治家对当时当地文学的要求。毛泽东提出文艺要为工农兵服务；指出作家的世界观必须改造，要克服资产阶级和小资产阶级的意识，对有自由主义倾向的文艺家进行了尖锐的批评；指出文艺所谓大众化，"化"就"化"在"文艺工作者的思想感情和工农兵大众的思想感情打成一片"，作家也要工农化，才能真正大众化；并指出"无产阶级的文学艺术是无产阶级整个革命事业的一部分，如同列宁所说，是整个革命机器中的'齿轮和螺丝钉'"。强调文艺从属于政治，要求文艺工作者自觉地为无产阶级的政治服务，这是其理论的基本出发点。在此前提下，要求政治性与真实性的统一，指出"缺乏艺术性的艺术品，无论政治上怎样进步，也是没有力量的"，对文艺的艺术性的要求也仅仅是为了更好地为政治服务。在评价文艺作品的标准上，提出政治标准第一，艺术标准第二。毛泽东的文艺思想因其政治的绝对权威性很快便成为指导革命根据地广大文学艺术工作者进行文学创作的圭臬。在这种情况下，左翼文学精神的内涵已经产生了微妙的变化。作家不再是现实社会的批判者。左翼文学的讽刺、暴露的文学表现方式遭到抑制，鲁迅的杂文时代也被微妙地宣告为"杂文形式就不应该简单地和鲁迅的一样"[①]，实际上是该过去了。延安文艺中，歌颂新生事物的文学表达得到强调，文学的政治倾向性成为评价作品成败优劣的敏感批评点，现实主义的文学创作也给作家带来了不同的政治命运。

中国文学的现代化有自身的性质和特点。在激进的社会主义的现代性想象中，本土化、大众化、民族化的文学便是对抗西方意义上的现代性的体现，而它们又被自然地看成民族文学实现现代化的有效途径。1940年代，文学的现代化依然更多地体现为对建立现代民族/国家这一现代化前提的目标认同，但在向民间寻找思想文化资源的同时，对无产阶级和社会主义的现代性想象中高扬着一种远

---

① 毛泽东：《在延安文艺座谈会上的讲话》，见《毛泽东选集》（第3卷），人民出版社1991年版，第872页。

离现代化进程的农业社会的社会理想,这就显示出与五四现代性启蒙和30年代左翼承续五四精神并超越五四文化现代性追求的某种割裂,加上同资本主义现代化的彻底决裂,文学现代化逐渐呈现弱化态势。五四文学和尤其是能代表鲁迅文学传统正脉的左翼文学精神被民间化与传统化取代,个性主义被集体主义彻底溶解,启蒙变成了被启蒙。"在'进步'的理论掩饰之下,一种新的从民间回归传统的团圆主义与和谐之美出现了……"①随着抗战胜利,内战爆发,中国共产党逐渐获得政治优势,民族／国家的独立和建立日益成为现实,解放区文学的现代化便汇入了代表某种正统文学观念的文学一体化潮流,其中,毛泽东文艺思想的规范中当今有人认为的文学现代性悖论也由此产生了。

延安时期,被毛泽东称为"空前的民族英雄"的鲁迅,虽然其文学方向代表了先进文化的前进方向,但是,他毕竟首先是一个文学家。鲁迅对把文艺变成政治的附属品是反感的。他虽然支持并投身革命文艺,但并没有在试图寻找一种现实的物质力量来解决现实黑暗问题的过程中把文艺自身牺牲掉。鲁迅认为,真正的革命作家首先是一个革命人。他自然重视文学和实践的关系,认为文学不能脱离现实的社会生活,脱离革命而独立。"为革命起见,要有'革命人','革命文学'倒无须急急,革命人做出东西来,才是革命文学。"②或者说:"根本问题是在作者可是一个'革命人',倘是的,则无论写的是什么事件,用的是什么材料,即都是'革命文学'。从喷泉里出来的都是水,从血管里出来的都是血。'赋得革命,五言八韵',是只能骗骗盲试官的。"③"革命文学家,至少是必须和革命共同着生命,或深切地感受着革命的脉搏的。"④后来,鲁迅更是充分认识到:政治并不等于艺术,世界观也不等于创

---

① 高旭东:《现代性:胡风、路翎与鲁迅传统正脉》,载《鲁迅研究月刊》2001年第12期。
② 鲁迅:《革命时代的文学》,见《鲁迅全集》(第3卷),人民文学出版社1981年版,第418页。
③ 鲁迅:《革命文学》,见《鲁迅全集》(第3卷),人民文学出版社1981年版,第544页。
④ 鲁迅:《上海文艺之一瞥》,见《鲁迅全集》(第4卷),人民文学出版社1981年版,第300页。

作方法，有了正确的世界观并不能保证就可以创作出革命的作品来。他在自己的创作实践或指导他人创作的评论中，开始更多地注意文学艺术特征，希望创作达到革命的内容和完美的艺术形式相结合。对只有政治观点而没有艺术力量的标语口号式作品的倾向，他是反对的。他说："一切文艺固是宣传，而一切宣传却并非全是文艺，这正如一切花皆有色（我将白也算作色），而凡颜色未必都是花一样。革命之所以于口号，标语，布告，电报，教科书……之外，要用文艺者，就因为它是文艺。"①1927年12月21日，鲁迅在上海暨南大学所做的著名演讲《文艺与政治的歧途》，就鞭辟入里地分析了文艺与政治"时时在冲突之中"，指出了文艺家与政治家的关系，以及"描写社会的文学家"与"躲在象牙之塔里面"的文学家之间的关系，认为革命文学家也难免"碰死在自己所讴歌希望的现实碑上"。"以革命文学自命的，一定不是革命文学，世间那有满意现状的革命文学？除了吃麻醉药！"真正的"文学家便是用自己的皮肉在挨打的"。②鲁迅认识之深刻，发人深省。在真正的文学创作中，文学家必须听从于自己内心深处的真实声音，而不是别的什么——这才是真正的文学家，于是便难免与政治家对文学的某种要求发生冲突。30年代，鲁迅对左联某些"元帅"产生的牢骚，恰是他作为人格独立的真正文学家的品性流露。像鲁迅这样的文学家，在20世纪的中国文学史上，毕竟太少了。这同样是鲁迅作为文学家的人格力量、鲁迅作品及其文化思想在中国乃至世界依然产生重要影响的原因。从某种意义上讲，文学的力量，就是文学家人格力量的体现。

赵树理被认为是体现革命根据地新型文学方向的代表，是能实践毛泽东《讲话》所提出的文艺路线的典范。"由于赵树理的创作顺应了大众化的文艺方向，这种'方向性'的提倡对整个解放区文学乃至五六十年代的文学，都

---

① 鲁迅：《文艺与革命》，见《鲁迅全集》（第4卷），人民文学出版社1981年版，第84页。
② 鲁迅：《文艺与政治的歧途》，见《鲁迅全集》（第7卷），人民文学出版社1981年版，第113—120页。

影响巨大。"①赵树理在"方向"指引下的创作氛围中，写了《小二黑结婚》《李有才板话》等作品。然而，也可以看到，文学现代化追求与这一时期解放区文学的一体化构成了一对矛盾。这种矛盾也反映出学者对赵树理这样的作家评价的巨大反差。被一些研究者认为"忠实地反映农民的思想、情绪、意识、愿望及审美要求"②，并且在一些作品中（如《李有才板话》《邪不压正》）提出"关系着革命前途的根本问题"③，与鲁迅所开创的反对瞒和骗的现实主义文学传统有精神联系和发展关系的赵树理创作，到一位日本汉学家、文学批评家那里，仅以《小二黑结婚》为文本解读对象，就"看出了鲁迅所一再批判的中国人的'奴才精神'"和"奴隶语言""奴隶的思维方式"，提出这部作品"与后来的'三突出'创作原则、与文学的自杀具有内在的一脉相承性"④，这不能不引起我们深长的思考。国内文学研究者也发现了赵树理文学实践中存在的悖论：

> 秉承了五四新文化和新文学运动的一些实质性内涵却无法进入这个主流的现代文学体制，现实将他一步步驱赶上叛逆者的队伍后却又使他的真正意义上的大众化文学理想发生了较严重的扭曲与背离；他填补了新文学作品无法与底层民间直接对话的空白，但对民间欣赏趣味与形式的一味迷恋却也隐含了对传统文学完全妥协退让的深层危机。因此，赵树理对于绵延发展至今的中国新文学传统仍然具有不同凡响的重要启示意义。⑤

这一时期，以杂糅民间艺术表现形式的叙事诗为代表，诗歌也有了较大

---

① 钱理群、温儒敏、吴福辉：《中国现代文学三十年》（修订版），北京大学出版社1998年版，第366页。
② 钱理群、温儒敏、吴福辉：《中国现代文学三十年》（修订版），北京大学出版社1998年版，第367页。
③ 钱理群、温儒敏、吴福辉：《中国现代文学三十年》（修订版），北京大学出版社1998年版，第371页。
④ 沙水：《来自异域的毒眼》，载《读书》2001年第12期。
⑤ 范家进：《赵树理对新文学的两重"修正"》，载《文学评论》2002年第1期。

发展，李季的《王贵与李香香》、张志民的《王九诉苦》等是民歌体创作的代表作。秧歌剧、鲁艺集体创作的歌剧《白毛女》、小说《太阳照在桑干河上》《暴风骤雨》等，都被认为是艺术创作的突出成就。然而才过去半个多世纪，已有人尖锐地指出，这是一种有悖鲁迅文学传统现代性的"一种新的从民间回归传统的团圆主义与和谐之美"模式，"大众是好的，不好的是地主、坏蛋，一旦革命干部的星火燃到大众的野草上，就会烧掉地主坏蛋，出现和谐团圆的结局"。①这种悖论现象的出现给了我们不少新的有价值的研究思路和启示。

　　丁玲无疑是延安时期的代表性作家，这一时期她写了不少作品。《在医院中》以敏锐的现实主义洞察力感受到传统小生产者思想意识对新政权下人们精神的危害，批评了官僚主义的习气，最能体现她这一时期的创作个性。她还写了《我们需要杂文》《三八节有感》等杂文，指出延安生活中存在某些阴暗面和缺点，主张发扬鲁迅"为真理而敢说，不怕一切"的精神，铲除"根深蒂固的封建恶习"。这同中国文学追求现代化的方向一致，但是遭到了批判和否定，长期被视为"毒草"。写于1948年的《太阳照在桑干河上》是一部反映中国共产党领导下的农村土改斗争生活的现实主义杰作。我们在阅读这部作品的过程中，看到了一些作为现实主义作家丁玲身上抹之难去的，而以隐在方式体现于作品中的敏锐和委婉批判：对土改中农民身上表现出的极端主义倾向的客观认识和冷静观察。这表现在作品中对章品在斗争地主的"决战之前"的心理活动的描写：

　　　　章品又沉思起来，他想不出一个好办法，他经常在村子里工作，懂得农民的心理，要末不斗争，要斗就往死里斗。他们不愿经过法律的手续，他们怕经过法律的手续，把他们认为应该枪毙的却只判了徒刑。他们常常觉得八路军太宽大了，他们还没具有较远大的眼光，他

---

① 高旭东：《现代性：胡风、路翎与鲁迅传统正脉》，载《鲁迅研究月刊》2001年第12期。

们要求报复，要求痛快。有些村的农民常常会不管三七二十一，一阵子拳头先打死再说。区村干部都往老百姓身上推，老百姓人多着呢，也不知是谁。章品也知道村干部就有同老百姓一样的思想，他们总担心着将来的报复，一不做，二不休。①

极端主义是当前学界对20世纪中国历史反思的一个重要方面，也是中国在现代化历史进程中客观存在的影响深远的历史现象和事实。在文学家那里，鲁迅《阿Q正传》中就不乏对群氓如阿Q者不真正理解革命而向往革命心理的深刻揭示与讽刺。茅盾等作家在二三十年代创作的反映当时社会政治斗争的写实小说中也有部分形象的展示（如《蚀》三部曲中之《动摇》），从而使人真切地感受到革命的复杂与艰难。文学对极端主义的间接留意也为我们探求左翼作家创作关注人道、人性倾向提供了另一个维度，而这正是文学现代性的必然体现。丁玲此处虽然是借笔下对农村革命颇有经验和工作成绩的人物的思想表达出来，但毫无疑问，其中渗透有作家个人在农村体验生活的真实观察和思考。就这一点，还是让我们看到了原本极富个性的"那一个"作家丁玲，不难窥出作家依然保持了某种《在医院中》体现出的对小生产者意识的批判精神意向和文化个性上的连续性。作家的创作个性，在现实的政治要求下不断地被改造、转变，却不可能一下子就彻底磨平，消失殆尽。我们不能脱开具体的历史语境去反思他们的写作。丁玲毕竟是在一片颂歌声中写土改的，能写出这些细节，还是不自觉地展示了历史的另一面真实。这是即使在今天，她作为作家所不能抹杀的地方。

1940年代，无论是国统区还是解放区，受30年代左翼文学影响的作家，依然将为民族政治文化建设服务作为文学追求。虽然他们对现实主义的理解不尽相同，但在创作中体现出一种致力于文学现代化的努力。解放区文学是适应政治上翻身的农民文化翻身的历史要求而产生的文学。一些最具代表性的人民文学作品，如赵树理的创作对传统章回小说、评书等文学形式的改造，对北方农

---

① 丁玲：《太阳照在桑干河上》，人民文学出版社1952年版，第249页。

民口语的文学化处理，是"现代小说艺术格式的一种新的发展"。民歌体叙事诗，在现代诗歌史上也能自树一帜，原因就在于对传统民间艺术形式的改造。如新歌剧《白毛女》《赤叶河》等，既融会西洋歌剧表现形式，又吸收秧歌和地方戏曲的调式和唱法，称得上是新型的歌剧品种，深刻影响了之后的文学创作（如"文革"中的样板戏）。革命根据地作家在与农民以文学方式展开的互动式交流中，也各自从对方那里吸收了思想和文化的某些新因子。农民受到新文学中现代文明、民主科学的新思想、新文化、新伦理观念及新审美趣味的影响，这在某种意义上促成了他们新的觉醒，这些方面都是不可忽视和低估的。这些作品放到特定的历史语境中理解，在实现文学本土化、民族化、民间化、大众化创作的意义上应当说部分地体现了文学现代化的努力，是中国文学现代化潮流中作家结合本土实践必然生就的一种表现形态。虽然延安时期的这些创作所表现出的成就不一，但殊途同归，还是为文学现代化在思想、形式、语言等方面，尤其是文学如何植根于民族文化和人民生活的土壤方面，积累了丰富的经验，做出了一定的历史贡献。

左翼文学一开始就显示出对群体命运的普遍关注，体现出集体理性精神对现代工业化文明的反思能力，这是有以儒家文化为核心的中国历史传统的深层原因的，是有价值的一面。但集体理性精神，尤其是被过度崇奉和高扬之后，就把一切都对象化（如人类的历史就只能是阶级斗争的历史，人首先就变成了唯政治理性化的人），人的个性、深层意识中的情感因素等均被激烈的政治斗争理性遮蔽，人也一步步开始走上标准化、单一化、公式化、平面化、工具化的路途。作为以人学为主要文化负载的文学，也就与现代意识形成了不可调和的矛盾。左翼文学影响下的延安文学，在强调群体命运和政治理性的同时，不可避免地与崇尚群体意识的儒家文化发生了内在的联系。这就注定了左翼文学影响下的延安文艺在这一特定历史时期向古典和传统的回归。表面上看，这种"反现代性"的回归传统的趋势，在解放区文学中已有表现，因此出现了作家文学创作和实践中的悖论现象，出现了解放区文学在追求现代化进程中，以"反现代性"获取"现代性"的奇特现实（手段与目的的背离，即现代化的文学发展目标与某种"反现代性"的文学实践之间的矛盾）。实际上，这是中国文学现代化进程中不可或缺的特殊历史阶段，"反现代性"只是看到了问题的表面，而忽视了中国文学现代化发展的深层的历史逻辑趋势——一个必然的历史发展过程。这是我们在考察左翼文学与延安文艺的现代化追求及所表征的历史现象时，需要认真清理和思考的问题。

第三节

左翼文学精神影响下的当代文学

一、十七年文学

从左翼文学在解放区文学实践中的进一步"方向化"发展趋向来看,十七年文学依然是在某些左翼文学观念被不断强化、合理化、政治化、工具化之后形成的文学形态。在考察主流官方文学的同时,可以将隐蔽于作品中的民间立场,看作某些作家追寻文学现代化努力的潜在声音。因为在我们看来,在一种强大的绝对的文学主流话语的垄断之下,作家创作中的某些民间性,就是另外一种文化意义上的现代性,这也是中国文学现代化的自身特点所决定的。只有这样,才能更深入地理解十七年文学与文学现代化之间的既相互一致又相互矛盾的复杂关系。

新中国成立以后的当代文学,是现代文学的继续。50—70年代("文革"是特殊时期),这三十年的文学与40年代的解放区文学一脉相承。1949年7月2日,在北平召开了第一次中华全国文学艺术工作者代表大会。第一次文代会"在对40年代解放区和国统区的文艺运动和创作的总结和检讨的基础上,把延安文学所代表的文学方向,指定为当代文学的方向,并对这一性质的文学的创作、理论批评、文艺运动的方针政策和展开方式,制订规范性的纲要和具体的细则"①,这

---

① 洪子诚:《中国当代文学史》,北京大学出版社1999年版,第14—15页。

为1949年以后的中国当代文学定了调门。中国当代文学开始了一体化的进程。这种一体化的文学规范自然与要求多样化的现代文学意识相冲突。所以，十七年文学与现代化的关系，也只能从文学创作中隐在的民间性（另一意义上的现代性）中去探寻和把握了。

十七年文学，历经1951年对电影《武训传》的批判、对"萧也牧创作倾向"的批判、北京文艺界整风学习动员大会，1954年对俞平伯《红楼梦》研究的批判、对胡适文学思想的批判，1955年对胡风文艺思想的大规模批判，1957年下半年的反右派运动，1957—1958年"大跃进"时期的大放特放"文艺卫星"的新民歌运动，三年困难时期文艺界的"反修"斗争，"文革"中反对"文艺黑线"斗争，等等。因此说文艺界是"左"倾思潮泛滥受害最多最深的重灾区是一点也不过分的。从这个意义上看，经历了一次次政治风雨还能保持对文艺的挚爱和创作生命力的中国当代作家，非常令人钦佩。这侧面证明了他们是真正意义上的作家。左翼文艺理论家胡风批评创作中架在作家、艺术家头上的"五把理论刀子"的文字，本身更像是一把把寒光逼人的刀子，并且将在今后很长的历史中，继续戳扎有良知的人文知识分子的灵魂，促使他们直面复杂的现实，肩负起艰巨的文化使命。

新中国成立以来的十七年文学创作、文学理论、作家队伍、领导文艺运动的方式、作品的基调，都是延安文艺所规范的文学精神的延续和发展。主线就是工农兵方向，以阶级斗争为纲，为政治服务，写重大题材，表现英雄人物。艺术上则提倡民族化、本土化、大众化的表现方式。对世界文学，则逐渐走向文化上的自我封闭状态。现实主义依然是文艺理论界争论的焦点。但争论并不是按学术争论或文艺争鸣的牌理出牌，而是动辄上纲上线，揪辫子，扣帽子，打棍子。文艺争鸣更多的是"解经式"讨论。文学和文学家的个性不复存在。作家失去了艺术个性，代表时代和社会发言，而且只能有一种声音。"文以载道"以新的面目登场，演出了一出出反文学和反现代化的悲喜剧。文学现代化的要求只能在民间艺术形式里得到有限的体现。

文学就是宣传。宣传就是载道，载的是理想精神、英雄主义、阶级斗争、兴"无"灭"资"、抑制个人之道。这是30年代左翼文学经过解放区文学的改造而规范化之后留给十七年文学的真正精神遗产之一。图解政治,配合运动和斗争,塑造理想化人物,展现时代的"激情"、史诗品格等诸多文学"脚镣"赋予文学以组织社会生活的强大功能。在这种被夸张了的文学力量("利用小说反党")背后,文学自然已出现片面化、畸形化发展的征兆,为"文革"文学登台亮相埋下了伏笔。这在突出体现了这一时期创作实绩的"中心"作家的创作中,已经有所反映。在这种情况下,文学的现代化,更多地体现在作家作品中发自内心深处的民间立场上,即如前文指出的:在一种绝对垄断意识形态中心话语的规范下,文学创作中的民间性就是另一种文化意义上的现代性。

杰出的现实主义作家柳青的《创业史》,可以说是这方面的典型文本。对这一个案进行具体分析,有助于我们理解某些不断僵化的左翼文学观念怎样一步步影响了十七年时期的作家创作,中国文学现代化的追求又呈现出怎样一个曲折反复又异常艰难的历程。

在《创业史》文本研读中,有些研究者的看法值得重视:"像《创业史》,柳青难道不了解农民的真实想法吗?他既要按照政策虚构梁生宝这样的英雄,又要写出梁三老汉来曲折传递农民的信息。但现在看来,这部小说的价值就是在真实地写出了梁三老汉,而且描写中国农民对土地的感情时寄予了极大的同情,而不是站在官方立场上对农民最神圣的感情持嘲笑的态度。合作化运动从改变私有制度和私有观念的理想来说当然是对的,可是这显然超出当时中国的历史条件和农民的接受能力。结果是影响了生产力而不是提高了生产力,也违背了广大农民的根本利益。"[①]梁生宝这一英雄人物的塑造以现代关于人的基本观念去理解,更是充满了时代烙印和强加于他身上的非人性因素。人性尺度、人道主义立场是伟大作家所坚守的文学良知,也是文学这一潜移默化作用于人灵魂的艺术形式存在价值的基本品格。而在《创业史》所塑造的英雄人物身上,我们却真切地感受到当具体的人异化为

---

① 陈思和:《编写当代文学史的几个问题》,载《郑州大学学报》(哲学社会科学版)2001年第2期。

抽象的政治理念工具符号时的人性缺失，有甚于鲁迅笔下被强烈批判的看客，让人倍觉阴冷和绝望。虽然作家以细腻而极富才情的笔触为我们描绘了梁生宝高瞻远瞩、公而忘私、特立独行、敢想敢干的优秀品质和性格特征，但是体现于叙述细节中的梁生宝，却是一个唯上是从、缺乏独立思想、寡恩薄义、对政治教条有宗教般狂热的阿Q式的农民，只是他获得了"造反""革命"的许可证。他是新时代的农民，"新"在他有了翻身的要求和实际活动，而在新生活对他的不断磨炼中，他也越来越不像是生活在现实中的活生生的那个"人"了。柳青的现实主义是充满了理想主义精神的现实主义。不仅作品的整个基调充满理想色彩，作品主人公的性格中也必备理想精神，这是深受30年代左翼创作及延安文艺精神影响的结果。比如第一部第五章"梁生宝买稻种"，作家这样写梁生宝的心理活动：

> 春雨的旷野里，天气是凉的，但生宝心中是热的。
>
> 他心中燃烧着熊熊的热火——不是恋爱的热火，而是理想的热火。年轻的庄稼人啊！一旦燃起了这种内心的热火，他们就成为不顾一切的入迷人物。除了他们的理想，他们觉得人类其他的生活简直没有趣味。为了理想，他们忘记吃饭，没有瞌睡，对女性的温存淡漠，失掉吃苦的感觉，和娘老子闹翻，甚至生命本身，也不是那么值得吝惜的了。①

这种为社会主义革命献身的火热理想，在今天的部分年轻读者看来，已经有点不可思议。作品中人物的某些行为和作者直接出面所发议论，成为他们认为人物不够真实的重要原因。真实的尺度或许是人性，即使是以先进理论武装了头脑的党员，也应该是人，这可能是今天年轻一点的读者很一般的认识。现实主义文学中人的形象塑造问题，至今还是一个未能很好解决的问题。时代变了，不同时代的读者对同一部作品的审美和评价也可能大不相同了。今天的读者看《创业史》，会明显感到富农和富裕中农以及一些"中间分子""落后

---

① 柳青：《创业史》（第1部），中国青年出版社1960年版，第90—91页。

分子""顽固分子"的形象被作家塑捏得活灵活现、形神兼备,更多一种会心的认同感和会意的叹息。而这正是十七年时期许多长篇小说艺术特色及成就方面的相通之处。这些侧面或反面形象,远比大多数作家苦心经营的"高大全"正面形象显得丰满而活脱,给不同时代的读者都能留下深刻印象,使其在阅读类似革命题材作品时产生少有的艺术回味。正是这些当时连作家本人都否认成功的"失败"之处,却在作品不断被读者接受的历史涤荡中凸显出成功和文学的审美价值。这只能从反面证明那一时期以行政力量强制文学创作所取得的成果。读者认为反面人物真实可感,必然有其对真实的理解。而这种真实——作家内心的真实、读者内心的真实、作品中人物的语言行为心理的真实,就构成了一股打破"瞒"和"骗"的推动文学内在发展的强大动力,把真正的文学魅力映照出来,这才是现代意义上的文学的题中之义。在这个意义上,如柳青这样的现实主义作家,还是在文学艺术世界中部分地体现了真正现实主义文学的精神内核——真实。文学的确是人类认识自身和历史的一面极有价值的镜子。

左翼文学自肇始起,便对资本主义展开无情的批判。这同20世纪20年代末30年代初整个资本主义世界所发生的经济危机以及由此暴露的资本主义制度弊病有密切而深刻的关系。对资本主义的揭露与批判,构成左翼文学创作的一个重要主题。从《子夜》到《创业史》,从作品所叙述的现代都市到当代农村,批判的声音不绝于耳,在作品中逐渐呈"宏大""激烈"之势。《子夜》以30年代民族资本家力图振兴民族经济的失败悲剧,证实当时的中国非但没有资本主义化,还一步步沦为半殖民地、半封建社会。《子夜》创作模式,"是一种以阶级性与典型性相结合,并通过人物的阶级关系来展示社会面貌,带有鲜明的中共党史的叙事立场的叙事模式"。"这种自觉的党史立场和通过阶级分析来塑造人物典型的创作方法,对五六十年代现代历史小说产生过深刻的影响。"[①]周而复的《上海的早晨》,受《子夜》创作模式影响写成,主旨在于反映新中国成立后上海的根本变化,即资产阶级私有制改变为全民所有制的过

---

① 陈思和主编:《中国当代文学史教程》,复旦大学出版社1999年版,第76页。

程，表现中国共产党领导工人阶级对民族资产阶级和资本主义工商业进行社会主义改造的胜利。作品塑造了徐义德、朱延年等民族资本家形象。《上海的早晨》同《子夜》一样，理性过强，认识价值高而缺乏形象的艺术感染力。《创业史》虽然写农村互助组、合作化运动，但集中展示的也是社会主义制度（思想观念）和资本主义制度的尖锐对立和冲突，尤其是社会主义公有制和资本主义私有制的水火不容。作家试图论证的观念赫然标示在书的最前面："社会主义这样一个新事物，它的出生，是要经过同旧事物的严重斗争才能实现的。社会上一部分人，在一个时期内，是那样顽固地要走他们的老路。在另一个时期内，这些同样的人又可以改变态度表示赞成新事物。……——毛泽东"。随后是作家个人的创作总括："创业难……——乡谚""家业使弟兄们分裂，劳动把一村人团结起来。——中国农村格言"。正是要充分艺术地形象地论证这种政治观念，具有高超文学才华的作家在作品中留下了极不相称的小说叙述的艺术表现水平，不能不使人产生艺术与政治文件杂糅从而严重影响小说艺术质量的惋惜之感。第一部第十六章写梁生宝到区公所看到中刘村两个农民兄弟老二和老三在老大死后为财产打官司的事，作者写道：

  生宝听了挖心地难受。他在整党学习中，听了区委王书记社会发展史的通俗报告。他现在又在痛恨一个可憎的名词——私有财产。

  私有财产——一切罪恶的源泉！使继父和他别扭，使这两兄弟不相亲，使有能力的郭振山没有积极性，使蛤蟆滩的土地不能尽量发挥作用。快！快！快！尽快地革掉这私有财产制度的命吧！共产党人是世界上最有人类自尊心的人，生宝要把这当做崇高的责任。

  生宝不喜看这幕丑剧。这是人类的丑剧！……他说这弟兄俩太没意思了。

  当生宝进到后院区委会院子里的时候，对私有财产制度的憎恨，在他心情上控制了失恋情绪。对于正直的共产党人，不管是军人、工人、干部、庄稼人、学者……社会问题永久地抑制着个人问题！生宝不是那号没出息的家伙：成天泡在个人情绪里头，唉声叹气，怨天尤人；而对于社会问题、革命事业和党所面临的形势，倒没有强烈的反映！①

抑制个人，这是自左翼文学始以至延安文艺的又一共同母题，是左翼文学观念对文学的一大"贡献"。柳青不愧是全身心投入时代洪流的那一代人，就连对"正直的共产党员"的排列都是那样严谨，令人信服：军人—工人—干部—庄稼人—学者……从一个文本细节，可以看出一个时代的阶级分层属性。

《创业史》运用了夹叙夹议的叙述方式。在人物语言方面，采用经过提炼的口语，而叙述语言则是充分书面化的。这构成了一种对比。叙述语调与人物语言的距离，有助于实现叙述者对故事的介入，显示叙述者"全知"的"权威姿态"：直接揭示人物的情感、心理、动机，"观察"、"监视"人物的思想、心理、行为与"历史规律"的切合、悖逆的程度，对人物、事件作出解说和评论；虽然这种评论常用诙谐和幽默的方式进行。在小说的艺术形态上，柳青似乎并不追求像赵树理那样的"大众化"和"民族形式"，也不追求故事性和行动性。但这并没有妨碍它获得批评界的赏识。从这个侧面，也可以发现五六十年代文学与延安文学之间的复杂关系。②

例如《创业史》第十六章写梁生宝到区公所向王、杨二书记汇报工作，三人谈话场面的叙述足足占到十六页篇幅。类似这样抽象说理、于静态叙述中表现人物的手法在作品中颇多，大多是共产党员见了面，或党员们开会，或领导人谈话。而通过这样生硬的处理方式塑造的"杨书记""王书记"们的形象，既单调又苍白，只能是概念化、公式化的政治图解符号。由此可见，在现实主义小说创作中，叙述方式也是影响作品艺术质量的关键。尤其是人物的对话语言，更能显示作家的文学水准。在同一部作品中，柳青描写自己有真切感受的

---

① 柳青：《创业史》（第1部），中国青年出版社1960年版，第231—232页。
② 洪子诚：《中国当代文学史》，北京大学出版社1999年版，第102页。

"中间分子""落后分子"的人物对话，给人的感觉却是不逊于古典名著《水浒传》，人人有其声口，使人如闻其声，如见其人，如临其境，纸上的人物一个个扑面而来，活动起来了。下面一段是梁生禄同郭世富的对话：

"你说我该怎办呢？"……"我就在社里听天由命混日子呢？还是……？我今日和你来逛集，不是为逛集，确实是为领你的教。"

"你想怎样？"……"你先说说你想怎样？"

"我想……"

"你说！你甭怕我漏话！话到我耳朵里，没出去的！"

"我说，你甭笑话……"

"哎哎！"……"你侄儿到这个困难处了，老叔还笑话你可怜吗？凡人都有个不吉利的时候嘛！"

…………

"我想和俺兄弟分家！……"

…………

"不行！不行！生禄，你为啥这样蛮干呢？"

"怎么？世人要笑话我不孝敬老人吗？"

"不光世人笑话你不孝敬老人哎。你搬家也不是个办法呀！"……"生禄，你听我说，人家高增福家里有多少东西？……你仔细思量思量吧！"

…………

"好世富大叔哩，"……"你是没亲自尝一尝农业社的滋味。自家的田地、牲口、农具归人家社干部管，这算啥呢？人也归人家社干部管呀！我得归有万管，俺婆娘得归欢喜他妈管。要是不服管呢，就是兵不认将，犯了社章哩。你说，咱有好田好地，好马好车的庄稼户儿，怎受得惯人家管束呢？受不惯呀！我到社里去做活儿，常是抬不起头。我象劳改所的犯人一样,觉着丢人。我端上银碗讨饭,还看人家的眉高眼低……"①

这样的对话更像现实生活中人与人的谈话,而且对话里自然而然流露出说话者对农业合作社的现实的真切心理感受。而这些,也是柳青作为现实主义作家真实反映现实、尽到作家责任的动人之处。《创业史》艺术上的某些缺憾与它叙述内容展现的另一面真实构成一种很具矛盾张力的读者接受效果——这也是延安文艺孕育下的文学作品所共有的——无论接受者想怎样肯定它或否定它,它都以自身的逻辑证实这种简单思维和文学评判的不可能。《创业史》是理解十七年文学灵魂绕不过去的一堵墙。只有从柳青这样优秀的现实主义作家那里,我们才能更深刻地体会左翼文学、延安文艺与文学现代化之间的一致和矛盾。这也是《创业史》至今不失其文学价值的秘密所在。创业难,在左翼文学至延安文艺观念影响下的中国文学,追求现代化的进程,又何尝不难呢!

二、"文革"文学

十年"文革",以"无产阶级专政下继续革命的理论"为指导,是所谓在无产阶级取得政权并建立了社会主义制度的条件下"继续革命"的最重要方式。但中国的"文化大革命"并非列宁在十月革命后提出的"文化革命"的本来意义——改变科技、教育、文化落后状况,却成了对知识分子甚至一般群众进行全面专政的空前历史浩劫。1981年6月27日至29日,中共十一届六中全会召开,会议通过的《关于建国以来党的若干历史问题的决议》认为:"实践证明,'文化大革命'不是也不可能是任何意义上的革命或社会进步。""历史已经判明,'文化大革命'是一场由领导者错误发动,被反革命集团利用,给党、国家和各族人民带来严重灾难的内乱。"②

"文革"文学的主流是意识形态话语。因此,正如有的研究者所指出的:

> 就"文革"文学的内容来说,实际没有什么先进性可言:《白

---

① 柳青:《创业史》(第2部 下卷),中国青年出版社1979年版,第281—282页。
② 《关于建国以来党的若干历史问题的决议》,载《人民日报》1981年7月1日。

毛女》写农民对地主的复仇，《红色娘子军》写下层社会对上层社会的造反，《沙家浜》、《红灯记》写的是反抗异族的侵略，《智取威虎山》写的是山区剿匪。它们仍然继承着传统文学的叙事模式，例如善有善报、恶有恶报，例如悬念丛生、环环相扣，又例如因果报应、大团圆结局等等。虽然戏剧、小说和诗歌的内容不免陈旧，但舞台人物穿的却是现代（或曰革命）的服装，使用的是现代口语，诗歌用四句一行或者楼梯式的现代书写形式，甚至出现了不免夸张的对话、道白、人物描写和过于渲染的戏剧语言。虽然经过现代艺术形式包装的"文革"文学不乏光彩夺目的装饰感，但也让人感觉到了内容与形式的分裂，它给人一种过分明显的撕裂感和扭曲感。

70年代的当代文学在与五四文学、30年代左翼文学发生断裂的基础上，实现了与"工农兵"和民间文学传统更紧密的结合。……虽然文学和舞台的主角是工农兵，然而支配他们的却是政治运动型的知识分子。……政治型知识分子利用文艺这个特殊形式，积极而巧妙地参与了当时残酷的政治斗争。例如，八个革命样板戏宣传了无产阶级文艺取得的胜利，长篇小说《金光大道》证明了阶级斗争长期存在的必要性和合理性，《李自成》第二卷形象地演义了"人民创造历史"的革命实践，……观察这类形象产生的渊源和过程，会发现它们是30年代左翼文学、解放区文学中某些极端文艺观的延续和变化，与后者在精神上有较深的关联。只不过在当时多层次的文学形态中，左翼文学和解放区文学尚未取得绝对的统驭地位，而在70年代，它终于成为唯一的文学形态。①

如果抛开"文革"中的潜在写作、地下文学不论，单就"文革"官方主流

---

① 程光炜：《关于五十至七十年代文学中的知识分子形象》，载《文学评论》2001年第6期。

文学而言，无疑，"文革"文学是30年代左翼文学、解放区文学、十七年文学中某些文学观念的自然延续和极端化发展的结果。"在文学沦为主流意识形态话语的过程中，文学的理想、精神、审美属性、语言等发生了灾难性的变化，几乎所有的问题到了这时都被推到了极端。"①在人民群众的文学审美情趣借助具有垄断地位的主流意识形态话语的力量而不断膨胀的情形下，文学的本体性已不复存在，文学彻底沦为政治斗争的工具，而这种政治斗争，是没有任何现代意义的祸国殃民。文学被政治权力斗争绝对而粗暴地蹂躏。如果没有前此阶段文学发展一直备受政治左右的曲折历程，如果没有自左翼文学在现当代文学中的逐步形成并确立的"霸权"影响，文学发展走入这样的死胡同，都是不大容易想象的。通过简单描述左翼文学发生、发展、壮大、变异、分化的流向轨迹，我们才能更清楚地看到随着政治斗争的层层升级，作为"阶级斗争晴雨表"（周扬语）的文艺最后彻底工具化、非文学化的必然命运。

知识分子的写作失去了合法性，代之而起的是政治写作、阶级写作、革命写作和专政写作。尽管"文革"也声言要"建设社会主义强国"，但它否定了以理性为基础的启蒙精神，抛弃了自由、民主、法治、科学这些现代化的目标。"文革"文学是在中外文明史、世界现代化进程之外的写作，它以革命的名义对传统与现代做出了双重否定。集中体现在鲁迅身上的现代知识分子的品格在"文革"文学中消失了，独立思想和自由精神的失去，从根本上抽掉了知识分子话语的灵魂，个人写作和纯形式的写作也失去了合法性，这些都决定了"文革"文学不是现代性的文学艺术创作。"文革"文学中断了中国文学的现代化追寻。八个样板戏、一个作家（浩然）的创作，是完全认同主流意识形态话语的结构，是时代和文学贫困的绝好写真。也许从主流意识形态话语霸权如何通过现代政治手段（政治组织、社会生活、舆论工具等）制造文学、文化效应以钳制思想自由，读者在无可选择的选择中进行文学鉴赏，并在"八台戏""一个作家"等文学贫困现象中发现艺术之美的接受角度，研究"文革"

---

① 王尧：《关于"文革文学"的释义与研究》，见中国社会科学院文学所当代室选编：《中国年度文论选·'99卷》，漓江出版社1999年版，第281页。

文学的传播影响问题等，可能是很有意思的话题。

三、新时期文学

发生于1976年的天安门诗歌运动，是"文革"文学向新时期文学的过渡，也是对"文革"文化专制主义的有力抗争。"文革"时期处于秘密地下写作状态的白洋淀诗群等另一类民间写作者也渐渐发出自己的声音。朦胧诗人们续接了"文革"文学彻底中断的中国文学的现代性追求。"文革"一被否定，受灾最重的文学界，即毫不犹豫地充当了思想和精神解放的先锋。伤痕文学作为对"文革"的血泪控诉，有着极强的现实政治和文化意义。它在唤醒人们思想解放的同时，显示的是文学作为思想启蒙和与黑暗政治势力战斗的武器的力量，这和30年代左翼文学强调文学战斗性的精神一脉相承。从某种意义上说，新时期的文学创作是从左翼文学那里获取了思想资源。

改革文学是新的政治环境和政治要求下的现实主义文学。无论是乔厂长上任，还是陈奂生上城，目的只有一个：更新人们的观念，以适应现代化建设的需要。文学上的现代主要体现在内容上，对一种新观念的阐释。从文学自身生命力、创造力的现代要求来看，并无大的突破，基本上停留在左翼文学的创作模式中。革命被置换成改革，阶级斗争被新旧观念冲突取代，高大全的英雄人物变成了深谋远虑、锐意进取的改革者，火药味被人性味淡化，斩钉截铁的理想化语言让位给意味深长苦口婆心的能充分证明改革必然性的语言，艺术构思上依然存留有两军对垒的二元思维模式，矛盾的冲突解决还是靠美好理想来指引。

从改革文学所塑造的文学形象中，我们也许还能看到刘希坚、吴荪甫、小二黑、梁生宝，甚至萧长春和高大泉等的影子。虽说人物已被赋予崭新的时代内涵，但改革文学还只是在有限的范围内，尝试进行文学自身的改革。文艺创作中依然盛行公式化、概念化。在这种情况下，《上海文学》1979年第4期的评论员文章《为文艺正名》提出了"纯审美论"，认为造成文学公式化、概念化现象严重的主要原因"就是创作者忽略了文学艺术自身的特征，而仅仅把文艺作为阶级斗争的一个简单的工具"。"纯审美论"在新时期的出现，有一定的历史必然性和合理性。在我们的文学史上，在肯定文学是一种社会意识形态时，由于忽略了文学自身的特殊性，并且过分强调了意识形态自觉性，因此出现了用行政命令干预艺术创作的现象。

80年代是真正属于理想的又一个文学时代。随着对极左思潮的进一步清算，文学终于开始寻找自己的世界。朦胧诗的崛起，与其说是一代新诗人的崛起，不如说是当代中国诗坛上一种新的美学原则的崛起。意识流小说对传统单一文学创作观念的冲击，寻根文学、魔幻现实主义、荒诞派、现代派、先锋文学等文学现象或思潮在文坛争奇斗艳。在多样而热闹的文坛背后，应当说有一种相对共通的对未来中国文学前景展望的文化重构背景，这一集体性的心理期待背景也是以对统驭中国文坛长达数十年之久的规范型文学观念的挣脱和反拨为认识基础的。单从新时期数年文学界大量译介、移植、模仿、借鉴西方现代文学，匆匆"简化"上演西方现代文学之"经典"的过程，便可推想当代中国文学汇入世界文学之流的文学现代化追求的迫切情怀。文学的现代化不同于经济的现代化，更需要文学艺术家和广大人文知识分子的艰苦探索。那种以为物质生产发展了文学也能迅速得到发展的看法是不符合马克思主义的文化发展观的，更是不符合中国的文化发展实际和中国人的文化需求现状的。

在考察80年代纷纭复杂的文学现象时，我们不应忘记那些依然坚持现实主义创作的作家。路遥就是他们中的杰出代表。路遥的创作为当代中国文学注入了现实主义文学的活力，证实了现实主义创作强大的文学生命力。路遥是师从柳青进行文学创作的。经典现实主义的人物形象塑造、典型环境中的典型性格等创作原则在他笔下得到更充分的自觉遵循，但这并没有妨碍其作品的艺术魅力和打动人心的艺术力量。作家高度的社会责任感和力图以文学把握现实的坚定信念从另一个层面支撑了他的文学事业，显示出中国当代作家中并不多见的对文学迷醉般的忠诚和神圣的敬仰之情。路遥笔下的人物是充满作家主观浪漫想象精神的理想型人物，浓缩了中国传统和现代文化物质生活中普通人所具有的人性美德：一种源自人性深处的良善本能，一种温柔敦厚的道德品性，一种坚忍顽强的生存意志，一种深明大义的宽厚胸怀。因为路遥对作品人物活动的环境和文化背景有着深厚的展示，对他所表现的人物有深刻的理解和悲悯之情，所以他所塑造的人物并没有因为理想化色彩浓郁而失却真实性。同时，路遥作品中充满苦难的脉脉温情，显示出现实主义文学对善和美的追求，因而展现出真的品格。无论是《人生》中高加林的"负心"，还是《平凡的世界》中孙少平的"野心"，都是基于生活在那片黄土地上的现代人为了更好生存的人性需求。高加林形象的现代感正在于逼真鲜活地展现了传统文化观念浸染下的普通中国人人性（欲望）与道德（良知）的冲突。正是在这样的层面，路遥的作品暗合了哈姆雷特式的人类自我求证命题，显示出当代中国现实主义创作在文学是人学方面所达到的深度。而这一点自然是对把人性主题视作资产阶级意识而予以无情批判的左翼经典现实主义文学创作模式的超越，因而获得长久的文学价值和艺术生命。

　　路遥创作永葆艺术生命力同他继承和发展30年代左翼文学开创并高扬的优秀文学精神密不可分。关注处于社会底层的普通劳动者生存的平民意识；浸透着悲凉、无奈，对社会存在的不合理不公正现象，充满爱憎和有鲜明价值评判取向的批判意识；对普通人生活现实悲天悯人的人文关怀意识；激发社会底层人民顽强生存下去的贯注着苦难意识升华之后的理想精神；对国家、民族和最广大人民生存、发展前途的忧患意识和强烈的责任意识；充满现实感和历史感的深切的人性意识。这些，只要认真阅读了路遥作品的读者，都能真切地感受到。在读路遥《平凡的世界》时，似又看到艾芜《南行记》中那流浪汉的形象，也似听到《人生哲学的一课》中"就是这个社会不容我立脚的时候，我也要钢铁一般顽强地生存"的强有力的生命呼唤。谁能说左翼文学精神的流脉就断绝了呢？在路遥这里，恰恰是得到了最好的承继。文学并不是单靠花里胡哨的艺术技巧证实自己的存在的。路遥关注普通人的生活、命运，关注他们平凡的内心世界里的一切。

　　　　普通人和出类拔萃的人一样，也有自己的欢乐和痛苦，只不过不

为大多数人了解罢了。人们宁愿去关心一个蹩脚电影演员的吃喝拉撒和鸡毛蒜皮,而不愿了解一个普通人波涛汹涌的内心世界……①

  每个人的生活同样也是一个世界。即是最平凡的人,也得要为他那个世界的存在而战斗。从这个意义上说,在这些平凡的世界里,也没有一天是平静的。……普通人时刻都在为具体的生活而伤神费力——尽管在某些超凡脱俗的雅士看来,这些芸芸众生的努力是那么不值一提……②

即使是信天游这样"美妙而深情的歌",在路遥看来,"这不是歌,是劳动者苦难而深沉的叹息"。③正是从这里出发,路遥找到了文学创作的原点,使他的创作焕发出勃勃生机。这同样是路遥植根于现实生活土壤的深刻思考下的文学路径选择:生命从正午消失了,文学却与阳光同在。

路遥是文学真正的殉道者,他笔下的人物也有一种为顽强生存而不惜体验苦难的殉道精神。也许路遥认为,生命的力量就体现在生存的苦难里,苦难承受生命,生命充满苦难,在平凡的世界里生存的人们,甚至把苦难当作活下去的自我安慰,他们通过对苦难人生深入骨髓的体验来超越苦难,战胜苦难。孙少平初入黄原城闯事业的心理是这样的:

  是的,他现在只能和一种更艰难的生活比较,而把眼前大街上幸福和幸运的人们忘掉。忘掉!忘掉温暖,忘掉温柔,忘掉一切享乐,而把饥饿、寒冷、受辱、受苦当作自己的正常生活……④

在描述孙少平同田晓霞邂逅时的心理活动时,路遥写道:

  是的,他是在社会的最低层挣扎,为了几个钱而受尽折磨;但他已不仅仅将此看作是谋生活命——职业的高贵与低贱,不能说明一

---

① 路遥:《平凡的世界》(第1部),中国文联出版公司1986年版,第303页。
② 路遥:《平凡的世界》(第2部),中国文联出版公司1988年版,第279页。
③ 路遥:《平凡的世界》(第2部),中国文联出版公司1988年版,第273页。
④ 路遥:《平凡的世界》(第2部),中国文联出版公司1988年版,第113—114页。

个人生活的价值。恰恰相反,他现在倒很"热爱"自己的苦难。通过这一段血火般的洗礼,他相信,自己历经千辛万苦而酿造出的生活之蜜,肯定比轻而易举拿来的更有滋味——他自嘲地把自己的这种认识叫做"关于苦难的学说"……①

正是对当代中国农民苦难生活的真实描写,并赋予正视这种苦难以唤醒人的顽强生命力的文化上的超越意义,使左翼文学精神和延安文艺的优秀遗产在当代重新获得了崭新的力量。

获"人民艺术家"国家荣誉称号的当代作家王蒙,在少年时代,"曾经那样地崇拜过丁玲"②,他50年代创作的《组织部来了个年轻人》,在主题、情节构思、文化批判指向等方面,都与丁玲《在医院中》颇为相似,体现出对坚守真正的左翼现实主义文学创作精神的作家的学习借鉴。在新时期,王蒙虽然是以意识流写作著名,但无论技巧如何变化,流动的也是现实的意识内容。王蒙的小说对史诗感的追求,是受左翼文学观念影响的结果。长篇小说《活动变人形》,继承鲁迅批判国民性的文化主题,但批判的对象却是知识分子身上所具有的民族性格的痼疾。在对倪吾诚家事、人事的刻绘中,揭示出某一类知识分子在封建专制的文化传统中形成的扭曲、窒息、变态的文化和个人性格特征:耽于玄想,崇尚清谈,修身养性方面是"高手",却丧失了行动能力,缺少敢作敢当的勇气和气魄。这从另一个维度续接了鲁迅"立人"的思想启蒙传统。

王蒙也非常重视和强调文学的严肃、作家的责任。他曾说:"从中外文学史上看,几乎没有一个真正的大作家是对社会进步、对人民痛苦漠不关心的。搞个小圈子,自成一个世界,从文学到文学地吹,也许不失为一种自娱的方式,却很难算是一种严肃的文学事业。在用一种宽阔得多的胸怀评估文学的社会意义的同时,还是注意一下避免闭上眼睛自吹的好。"③王蒙的这种文学观

---

① 路遥:《平凡的世界》(第2部),中国文联出版公司1988年版,第190页。
② 王蒙:《我心目中的丁玲》,载《读书》1997年第2期。
③ 王蒙:《文学三元》,见《文学评论》编辑部编:《我的文学观》,上海社会科学院出版社1987年版,第334页。

念充分体现在对文学史的认识评价和具体的文学活动中。1997年11月，上海文艺出版社出版《中国新文学大系（1949—1976）》，其中三至八集"小说卷"由王蒙主编。王蒙在"小说卷"序中对50年代的一些小说所取得的成就予以充分肯定：

> 首先应该强调，五十年代的小说创作的政治倾向与服务热情并不仅仅是政策规定更不是行政强制的结果。那时候，对于许多作家来说，对于党的政治国家的政治的热情与他们对于人生对于艺术的感受是高度一致的。……政治激情、艺术激情、人生的激情完全融为一体，这种交融对于一个作家来说可以说是百年不遇的幸运！……
>
> 其次，小说的作用和特质毕竟不仅仅在于传达一个主题思想，它更是一种审美的结晶与契机，谁能说这个年代的新中国人的生活里不是充满了美感和美的因素呢？谁能说我们的作家不是敏锐于生活中的美，生活中的诗意与激情呢？谁能说我们的那个时代的读者不是充满了对真善美的渴求与拥抱呢？所有这些都是不可以轻易地加以抹杀的。
>
> ……………
>
> 历史已经成为过去，记忆难于保持，以一种轻薄的态度抹杀前人的一切，很方便也很廉价——其实只证明了自己的无知。……不了解昨天的人实难与之语今天。①

王蒙也以自己厚重坚实的创作为当代中国文学的现代化进行了可贵的探索，做出了应有的贡献。

1980年代在文坛产生广泛影响的知青作家如梁晓声、张承志、张炜等，其创作也表现出受左翼文学及延安文艺精神正脉影响的印痕。梁晓声的《今夜有暴风雪》《雪城》等知青题材小说，在进行诗意书写和理性审视的文化观照中，透出更多的批判色彩和理想情怀。张承志的创作对精神纯洁性的极端追

---

① 王蒙主编：《中国新文学大系（1949—1976）·第三集》，上海文艺出版社1997年版，序第4—5、11页。

求，对信仰、理想的强烈召唤和不乏浪漫主义的格调，虽然具有政治乌托邦式的唯意志倾向，但对社会转型期文化精神症结的感觉是相当敏锐的，那种痛切的激情的批判意识在纠正整个社会精神流向庸俗化、物质化、技术化方面，还是比较剀切的，应当引起我们进一步的反思。张炜在80年代的代表性作品《秋天的思索》《秋天的愤怒》《古船》等，已经显示出当时中国文坛所缺少的某种暴露和批判的力量。他此后创作的一系列长篇小说如《九月寓言》（1993）、《柏慧》（1995）、《外省书》（2000），继续以不妥协的姿态强化对道德理想的坚守，以悲天悯人的人文情怀表达对社会文化现实的批判。虽然个别作品在一般的文学读者接受中难免曲高和寡，但在今天看来，仍不失其一枝独秀、光彩照人的艺术魅力。左翼作家以文学为实现新的社会政治理想的有力武器。张承志、梁晓声、张炜等的创作是以文学进行社会文化理想的思考，也非常重视文学的社会功利性，依然是"五四"以来"为人生"的战斗文学精神内涵的延续。

1980年代关于文学的一些重大命题，如文学的本体性理论等的提出，也开阔了中国文化的视野，对文学的现代化具有重要意义。80年代频仍变化的文学思潮和文学现象，究其理论提出的深层文化背景及创作实践，有一个很重要的理论坐标参照系统：左翼文学的历史存在和文学观念。但在这一系列的对左翼文学的历史反思及价值重估中，有将左翼文学窄化并等同于受极左思潮影响且极端化发展了的极左文学观念的倾向。同样，对政治干扰下文学历史命运的思考，强调文学的主体性、审美性是有非常积极的历史作用的。我们在经历了90年代的文学现实过程后，再去平静地审视80年代文学观念的刷新，也会有一些新的对当代文学现状的思考。

四、左翼文学精神的当代意义

1990年代初期，随着社会主义市场经济体制的逐步确立，中国的社会思想和文化也进入了一个所谓转型期。这一时期的文化带上了鲜明的商业性、功利性、实用性和技术性的特点。"文学界的政治热情被压抑到意识阈下，成为一种政治无意识。'告别革命'、'躲避崇高'成为解构过去的新口号；'五四'运动以来的激进主义受到了批判，文化保守主义得到大力提倡。……个人化乃至私人化写作代替了群体化和公共化的写作，而随着文学商业化的日趋发达，在90年代末，又兴起了时尚写作。"①90年代影响很大的一种文学观念就是纯文学理论和私人化写作。"纯文学"的提法是否恰当暂且不论，但总是以承认先前中国文学有不纯粹的文学历史为前提条件。

新世纪初，纯文学依然是文学理论界的讨论热点之一②。不管人们的分歧如何，说到实质，还是离不开文学与政治的关系等重要问题。各种观点的争鸣，记录着中国当代文学在大变革时代的足迹。"个人化的写作，在80年代后期已经初露端倪，如张承志、史铁生、贾平凹、王安忆、韩少功等人的写作，但与当时文以载道式的政治化写作相比，当然不可能引起全社会的轰动效应。……1999年全国百名评论家评选出的90年代10部最有影响的文学作品（《长恨歌》《白鹿原》《马桥词典》《许三观卖血记》《活着》《九月寓言》《务虚笔记》《我与地坛》《心灵史》《文化苦旅》），几乎都是个人化写作中的精品力作。"③而女性写作中一种带有自传或半自传性质的封闭性的个人化写作，又被具体指为私人化写作。这种带有自恋式抚摸色彩的写作，虽然被一些人硬性贴上了所谓女权主义的标签，但离真正的女性主义写作还有距离。这方面的代表作家如陈染、林白等。这样的写作有自己的特色，也有相当的读者占有率。究其实质，私人化写作是对以往政治化写作的潜在对抗，是对文学试图载负更多社会政治文化内容和责任的卸载。不能说私人化写作就是对现实的逃避，它是对我们过去习惯于写大我的文学观念的冲击。作品讲述的是自己的故事，描绘个人的情感经历和欲望体验，表达个体的内心冲突，是对私人性、个人性欲望的肯定和张扬。因为我们以往以某些左翼文学观念为源流而

---

① 王纪人：《个人化、私人化、时尚化——简论90年代的文学写作》，载《文艺理论研究》2001年第2期。
② 关于"纯文学"的讨论文章参见《上海文学》2001年第5期。
③ 王纪人：《个人化、私人化、时尚化——简论90年代的文学写作》，载《文艺理论研究》2001年第2期。

渐成主流的文学都在压抑自我，消灭个人。从某种意义上说，私人化写作是文学整体向内转，注重人的内宇宙探索的追求，是一种文学试图以个人私生活和私人情感的隐秘体验去接触真实的尝试，是以"私人化"写作的名目，然而又以公开发表形式出现于文坛的带有自我矛盾性质的文本实验。私人化作品在"私人"间的广泛流行，是和整个社会肯定私性合理性追求的观念流行同步的。那么，这种对私人化写作的粗略认识和评价，又是建立在怎样的文学观念认知背景上的呢？

八十多年前，文化革命领先者胡适在倡导文学革命的著名文章《文学改良刍议》中说："文学者，随时代而变迁者也。一时代有一时代之文学。"综观人类文学历史发展的长河，确乎如此。没有哪个时候能更比得上当下文学的丰富而芜杂了。在经济"压倒一切"的今天，新写实文学、新现实主义文学、先锋文学、金融文学、特区文学、影视文学、广告文学、玩文学、新新人类文学、网络文学、下半身写作等杂色纷呈的文学思潮和创作现象，共同构成了我们这一时代的文学景观。文学蒙上了厚厚的娱乐或自娱色彩，文学成为少数人的事，已经成为不争的事实。一些作家称写作是为了"玩"，一些文学家宣称写作是为了图自己的"受活"，还有一些文学家提笔号召人们"分享艰难"，另有一些希望"越来越多的人读小说"的作家写"冷也好热也好活着就好"的"烦恼人生"，更有被媒体热烈喧嚷为"用身体写作"的代表"新新人类"的文学作者。对文学需求、审美水平如此参差的大众，处于经济时代的当代文坛是"尽了自己的责任"。"新写实"写的是普通人的生活和命运，描绘了与受左翼现实主义文学精神影响而长期占据文学画廊的大我形象截然相反的小我世界，这个充满了生存百味的平民天地更多地充塞了令人沮丧的"一地鸡毛"，使原本就打算过"活着就好"生活的一部分劳苦大众在"太阳出世"后挣扎于"烦恼人生"中。作品所透露出的现实的清醒的理性的力量是逼人的，有其作为艺术创造物的价值。"新写实"是关注现代人当下生存困境的现实主义创作，其文学发难当代之功不可没。但这种照相式的文学写实，却从另一个维度参与了使人疯狂绝望的"预谋杀人"，把人推回琐屑的生活碎片中，更像是自然主义的翻版，客观上还是消解了一定的理性深度，以对现实的无奈认同取代了批判精神，因此也可以无奈地将其看作商品化时代文学屈从于金钱的产物。让文学依附于经济领域的效益写作原则，文学的现代化之路会不会越走越窄？文学，自有其精神特质、批判精神、审美诉求，而失去了这些品质的文学，就只能说是一些浅层次的欲望表达了。同样，现实主义冲击波中诞生的"三驾马车"，并没有使生活中的人们更多一些历史理性，找到现实归属感，只是在做了一通要下岗工人"分享艰难"的劝说工作后另找说词去了。"新新人类"的时尚写作，"不仅以时尚为内容，更进一步把写作作为时尚，以惊世骇俗的笔调写惊世骇俗的生活方式以惊世骇俗"[1]。我们能不能从中得到"宝贝"，眼下还很难说。如果我们还心存对文学的理想和对真正的文学的渴望与呼唤，就不可一叶障目，看不到更广阔和更深远的文学地带。在"喧哗与骚动"的背后，的确，也有人在默默地思考文学、潜心创作，平心静气、深情地瞩望新世纪的文学命运和前景。

　　从现实主义文学创作有潜在复归趋势的角度审视，当代文坛所取得的成就也是不容忽视的。仅以《收获》等严肃文学杂志每年发表的数以千万计的各类作品来看，不论从题材、深度、技巧等各项文化或艺术指标去衡量，都能毫无逊色地证实当代中国文学创作的成就。从新世纪初《收获》杂志所登载的几部中长篇小说如《怀念狼》（贾平凹，载2000年第3期）、《外省书》（张炜，载2000年第5期）、《物质生活》（刘志钊，载2001年第1期）、《天堂之歌》（何立伟，载2001年第3期）、《浮华背后》（张欣，载2001年第3期）、《西去的骑手》（红柯，载2001年第4期）等，我们就可以颇有信心地认为，现实主义文学创作在当代中国依然具有强大的生命力。《天堂之歌》以活脱的现实主义笔调，为读者描绘了一群当代暴发户和普通人的生存图景，如实地写出了物质富足后一些人精神的极端空虚和黏附在他们身上的不易割除的某种卑劣的国民性。这是活生生的现实，这是我们耳闻目睹、司空见惯的人间闹剧。小说有

---

[1] 王纪人：《个人化、私人化、时尚化——简论90年代的文学写作》，载《文艺理论研究》2001年第2期。

一种久违了的严峻的批判现实的力量。贾平凹在写《怀念狼》时，虽然表达了"写了现实生活并不一定就是现实主义"①的书写感受，但从其编织的"我"出于生态保护目的在猎人舅舅协助下为商州仅存的十五只狼拍照，最终却使十五只狼尽被杀光的荒诞故事中，我们却可以看出"自称写作是为了'自己的受活'"的"在阴影下写作的作家"②说"当今的中国文学，不关注社会和现实是不可能的"③，便不再是一句充满名士气的轻飘飘的空话。这更多地体现出一个当代中国作家对人类终极命运的关怀，显示出作家日益开阔的文化视野和勇于探索的艺术追求。作家红柯的《西去的骑手》，受左翼现实主义小说的影响很深，读来更像是一部荡气回肠的英雄史诗。史诗的艺术架构，充满理想精神的英雄人物，诗情四溢的梦幻色彩，粗暴酣畅的文字气势，加之准确传神的西部方言土语，使它成为一部经典的英雄主义与浪漫主义相结合的大气磅礴之作，在当代中国的长篇小说中，堪称独步。显然，透过这些充满忧患意识、饱含理想激情、严肃关注现实、富于批判精神的作品，我们已充分感受到当代文学创作中跳动的现实主义精神血脉，这也是走向新世纪的中国文学更趋成熟的一个标志。

> 每一种真正伟大的文学所固有的主要的、说明它经久不变的力量的因素之一，是方法的真诚。方法的真诚决定于当代生活。过去的伟大作家并不企图"为所有的时代"，甚至为将来而写作。他们主要的是描写自己同时代人的一定范围。④

文学是人类历史过程中表征文化文明程度的一个部分，文学本身也是一个历史过程，文学不是从来就有的、从来就是这样的。文学的内涵，文学的审美形态，文学的审美、认识、教育、娱乐等各种功能，都处在一个连续不断的

---

① 贾平凹：《〈怀念狼〉后记》，载《收获》2000年第3期。
② 林贤治：《五十年：散文与自由的一种观察》，载《书屋》2000年第3期。
③ 贾平凹：《〈怀念狼〉后记》，载《收获》2000年第3期。
④ 赫姆林·加兰：《破碎的偶像》（片段），刘保瑞译，见《美国作家论文学》，刘保端等译，生活·读书·新知三联书店1984年版，第80页。

历史的发展过程之中。用单一的政治尺度或审美尺度去要求一个特定的历史阶段的文学，或是去认识、评价任何历史阶段的文学现象，都是鲁迅先生所说的"心造的幻影"。

　　文化振兴是中华民族伟大复兴的重要内容。文学作为文化的一种典型形态，包蕴着极为丰富的社会思想和时代内容，对未来文明模式的塑造有不可低估的作用。我们所面临的是一个全面变革的时代。全球化浪潮势不可挡，裹挟着人类展开一轮又一轮充满诱惑的抉择。信息网络的充斥膨胀，也深刻改变着人类的生活。不可否认，当下中国文学是丰富的，也是贫弱的。贫弱的表现之一便是文学精神的某种迷失。"前辈艺术家的生命早已远逝，他们把光辉的生命留存在自己的作品中，但是，那是凝冻了的生命；他们真正的复活，他们的生命的不朽和高扬，完全在于今天艺术家的创造。一个伟大的现代艺术家，是多部艺术史的沉淀，是人类求美历程的层累。"① 中国当代作家，还是能够从左翼文学与延安文艺的精神遗产中汲取丰富的且有利于中国当代文学现代化进程的智慧和养分，汲取那些经过历史检视并被实践印证的成功的或失败的思想资源和文学经验，融化于当代文化建设中。也许，那正是中国文学新生命的开端。

---

① 余秋雨：《艺术创造工程》，上海文艺出版社1987年版，第6页。

第三章 延安文艺与 20 世纪中国文学的启蒙思潮

启蒙主义作为一种现代文化变革思潮，在20世纪前半期的中国主要表现为三次大的涌动。第一次发生于20世纪初期，中国由古代社会向现代社会转型，以康有为、梁启超为代表，资产阶级维新派与封建专制统治进行了第一次正面对抗。这次启蒙局限在封建政体的内部，并未触及整个封建制度的根基。第二次发生于20世纪20年代，在五四新文化运动的推动下，一大批接受过西方先进思想熏陶的欧美留学生，发起了声势浩大的科学与民主的启蒙思潮，代表人物主要有胡适、鲁迅、周作人、陈独秀等。五四启蒙以个性解放为诉求，将西方的科学、民主、平等、自由等思想观念带到中国。这次启蒙思潮集理论与实践运动为一体，不仅推动了现代民主、科学思想在中国的传播，尤其是对人作为主体的发现，推动了文学发展由表及里的巨大变迁。第三次发生于20世纪40年代，随着革命形势的变化，确如有的学者所言"救亡压倒启蒙"①，但并非意味着启蒙的消失。相反，在被战争改写的启蒙活动中，启蒙随之出现了一系列新的变化，主要表现在两个方面：启蒙再次被高扬，但启蒙的方向却由对个体解放、自由民主的追求转变为对国家民族命运的关注；基于民族意识的觉醒，一场由左翼知识分子首倡，进而由民众参与的新启蒙思潮

---

① 李泽厚认为："五四"后期，救亡的局势、国家利益、人民的饥饿痛苦，压倒了一切，压倒了知识者或者知识群体对自由、平等、民主、民权和各种美妙理想的追求和需要，压倒了对个体尊严、个人权利的注视和尊重。参见李泽厚：《启蒙与救亡的双重变奏》，载《走向未来》1986年创刊号。

运动①再次潮起。新启蒙与五四启蒙最大的不同在于，启蒙者与被启蒙者均发生了戏剧性的变化，启蒙的内在特征表现为：既有启蒙身份的错位，又有启蒙关系的反转，还包括启蒙的性质悄然由个体启蒙转向革命启蒙乃至阶级启蒙。

  发生于20世纪上半期的这三次启蒙思潮多以运动的方式展开，康、梁借政治维新和文学改良运动开启蒙之风，五四新文化运动则直接高举"启蒙"大旗，经新文化（文学）运动开启了启蒙之路，发生于延安时期的启蒙则在革命与救亡中将启蒙转化为一种新的意识形态。由此可见，文学启蒙作为新文学发生以来中国社会文化和思想的主潮，一直伴随着中国社会制度和文化的变革，同时深刻地影响了文学创作的走向。及至延安时期，文学启蒙作为一种文化和革命的动力，一直贯穿了延安文艺发展的整个过程，只是相对于前两次启蒙而言，延安时期的文艺启蒙由于与政治运动有着特殊的缘由经常纠缠在一起，因此文学启蒙表现得更为复杂，阐释的难度也更大一些。延安时期的文学启蒙从启蒙者的身份、启蒙主体的复杂多义、启蒙主体与客体之间的双向沟通，再到启蒙内涵与外延的拓展和变化等，都体现出多重变奏的特点。

---

① 1937年5月，北京师范大学教授吴承仕会同张申府、程希孟、黄松龄等，在星期天文学会的基础上，发起成立了新启蒙学会，并以之为新启蒙运动的领导中枢。新启蒙运动从1937年开始，大概持续了三年时间。新启蒙者强调：启蒙运动已经从过去的由反封建思想做起点的阶段，发展到了如今的以反异族奴役为起点的新阶段了。在这个新的阶段中，启蒙运动者应该允许各种思想的自由竞争。（艾思奇：《中国目前的文化运动》，载《生活星期刊》1936年双十特刊）艾思奇在1937年第8期的《国民周刊》上发表文章解释什么是新启蒙运动时，就强调了新启蒙的群众性。新启蒙运动的哲学基础主要是辩证唯物主义，即既强调理论，更注重实践。与五四新文化运动不同，新启蒙运动最大的主题是反孔和爱国救亡。

第一节

个体启蒙与革命启蒙的双重奏

一、未中断的文学启蒙

在人们的想象和解读中，延安作为一个红色政权圣地，它的文化质地也必然属于正统的红色文化。但事实并非完全如此。在20世纪40年代初的延安和其他条件稍好的抗日民主根据地，新华书店照样出版并销售《西洋哲学史》等外国理论和历史图书；《解放日报》等报刊上依旧刊登毕加索、菲尔丁等外国艺术家和文学家的翻译文章；鲁迅艺术学院的课堂上，教师照样讲述歌德、巴尔扎克、司汤达、梅里美、普希金、高尔基等作家的作品。从1940年元旦到1942年，延安、晋察冀等根据地掀起了"演大戏"①的浪潮，先后上演了《雷雨》《日出》《婚事》《蜕变》《钦差大臣》《马门教授》《伪君子》等八十多部中外名剧。从当时的文学思潮和文学创作的实绩来看，延安时期存在大量的启蒙文学作品，丁玲、艾青、何其芳等文协成员的创作就体现了明显的启蒙主义特征。

小说方面：代表作品如丁玲的《我在霞村的时候》《在医院中》《一颗未出膛的枪弹》《夜》等，严文井的《一个钉子》，鸿迅的《厂长追猪去了》，马加的《距离》《间隔》，雷加的《沙湄》《躺在睡椅里的人》，陆地的《落伍者》，方纪的《意识以外》，等等。作为延安时期极具传奇色彩的作家，丁

---

① 1942年6月27日，陕甘宁边区文委临时工作委员会召开延安剧作者座谈会，会上直接批评"演大戏"只演大剧与外国剧，"演大戏"遭到了严厉的批判。

玲创作的启蒙意识尤为鲜明。她的创作善于通过对人的灵魂的剖析来表达一种人生追求和美学理想。其实在当时，有很多作家都同丁玲一样，通过对民众身上落后的思想意识的批判来探索个性解放与民族解放的关系。

杂文方面：主要有丁玲的《我们需要杂文》《三八节有感》，艾青的《了解作家，尊重作家——为〈文艺〉百期纪念而写》《坪上散步——关于作者、作品及其他》，罗烽的《还是杂文的时代》《非由缀造而成的散文》《嚣张录》，王实味的《野百合花》《政治家·艺术家》，萧军的《论同志之"爱"与"耐"》《纪念鲁迅：要用真正的业绩！》《作家面对的"坑"》《杂文还废不得说》，等等。这些作品成为延安文艺界关于歌颂与暴露问题的讨论焦点。丁玲的《三八节有感》针对妇女问题，提出了现代娜拉的精神困境和出路问题。王实味的《野百合花》则针对延安当时的不良风气与"平均主义和等级制度"提出了自己的看法，认为无论是干部还是民众，都应该受到平等对待。尽管有些作品在当时遭受了不公正的批判，但是这些文章的现实批判精神无疑与鲁迅的杂文风具有异曲同工之妙。

讽刺画方面：主要有延安美协于1942年2月15日至17日，在军人俱乐部展出的张谔、华君武、蔡若虹的六十多幅讽刺画。作品多就延安生活和政治中的主观主义、教条主义、宗派主义、党八股、开会等不良现象予以讽刺针砭。另外，《轻骑队》《矢与的》《西北风》等墙报、壁报上的漫画等，也针对延安时期存在的一些问题进行了暴露与批判。

戏剧方面：主要有1942年3月21日，青年艺术剧院在延安演出的暴露延安日常生活中的缺陷与病象的短剧《延安生活素描》，包括《多情的诗人》《友情》《无主观先生》《小广播》《为了寂寞的缘故吗？》等。

无论是哪种样态的文学创作，从作品所展示的主题来看，延安初期的大量创作依然延续了五四启蒙的主题，注重文学的社会批判功能，在主张歌颂光明的同时，更重视暴露现实生活中的黑暗。正如艾青所认为的：

> 当着一个国家临到了它空前的危厄的时候，当着侵略的敌人已跨上了它的土地的时候，诗人不仅应该用情感去激起人民的仇恨与愤

怒，不仅应该由仇恨与愤怒鼓舞起人民参加战斗；诗人们更应该教育给人民以生活的智慧，教育给人民以缜密的思考，培养人民的坚韧沉毅的性格，使他们能从悠久的盲目迷信的，被蒙蔽着的，反科学的神秘精神里摆脱出来，从封建文化的桎梏里摆脱出来。①

二、"鲁迅式"启蒙的延续

新文学发生以来，启蒙作为一种内驱力，对中国社会制度和文学革命的演进产生了重大的影响，尤其是五四新文化运动之后，启蒙成为知识分子启发民智的一种真正的文化武器。恰如鲁迅在谈到创作小说的动机和目的时说的：

> 说到"为什么"做小说罢，我仍抱着十多年前的"启蒙主义"，以为必须是"为人生"，而且要改良这人生。……所以我的取材，多采自病态社会的不幸的人们中，意思是在揭出病苦，引起疗救的注意。②

当鲁迅发出这样的呐喊的时候，他不仅是一个启蒙者，还是一个现代知识分子和思想斗士，更是中华民族灵魂的一个发现者。鲁迅作为新文学的奠基者，其所建立的"国民性批判"和"人的文学"的启蒙观念影响了一个时代甚至更长时间中国文学启蒙的指向。直至延安时期，由鲁迅所开启的启蒙的方向不仅被知识分子内化吸收，且受到了政权领导者的高度重视。毛泽东在《新民主主义论》中对鲁迅的价值推崇备至：

> 鲁迅，就是这个文化新军的最伟大和最英勇的旗手。鲁迅是中国文化革命的主将，他不但是伟大的文学家，而且是伟大的思想家和伟大的革命家。鲁迅的骨头是最硬的，他没有丝毫的奴颜和媚骨，这是殖民地半殖民地人民最可宝贵的性格。鲁迅是在文化战线上，代表全民族的大多数，向着敌人冲锋陷阵的最正确、最勇敢、最坚决、最忠实、最热忱

---

① 艾青：《论抗战以来的中国新诗——〈朴素的歌〉序》，载《文艺阵地》1942年第4期。
② 鲁迅：《我怎么做起小说来》，见《鲁迅全集》（第4卷），人民文学出版社1981年版，第512页。

的空前的民族英雄。鲁迅的方向，就是中华民族新文化的方向。①

周恩来对鲁迅的评价为：

> 鲁迅先生之伟大，在于一贯的为真理正义而倔强奋斗，至死不屈，并在于从极其艰险困难的处境中，预见与确信有光明的将来。这种伟大，是我们今日坚持长期抗战，坚信最后胜利所必须发扬的民族精神。②

由此可见，延安时期文学在发展初期依然坚持以鲁迅为旗帜的新文化方向，鲁迅作为一个文化标志和文学偶像的推出，基本确立了延安时期文学发展的大方向。重新回望毛泽东对"鲁迅方向"③的确认，其实既有现实的考虑——将左翼力量吸纳进延安文化体系的建构，更有着长远的政治目的。"鲁迅方向"既寓言着一个文化的符号，也是一种意识形态的象征。但是不可否认的是，鲁迅作为左翼文化战线上的领袖，作为文学启蒙的先驱，所培养的一大批人才，如胡风、冯雪峰等对其衣钵和思想的继承，对此后延安时期启蒙思想的传播所构成的文化的影响力和辐射性确是强悍且深远的。

延安初期的文化建构，因相对宽松的政治环境还允许多元思想并存，文学启蒙颇有"五四"的遗风。20年代至30年代，在思想文化领域的大论战后期，中国共产党就在国统区成立了新启蒙学会，并在1936年明确倡导要在中国进行一次新的"新启蒙"思潮。1936年10月，新启蒙思潮的主要发起人之一艾思奇，在《生活星期刊》特辑中发表《中国目前的文化运动》，在《文化食粮》的创刊号上发表《新启蒙运动和中国的自觉运动》，拉开了新启蒙的序幕。之后与艾思奇相呼应，范文澜、何干之、王学文、侯外庐、吕振羽、胡绳、蒋芾

---

① 毛泽东：《新民主主义论》，见《毛泽东选集》（第2卷），人民出版社1991年版，第698页。
② 周恩来：《鲁迅逝世二周年纪念题词》，载《新华日报》1938年10月19日。
③ 毛泽东在《新民主主义论》中称鲁迅为"最伟大和最英勇的旗手""中国文化革命的主将""伟大的文学家""伟大的思想家""伟大的革命家"，并最终提出了"鲁迅的方向，就是中华民族新文化的方向"。参见毛泽东：《新民主主义论》，见《毛泽东选集》（第2卷），人民出版社1991年版，第698页。

华、炯之、柳湜、江陵等均对新启蒙思潮进行了多方面的阐发。根据新启蒙者的界说，新启蒙并不是对过去启蒙运动的完全否定，"在启蒙之前加上一个新字，是表示它是过去启蒙运动的综合，经过扬弃的作用，已把启蒙工作，提高到一个新的阶段了"①。随着新启蒙理论对启蒙运动的总结和深入，启蒙运动在延安形成了一次小高潮。之后由于种种原因，"通知不要再用新启蒙的提法"②，这次发生于延安时期的启蒙主义的复苏不幸夭折了。尽管"新启蒙"的提法和词语被要求不再使用，但是启蒙主义思想依然以暗流的形式涌动奔流在革命的内部。1937年11月，延安成立了以文艺工作者为主体的陕甘宁边区文化界救亡协会。该协会成立时就提出：保卫祖国，开发民智，展开新启蒙运动。1941年5月，鲁迅艺术学院在其制定的《鲁艺订艺术工作公约》（十条）里，列有这么一条："不对黑暗宽容；对于新社会之弱点，须加积极批评与匡正。"③

此后，在延安文艺创作中，继文学启蒙创作的冲击波之后，仍有一批作家自觉地将五四文学的启蒙意识和启蒙精神灌注于文学创作。何其芳在给友人的一封信中说："我不但把自己看作一个文艺工作者，而且还把我自己看作一个做启蒙工作的人。今日的中国是太需要启蒙工作了。"④1937年到1941年，创作尽管主要以歌颂光明为主，但也有部分作家继续发挥鲁迅的杂文精神，在歌颂的同时不忘对阴暗面的揭露，抱着现实主义的启蒙热望，创作还是延续了五四文学启蒙的宗旨：一则以"人的文学"为创作的主要方向，另则坚持了国民性批判的文学传统。当然还有一些作品尽管启蒙的内容不同，但是对大众主体意识的开发和强化与"五四"是相通的。由此种意义上看，延安时期的文学启蒙与五四时期"鲁迅式"的启蒙是一脉相承的。

---

① 何干之：《近代中国启蒙运动史》，生活书店1937年版，第204页。
② 王元化：《传统与反传统》，上海文艺出版社1990年版，第8页。
③ 《鲁艺订艺术工作公约》，载《解放日报》1941年5月24日。
④ 何其芳：《给陈企霞同志的一封信》，载《文艺月报》1941年第4期。

三、从个体启蒙走向革命启蒙

五四新文化运动中，文学启蒙作为中国思想变革的先声，对旧的封建思想的批判和君臣意识的颠覆犹如一场地震，启蒙的高扬随着学生运动的加入最终演变成了一场狂飙突进式的社会运动。这场思想的风暴横扫了民众多年沉睡的奴性意识，同时按下了中国现代民主意识启蒙的启动键。发生在延安时期的文学启蒙，前期无论是启蒙的主题，还是精神气质和文学追求，都体现出与五四启蒙内在的一致性。随着革命救亡的兴起，对民众的启蒙变得更为紧迫。没有启蒙，何来革命？没有启蒙，民众如何认可革命的合法性，又如何参与革命？因而在延安时期，尽管启蒙并没有形成声势浩大的规模，但是启蒙作为革命的先声却一直涌动在文学发展的内部。

毛泽东《讲话》发表之后，新的工农兵文艺方向的确立，将文学的启蒙直接推向了革命的轨道。随着文学的体制性和规范性力量愈来愈强大，能够表达多元文化诉求的空间越来越小，启蒙之于个体解放的张力和力度逐渐降低。另一方面，由于延安时期的文学启蒙不仅是一种与思想解放运动息息相关的文学思潮，还是新的革命政权现代性构想和规划的一个构成部分，它的旨归和流向都显示出与政权、政党互为配合的特征。因而延安时期的文学启蒙，既与五四启蒙存在相通承继、深化的一面，同时在某些地方反射出二者相断裂的一面。

1942年，以文艺整风为起点，中共政权对文学的监管力度明显地从之前相对的宽松转到约束的强化。面对新的文艺方向的提出，观念还停留在五四时期的作家突然间感到无所适从，最明显的表现就是作家的创作面对新的文艺方向突然间失去了方向感，文艺创作暂时归于短暂的平静期。但富有意味的是，延安时期短暂的启蒙创作沉寂之后，在新的文艺方向被确立之前，政权的领导人却开始酝酿一场声势浩大的文艺整风运动。延安时期的文艺整风运动与之前作家大胆地暴露和描写黑暗面有关，它不仅改写了整个文学发展的方向，而且之于当时的文学启蒙而言，影响力是不言而喻的。耐人寻味的是，为了对延安时期的启蒙进行再启蒙，为了反对党八股以整顿文风而进行的文艺整风运动也是以"启蒙"为名展开的。针对党内存在的思想问题和创作问题,毛泽东认为:"我们要在党内发动一个启蒙运动,使我们同志的精神从主观主义、教条主义的蒙蔽中间解放出来"①。从表面来看,似乎都是启蒙,但是此启蒙与彼启蒙差异巨大,不仅启蒙的对象不同、内容不同,方式方法亦有区别。问题的实质还在于,恰恰因为都是启蒙,却有如此大的差异,这种差异即表明了延安时期启蒙内部的转向,启蒙的内容由个体启蒙转向革命启蒙,再由革命启蒙转向阶级启蒙。亦即,延安后期的文艺启蒙更多地指向社会的维度,富有鲜明的意识形态色彩。而启蒙转变的动力,既与革命战争的需求息息相关,又与政权领导者的现代性规划存在紧密的关系。

从延安时期启蒙的轨迹和走向来看,其对五四时期人以及人的解放的启蒙依然呈现着内在的承继和拓展,但是延安时期的文学启蒙又并非仅仅专注于对个体的发现,它更多地注意到革命启蒙与阶级启蒙,这是延安时期文学启蒙走向更深层的突出表现。不同的是,延安时期的启蒙由于以革命的动员为目的,与民族／国家的现代性构想存在着内在的吻合,因而更多地渗入了意识形态的色彩,表现出强烈的阶级性和政党性,正如有的学者所言:

> 中国现代美学与文论从一开始就不那么超然,不那么为艺术而艺术、为审美而审美,而是有着比较强烈的现实关怀乃至社会干预意向,从而与历史运行和现实的人生实践有着不解之缘。这种现实关怀和社会干预意向早先表现为借艺术与审美的名义发思想启蒙之声,到后来随着国内战争、民族解放战争和社会主义建设的历史递进,又一步步踏上了救亡与政治化的旅途。因此,历史地看,中国文学与美学现代性便内在地包含了审美与启蒙、审美与政治以及文学的自律与他律、艺术与审美的个体发生和个人自由与社会规约与集体意志等多种关系……②

---

① 毛泽东:《整顿党的作风》,见《毛泽东选集》(第3卷),人民出版社1991年版,第827页。
② 谭好哲、任传霞、韩书堂:《现代性与民族性:中国文学理论建设的双重追求》,社会科学文献出版社2005年版,第19页。

第二节

大众启蒙的发现与启蒙主体的转换

一、大众的身份转换：从沉默的大多数到民族的脊梁

近现代以降，由于知识分子较早接触到外界社会，他们的思想和眼界相对于一般大众要更高、更远。在民族遭受外敌侵略的历史时刻，他们自然地担当起文学启蒙的责任，借助于文化的势力，实现对大众的启蒙。新的工农兵文学方向的确立，在改变整个文学发展格局的同时，深刻地影响了文学启蒙的方方面面，最为明显也最为直接的表现就是，大众在整个文学书写中的身份和地位随着文学发展的调整发生了戏剧性的变化。出于对知识分子的改造需要和对大众的革命主体的推崇，大众的地位和作用不断被放大及至启蒙领域。因此与五四启蒙单一的主体不同，延安时期文学启蒙的主体是以精英知识分子为主，同时追加了两个新的主体——中共领导人和具有无产阶级身份的工农兵大众。延安时期不仅启蒙的主体具有多重性，而且就其中的一个启蒙主体而言，也存在身份的复合性特征。

如果说五四时期的大众指代的是处在沉睡还未惊醒状态的众多的劳苦大众，是沉默的大多数，那么到了延安时期，随着大众成为启蒙的又一主体，"大众"的含义发生了深刻的转变：从一个虚指的称谓变成了一个可感可知的实体——积极参与革命事业并且准备为革命事业奉献自己全部力量的群体。大众身份的转变使得延安时期的启蒙，尤其是针对大众的启蒙，已经从单纯的批

判变成了一个新的形象的塑造。

五四时期的文学表现主要是对大众身上遗存的封建愚昧和小农意识进行展示，以引起"疗救的注意"。延安时期，文学对大众身上的缺点和弱点也进行了无情批判，但是，这种批判的旨归与五四时期相比，已经发生了明显的转变，启蒙的指向将对大众的发现提高到了对一个民族脊梁的重新发现。大众不单是启蒙的对象，也被视为革命的主体、民族脊梁，以及新的民主政权和国家建构的主体性力量。大众在延安时期不仅被表述为与资产阶级相对立的无产阶级，而且在当时的社会格局中被确指为工农兵。尤其是在文艺的工农兵方向被确立之后，作为方向的大众无论是政治地位还是社会地位都大为提高。如毛泽东指出的：

> 鲁迅表现农民着重其黑暗面，封建主义的一面，忽略其英勇斗争、反抗地主，即民主主义的一面，这是因为他未曾经验过农民斗争之故。由此，可知不宜于把整个农村都看作是旧的。所谓民主主义的内容，在中国，基本上即是农民斗争，即过去亦如此，一切殖民地半殖民地亦如此。①

由此可以看出，毛泽东不仅赋予大众以极高的社会地位，而且充分肯定了大众之于新民主主义革命的重大作用。在毛泽东指出大众的主体性地位之后，作为文化先驱的鲁迅对大众的地位也发生了认识上的转变。1934年，鲁迅在《中国人失掉自信力了吗》中指出：

> 我们从古以来，就有埋头苦干的人，有拼命硬干的人，有为民请命的人，有舍身求法的人……虽是等于为帝王将相作家谱的所谓的"正史"，也往往掩不住他们的光耀，这就是中国的脊梁。这一类的人们，就是现在也何尝少呢？他们有确信，不自欺；他们前仆后继的战斗，不过一面总在被摧残，被抹杀，消灭于黑暗中，不能为大家所知道罢了。②

---

① 中共中央文献研究室编：《毛泽东文艺论集》，中央文献出版社2002年版，第259页。
② 鲁迅：《中国人失掉自信力了吗》，载《太白》1934年第3期。

当鲁迅将大众视为中国的脊梁，他对大众的态度已经从过去"国民性的批判"向革命主体转变。大众地位转变的内驱力，一方面是由中国革命的现实状况决定的，另一方面体现出鲁迅对现代民族／国家建构的新认识。在鲁迅的文化视野中，无论是对大众的批判，还是对大众的再发现，都浸染着他对一个完整的现代民族／国家的热切期望。鲁迅对大众的发现与革命对大众的发现是同步的，区别在于，鲁迅在发现大众内蕴的巨大能量的时候，依然坚持了对国民性的批判。当清醒地意识到大众身上的力比多时，他更加急迫地对大众身上的缺点予以更深刻的揭示，以期更快地唤醒大众自我的觉醒。显然，鲁迅的方式是恨铁不成钢式的，是在毫不留情的批判中寄托着殷殷的期盼。革命对大众的发现则截然不同，是迁就式的，是动员大众加入革命，甚至将其树为文学建构的方向。

因着大众身份和地位的这种转变，延安时期的启蒙由五四时期的高蹈走向了大众的再发现和深入。延安时期文学启蒙对大众的发现，既是对个体启蒙的深入，更是对一个集体概念的群体的发现。而在革命战争年代，这一群体是以"无产阶级"命名和定义的。这也就意味着，启蒙已经突破了单纯的个体的概念和框架，而跃升为对一个阶级的发现和对一个阶级的启蒙。由此，延安时期启蒙的向度已经从微观的个体走向了一个宏大的革命叙事主体——阶级。当鲜活的个体被生硬的阶级覆盖的时候，此时的启蒙已经挣脱了单纯的个性解放与自由民主，而上升到国家意识形态建构的层面。

二、大众的再发现：从启蒙的对象到自我启蒙的主体

无论是作为阶级主体的工农兵，还是作为个体的大众，在政治地位被刻意抬高之后，大众的自我表现意识由此得到了爆发式的展现。最明显的表现就是，大众不仅作为言说的对象，而且作为言说的主体参与自我话语世界的建构。而经由此建立的延安文艺的空间，既包含了知识分子对大众的再认识，更包含了大众自我的再发现。这种发现包含两个方面：一是民众再次作为表现的主体，被置于文学表现的中心；二是出于响应政治动员的需要，民众不仅作为

被表现的主体，而且作为表现的主体，积极参与新文学的创作。就此而言，新文学与民众的关系从单纯的接受变成了双向的沟通。从民众参与新文学建构的具体表现方式来看，民众与新文学的关系，打破了自上而下的视角，将关注的重心由创作主体的创作变为接受主体的接受，由此开始了新文学与民众的对话。延安文学被公认的成就之一就是它以前所未有的与民众的贴近，改变了"五四"以来一直存在的新文学与大众，尤其是与农民的隔膜状态。

如果说"五四"式的启蒙还是知识分子的独角戏，是"斯人独憔悴"的话，随着《讲话》将"为工农兵"作为文艺创作的方向，以及大众对文学创作的积极参与，通过文艺政策的制定保证大众进入文学创作成为可能，从而启动了大众自我启蒙的程序。大众的被重新发现之于新文学而言，最为重要的就是成就了大众思想的再次启蒙。延安时期对大众的再发现尽管包含着深刻的革命动机，有着强烈的实用性和功利性目的，但是无法否认的是，延安时期对大众的启蒙已经从理论和想象走向了火热的现实生活，而大众的觉醒既是启蒙的一个成果的证明，同时意味着，作为现代性标志的启蒙工程已经从深层启动和展开了。延安时期，大众自我启蒙程序的启动和民族脊梁的革命主体的确认，使得文学之于大众的再启蒙能够在更广更深的范围内向前推进。尤其是延安时期确认大众新的革命主体身份之后，大众不再是被言说者、被启蒙者，而转变为社会的主体和脊梁。而关于此，既与民族战争的需要相关，更意味着以大众为社会中心的一种新的历史态度和历史观的形成。

第三节

知识分子的被启蒙与有机化

一、知识分子的身份焦虑：徘徊在道德、革命与审美之间

中国现代知识分子是在旧的政治体制瓦解后，经由西方现代意识的洗礼逐渐完成了由传统士大夫向现代知识分子的转换。封建政体的瓦解以及科举制的废除，使得传统士大夫失去了体制的依托，从而恢复了身份的自由。五四时期，知识分子大多能做到经济上的独立，他们要么通过家庭资助，要么编报办刊，或者从事教书育人的工作，来获得安身立命所需的经济支撑。知识分子在经济上的独立使得他们可以跳出政治派别的纷争，而保持中立者的立场。当时的知识分子参与社会的方式，大多以文艺社团、同人杂志和学院为主要的组织机构和传播阵地，借助现代报刊的公共空间表达自己的立场和见解。进入延安之后，随着文学机构和政治机构的建立，知识分子群体作为传统意义上的启蒙主体同五四时期相比，身份和地位都发生了明显的变化：知识分子被纳入某个文艺机构或者政治机构，作为体制供养下的文艺工作者而存在；还有部分知识分子则是以体制内机构领导者的身份出现，成为多重身份的混合体，学者与政治家、作家、评论家、理论家兼于一身，丁玲、周扬、茅盾等很多文化人在延安时期大都如此。由此可见，延安时期，随着新的革命政权的建立，在体制的"围剿"和士大夫情结惯性的"怂恿"之下，知识分子在启蒙与被启蒙的夹击中，再次被迫成为体制的一部分，并由此完成了由自由知识分子向"有机"知识分子的转换。

延安初期,知识分子大批到来之后,文化的建构工作才真正开始。为了充分调动知识分子的积极性,无论是文艺政策还是文艺制度都相对宽松,具有很大的民主空间。这与当时文艺政策的颁布者张闻天(洛甫)有很大的关系,更为重要的是与政权主导者的文化态度有关:一则出于对文化建构的热切期盼,另则为了团结文化人,而最为关键的是,寄托着对知识分子作为革命动员主体的期盼。因而政权领导者在对知识分子的态度上主要以欢迎为主。1939年12月,中共中央通过了《中央关于吸收知识分子的决定》①,要求全党,特别是党的组织部门,要正确看待知识分子。当时在中共中央组织部工作的陈云说:

> 这个决定内容指出:(一)知识分子是革命力量,而且是重要的力量。我们要把这个力量吸收进来,在抗战工作中,在我们共产党革命事业中,都是需要的。(二)我们的革命是在农村里面,可是农民不识字,需要提高文化水平,必须依靠知识分子,所以我们要吸收知识分子。(三)没有知识分子,革命就不能胜利。②

1941年6月10日,《解放日报》发表题为《欢迎科学艺术人才》的社论指出,在延安,文人作家"不用歌颂,只需忠实地写出来,就会是动人的,富于教育意义的。对于边区缺点(即使任何新社会亦所不免的),也正需要从艺术方面得到反映和指摘。我们看重'自我批评',尤其珍视真正的'艺术家的勇气'"③。

基于中共政权对知识分子求贤若渴和委以重任的态度,知识分子在延安初期无论是社会地位、生活待遇还是文学创作都受到了格外的关注和礼遇,因而他们的情绪是明朗乐观的。1940年之后,因抗战形势的变化和知识分子偏于一隅的客观条件,他们陷入了一种普遍的苦闷状态,这不仅表现为他们与当时环境的不适应,更为关键的在于他们对自身的价值产生了怀疑,缘由就在于革命

---

① 《中央关于吸收知识分子的决定》,载《共产党人》1939年第3期。
② 刘家栋:《陈云在延安》,中央文献出版社1995年版,第94页。
③ 胡乔木:《欢迎科学艺术人才》,载《解放日报》1941年6月10日。

抗战施压于知识分子的道德焦虑。在民族危亡时刻，知识分子到底应该以什么样的观念进行文学创作？知识分子在革命空间中如何寻找到适合自己的话语表达？革命话语与精英话语之间的冲突不断刺痛着知识分子的神经和灵魂。上过前线的何其芳，之后又回到延安，创作了七首《夜歌》，又写了题为《叹息三章》和《诗三首》的系列诗作。在这些作品里，何其芳试图回答知识分子与革命的关系。在《解释自己》中，他想证实自己"到底是怎样一个人？"在《夜歌》（二）中，他高呼："我是如此快活地爱好我自己，而又如此痛苦地想突破我自己，提高我自己！"丁玲的《在医院中》、何其芳的《黎明之前》、周立波的《我凝望着人生》、赵自评的《带露珠的心情》、黄地的《第二代》等作品，都显示出知识分子对自身的审视在迷茫中开始转向适应革命环境的要求。当知识分子在革命与启蒙之间寻找平衡点的时候，附着在他们身上的精英意识与革命情怀不断地撕扯着、拷问着他们的内心，而这种拷问直击他们的存在之痛与道德之虑。横亘在知识分子内心的道德焦虑（如何参与到革命的建构中去）与存在焦虑（在革命斗争中的身份问题）之间的冲突，随着工农兵文艺方向和大众成为革命主体变得更加剧烈和复杂。

陆定一曾经总结："中国革命有三个关键问题，20年代是要不要军队的问题，30年代是要不要农民的问题，40年代以后是要不要知识分子的问题，只有最后这个问题一直没有处理好。"①在没有处理好的知识分子问题的背后，其实隐藏了很多耐人寻味的话题。首先就是延安时期文人的政治化、准军事化问题。五四时期，知识分子多以个体或者结团的形式而存在，成为一个圈层，而非一个阶级，与政治集团相对地可以保持一个合理的距离，基本保持了知识分子独立的话语空间。到了延安时期，知识分子一方面被纳入准军事化、半军事化的管理组织，且这种组织多以政治见地为主要区分的标准，带有强烈的政体有机性的特征。文协和鲁艺，其性质尽管是文艺团体，但却富有强烈的政治色彩，是政治体制规范内的一个有机的组织，这与五四时期的组织有着截然不同

---

① 陆定一：《全党应该重视科学技术和知识分子》，见《陆定一文集》编辑组：《陆定一文集》（下），人民出版社1992年版，第779页。

的区别。延安时期，知识分子的存在方式和组织方式决定了他们已经被有效地纳入文化领导圈。其次就是知识分子与革命、与政治的关系问题。知识分子被纳入文化领导圈，成为政治体制的一个构成部分，随之而来的是他们的独立性和自由度都受到极大的限制，引发他们对自我存在价值的追问。"我是谁"和"我应该是谁"的追问一次次敲击着他们的内心和精神世界。在国家存亡的关键时刻，大众在革命事业中作为民族脊梁对知识分子主导性作用的取代，使知识分子对革命的重要性远远逊色于大众，知识分子面对革命现实的无力感又加剧了他们的道德焦虑。

二、知识分子的身份转换：从启蒙主体到改造对象

1942年，一个极富意味的转折出现了，中国文学的命运在文艺整风与审干运动以及思想清理中发生了巨大的变迁，源自五四时期的启蒙命题也随着这一重大历史事件和文化事件的发生，走向了新的阶段。其中，最明显的当属知识分子从启蒙主体向启蒙对象的身份转变。1942年3月22日，中共中央西北局文委指示"文抗要严格检查报纸、剧团，审查剧本及其他部门工作"。这一信号传递出中共中央对知识分子自由的动向已经开始了严格的监督和控制。毛泽东则明确表示：

> 有许多知识分子，他们自以为很有知识，大摆其知识架子……他们应该知道一个真理，就是许多所谓知识分子，其实是比较地最无知识的，工农分子的知识有时倒比他们多一点。[①]

这一言论的导向性已经非常明显，即对知识分子的改造已经成为政治文化变革的一部分。无论毛泽东出于什么样的立场在当时表达对知识分子的偏见和不满，不难理解的是，文化政策的制定者、阐释者，对文化人态度的转向表征着知识分子在延安时期无论是身份属性还是社会地位，无论是政治待遇还是生

---

① 毛泽东：《整顿党的作风》，见《毛泽东选集》（第3卷），人民出版社1991年版，第815页。

活待遇，与初期相比都发生了巨大的转变。显而易见的是，1942年之后，在新的革命形势的要求之下，中共对知识分子的态度发生了截然不同的变化。而这种转变的动因并非知识分子思想观念落后，最根本的还在于他们阶级身份的归属问题。

延安后期，随着阶级阶层意识观念的强化，知识分子被划分到小资产阶级的队列，而作为革命主要阶级力量的农民和工人自然被划归到无产阶级的行列。随着大众在革命事业中的作用不断被强化，知识分子越来越被边缘化。尽管文艺在当时受到了极大的重视，甚至全民皆创作，但是作为创作主力的知识分子群体却被无边地压抑着。随着工农兵方向的确定，知识分子在整个文化体制中不仅要接受革命启蒙和政治启蒙，而且被要求放下清高，接受大众的再教育。毛泽东在《讲话》中明确提出：

> 中国的革命的文学家艺术家，有出息的文学家艺术家，必须到群众中去，……观察、体验、研究、分析一切人，一切阶级，一切群众，一切生动的生活形式和斗争形式，一切文学和艺术的原始材料，然后才有可能进入创作过程。①

在毛泽东的文化构想中，知识分子作为小资产阶级的代表，身上残留的个人主义、自由主义与新兴的无产阶级意识形态是相抵触的，出于阶级启蒙的需要，必须对知识分子进行再次启蒙，改造他们的思想意识，以便更好地为革命服务。知识分子接受工农兵再教育，实质就是将知识分子与大众之间的鸿沟削平，不仅要求知识分子与大众融为一体，而且要求他们主动接受大众的革命教育。经过大众教育和革命教育，知识分子的身份改造艰难地完成了。丁玲的《太阳照在桑干河上》《入伍》，孔厥的《过来人》，贺敬之的《情绪》，葛陵的《结婚后》等文本，在对知识分子的阐释中，小资产阶级知识分子无一例外地被革命化改造，被大众化教育，从而完成了由自由知识分子向革命文艺工

---

① 毛泽东：《在延安文艺座谈会上的讲话》，见《毛泽东选集》（第3卷），人民出版社1991年版，第860—861页。

作者的转变。他们在经历漫长的改造和成长之后，终于脱离了小资产阶级的"低级趣味"，从小资产阶级的焦虑中走出来，成长为合格的革命文艺工作者。于是，知识分子与工农大众之间启蒙与被启蒙的错位成了一种必然。

知识分子的被启蒙，从表面来看，是对知识分子创作方向的一个扭转，要求知识分子从过去的个体意识和个体论中清醒过来，不再耽于一己之思，脱离资产阶级的趣味而转向对工农兵大众的书写，并在对大众的书写中从创作观念到思想感情都能与大众保持一种对话的状态，消除二者在知识储备与文化水平上的距离，削平二者在身份上的不平等，实现从身份的平等到思想的对等，从而保证革命思想的传播从传播者到接受者之间的有效的统一。更深层次的意味则在于，颠覆启蒙的自上而下的形而上的路径，完成启蒙话语从理论到实践的积极转化工作。知识分子启蒙者身份的被弱化，最典型的体现就是他们作为"知识权力"拥有者的优势和自豪感被消解，让他们从思想上低头，认可大众的生活方式和话语逻辑，从而达到思想的改造与精神的净化。当知识分子的精英话语和大众话语之间的沟壑被精英话语的退隐和大众话语的强化填平的时候，收获的就是思想和价值的一元化，这是思想管理者最愿意看到的情景，也是他们对知识分子进行改造的最深刻的动机。对知识分子的改造，不仅肃清了知识分子的多元化思想"危险"所带来的言论的"歧途"，而且通过思想改造，将知识分子有效地纳入无产阶级的组织机构，完成了战时对知识分子的有效管理，也为共和国时期的文化建设做好了文化主体改造的预备。值得注意的是，延安时期知识分子启蒙的反转，不是通过强有力的政治手段，而是借助民族危难的大叙事，通过道德上的打压和谴责使得知识分子自我反思、自动改造、主动忏悔，进而归顺到体制的管理之中。

三、知识分子的有机化及革命现代性启蒙

"有机知识分子"是葛兰西在《狱中札记》中提出的关于知识分子与社会关系的重要论断。他在讨论现代政党的起源时认为：

>某些社会集团的政党不过是它们直接在政治和哲学领域而非生产技术领域培养自己有机知识分子范畴的特定方式。……政党所负的责任是把某一集团（居统治地位的集团）的有机知识分子和传统知识分子结合在一起。政党在完成该职能时严格地依赖于其基本职能，即培养自己的组成部分——一个作为"经济"集团产生和发展起来的社会集团所具有的那些成分——并且把他们转变成合格的政治知识分子、领导者以及一个完整的社会（市民社会和政治社会）所固有的一切活动与职能的组织者。①

葛兰西所言的有机知识分子是与传统知识分子相对而言的。如果将葛兰西对有机知识分子的理解放置在中国当时特殊的语境中，大抵如有的学者所解释的：

>"有机性"实际上有两层意思，一是与特定社会历史集团的"有机性"，即每一个社会集团都会产生与其保持紧密联系的知识分子阶层。由此对葛兰西来说，为确保获得争取文化霸权的胜利，无产阶级需要培养自己的有机知识分子，并且同化和征服传统知识分子。知识分子有机性的另一层就是与大众的"有机性"，这种有机性在葛兰西看来就是知识分子与大众的辩证法。葛兰西指出，知识分子不仅仅教育和启蒙大众，其自身的发展，自身在数量和质量上得到壮大和提高，与群众运动是紧密相连的……②

在毛泽东思想话语体系中，这种有机化则被解释为：只有让知识分子经过痛苦的磨炼和立场转变，才能产生真正的为工农兵服务的文艺、真正的无产阶级文艺。

延安时期知识分子的有机化主要是通过知识分子的自我改造和接受工农

---

① 安东尼奥·葛兰西：《狱中札记》，曹雷雨、姜丽、张跣译，中国社会科学出版社2000年版，第10页。
② 汪民安主编：《文化研究关键词》，江苏人民出版社2007年版，第451—453页。

兵再教育实现的。知识分子的改造不仅包括思想的改造、精神的忏悔，还表现在创作上强化了对革命话语、政治话语的书写和表现。何其芳在《改造自己，改造艺术》中说："整风以后，才猛然惊醒，才知道自己原来象那种外国神话里的半人半马的怪物，一半是无产阶级，还有一半甚至一多半是小资产阶级。……是很可羞耻的事情。才知道自己急需改造。"①丁玲则在深刻的内省中检讨："在整顿三风中，我学习得不够好，但我已经开始有点恍然大悟，我把过去很多想不通的问题渐渐都想明白了，大有回头是岸的感觉。回溯着过去的所有的烦闷，所有的努力，所有的顾忌和过错，就象唐三藏站在到达天界的河边看自己的躯壳顺水流去的感觉，一种翻然而悟，憬然而惭的感觉。我知道，这最多也不过是一个正确认识的开端，我应该牢牢拿住这钥匙一步一步脚踏实地的走快。前边还有九九八十一难在等着呢。"②之后，直接为革命和抗战服务及歌颂和宣传性的作品大量产生。丁玲创作了描写陕甘宁边区合作社的模范人物的报告文学《田保霖》，周立波创作了《后悔与前瞻》，舒群创作了《必须改造自己》，何其芳创作了《改造自己，改造艺术》，阮章竞创作了《赤叶河》和长篇叙事诗《漳河水》，李季创作了长篇叙事诗《王贵与李香香》，孔厥创作了传记小说《一个女人翻身的故事》，赵树理创作了《李有才板话》，丁玲创作了长篇小说《太阳照在桑干河上》，周立波创作了《暴风骤雨》，柳青创作了长篇小说《种谷记》，孙犁创作了《荷花淀》，马烽、西戎创作了章回体长篇小说《吕梁英雄传》，袁静、孔厥创作了《新儿女英雄传》，魏风等创作了歌剧《刘胡兰》，欧阳山创作了长篇小说《高干大》等，这些作品基本都是从革命话语出发，充满着对革命的礼赞、歌颂与向往。

随着知识分子自我改造与革命话语的逐渐融入，知识分子独立自由的身份渐渐消亡在与政权体制的有机化合谋中。知识分子的有机化不仅表现在他们对革命话语的认同，还表现为对救亡的迷恋和对政治话语的臣服。随着知识分子改造工程的初步完成，他们自告奋勇报名到抗日前线为革命做舆论宣传工作。

---

① 何其芳：《改造自己，改造艺术》，载《解放日报》1943年4月3日。
② 丁玲：《文艺界对王实味应有的态度及反省》，载《解放日报》1942年6月16日。

相当一部分作家在抗战爆发后，视笔杆子为枪杆子，通过文学创作大力宣传革命抗战，将文学视为对敌斗争的武器；部分作家则弃笔从戎，从名士变为战士，作为军人直接奔赴前线参加对敌战斗，将一腔热血洒在了疆场。知识分子被有机化后，独立批判身份的隐去，以及大众的现身和登场，强化了启蒙立场的传播，使得启蒙被大众接受、吸纳成为可能。但是，由于民众毕竟文化水平参差不齐，对启蒙的认识还没有达到一个自省和自觉的地步，因而此时的启蒙主要指向的是包含着革命现代性的启蒙，更多地体现出启蒙在社会维度的辐射和弥散，而非文化的启蒙。而社会向度的启蒙大抵与政权的方向性保持高度的统一，是一种政治的延伸和渗透，而非启蒙本身所追求的文化的力量。

第四节

启蒙的意识形态性实践

一、启蒙的意识形态性观念

随着大众革命化的再启蒙和知识分子有机化的改造，延安时期文学启蒙内在的机制和质地均发生了巨大改变。无论是革命化的文学创作，还是主导性的文艺思潮、文艺政策和规范，启蒙都与意识形态体系的话语规范有着忽明忽暗的关联，启蒙的指向、价值旨归都隐含着意识形态话语的魔力。延安时期，启蒙的诉求主要是保家卫国，因而当大众被作为革命的主体性力量定性之后，大众的启蒙已经直接进入一个阶级的层面。大众作为一个整体被启蒙，成为革命的一个有机构成部分被启蒙。由此可见，无论是针对知识分子还是大众，启蒙已经笼罩着浓厚的革命情绪和情结，甚至被革命话语包围，也因此注定了延安时期的启蒙已经走向了启蒙的启蒙化，即启蒙不仅指向启蒙话语和启蒙运动，更为关键的是，还要将启蒙改变为一种意识形态。正如特里·伊格尔顿在谈到意识形态时所言："意识形态概念像现代世界的许多东西一样，是启蒙运动的遗产。""意识形态的目标不仅是描绘某种称为'意识'的抽象之物，而且（至少对启蒙运动的某些思想家来说）要发现社会思想系统的规律。"[①]延安时期的文学启蒙不仅为无产阶级意识形态的构建做好了思想动员，而且为启蒙运动提供了物质力量，启蒙本身已经成为延安时期整个意识形态构建的基点。

---

① 特里·伊格尔顿：《历史中的政治、哲学、爱欲》，马海良译，中国社会科学出版社1999年版，第78、79页。

当启蒙作为一种文化观念被符号化为一种无产阶级的意识形态时，它不再是一套形而上的方案设计，更包含着巨大的行动的力量。

在《讲话》发表之前，毛泽东认为，党内长期存在的"左"倾机会主义路线的深刻思想根源是以教条主义为主要形式的主观主义。只有彻底批判和克服主观主义，才能真正坚持实事求是的思想路线和作风。为此，毛泽东号召："要在党内发动一个启蒙运动，使我们同志的精神从主观主义、教条主义的蒙蔽中间解放出来，号召同志们对于主观主义、宗派主义、党八股加以抵制。"①此后进一步对启蒙观念进行深入的阐释，在《讲话》中，他明确指出："在现在世界上，一切文化或文学艺术都是属于一定的阶级，属于一定的政治路线的。为艺术的艺术，超阶级的艺术，与政治并行或互相独立的艺术，实际上是不存在的。"②具体到文学艺术的创作问题，毛泽东在《讲话》中首先谈到的就是文艺为什么人的问题，他认为："我们的文艺，第一是为工人的，这是领导革命的阶级。第二是为农民的，他们是革命中最广大最坚决的同盟军。第三是为武装起来了的工人农民即八路军、新四军和其他人民武装队伍的，这是革命战争的主力。第四是为城市小资产阶级劳动群众和知识分子的，他们也是革命的同盟者，他们是能够长期地和我们合作的。"③从毛泽东对文学的定位和文学启蒙的指向来看，延安时期的启蒙已经与革命捆绑在一起，而且经由文化领导人的权威解释，实际上在实现对一个阶级启蒙的过程中完成了新的革命政权对民族／国家的意识形态的构建。

二、启蒙的意识形态性实践

如果说五四文学革命的最大成功，第一要算"个人"的发现，那么延安后期在政治和政党的强力干预之下，文学启蒙则在于要树立一种革命的启蒙观。经

---

① 毛泽东：《整顿学风党风文风》，载《解放日报》1942年4月27日。
② 毛泽东：《在延安文艺座谈会上的讲话》，见《毛泽东选集》（第3卷），人民出版社1991年版，第865页。
③ 毛泽东：《在延安文艺座谈会上的讲话》，见《毛泽东选集》（第3卷），人民出版社1991年版，第855页。

由启蒙主体、启蒙客体的重新界定到文艺政策、文艺规范的约定,延安时期启蒙的规划终于从理论形态走向了现实实践。之后,具有多重意味的运动形态相继展开,知识分子思想改造运动与大众文艺运动就是启蒙革命化的结果之一。就知识分子的思想改造而言,其不仅是一种思想的转变,而且影响到文艺创作的观念和态度,"文艺工作者还必须将已经丢弃过的或准备丢弃、必须丢弃的小资产阶级的,一切属于个人主义的肮脏东西,丢得更干净更彻底;而将已经获得初步改造的成果,以群众为主体、以群众利益去衡量是非、冷静地从执行政策中去处理问题,以及为群众服务的品质,巩固起来,扩大开去,务必使自己称得起是毛主席的战士,千真不假地作人民的文艺工作者"①。当知识分子对自身小资产阶级的身份产生怀疑、厌恶、否定,而对无产阶级身份期待、向往乃至以之为一种精神上的追求时,知识分子阶级身份的归属和同化已经无法遏制,因而知识分子的改造不仅是个体的改造,更是一种阶级身份的置换。如果说中共针对文艺问题所发动的整风运动主要是为了解决知识分子同党和工农大众的融合问题,那么更长远的则是为民族／国家政权建立后意识形态的建设和文化战略做好准备工作。

《讲话》发表之后,启蒙动员工作进入实践状态。大部分知识分子在革命启蒙号角的鼓动之下,在政党有意识的领导和组织之下,通过组成战地服务团,深入战争第一线,宣传革命思想,向民众和战士做抗敌宣传工作。不仅如此,党在陕甘宁地区和各敌后根据地创办了各类院校和短期培训班等,通过系统的学院化教育从思想上对民众进行启蒙。当时的院校既有综合性的,也有专业性的,如中国抗日军政大学、中央党校、陕北公学、延安大学,以及延安马列学院、延安军事学院、延安自然科学院、鲁迅艺术文学院、中国女子大学、陕甘宁边区行政学院等。系统化的培训和战地服务团实践,对大众的启蒙已经突破了思想层面的改造范围,而跃进到行动的范畴。这种系统化的培训本身足见革命的启蒙工作不仅具有组织化的传导性,还具有意识形态的连锁效应。延安时期的启蒙,从思想动员到学院化系统性教育,有着非常严谨的体系设计。

---

① 丁玲:《从群众中来,到群众中去》,见张炯主编:《丁玲全集》(7),河北人民出版社2001年版,第108页。

从初期鲁迅作为文化偶像的塑造到知识分子的改造,从规模化的组织动员到大众的强力参与,其中所构建的严密体系保证了从革命思想的输入到革命启蒙的输出的统一性和连贯性。而这种文化的运作逻辑和意识形态的建构如出一辙,具有非常大的相似性。正如葛兰西所言:

> 任何在争取统治地位的集团所具有的最重要的特征之一,就是它为同化和"在意识形态上"征服传统知识分子在作斗争,该集团越是同时成功地构造其有机的知识分子,这种同化和征服便越便捷、越有效。①

当革命成为主宰话语,个体的价值必然被集体的价值消解,启蒙已经从个体的解放走向阶级的解放、民族/国家的解放。启蒙话语错位的逻辑背后隐含的是革命的权力,在大众被作为革命主体唤醒之后,一场狂飙突进式的革命化书写风暴开始了。最为典型的如街头诗歌、广场剧、秧歌剧这些既能被大众掌握又能被大众书写的文艺形式被借用过来,成为大众文学创作的最直接的表现形式。这些作品中所灌注的大众革命意识的觉醒、大众自我的觉醒,都反映出延安时期的启蒙已经走向民间,抵近大众。大众无论是作为个体的"我"的觉醒,还是作为革命的"我们"的觉醒,都使得大众的广场式的启蒙呼声与国家主义者构建的"文学乌托邦"实现了内在的吻合。有学者曾这样论述革命启蒙:

> 五四时期中国社会经历了一场"新情感"的冲击,"新情感"所具有的"新启蒙"(例如反封建)的意义引发了中国现代社会的思想意识的深刻变化。"新情感"不仅给予了一代知识分子以非同凡响的精神气质,而且在某种程度上唤醒了一代民众认同知识分子的价值观念。当这种"新启蒙"终于被改造成一种具体的革命理想时,"新情感"也就发生相应的变更,这种变更的后果令几代中国人激动不已也疲惫不堪。②

---

① 安东尼奥·葛兰西:《狱中札记》,曹雷雨、姜丽、张跣译,中国社会科学出版社2000年版,第5—6页。
② 陈晓明:《无边的挑战——中国先锋文学的后现代性》,时代文艺出版社1993年版,第160—161页。

第四章 延安文艺与20世纪中国文学的现代性追求

现代性作为20世纪中国社会和文化（文学）的最大追求，为20世纪中国文学的整体性诉求提供了一个检视的通道。其中，延安文艺的现代性诉求作为整个文学进程中的历史节点与新文学变革和转折的反应堆，上承五四文学革命的启蒙经验与民族／国家建构的想象和实践，下启当代文学规范、文学制度的确立及文学体制的形成，在整个20世纪中国文学的现代化发展中所起到的作用是爆发式的，对中国文艺独特的现代性特征的生成具有决定性影响。因此，从现代性的广阔视域来重新考量延安文艺的价值，无疑是延安文艺研究走向深入的一个契机，同时为20世纪中国文学的整体性研究提供了一个新的视窗。

从延安文艺研究的现状来看，尽管学界对延安文艺之于中国文学主体性的发现和建构给予了充分的观照和阐释，但基本还处在民族性的范畴和框架之内，特别是对延安文艺现代性问题的研究，还显得极为薄弱。此外，数十年来，在重写文学史的潮流中，学者们孜孜追求20世纪中国文学的整体性效应[①]，试图将涉及20世纪中国文学研究的很多重大问题打通，形成一个系统的格局，但实际上，这种追求在面对一些实际问题和具体的文学现象时则无可避免地陷入了分割化的境地。

---

① 黄子平、钱理群、陈平原：《论"二十世纪中国文学"》，载《文学评论》1985年第5期；陈思和：《中国新文学整体观》，上海文艺出版社1987年版；雷达：《现当代文学是一个整体》，载《新华文摘》2005年第11期。

综上，延安文艺不仅对此前中国文学经验进行了深刻总结，而且正是基于它在20世纪中国文学中的特殊地位与作用，因此对关涉其生成与发展的诸如现代性等重大命题进行深入细致的研究不仅必要而且迫切。

第一节

延安文艺的现代性命题

长期以来，在延安文艺研究中，一种普遍且流行的观点认为，延安文艺是中国共产党的文学，是政治（意识形态）的附庸。基于此，学界对延安文艺现代性问题的研究一直处于比较模糊的状态，对这一问题的态度也是较为暧昧和含混的。为了客观、理性地对延安文艺做系统研究，有必要对延安文艺的现代性问题进行深入的探讨。

从思想来源及建构历程来看，延安文艺不仅包含了民族性的底蕴，而且内含着现代性的质素。启蒙是一类，"演大戏"是一类，文化资源的来源是一类，救亡与革命也是一类。尽管延安文艺建构的支点依托于对民间文化和民族文化资源的吸纳与利用，但是这并不排除它在对现代民族／国家的想象和构建中所体现出来的对西方现代性的反思，对具有中华民族特色的现代性的追求。延安文艺所依托的革命大背景——新民主主义革命，以及革命的终极目标——建立独立自主的现代民族／国家，注定了它孜孜追求的是人的解放与现代民族／国家的建立之间的统一。而这一过程与整个国家现代化的历程是内在的有机统一的，其现代性追求的基点主要是对现代民族／国家的想象和实践。正如有学者所言："五四'文学革命'和抗战时期的'民族形式'的讨论一方面从不同的方向上释放了'民间'的力量和意义，另一方面又都是一个现代民族／国家的建构过程，是不同的被压抑的'民间'和新的'国家'结合的方式。"①

正是在对现代民族／国家建构的想象和实践上，延安文艺所体现的文学现代性可视为一个富有重大历史现象与现实意义的命题。那么，如何理解、如何阐释延安文艺所富有的现代性特征呢？延安文艺与五四文学表征的现代性、与西方的现代性价值追求和具体路径的异同又是如何体现的呢？当我们历史地、具体地抵达延安文艺的内部，可以追索它的现代性最大的特征：在特殊的战争语境中，为了配合现代民族／国家的建立所体现出的革命的现代性与民族／国家的现代性的同一性。即延安文艺的现代性不仅指向单纯的个体解放、人性的解放，而且在与革命话语的纠缠中，在与政治功利的缠绕中，在对西方现代性、对中华民族文化和历史的反思中，不断构筑起别具一格的现代性文学景观，突出地表现在：延安文艺不仅延续了五四启蒙的主题，而且完成了五四文学未竟的大众启蒙；延安文艺通过对革命话语的书写，完成了属于第三世界国家特殊的现代性之旅；延安文艺在对西方现代性审慎的反思中，将本民族的历史文化作为文学发展的土壤，在高扬中国文学经验书写的同时，将目光投注到现代民族／国家的建构和人的自我解放的同一之中。在此过程中，延安文艺的现代性进程有着非常丰富的时代内容，也有无法避免的历史局限性。

一、启蒙现代性的复现与深化

中国近现代社会的发展是以启蒙为开端展开现代性追求的。进入20世纪，中国知识分子在西方现代性影响的焦虑中扛起了"启蒙"的旗帜，为配合启蒙运动的实现，设计了一套追赶西方、建立现代民族／国家的方案。从学者对现代性的界定来看，所谓现代性就是"欧洲启蒙学者有关未来社会的一套哲理设计"②。由此可见，启蒙不只是与现代性相互关联的概念，还是现代性规划的一部分和现代化前进的动力。启蒙推动了现代观念的传播，社会在追求现代化过程中所携带和反射出来的现代性又不断推动着启蒙的深化。启蒙既是中国走

---

① 旷新年：《赵树理的文学史意义》，载《文艺理论与批评》2004年第3期。
② 赵一凡：《现代性》，载《外国文学》2003年第2期。

向现代化的一个历史起点,又是其实现现代化的必然选择,因而在很多时候,中国文化和文学的启蒙与文学的现代性是交织在一起的,很难将其拆分成两个单独的问题。

延安时期,革命战争作为中国走向现代化的必要途径,为大众作为一个阶级的再发现和工农兵文学方向的提出提供了时代背景,帮助中国实现了对国民心智的启迪。尽管这种启迪包含了更多的革命和政治的策略,也即意味着中国的启蒙不仅局限于平等、自由、科学、民主以及理性精神,而且是社会精英阶层依靠从西方引进的先进的文化和思想理念,而设计的一套关于人、社会、国家、民族的现代性规划。高力克在谈到中国启蒙运动与欧洲启蒙运动的区别时指出:"如果说欧洲启蒙运动是一场以个性自由为鹄的人文启蒙运动,那么中国启蒙运动则是一场旨在国家富强的现代化启蒙运动。这是中西启蒙运动的最基本差异。"①经由"五四"到延安时期,在新文学的发展历程中,启蒙不断地被赋予更多的革命化色彩。无论在文学的维度,还是在社会的维度,20世纪中国文学和文化的启蒙与民族/国家对现代性的呼唤和设计之间形成了一种隐秘而深厚的关联。到了延安时期,二者之间的关联度在革命和救亡并置的强大的话语中再一次被充分地想象、阐释和实践。

学界多有观点认为,延安文艺是五四文学现代性的中断。显然,这只看到了问题的表象。《再解读:大众文艺与意识形态》一书中,孟悦的《〈白毛女〉演变的启示》一文有这样一段话:"'五四'新文化体现出这样一个尴尬:为了建立一个既是'现代'的,又是'中国'的新文化,它既要排斥'本土资源',又要吸引'本土大众'。倒是往往只被看成政治强制文化的延安文艺把一些'本土资源'与大众连在了一起,而且这种对民间文艺的发掘早在毛泽东的《在延安文艺座谈会上的讲话》之前就已开始。"②郭沫若在纪念文协成立五周年的文章《新文艺的使命》中写道:"战前集中于少数都市的作家们,现在大批地分散到了民间,到了各战区的军营,到了大后方的

---

① 高力克:《求索现代性》,浙江大学出版社1999年版,第85页。
② 唐小兵编:《再解读:大众文艺与意识形态》,北京大学出版社2007年增订版,第49页。

产业界，到了正待垦辟的边疆，文艺生活和大众生活渐渐打成了一片，作家由生活中得到资源，大众由文艺中得到提炼，这种潜滋默长的交互作用，虽然并不怎么显著，但确是新文艺中的一条主流。"①由此可以看出，五四文学对大众的启蒙仅停留在理论倡导的层面，文学之于大众的启蒙并没有充分展开，更多的是一种知识分子的"呐喊与彷徨"，是一种"鲁迅式"的个体的"愤而忧"。

而与革命关联度较为紧密的延安文艺，为了完成民族／国家独立的使命，文艺创作通过对本土民间资源的重新发掘、改造和转化，在延续五四启蒙主题的基础上，开拓并深化了启蒙的范围和力度，且经由文艺话语与大众的有效对接完成了始于"五四"而未竟的大众启蒙这一艰巨任务，这是延安文艺对五四新文学的深化与超越。正如学者所言："中国文学，又一次告别了所谓的高贵和雅致，来到人间，来到腥风血雨的战地，不仅和工农大众，而且和全民族一起，歌哭哀乐，记录下中华民族在这个血与火的时代所经历的激昂、亢奋、惶惑、偷生、焦虑、失望、挣扎、求索、反抗、战斗、曲折、胜利。"②秧歌剧《兄妹开荒》，民歌《东方红》《南泥湾》，小说《新儿女英雄传》《吕梁英雄传》等，这些优秀的文本不仅记录了当时中国革命的现实，更为重要的是，携带着本土化文学经验和现实基因的文学文本契合了大众的消费口味。经由此类创作，文学完成了对大众的启蒙，由此延安时期文学的启蒙逐渐由个体的"愤而忧"转化为群体的"奋而作"，由对个体的个性解放的呼喊上升到对一个现代民族／国家的向往与追求。延安文艺不仅是五四启蒙的复现，更是五四启蒙由个体启蒙走向革命启蒙，由革命启蒙走向阶级启蒙，且真正将启蒙精神渗透于革命实践，将启蒙意识转化为启蒙实践，即启蒙由形而上的理论设计转变为形而下的启蒙实践。经由此，延安时期文学的现代性追求已经由五四时期西方影响的焦虑之下的被迫的现代性追求转变为积极的自主的现代化实践，且这一历程已经与一个民族／国家的

---

① 郭沫若：《新文艺的使命——纪念文协五周年》，载《新华日报》1943年3月27日。
② 张俊才、李扬：《二十世纪中国文学主潮》，河北教育出版社2002年版，第178页。

整体现代化追求紧密地融汇在一起。

二、革命现代性与国家现代化的同一

延安时期，在战争语境的规约下，文学书写的中心无疑指向的是"革命"这一宏阔的历史命题。革命作为第三世界国家走向现代化的必经之路，其过程亦是第三世界国家走向民族独立并逐步实现现代化的一个过程。正如亨廷顿所言："革命是现代化所特有的东西。它是一种使一个传统社会现代化的手段。"①延安时期中国革命即将取得胜利，文艺在为革命做好舆论动员的过程中所体现的救亡主题即是文艺现代性的最大表现。延安时期，革命救亡与中国追求现代化的过程是一个同步统一的历程，相应地，文学的现代性追求由启蒙转向启蒙与救亡并存。启蒙承接了与"五四"紧密相连的"人的文学"，而救亡则催生了革命的阶级的文学，"中国启蒙的深层动力正是'救亡'，与欧洲人文主义式启蒙相比，中国启蒙毋宁说是一种落后民族寻求富强之道的'救亡型启蒙'"②。启蒙与救亡作为延安文艺书写的两个支点，既包含大众的再启蒙、知识分子的被启蒙与有机化、民间形式的现代化改造与利用、民族文化的现代性转化，还包含群体经验的集体化书写运动、大众化文艺思潮乃至新的文化领导体制和文化领导权。总之，延安时期文学的现代性方案不仅关注人，更关注人与革命、人与国家、人与民族，牵涉民族/国家、文化领导权、文艺体制、意识形态等多重且宏大的社会、文化问题，是一个包含了丰富内容与多彩形式的现代性书写。

在中国追求现代化的过程中，知识分子的感时而忧、大众的奋而崛起、民族/国家的独立解放构成了一个有机的整体。"无论怎么说，因救亡图强而诞生的现代性的新文学，归根结底，既'是民族国家的产物'，又是'民族国家

---

① 塞缪尔·P.亨廷顿：《变化社会中的政治秩序》，王冠华、刘为等译，生活·读书·新知三联书店1989年版，第241页。
② 高力克：《五四的思想世界》，学林出版社2003年版，第279页。

生产主导意识形态的重要基地'。"①无论是延安文艺前期文学审美色彩较为浓厚的文学创作,如丁玲的写作,还是后期夹杂着一定的政治图解理念的集体化创作,如街头诗、秧歌剧等,文学书写的中心一直没有偏离"革命"这一关键的主题。而人尤其是人民群众在革命中的际遇与成长,都关乎着一种新的意识形态的塑造。基于此,延安文艺与革命、战争、政治、审美、功利等,与民族／国家的现代化规划纠缠在一起,而革命救亡与文学的革命化书写、现代性表现由此紧密地连缀在一起,构成了一个历史的同步和统一的过程。

延安文艺的现代性书写,既包含新的启蒙话语的表达,同时囊括了街头诗、秧歌剧等具有实践形态的文学大众化救亡活动。延安时期涌动的一系列文艺思潮和文学运动,使得文学书写跃出了理论的牵绊,且能够转化为具体可感的历史实践过程,从而使得现代性文学观念和创作在中国能够加速向前推进。无论是延安时期所制定的文艺政策,还是其所建立的文艺体制,都呈现出现代性制度化的创想,而这些极为明晰地为十七年文学乃至当代文学秩序和文学范式的确立提供了雏形。在战争救亡的背景下,文学的现代性规划不仅与个体的觉醒相关,更与革命事业息息相关,文学的现代性表现更多地关注民族的觉醒和人民的反抗。革命的现代性方案,既包括革命的启蒙,又包括民族的救亡;既包括新的公共文化空间的开拓,又包括文化价值的选择以及意识形态层面的文化交接。文学创作不单单关注启蒙大众,更为重要的是关注大众的启蒙。大众此时不仅是革命的主体,也是文学表现和表现文学的主体。大众作为革命最大的发现,成为整个文学表现的中心。大众成为文学表现的中心,既与革命救亡息息相关,更与文学的意识形态关联,如杰姆逊所言:"第三世界的文本,甚至那些看起来好象是关于个人和利比多趋力的文本,总是以民族寓言的形式来投射一种政治:关于个人命运的故事包含着第三世界的大众文化和社会受到冲击的寓言。"②正是基于延安时期特殊的战争文化环境,启蒙、救亡与革

---

① 钱文亮:《新文学运动方式的转变》,上海文化出版社2010年版,第90页。
② 弗雷德里克·杰姆逊:《处于跨国资本主义时代中的第三世界文学》,张京媛译,载《当代电影》1989年第6期。

命，传统与现代，个体与国家交织并置的关系在文学的现代性追求中实现了呼应与统一。

三、民族现代性与"反现代的现代性"

20世纪以来，中国社会的现代化追求经历了三次大的转变：第一次是晚清以降，在国家、民族命运发生剧烈变动的情况下，为了应对民族危机，中国开始通过对西方资本主义现代化的学习和模仿来改善本国的现实情况，其实质是一种被迫的现代化。被迫的现代化使得中国的现代化之路在初期不仅被动，而且对西方现代化采取了盲目崇拜的姿态。这种被动的格局到五四新文化运动落潮时都没有发生明显的纠偏与矫正。第二次和第三次则分别发生在延安时期和新时期。延安时期作为中国文化现代转向的重大转折点，尽管没有完全挣脱西方现代化影响的焦虑，但是却审慎地反思了西方现代化的缺陷。更为关键的是，出于革命变革的要求，此时的现代化规划已经将中国的现实状况融入整个现代化规划的中心，化西为中，化外为内，坚持将西方现代性与中国革命的实际情况、现实状况相联系，形成了具有中国特色的现代性，它的本质在于"现代性是一种被赋予历史具体性的现代意识精神，一种历史性的指向"①。

中国特色的现代化历程不仅紧贴中国的现实，而且指向的是对一个现代民族／国家建构的想象、冲动与实践。映照到文学表现上，文学既关注传统向现代的转换，更关注民族文化与现代文化的融合。延安时期，文学书写紧贴中国本土经验，对广大工农兵主体的深切关怀，对民间文艺形态形式的有效利用，都显示出延安文艺现代性建构的民族化努力。延安文艺的现代性建构摒弃了以西方现代性为主体的弊端，与中国的现实状况相结合，建构起富有中华民族特色的现代性。延安文艺的现代性追求将弹跳点放置于西方的文化资源——马克思主义，又将其先进理论转化为本民族的内在追求，在纳西

---

① 钱中文：《文学理论：走向交往对话的时代》，北京大学出版社1999年版，第285页。

方与化传统中形成具有民族作风和民族气派的现代性乐章,并且将此种现代性追求落实到文学创作的实处。正如有的学者所言:"现代性在西方是对过去的历史的解释,在中国则是对未来想像的根据,是想像未来的方案。现代性本身是外来的,不是传统的而是现代的,但对他们的接受和理解却是本土的和融入了传统的因素;这就构成了所谓中国的现代性。"①延安时期的现代性追求和规划不仅着眼于建立一套新的现代性话语体系,意即建立新的意识形态,而且要将这套话语体系经过实践转化为一种具有运动形态和可操作性的现实依据。也就是说,延安时期的现代性追求不仅是一种理论的设定,还是一种实践的过程,是一项理论与实践相融合、相渗透的宏大的现代性事业。借用学界前卫性的"反现代的现代性"的表述来看,也就是说,延安时期的现代性是在对西方现代性反思批判的基础上,融合本民族的历史现实来构建具有中华民族特色的现代性风貌。

延安时期,中国文学的现代性追求既包括对西方现代话语的改造与重新编码,又坚守着对中国作风与中国气派的书写,既注重对西方现代文学观念的吸纳,又体现出现代性向内的生长,从而在民族性与现代性并重的追求中,一套富有中国特色的现代性方案被设计出来。正如有的学者不赞成将中国的现代性与西方的现代主义画等号,这是因为"20世纪中国文学的现代性主要不体现在对西方现代主义的追寻上,而是体现在中国作家为适应中国现代化的需要,对包括现代主义在内的一切现代世界先进的文学资源的合理吸收与综合运用上"②。对于延安文艺的现代性,我们既要在现代民族／国家的视野中来观照,更要在历史细密的流动中探索它对中国民间文化传统从形式到内容的改造。延安文艺的多义性就在于它既是现代民族／国家现代性的体现,也是对中国民间文化传统的再一次充分的整合,更是一种新的美学塑造。这种美学塑造包含着西方现代性的质素,更多的则是在对西方现代美学的借鉴和学习中,超

---

① 谭好哲、任传霞、韩书堂:《现代性与民族性:中国文学理论建设的双重追求》,社会科学文献出版社2005年版,第69页。
② 龙泉明:《现代性与现代主义》,载《文艺研究》1998年第1期。

越西方现代性的影响，建构具有中国特色的民族文学，是中国文学传统与西方文学观念的交融，也是民族／国家叙事与阶级叙事的最大体现。延安文艺所体现出的民族的现代性通过反思西方现代性的缺陷，规避西方现代性的陷阱，在反思与重构中体现出延安文艺现代性的价值所在：现代性是民族性的现代性，民族性是现代性的民族性，即现代性与民族性的复调。

第二节

延安文艺现代性的多向阐释

追索延安文艺的研究轨迹,自20世纪50年代起学界就开始了。初始阶段大多将延安文艺与解放区文学、新民主主义文学并置在一个范畴进行研究。蔡仪的《中国新文学史讲话》、刘绶松的《中国新文学史初稿》、江超中的《解放区文艺概述:1941—1947》等著作,都涉及延安文艺研究。这一时期,对延安文艺现代性问题的认识是空缺的。延安文艺的现代性问题被提及,始于20世纪90年代现代性问题研究的兴起。

1990年代,延安文艺研究的热潮被激发之后,一些前卫学者从再解读的立场出发,对延安时期产生的典型的文学文本和重要的文学现象进行了再解读,代表性论著如唐小兵编的《再解读:大众文艺与意识形态》,收录了刘禾、黄子平、孟悦、贺桂梅等学者对延安时期一些代表作品和重大问题的再研究和再解读的成果。这些学者新颖的观点、独特的视角,无疑为延安文艺现代性问题的研究提供了新的契机。之后,在不断重写文学史的过程中,一些院校和学者编纂的文学史大胆将延安文艺单独提取出来进行深入研究,如许志英、邹恬主编的《中国现代文学主潮》(南京大学出版社2008年版)就对延安文艺的发展进行了全面梳理。杨匡汉主编的《20世纪中国文学经验》用两册八章的篇幅对延安文艺发展的许多重大问题进行了梳理,尤其对左翼与延安的关系、延安文艺的形式实验等问题进行了深度解读。谭好哲等著的《现代性与民族性:中国文学理论建设的双重追求》也对文艺的现代性问题有新的审视。当然,还有一些学者的研究成果，从实证角度出发，注重史料的整理，如王培元的《抗战时期的延安鲁艺》（广西师范大学出版社1999年版），对延安时期的文人创作和生活进行了叙写。黄科安的《延安文学研究——建构新的意识形态与话语体系》（文化艺术出版社2009年版），则从意识形态的视角对延安文艺进行了阐释。同时，其绪论部分论及贺桂梅对当时一些重要作家如丁玲、赵树理、周立波、艾青等的创作与生活的考察，朱鸿召则对延安时期知识分子的生活和思想进行了研究。

除著作之外，还有一些论文及时关注了延安文艺的现代性问题。杨劼的《延安文学：深层的面对》（载《艺术评论》2008年第10期），周维东的《延安文学研究的现状与深化的可能》（载《现代中国文化与文学》2005年第2期），王富仁的《延安文学有重新加以研究的必要》，旷新年的《赵树理的文学史意义》，赵学勇、李明的长篇论文《左翼文学精神与20世纪中国文学的现代化论纲》〔载《兰州大学学报》（社会科学版）2003年第1、2期〕，吴秀明、郭剑敏的《论延安文学和体制化文学在打通现当代文学史中的特殊意义》（载《学术研究》2006年第12期），以及袁盛勇关于"党的文学"观念的一系列论文等，都对延安文艺的现代性价值进行了充分的肯定。

总体来看，学界对延安文艺现代性价值的肯定多是以特殊的革命战争阶段，其之于现代民族／国家的建立所发挥的特殊功能中所体现出的民族/现代性为视角进行研究的，并且进一步延伸，提出了延安文艺的现代性与西方的现代性、与五四新文学的现代性之间的异同，由此就从整体的视角将延安文艺的现代性问题纳入了整个新文学发展研究。通过延安文艺与整个20世纪中国文学的对比和参照，重估其价值，既拓展了延安文艺现代性问题研究的广度，又增加了研究的深度。而对延安文艺现代性问题的研究，又为整个20世纪中国文学的贯通提供了一个有力的支撑。因此，对延安文艺现代性问题的研究不可能仅拘于其本身，应该将其置于整个20世纪中国文学动态的发展过程中，才会更清晰和理性。同时，对延安文艺现代性的认识，须抱科学的态度和客观的立场，即如何认识其与政治、与革命的关联，也就是说不能忽略现象背后所交织的一系列错综复杂的问题：革命话语与审美话语的融合，传统与现代的交汇，精英与民间的对话，民族性与现代性的交织。尤其是一些以政治为出发点的应景性的创作，如秧歌剧、街头诗、广场剧等文学创作，有其合理的一面，却也加剧了文学在审美上的缺失，削弱了文学在现代性追求上的挑战。这些都是研究延安文艺现代性问题无法绕过的实际问题，有了这样的认识，才有可能真正进入延安文艺现代性研究的内部，助力文学本土化经验的认知与提升。

一、多重研究视角的建立

关于延安文艺的现代性问题，由于政治意识形态和革命话语对文艺审美的遮蔽，以及延安文艺本身的复杂性，长期以来对此问题的研究面临着理论与现实的双重挑战。因此，在什么样的视域中，从何种视角切入对此问题的研究，回应这样的双重挑战，显得迫切而重要。

延安时期，作为中国新民主主义革命的转折点和现代民族／国家构建的实验阶段，影响了延安文艺建构的诸多方面。延安文艺的现代性同政治、文化、经济的现代性一样，在构建新的民族／国家的特殊的历史语境中，文学的现代性方案本身既内嵌着政治力量的规范和要求，还流淌着一个民族文化记忆的基因和血脉。因此，对包含了多种质素的延安文艺的现代性问题，不仅应该从审美的角度进行观照和定位，还应该参照政治的、文化的、意识形态等方面的发展和变化来进行观照，经由多重视角既能对附着于延安文艺的政治话语进行剥离和抽离，又能深入延安文艺生产体制与机制的内部，从而尽可能客观地还原延安文艺历史的真实的面貌，在文学、文化、历史以及政治的多重视域中对延安文艺的现代性进行科学的审视与客观的估量。诚如有的学者所言：

> 由于中国现代性文学不是单纯的诗学或美学问题，而是涉及更为广泛的文化现代性问题，因此，有关它的研究就需要依托着一个更大的学科框架。也就是说，它是一个涉及现代政治、哲学、社会学、心理学和语言学等几乎方方面面的文化现代性问题，因此需要作多学科

和跨学科的考察。①

由此观之，对延安文艺的研究不能仅仅从审美的视点单纯地对其审美因素进行考量，还需要从现代政治尤其是现代文化的广阔视域，探讨其生成及重大影响；对延安文艺现代性问题的研究不仅要从现代性问题本身出发，更要结合当时特殊的战争文化语境，考察其形成的历史条件；不仅要以西方文学的现代性为观察点，更要结合中国文化的特殊性和中国文学经验书写的民族性，将视点从外部向内转，探索延安文艺的构建与现代民族／国家建立之间的有机联系，将延安文艺现代性观照的基点放置到20世纪中国文化和革命的最大追求——现代民族／国家的建立这一总目标上，在多重视域中对其现代性的质素进行深入的解读。

二、整体研究格局的把握

自五四新文化运动始，中国文学的发展由内而外、从形式到内容都发生了革命性的变迁，新的文学观念的引入、传播、实践，将文学革命性的变革加速度地向前推进。现代性文学观念之于新文学不是无源之水、无根之木。尽管现代性文学观念的输入始自西方，但是它与中国文学的导通证明，中国当时的社会历史现实状况已经具备了现代性文学观念孕育与成长的土壤。在各种机缘的合力下，现代性的种子终于顺势而为破土而出，促成了中国文学新的转折与发展。延安文艺在新文学发展链条上的承接性和对当代文学发展的开拓性，使得它恰如20世纪中国文学的骨关节，连缀起各个时间段文学的发展。正是基于其特殊的地位和价值，在透视延安文艺发展的过程中，必须紧贴延安文艺发展的实际情况，同时须跳出延安文艺自身，将其放置到更为广阔的视野中来探讨。确如王瑶所言：

> 一方面我们必须充分注意与把握四十年代文学的历史特殊性：它

---

① 王一川：《现代性文学：中国文学的新传统》，见宋剑华主编：《现代性与中国文学》，山东教育出版社1999年版，第330页。

是以农民为主体的民族解放与革命战争条件下的文学；特殊的历史环境，要求文学肩负起特殊的使命，形成不同于前两个十年的另一种文学风貌，这应作为我们研究与讨论的出发点。另一方面，我们又必须把四十年代文学置于"五四"以来新文学发展的历史过程与联系中加以考察。……我们可以发现，这一时期的文学思潮与理论和"五四"文学思潮，特别是三十年代文学思潮的密切联系：几乎所有的文艺论争都是第二个十年论争的继续和发展；而这一时期的理论成果及其历史局限，又直接连结并影响着新中国成立以后当代文学思潮的发展。①

从王瑶关于40年代文学研究的观点来看，40年代文学已经构成了一个富有意味的话题，尤其是其起承转合的历史过渡性特征使得有必要将其放置在整个新文学的发展路径中来考量，因此研究延安文艺现代性问题也须将其放置在整个20世纪中国文学的整体发展格局中。唯有如此，才有可能打通延安文艺现代性研究中的诸多理论障碍，构建起一个系统性的研究框架。通过延安文艺与其他时期文学发展的对比与联系，站在一个更宽广的视野中，将许多孤立的问题贯通，通过异同分析，深入理解延安文艺现代性问题的复杂性和关联性，以期客观、科学地对其现代性问题做出新的理解和阐释，从而更为有效地深化延安文艺的研究。

---

① 本书编辑委员会编：《中国新文学大系（1937—1949）·文学理论卷一》，上海文艺出版社1990年版，序第1—2页。

第三节

从"五四"到延安：现代性的同构与异质

一、现代性文学观念的同构与异质

五四时期，文学的现代性追求主要表现为一种与文学观念和社会变革息息相关的启蒙方案，这套方案以追求个体的解放为主旨，将文学从封建的载道传统中抽离出来，建立起"文学即人学"的新的文学观念。文学向人、个体的人的转变，既是文学变革的先声，同时体现着现代民族／国家对个体价值的重新认定。五四文学之所以新，之所以现代，不仅在于文学语言、文学形式、文学样态呈现出新的变革，更重要的是，鲁迅、周作人、胡适、陈独秀等思想先驱的倡导，为中国文学输入了一种现代的文学观念。而现代文学观念的中心矗立的即是对大写的人，对被封建制度压抑了多年的个体的尊重与推崇，对传道的文学进行了一次富有价值的颠覆，由此转向了对人的重视。这一文学观念的扭转以及随之引发的整个文学范式的变革，深刻地影响了之后的文学创作观念。尤为重要的是，由文学先知所开拓的新的文学创作方向和观念深深地影响了一代文学创作者的审美取向与文学观，这一内在的延续性直接启发了初期延安文艺的审美观和文学观。如果说五四文学是现代性生发的根系，那么其后的文学路径则大抵是同一个根系生长的新的枝干。因而可以说，延安文艺脱胎于"五四"，承继了五四文学现代性的遗风，在新的历史环境中又强化和拓展了现代性的内涵。

初期的延安文艺界，文学创作基本是按照五四时期"人的文学"的脉络向内开掘，宽松的文化环境也为"人的文学"的延续提供了条件。从延安初期提出的"鲁迅方向"到当时一些重要作者"太阳中也有黑点"的观念①，实质都是五四文学观的延续。当时延安作家的一些代表性作品，如丁玲的《夜》《我在霞村的时候》，蒋弼的《"我要做公民"》，赵树理的《小二黑结婚》《李有才板话》，姚雪垠的《差半车麦秸》，阮章竞的长诗《漳河水》等，大都延续了五四文学创作的启蒙主题。延安文艺发展后期，在政治和革命的影响之下，尽管突出强化了意识形态功能，但从实际创作来看，它的内里同样强烈地呼应着"人的文学"的主潮。因而在人的主体价值和自我发现上，五四文学与延安文艺具有内在的一致性。尤其是延安文艺在现代性的表现上，体现出与"五四"同构而异质的特点。同构体现出二者所追求的目标相同——现代性追求的方向和目标都是实现人的解放和建立独立自主的现代民族／国家，在文学现代性的维度上，二者体现出作为人的主体与民族主体并重的特征。但是在同构的内部，二者还存在一定的差异。五四新文学试图通过人的解放促进现代民族／国家的实现，延安时期的文学表现则不同，它所采取的方式是通过民族／国家的实现从而达到个体的解放，由此造成了二者在具体的文学体制、文学机制、文学审美表现等方面都存有较大的不同，体现出在同构之外异质的另一面。五四时期的人，主体是将个体从集体和制度中分离出来，使之成为一个富有鲜明个性的独特的存在。延安时期的人，主体则更多地渗入了符号化的痕迹，被从集体中分裂出来的人同时是集体价值的代言，是阶级身份的一个符号象征，更多的还是作为集体性的个体存在，而这一个体身上开始附有更多的阶级的痕迹。但是无法否认的是，延安文艺作为战争背景与民族存亡时刻的文学表现和产物，凝聚着从个体到群体，从民族到国家的整个民族的现代民族／国

---

① 1937年到1941年，解放区文艺主要以歌颂光明为主，有部分作家认为，解放区也有需要批评改进的地方，因此提倡继续发挥鲁迅的杂文精神，在歌颂的同时不忘对阴暗面的揭露。丁玲则直接宣布："即使在进步的地方，有了初步的民主，然而这里更需要督促，监视"。（丁玲：《我们需要杂文》，载《解放日报》1941年10月23日）艾青则认为：决不能"把癣疥写成花朵，把脓包写成蓓蕾"。（艾青：《了解作家，尊重作家——为〈文艺〉百期纪念而写》，载《解放日报》1942年3月11日）

家之梦想。因而，不论是从文化、意识形态、审美角度，还是从政治的视角来阐释延安文艺的现代性内蕴，其基点与"五四"是内在统一的，即文学的现代性都是基于人的主体的发现和现代民族／国家的建构。

二、现代性文学变革的同构与异质

追溯五四文学变革的原动力，从表面来看，似乎与西强吾弱引发的文化焦虑紧密关联，但实际上，五四文学的发生还有着强劲的内驱力。一则来自国富民强的现代化想象引起的社会变革的冲动，一则来自文学内部爆发的对旧的文学秩序与新的思想观念表达相脱节的反叛。五四时期，文学的变革不仅向文学的外部敞开，而且直接推及文学的内部，因此文学革命具有非常强劲的动力，进而能在文学的发展演进中引发巨大的冲击波，引起文学语言、形式到内容、范式的巨大转折。随着文学革命浪潮逐步向前涌进，按照正常的行驶轨迹，文学内部的变革将更加深入、有效。但是到了延安时期，文学的发展与变革所呈现的实际情况却并非如此。在战争环境中，文学的变革再次从内向外转。为了呼应救亡的主潮，文学不断地向革命救亡切换，从而在与革命话语的对接中，在革命启蒙与阶级启蒙的召唤之下，五四时期的文学革命经由左翼的分化实践逐渐转向了革命文学。

文学革命是一个关涉文学的内与外、形与思的无限可能性的过程，而革命文学的边界则要小得多，它将文学的外延缩短，将其内涵定格在一个表达的中心——革命话语的书写上，因而二者的差异不仅在于文学变革方向的调整，更为重要的是，文学场发生了挪移。最能充分体现这一转变的，如工农兵文艺方向的确立，群体经验的集体化书写运动，等等。文学巨大的发展空间由此被压缩为几个核心要素。延安时期，文学的发展从文学革命被置换为革命文学，中间转换的逻辑依托的不仅是单纯的文学理念的变化，还包括历史情境的改变，文学政策、文学体制的转换等。民间形式的现代化改造与利用、民族文化的现代性转化、大众化文艺思潮等文学发展路径的调整，都促使延安文艺呈现出与五四文学相联系又不同的风貌。

五四文学革命高举人的旗帜，将人从封建蒙昧状态、从君的臣民中解放出来交给个人，延安时期的革命文学则是将人从封建体制的捆绑中解放出来交给革命这样一个宏大的民族命题。五四时期，大众在文学的表达体系中是批判、改造的对象；在延安文艺的话语体系中，大众的地位、作用、身份都悄然发生了变化，文学书写对大众的再发现是不再将其视为沉默的大多数，而是一个民族崛起的脊梁和中坚力量，文学的作用在于将他们唤醒并且引导其参与民族／国家的建构。现在看来，延安文艺对大众这一沉默的大多数的整体性发现不但使大众浮现出来，同时再次遮蔽了对个体个性的发现。当个体被整体湮没，个体成为一个共同的整体性的存在时，个体的差异性、个体的自主性就被整体性地遮蔽了。因而延安时期革命文学的复杂性就在于，在对众多的个体组成的大众再发现的时候，是有选择性的，它所要实现的文学发现指向的是对一个群体、一个阶层、一个阶级的发现，也可以说，延安时期的革命文学既是一种文学革命的深入，又是一种文学革命的遮蔽。

五四时期的文学革命是从上向下，延安时期革命文学的传递方式也是自上而下，但是实施方式则是通过大众文艺运动由下向上输送，因此文学信息的接受与反馈在交汇传递的过程中，能够实现信息的对接与沟通。五四文学通过文化革命和文学革命将封建长袍改成了中山装，割掉了长辫子，将庙宇的道统的文学改变为个体的自由的文学，这是它进步的一面。但是五四文学革命企图将西方的"汉堡文化"移植过来，替代国人的"饺子文化"，此种文化转换显然是非常有难度的，历史也证明了，对文化的全盘改造是不可能实现的。延安文艺的高明之处就在于，还是坚持了国人传统的文化趣味，采取的做法是对旧的文化进行更新，将封建的文化改造为新民主主义文化。这种改造既吸收旧文化的精华，又能结合新文化的特点，将二者进行有效的融会。秧歌剧的改编、新歌剧的改造、街头诗歌的兴起等无不如此。借用民间文化的形式，将革命话语融进民族形式，从而自然而然地被大众消化掉。显然这种文化改造的难度要小得多，也比较容易契合当时的历史情境。但是不可否认的是，文学的改造在对旧文化进行现代性转化的过程中，在遭遇革命和战争的背景之下，无可避免地将革命救亡作为主旋律，从而削弱了它创新的力度。

无论是文学革命还是革命文学，在启蒙思潮之下，指向的都是对国富民强的现代化想象。不同的是，五四时期的文学革命只是一个时代个体的"愤而忧"，而延安时期的革命文学已经被有效地转化为一个群体的"奋而作"；五四时期文学革命的现代性诉求是个体的"呐喊与彷徨"，延安时期的革命文学已经被转化为一个群体的"奋而崛起"的实践化过程。

三、现代性与民族性的双重追求

鲁迅在《文化偏至论》里对新文学是这样要求的："外之既不后于世界之思潮，内之仍弗失固有之血脉，取今复古，别立新宗"[1]。此后他将此概括为："内外两面，都和世界的时代思潮合流，而又并未梏亡中国的民族性。"[2]作为新文学的开创者和奠基者，鲁迅对新文学发展的路径规划中就内蕴着对文学民族性与现代性的双重追求。现代性与民族性作为新文学发展的两翼，并无孰轻孰重之分，同根相生，而各有侧重。一方面，中国文学极力追求树立属于本民族的文学形象；另一方面，这种建构无法摆脱西方的影响，并且在当时的历史环境下，西方之于中国文学的影响不仅是面上的，而且是点上的，不仅表现在体制上和社会制度的设计上，更多的是一种意识形态的渗透，还包含了具体的文学创作理念与写作方式的影响。新文学的发展路径其实一直遵循着两条明晰的线索：一条是对外敞开的，专注于对外来优秀文化尤其是对西方现代民主的想象、模仿与实践；另一条则是向内收缩的，注重本民族文化的展示和再发现。前者体现出文学的现代性追求，后者则更多地显示出文学在民族性上的不懈努力。

五四文学革命为了挣脱传统惯性的力量，将西方现代性话语横向移植过

---

[1] 鲁迅：《文化偏至论》，见《鲁迅全集》（第1卷），人民文学出版社1981年版，第56页。
[2] 鲁迅：《当陶元庆君的绘画展览时——我所要说的几句话》，载《时事新报》1927年12月19日。

来，过度迷信西方文化，从而导致了在接受西方先进性文化的同时，在某些方面失却了本民族文化的根基。延安文艺在向西方学习的同时，极为重视对本民族文化的书写，从而推动了中国文学主体性的回归，在对传统的再发现和再改造中确立文学的现代性——具有中国特色的内圆式而非外径式的中国文学的现代性根基。也就是说，中国文学的现代性作为一个原点，来自民族文化的内驱力构成了它的内圆，是它的神经系统，它的流通与迂回都与本身的内蕴和张力有关，而西方的影响则构成了它的外径。延安时期，文学的现代性既关注文学由传统向现代的转换，更关注民族文化与现代文化的融合。延安文艺在追求民族形式的现代转换和改造的过程中，将本民族文化作为起跳点，指向的是民族文化的现代化。

延安时期，围绕文学的现代化与民族化的关系和发展问题，曾经有过几次关于民族形式问题与文艺大众化的讨论。很多人围绕此问题也发表了一些颇有见地的看法，典型的如光未然提出的："中国现实的内容要求一种适合于表达此中国内容的民族形式。……至于艺术（无论它的内容或它的形式）的国际性，只是意味着它的相对的统一，不是绝对的统一。相反的，只有尽量发扬各个民族的特色——内容的多样，形式的多样，风格的多样，才能使国际艺术的总体丰富起来。失掉了文艺的民族性，忽略了文艺的民族形式的作品，首先便在自己民族中间立不住脚，还谈得到对国际艺术的贡献吗？"[①]艾思奇认为："旧形式的提起，绝不是要简单地恢复旧文艺，也不仅仅是为着暂时应付宣传的要求，而是中国新文艺发展以来所走上的一个新阶段的标志。这一阶段是要把'五四'以来所获得的成绩，和中国优秀的文艺传统综合起来，使它向着建立中国自己的新的民族文艺的方向发展，是为着建立适合于中国老百姓及抗战要求的进一步的发展。"[②]针对文学的发展方向问题，1938年10月，毛泽东在中共中央六届六中全会上所做的报告《中国共产党在民族战争中的地位》中提出："洋八股必须废止，空洞抽象的调头必须少唱，教条主义必须休息，而代

---

① 光未然：《文艺的民族形式问题》，载《文学月报》1940年第5期。
② 艾思奇：《旧形式新问题》，载《文艺突击》1939年第2期。

之以新鲜活泼的、为中国老百姓所喜闻乐见的中国作风和中国气派。"①1940年,毛泽东再次提出:"中国文化应有自己的形式,这就是民族形式。民族的形式,新民主主义的内容——这就是我们今天的新文化。"②无论是中国作风还是民族形式,延安文艺一再强调文学的发展必须立足于本民族的文化之根,通过对民族文化和民族形式的现代化改造,从而实现文学的现代性追求。

现代性与民族性作为延安文艺追求的两翼,有开有合,有收有放,构成了民族性与现代性交织的瑰丽气象和宏大气魄。但是不可否认的是,延安文艺无论是在现代性的向度上,还是在民族性的向度上,都无法避免它的局限性。如延安文艺发展后期,在某些方面为了强化抗战救亡的需要,将"民族的文学"置换为"党的文学",无疑是对文学职能的篡改与利用。再如,在现代性的维度上,延安时期的文艺对革命和战争的无节制的话语书写,甚至主题先行、创作在后等弊端,都必然伤及文学的审美与艺术性的表达。延安文艺现代性的价值在于它对民族性与现代性的双重追求,也正是"鱼与熊掌兼得"的心态,使得延安时期释放出的现代性过多地沾染了传统文化的弊端,甚至在对某些文学形态的选择上失却了一个恒定的标准。作为特殊年代的一段文学历程,延安文学的气质具有丰富的多重性,它既有对国家民族走向独立、面向现代的翘首期待,又有对传统的审慎反思与借用,还有对新文学发展中存在问题的质疑与反观。作为新文学发展历程中的一个断面,延安文艺孜孜以求的民族性以及深厚的民族意识,又不断激励着几代人对本民族文化身份的体认和对中华民族强大的向往,而这种向往本身就隐藏和灌注着深厚的现代化情结和意识。由此可见,延安文艺的价值体系中所体现的民族性与现代性的交织,不仅是连接五四新文学与当代文学发展的一个至关重要的问题,而且直指当下。中国学者面对消费文化的冲击,一再坚持中国文学的中国经验的书写的时候,实际上是对中

---

① 毛泽东:《中国共产党在民族战争中的地位》,见《毛泽东选集》(第2卷),人民出版社1991年版,第534页。
② 毛泽东:《新民主主义论》,见《毛泽东选集》(第2卷),人民出版社1991年版,第707页。

国文学主体性的坚守。无论是延安时期还是当下，对这一问题，无论是主流意识形态还是精英知识分子，大体的立场是相通的，即现代性是民族性追求的方向，而现代性必须建立在民族性之上。现代性与民族性的追求，既是文学发展的动力，也是文学价值追求的两翼。二者是相辅相成、互为影响的，既是延安文艺孜孜追求的，也是中国新文学发展历程中所面对的最大命题。

第四节

延安文艺现代性的精神特征

一、文学与政治的张力

在中国传统的以道为主的文化体系中，文学与政治、文人与政权之间一直存在着一种隐蔽的依附性关系。尤其是在实用主义文化心理的作用之下，文学作为道而存在，作为他者的镜像而存在，文学、文人多数时候是以多重身份存在的。因此在二者的关系结构中，文学多数处于从属的地位，作为政治的他者而存在。到了五四新文化运动时期，伴随着文学革命对人的自主性的发现，被湮没的文学也被自身再次发现，文学不仅成为整个社会文化变革的一个中心，而且在多个方面推动了社会的变革。尤为显著的变化是，知识分子成为独立的主体，作为职业化的文学创作者，具有独立的社会批判身份。无疑，五四新文化运动对文学与政治关系的冲击是革命性的。文学与政治的关系是关涉文学能否向更深推进的一个重大命题，到了延安时期，在战争与救亡的时代使命之下，这一关系又变得错综复杂。尤其是随着新的政权体制将文学重新纳入整个社会的制度性规划体系，将知识分子重新纳入政治化的管理体系，赋予他们一定的政治地位和政治身份，文学与政治的关系再次陷入传统文化体系的窠臼。新中国成立之后，文学与政治之间的联系变得更为紧密。在新的意识形态建构中，文学不仅是政治的工具，而且成为政治的传声筒。因而，在中国当代文学中，关于文学与政治的关系问题的争论不仅没有弱化，反而更为激烈。也正是基于这一问题的复杂性，审慎反思延安时期文学与政治之间的关系，对于探讨延安文艺的现代性问题显得尤其重要。

关于延安文艺，在文学与政治的关系结构中，存在两种典型的观点：一种是将政治的意志和力量作为文学变革和推进的正向的力量，认为政治之于文学的发展起到了规范性和方向性的作用。另一种观点则截然相反，认为政治力量的强大过度挤压了文学发展的空间，尤其是对文学自足的审美系统的介入，使得文学的审美性大大弱化，社会功能却大大强化。其实，简单梳理这一问题就会发现，其中不仅存在着一个关涉二者之间关系的平衡问题，更为重要的是，由于政治与文学关系的繁复与交织，有些研究借文艺与政治之间的联系否定延安文艺具有现代性特征，认为延安文艺和当代文学一样，是政治的附属，并不具备审美的价值。因而，研究延安文艺的现代性问题，需要穿过政治的迷雾，穿越意识形态的遮蔽，尽可能进行科学、客观的判断。无论是前一观点的肯定还是后一观点的否定，都与延安文艺的属性和价值取向存在直接的关联。关于延安时期文学的属性问题，大多数观点认为：其不仅具有强烈的政治色彩，而且夹杂着浓厚的政党意志，可视为革命文学或党的文学。此类观点从文学本身出发，认为延安文艺在审美表现上体现出政治功能的强化、知识分子的有机化以及对现实批判力度的降低，凡此种种造成了它文学上的审美被政治遮蔽，体现出明显的意识形态化特征。从表面来看确实如此。作为一个新的革命政权，为了战时舆论的需要，当政者必然会将舆论的领导权掌控在自己手里，以便有效地管理文化工作。在此过程中，文艺摆脱不了被作为舆论的工具来使用，自然会伤害文学的独立性和审美性。但从另一方面来看，尽管政治对文化的强力介入打乱了文学自足的审美系统，然而政治对文学的改造和转化却使得文学从另一个层面实现了现代性的追寻。也就是说，延安时期高度集约的政权对文学自足系统进行整合之后，又建立起新的话语系统。这种新的话语系统经过政治改造和重组之后，是与主流意识形态相适应和吻合的，它使文学的现代性与政权主导者的现代化构想达成了共识。从近代一大批具有先锋精神的知识分子开始，文学在意识形态的规范内建立起一套自足的以启蒙为价值旨归，为社会、为人生、为民族、为国家的现代性话语体系。在此后现代文学的激荡起伏中，尽管启蒙的方式和内容有所变化，但是他们试图建立的现代化的民族／国家的梦想却一直闪耀在历史的星空，照耀着一代代启蒙者为此而不懈努力。可以说，20世纪中国文学的现代性一直配合着社会的现代化进程，二者彼此促进，共同形成了20世纪中国重要的现代性景观。而与文学的现代性相适应的文体的变革，新的文类的涌现，作为文学现代性具体可感的表征，呼应着文学内部改造的思潮。

　　从五四文学革命始，经由20年代的文学革命、30年代的左翼文学到40年代的大众化文学和工农兵文学，文学与社会变动的价值取向达成了一致。无论是哪种文学形态，文学在价值取向上都延续了以社会、人生改造和现代民族／国家建构为目标的新文学传统。而作为大众化文学典范，延安文艺集"五四"、左翼、抗战等形态的文学革命和革命文学之大成，丰富了新的不同的文学现代性内涵。这种追求与"五四"、左翼、抗战文学在根本的价值追求上有着内在的一致性，即文学变革的动力和目标都是新的民族／国家的建立。而延安文艺与其他时段文学最大的不同则在于，其对民众的巨大发现，使得文学对大众的启蒙从形而上的构架走向了具体可操作的形而下的实践。精英与大众隔膜的被打破使得文学的现代性向前推进了一大步，也使得民族／国家的文化想象实现了一体化。在国家话语和审美话语之间，延安文艺对国家话语的高度重视与对审美话语的有意压制都是出于对革命话语的呼应。然而问题的另一面在于，延安文艺的现代性既然无法脱离当时现实的政治语境，它是不是作为政治的附属性存在，而根本无法体现文学的现代性追求呢？需要甄别的是，延安时期文艺与政治的紧密关联与延安文艺是否具备现代性是两个问题。尽管政治对文艺的施压使得延安时期文艺的独立性受到削弱，文艺在表现的主题和题材上都有意向政治引导的方向靠近，但是这并不意味着延安文艺的现代性由于政治的牵制而消失，文艺的自主功能依然存在，在政治压力稍做松动的情况下剧烈反弹，回到自身。历史在赋予文学高度使命感的同时，必然在审美领域给予它另一种新的体验，这就是延安文艺所体现出来的在文学现代性追求过程中的一系列特殊性——对民族文化经验的书写与对革命救亡的极致化表现。延安时期的文艺表达对这两种文化经验给予注目和重视,不仅在审美的话语层面给予礼赞,而且在意识形态的层面给予"霸权"。而这种话语资源通达的目的地其实只有一个,即民族/国家的现代性冲动与想象。经由民族文化经验的书写和革命救亡话语的表达,民族/国家的现代性冲动被有效地投射到文学的现代性言说体系。在复杂的革命语境中,延安文艺现代性的建构不仅注重对个体价值的发现,更注重对大众之于革命的民族脊梁的发现,从而将对个体思想的启蒙与对现代民族/国家的塑造勾连成一个有机整体,完成对中华民族形象的重新塑造。

二、文学与政治关系的再阐释

一个国家的现代化,不仅体现在政治体制与经济制度的现代化,文化的现代化也是一个重要方面。很多时候,三者并行推进,当然有的时候三者并不同步,甚至文化的现代化会作为反叛性的力量与政治和经济的现代化相左。延安时期的文化形态,大抵如有的学者所言:"从解放区文化存在的整体上看,大致可分为政治的文化观念、知识分子文化观念和农民文化观念。这三种文化观念各以其功利性、超前性和传统性等特点呈现着自身的价值。"[①]之于延安时期文学的现代化而言,就是在这三种文化观念的对立冲突中寻求有效的平衡。文学与政治在一定的限度内,如果能够达成一个统一的目标,二者之间并不必然地对立,也并非完全地统一。政治之于文学也并不全是负面的削弱,在某些方面,政治对文学也是具有正向的、积极的推动作用的。延安文化是从战争的土壤中生根发芽的,它从成长的那一天起,就与战争相伴,与民族/国家的存亡息息相关。战争注定是当时文化的底色,从这一角度出发就不难理解延安时期文学与政治之间的有机联系。关于文学与政治的关系问题,在当代文学的视野中,政治对文学的发展空间确实有着多方面的挤压,而在延安时期特殊的历史境遇中,更应该从具体的现实情境出发,对文学与政治的关系进行客观的考量。

---

① 席扬:《文学思潮:理论、方法、视野——兼论20世纪中国文学思潮若干问题》,上海三联书店2009年版,第152页。

新文学发生以来，由人的文学到革命的文学再到民族／国家的文学，不可否认的是，文学越来越与政治在某些方面达成"共谋"。但是在现代民族／国家建立的维度上，文学与政治"共谋"，政治无疑作为正向的动力，加速推动了文学的现代化。战争语境塑造了延安文艺的基本形态，而权力的运作则影响了它发展的一个脉络。这种权力既包含了福柯所言的知识的权力，还包含了显性的政治的权力，同时云集着文学本身的力量。在民族救亡的大环境下，文学独自高蹈、凌空独舞是完全不可能的，因而在这一宏大的历史任务面前，文学与政治关系的强化是历史的需要。尽管政治在革命的名义之下强力介入文学发展的内部，从而在一定程度上削弱了文学在审美方面的表现，但是从另一方面来说，在政治力量的推动之下，在意识形态的规约之下，工农兵方向的提出、民族形式的现代转换、民间文化形态的改造、知识分子的有机化等引发的文学的变化无形中强化了大众对文学的认识，使得大众对文学也更易接受。在战争背景下，文学作为宣传的舆论工具被使用的时候，文学的地位随之提高，由此文学在对大众的启蒙和革命的启蒙方面能够起到意想不到的作用。在文学与政治的关系中，政治的力量有如双刃剑，在对文学形成束缚和限制的同时，赐予了文学另一重力量。文学被政治力量推到社会启蒙的中心，文学被视为推进革命的动力之一，这引起了文学在多方面的变革，催生了新文体、新文类、新的文学样态和新的文学观的生成。

随着抗战和民族危机成为社会的主要矛盾，文学的现代性追求不仅体现在启蒙之维，而且在生死存亡的历史鼓点中强化了救亡的社会功能。此时的现代性追求，既包含着个体的解放又包含着革命的宏大叙事，内蕴着一个国家和民族走向现代征程的图式和愿景规划。因此，延安文艺的现代性设计中，有两套最为关键的方案，一套是关于启蒙的方案，另一套就是关于救亡的方案。启蒙方案构成了与"五四"紧密相连的"人的文学"——关于人的解放、阶级的解放的文学；救亡方案催生了革命的阶级的文学。处在这样一个特殊的历史战争情境中的延安文艺，无法也不可能挣脱当时的社会历史现实，因而延安文艺在沿袭人的文学的同时，强化了民族和国家的观念，在它的价值平衡的内里，人的主体与民族的主体是相辅相成、同等重要的。国之不存，民将焉附？民族／国家观念的强化，既促进了大众自我意识的觉醒，同时加速了文学的现代观念在大众中的传播，使得民众的现代价值观念和现代意识能够逐步建立起来，并且在建立之后能与革命现实相结合，引发了革命的现代性观念的生成。

延安时期从文学生产到文学体制，从文学观念到文学形式，从文学功能到文学价值，都与当时意识形态的规划有着密不可分的直接关系。随着革命的推进，在政治强力的干预之下，文艺的大众化问题被推上了实践的轨道。文艺的大众化不仅改写了文学的叙事规范，并且将大众纳入文学的创作主体，从而形成了集体化创作这种特殊的文学样态。文艺的大众化运动之后，大量通俗易懂、深入浅出，由知识分子和大众共同创造的文学文本契合了大众的审美趣味，文学因此能够号召大众，为革命做好舆论动员。但是与之相伴，文学沦为一种现实政治的消费品，它本身的自我约束机制受到了抗日宣传等现实问题的巨大冲击。再如延安时期知识分子的改造和有机化问题。延安时期对知识分子采取组织化的管理方式，采用一种集体性质的组织机构将他们纳入整一的管理体系，这与五四时期和左翼时期相比是一个非常明显的区别。五四知识分子的同人性与流派构成是一种松散的组织，是依靠一定的文学信仰组织起来的，而延安时期的文化管理方式则明显带有政治的意味。鲁艺、文协、战地服务团等文艺组织机构大多与革命的任务和目的相关，是为一定的意识形态服务的。知识分子一旦被纳入一个管理团队和组织体系，个体必然要服从一种规则和集体的安排。这种集约化的管理方式在战时是非常必要的，作家被组织成一个团队，形成一个团体性力量，深入大众进行革命宣传。战时集中制的管理方式实质和政治上的管理是类似的，这样的管理方式其实已经构成了文艺体制的一个基本结构。集约化的管理方式，一方面可以充分动员文学力量密集地为革命做好动员和宣传工作，另一方面为"异己"的剪除提供了可能，由此使得作家队伍和文学政策的一体化基本可以得到保证。而由此问题延伸出来的，文学群体和文学机构的官方化特征也是非常明显的。"任何文学组织都无一例外地被纳入政府的管理体系之中，政府直接可以用行政手段控制、支配、左右这些文学组织。"①在知识分子被归入相应的组织机构之后，文艺体制开始发挥它自上而下的行政运作程式，文艺政策的颁布、文学话语的执行由此显得有效而通达。

延安时期，严密的文化管理制度强化了对知识分子的管理，同时给予知识分子特殊的生活待遇和政治待遇，再次激发了传统知识分子忧国忧民的入世情结。在政治强力的介入之下，知识分子在延安文艺体制中是作为被压抑的主体而存在的。延安时期对知识分子的有机化和革命化，削弱了知识分子独立批判的价值。知识分子的被压抑状态使得延安时期的文学创作在审美和艺术追求上的力度大大降低，但是另一方面，知识分子的有机化服从了宏大的革命任务，保证了意识形态的统一和文化领导权的有效行使。

追溯延安时期中国历史发展的特殊情境和文学生长的现实语境，革命战争和建立新的现代化的民族／国家是当时整个中华民族的最大追求，革命和战争的强音使得文学根本不可能脱离当时的语境，现实的唯一选择是文学只有融入整个民族的现代性事业和规划，才可能发出自己的声音。因而从表面来看，延安时期文艺的革命化书写是为了契合意识形态的要求，而深层的动力则在于文艺对当时历史语境的呼应与自身发展的要求。"赵树理方向"、《讲话》都体现出政治对文学的直接干预与导引。今天重新回望这些文学事件，《讲话》之于中国文学的发展影响依然巨大。政治的介入只是在一定程度上加速了文学的转向与调整，促进了新的文学发展方向的确立。当然在此过程中，文学过度地为革命而革命化，为宣传而宣传化，使其对精神世界的探索和深度挖掘，相对于五四文学对人性的解剖显得逊色不少。在政治的要求之下，作家对人的内心动荡、心灵轨迹的变迁，显然开挖得还不够。当然这种局限性还有很多，诸如题材的单一化、表现的平面化等等。但是，这些局限和瑕疵并不能掩盖和抹杀延安文艺现代性追求的宏大视野、开阔气象，以及其在现代性与民族性追求中提供给当代文化（文学）建设极富意味的中国经验。

---

① 南京大学中国现代文学研究中心编：《中国现代文学传统》，人民文学出版社2002年版，第39页。

第五章 延安文艺与20世纪中国文学的大众化思潮

文学大众化作为20世纪中国文学发展进程中的一种极为重要的文学思潮，始终与民族／国家的现代想象、革命发展的历史进程、民族救亡的运动实践以及中国社会的时代转型密切相关。20世纪中国文学大众化大体经历了晚清时期的政治启蒙、五四时期的文化启蒙、左翼时期的革命教化、延安时期的革命实践、十七年时期的政治体制化以及90年代以来的市场商业化等历史形态。

20世纪中国文学大众化的言说对象大体经历了人性—阶级—政治—人性的范畴演变，以及模糊—明确—模糊的概念演变，即"大众"内涵在革命政治年代往往具有明确指向，从而突显大众作为革命主体、历史创造者的能动性，而一旦脱离革命政治年代，"大众"便回归了人性范畴的模糊概念，相应地，文学与大众的关系也开始疏离；言说主体大体经历了精英启蒙者—革命教化者—政治认同者—市场认同者的角色转变，在此过程中，知识分子的主体精神逐渐由启蒙大众的精英意识转向迎合大众的媚俗意识；言说方式大体经历了高雅—通俗—雅俗共赏—低俗的语言转变，以及欧化—民间化—民族化—媚俗化的形式演变。

可见，"大众"内涵的界定程度，成为影响文学大众化实现程度的重要因素；20世纪中国文学大众化的历程是中国知识分子精英意识与启蒙精神逐渐没落的历程，是中国文学不断由雅入俗进而实现雅俗共赏的审美历程，是中国文学不断纠补欧化，进而趋向本土化、民族化的历程，然而在商业时代又不可避免地跌入了媚俗化的旋涡。

20世纪中国文学大众化最成功的历史经验无疑是延安时期雅俗共赏的民族化创作，这对当下文学大众化的创作极富启发性：知识分子只有在精英意识与大众意识之间、在启蒙大众与表现大众之间、在现代性与通俗性之间寻求到平衡点，才有可能创作出真正的大众化作品。

第一节

大众化的理论倡导：革命政治与文化启蒙

20世纪中国文学的大众化思潮萌芽在中国近代日益加深的民族危机中，孕育在中国先进知识分子探索民族救亡的历史实践中。在由器物、技术到制度、思想的西学东渐的过程中，中国早期知识分子逐步意识到了思想革新对社会变革的先导作用以及大众在推动社会历史发展方面所发挥的重大作用，于是纷纷转向对大众进行思想启蒙与革命动员。而文学作为一种观念表达的载体与思想传播的媒介，能够与大众生活发生广泛联系，于是顺应时代要求承担起了启蒙大众、动员大众的历史重任。从晚晴、"五四"到左翼，中国文学大众化经历了由政治启蒙、文化启蒙到革命教化的理论形态的演变，这为延安文学大众化的理论创构与深入实践奠定了坚实基础。

一、晚清文学大众化：政治启蒙

晚清时期，维新知识分子在探索救亡图存的政治改良运动中，提出了"开通民智""强国保种"的"新民"主义，即通过传播新知、道德教化来唤醒大众的民族救亡意识，提高大众的政治思想觉悟，从而完成资产阶级的现代性民族／国家构建。维新人士从兴办国民教育入手，进一步提出"开民智""新民德"的要求，直至发起轰轰烈烈的"诗界革命""文界革命""小说界革命"，始终关注对国民进行政治启蒙。

（一）晚清文学大众化的萌芽

康有为主张推行大众教育，培养具有现代知识素养与价值观念的新人，即资产阶级现代性观照下的理想国民，同时在具体的教育形式上提出"'六经'不能教，当以小说教之；正史不能入，当以小说入之；语录不能喻，当以小说喻之；律例不能治，当以小说治之"①的要求，由此表明维新知识分子欲采用现代通俗小说来推行道德教化的政治意图以及欲推翻儒家正统的资产阶级革新意识。

"中国近现代史上，最早使用'国民'这一概念的，是康有为，但最先表达国民意识的，是严复。"②严复在西方启蒙进化论的影响下，意识到变革图新、"强国保种"对挽救民族危亡的重要性，于是明确提出国民素质培养方案——鼓民力、开民智、新民德。小说作为一种教化大众的通俗文学形态再次受到推崇："说部之兴，其入人之深，行世之远，几几出于经史上，而天下之人心风俗，遂不免为说部之所持。"③表明小说在国民思想观念、道德意识的形成方面潜移默化地发挥了广泛而深刻的影响，实际上却包含了严复对小说社会功用价值的有意抬高，其中渗透了启蒙知识分子教化大众、改良社会的政治努力。

晚清时期有力促进政治启蒙大众化发展的是梁启超。在"新民"政治理念的引导下，梁启超发起了"诗界革命""文界革命""小说界革命"，对文学挣脱贵族化、导向通俗化产生了深刻影响。梁启超鲜明地指出："苟有新民，何患无新制度？无新政府？无新国家？"④他强调了"新民"是"新国"的基础，即只有先提高民众文化素养、增强民智、提升民德，才能促进社会改良与制度革新，进而推动政治文明与国家独立。可见梁启超坚持的是一条由思想启

---

① 康有为：《〈日本书目志〉识语（节录）》，见陈平原、夏晓虹编：《二十世纪中国小说理论资料》（第1卷 1897—1916），北京大学出版社1989年版，第13页。
② 杨联芬：《晚清至五四：中国文学现代性的发生》，北京大学出版社2003年版，第160页。
③ 几道、别士：《本馆附印说部缘起》，见陈平原、夏晓虹编：《二十世纪中国小说理论资料》（第1卷 1897—1916），北京大学出版社1989年版，第12页。
④ 梁启超：《论新民为今日中国第一急务》，载《新民丛报》1902年第1期。

蒙到社会变革的政治道路，由此，文学的社会功用也被发挥得淋漓尽致。

在"诗界革命"中，诗歌成就最高的是黄遵宪。在"我手写我口，古岂能拘牵"诗学理念的影响下，黄遵宪一方面反对禁锢人性的封建理学，追求"真我"之诗；另一方面主张诗歌的"言文一致"，追求诗歌的自由化与通俗化。由此，他的诗歌创作呈现出了鲜明的现实主义精神与平民化风格。具体而言，在诗歌内容上，既有反映时代精神与民族忧患意识的重大社会题材，也有反映普通民众的日常生活题材；在诗歌艺术上，既融入了民歌因素，又吸收了"以文为诗"的散文化笔法，从而呈现出明白晓畅、节奏鲜明的通俗化风格。黄遵宪的诗歌创作有力推动了中国诗歌由贵族意识向平民意识、由古典格律诗向近代自由诗的现代性转换，同时，"言文一致"的诗歌主张对晚清以至"五四"的白话文运动也产生了深刻影响。由此可见，黄遵宪的诗歌创作对推动诗歌大众化具有先导意义。

在"文界革命"中，梁启超提倡的新文体散文，语言平易，风格畅达，为五四白话文运动的兴起奠定了文体解放的基础。

在"小说界革命"中，梁启超将小说的社会地位由传统的文学小道空前提升为现代的文学正统，认为"小说为文学之最上乘"，相应地，对小说的社会价值也进行了极力渲染："欲新一国之民，不可不先新一国之小说，故欲新道德，必新小说；欲新宗教，必新小说；欲新政治，必新小说；欲新风俗，必新小说；欲新学艺，必新小说；乃至欲新人心、欲新人格，必新小说。"[①]体现了他作为政治家与启蒙思想家的"新民""强国"的文化策略。由此，"小说界革命"使小说借重政治权威入驻了文学的大雅之堂，使小说由茶余饭后娱乐消遣的文本读物转向了启蒙大众、改良社会的思想利器，同时，使中国小说由传统言情、侠义、讲史等小说转向了直面社会现实、探讨社会改良的政治小说，而政治小说所宣扬的民主、科学、平等、自由等西方现代意识，在开通民智、推动社会变革方面发挥了积极作用。但是，"小说界革命"一开始就诞生

---

① 梁启超：《论小说与群治之关系》，载《新小说》1902年第1期。

在民族危机加深的政治氛围中,与救亡图存的时代主题密切相关,加之中国文学"文以载道"传统观念的深刻影响,其始终带有强烈的政治功利性,即只是将小说这种通俗文学形态视为宣传资产阶级思想、启蒙大众政治意识的工具,从而借用小说达到救国救民、改良社会的政治目的。同样地,晚清时期的政治小说作为救亡图存的政治实践,也呈现出政治化、概念化的创作弊端,从而制约了小说的思想深度与艺术感染力。然而,"小说界革命"所开启的小说政治化启蒙先河,却深刻影响了20世纪中国文学大众化的实践方式与历史特点,即小说作为一种通俗化的文学形态日益发挥着宣传思想、动员大众的启蒙教化作用,由此精英知识分子借用小说进行思想启蒙的化大众模式日益成为文学大众化得以展开的主要形式。与此同时,小说所承载的政治功用意识日益遮蔽了它的文学审美意识,由此,文学大众化带有了政治思想性大于文学艺术性的功利主义色彩。

(二)晚清文学大众化的特征与局限

晚清文学大众化主要是一种政治启蒙形态的大众化。晚清时期,伴随着西方现代文明的思想激荡以及民族救亡的紧迫情势,维新知识分子发起了一场以"新民""强国"为政治目标的改良运动。在此过程中,文学顺应时代的发展要求,承担起了启蒙大众、改良社会的历史重任,从而萌发了文学大众化的观念。首先,晚清文学大众化基于资产阶级改良派对文学社会功用性质的判定以及对"文以载道"传统观念的认同,开启了文学政治化启蒙的先河,从而呈现出鲜明的政治功利主义色彩。晚清文学大众化主要作为资产阶级政治改良运动的一部分而萌芽,因而始终带有救亡图存、"新民""强国"的政治性主题。同时,晚清文学大众化对文学功能论的过分强调导致政治思想性大于审美艺术性的概念化偏颇。其次,晚清文学大众化带有资产阶级自上而下的精英启蒙意识,主要体现在大众化言说对象上。晚清时期的"大众"内涵基本属于人性范畴,主要指涉具有现代知识素养与价值观念的新民、国民,体现了资产阶级改良派对理想国民的现代性想象,包含了晚清时期启蒙大众的现代意识;在大众化言说主体上,晚清时期的知识分子主要以改良政治家的身份来介入文学创作，从而达到宣传资产阶级思想、启蒙大众政治意识的目的，其中包含了晚清知识分子政治化的精英意识与启蒙精神。晚清文学大众化所包含的精英启蒙意识在五四文学中得到进一步强化，由此五四文学以其鲜明的文化启蒙意识推动了文学大众化的初步发展。再次，晚清文学大众化处于中国文学大众化的萌芽阶段，无论是文学大众化的理论还是创作都缺乏明确的主张，同时就当时国民文化素养状况而言，文学还不能够与其发生根本的现实联系，然而文学大众化的萌芽却在之后的20世纪获得了长足发展，从而对中国文学回归现实、贴近大众，走向民族化、臻于现代化产生了深远影响。

二、五四文学大众化：文化启蒙

五四文学作为一场文化运动，是在内忧外患的情形下知识分子救亡图存的历史必然，经历了一系列社会变革方案的失败后，知识分子意识到了谋求思想革命的重要性。作为一场思想启蒙运动，五四文学又是在中西文明的交互碰撞中，以现代理性对传统文化进行的价值重估，即用以民主科学、平等自由、个性解放为核心的西方现代价值观来更新以专制蒙昧、礼教等级、奴性道德为主要特征的封建传统思想，进而重塑国民品格，再造现代文明，推动社会转型。由此，五四文学便承担起了对大众进行精神启蒙以改造国民劣根性的历史重任，而文学创作也日益表现出对大众的关注，从而推动了文学大众化的初步发展。

（一）五四文学大众化的初始

五四启蒙文学大众化观念的形成以《新青年》《文学旬刊》为主要阵地，历经白话文学、国民文学、平民文学、劳工文学，以及"为人生"的文学、"文学民众化"论争等一系列理论倡导，初步显示出对文学与大众现实联系的关注。

语言是文学传情达意的工具，文学思想观念的革新须以外在形式的改造为基本前提，因而语言层面的探索总是鲜明地活跃在每一次文学更新的节点上。五四文学最初也是从形式的革新逐步深入新文学内在精神的建构的。新文学以反对封建旧文学为旨归，那么首先会从反对封建旧文体——文言文来着眼提倡新文学，由此胡适倡导的白话文学应运而生。在文学历史进化论的影响下，胡适认为白话文学是"中国文学之正宗"，同时要"言之有物""不避俗字俗语"。这表明新文学倡导者试图摆脱文言旧文学空谈高蹈的不切之风，从而让文学回归现实、接近大众。遵循语言工具的革新思路，胡适又提出"国语的文学""文学的国语"的主张，由此把国语运动与白话文学运动结合起来，追求"言文一致"，从而建设现代民族的统一语言。最终，白话语体的确立不仅对广泛传播现代价值观念、促进中国社会的现代转型产生了深远影响，而且就其本身所具有的民主、平等、普遍特性，使得文学更易于与普通大众发生现实的对话交流，因而在某种程度上也成为推动整个20世纪中国文学大众化向前发展的有力武器。

随着新文学的发展，文学建设必然会由外在形式的探索进入内涵精神的掘进。陈独秀提倡"三大主义"，即"推倒雕琢的阿谀的贵族文学，建设平易的抒情的国民文学"，"推倒陈腐的铺张的古典文学，建设新鲜的立诚的写实文学"，"推倒迂晦的艰涩的山林文学，建设明了的通俗的社会文学"，[①]表明了新文学不同于贵族旧文学的平民立场与写实精神，以及与之相应的平实鲜活、通俗畅达的审美形态，这利于将新文学导向反映现实走向大众的创作道路。之后，周作人提纲挈领地指出新旧文学相区别的精神内核——人的文学，从而鲜明地指出新文学是一种"为人生"的文学，是重新发现人的价值、促进个体理性觉醒、培养独立人格的人学，由此新文学承担起了启蒙大众、重塑国民性的历史重任。在"人的文学"的基础上，周作人又提出"平民文学"的理念，提出新文学要面向平民，反映民众普遍真实的现实生活以及真挚的思想情感的创作要求，这对文学大众化的发展具有重要的先导意义。直到"五四"后期，李大钊提出新文学"是为社会写实的文学，不是为个人造名的文学；是以博爱心为基础的文学，不是以好名心为基础的文学"[②]，这标志着早期革命文

---

① 陈独秀：《文学革命论》，载《新青年》1917年第6期。
② 李大钊：《什么是新文学》，见中国李大钊研究会编注：《李大钊全集》（第3卷），人民出版社2006年版，第129页。

学倡导者同情无产阶级劳苦大众、表现共产主义革命理想的劳工文学理念的兴起，对之后左翼时期革命文学大众化产生了重要影响。

五四启蒙文学大众化观念的形成还包括"文学民众化"论争阶段。"文学民众化"论争起因于戏剧《华伦夫人之职业》演出失利引发的关于戏剧理念的反思，其倡导者提出改造传统文明戏、提倡现代爱美剧的戏剧改良要求，最终民众戏剧社的成立切实推动了爱美剧这种富有时代精神的社会写实剧的创作，从而加强了戏剧与普通民众的现实关系，确立了戏剧启蒙大众的通俗化艺术形态。之后，《文学旬刊》专门开辟了《民众文学》讨论栏目，与此同时，代表人物俞平伯、朱自清等人围绕"民众"内涵以及文学能否走向民众化进行了论争。俞平伯从思想启蒙角度界定"民众"的内涵，将其视为与现代知识分子相对的一个文化知识水平较低的群体，同时认为，对文学作品进行从形式到精神上的通俗化、趣味化处理是可以让文学全部走向民众化的。而朱自清从社会启蒙现状出发，认为不同阶层的民众认识深广度不一，因而民众带有了阶级性意味，相应地，民众文学只是专门为低水平的普通民众创作的，而文学也只是部分地走向民众化。可见，"文学民众化"论争带有五四时期鲜明的启蒙色彩，也初步注意到了在文学走向大众化的过程中文学创作与文学接受的双向性关系，即一方面文学承担着启蒙大众精神理性的责任，另一方面要考虑到大众的实际接受水平，从而要求对文学进行通俗化处理，这对中国文学大众化的现代启动具有重要意义。

五四新文学创作在启蒙文学大众化观念的影响下初步表现出反映现实、接近大众的努力。在诗歌领域，胡适提出"诗体大解放"的创作主张，要求把新诗从古典诗歌形式主义的樊篱中解放出来，从而突破诗歌外在平仄押韵、对仗工整等格律形式的限制，走向诗歌语言的通俗口语化、形式的散文自由化以及风格的平实质朴化。由此，五四时期诞生了胡适、俞平伯、刘半农、沈尹默、刘大白、郭沫若等人的早期白话新诗创作，对诗歌脱离古典主义的贵族化、走向现实主义的平民化产生了重要影响。同时，由于传统诗歌蜕变为现代新诗的艰难过程，加之五四时期迫切需要思想启蒙的历史使命，早期白话诗难免具有重理少情、浅率粗俗的概念化、散漫化倾向，但是相对于古典诗歌而言，还是向大众生活切实地靠近了一步。值得一提的是，"五四"后期由北大歌谣研究会发起、以《歌谣》周刊为阵地的歌谣化运动对新诗走向通俗化的民间立场、民族化的风格特色具有重要的启示意义。但是，此次歌谣化运动主要以搜集、整理、研究民间歌谣为主，将歌谣作为民俗文化资源进行学术研究的倾向远远大于将其作为文学艺术进行创作的热情，因而整体上仍囿于精英知识分子的理论探讨层面。不过，歌谣体新诗创作还是取得了一定的成绩，其中的突出代表是刘半农以江阴方言为主创作的民谣体与刘大白以儿歌形式为主创作的歌谣体，都表现出真挚质朴、明快流畅的特点，符合了大众的艺术趣味，贴近了大众。

在小说领域，鲁迅的小说创作呈现出鲜明的启蒙文学大众化特点。鲁迅以清醒的现实主义批判精神与现代理性启蒙思想来创作小说，于农民、知识分子两大富有启蒙特色的时代题材中开掘出批判劣根性、改造国民性、妇女解放等现代性主题，从而使小说创作带有了强烈的启蒙大众化特点。具体而言，鲁迅的小说创作始终立足于中国的现实农村，注重在半殖民地半封建落后闭塞的典型环境中塑造广大国民愚昧盲目又怯懦保守、自高自大又自卑自贱的典型性格，同时在启蒙与被启蒙的历史性矛盾叙述中突显知识分子启蒙维艰的悲剧命运与庸众、看客丧失独立人格、自由意志的病态灵魂，从而完成改造国民劣根性的思想启蒙主题。《阿Q正传》是改造国民性的小说典范，鲁迅通过对阿Q精神胜利法的病态性格分析，表现了国民愚昧麻木、自轻自贱的普遍文化心理，同时在对阿Q劣根性的讽刺批判中寄予了对国民健全人格重塑的渴望。《祝福》通过表现农村妇女由于封建思想的禁锢而导致精神崩溃直至走向自我毁灭的悲剧，同样包含了鲁迅沉重而又尖刻的国民性改造主旨。《孤独者》则以知识分子由热情激进到孤独绝望再到复仇毁灭的精神历程，来揭示巨大的封建传统惰性以及可怕的民族无意识氛围对先觉者的毁灭力量，暗含着鲁迅激发群体意识觉醒、探求社会解放的执着精神。鲁迅小说的启蒙大众化特点除了内蕴层面"立人"思想的现代性观照外，还体现在艺术层面对大众传统审美趣味的关注上,从而使小说增添了民族化的风格特色。首先,在小说表现手法上,鲁迅十分注重对《儒林外史》等古典小说讽刺艺术的借鉴,从而在继承现实主义原则的基础上发展了具有现代意味的反讽艺术;其次,在人物形象刻画上,鲁迅有意识地继承了古典小说的白描手法,追求似中国旧戏、年画般简约鲜明的效果,比如擅用人物特征借代法(如"花白胡子""三角脸""驼背"等)来描摹社会众生相,也擅用"画眼睛"来简练传神地刻画生动鲜明的人物形象;再次,在语言风格上,鲁迅考虑到了中国人的传统阅读习惯,要求语言"采说书而去其油滑,听闲谈而去其散漫"[①],即语言要在通俗晓畅的基础上追求简练严明的效果。总之,鲁迅首次在中国现代文学史上将农民视为主人公而加以文学艺术化呈现,同时在国民性重建的探索中,始终坚持着"为人生"的现实主义创作原则,始终保持着对中国大众"哀其不幸,怒其不争"的人道主义同情与不遗余力的启蒙热忱。这些都表明鲁迅作为知识分子具有底层平民关怀意识及强烈的社会责任感,因此其小说创作对中国文学大众化、民族化的走向具有重要的先导意义。

五四时期,文学研究会主要成员创作的问题小说、乡土小说等"为人生"的现实主义小说,作为人道主义、民主主义等启蒙思潮与时代精神、社会现实相结合的创作潮流,同样体现了启蒙文学大众化的特点。五四时期的问题小说以探讨妇女、知识分子、家庭、婚恋、教育等一系列根本的社会人生问题为旨归,传达出作家对现实社会的真切思考以及对普通人生存状态的初步关注,从而彰显了"人的文学"的时代精神。虽然五四时期的问题小说一定程度上存在着思想性大于形象性以及只提出问题而不解决问题的概念化、简单化创作弊端,但是作为"近代平民文学的出产物"[②],问题小说对中国小说打破封建等级观念、走向现代平民意识具有重要的现实意义,从而推动了中国小说表现现实人生、关怀普通大众的现实主义平民精神的发展。五四时期的乡土小说通过

---

① 鲁迅:《关于翻译的通信》,见《鲁迅全集》(第4卷),人民文学出版社1981年版,第384页。
② 仲密(周作人):《中国小说里的男女问题》,载《每周评论》1919年第7期。

真切描写农村现实、乡土风情、民间疾苦，传达了作家对封建宗法制影响下的农民精神劣根性的批判以及对农民人道主义的同情，因而带有鲜明的启蒙色彩与平民主义精神。同时，乡土小说以浓郁的地方色彩与乡土气息，初步形成了民族化的风格特色。总之，五四时期的乡土小说不仅继承了鲁迅描写农村题材的传统，也深刻影响了之后农村题材的小说创作（如东北作家群的小说、沈从文的湘西小说、赵树理的山药蛋派小说、孙犁的荷花淀派小说等），这对中国文学平民化现代品格的形成以及民族化风格流派的发展具有重大意义，因而乡土小说是中国文学大众化发展进程中的关键一环。

可见，五四启蒙文学以鲜明的人道主义、平民意识表现出了对社会人生、普通大众的初步关注，从而使得中国文学逐步摆脱古典主义的贵族化，走向现代主义的平民化，这不仅正式拉开了中国文学大众化的历史帷幕，也正式启动了中国文学现代化的历史进程。

（二）五四文学大众化的特征与局限

五四时期，文学大众化主要是一种文化启蒙形态的大众化。在救亡图存的历史背景以及社会改良的政治诉求下，五四文学大众化继承了晚清文学的精英启蒙意识，但在思想革命的时代要求以及价值重估的西方现代文化思潮影响下，转向了对大众的文化启蒙，从而激发了大众的精神理性。在文学大众化言说对象上，五四时期"大众"的内涵基本属于人性范畴，主要指涉平民以及具有独立人格的现代国民，体现了知识分子对大众进行精神启蒙从而塑造理想国民性的现代想象，正如鲁迅所言：

> 凡是愚弱的国民，即使体格如何健全，如何茁壮，也只能做毫无意义的示众的材料和看客，病死多少是不必以为不幸的。所以我们的第一要著，是在改变他们的精神，而善于改变精神的是，我那时以为当然要推文艺，于是想提倡文艺运动了。①

---

① 鲁迅：《〈呐喊〉自序》，见《鲁迅全集》（第1卷），人民文学出版社1981年版，第417页。

在文学大众化言说主体上,五四时期的知识分子以融贯中西的文化自豪感来从事化大众的高雅文学创作,带有强烈的精英启蒙意识。在文学大众化言说方式上,五四时期在语言层面,追求"言文一致",开展现代白话文运动,以通俗晓畅的白话文来反对贵族化的文言文,从而带有民主化、平等化的现代意味;在形式层面,追求文体解放,创作早期白话诗、自由体诗以及白话小说,从而显示了平民化、通俗化的价值追求;在艺术手法层面,鲁迅的小说创作自觉借鉴古典小说的讽刺、白描等手法,体现了对大众传统审美趣味的关注以及对文学民族化风格特色的追求。

五四启蒙文学还只是一种不成熟的过渡形态,一方面在晚清文学大众化的基础上呈现出新的阶段特征,表现出新文学与大众相结合的倾向性,显示出脱离贵族化、走向平民化、追求民族化的现代性品格;另一方面其存在着局限性,以至于左翼文学大众化对其进行了反驳与调整。

伴随着民主、平等、个性解放等现代价值观念的深入,五四启蒙文学大众化由晚清的政治立场转向了文化立场,在启蒙者与被启蒙者之间相较于晚清带有了更多平等交流的意味,正如研究者指出的:"启蒙者(知识精英)并非要将受启蒙者(大众)提高到一种更高贵的'他者'水平上去,而是帮助受启蒙者恢复自己本有的理性,使他自己解放自己。因而,启蒙是现代公民平等人格之间的交往,是潜在(而被压抑)的公民自我意识的唤醒。"[1]因而五四平民文学观念中所包含的民主平等、个体自由、人格独立等启蒙大众的价值观是难能可贵的,然而很快湮没在之后兴起的革命/阶级大众化的浪潮中。

五四启蒙文学仍与大众生活保持着很大距离,以至于之后的革命文学倡导者屡次批判其脱离大众的创作倾向。我们固然不能对五四启蒙文学求全责备,但其在"大众"内涵的界定以及大众化语言、形式、艺术手法等方面确实存在着不足之处。

首先,五四启蒙文学主要从精英知识分子的立场来观照"大众"内涵。

---

[1] 尤西林:《20世纪中国"文艺大众化"思潮的现代性嬗变》,载《文学评论》2005年第4期。

五四启蒙文学在晚清"国民"的普遍性概念基础上,增加了"平民"的平等性维度,即主要从贵族阶层的对立面来界定"大众"内涵,如胡适指出:"今日的贫民社会,如工厂之男女工人,人力车夫,内地农家,种处小负贩及小店铺,一切痛苦情形,都不曾在文学上占一位置。"①然而,这种平民化的大众界定却带有知识分子强烈的自上而下的启蒙色彩,如周作人在提倡"平民文学"时,明确强调平民只是一种普遍、真挚的文学精神的体现,并不意味着知识分子与大众身份界限的消除,同时指出"平民文学决不单是通俗文学。……他的目的,并非要想将人类的思想趣味,竭力按下,同平民一样,乃是想将平民的生活提高,得到适当的一个地位。……所以平民的文学,现在也不必个个'田夫野老'都可领会"②,鲜明地表达了知识分子化大众的理性启蒙观念以及对精英文学高雅审美格调的青睐。可见,由于特定时代文化的影响,五四时期的知识分子或多或少带有自我定位的优越感以及文化身份的自豪感,从而表现出对文学高雅趣味的审美追求,相应地忽略了对大众实际接受能力与审美习惯的考虑。

其次,五四启蒙文学对大众化语言、形式的具体要求还缺乏应有的关注。一方面,胡适所倡导的白话语体,相较于传统文言具有了民主平等的文学精神与广泛普适的语体特征,利于让普通大众有机会参与到文学创作与接受的实践活动中,从而便于加强文学与大众的联系;同时把白话这种源于民间通俗文化的语体上升到国语的地位,利于文学雅俗审美观念的现代性更新,从而促进文学通俗化、大众化的发展。另一方面,我们应该注意到五四时期精英知识分子所倡导的这种白话语体,只是介于欧化与通俗化之间的一种复杂的语言形态,"是一种口语、欧化句法和古代典故的混合物"③,也就是说,白话文学仍带有强烈的高雅文学趣味,与当时知识水平较低的普通大众存在着很大距离。与此同时,五四启蒙文学在形式技巧、表现手法等创作方面呈现出欧化特点,比

---

① 胡适:《建设的文学革命论》,载《新青年》1918年第4期。
② 仲密:《平民文学》,载《每周评论》1919年第5期。
③ 费正清:《剑桥中华民国史》(上卷),中国社会科学出版社1994年版,第528页。

如结构布局的穿插、倒序，故事情节的不连贯、不完整，人物形象少动作、语言的动态描写而多心理、景物的静态描写等。虽然欧化笔法在一定程度上使文学创作更具艺术创新性，也更利于独特思想情感的个性化表达，但是很难取得深受中国传统审美习惯影响的广大民众的理解与认同，从而导致文学创作脱离大众的倾向。

实际上，五四文学作为中国现代化的思想启蒙运动，从一开始就包含着启蒙者与被启蒙者之间深刻的历史矛盾，也就是精英知识分子启蒙大众与为大众所理解、所接受的矛盾：一方面，精英知识分子以化大众的方式进行文化启蒙来唤醒国民的理性意识，进而改造国民劣根性，推动中国社会的现代性转型；另一方面，由于长期备受阶级压迫、经济剥削以及社会教育等现实条件的制约，大众整体的文化水平、知识层次相对较低，从而限制了大众对五四文学的接受能力与理解程度，最终导致五四文学与大众产生隔膜。正如评论家所言：

> 中国现代一部分作家曾力求以"写大众"实现"为大众"。……在"为大众"与"写大众"之间，在"写大众"与"被大众读"之间，潜存着深刻的矛盾。拿鲁迅的创作来说，没有人怀疑他为大众而"呐喊"的动机，但他的《呐喊》不是写给华老栓们、闰土们而是写给他期望中的"疗救者"的，而大众无法理解鲁迅为他们进行的"呐喊"也绝不单由于表现形式的隔膜。鲁迅提倡和向往"文艺的大众化"，但是，就他最重要的作品来说，无论怎样对其施行通俗化处理（除非砍删和扭曲原作最宝贵的内涵），也难以获得普及性效果。[1]

这表明了文学大众化进程中潜藏着化大众与大众化、精英意识与大众意识、现代性与通俗性等一系列深刻的历史矛盾，而只有在文学大众化主客观条件都趋于成熟时，才能使上述矛盾在张力结构中趋于平衡，进而才能实现文学大众化的历史目标。

---

[1] 刘纳：《从五四走来：刘纳学术随笔自选集》，福建教育出版社2000年版，第133—134页。

作为中国文学大众化的现代性启动阶段，五四启蒙文学既面临着从古典文学艰难蜕变的文化转型任务，又面临着从世界文学寻求对话的文化建设任务，因而文学于平民意识、人文精神中所包含的关注大众的努力，本身就具有重大的历史意义。在此基础上，20世纪中国文学大众化结合新的时代发展要求才逐步具有了燎原之势。

三、左翼文学大众化：革命教化

从文学革命到革命文学，中国文学大众化由文化启蒙立场转向了革命教化立场，同时"大众"的内涵由强调独立人格的现代国民转向了强调革命意志的工农大众。而左翼文学大众化的兴起则是多种因素合力的结果，既包含时代政治变革、外来社会思潮影响等外部性因素，也包含文学自身发展规律演变的内部性因素。

就中国文学发展的外部性因素而言，首先，左翼文学大众化是对无产阶级革命政治性诉求的回应，即无产阶级革命需要发挥大众作为革命主体与历史创造者的能动性作用，那么反映到文学领域则必然要求作家以表现大众为核心，从而唤醒大众的革命意志，推动无产阶级革命的历史进程。同时，左翼文学大众化是30年代中国社会民族矛盾与阶级矛盾共同激化的产物。九一八事变后，日本加紧侵华的危机情势与国民党实行的白色恐怖统治，使得革命文学家意识到建立无产阶级革命联合战线以挽救民族危机、改变社会现状的迫切重要性，于是相应地要求革命文学走向动员大众投身革命的大众化方向。此外，左翼文学大众化受到国际马克思主义思想的深刻影响，尤其是列宁"文学属于大众"思想的影响，从而在加强文学与大众联系的同时，强化了文学的社会功用。

就中国文学自身演变而言，左翼文学是对五四文学远离大众创作倾向的反拨，是在反思五四文学的基础上结合时代发展要求对文学做出的内部性结构调整。一方面，五四文学对贵族旧文学的激烈反叛实现了对传统雅俗对抗观念的历史性突破，虽然一定程度上使得文学具有了通俗化的品格，但仍囿于现代精英知识分子所主导的高雅文学范畴，由此左翼文学在新的革命时代发展要求下便力求打破五四文学精英化的壁垒，使文学进一步走向大众化。另一方面，1920年代后期的普罗文学作为无产阶级革命文学的早期形态，直接推动了左翼文学大众化的发展。

（一）早期革命文学论争中的大众化思想

1920年代后期，创造社、太阳社主要成员以及茅盾、鲁迅等革命文学家以《创造月刊》《太阳月刊》《语丝》等刊物为主要阵地，围绕革命文学的性质、目的、创作要求，以及革命文学政治性与艺术性关系等问题展开了早期革命文学的论争，而论争过程本身就包含着革命文学大众化的思想倾向，最终林伯修于1929年明确系统地阐明了革命文学大众化理论，从而为之后左翼文学大众化的兴起奠定了基础。

关于革命文学性质的判定，革命文学家普遍强调文学的无产阶级意识形态性与集体主义时代精神。郭沫若在《革命与文学》中鲜明地判定了革命文学的阶级属性与意识形态，蒋光慈在《关于革命文学》中也强调了革命文学与个人主义立场相对的集体主义立场以及与普遍人性立场相对的阶级性立场。关于革命文学的目的，革命文学家明确提出"为革命而文学"的理念，从而使得革命文学带有强烈的政治功利色彩。革命文学家基于对文学作为社会改造的工具、阶级斗争的武器的社会功用价值的判定，加之受到大众是革命主体、历史创造者的唯物史观影响，从而强调革命文学政治斗争实践性的特点与革命文学大众化的方向。也就是说，革命文学要宣传革命思想，促进大众的阶级意识觉醒，唤起大众的反抗情绪，推动大众的革命意志，进而动员大众参与革命斗争实践并最终实现自我解放。

早期革命文学倡导者还从作家、文本、大众三个层面探讨了革命文学具体的创作要求。在作家层面，早期革命文学要求创作者获得无产阶级意识，从而"克服自己的小资产阶级的根性"[1]，走向大众，表现大众，同时要求文学

---

[1] 成仿吾：《从文学革命到革命文学》，见北京大学、北京师范大学、北京师范学院中文系中国现代文学教研室主编：《文学运动史料选》（第2册），上海教育出版社1979年版，第22页。

家参与实际的革命斗争性实践,实现自身生活的普罗化,这表明早期革命文学已经注意到了作家阶级立场转变的问题。在文本层面,早期革命文学要求在内容上再现大众生活,表现大众的思想、情感、意志,以巩固无产阶级革命统一战线;相应地在形式上要求"先把大众所爱护的文艺的形式细心地研究着,批判地接受过来"①,这为日后文学大众化屡次提倡旧形式的利用奠定了基础;同时,在创作方法上提倡新写实主义,以无产阶级的集体主义立场观照大众心理,表现大众欲求,可见早期革命文学已初步考虑到大众的接受能力与审美爱好。此外,在大众层面上,早期革命文学注意到对大众自身文化水平的提高,指出"只有一方面由大众的文化的培养,他方面由作者向大众的无限的接近的努力,普罗列塔利亚文学才能完成它的任务"②,表明了对文学大众化作为一种作家与大众双向互动性活动的早期认识。

早期革命文学论争虽然包含了革命文学大众化的倾向,然而在大众化基本问题上仍缺乏统一的理论认知,从而呈现出零碎化与片面性的认知特点。首先,革命文学家对"大众"的内涵认识模糊,存在着人性/阶级性归属判定的分歧。郁达夫在创办《大众文艺》时指出"文艺是大众的,文艺是为大众的,文艺也须是关于大众的。西洋人所说的:'By the people, for the people, of the people.'的这句话,我们到现在也承认是真的"③,表明了大众的普遍人性立场,仍属于五四时期"人的文学"的文化启蒙范畴。然而郁达夫这种人性立场很快遭到革命文学家阶级性立场的批判,从而呈现出"大众"内涵的启蒙与革命、人性与阶级的对立。之后,林伯修以一种相对客观的态度表示:"普罗文学所要接近的大众,在社会底阶级构成很是复杂的现阶段的中国,决不是单指劳苦的工农大众,也不是抽象的无差别的一般大众……而是指那由各个的工人,农民,兵士,小有产者等等所构成的各种各色的大众层。"④可见,这

---

① 林伯修:《1929年急待解决的几个关于文艺的问题》,载《海风周报》1929年第12期。
② 石厚生:《革命文学的展望》,载《我们》1928年创刊号。
③ 达夫:《大众文艺释名》,载《大众文艺》1928年第1期。
④ 林伯修:《1929年急待解决的几个关于文艺的问题》,载《海风周报》1929年第12期。

种根据中国社会实际现状来分析而不仅从阶级属性去判定的认知使大众化对象范围开始扩大。其次，早期革命文学表现出政治宣传性大于艺术创造性的创作偏颇。鲁迅曾就文学政治性与艺术性的关系问题发表看法："一切文艺固是宣传，而一切宣传却并非全是文艺"①，强调文学社会功用价值的发挥必须以一定的艺术价值为基础，然而中国早期革命文学却陷入了空洞的政治宣传，从而偏离了文学的真实。再次，早期革命文学表现出理论脱离实践的倾向，也就是说，其理论目标与实际效果并不相符，仍与大众存在隔膜。对此，茅盾做出反思："六七年来的'新文艺'运动虽然产生了若干作品，然而并未走进群众里去，还只是青年学生的读物；因为'新文艺'没有广大的群众基础为地盘，所以六七年来不能长成为推动社会的势力。"②可见，早期革命文学并未真正唤醒劳苦大众的无产阶级意识，仍与大众存在着距离，因而不能深入大众，也就不能实现社会改造的既定目标。

而早期革命文学脱离实践、远离大众的原因又是多方面的。就文学创作者而言，早期革命文学家大多是青年知识分子，空有满腹革命热情而缺乏深入社会的实践经验，同时固守小资产阶级的个人主义立场，不能深入群众生活反映现实欲求，进而导致文学创作流于浅薄与概念化。鲁迅就曾指出革命文学家这种脱离群众生活的空谈主义倾向："不相信住洋房，喝咖啡，却道'唯我把握住了无产阶级意识，所以我是真的无产者'的革命文学者"③。就文学接受者而言，当时的劳苦大众由于知识水平、理解能力的限制，文学欣赏水平仍然较低，因而并不能够成为革命文学真正的实际受众群体。对此，当时就有人指出，"现在中国即使有革命文学，……即使宣传，用农工大众的意识作中心，

---

① 鲁迅：《文艺与革命》，见《鲁迅全集》（第4卷），人民文学出版社1981年版，第84页。
② 茅盾：《从牯岭到东京》，见北京大学、北京师范大学、北京师范学院中文系中国现代文学教研室主编：《文学运动史料选》（第2册），上海教育出版社1979年版，第148页。
③ 鲁迅：《通信其二》，载《语丝》1928年第34期。

但读书的人们还是依旧喜欢读'性史'，意识似乎是永不易改掉"①，便说明早期革命文学并未真正达到启蒙大众阶级意识的目的，同时并未践行通俗化的理论目标。

总之，早期革命文学作为无产阶级文学的幼稚形态，已初步暗示了革命文学走向大众化的趋势，只是由于时代、政治、文学修养等一系列主客观条件的制约，在实践上未能真正通往大众化、通俗化的方向。正如鲁迅所言："旧社会将近崩坏之际，是常常会有近似带革命性的作品出现的，然而其实并非真的革命文学"，因为"各种文学，都是应环境而产生的，推崇文艺的人，虽喜欢说文艺足以煽起风波来，但在事实上，却是政治先行，文艺后变"。②

（二）左翼文学大众化的理论深化

左翼文学大众化理论在早期革命文学零散性的基础上进一步走向系统性，从而显示了文学大众化理论的深化。经过三次文学大众化讨论，左翼文学家加深了对"大众化"内涵特点、创作要求与建设实施等各个环节的理论认知，从而为延安文学大众化的理论成熟奠定了基础。

第一次文学大众化讨论以《大众文艺》1930年第3、4期为主要阵地，围绕革命文学大众化的内涵意义、表现对象、创作要求等问题展开了广泛论争，并呈现出大众化的两种立场——政治大众化与启蒙大众化，其中以鲁迅的大众化观点最为深刻且富于启发。

在革命文学大众化内涵意义的探讨上，左翼文学家就呈现出政治阶级立场与文化启蒙立场相对的特点。一方认为，大众文学是"教导大众的文艺"③，大众文学的任务是"结合新兴阶级底感情，意志，思想，更予以发扬，光大，使得以加增它本身实际斗争的力量。同时，再推动一般能与新兴阶级联合的大众"④，强调了革命文学联合大众进行阶级斗争的革命统一战线性质与现实政

---

① 李作宾：《革命文学运动的观察》，载《文学周报》1928年第332期。
② 鲁迅：《现今新文学的概观》，载《未名半月刊》1929年第8期。
③ 郭沫若：《新兴大众文艺的认识》，载《大众文艺》1930年第3期。
④ 王独清：《要制作大众化的文艺》，载《大众文艺》1930年第3期。

治功利性目的；另一方认为，大众文学要"挤掉一些陈腐的劳什子"①，大众文学是"真正的启蒙文学"②，表明了大众化的文化启蒙立场，强调大众能够获得真正属于自己的文学。然而在"左"倾思想的时代影响下，革命文学大众化的政治阶级立场还是占据了主导地位。

关于革命文学大众化的表现对象，左翼文学家的判定还是着眼于大众的阶级属性与意识形态，如认为"大众乃无产阶级内的大多数人……大众是被支配阶级和被榨取者的一大群"③，可见大众仅被限制在无产阶级的意识形态范围内，强调其自身所带有的阶级压迫性与革命反抗性。

左翼文学家还从创作者、文本、接受者三个层面探讨了革命文学大众化的具体创作要求。在创作者层面，左翼文学大众化已暗示出两条路线：一是工农大众作家的培养，一是知识分子作家走向大众、深入生活的实践性学习。就前者而言，左翼文学家认为"大众文学的作家，应该是由大众中间出身的：至少这是原则。惟其由大众出身的作家，才能具有大众的意识，大众的生活感情；所以也只有他们才能表现大众所欲表现的东西"④，从而强调了大众出身的作家对大众生活实感的真切把握，对从事文学大众化创作的重要意义。由此，左翼时期便十分注重开展工农兵通讯运动。就后者而言，左翼文学家认为："要有能使大众理解——看得懂——的作品，这不能不要求我们的作家在群众生活中认识他们的生活，也只有这样才能够具体的表现出来。"⑤也就是说，知识分子作家从事革命文学创作，必须实际地参与革命实践、深入大众现实生活，从而一方面努力地获取大众真实的思想意识、情感欲求，另一方面自觉地学习大众惯用的语言特点与情感表现方式，才能够实现革命文学大众化的目标。在文本层面，左翼文学家意识到了对大众接受能力、理解水平、审美爱好等因素

---

① 鲁迅：《文艺的大众化》，载《大众文艺》1930年第3期。
② 郑伯奇：《关于文学大众化的问题》，载《大众文艺》1930年第3期。
③ 陶晶孙：《大众化文艺》，载《大众文艺》1930年第3期。
④ 郑伯奇：《关于文学大众化的问题》，载《大众文艺》1930年第3期。
⑤ 冯乃超：《大众化的问题》，载《大众文艺》1930年第3期。

的考虑，如"不能使大众理解，不能使大众爱好的，决不是大众的文学"①，"'文艺是必须要带着普遍的大众性的'……总要使大众能看得懂，大众能了解才行"②；也注意到了对革命文学大众化文本在语言形式方面的通俗性要求，如"大众所爱好的是平易，是真实，是简单明了。……大众所欢迎的文学，无条件的是普罗列塔利亚写实主义的文学。……大众当然爱好自己所惯用的言语"③，"应该多有为大众设想的作家，竭力来作浅显易解的作品，使大家能懂，爱看"④。同时，鲁迅、郁达夫等人在大众化文本通俗性要求的基础上，进一步强调大众化文本不能趋于媚俗化与卑劣化，从而表现出对大众化文本创作倾向的及时反思与辩证思考。鲁迅在《文艺的大众化》一文中强调，文学的通俗性要以一定的艺术性保证为前提，而不能一味地迁就大众的欣赏水平，这表明了文学的通俗化不等同于媚俗化的鲜明立场。同时，郁达夫在《我希望于大众文艺的》一文中强调，文学的大众化不等同于卑劣化，不能陷入浅薄庸俗的功利主义。在文学接受者层面，鲁迅鲜明地指出："读者也应该有相当的程度。首先是识字，其次是有普通的大体的知识，而思想和情感，也须大抵达到相当的水平线。否则，和文艺即不能发生关系。"⑤鲁迅注意到了对当时大众实际接受能力的客观估计，强调大众要有必要的文化知识水平与思想情感体认，才有机会与文学发生现实性的联系，与很多左翼作家简单地从理论层面空谈大众的接受能力相比更具科学性。

此次讨论，尤其强调了文学创作要考虑大众接受水平与审美习惯等因素，有利于推动革命文学进一步走向通俗化、大众化，然而整体上却呈现出政治功利性大于艺术审美性的理论偏颇，同时普遍缺乏对革命文学大众化现实实施条件的正确估计。鲁迅却发人深省地指出："倘若此刻就要全部大众化，只是空谈。……若是大规模的设施，就必须政治之力的帮助，一条腿是走不成路

---

① 沈端先：《所谓"大众化"的问题》，载《大众文艺》1930年第3期。
② 郁达夫：《我希望于大众文艺的》，载《大众文艺》1930年第4期。
③ 郑伯奇：《关于文学大众化的问题》，载《大众文艺》1930年第3期。
④ 鲁迅：《文艺的大众化》，载《大众文艺》1930年第3期。
⑤ 鲁迅：《文艺的大众化》，载《大众文艺》1930年第3期。

的"①。清醒地说明了革命文学大众化在当时政治环境中的局限性,以及切实实现的长期艰巨性。

第二次文学大众化讨论以《文学》《文学月报》《北斗》等杂志为主要阵地,在第一次讨论明确了革命文学大众化是什么的基础上进一步探讨怎么做,即具体创作要求与实践途径。瞿秋白、茅盾、周扬等人围绕革命文学大众化的语言、表现技巧、形式、题材等具体要求进行了论争,同时涉及对五四文学的历史评价、对旧形式的利用以及对文学大众性与艺术性关系的处理等重要问题的探讨,而在此过程中同样表现出政治大众化与启蒙大众化两种立场。

此次讨论以瞿秋白、茅盾的"文字""技术"论战最为引人注目。瞿秋白以革命政治家身份介入文学大众化论争,以鲜明的政治大众化立场与强烈的阶级对抗意识,极力否认资产阶级的五四文学而大力提倡无产阶级的文学革命,从而使得大众化论争带有了激进的革命政治色彩。在语言层面,瞿秋白主张进行一场历经文言—白话—俗语的二次文字革命,以此反对"五四"资产阶级的白话,认为"五四时期的文学革命,要想推行所谓'白话文',……是失败了,是没有完成它的任务,是产生了一个非驴非马的新式白话"②,同时提倡无产阶级的俗语文学革命,就是提倡"新兴(无产)阶级普通话"③与"方言文学",并进一步废除汉字以实现文字拼音化。在此过程中,瞿秋白提倡的俗语文学革命是与大众文学运动紧密相连的,最终是要"创造出劳动民众自己的文学的言语……一种各省人共同的普通中国话的白话文"。④可见,瞿秋白在突出强调无产阶级对大众文学领导权的同时,对五四文学的历史功绩评价过低甚至出现偏颇,其间渗透着强烈的政治运动倾向而不是单纯的文学革新意

---

① 鲁迅:《文艺的大众化》,载《大众文艺》1930年第3期。
② 史铁儿:《普洛大众文艺的现实问题》,见北京大学、北京师范大学、北京师范学院中文系中国现代文学教研室主编:《文学运动史料选》(第2册),上海教育出版社1979年版,第374页。
③ 宋阳:《大众文艺的问题》,见北京大学、北京师范大学、北京师范学院中文系中国现代文学教研室主编:《文学运动史料选》(第2册),上海教育出版社1979年版,第396页。
④ 宋阳:《再论大众文艺答止敬》,载《文学月报》1932年第3期。

识。瞿秋白提倡的所谓无产阶级的普通话实际上忽略了语言革新的社会情形复杂性与现实条件制约性,这一点被茅盾(止敬)切实地指出了:"新兴阶级中间流行着至少三种形式的'普通话'。一种是以上海土白为基本,……第二种是以'江北话'为基本,……第三种是'北方音'而上海腔的一种话。……即五方杂处的大都市如上海的新兴阶级的普通话还是一种上海白做骨子的'南方话'"①,因此新兴阶级中并没有全国范围内的"中国话",无产阶级的普通话只是一种空幻的想象形态。由此茅盾认为,发展大众文学仍须继承五四白话传统,同时指出发展大众文学"技术是主,文字是末",即要在白话的基础上进行通俗平易的技术处理才能肃清欧化倾向进而达到大众化目的,其间贯穿了启蒙大众化的辩证理性立场,对纠补激进的革命立场产生了一定的平衡作用。

由此可见,瞿秋白、茅盾的"文字""技术"论战涉及了对五四白话的历史评价的问题,其中革命大众化立场表现出否定"五四"的倾向,而启蒙大众化立场则注重对五四传统的继承。而"文字"与"技术"之争实质上表明了文学大众化的两种方式:革命的大众化与启蒙的化大众,即瞿秋白强调开展俗语的文字革命与工农兵通讯运动,从而使大众能够掌握并运用自己的语言来从事大众化作品的实际创作;茅盾则强调,知识分子作家要努力践行文本大众化要求,使得文本语言、表现技巧等逐步脱离欧化色彩从而为大众所理解、所接受,进而趋向通俗化、大众化目标。就30年代的中国社会政治现状以及大众自身的教育水平而言,显然瞿秋白的大众化设想缺乏实践的现实可行性,然而这种看似过激的大众化主张仍然切中了五四白话文学脱离大众的要害,对推进文学大众化理论产生了重要影响。

在形式层面,左翼文学大众化主要沿着两条思路展开:一是利用大众所熟悉的旧形式(说书、唱本、连环图画等),从中发展出大众文学的新形式;一是直接采用国际普罗革命文学的新形式(报告文学、墙头小说、大众朗诵诗等)。而第二次文学大众化讨论主要强调了对旧形式利用的问题。革命文学大

---

① 止敬:《问题中的大众文艺》,载《文学月报》1932年第2期。

众化着眼于对大众进行政治宣传与思想鼓动，因而为大众所熟悉所喜爱的旧形式利用问题很快被纳入现实功利主义的创作要求上来，同时基于对"五四"欧化形式脱离大众倾向的反拨，革命文学大众化自然地表现出对这种与大众有天然亲和力的旧形式的倚重。瞿秋白从旧形式所具备的广泛传播性与效果普及性出发，认为革命大众文学"应当是旧式体裁的故事小说，歌曲小调，歌剧和对话剧等，……还应当运用连环图画的形式；还应当竭力使一切作品能够成为口头朗诵，宣唱，讲演的底稿"①，从而明确提出了发展革命文学要利用旧形式的问题。在此基础上，瞿秋白进一步提出要利用旧形式在口头文学语言通俗性以及叙述方法浅显性方面的优点，来"逐渐的加入新的成分，养成群众的新的习惯，同着群众一块儿去提高艺术的程度"②，从而提出利用旧形式达到文学普及与提高相结合的问题。周扬基于对革命文学社会功用的判定，也提及利用旧形式的问题，以此来适应中国大众较低的文化水准，达到组织大众进行革命的目的，而后在大众文化普及的基础上再谈及提高的问题，从而使得利用旧形式问题带有了鲜明的革命应急策略性。此外，与旧形式利用的政治功用态度不同，鲁迅强调旧形式自身独特的文学艺术价值，指出"连环图画不但可以成为艺术，并且已经坐在'艺术之宫'的里面。至于这也和其他的文艺一样，要有好的内容和技术，那是不消说得的"③，表明发展大众文学要注重旧形式在普及性基础上的艺术性提高。之后，鲁迅将其更为精辟地概括为："旧形式是采取，必有所删除，既有删除，必有所增益，这结果是新形式的出现，也就是变革。"④表明了他对旧形式利用的扬弃态度，反对袭用旧形式，主张变革产生

---

① 史铁儿：《普洛大众文艺的现实问题》，见北京大学、北京师范大学、北京师范学院中文系中国现代文学教研室主编：《文学运动史料选》（第2册），上海教育出版社1979年版，第380页。
② 宋阳：《大众文艺的问题》，见北京大学、北京师范大学、北京师范学院中文系中国现代文学教研室主编：《文学运动史料选》（第2册），上海教育出版社1979年版，第396页。
③ 鲁迅：《"连环图画"辩护》，载《文学月报》1932年第4期。
④ 鲁迅：《论"旧形式的采用"》，见《鲁迅全集》（第6卷），人民文学出版社1981年版，第24页。

新形式。这种科学辩证观点有利于纠正旧形式利用过程中形上主义的偏颇，从而促进大众文学的健康发展。

在题材层面，革命文学大众化提倡运用唯物辩证法的革命现实主义来表现阶级政治斗争，以促进工农大众走向自我解放，因此斗争性、暴露性作品大量出现，同时导致创作的模式化、概念化。此外，本次讨论还涉及对革命文学大众性与艺术性关系问题的探讨，但整体上仍呈现为革命文学的社会价值大于艺术价值的功利主义色彩，带有强烈的时代政治色彩。

左翼文学大众化基于政治宣传、组织大众的社会功用价值的判定，首要地须考虑使用大众听得明白、看得懂的语言，因此继瞿秋白主张俗语文字革命之后，第三次文学大众化讨论旗帜鲜明地提出大众语语言文字改革的构想。此次讨论以《申报·自由谈》《中华日报》《太白》等杂志为主要阵地，围绕"大众语"的内涵、建设要求、实施条件等问题展开，其中涉及了大众语与白话、文言关系的探讨，显示了革命文学在语言层面实现大众化的努力。

大众语的兴起是文学语言变革与现实政治催促共同作用的结果。一方面，大众语的提出建立在对五四白话文脱离大众倾向的反思上，是为了让文学作品的语言进一步达到平白如话的效果，从而更为大众理解、接受；另一方面，大众语的提出带有反对国民党文化"围剿"的性质，是对"文言复兴"反动复古统治的坚决回击。

大众语内涵的探讨经历了一个由工具形式变革、意识内容更新到社会运动开展的由浅入深的演变过程。起初，大众语只是作为语言形式问题被提出："所谓大众语，包括大众说得出，听得懂，看得明白的语言文字"[①]，"要不违大家说得出，听得懂，写得顺手，看得明白的条件，才能说是大众语"[②]，强调大众语平白如话、明了易懂的形式特点。之后，大众语的内涵由外在形式

---

① 陈子展：《文言——白话——大众语》，见文振庭编：《文艺大众化问题讨论资料》，上海文艺出版社1987年版，第209页。
② 陈望道：《关于大众语文学的建设》，见文振庭编：《文艺大众化问题讨论资料》，上海文艺出版社1987年版，第212页。

进入内蕴意识层面:"'大众语'应该解释作'代表大众意识的语言'"①,强调了大众语作为一种语言工具所承载的前进意识的内容,从而使得大众语理论走向深入。最终,大众语又由文学语言问题扩展为社会文化运动问题,"大众语运动自始就是一个多方面的广泛的文化运动。在思想方面是'反封建',在文学方面是'白话文'的清洗与充实,在语言问题方面是'新中国语'的要求(指将来的全国一致的语言),而在适应大众解放斗争过程中文化上的需要是汉字拉丁化"②,可见大众语所包含的广泛的社会文化内容与鲜明的政治倾向性。

大众语的建设要求也是从创作者、文本、接受者三个层面展开讨论的。大众语的建设强调创作者要接近大众,了解大众的生活、情绪、意识,学习大众的语言、情感表达方式,从而创作出真正的大众文学。而大众语文本在通俗口语的基础上要求进一步走向"言文一致",进而提出使用"土话文字",甚至要求废除象形汉字实现拉丁化。此外,大众语的建设注重文本与受众的双向互动关系,因而在文本通俗性基础上强调大众自身文化水平的提高,由此提倡开展大众通讯运动与识字运动来与之配合。

在探讨大众语内涵与建设要求的过程中,还涉及对大众语、白话文、文言文相互关系的认识。一方面,三者同为语言工具,只有运用的广泛与否之分,"文言白话大众语,有容易普遍与不容易普遍之分"③,由此认为大众语应该是最具普遍性的语言工具;另一方面,三者作为不同的文体形态,实际上包含着对大众的不同态度,"文言文是反对大众的,通俗的白话文是混大众的,而大众语却即是大众的"④,表明文言文作为贵族特权阶级的文体形态是彻底脱

---

① 胡愈之:《关于大众语文》,见文振庭编:《文艺大众化问题讨论资料》,上海文艺出版社1987年版,第216页。
② 茅盾:《大众语运动的多面性》,见《茅盾全集》(第20卷),人民文学出版社1990年版,第216页。
③ 吴稚晖:《大众语万岁》,见文振庭编:《文艺大众化问题讨论资料》,上海文艺出版社1987年版,第302页。
④ 陈望道:《大众语论》,见文振庭编:《文艺大众化问题讨论资料》,上海文艺出版社1987年版,第291页。

离大众的，白话文作为通俗与高雅趣味并存的文体形态则部分地表现出远离大众的倾向，而大众语应该是完全结合大众的通俗文体。从中可见，大众语与文言文的关系是十分明朗的，发展大众语必须坚决反对文言文。而大众语与白话文的关系则相对复杂：一部分论者从"左"倾激进的革命立场出发，放大了白话文由于欧化笔法远离大众的弊端，从而认为发展大众语也要推翻白话文，并最终以"土话文字""汉字拉丁化"取而代之；另一部分论者从启蒙立场出发，坚持了"五四"的白话传统，认为大众语是白话文基础上的扬弃与调整，即主张使白话文进一步达到明白如话的效果，从而进一步接近大众、深入大众。而白话文之所以能够成为大众语建设的基础，是白话文毕竟包含着与大众相通的一面：就文学精神而言，白话文相对于文言文更具平等民主、广泛普适性，从而使其进一步接近大众成为可能；就语言组织特点而言，白话文的词汇语法相对准确精密，其中白话文的基本词汇与语法也构成了大众口语的基础部分，因而白话文有可能被大众学习掌握进而普遍运用。同时，白话文本身已经拥有了一部分知识水平较高的受众，这为白话文进一步实现普及奠定了群众基础。然而，白话文要真正发展成为大众语还需要各方面的调整与配合：首先需要白话文自身的扬弃，即白话文要力避欧化笔法，同时融入工农大众的日常口语，才能进一步走向通俗化；其次需要提高大众的思想文化水平来适应白话文的发展要求。

此外，此次讨论涉及对大众语实施条件的现实估计问题。一方面，大众语的实施具有现实可能性，"在交通繁盛，言语混杂的地方，又有一种语文，是比较普通的东西，它已经采用着新字汇，我想，这就是'大众语'的雏形，它的字汇和语法，即可以输进穷乡僻壤去。……这事情，由教育与交通，可以办得到"[①]，也就是说，一种地方性的较为普遍的语言形式，伴随着文化与经济的发展，是能够扩展为全国性的普及的语言形式的。另一方面，大众语的实施面临着现实制约性，这主要表现为大众语的提倡者缺乏纯粹的大众意识，

---

① 鲁迅：《答曹聚仁先生信》，见《鲁迅全集》（第6卷），人民文学出版社1981年版，第76页。

而大众自身在政治压迫、经济剥削的现实境遇中也很难获得创造自己文化的机会。

总之,大众语的提倡出于政治宣传、组织大众的目的,带有鲜明的阶级性,其主要着眼于语言作为载道工具的意识形态性的调整,而不是语言自身形式特点的革新,即"阶级改造冲动远胜过语言理论建设"①。同时,大众语一味强调"言文一致"的语言效果,实际上是带有虚妄性的,毕竟书面文字与大众口语存在着客观的语言差异,二者很难实现完全趋同。然而,大众语讨论还是强化了文学口语化、社会化的观念,利于推动中国文学进一步走向通俗化、大众化。鲁迅认为高尔基"大众语是毛胚,加了工的是文学"这一观点是"中肯的",②这就表明大众口语作为一种原始自然的通俗形态能够为文学创作奠定基础。

在左翼文学大众化理论的影响下,中国诗歌会的革命文学大众化创作最为突出。作为左联直接领导的革命诗歌团体,中国诗歌会以穆木天、蒲风、杨骚等人为主要代表创作了大量反映革命生活的现实主义诗歌作品。为了适应现实的革命内容,这些诗歌在艺术表现上增强了叙事性因素,呈现出直接描摹现实的倾向,同时在形式上提倡诗歌歌谣化,在语言上讲求通俗浅显,由此一定程度上推动了诗歌大众化、通俗化的发展进程。然而,这些诗歌在表现鲜明的时代精神的同时,过多地强调了诗歌的现实功利性而相对忽略了艺术审美性,从而导致诗歌创作的公式化、概念化,片面地追求诗歌通俗性也导致创作呈现出浅俗苍白的弊端。

(三)左翼文学大众化的特征与局限

左翼时期,文学大众化存在着文化启蒙与革命教化的张力,但受无产阶级革命发展的时代形势以及马克思主义唯物史观的影响,它主要还是呈现为一种革命教化形态的大众化。在文学大众化言说对象上,左翼时期的"大众"内

---

① 张宝明:《重建阶级秩序:20世纪30年代文学大众化运动的内在动机》,载《北京师范大学学报》(社会科学版)2012年第3期。
② 鲁迅:《做文章》,见《鲁迅全集》(第5卷),人民文学出版社1981年版,第529页。

涵由"五四"的人性范畴转向了阶级范畴，主要指涉具有无产阶级意识与革命意志的工农大众，体现着左翼知识分子对革命主体的政治想象，由此导致左翼文学革命题材的单一性与阶级内容的概念化。在文学大众化言说主体上，左翼时期的知识分子在自我定位时，产生了如何判定自己阶级归属的困惑以及如何从事大众化创作的焦虑。面对风起云涌的革命形势以及剧烈变化的社会现实，知识分子在精英身份与从众要求之间产生了心理抵牾，在化大众启蒙与大众化革命之间无所适从，从而一定程度上制约了左翼文学大众化的实践发展。在文学大众化言说方式上，在语言层面，左翼时期反驳五四白话文的欧化，追求语言的口语化，通过开展俗语革命、大众语运动，提倡文字拼音化、汉字拉丁化，从而进一步实现语言的"言文一致"；在形式层面，反驳五四文学形式的欧化，进一步追求形式的通俗化，基于旧形式具有革命教化、组织大众的现实功利性，十分提倡旧形式。可见，左翼文学大众化的言说方式充分考虑了大众的接受能力、欣赏水平与审美习惯，一定程度上纠补了五四时期的欧化倾向，但过犹不及又偏向了民间化，同时一味地强调通俗化形式，使得左翼文学缺乏深刻的现代性。整体而言，从文化启蒙到革命教化，左翼文学大众化以鲜明的政治功利主义色彩，呈现出了否定五四精英文学的思想倾向，并由此导致了政治思想性大于审美艺术性的公式化、概念化偏颇。

左翼文学大众化仍处于中国文学大众化的理论倡导阶段，在反思五四文学大众化的基础上呈现出一些显著的阶段特征，但相应地带来了一定的局限性，同时影响了延安文学大众化的实践理路。

左翼文学大众化具有浓厚的理论色彩。首先，左翼文学大众化形成了系统的理论，显示了文学大众化理论的深入发展。经过三次文学大众化讨论，左翼文学家对"大众化"的内涵意义、表现对象、创作要求（包括语言、表现技巧、形式、题材等各个方面）、建设实施等各个环节都形成了一定的理论认知，既强调了作家必须参与革命实践、深入大众现实生活的创作要求，又强调了作品要充分考虑大众的接受能力、理解水平与审美习惯等因素，因而利于推动文学创作进一步关注语言的口语化、形式的通俗化、风格的大众化，从而一定程度上利于纠补五四新文学脱离大众的倾向，同时为延安文学大众化理论的成熟奠定了基础。然而左翼文学大众化仍然缺乏理论深度。其一，文学大众化理论主要停留在对文学通俗形式的外在探讨上，相应地缺乏对文学民族精神的内部开掘，因而左翼文学大众化虽然一定程度上实现了通俗化的追求，但相应地缺乏民族化的高度；其二，左翼文学家对文学的表现对象（"大众"的内涵）认识模糊，由此制约了革命文学大众化的深入发展。左翼时期带有新兴阶级的革命与五四时期的启蒙错综交织的时代色彩，相应地，"'大众'同时是革命动员与启蒙教化的对象"①。由此，"大众"的内涵在界定上存在着阶级革命性与普遍国民性的分歧，不过在"左"倾激进思潮的影响下，大众的阶级革命性还是占据了主导地位，主要指涉具有无产阶级意识与革命意志的工农大众，因而"大众"内涵的界定实际上走向了狭隘化，从而导致革命文学大众化题材的单一性与内容的概念化。与此同时，左翼知识分子在界定"大众"内涵时，也对自身的性质归属问题以及对大众的态度问题产生了困惑："知识分子是否属于'大众'范畴？他们能否摆脱'小资产阶级'的阶级属性？他们是以'化大众'的身份进行指导帮助，还是需要依靠'大众'获得'新生'？"②因此，左翼知识分子在自我定位时产生的主体焦虑无疑制约了文学大众化的实际创作。而左翼时期关于"大众"内涵的模糊界定以及知识分子自我认同的问题，都在延安时期得以解决。

其次，左翼文学大众化只是停留在理论倡导层面，而相应地缺乏创作实践。就客观条件而言，左翼时期面临着内外交困、矛盾激化的残酷现实境遇，加之作家偏居在上海一角，由此大众化的开展缺乏有利的政治环境与广泛的区域范围。就主观条件而言，在文学创作者层面，一方面，知识分子作家仍固守

---

① 宋玉、耿传明：《革命与启蒙的辩证——重思1932至1935年的"文艺大众化"讨论》，载《现代中国文化与文学》2012年第1期。
② 李薇：《20世纪30年代左翼文学"大众文艺"运动的现代性追求》，载《福建论坛》（人文社会科学版）2008年第9期。

小资产阶级天然的自我优越感，缺乏在思想、情感上对劳苦大众的真正认同。另一方面，尖锐的阶级斗争使得知识分子作家难以实际地接触大众、深入现实生活，从而导致作家虽然有亲近大众的意识，但难以兑现靠拢大众的实践，进而造成理论与创作的脱节。在文学接受者层面，广大劳苦大众由于经济、教育的落后仍处于知识文化的较低水平，仍固守根深蒂固的封建旧思想，因而难以理解左翼文学所传达的革命意识；同时，革命理论作为一种舶来品难免带有艰涩难懂的特点，这超出了大众接受、理解的能力范围。而左翼文学大众化所缺乏的一系列主客观条件都在延安时期走向成熟，因而延安文学大众化的实践带有历史发展的必然性。

左翼文学大众化带有鲜明的阶级意识以及政治功利主义色彩。左翼文学大众化包含着对文学社会功用性质的判定，始终强调左翼文学宣传革命思想、组织大众进行阶级斗争的政治功利目的。左翼文学家一开始就强调要建立无产阶级革命性质的文学，以此区别于五四时期资产阶级启蒙性质的文学，其间就包含着阶级对抗的意味，在此基础上进一步要求重新调整阶级关系。一方面强化无产阶级的文化领导，努力打造工农主体；另一方面弱化知识分子的精英地位，强调知识分子向大众学习，从而建立思想文化上的革命统一战线。左翼文学大众化基于对文学社会功用性质的判定，在文学表现对象、创作主体、文本要求等各个方面都呈现出强烈的政治功利性。如"大众"内涵的界定主要囿于无产阶级意识形态范畴，工农作家的培养也是出于宣传思想、组织大众的政治目的，大众语的建设主要着眼于语言作为载道工具的意识形态性的调整，而不是语言自身形式特点的革新。而左翼文学大众化所带有的政治功利主义色彩，进一步导致左翼文学大众化产生了政治思想性远胜于审美艺术性的偏颇以及创作一体化的弊端：一方面，一味地强调阶级斗争、革命生活，使得左翼文学偏离了大众原本的真实生活，遮蔽了社会现实的丰富复杂性；另一方面，一味地以通俗化形式来宣传思想、组织大众，使得文学走向了内容的概念化以及表现手法的公式化。

左翼文学大众化带有鲜明的激进立场，从而缺乏相应的辩证色彩。在

"左"倾革命思潮的影响下,左翼文学大众化带有政治运动的性质,左翼文学家大多又以革命政治家的身份来介入文学大众化讨论,普遍以急功近利的心态将很多文学内部问题当作革命运动问题来处理(比如动辄就开展工农兵通讯运动、汉字拉丁化运动等),从而使得文学大众化带有了简单粗暴的片面性。同时,这种激进的"左"倾立场日益呈现出阶级斗争扩大化的趋势,造成了中国文学史上诸多曲折与失误。左翼文学大众化的激进立场主要表现为左翼文学家以鲜明的政治立场以及强烈的阶级对抗意识,在突显无产阶级意识形态性以争夺无产阶级政治文化领导权的同时,存在着过分否定五四精英文学以及过分推崇民间通俗文学的极端化倾向。相应地,左翼文学家的大众化设想往往以盲目的革命热情忽视了30年代中国社会的政治现状以及大众自身的文化水平,因而缺乏实践的可行性。虽然在此过程中五四老一辈文学家仍然坚守启蒙大众化的理性立场,但是在阶级斗争尖锐化的当时,左翼文学家的革命大众化立场还是取得上风,从而使得左翼文学大众化带有了激进的革命政治色彩。

从五四文学到左翼文学,中国文学由人的文学发展到大众的文学,文学与大众取得了更为紧密的联系,同时,左翼文学大众化理论的深入发展为延安文学大众化理论的成熟以及实践的突破奠定了基础。就整个中国文学大众化的历史进程而言,左翼文学大众化是确定大众主体地位的关键一环,树立了大众是革命的主体与历史的创造者的崇高地位,但是大众所代表的政治阶级先进性与大众自身文化水平的落后性形成了无法规避的历史矛盾,因此如何提高大众自身修养使其有资格成为文学的真正主体,便成为一个迫在眉睫却又不能急于求成的棘手问题;与之相应,左翼文学大众化在突出大众主体地位的同时,强调精英知识分子的立场转变问题,但是在激荡的革命时代,知识分子实际上在化大众与大众化之间无所适从,这便制约了左翼文学大众化的实践发展。综上所述,文学大众化必须处理好阶级政治与文学审美、知识分子与大众的关系问题,同时要处理好对新、旧文学的评价问题,而这些问题都成为20世纪中国文学大众化发展过程中无法规避的重要问题。

第二节

大众化的实践表征：战争与革命主题

从左翼文学到延安文艺，中国文学大众化经历了由大众话语向大众实践的切实转变。延安文艺大众化能够"冲出'文人的聊以自慰'的圈子而真正成为'运动'"①，并由此诞生了中国本土化的文学经验与民族化的文学形态，则是政治、时代以及文学、历史等因素共同作用的结果。

首要的是，延安时期，抗日民主根据地的建设为文艺大众化的发展提供了客观有利的政治环境。一方面，文艺发展获得了政党的支配力量，毛泽东开宗明义地提出了一系列有关文艺发展的政策论断，从提出"中国作风和中国气派"的本土化创作要求到提出文学为工农兵服务的通俗化创作方向以及知识分子要进行自我改造的现实要求，使文艺大众化的目标日益走向具体明确与切实可行，尤其是"大众"内涵的明确以及知识分子与大众的紧密结合成为文艺大众化走向实践的关键一环。另一方面，抗日民主根据地稳定的创作环境与鼓励性的政策导向，利于调动作家从事文艺大众化创作的积极性，从而使文艺大众化突破上海一隅的限制，获得广泛性与影响力。其次，全民抗战的集体诉求成为文艺大众化得以走向实践的现实契机，抗战的爆发使民族矛盾突显、阶级矛盾退居其次，从而使不同派别不同立场的作家在爱国主义、民族忧患意识的情感趋同中，统一在了救亡图存的政治目标之下，进而为文艺大众化的广泛开展

---

① 茅盾：《回顾文艺大众化的讨论》，见文振庭编：《文艺大众化问题讨论资料》，上海文艺出版社1987年版，第422页。

奠定了坚实的群众基础。再次，抗战的爆发使广大民众成为民族自卫战的革命主体，而知识分子在参加抗战的实际活动中也增加了与大众相联系的机会，由此文艺大众化在突出大众地位，表现大众需求、意识、情感等方面有了长足的进展。此外，"五四"以来文学大众化运动的发展为延安文艺提供了历史基础，其中既有文学大众化不断走向成熟的理论基础，也有历来文化普及运动不断提高大众文学欣赏水平的实践基础。

一、延安文艺大众化的理论自觉

延安文艺大众化理论在战争文化规范下结合高度的政治意识形态逐步走向成熟。从"两个口号"的论争到民族形式的讨论再到《讲话》的政策性规范，文学大众化理论逐步被纳入国家文化秩序重建的意识形态领域，甚至一度制约着新中国成立后中国文学创作一体化的基本走向。

延安文艺大众化理论在"两个口号"的论争期间获得了初步发展，并且显露了文学书写对象工农兵的主体地位。伴随着民族危机的日益加深以及抗日民族统一战线的迫切呼吁，30年代中后期文学界就引发了关于"国防文学"与"民族革命战争的大众文学"的"两个口号"论争，表明了战争时代文学走向大众化的历史必然。虽然"两个口号"刚提出时引发了文学界的激烈争执，但是最终达成了统一。这主要源于二者的内在一致性：性质上都是一种民族危机笼罩下的时代文学；目的上都要求统一大众思想，唤醒大众反抗意志，动员大众投身抗战；创作上都要求贯彻集体主义立场，并以革命现实主义的手法来反映民族斗争的现实与大众生活的欲求。由此，"两个口号"论争的进一步发展便是要求文学走向大众化，其间就隐含着文学走向以工农兵为革命主体的大众化倾向。

需要强调的是，延安文艺大众化理论在民族形式的讨论中得到了进一步发展，呈现出文艺大众化、通俗化、民族化的发展方向。民族形式的讨论既是文艺大众化的内部发展要求，又是文学顺应抗日民族统一战线的时代发展要求，同时深受中共政策规范的影响，尤其是毛泽东在1938年《中国共产党在民族战争中的地位》中明确提出的"中国作风和中国气派"的民族性问题，直接引发了民族形式的讨论。

民族形式的讨论从解放区的新、旧形式论争扩展到国统区的中心源泉论争，最终确立了五四新文学的发展方向，从而达到了一定的理论深度。1939年上半年，民族形式的讨论在革命根据地以《文艺战线》《文艺突击》《中国文化》等刊物为主要阵地，围绕着新、旧形式的利用问题得以展开。一部分人着眼于抗战的现实功利性目的，将民族形式问题简单地等同于旧形式的利用问题，甚至进一步狭隘化地等同于地方形式的利用问题；而另一部分人仍然坚持五四文学的现代传统，认为民族形式的发展必须建立在"五四"以来文学新形式的基础上，从而使得民族形式的讨论呈现出旧形式与新形式、传统与现代、政治功利性与文学审美性等一系列的矛盾纠缠。

为了适应抗日民族统一战线的时代发展要求，文学理应发挥组织、动员大众参与抗战的社会功用性，由此，适应大众接受水平与审美习惯的旧形式利用问题在民族形式的讨论中最早被提上日程。对此，有人认为，"近来文艺上的所谓'旧形式'问题，实质上、确切地说来，是民族形式问题，也就是：'新鲜活泼的，为中国老百姓所喜见乐闻的中国作风与中国气派'"；同时认为，民族形式是旧形式的扬弃，即"使旧形式服从于新内容，去掉其不合理的部分，增进其合理的部分，并从旧形式的活用中，创造出新形式"[①]，其中将民族形式的发展问题置换为旧形式的利用问题，带有"旧瓶装新酒"的痕迹。无独有偶，又有人指出，"运用旧形式的问题……在形式上它是要创造新的民族的作风，在内容上，却是为着要反映民族斗争的新的现实"[②]，同样地，这是将创造民族形式的问题简单机械地理解为利用旧形式反映新现实的问题。循此思路，有人进一步将民族形式的问题狭隘化为地方形式的问题："某种创作，在强调地方性时，而又能发挥地方性中所存在着全国共通性，那末，这创作就

---

① 陈伯达：《关于文艺的民族形式问题杂记》，载《文艺战线》1939年第3期。
② 艾思奇：《旧形式运用的基本原则》，载《文艺战线》1939年第3期。

能是地方性的艺术,而又是全国性的艺术了。"①地方形式虽然包含着某种民族性因素,但是一种个别的地域形式是否具有全体性与广泛性仍值得商榷。从旧形式的利用问题切入民族形式的探讨本身带有合理性,除了顺应抗战时代的客观要求,旧形式本身也包含着一些可供民族形式发展借鉴的优秀传统,但是这并不意味着可以简单机械地将两者混为一谈甚至等量齐观。

实际上,我们必须以辩证的观点来看待旧形式的利用问题,既不能以"绅士式的恶意的态度"完全摒弃旧形式所包含的通俗性价值,也不能以"廉价乐观与自我陶醉"②满足于旧形式先天的受众优势,甚至投降于旧形式。与之相对,另一部分人从"五四"以来文学的新形式出发来探讨民族形式的发展问题,认为"目前所提出来的民族形式,……无疑只能是新文学向前发展的方向,而不是重新建立新文学。因此它的基础无疑地只能放在新文学上面"③,同时认为五四文学的欧化形式与民族形式具有内在精神的一致性,"当时的所谓'欧化',在基本精神上就是接受西欧资产阶级民主革命时的思想,即'人的自觉',这个'人的自觉'是正符合于当时中国的'人民的自觉'与民族自觉的要求的"④。这种以五四文学现代传统立场来考察民族形式发展问题的思路,更符合文学自身历史承继性与内部规律性的发展要求,因此更具科学性与学理性。

1939年下半年,民族形式的讨论由解放区扩展到了国统区,以重庆的《新蜀报》《大公报》《文学月报》等刊物为主要阵地,在解放区新、旧形式论争的基础上展开民族形式中心源泉的论争,并最终确立了五四新文学的现代化方向。民族形式的中心源泉问题缘起于向林冰的"民间形式中心论",即认为民间形式是民族形式创造的起点与中心源泉⑤。这种观点深受抗战现实功利性与

---

① 柯仲平:《介绍〈查路条〉并论创造新的民族歌剧》,载《文艺突击》1939年第2期。
② 周扬:《对旧形式利用在文学上的一个看法》,载《中国文化》1940年创刊号。
③ 何其芳:《论文学上的民族形式》,载《文艺战线》1939年第5期。
④ 周扬:《对旧形式利用在文学上的一个看法》,载《中国文化》1940年创刊号。
⑤ 向林冰:《论"民族形式"的中心源泉》,见徐迺翔编:《文学的"民族形式"讨论资料》,知识产权出版社2010年版,第158页。

马克思主义唯物史观的影响。从抗战动员群众以发挥革命主体性的政治功用出发，抗战文学自然要考虑大众的实际接受能力与审美趣味，因而民间形式被置于重要地位，但是过于迁就大众的知识水平与欣赏习惯，一味地强调文化普及而忽视文化提高，最终只会使文学走向纯粹迎合大众的庸俗化倾向。同时，狭隘地选取民间形式作为民族形式发展的资源，忽视了民族形式发展过程中的丰富复杂性，带有了形式主义的偏颇。

对此，葛一虹、郭沫若、茅盾等坚守五四新文学现代立场的人士纷纷对"民间形式中心论"展开了批判。葛一虹从否定旧形式到肯定新形式，反驳了"民间形式中心论"，认为发展民族形式必须建立在五四文学新形式的基础上，但在此过程中又对旧形式的价值评价过低："旧形式是历史的产物，……我们的社会由封建制度的低级形态发展到民主制度的高级形态的时候，旧形式的可悲的命运也只是历史博物馆里的陈列品"[①]。这只强调了旧形式所包含的封建意识形态落后性的一面，而忽视了旧形式通俗化的技巧，因而过于贬低旧形式的艺术价值。郭沫若以"民间形式权变论"来批判"民间形式中心论"，认为民间形式的利用"也是一时的权变，并不是把新文艺的历史和价值完全抹煞了，也并不是认定民族形式应由民间形式再出发，而以之为中心源泉"[②]，强调了民间形式的利用问题只是抗战时代政治宣传、动员大众的工具性策略选择，只是权宜之计，因而不能成为以现代精神为核心的民族形式的中心源泉。之后，茅盾旗帜鲜明地批判了"民间形式中心论"的复古主义倾向与庸俗化弊端，同时明确地指出，对待民间形式的态度只能是批判地运用，决非承袭，更非中心。

总之，通过民族形式中心源泉的论争，文学界解决了民族形式纵向继承与横向批判的源流问题：

> 民族形式是接受了民族文艺的优良传统——包括五四以来的新传

---

① 葛一虹：《民族形式的中心源泉是在所谓"民间形式"吗？》，见徐迺翔编：《文学的"民族形式"讨论资料》，知识产权出版社2010年版，第181—182页。
② 郭沫若：《"民族形式"商兑》，载《中国文化》1940年第1期。

统，接受了旧形式的优良的要素，和新形式的健康的要素，以及民众自身在现实生活中表现新事物新情感的方式，适当地溶合了外来影响中的新鲜的要素，运用现实主义的创作方法和正确的价值观的有力的武器，而创造出的一种足以表现中国作风和中国气派的，为大众所喜见乐闻的，新鲜活泼的一种文艺形式……①

可见，文学界在坚持五四新文学发展方向的同时，能够以更为批判、理性、包容、开放的历史眼光来看待民族形式的借鉴问题，从而显示了论争的科学化。

此外，在民族形式内涵问题的探讨中，文学界对民族形式创作的深广度问题，即对文学创作的通俗性与艺术性、普及与提高的关系问题也进行了较为深入的考察，显示了对民族形式问题中所包含的文学大众化理论的思辨性认识。有人指出，"文艺的大众化，并不是说随便涂写，或写得尽量通俗，而是要写得精巧恰当"②，便强调了民族形式的创作要力求深广的统一，要注重大众性基础上艺术性的提高，从而在具体实施层面强调开展通俗化的启蒙运动，将学习大众与教育大众相结合，进而实现文学普及与提高的统一。这些富有辩证性的观点显示了民族形式论争的深化。

综上所述，民族形式的讨论利于推动中国文学在传统通俗形式与五四现代形式的辩证关系中，不断实现对文学大众化、通俗化、民族化的现实追求。但是，民族形式的讨论在某种程度上仍存在形式主义的偏颇，主要集中在对文学形式价值的探讨上，相对缺乏对文学内在精神的挖掘，而且在考察文学形式的通俗性特征时，某种程度上缺乏对现代性的深刻观照。同时，民族形式讨论中所引发的文学通俗化、民族化、源泉性、深广性等问题在《讲话》中得到了集成与深化。

《讲话》以政策性规范的形式标志着延安文艺大众化理论的正式形成。

---

① 光未然：《文艺的民族形式问题》，载《文学月报》1940年第5期。
② 郭沫若：《"民族形式"商兑》，载《中国文化》1940年第1期。

作为马克思主义文艺理论中国化的产物,《讲话》以革命文学为群众以及如何为群众这一文艺的根本问题为核心,对一系列文艺问题(文艺的对象、性质、创作、批评、源泉、普及与提高等问题)以及知识分子与大众的关系问题都进行了阐释,从而使文艺大众化理论臻于成熟。《讲话》明确界定了"大众"的内涵:"最广大的人民,占全人口百分之九十以上的人民,是工人、农民、兵士和城市小资产阶级。"[1]这不仅使文艺大众化的表现对象具有了确切的指向性,也使文艺大众化确立了无产阶级人民大众的根本立场,从而为文艺大众化实践的展开提供了基本前提。在此基础上,《讲话》鲜明地提出了文学艺术通俗化、大众化、民族化的创作要求,从而使得文艺大众化理论进一步走向具体化与可实践性。《讲话》在突显工农兵大众主体地位的同时,着重强调知识分子的自我改造,不仅要求知识分子在理论学习上自觉地获得无产阶级意识,实现自身阶级立场的转变,更要求知识分子在生活实践中向大众学习,实现自己身份、思想、情感、生活态度、审美趣味的彻底转变。由此,知识分子与大众的结合得到了空前强化。一方面,《讲话》有力推动了文艺大众化的理论成熟与实践发展,从而使得文艺在内容的工农兵化、语言的口语化、形式的通俗化等方面日益与大众取得紧密联系;另一方面,《讲话》带有鲜明的为革命而文学的政治功利色彩,虽然在战时具有统一思想的重要作用,但是当时代环境发生变化,在新中国成立后作为权威的文学政策却一度制约了文学创作的多元化、个性化发展。

二、延安文艺大众化的创作实践

延安文艺大众化结合政党干预的政治之力、抗战的现实契机以及新文学大众化历史要求的发展趋势,最终实现了历史性突破,由大众话语走向了大众化创作实践,并在戏剧、诗歌、小说等文体领域进行了广泛而卓有成效的展开。

戏剧作为一种直观、通俗的民间综合性艺术,在文化接受层面上以及民族

---

[1] 毛泽东:《在延安文艺座谈会上的讲话》,见《毛泽东选集》(第3卷),人民出版社1991年版,第855页。

传统审美趣味上，更容易获得工农兵的认可，相应地，戏剧大众化创作也取得了丰硕的实绩。街头剧、茶馆剧、新秧歌剧、新歌剧、广场活报剧等一系列广场戏剧的创作，以轻便灵活的体式、通俗活泼的语言、明朗朴素的风格，有力地推动了戏剧通俗化、大众化的发展进程。其中，根据地的新秧歌剧与新歌剧创作实践尤为显著。新秧歌剧作为一种喜闻乐见的民间秧歌体式，以歌舞表演的直观形式、简短的人物对白、单纯的结构安排以及简单的角色设置，能够很好地满足大众的思想情感、审美趣味的现实诉求，因而迅速地走向大众化，并涌现出一批反映工农兵新风貌、根据地新气象的群众性秧歌剧创作，其中代表性的作品有《兄妹开荒》《夫妻识字》《牛永贵挂彩》等。

新秧歌剧的创作与大众日常生活、情感体验息息相关，通过革命性内容的改造，最终实现了"'革命话语'对'民间话语'的一次成功渗透（改造）"①。但是作为一种地方性民间文艺形式，新秧歌剧所能表现的内容深广度毕竟是有限的，同时为了达到普及效果，一味地强调作品通俗性，使其相应地缺乏现代性的精神品质，从而呈现出大众化片面性追求的特点，难以真正实现民族化的发展要求。不过，在新秧歌剧大众化运动的基础上，新歌剧创作却呈现出现代性、民族性的精神追求。

《白毛女》作为中国民族形式歌剧的开端，成为延安文艺大众化的实践典范。《白毛女》以"白毛仙姑"的民间传说为故事蓝本，经过集体化的革命创作，最终提炼出"旧社会把人变成鬼，新社会把鬼变成人"的政治主题，从而在创作内容上表现出与工农群众的现实生活、革命斗争、情感体验等密切结合的特点，有力地推动了戏剧大众化的发展。而作为一种集秧歌、话剧、戏曲、民歌于一体的民间综合性艺术，新歌剧《白毛女》通过对地方戏曲、民间小调等传统形式的改编创作，以及对话剧、西洋音乐等现代体式的借鉴吸收，最终确立了现代歌剧的民族本土化特色。一方面，《白毛女》注重对传统民间形式的改造利用，不仅采用了传统戏曲的传奇故事题材与强

---

① 钱理群：《1948：天地玄黄》，山东教育出版社1998年版，第231页。

烈戏剧冲突，从而增强了戏剧人物的艺术表现力与戏剧风格的浪漫传奇色彩，突出了歌颂无产阶级民主政权、暴露地主阶级罪恶的主题，同时注重各地戏曲曲调、民歌民谣的融会贯通（如采用陕西、山西、河北等地的梆子、民歌素材），并根据不同音乐曲式的抒情风格，结合戏剧情节的发展需要，有力展示了戏剧人物特定的心理体验与精神状态，从而增强了戏剧的艺术感染力。比如用凄凉、哀婉的河北民歌《小白菜》来烘托喜儿在地主家备受欺压的哀怨、压抑的内心感受，用轻松、明快的河北民歌《青阳传》来表现喜儿期盼父亲回家过年时天真、可爱的性格特点，用苍凉、深沉的山西民歌《捡麦根》来渲染杨白劳走投无路时悲怆、沉重的情绪体验等。另一方面，《白毛女》注重对现代体式的借鉴吸收，以表现戏剧人物为中心，融合了传统民歌与西洋音乐的抒情特点，并适当借鉴现代话剧中对话、独白、动作表现等艺术手法，从而使抒情与叙事较好地结合起来，提高了戏剧的艺术表现力。

诗歌，作为一种短小轻便、合辙押韵的文学样式，相对而言具有易于创作、易于传诵的特点，因而在战时条件下迅速成为推动工农兵文艺大众化的重要利器。

革命根据地的民歌体叙事诗，是诗歌大众化的成功经验。在《讲话》工农兵方向以及"文章下乡，文章入伍"时代风潮的影响下，作家积极搜集民歌，借鉴民歌艺术手法，从而开创出民歌体叙事诗的新样式，代表作品有李季的《王贵与李香香》、阮章竞的《漳河水》等。民歌体叙事诗，创造性地将长篇叙事诗与老百姓喜闻乐见的民歌体式相结合，既扩充了诗歌的艺术容量，又增添了诗歌的生活气息与地方色彩，进而使得诗歌不仅具有了广阔的社会内容与鲜明的时代色彩，也具有了通俗化、大众化的艺术特征。具体而言，在艺术手法上，民歌体叙事诗较好地实现了诗歌抒情性与叙事性的结合。在抒情上，借鉴陕北民歌信天游比兴寄托的手法，使得情感表达细腻生动、委婉含蓄。在叙事上，借鉴传统章回小说的表现手法，追求故事情节的曲折发展、人物形象的鲜明塑造。如《王贵与李香香》以农村男女悲欢离合的爱情故事为叙事框架，融入了农民只有参加无产阶级革命才能实现翻身解放的政治性主题,塑造了李香香这一坚贞不屈、敢于反抗的光辉女性形象;《漳河水》以三位农村妇女曲折的婚姻命运为叙事框架,融入了妇女只有在新生民主政权的帮助下才能赢得自由婚姻与独立人格的政治性主题,塑造了紫金英这一由软弱走向抗争的典型的中国妇女形象。在语言运用上,民歌体叙事诗实现了诗歌语言的雅俗互动,既有清新明快、自然朴素的民间口语,又有含蓄蕴藉、情景交融的书面语言。从中可见,民歌体叙事诗在艺术表现上始终关注大众通俗化的审美趣味,同时在创作内容上将现实的家庭伦理、日常的农民生活、鲜明的农民形象引入了新诗,这有利于推动诗歌平民化的创作历程,正如评论家所言:

> 新诗重视民间诗歌的最大意义并不是民间诗歌直接对新诗体产生了什么影响,而是对民间诗歌的重视,改变了诗从内容到语言上的贵族性,使新诗更世俗化、生活化和通俗化。[①]

但是,由于受特定历史时代、政治环境的制约,民歌体叙事诗在大众化的进程中,带有了浓厚的政治化色彩,从而制约了诗歌表现现实生活的深度。

同时,延安时期以街头诗、朗诵诗为代表的群众性诗歌运动推动了诗歌大众化的切实发展。抗战的爆发,赋予了诗歌庄严的时代使命,要求诗歌最大限度地发挥社会功能,从而成为宣传思想、动员大众的有力武器。由此,诗歌在创作内容上集中地反映抗战救亡的时代豪情以及坚贞不屈的民族意志,从而鲜明地传达爱国主义情怀与英雄主义气概;在艺术表现上,则走向了小型化、口语化、通俗化,从而迅速地感染大众情绪,调动大众的战斗热情。延安时期的街头诗运动在战地社、战歌社、铁流社的倡导下迅速实现了与大众的结合。作为一种短小精悍的政治抒情诗,街头诗以单纯明朗的意象、鲜活生动的场景、奔放直率的情感、通俗易懂的方言、干脆明快的节奏,形成了刚强有力、激越澎湃的风格。如田间的小诗《假如我们不去打仗》:

---

① 王珂:《百年新诗诗体建设研究》,上海三联书店2004年版,第196页。

假如我们不去打仗

敌人用刺刀

杀死了我们，

还要用手指着我们的骨头说：

"看，

这是奴隶！"①

以短促有力的日常口语描绘了具体生动的战争场面，从而有力传达出坚定的革命意志与饱满的战斗热情。延安时期的朗诵诗作为一种主要在知识分子群体间流传的群众性诗歌，相对于街头诗更讲求艺术性，因而注重意象的雄浑壮丽、情感的真挚饱满、语言的抒情咏叹。如光未然的诗歌《黄河大合唱》，以恢宏豪迈的黄河意象以及反复咏唱的语言，深切地传达了中华民族不屈不挠的革命精神。延安时期的群众性诗歌一方面扩大了新诗的表现领域，推动了新诗的平民化发展；另一方面呈现出功用性大于审美性的非诗化不足，如内容的政治化、口号化，手法的公式化、概念化，风格的单一化、模式化等。

小说作为一种通俗化的叙事文学样式，在推动文学与大众相结合的进程中历来发挥着重大作用。延安时期的小说大众化创作相比戏剧、诗歌情形更为复杂，这既缘于小说创作本身需要作家更长久地进行生活阅历与艺术经验的积累整合，也缘于初始阶段小说创作受到了政治合法化问题的干扰而进展缓慢。直到文学界确立了"赵树理方向"，小说大众化创作在根据地才由边缘走向中心。同时，根据地的乡村小说也成为小说大众化的实践典范。

抗日民主政权的政治文化规范以及农村的革命战略重要性，使得解放区的乡村小说同"五四"以来的乡村小说相比具有了全新的时代特质。伴随着由个性化启蒙思潮转入政治化革命思潮，根据地的乡村小说也被导向了工农兵的创作方向以及大众化、通俗化、民族化的创作要求，由此深刻影响了根据地乡村小说的叙事内容、人物塑造以及审美形态。在叙事内容上，根据地的乡村小说

---

① 《田间诗文集》（第1卷），花山文艺出版社1989年版，第366页。

由表现封建宗法制度下落后、闭塞的旧农村，转向了表现民主政权下农村变革的新风貌、新矛盾。如柳青的《种谷记》、欧阳山的《高干大》既展现了农村经济关系、阶级关系的新动向，又揭示了农村新旧意识相冲突的新矛盾。在人物塑造上，根据地的乡村小说由批判农民愚昧保守、盲目怯懦的精神劣根性，转向了颂扬农民的阶级进步性与革命反抗性，从而展现农民在民族解放、阶级解放时代的新面貌。如柯蓝在《洋铁桶的故事》中塑造了抗战时期深明大义、机智勇敢的农民英雄形象，西戎在《喜事》中塑造了民主根据地敢于反抗封建权威、争取婚姻自主的农村新女性形象。在审美形态上，根据地的乡村小说由欧化体式转向了通俗化、民间化体式，从而更好地满足革命斗争的现实需要，同时由审判农民奴性意识所形成的沉郁忧愤的风格，转向了歌颂农民革命力量所形成的高昂乐观的风格，从而展现农民群体积极战斗的时代豪情。虽然整体上根据地的乡村小说呈现出由启蒙思潮向革命思潮演进的时代特征，但在实际创作情形中，却有着多元复杂的文化生成语境。在战争文化规范下，作品以农民文化为中介，联结起了主流政治文化与知识分子文化。一方面，民主政权凭借政治权威试图打造以农民为革命主体的主流文化；另一方面，知识分子只有通过对农民群体的现实观照，才有可能与主流文化取得呼应，进而完成战争时代的文学叙事。由此，根据地的乡村小说呈现出民间话语、革命话语、启蒙话语错综交织的张力结构，从而进一步形成了雅俗共赏的审美风貌，其中以丁玲的社会剖析小说、赵树理的新评书体小说、孙犁的浪漫诗体小说最为引人注目。

丁玲在观照根据地新的现实生活以及塑造新人形象时，以一贯的女性意识与启蒙精神，呈现出社会批判的价值立场，同时弘扬了五四时期"人的文学"的传统。一方面，丁玲以清醒的现实主义精神揭露了根据地的小农生产习气以及官僚主义作风，如《在医院中》批判了缺乏现代科学知识的农村党员干部的不良作风。另一方面，丁玲以鲜明的人道主义、个性解放、人性觉醒等现代意识，结合细致的心理剖析，开掘了根据地人民根深蒂固的精神劣根性，从而将民族解放、阶级解放与人的精神解放结合起来。如《我在霞村的时候》通过塑造抗战时期坚忍顽强、孤独痛苦的农村女性贞贞的形象，既谴责了侵略者的罪恶，又批判了广大农民愚昧落后的封建思想，从而将妇女解放的问题尖锐地指向农民的深层意识层面；《夜》通过塑造善良宽厚、敬业自律又委曲求全的农村干部何华明的形象，表现出农民走向精神觉醒的艰巨性，同时对新旧交替时代人物内心矛盾进行细致刻画，使得人的解放的命题具有了历史深刻性。可见，丁玲始终关注农村妇女谋求解放的生存状态以及广大农民精神觉醒的历史命运，从而传达出知识分子深沉的人道主义关怀与社会承担意识。

赵树理始终坚持以农民为本的创作理念以及五四时期"人的文学"传统，真正实现了农民文化、主流政治文化、知识分子文化的交流融通。首先，赵树理从"文摊"理想出发，自觉地认同农民文化的价值立场，所以能够从农民的日常伦理、道德观念、审美趣味出发，塑造富有农民气质的真实的人物形象。无论是二诸葛、三仙姑、李成娘等落后愚昧、保守自私的旧式农民形象，还是小二黑、小芹、金桂等善于斗争、乐观活泼的新式农民形象，其行为观念、思维方式等方面都符合农村生活的现实逻辑以及人物自身的性格逻辑。其次，赵树理自觉贯彻"老百姓喜欢看，政治上起作用"[①]的创作思想，能够从农民的切身利益、生活实际出发来言说农村的政治变革，从而将农民群体的生存状态与历史变革的必然趋势相结合，并坚持革命现实主义创作。一方面歌颂民主政权下农民革命意识的提高与反抗精神的自觉，如《孟祥英翻身》表现了广大农村妇女在实现政治解放的前提下，敢于反抗封建礼教束缚与男权意识，从而获得婚姻自主与女性尊严；一方面清醒地揭露农村变革的现实问题，如《李有才板话》揭示了农村基层政权的主观主义、官僚主义作风，《邪不压正》揭示了农村的婚恋自主问题等。再次，赵树理能够坚守知识分子的启蒙立场，开掘农民新旧意识相冲突的思想矛盾，表现农民缓慢艰辛的思想蜕变历程，从而延续了五四文学"人的觉醒"的现代主题。如《福贵》通过叙写贫苦农民由逆来顺受到敢于抗争最终赢得生存尊严的命运变迁，表现了底层人民走向人格觉醒的艰难历程。《李家庄的变迁》以人物铁锁由委曲求全到反抗斗争的精神成长历

---

① 荒煤：《向赵树理方向迈进》，载《人民日报》1947年8月10日。

程，观照了中国农民由自发到自觉的革命历程。此外，赵树理的新评书体小说实现了文学大众化、通俗化、民族化的美学追求。赵树理十分关注传统小说通俗化的审美趣味以及现代小说民族化的本土特征：在叙事上注重情节的连贯完整、结构的首尾呼应；在写人上注重运用白描、语言、动作等传统手法；在语言上注重采用民间方言，从而达到通俗明快、平实质朴、幽默风趣的艺术效果；在风格上注重描写晋东南的乡土风情，从而增添了小说的地域文化色彩与民族化风味。但是赵树理的新评书体小说过于依赖传统的民间文学资源，相应地制约了文学现代性的深入开掘。可见，在文学大众化进程中，如何处理好通俗性与现代性的关系问题，始终是作家需要考虑的关键问题。

孙犁以传统知识分子的中庸儒雅气质、独特的女性观照意识以及真切的战争体验，调和了农民日常生活的伦理叙事与战争、启蒙的宏大叙事，从而传达出对民族命运、时代、人性的独到思考。首先，孙犁注重塑造战争时代的农村新女性形象，并从中挖掘出一种善良质朴、坚韧纯洁的优美人性，同时将其艺术化地概括为一种国家至上、自尊自信的时代精神，以及刚毅果敢、自强不息的民族精神。在此过程中，孙犁也完成了对农村女性的启蒙叙事，从而将民族解放与妇女解放结合起来，也就是说，农村女性在投身抗战的历史洪流中，也获得了自尊自信的人格觉醒。如《嘱咐》中的水生嫂、《"藏"》中的浅花、《光荣》中的秀梅都是在战争时代成长起来的自尊自信、深明大义的光辉女性形象。其次，孙犁注重叙写战争背景下乡间的日常伦理与农民的家庭生活，尤其注重呈现保家卫国的时代要求与聚散团圆的个体情感之间的艺术张力，从而传达出家国同构的时代观念以及人们对温情、安宁的现实世界的心灵渴求。如《荷花淀》中的"夫妻话别"真切地传达出普通人在革命战争年代顾全大局、无私奉献的崇高人格。此外，孙犁的浪漫诗体小说实现了文学大众化、通俗化、民族化的美学追求。孙犁坚守中国古典文学高雅的审美趣味，同时借鉴民间文学刚健清新的艺术手法，最终形成了雅俗共赏的浪漫主义风格。在语言上，孙犁注重提炼日常生活口语，从而增强了人物的性格表现力，同时善于运用雅致清丽的修辞语言，从而使战争叙事充满诗意。在艺术手法上，孙犁注重情感抒发，往往以片段化的日常生活情节来挖掘人物的心灵美、人情美、人性美；注重诗意表达，往往运用想象、情景交融等表现手法来营造白洋淀水乡的优美意境，从而委婉含蓄地传达抗战时代的革命乐观主义精神。如《琴和箫》以生活化的细节描写，抒发了对夫妻的真挚感情、孩童的纯洁性情的赞美以及对美好生命被无情毁灭的感伤，同时以清新明丽的苇塘风物描写，表现了军民抗战的昂扬进取的时代风貌。但是，孙犁的浪漫诗体小说在追求情绪化、诗意化表达的同时，相应地缺乏现实批判的深广度。由此可见，在文学大众化进程中，如何实现思想性与艺术性的高度统一，也是作家需要深入思考的问题。

综上所述，解放区文学由于特定的政治环境、工农大众、作家群体等因素的影响，成为文学大众化的实践典范，同时以乡村文学大众化的创作形态深刻影响了文学大众化的历史面貌。伴随着《讲话》政策的全国性推广，文学大众化、通俗化、民族化的创作潮流也由解放区扩展到了国统区、沦陷区。由于地域环境、经济水平、文化教育等一系列差异，国统区、沦陷区产生了另外一种文学大众化的历史面貌——都市文学大众化。这两种文学大众化的创作实践都是文学大众化理论成熟的必然结果，同时都以雅俗共赏的大众化实践有力推动了中国文学民族化、现代化的历史进程。

老舍、张爱玲雅俗共赏的小说创作是都市文学大众化的实践典范。老舍的京味小说以丰富厚实的北平体验以及雅俗互渗的审美观念完成了对小说大众化、民族化的独特探讨。在创作内容上，老舍的小说始终以平民意识书写社会众生，尤其对底层人物寄予了深刻的人道主义关怀，同时以知识分子的文化批判意识完成了对民族传统文化以及国民性的再认识，从而实现了平民精神与现代意识的水乳交融。具体而言，老舍的小说通过描绘北平的历史变迁、文化伦理、市井风俗，表现了北平人在封建正统观念影响下的谦和苟安、持重保守、闲逸慵懒的文化性格，同时将其艺术化地概括为整个民族性格、命运的真实写照，从而开掘出批判国民劣根性的现代性主题。在艺术特征上，老舍的小说以浓郁的京味色彩调和雅俗，呈现为一种平民化的知识分子趣味。老舍的小说，在叙事上，注重结构的严谨清晰、线索的单纯明朗，同时不以曲折传奇的情节取胜，而贵在生动鲜活的细节描写，从而以丰富感性的市井描绘以及世情世态的淋漓书写，传达了对民族传统文化以及普通人生存状态的真切思考；在写人上，注重继承传统小说穷形尽相的人物描写手法，同时善于运用细节描写、心理描写使人物形象细腻生动；在语言上，实现了本色自然的京味口语与精致文雅的书面语的融会，既增强了作品的可读性，又提高了白话文学的艺术表现力。

张爱玲的世俗小说在普通性与传奇性、通俗性与现代性的辩证关系中完成了对小说大众化的独特探讨。首先，张爱玲的小说既表现出对日常生活的关注，又表现出对普遍人性的深刻思考，从而融会了文学的世俗性品格与现代性精神。一方面，张爱玲通过展现饮食男女的婚恋关系以及女性隐秘的内心世界，传达了对平凡人物生存状态的深切关怀；另一方面，张爱玲以家败、世乱的创伤性情感体验，表现了孤独个体在动乱时代自谋安稳的本能欲求，从而挖掘出"末世的人性之变和乱世的人性之常"[①]。其次，张爱玲的小说实现了通俗性叙事与现代性叙事的雅俗互动。一方面，张爱玲自觉借鉴中国传统章回小说通俗化的叙事特点，既注重日常生活的细节描写，真实地展现凡夫俗子的生存欲求，又注重结构的完整与情节的曲折，尤为擅长以男女不幸的婚姻遭际来引发读者情绪、打动读者；另一方面，张爱玲注重以参差对照、独白、象征、暗示、蒙太奇等一系列现代手法，来开掘女性隐秘的心理、情感、欲望，从而达到解剖人性的高度。

延安文艺大众化的多元创作思路以及雅俗共赏的民族化追求都不失为文学大众化创作的有效经验，因而延安文艺大众化成为20世纪中国文学大众化思潮中极为重要的历史时段。

三、延安文艺大众化的特征与限度

由于中国新民主主义革命发展的历史承继性以及中国革命文学结合时代特点的创作实际，延安文艺大众化承继了左翼文学的革命教化意识，但在延安政治文化与战争文化的合力影响下，在历来理论酝酿的基础上，却终于走向真正

---

① 严家炎主编：《二十世纪中国文学史》（中册），高等教育出版社2010年版，第390页。

的创作实践。整体而言，延安文艺大众化带有左翼文学的政治功利色彩，但是它又以前所未有的自觉的理论创构意识及雅俗共赏的创作实践富有成效地推进了左翼文学大众化的理论探讨形式，从而将20世纪中国文学的大众化诉求推向了一个新的阶段。

延安文艺大众化主要是一种革命实践形态的雅俗共赏的大众化。首先，在文艺大众化言说对象上，延安时期的"大众"内涵仍囿于阶级范畴，但是却历史性地由知识分子的模糊想象转向了工农兵的明确指向，其中排斥了小资产阶级的知识分子，彰显了无产阶级的纯粹性，从而体现了执政党试图打造工农联盟的国家主体，进而实现抗战胜利、成立新中国这一政治目标的策略性。这一方面使得文学大众化明确可行，另一方面却导致文学工农兵题材的单一化以及表现内容的政治化。其次，在文艺大众化言说主体上，延安时期的知识分子经过深入大众生活实践的自我改造，实现了自我阶级意识、思想情感、审美趣味的彻底转变，逐步放弃了精英意识，获得了大众意识，实现了与大众的空前结合，由此左翼知识分子在教育大众与学习大众之间的困惑焦虑、在化大众启蒙与大众化革命之间的犹疑不决于延安时期全部转向了单向度的后者。与此同时，知识分子以往的主流地位与精英话语日益走向边缘化。再次，在文艺大众化言说方式上，就语言而言，延安文艺大众化将本色自然的民间口语与含蓄蕴藉的书面语相结合，实现了语言的雅俗共赏。就形式而言，延安文艺大众化经过民族形式的讨论以及《讲话》的规范性引导，呈现出了对通俗化、民族化形式的自觉追求以及对通俗化与艺术化、普及与提高等关系问题的辩证思考。一方面，基于抗战的现实功利性，延安文艺大众化更强调大众喜闻乐见的通俗化、普及化形式，因而出现了倚重民间形式的创作倾向（如秧歌体、歌剧体、民歌体、章回体等创作），从而有利于更好地发挥民间形式所具有的宣传抗战思想、调动大众革命积极性的政治功用；另一方面，基于对文学深广度问题的思考，延安文艺大众化呈现出通俗化与艺术化相统一的雅俗共赏的民族形式创作（如新评书体小说、民歌体叙事诗等创作）。就艺术手法而言，延安文艺大众化关注大众的通俗化审美趣味以及作品的艺术表现力，即在借鉴传统民间资源的基础上，适时吸收西方现代技巧，从而在实现文学民族化的过程中，推进了文学现代化的发展，进而形成了真正的中国作风和中国气派以及雅俗共赏的艺术风貌。如延安文学大众化在写人手法上，注重运用白描、动作、个性化语言、对比映衬等民族化的传统技巧，同时适当融入心理描写、景物描写等西方现代技巧，从而塑造出鲜明生动又具有普遍性的典型人物形象（喜儿、李香香、三仙姑、二诸葛等）；在叙事手法上，注重借鉴传统章回小说的叙事手法，追求情节连贯、结构完整、线索清晰、场景鲜活，同时注重日常生活、地域风情的细节描绘，从而增强了作品的可读性以及作品的生活化、本土化气息。可见，延安文艺大众化纠补了五四时期的欧化倾向，在通俗化基础上，进一步实现了本土化与民族化。

延安文艺大众化在左翼文学大众化的基础上呈现出新的阶段特征，但相应地也带有一定的局限性，从而深刻影响了十七年文学高度一体化的创作局面。

首先，就知识分子与大众的关系而言，延安时期不仅实现了知识分子与大众的紧密结合，而且逐步促成了知识分子与大众的角色转换以及精英话语与大众话语的历史转移。其一，延安时期在统一政党政治之力的支配下，对"大众"的内涵指向以及知识分子的角色定位都做出了政策性规定，从而有效推动了知识分子在深入社会实践与大众生活的自我改造过程中，逐步过渡到自觉地运用大众喜闻乐见的语言、体式来反映大众生活、思想、情感的工农兵文艺的创作阶段，由此推动了知识分子与大众的紧密结合。在此过程中，知识分子也日益由教育大众的启蒙者转向了学习大众的被启蒙者。而延安时期所要求的工农兵方向以及知识分子的自我改造，又与中国革命的斗争需要以及知识分子的现实状况密切相关。毛泽东将马克思主义基本原理与中国具体国情相结合，提出了"农村包围城市"的战略思想，即由于中国半殖民地半封建社会政治经济发展的不平衡，决定了中国革命发展的不平衡，因而新民主主义革命要想取得胜利，必须在敌人统治的薄弱环节即农村偏远地区实行工农武装割据，建立革命根据地，从而走"农村包围城市"，再逐步夺取城市，最终实现全国解放的道路。基于此，毛泽东历来十分关注工农大众作为革命主力军所发挥的重大作用，因而反映到文学领域则必然要求文学创作要表现工农兵的主体地位，以便更好地满足工农兵思想、情感的表达欲求,从而最大限度地调动工农兵参与革命的积极性。与之相应,无产阶级政党在打造工农联盟以实现民族独立、人民解放的现代民族/国家构想中,为了更好地发挥人民群众在推动社会历史变革方面所发挥的能动作用,又强调知识分子与工农大众相结合的迫切重要性,加之毛泽东对知识分子的革命地位、思想现状的深刻认知,使得知识分子自我改造的命题被提上日程。毛泽东认为,知识分子在宣传思想、组织大众等方面发挥着重要作用,因此要把"笔杆子跟枪杆子结合起来"[1],走文化路线跟军事路线相结合的道路。同时,毛泽东深刻地认识到知识分子在革命进程中所存在的主观主义、个人主义、教条主义等局限性,因而为了真正发挥知识分子投身革命的先锋作用,在整风运动中十分重视知识分子的思想改造工作。然而,伴随着"左"倾思潮的愈演愈烈,饱受政治批判的知识分子日益陷入卑微贬抑的现实境地,进而普遍转向对工农大众的阶级崇拜,逐步失去了文化优越感与精英话语权。其二,抗战的时代契机也深刻地影响着延安时期知识分子与大众、精英话语与大众话语现实关系的发展变化。抗战的爆发使知识分子在深入社会斗争的实践过程中,逐步意识到农民群体所蕴含的革命主体性力量,于是在救亡图存的时代感召下,知识分子在主观方面表示出对农民群体的政治性认同。同时,抗战的爆发激发了知识分子的民族忧患意识与民族责任感,催促着他们以通俗性大众话语,积极地创作反映民族抗战的时事性作品以及动员大众的宣传性作品,这就相应地制约了精英启蒙话语的自由发展。

可见,延安时期知识分子与大众现实关系的深刻转变,是延安政治文化与战争文化合力作用的必然结果。在战争时代背景下,伴随着工农大众革命力量的崛起以及主流政治话语权力的支配,知识分子经过思想改造表现出了对工农大众所代表的民主革命政权的彻底认同,从而使得左翼时期化大众启蒙与大众化革命的张力结构消失,由此知识分子日益由化大众的启蒙主体转向大众化的改造对象,同时日益由精英话语转向工农大众的革命话语。与之相应,延安时期的知识分子

---

[1] 毛泽东:《一二九运动的伟大意义》,见《毛泽东文集》(第2卷),人民出版社1993年版,第257页。

逐步由以居高临下的俯视姿态批判农民的精神劣根性，转向以低首下心的顺从姿态颂扬农民的革命主体性，同时逐步由文化批判立场、独立思考意识、个性审美体验转向对工农大众的革命意识、思想情感、审美趣味的集体趋同。因而作为文学创作的主体，延安时期的知识分子日益失去了艺术生产的自主性、能动性与创造性，从而导致启蒙精神、审美理想与创作个性逐步失落。文学作为一种审美意识形态，固然要受到时代精神、政治观念、阶级意识等因素的浸染，但文学本质上仍是一种富有创造个性的精神活动，相应地，文学创作主体在表现社会生活的同时，要保持自身的主体能动性与艺术创造性。因而，延安时期知识分子对文学主体性的放弃，必然会导致文学艺术生命力的下滑。

其次，就文学大众化的创作方式而言，左翼文学大众化主要还是阶级意识主导下的个体化创作（虽然包含着集体化创作倾向），而延安文艺大众化尤其是抗战文学则主要是民族意识主导下的集体化创作。延安时期的集体化创作是战争文化规范下知识分子顺应时代发展要求、担当救国救民历史重任的必然选择。抗战的爆发以迅雷不及掩耳之势迫使知识分子进一步走出自我吟唱的象牙之塔，于是在紧锣密鼓的战争时代，知识分子不得不从屋檐一隅的个体抒情转向全民抗战的集体创作。同时，"战争，尤其是民族战争，对知识分子的震荡和整合又远远大于其他人群，对于一直处于焦躁和苦闷中的中国三四十年代的知识分子来说，一方面他们有了'发现'共同的敌人后相互传染的兴奋和激昂的群体心理，另一方面空间上和精神上的'家'的坍塌，逼迫他们大规模迁徙，双重流浪使他们渴望在'集体'中寻找精神的家园，正是这种强烈的集体意识构成了集体创作的心理动因"[①]，由此，知识分子个体化的情感体验被集体化的民族意识与时代情绪替代了。但是延安时期的民族意识，大多指向战时条件下宣传革命思想、组织大众参与斗争的政治层面，与五四时期提倡科学、民主、平等、自由等思想性层面的民族意识不同，也就是说，延安时期的民族意识带有强烈的现实功利色彩而缺乏深刻的现代性思想观照。延安时期的集体

[①] 孙晓忠：《抗战时期的"集体创作"》，载《中国现代文学研究丛刊》2001年第1期。

化创作也深受革命根据地民主政权主流政治话语的影响。由于集体化创作是一种基于大众阶级立场、融合大众文化知识与艺术经验的创作,因而作为一种典型的工农兵话语形式,能够代表主流话语的政治权威,一定程度上可以缓解个体言说的身份焦虑与精神紧张。就这个角度而言,延安时期的知识分子也表现出了对集体化创作的主观认同,由此知识分子纷纷放弃个体化的启蒙话语转向工农兵大众的革命话语,相应地,知识分子由富有个性的小我转变为集体主义的代言人,由日常生活叙事转向宏大历史叙事,从而形成了延安文学工农兵一体化的创作局面,甚至深刻制约了新中国成立后革命英雄传奇小说、革命样板戏的集体化创作。延安时期的集体化创作基于大众的集体智慧与普遍经验,使得文艺创作更易贴近大众的现实生活,更能反映大众的思想情感与审美趣味,因而有利于推动文艺大众化的切实发展。但是,延安时期的集体化创作同时包含着知识分子对文学社会功能的认知,即把文学作为一种宣传思想、组织大众参与革命斗争的现实武器,使得文学创作带有了强烈的功利主义色彩。

再次,就文学大众化的发展层次而言,在文学通俗化的基础上,延安文艺大众化不断实现对文学民族化的历史追求。其一,延安文艺的民族化带有理论性自觉。毛泽东旗帜鲜明地提出"中国作风和中国气派"的本土化创作要求;之后经过民族形式的讨论,文学界普遍认为要在通俗性与现代性的辩证关系中发展民族形式,由此促进延安文艺雅俗互动的民族化发展;直到《讲话》发表,毛泽东在文学工农兵方向的基础上进一步提出文艺通俗化、大众化、民族化的创作要求。其二,延安文艺的民族化由理论自觉走向了创作自觉。延安时期,伴随着作家深入大众生活的实践发展,作家对大众喜闻乐见的情感表达形式逐步心领神会,于是结合大众生活的地域环境,自觉地运用大众的日常口语以及民间通俗形式来表现大众的现实生活与思想情感,从而增强了作品的生活化气息与地域化色彩,最终在文学大众化的进程中促进了文学民族化的发展。延安时期这种扎根于大众现实生活以及传统民间文艺所形成的大众化、民族化文学,能够以生活化的内容、鲜活化的语言、通俗化的手法、地域化的风格获得大众读者的理解与认可,在一定程度上纠补了"五四"以来新文学脱离大众的欧化倾向。正如研究者所言：

> 1942年毛泽东《在延安文艺座谈会上的讲话》发表之后，专业作家与群众文艺运动结合，中国传统民间文艺在现代新文艺的启迪下得以蓬勃复兴，反过来，民间文艺的创造活力又补充丰富了现代新文艺。对于自诞生以来就主要受外国文学影响的新文学来说，这种来自民族传统和民间文化的推动力，是具有特殊的意义与价值的。[1]

但是，我们还应该注意到，延安文艺在整体上存在着过度倚重传统民间文学资源导致的现代性精神缺失以及艺术水平粗糙的不足。

然而，延安文艺大众化与左翼文学大众化一样，都带有浓厚的政治功利色彩。在中国民族民主革命的历史制约下，现代文学一度受到政治的干预，延安文艺更是受到统一政党的强力支配，由此，文学的自由批判意识被外在的政治规范束缚，相应地，延安文艺的大众化也被导向了工农兵的政治方向。同时，为了实现抗战胜利的政治目标，延安文艺在大众化过程中，十分倚重传统的民间形式，在满足大众通俗性趣味的基础上更好地实现宣传动员的功利性目的。延安文艺工农兵的政治方向以及通俗性的形式要求，进一步导致文学创作的一体化，即工农兵题材的单一性、人物的类型化、主题的概念化、艺术表现的公式化等等。可见，延安文艺大众化作为一种战时文学形态，在某种程度上存在着政治思想性大于审美艺术性、文学工具论替代文学本体论的不足。

总之，延安文艺大众化在反思中国以往文学大众化经验的基础上，以成熟的理论及鲜明的实践，建构了一种"最具中国本土文化气象和中国风格的文学形态"[2]，成为20世纪中国文学大众化思潮中举足轻重的一环。同时，延安文艺大众化深刻地影响了新中国成立后社会主义文学的发展轨迹，尤其制约了十七年文学的创作风貌。

---

[1] 钱理群、温儒敏、吴福辉：《中国现代文学三十年》（修订版），北京大学出版社1998年版，第349页。
[2] 赵学勇、田文兵：《延安文艺与20世纪中国文学论纲》，载《陕西师范大学学报》（哲学社会科学版）2013年第1期。

第三节

大众化的集体追求：创作整一化

1949年，伴随着中华人民共和国的成立，延安时期革命根据地的无产阶级政党取得了全国执政党的合法地位，由此，延安时期根据地的文学政策被推广到了整体性的社会主义文学叙事之中。同时，伴随着广大人民当家做主的历史地位的实现，延安时期工农兵的文学主体性进一步被社会主义意识形态强化，由此，十七年文学延续延安文学的大众化传统成了历史必然。

十七年文学以《讲话》为理论纲领，以延安文艺为历史经验，在新的历史条件下呈现为一种政治意识形态的大众化文学。首先，《讲话》在文学"为政治服务""为工农兵服务"的政治性、群众性理念的基础上，进一步指出"群众生活是文学创作的源泉"，因而要求知识分子必须深入群众生活，走"与工农大众相结合"的道路，同时提出文学要描写新的人物以及文学发展要注重"批判继承中外遗产"等问题。而这些文学政策在十七年时期经过历次文代会进一步发展为：文学"为社会主义服务""为人民服务"的创作理念；文学要坚持"社会主义现实主义"的创作手法；文学要"塑造新的英雄人物形象"的创作要求；文学要贯彻"百花齐放、百家争鸣"的创作方针。其次，延安文艺以大众性、通俗性、民族性为创作宗旨，在创作内容上注重选取农民、工业生产、战争等现实题材来表现工农兵的历史主体性；在艺术手法上注重运用新鲜活泼的工农口语以及大众喜闻乐见的通俗形式，来创作富有中国作风和中国气派的大众化、民族化作品。而十七年文学在借鉴延安文艺创作经验的基础上，同样呈现出大众化、民族化的创作追求：在内容表现上通过选取工农兵的现实题材以及民主革命的历史题材，进一步突显了广大人民的主人公地位；在艺术表现上注重运用自然朴素的大众口语，注重借鉴传统的民族形式以及通俗的民间形式（如章回体、民歌体），注重描写地域文化风俗等来适应大众群体的欣赏心理与审美习惯。由此可见，十七年文学延续了延安文艺的大众化传统，一方面呈现出鲜明的政治性、群众性理念，另一方面呈现出通俗化、民族化的艺术追求，同时带有强烈的政治功利主义色彩与创作一体化的弊端。但是，延安文艺毕竟与十七年文学分属不同的时代历史语境，即前者处于新民主主义革命的战时环境，后者则处于社会主义建设的和平环境，前者只是革命根据地的局部性文学叙事，后者则是民族/国家的整体性文学叙事。因而，新中国成立后延安文学经验的盲目推广势必会造成十七年文学在大众化发展过程中的偏颇，尤其是延安时期带有的政治化"左"倾思想在十七年时期演变为大规模的群众性批判运动，进而给文学事业的发展造成了巨大损失。

新中国成立后，伴随着中国共产党执政地位的全国性确立，延安时期的政治文化被直接导入十七年时期的文学发展进程，同时伴随着新的时代语境的生成，中国当代文学被纳入社会主义意识形态统一运作的体制化生产领域。由此，十七年文学的大众化实践以"为社会主义服务""为人民服务"为创作宗旨，呈现出鲜明的政治性、大众性、通俗性、民族性特点。

十七年文学的大众化实践在诗歌领域主要体现为政治抒情诗的创作以及新民歌运动的开展。历史地看，政治抒情诗由五四时期郭沫若在《女神》中所开创的自由体式抒情诗，发展到1930年代前后革命文学家所倡导的普罗诗歌，直到十七年时期受到社会主义意识形态的全面改造，演变为人民的颂歌，代表诗人有贺敬之、郭小川等。首先，在抒情主体上，政治抒情诗由个人走向集体，从而带有了鲜明的意识形态色彩。伴随着体制化文学新范式的建立，诗人必须自觉调整自我定位从而更好地配合主流文学的历史叙事。反映到诗歌创作中，诗人不再是表现自我个性化情感与批判意识的小我，而是表现时代集体化情绪与主流意识的大我，由此诗人不再表现自我生活化的题材，转而表现歌颂人民的政治题材。如郭小川的《望星空》尽管存在个人话语与革命话语的相互龃龉，但最终歌颂全新时代的革命话语还是获得了压倒性优势。其次，在艺术创作上，政治抒情诗也呈现出共同的创作追求。在体式上，诗歌多采用楼梯体、辞赋体的长篇形式，从而可以容纳更多的时代性、历史性内容，如郭小川的《甘蔗林——青纱帐》使用辞赋体形式，集中表现民主革命与社会主义建设时期的革命战斗精神。在手法上，诗歌将叙事与抒情相结合，多采用排比、比兴、象征（象征物大多具有固化内涵）的手法，集中抒发歌颂人民的强烈情感，如贺敬之的《三门峡——梳妆台》通过叙述三门峡水利工程对黄河的治理工作，抒发了社会主义建设时期广大人民开天辟地的时代豪情，诗歌第一节直抒胸臆地抒发了社会主义豪情，而诗歌中的"黄河"也带有民族精神的象征意义。在风格上，诗歌呈现出雄浑壮丽、高昂奔放的特点，如郭小川的《致大海》借用大海波澜壮阔、博大精深的形象使得全诗激情澎湃。可见，政治抒情诗作为特定政治时代的产物，一方面体现了鲜明的时代精神，反映了新的时代广大人民昂扬奋发的精神面貌；另一方面走向了创作的一体化，如政治题材、人民主题的狭隘化，艺术技巧、创作风格的单一化等，从而导致诗歌失去了艺术想象力与审美创造力。

十七年文学的诗歌大众化实践还体现为"大跃进"时期轰轰烈烈的新民歌运动。1958年，毛泽东正式提出新民歌的创作理论，"中国诗的出路，第一是民歌，第二是古典。在这个基础上产生出新诗来。形式是民族的，内容应该是现实主义与浪漫主义的对立统一"①，由此引发了大规模的新民歌群众创作运动。1950年代，新民歌运动的开展，主要基于对民歌这种民间通俗文学样式所具有的宣传思想、组织大众的现实功用性的考虑，即新民歌通过抒发"人定胜天"的时代豪情，可以有效调动广大人民生产劳动的主动性与积极性，进而实现社会主义建设的政治目标。因而，作为特定时代政治变革的产物，新民歌运动具有以下特点：首先，新民歌运动带有强烈的政治功用性。民歌从属于政

---

① 陈晋：《文人毛泽东》，上海人民出版社1997年版，第448页。

治，使得民歌的政治宣传性遮蔽了原本的情感真实性。其次，新民歌运动带有集体化创作特征。原本个体化自我情感的抒发演变为集体化时代情绪的传达，而这根源于民歌作为一种代表劳动人民立场的民间文学，在人民当家做主的新时代获得了政治文化的合法性，因而作家必须走与人民群众相结合的道路，为人民群众代言，从而放弃个体化的言说方式。再次，新民歌运动带有创作一体化特征，这就偏离了民歌的艺术本质。即新民歌创作大量运用不切实际的浪漫主义、夸张、幻想等手法，来表现激越的时代豪情与浓重的意识形态，从而偏离了民歌真挚抒情、比兴暗示、刚健清新、自然朴素的艺术本质。之后，毛泽东在反思中也意识到了新民歌集体化创作的偏颇，指出"写诗不能每人都写，要有诗意，才能写诗"[1]。总之，新民歌运动在特定历史时期演化成了一种政治性的大众化实践，"作为一种农业社会的歌唱形式，它在城市化、工业化的社会本难以为继，只能作为一种历史遗产回忆它，保存它，研究它，不大可能作为现代的诗歌形式"[2]。

十七年文学的小说大众化实践集中体现在革命英雄传奇小说的创作中，其中包括现实题材的小说以及历史题材的小说。前者主要表现工农兵的现实斗争以及工农兵的时代新风貌，尤其注重表现广大农民由自发到自觉的革命过程，其中反映农业合作化的长篇小说有赵树理的《三里湾》、柳青的《创业史》、周立波的《山乡巨变》等；后者主要表现党领导人民进行艰苦卓绝的民主革命斗争的辉煌历史，代表作主要有梁斌的《红旗谱》、罗广斌与杨益言的《红岩》、吴强的《红日》、曲波的《林海雪原》、杨沫的《青春之歌》、杜鹏程的《保卫延安》等。

革命英雄传奇小说作为一种无产阶级意识形态规范下的大众化实践，将革命性的历史内容以及英雄化的人物塑造纳入了传奇小说的叙事框架，从而实现了革命化的教育与通俗化的消遣的结合。具体而言，革命英雄传奇小说既体现了阶级斗争的革命意识，又弘扬了传统文化的民族精神，从而教育了广大民

---

[1] 陈晋：《文人毛泽东》，上海人民出版社1997年版，第454—455页。
[2] 严家炎主编：《二十世纪中国文学史》（下册），高等教育出版社2010年版，第42页。

众，同时满足了广大民众通俗化阅读的心理诉求。正如评论家所言：革命英雄传奇类作品一度填充了"民间大众的阅读空间，成为当时雅俗共赏、老少皆宜的流行、畅销作品"，其"将传统文化中的扬善惩恶观念、民间的崇侠意识与革命的意识形式有机地结合"，"在给予读者革命化的思想启迪与教育外，其中所潜存的平民大众对英雄的崇拜意识，以暴抗暴、舍生取义、因强进取和关爱底层民众或弱势群体的精神，以及主人公们身上的那种超凡绝俗、浪漫传奇的情调和自由放达、豪迈粗犷、洋溢着原始生命力和大无畏气魄的人格风范似乎更令人倾倒"。① 由此可见，革命英雄传奇小说有效实现了政治意识与民间文化的结合。

首先，革命英雄传奇小说带有强烈的主流意识形态性，其在传奇小说的叙事框架中融入了阶级斗争的革命意识，从而达到巩固无产阶级新生政权的目的。如《红旗谱》借用传统通俗小说"子报父仇"的故事情节，来表现中国农民只有在党的领导下才能取得革命胜利的政治性主题；《青春之歌》通过改造传统的言情小说，来表现知识分子自我改造的时代性主题。其次，革命英雄传奇小说带有英雄传奇色彩，在表现党领导广大人民进行革命的历史进程中，注重塑造富有传奇经历的革命英雄人物，既弘扬了革命英雄主义、革命理想主义的时代精神，也满足了广大人民渴慕英雄的浪漫主义想象。如《创业史》塑造了梁生宝这一农业合作化天然领袖的光辉的农民形象，《红岩》塑造了江姐意志坚定、大义凛然的革命英雄形象。再次，革命英雄传奇小说带有民族时代精神，体现了中国人民在民族民主革命进程中所呈现的自尊自强、勤劳正义、英勇无畏、团结统一等民族精神，也暗示了这些民族精神要转化为砥砺社会主义建设的时代精神。如《红日》通过解放战争中军民浴血奋战的情节叙述，表现了勇敢正直、刚毅不屈的民族精神；《保卫延安》通过描写人民解放军由战略防御转入战略反攻的历史进程，表现了舍生取义、坚忍顽强的民族精神。

革命英雄传奇小说的艺术特征则体现为：首先，具备了长篇小说的史诗体

---

① 杨经建、郭君：《"大众化"与"经典化"——"红色经典"论之五》，载《浙江社会科学》2006年第4期。

式，通过叙述波澜壮阔的革命历史进程，来形象化地揭示人民群众的历史主体性以及无产阶级政党的先进性等历史本质。其次，借鉴了中国古代历史小说的史传手法，尊重普通民众将小说作为通俗历史来阅读的趣味爱好，从而达到革命教育的目的。再次，借鉴了传统章回体小说的通俗化手法。在叙事上，注重结构的完整、线索的清晰、情节的传奇曲折以及民俗风物的细节描写；在写人上，注重塑造典型形象，注重运用白描、行动、个性化语言等手法来表现人物性格；在语言上，注重运用工农兵大众口语。由此可见，革命英雄传奇小说始终关注大众群体的接受心理与审美趣味，同时注重借鉴中国传统的民族形式，因而具有了大众化、民族化的美学特征。但是，革命英雄传奇小说也存在着政治题材单一化、英雄人物形象失真化、艺术手法公式化、创作风格概念化等文学创作一体化的不足。

梁斌的《红旗谱》便是革命英雄传奇小说大众化实践的典型代表。就叙事特征而言，首先，小说以单条线索为主，贯串起完整的故事情节，形成了中国农民革命波澜壮阔的史诗画卷。具体说来，小说以锁井镇朱、严、冯三大家族的主要人物为中心，贯串起"大闹柳树林""脯红鸟事件""反割头税斗争""保二师学潮"等故事情节与历史事件，从而展现了1930年代前后中国阶级斗争与革命运动的历史图景。同时，小说情节具有引人入胜的传奇性，开头楔子便写朱老巩"大闹柳树林"，而朱老忠的革命经历更富传奇色彩，比如谋划"济南探监"接济运涛、巧妙设计营救张嘉庆等。其次，小说在整体的革命叙事之外，也有对日常生活、乡土民俗、地方风光的细节描绘，从而增强了作品的生活化气息与地域文化色彩，使得小说在贴近大众的同时具有了民族化特色。具体而言，小说注重描绘冀中平原广大农民的饮食起居、行为方式，传统节日、婚丧民俗等乡土风情，以及锁井镇、白洋淀的自然风光，并从中自然地带动小说情节、人物的发展变化，从而增强作品的连贯性。同时，小说注重对现实生活人伦关系的描写，如朱老忠、严志和的世交友情，春兰、运涛的青春爱情以及朱、严家族人物之间的亲情等，从而使得作品具有了真切质朴的情绪感染力。就写人特征而言，首先，小说塑造了典型人物朱老忠。他是一个集传统农民与现代革命者于一身的人物形象,并且成为中国民族精神的艺术化概括。他具有传统农民勤劳正义、互帮互助的优良品质以及燕赵地区慷慨侠义、大公无私的性格趋向,如卖掉牛犊资助运涛读书、筹钱去济南探监、帮助严家料理丧事等。同时,他具有现代农民革命者坚韧刚强、有胆有识、深谋远虑的英雄气概。农民革命的阶级斗争中,他表现出不屈不挠的革命反抗精神与革命乐观主义精神,因而成为民主革命时期民族英雄的典范。其次,小说注重继承古典章回小说通过个性化语言、对比映衬手法来塑造人物形象的传统,如朱老忠是一个疾恶如仇的刚烈农民,严志和则是一个逆来顺受的软弱农民,因而前者的语言坚定、激烈,后者的语言则平稳、和缓。就语言特征而言,小说将北方农民的方言土语与古典小说的通俗性书面语相结合,增强了作品的可读性,体现了梁斌本人自觉化的现实追求:"以群众语言为主,书本上的典型性的语言为副,尽可能的用群众语言,而加以提炼加工。"①但是,小说也存在着思想性大于艺术性、人物缺乏真实性等不足之处。

革命英雄传奇小说作为十七年文学大众化的典型实践,始终带有鲜明的意识形态色彩,正如评论家所言:

> 这些正典化了的作品群,本身又承担了将刚刚过去的"革命历史"经典化的功能。它们讲述革命的起源神话、英雄传奇和终极承诺,以此维系当代国人的大希望与大恐惧,证明当代现实的合理性,通过全国范围内的讲述与阅读实践,建构国人在这革命所建立的新秩序中的主体意识……②

因而,对于这种由于历史时代发展的客观因素而导致文学顺应主流意识形态的创作倾向,我们不必过于苛责。

综上所述,十七文学大众化的创作实践,一方面呈现出对文学大众化、通俗化、民族化的自觉追求,从而在一定程度上推动了社会主义文学与人民大众

---

① 梁斌:《一个小说家的自述》,中国青年出版社1991年版,第487页。
② 黄子平:《"灰阑"中的叙述》,上海文艺出版社2001年版,第4页。

的现实结合以及中国文学本土化的历史进程；另一方面却以社会主义一元化的创作特征，带有了浓厚的政治意识形态色彩，从而遮蔽了文学创作的个性化思考、真实化情感与多元化风格，由此制约了文学大众化创作的思想深度与艺术水平。

十七年文学大众化承续了延安文艺大众化的历史传统，在全新的时代语境下演变为一种由社会主义意识形态所主导的政治形态的大众化。在文学大众化的言说对象上，延安时期工农兵的文学主体性在人民当家做主的社会主义时代得到了进一步强化，由此十七年时期的"大众"内涵由阶级范畴转向了政治范畴，由工农兵进一步指向了社会主义的广大人民，进而导致政治题材的单一性与表现内容的概念化。在文学大众化的言说主体上，延安时期知识分子为工农兵服务的政治性理念，在社会主义时代自然演进为为人民服务的群众性理念，由此十七年时期的知识分子以人民群众代言人的自我定位，形成了与主流意识形态相呼应的政治性认同，以集体化的时代情绪取代了个体化的精英批判意识，进而导致十七年文学颂歌主题的模式化。在文学大众化的言说方式上，十七年文学在语言层面，追求自然朴素的大众口语；在形式层面，关注大众通俗化审美趣味，注重借鉴民间通俗形式与民族传统形式（如民歌体、辞赋体、章回体等）；在艺术手法层面，为了追求艺术效果的通俗性、明朗性，走向了创作手法的公式化。

整体而言，十七年文学的大众化实践在彰显文学通俗化、民族化的价值追求的同时，带有强烈的政治功利主义色彩，与延安文学相比，社会主义体制化的文学生产模式所导致的创作一体化的弊端更加显著。此外，十七年文学的大众化实践进一步以大众话语取代了精英话语，从而加剧了知识分子精英意识与启蒙精神的失落，客观上促进了中国文学由雅入俗的审美变迁。

第四节

大众化的实践转向：文学市场化

90年代以来，伴随着意识形态领域的剧烈变革、经济体制的深刻转型以及后现代主义思潮的广泛影响，文学自身也发生了显著变化。不同于以往文学启蒙、革命、政治的宏大历史叙事，文学转向了市场经济主导下的消费化、娱乐化的个体欲望叙事，同时呈现出一种解构正统文学、颠覆崇高价值的后现代激进色彩，相应地，这一时期的文学大众化实践也被导入商业化的模式。某种程度上可以说，90年代以来文学大众化的市场化、商业化的实践转向是对延安文艺人民性传统的背离。

90年代以来，社会主义市场经济体制的确立直接推动了文学大众化商业模式的形成。伴随着由计划经济转向市场经济，文学的生产模式、创作观念、传播方式、评价机制、价值功能等各个方面都发生了一系列转变。具体来说，文学的生产模式由以作家创作为中心转向了以市场、读者为中心，文学生产中大众的主体地位日益强化；文学创作观念由为政治写作转向了为市场写作，由一元化的意识形态书写转向了多元化的世俗欲望书写，文学创作与大众现实生活取得了更为直接的联系；文学传播方式由垄断化的传统媒体转向了民主化、开放化的现代大众传媒，而"大众媒介有力地参与营造了大众文化得以生成并在其中发挥作用的社会'公共领域'"，这种公共领域可以突破统治者的话语霸权垄断而实现自由信息的传输与制造"①，这有利于促进文学的大众化、平等化发展；文学评价机制由文学的审美标准转向了市场标准，由艺术价值尺度转向了商品价值尺度，文学畅销书便是一种典型的市场化评价方式，这虽然在一定程度上可以反映出大众的阅读需求、审美趣味以及作品的社会影响力，但是决不能以文学的商品价值来片面地衡量文学的社会价值；最后，文学功能也由认知、教化转向了娱乐、消遣，这是由于在市场经济激烈的竞争环境中，当代人需要用即时性的消费文化调节工作所带来的巨大身心压力，即"形成了以感性娱乐的调适休息为特征的现代大众文化"②。

90年代以来，作家的角色定位以及创作转型也深刻地影响着文学大众化商业模式的形成。事实上，整个20世纪中国文学大众化的历史进程，始终伴随着中国知识分子寻求角色认同的精神焦虑。五四时期知识分子的精英意识经过延安时期知识分子的自我改造逐步走向没落。伴随着新中国的成立，知识分子努力调整自我定位，形成了与主流意识形态相呼应的政治性认同。直到80年代，伴随着文学观念的深刻变革，知识分子回归五四传统，重拾启蒙精神。然而90年代以来，伴随着市场化的社会转型，知识分子再次陷入无所适从的精神危机。

这一时期，一方面，文学在摆脱政治意识形态制约的同时失去了以往借重政治所产生的社会影响力，日益走向边缘化；另一方面，市场经济深刻影响了文学的生产形态，文学作为一种审美自律性的艺术本体日益受到市场他律性的影响，文学的艺术性日益受到商业性的侵蚀，这进一步加剧了文学的边缘化。面临消费时代的文学处境，部分知识分子便开始自我身份的重新调整，自觉地将文学创作纳入商业化的运作规律，坚持为市场而写作。由此，写作沦为职业，知识分子的社会承担意识与人文启蒙精神也逐步衰退。如王朔就将严肃的文学创作戏称为"码字活儿"，以平民化的立场、"痞子化"

---

① 王一川主编：《大众文化导论》，高等教育出版社2004年版，第12页。
② 尤西林：《20世纪中国"文艺大众化"思潮的现代性嬗变》，载《文学批评》2005年第4期。

的调侃话语来消解崇高价值、反叛精英叙事，从而走向了迎合世俗趣味的商业化写作模式。

> 王朔既不是居高临下的精神领袖，也不是为群众代言的文化精英，而是一个与人物、与读者平起平坐的"哥们儿"。他把故事编织得让人眼花缭乱，让人物带上反主流、反传统、反崇高的"痞子"色彩，他有意识地运用城市流行语，将创作低俗化为一个"技术活儿"，他最大程度地消解了正经文学的道貌岸然，体现和迎合的是世俗社会里一个小市民的行为心理和欣赏趣味。①

虽然王朔贴近市民的写作姿态有利于文学与大众的结合，但是一味迎合大众的媚俗化创作却导致了人文精神的失落。莫言等先锋作家在文学边缘化时代也开始了创作转型，即由宏大历史叙事转向了小人物的日常生活叙事，由"为老百姓写作"的精英启蒙立场转向了"作为老百姓写作"的平民大众立场。与之相应，莫言将自己的小说创作定位为"地瓜小说"，由此莫言的小说创作回归了世俗生活与读者群体之中。可见，90年代以来，虽然不是全部的知识分子作家都转向了文学商业化创作，但是就整体而言，文学的市场大众效应已成为影响当代文学创作的重要因素。

一、文学大众化的创作实践

在市场经济商业化运作机制的影响下，文学大众化的创作实践转向了日常生活叙事以及对世俗价值的认同，呈现出消解宏大叙事、反叛政治伦理、颠覆崇高价值的思想倾向以及消费化、娱乐化、媚俗化的价值取向。90年代以来，商业文学大众化的创作实践主要表现为世俗化的欲望书写（包括物欲渲染、性欲描写、身体写作等）以及80后的青春写作等。

90年代以来的商业大众化文学本质上是一种与市场经济发展相适应的世俗化文学，表明了市民大众对自身所代表的世俗化价值的普遍肯定，而世俗化价

---

① 吴秀明主编：《当代中国文学六十年》，浙江文艺出版社2009年版，第216页。

值的集中体现便是市民大众对自身感性欲望的追求。"食色，性也"，因而商业大众化文学在日常生活叙事中便集中描写了大众对自身物欲、性欲的本能追求。物欲描写，既反映了市场经济条件下丰富多彩的物质生活内容，又传达了现代人对优越生活的合理追求，但是过分的物欲追求使得人物主体精神异化，即物欲的满足已不仅仅是解决生存之需，而成为自我身份得到社会确证的迫切需要，由此拜金主义、功利主义的虚荣浮躁之风大肆盛行。性欲描写，第一种创作倾向是将其融入新历史主义小说的情节叙述，从人性的角度肯定生命原始的本能欲望，从而消解宏大叙事、颠覆主流文学的正统价值观。如陈忠实的《白鹿原》，通过白孝文的纵欲描写，展现了儒家传统伦理道德的理性规范在生命原始欲望觉醒之时的崩坏坍塌，暗含着作者对封建礼仪文化压抑自由人性的现代性批判。而作品开篇关于白嘉轩与七房妻子的性事描写，虽然着眼于表现在传统封建婚姻伦理规范下传宗接代的合理性文化内蕴，但在一定程度上也是为了迎合市场大众欲望化的阅读需求。性欲描写的另一种创作倾向则是性消费写作，通过直露的身体描写营造强烈的感官刺激，从而满足大众的生理快感，迎合其猥亵趣味，进而产生消费卖点，制造商业效应。

纵观20世纪中国文学的性欲描写，我们可以鲜明地看出当今身体写作的性消费特点。五四时期，郁达夫、丁玲笔下的性欲描写，主要基于人性启蒙的文化立场，以一种严肃的创作态度来肯定生命本体的原始欲望，同时以人物的灵肉冲突来展现灵魂的反省与精神的超越，从而传达出反抗封建礼教、追求个性解放的现代性主题。左翼、延安、十七年时期，文学作品中的性欲描写一度受到革命-政治宏大叙事的压抑，从而呈现出不真实的扭曲形态。80年代，张贤亮等人的性欲描写，回应五四人文主义的启蒙传统，表现知识分子在欲望、理性冲突之下的精神苦闷与自我救赎，带有深刻的现实主义批判性。90年代，女性作家林白、陈染等人的私人化身体写作，主要表现为在女性隐秘化、边缘化的个体经验（如自恋、恋父、同性恋等）叙事中融入大量的色情描写。但是这种私人化的身体写作主要基于对政治意识形态的解构以及对传统男权文化秩序的颠覆，进而达到张扬女性独立意识、肯定女性自我价值的创作目的，因而并不是严格意义上的消费化写作。新世纪以来,"美女作家"卫慧、棉棉等人的身体写作则带有鲜明的消费化、媚俗化气息,女性身体不再是灵肉一体的主体本身,而物化成了消费符号,性爱也不再是私密化的个体体验,而被包装成了艺术表演,由此作品充斥着赤裸的性爱镜头与强烈的官能刺激,从而博取了寻求享乐、窥探私欲的大众眼球,形成了强大的商业效应。这种性消费化的身体写作无疑使文学创作堕入了低俗化的陷阱,因而也不会有持久的创作生命力。

商业文学大众化的创作实践还体现在80后的青春写作上。80后的青春写作作为一种娱乐性、消遣性的商业文学有其产生的社会基础。首先,就文学创作而言,80后作家出生在改革开放的新时期,成长过程中浸染着开放性、自由性等现代观念,自然与老一辈在价值观念、行为方式上存在着错位冲突,由此开始了标榜个性、叛逆的文学创作。其次,就文学传播而言,在商业化运作机制的影响下,80后作家可以借重报纸、杂志、互联网等便捷高效的现代传媒迅速走红。如韩寒、郭敬明、张悦然等人都是通过新概念作文大赛的公众平台为人所知,之后经过商业化的精心包装,他们的作品便成为风靡一时的畅销书。再次,就文学接受而言,80后作家彰显个性意识、抒发成长感悟的青春写作契合了处于青春叛逆期、情感懵懂期的广大中学生群体的心理诉求,因而能够拥有稳定的读者市场。80后作家的青春写作是一种以青春为本位的流行化写作,即以青春校园生活为题材内容,来表现青春成长期所特有的孤独、迷惘、忧伤等心理情绪,从而满足中学生群体的青春想象。其中,韩寒的写作以青春叛逆的形象与讽刺犀利的语言著称,通过塑造离经叛道、玩世不恭的中学生形象来辛辣地讽刺中国应试教育体制的弊端;郭敬明的写作以敏锐细腻的情感与玄幻浪漫的风格著称,通过青春记忆的情绪化书写来传达校园时代的孤独与哀伤;张悦然的写作则以女性特有的情感视角来表现青春成长的困惑与痛楚。但是,80后作家的青春写作最终也陷入了模式化、平面化、媚俗化的境地,并未深入对青春、人生、人性的理性思考层面。

由此可见,商业文学大众化的创作实践很大程度上只是在市场运作机制的影响下，实现了文学与市场大众的结合，然而这种结合却带有强烈的消费性、娱乐性色彩，由此偏离了文学大众化原本的真实性与艺术性。如何规范并引导市场文学大众化的健康发展，将是当代文学亟待解决的重大问题。

虽然90年代以来文学大众化的创作实践以商业化文学为主要形态，但是底层文学作为文学大众化的纯文学形态也不容忽视，可以视为延安文学人民性传统的回响。底层文学以农民工、下岗工人、市井小民、城市边缘人等社会底层小人物为主要描写对象，通过展现社会底层艰辛苦难的生存状况，传达了知识分子的平民精神、人道主义关怀以及社会承担意识，在消费主义时代闪现出了难得的人文精神之光。底层文学作家（贾平凹、迟子建、阎连科、方方、池莉、陈应松、罗伟章等）的文学创作虽然一定程度上回应了五四精英文学的现实主义传统，但是仍然缺乏深刻的启蒙精神与现实批判性。在叙事方面，只有对民生问题的表象化描述，而缺乏对苦难现象的深刻剖析；在人物刻画方面，只表现出对人物不幸遭际的怜悯与同情，而缺乏由人物形象所带来的深沉的悲剧震撼力；同时，只是专注于描写底层人物由物质匮乏所带来的生存苦难，而没有深掘人物自身实现精神救赎的超越层面，因而整体上限制了作品的思想深刻性。此外，底层文学在艺术创作上也存在着题材单一化、情节模式化等不足。但是，在消费文学盛行的当今时代，底层文学所体现的这种贴近现实生活、关注普通人生存状态的务实品质与平民精神无疑具有重大意义。因此底层文学如何继承五四文学的启蒙传统，如何提高自身的现实批判力度，将是推动当今文学大众化坚实发展的重要一环。

二、文学大众化的特征与局限

90年代以来，文学大众化主要是一种市场经济主导下的商业形态的大众化，其以商品化、复制化、娱乐化的时代特征，开启了20世纪中国文学大众化的另一番实践形态。

首先，商业文学大众化创作具有市场化、功利化特征。在社会主义市场经济条件下，文学具有艺术性与商品性的双重属性，因而一方面要坚守文学艺术的审美品位，另一方面要遵循文学市场的运作规律，才能更好地满足大众日常精神需求，从而实现文学社会效益与经济效益的统一。然而在商业文学的实际创作中，作家往往更关注文学作品的畅销度而非思想的深刻度，由此导致文学作品的市场功利性大于审美艺术性的创作偏颇，甚至有些作家唯点击率、排行榜是尊，一味地迎合市场大众的趣味，由此导致文学创作的媚俗化、庸俗化的不良倾向，长此以往会造成文学精神价值的扭曲。其次，商业文学大众化创作具有复制化、平面化特征。90年代以来的文学创作日益受到市场运作机制的影响，加之职业化的作家队伍、便捷化的大众传媒渠道、稳定化的读者群体，都使得文学创作日益走向复制化、批量化的工业生产模式，从而进一步导致文学创作走向模式化、平面化，即以程式化的情节、语言以及平面化的思想、情感来满足大众日常消遣的需要，最终导致文学创作个性的泯灭以及人文精神的失落。再次，商业文学大众化创作具有感性化、娱乐化的特征。在经济效益的刺激下，商业文学往往以世俗性的题材、传奇性的情节、感官化的刺激来达到娱乐、消遣的目的，从而使大众在紧张化的工作、烦琐化的生活之外获得身心的放松与愉悦。但是，商业文学片面地追求通俗性、娱乐性，会使文学创作跌入思想低俗、精神庸俗的泥淖，从而扭曲文学的审美价值。

在文学大众化的言说对象上，伴随着意识形态领域的变革以及社会的转型，90年代以来的"大众"内涵一方面冲破了具有确切指向的政治范畴，回归了模糊指向的人性范畴，使得文学表现对象具有了广泛性，文学创作题材具有了多元性，但相应地也使得文学创作过于泛化，甚至陷入混乱状态；另一方面，在以往文本价值层面的文学表现对象的基础上，增加了商业运作层面的市场受众维度，在消费时代后者更为凸显，由此导致当下文学创作唯畅销度是尊的商业化、媚俗化倾向。在文学大众化的言说主体上，90年代以来，伴随着市场化的社会转型以及以解构、颠覆为鲜明特征的后现代主义思潮的广泛影响，文学日益走向边缘化，写作日益走向职业化，相应地，知识分子也表现出对消解崇高价值、迎合世俗趣味的商业化写作模式的认同，由此知识分子的精英意识虽然在80年代反思、批判的文化思潮中有所复苏，但又很快湮没在市场化的浪潮之中。在文学大众化的言说方式上，90年代以来的商业文学走向了创作的模式化、平面化，即通过世俗性的题材、传奇性的情节、感官化的语言、平面化的思想来满足大众日常娱乐、消遣的需要，从而导致文学艺术生命力的下滑。

90年代以来的商业文学大众化创作在推动文学民主化、多元化、雅俗互动等方面发挥着积极作用。首先，商业文学大众化创作推动了文学的民主化、平等化发展，从而真正确立了大众的文学主体地位，使得文学真正地回归大众本身。一方面，文学由以作家创作为中心转向了以市场、读者为中心，由此作为读者的广大民众可以自由地对文学作品进行个性化的阅读、阐释、鉴赏、评价，从而一定程度上利于打破以往精英知识分子的文化特权。同时，广大民众的欲望情感、审美趣味可以更为直接地支配市场文学的创作面貌，这进一步推动了文学的民主化发展。另一方面，文学创作由垄断化的传统媒体转向了开放化的现代大众传媒，从而扩大了文学生成的公共空间，尤其是以匿名性、交互性为主要特征的互联网的快速发展，进一步增强了广大民众的文学参与意识以及文学评判话语权，有利于推动文学的平等化、普及化发展。其次，商业文学大众化创作推动了文学的多元化、个性化发展，使得文学与大众生活取得了更为紧密的联系。它对世俗文化的全面肯定，利于打破儒家正统文化的权威地位，同时，与之相关的日常生活叙事以及个体化欲望叙事，利于打破以往宏大叙事的一元化格局，从而促进了当代文学的多元繁荣发展。再次，商业文学大众化创作推动了文学的雅俗互动，从而在文学大众化的历史进程中实现了文学的雅俗共赏。一方面，它将俗文学因素引入雅文学，激发了雅文学的创作活力，增强了雅文学的可读性与社会影响力，如陈忠实的《白鹿原》通过引入世俗化的性欲描写，丰富了文本的阐释空间，也扩大了文本的读者影响力。另一方面，它将雅文学的艺术技巧渗入俗文学，从而提高了俗文学的审美格调，如琼瑶的言情小说通过借鉴古典诗词增强了文本的艺术表现力。

然而，90年代以来的商业文学大众化创作带有强烈的经济功利主义色彩，使得文学的精神价值、审美价值让位于商业价值，从而导致一系列创作偏颇。首先，其片面地追求文学的商业性、娱乐性，使得文学作品大量充斥着庸俗化思想、感官化刺激与媚俗化气息，从而导致读者大众丧失主体思考走向精神颓废；同时，它一味地消解精英文学的崇高价值，使得文学创作背离了时代、社会、人民生活等现实主义的价值内容，从而导致人文精神的失落。其次，其复制化、批量化的文化工业生产方式，使得文学创作走向概念化、模式化，从而导致文学艺术个性的萎缩与审美价值的下降，长此以往必然会影响文学的艺术生命力与广大人民对文学的精神需求。

三、文学大众化的出路

90年代以来的文学大众化创作急需规范化引导，而延安文学大众化的历史经验可以为其提供启示意义。

延安文学大众化的言说对象，历史性地由知识分子的模糊想象转向了工农兵的明确指向，从而实现了文学与大众的空前结合。纵观20世纪中国文学大众化的发展进程，"大众"内涵在革命政治年代往往具有明确指向，从而突显大众作为革命主体、历史创造者的能动性，相应地，文学与大众结合得比较紧密；而一旦脱离了革命政治年代，大众便回归了人性范畴的模糊概念，相应地，文学与大众的关系也开始疏离。可见"大众"内涵的界定程度，成为影响文学大众化实现程度的一个重要因素，因此90年代以来的文学大众化创作需要对"大众"内涵进行重新界定，从而更好地实现文学与大众的结合。对此，有研究者提出的大众阶层化思路十分富有启发意义：

> 作为由无数具体的人组成的"大众"其具体的文学需求是不一样的（大众的"阶层化"不仅指经济地位的不同，更是指文化趣味的迥异），符合所有人阅读趣味的文学文本是不可想象的，作家的关键在于找准自我文学创造力的爆发与哪一个层次的"大众"最易于产生情感共鸣，并致力于此领域的深度开拓……[①]

[①] 孙桂荣：《文学"大众化"与当代批评的应对策略——从池莉小说的当代评价谈起》，载《东方论坛》2007年第6期。

延安文学大众化的言说主体，经过深入大众生活实践的自我改造，实现了自我阶级意识、思想情感、审美趣味的全部转变，从而逐步获得了大众意识，实现了与大众的紧密结合。纵观20世纪中国文学大众化的发展历程，知识分子的精英意识与启蒙精神日趋没落。实际上，知识分子只有在精英意识与大众意识之间、在启蒙大众与表现大众之间、在现代性与通俗性之间寻求到平衡点，才有可能创作出雅俗共赏的真正的大众化作品，而这个平衡点的获取既源于知识分子深入大众生活的实践经验，又源于知识分子借鉴民间传统文学、西方现代文学的艺术经验。因此，90年代以来的文学大众化创作必须强调知识分子的自我修养。一方面知识分子要加强自我主体精神修养，坚守平民立场，丰富底层体验，担当为底层代言的社会责任，保持与大众生活的精神联系，才能建构起血肉丰满的底层世界；另一方面，知识分子要加强自我文化艺术修养，才能最终以雅俗互渗的艺术手法真切地传达出对普通人生存状态的反思，从而于平民精神中融入启蒙意识。

延安文学大众化的言说方式，纠补了五四时期的欧化倾向，在通俗化的基础上，又进一步实现了本土化与民族化，最终形成了雅俗共赏的艺术风貌。在语言层面，延安文学大众化将本色自然的民间口语与含蓄蕴藉的书面语相结合，实现了语言的雅俗共赏；在形式层面，基于对文学深广度问题的思考，延安文学大众化出现了通俗性与现代性相统一的民族形式的创作，如新评书体小说、民歌体叙事诗等；在艺术手法层面，延安文学大众化关注大众的通俗化审美趣味以及作品的地域文化色彩，从而在推进文学大众化、民族化的发展过程中，形成了真正的中国作风和中国气派。纵观20世纪中国文学大众化的发展进程，中国文学不断地由雅入俗，进而实现了雅俗共赏，然而在消费时代，文学又不可避免地跌入了媚俗化的旋涡。因而，90年代以来的文学大众化创作如何有效借鉴延安文学大众化的历史经验与人民性的人文传统，进而实现雅俗共赏的民族化追求，无疑是当代知识分子需要思考的重大问题。

第六章 延安女作家的话语创构与书写转型

20世纪三四十年代，在民族存亡的时代巨变中，会聚于延安的女作家构成了一个显在的创作群体。她们以建构现代民族／国家为理想，以文学的大众化、民族化和现代化追求为目标，进行了艰难的精神转型，创作视野不断拓宽，走向了广阔的公共空间，以女性书写的特有方式参与新中国的文化设计与创构。她们身上表现出强烈的女性解放与社会革命融为一体的群体性特征。女性解放不仅是身体解放，也是精神解放与文化解放，这使延安女作家们创造的女性话语具有了丰富性和多向性的内涵。延安女作家群开创了一种新的女性话语的表述空间，其话语形态富有鲜活的历史感、崇高感和使命感，对中国新文学特别是女性文学的发展做出了不可替代的重要贡献。

第一节

延安女作家群的形成及女性话语创构

如果说五四启蒙思潮中女作家的崛起，昭示着中国文学史上女性首次嘹亮地集体发声；那么，延安女作家群的文学活动不仅与其遥相呼应，而且是一次女性话语在题材领域规模化的开疆拓土。这群女作家活跃在延安文艺生活的众多领域，她们以极大的真诚和热情，体验和感悟着中国社会的急剧动荡与变革，书写战争背景下的时代风云，讲述着革命岁月里知识分子的心路历程。特殊的文化身份及多样的社会实践活动，使她们成为中国现代史的亲历者与记录者，她们的创作给20世纪中国女性文学提供了一份珍贵的具有历史重量的心灵档案。但遗憾的是，由于多年来政治文化对现当代文学的深层介入，她们的创作总是难于从学术层面得到客观公正的研究与评价，其精神结构中所潜存的种种价值也得不到相应的阐释与揭示。① 倘若沿袭新时期以来业已成形的学术思路，大多会认定延安女作家的创作无非是以文学的方式演绎主流意识形态话语，作品无非是僵硬的形象化了的政治说教，进而对她们进行一番批驳性甚至嘲讽性的言说与指责，这些都是容易做到的，但却是于事无补的。因此，笔者力图真正进入历史语境，切实感受她们的情感变迁，把握其心灵轨迹，考察其

---

① 1949—1978年的研究，并没有从女性话语演变的角度来观察延安时期女作家的创作，也没有"延安女作家群"之说，她们的女性话语探求常常被湮没在文本显示的政治文化的分析与阐释中；新时期以来的研究，虽然格外强调文学审美性，但实际却更注重分析其创作的政治性、意识形态性，同样没有深刻揭示她们对20世纪中国女性文学做出的重要贡献。

叙事的原动力，在前后比照中揭示延安经历对其创作的巨大影响，进而从文学史的视野对其女性话语探索做出价值重估。

一、延安女作家群的形成

北平、上海等大都市是伴随五四新文化运动而诞生的中国现代文学的重镇，在二十多年的时间里一直处于现代文明的洗礼中，成为知识分子云集的文化场域。然而随着民族危机的日益迫近，历史却选择了延安作为中国又一次更大规模的、更深刻的文学革命的策源地和新的文化中心。延安——这个位于中国荒僻西北角的小城，注定要在历史的大转折中扮演重要的角色。有人指出，"客观上，迟早要出现一个延安或类似延安的地方。这样一个地方，是进入'西方'问题系后、禀承19世纪末20世纪初世界意识形态的对立关系的中国所必然产生的"①。20世纪30年代，中国的马克思主义意识形态及政治、军事组织，虽然受到国民政府的巨大挤压，但由于复杂多变的国内国际局势蕴藏了许多有利于其生存的因素，在抗战全面爆发的时刻，延安，终于成为中国共产党领导的新的抗日民主根据地。1936年西安事变到1941年皖南事变的几年中，文化人涌向延安的景象可谓蔚为壮观：

> 1938年上半年一直到秋天可以说是一个高潮。那时的国民党对这一情况并未引起注意，所以对边区也没有产生什么阻碍，象1938年夏秋之间奔赴延安的有志之士可以说是摩肩接踵，络绎不绝的。每天都有百八十人到达延安……②

这其中就有不少女作家，虽然她们来延安的时间不尽相同，在延安停留的时间也不一样，但很快形成了一个群体，她们的相遇注定要为中国女性文学做出重

---

① 李洁非、杨劼：《解读延安——文学、知识分子和文化》，当代中国出版社2010年版，第2页。
② 杨作林：《自然科学院建院初期的情况》，见《延安自然科学院史料》编辑委员会编：《延安自然科学院史料》，中共党史资料出版社、北京工业学院出版社1986年版，第384页。

要贡献。

需要说明的是,这里所说的"延安时期"是一个较为宽泛的时间概念,指从1935年10月中共中央和工农红军进驻陕北,到1947年3月中共中央撤离延安,以这个时间段为主,适当延伸到1950年代初期。延安女作家群,指在这个时段中有过延安经历(参加延安文艺座谈会的经历尤为重要)的女作家,其来源有三:一是从国统区或沦陷区奔赴延安的女作家,如丁玲、草明、白朗等,她们是延安女作家群的主要构成;二是鲁艺培养的女作家,如莫耶;三是从江西苏区经长征到达延安的女作家,如李伯钊,相对来说,有这样经历的人数量最少。在这些有着不同文化背景的女作家中,第一类是我们讨论的重点。这是因为,她们的文学活动更为复杂,多种文学观念的冲撞与摩擦所形成的张力,在她们身上表现得更为明显,她们在延安时期的文学活动更具研究价值。此外,还有到延安访问过的外国女作家或女记者,如艾格尼丝·史沫特莱、尼姆·韦尔斯、安娜·路易斯·斯特朗等,因为她们关于延安的文学活动多限于旁观者的新闻报道,故不在讨论范围。

作为一种文学现象,延安女作家群的形成有着极其深刻、复杂的历史文化原因。如果说,"五四"以来的女性解放思潮促使女性走出家庭并以文学的方式参与社会变革,是延安女作家群形成的先决条件;那么,由于日寇入侵而引发的民族危机,国共两党对抗日的不同态度以及对知识分子的不同文化政策,则是延安女作家群形成的直接的现实动因。

丁玲和陈学昭是在五四文学革命落潮时闯入文坛的。茅盾曾这样描述丁玲的出场给文界带来的冲击:"一位新起的女作家,在谢冰心女士沉默了的那时,以一种新的姿态出现于文坛。""她的莎菲女士是心灵上负着时代苦闷的创伤的青年女性的叛逆的绝叫者。"① 茅盾及时指出了丁玲创作与谢冰心创作的不同内质,即奋起的"青年女性的叛逆"姿态。如果说启蒙话语是以人的觉醒为标志,那么丁玲和陈学昭则以女性的觉醒延续和深化了这种创作旨向。无

---

① 茅盾:《女作家丁玲》,载《文艺月报》1933年第2期。

论是丁玲的短篇小说《梦珂》《莎菲女士的日记》《暑假中》《阿毛姑娘》，还是陈学昭的散文集《倦旅》《寸草心》《烟霞伴侣》，都是女性觉醒的投射。这种女性的觉醒，以女性身份和女性自我世界的确认与抒写为主要特征，重在对女性心理诉求和主体精神的发掘。埃莱娜·西苏曾说："妇女必须参加写作，必须写自己，必须写妇女。""通过出自妇女并且面向妇女的写作，通过接受一直由男性崇拜统治的言论的挑战，妇女才能确立自己的地位。"[1]丁玲和陈学昭的早期创作正是这样，她们以女性特有的生命体验和内心感受为题材，惨淡经营着一个时代女性的心灵世界。

1930年代以来，民族战争一触即发，激发了许多女作家的爱国热情，她们纷纷投入抗日救亡的洪流。丁玲在九一八事变同年即与夏丏尊、周建人等文化界同人发起组织了上海文化界反帝抗日联盟。一·二八事变后，又同鲁迅、茅盾等四十多人签名发表《上海文化界告全世界书》，强烈抗议日本军国主义侵略中国的法西斯行为。[2]白朗于1932年参加杨靖宇领导的反满抗日活动，之后参加了中华全国文艺界抗敌协会组织的作家战地访问团。[3]莫耶于1936年11月回到家乡创办抗日妇女识字班，后与戏剧家左明组织上海救亡演剧第五队，并在《西京日报》上发表了抗日救亡剧《学者》。颜一烟在抗战爆发后，从日本回国，即当选为上海留日同学救亡会理事，不久便参加了上海话剧界救亡协会战时移动演剧队。[4]陈学昭、草明、韦君宜、曾克、崔璇、袁静、李纳等都以不同方式为抗战呐喊助威。

对于这些满怀激情和理想的知识女性来讲，民族的忧患促使她们奔赴延安，国共两党不同的文化政策亦是影响她们抉择的重要原因。其时，国民党的

---

[1] 埃莱娜·西苏：《美杜莎的笑声》，见张京媛主编：《当代女性主义文学批评》，北京大学出版社1992年版，第188、195页。
[2] 《丁玲生平年表》，见袁良骏编：《丁玲研究资料》，天津人民出版社1982年版，第15页。
[3] 魏玉传编：《中国现当代女作家传》，中国妇女出版社1990年版，第99页。
[4] 刘庆俄编：《大海的女儿——颜一烟的生平和创作》，中国和平出版社1994年版，第48页。

书报审查制度更加严厉,进步刊物屡被封禁,作家身心横遭迫害,许多女作家因不满国民党的暴力统治,遭到特务的监视和追捕。丁玲曾被秘密绑架,长期监禁于南京①;陈学昭因早年发表过一些进步文章,与许多左翼人士有来往,回国后即受到特务的跟踪与监视,作品难以发表②;颜一烟因在《破晓》副刊发表《夜》而触犯当局,亦被特务追踪,逃往日本③。这一切都使得知识女性对国民党统治产生了极大的厌恶与抗争情绪。而与国民党这一时期的文化政策形成鲜明对比的是共产党对知识分子的吸纳态度。"共产党必须善于吸收知识分子,才能组织伟大的抗战力量","没有知识分子的参加,革命的胜利是不可能的"。毛泽东发出号召:"一切战区的党和一切党的军队,应该大量吸收知识分子加入我们的军队,加入我们的学校,加入政府工作。"④而"争取的主要途径,是通过各地的八路军办事处,地下党组织及一些进步的社会团体,社会媒介与知名人士,引导和组织知识分子到延安"⑤。延安女性享有与男性相当的待遇,经过埃德加·斯诺、史沫特莱等人的报道,也对知识女性产生了强烈的吸引力。⑥正是在多种因素的合力作用下,延安女作家群才迅速形成。

那么,作为一个在特定历史环境中形成的作家群体,有哪些值得注意的特点呢?

首先应该看到,这些女作家大都有着良好的教育背景和较高的现代人文素养,她们的创作不免体现出浓郁的知识分子情调,渗入知识分子话语。从"五四"落潮后一路走来的丁玲,始终是以知识分子视角进行创作的。从20年代末开始,她便成为冲破旧家庭的牢笼,在五四民主革命的感召下觉醒,进而

---

① 《丁玲传略》,见袁良骏编:《丁玲研究资料》,天津人民出版社1982年版,第6页。
② 单元、万国庆:《突围与陷落——陈学昭评论》,光明日报出版社2008年版,第244页。
③ 刘庆俄编:《大海的女儿——颜一烟的生平和创作》,中国和平出版社1994年版,第47页。
④ 毛泽东:《大量吸收知识分子》,见《毛泽东选集》(第2卷),人民出版社1991年版,第618—619页。
⑤ 刘悦清:《延安知识分子群体的特征及其历史地位》,载《中共党史研究》1995年第5期。
⑥ 陈学昭:《天涯归客》,浙江人民出版社1980年版,第144—145页。

接近社会革命的时代女性知识分子。其早期作品中的人物，都是叛逆的时代女性，她们身上反映出历史投射在一部分知识青年身上的时代阴影，她笔下的莎菲、梦珂与茅盾笔下的慧女士、孙舞阳、章秋柳等时代女性一样，无疑占据着现代小说人物画廊的重要位置。丁玲总是敏锐地捕捉过渡时代知识分子的特殊心理和矛盾，使作品具有深刻的认识价值。而陈学昭的早期散文，也为我们解读"五四"退潮时知识分子的情感世界提供了同样的视角，特别是那惆怅哀怨中不乏执着的追求，追求中又透出些许的幻灭之感，幻灭中又弥散着无尽的焦灼与失落，都是那个年代知识分子的情调与心路历程。当然，文化素养的生成是极利于这些女作家形成人格化的文学追求的。陈学昭因为具有较深厚的文化素养，无论写景抒情、状物议论，都别开生面。她散文中的落日、晚霞、枯叶、涛声、月夜、薄暮等意象，深得唐诗宋词之神韵，文字秀美，显得含蓄蕴藉且令人回味。

作为五四启蒙思潮中觉醒的一代，这些女作家总是热衷社会革命与女性解放，表现出自觉的女性意识。她们中的许多人都从事过与女性有关的事业，如莫耶在进步思想的影响下，逃离家庭，到上海《女子月刊》社工作[①]；崔璇在抗战爆发后，从事妇女救亡工作[②]。同时，她们大都通过作品探讨女性的社会命运与存在状况，力图为女性寻找一条光明的道路。这其中，最为典型的是丁玲，她"是'五四'以后第二代善写女性并始终持女性立场的作家。她以第一个革命女作家的姿态，打破了冰心、庐隐等因思想创作上的某种停滞所带来的沉寂"[③]。因此，她从一开始就以鲜明的女性立场对所处时代中的女性投以热烈的关注和思考，表现出热切从事社会革命与女性解放的愿望。左联时期的丁玲，创作观念已经开始发生变化，其时的长篇小说《水》，不仅显示了她创作视野由个体向群体的转换，也体现了她努力脱出主要描写知识分子的老路，从

---

① 莫耶：《一篇小说的坎坷经历》，见《生活的波澜》，陕西人民出版社1984年版，第109页。
② 魏玉传编：《中国现当代女作家传》，中国妇女出版社1990年版，第553页。
③ 钱理群、温儒敏、吴福辉：《中国现代文学三十年》（修订版），北京大学出版社1998年版，第231页。

女性视角开始试写工农大众，为40年代《太阳照在桑干河上》大规模地把握与表现农民在历史巨变中的心理情绪奠定了基础。应该说，丁玲是中国现代小说史上最早以明确而强烈的女性意识写作的女作家，是20世纪中国女性主义文学的先驱之一。陈学昭在赴延安之前，经常向《妇女杂志》《新女性》等刊物投稿，并结集了两部关于妇女问题的论著——《败絮集》和《时代妇女》，还以女性为主人公写了许多小说，如长篇小说《南风的梦》、短篇小说《珍珠姊》等。草明从创作初期就将眼光投向那些奔波和挣扎在生存线上的底层民众，特别是那些被衰败的农村抛弃、备受城市凌辱、四处碰壁而满心悲怆的城市女工，《倾跌》《大涌围的农妇》《绝地》等都是以女性为主人公的作品。白朗早期的小说《逃亡日记》《生与死》《一个奇怪的吻》等，也都以女性为创作对象。①女性意识的突显与女性话语的弥散，赋予她们的创作以较分明的性别写作色彩。

延安女作家群中的大多数，是从1930年代的革命浪潮中涌现出来的新兴作家，因此她们在创作初期就具有一种突出的社会身份——革命者，她们中的大多数都加入了共产党，投身于实际的革命活动。革命者身份及实践活动的切身体验，使这些女作家特别强调文学可能的社会效应，注重文学在历史变革中的价值意义，创作无时不体现出炽热革命话语的存在。从革命信仰的宣传需要出发，在这些女作家所塑造的令人难忘的女主人公谱系中，既有成长中的女革命者，也有革命者的母亲形象，她们通常都意志坚定且百折不挠。这样的书写不仅有力地鼓舞了奋斗中的革命者，而且给无路可走的彷徨者指明了人生出路。白朗的《生与死》就是一部充满纯净、硬朗风格的革命话语文本，特点是呈现铁窗内母爱的伟大，彰显了"一根老骨头换八条青春生命"的人生价值的实现，行文温婉从容，把民族的良心与母性的伟大展现得感人至深。这也证实了革命话语所蕴蓄的不凡魅力。

不难发现，在现代中国革命和文化进程中，延安女作家已经远远超越了

---

① 除上述女作家外，其他女作家如韦君宜、曾克、李伯钊、莫耶、颜一烟、袁静等也都在作品中描写了大量女性，展现了女性在历史风云中的面影。

五四时期走出家庭独自抗争的"子君"们与为个性解放而苦闷徘徊于十字街头的"莎菲"们，她们义无反顾地投向社会革命的洪流，将自己的生命融入民族解放的大潮，实现着自己的人生价值。这些女作家在中国西北角延安的相遇，预示着她们的文学人生将发生重大变化，也预示着她们在延安的岁月中将以群体的面目出现，共同记录那战火纷飞却充满激情的年代。延安，将成为中国现代女性写作的又一重镇。延安女作家群的形成，不仅意味着中国现代女性文学由分散而趋于某种整合，而且意味着其将对中国现代女性文学进行大规模的开拓。

二、延安女作家群艰难的精神转型

虽然延安女作家在文艺座谈会召开之前十分活跃，但实际的创作成就并不大，没有出现有重大建树的作品。无须回避的是，她们的创作其实已陷入了某种困境。这种困境的产生，现在看来主要是创作环境的转移与文艺观念缺乏更新造成的。

> 从亭子间到革命根据地，不但是经历了两种地区，而且是经历了两个历史时代。……我们周围的人物，我们宣传的对象，完全不同了。①

延安对于来自国统区或沦陷区的作家艺术家而言，实际上是一个完全陌生的文化环境，其所熟悉的生活经验、读者群体与文学表达的方式等几乎全部失效。初到延安的作家常常感到不能像过去那样写作，但又往往认识不到这种变化意味着什么。以丁玲而论，自1936年来到延安之后就属于最活跃的作家，但在戎马倥偬之际也不过创作了一些短文、速写之类，其后在对延安文化环境渐渐熟悉的情况下，才创作了文学性较强的作品。

如果说文艺座谈会召开之前，延安作家的文艺观念及创作呈较自由的状态，那么，当时的杂文风波则成为引发中共高层关注延安文艺活动的直接原因。据丁

---

① 毛泽东：《在延安文艺座谈会上的讲话》，见《毛泽东选集》（第3卷），人民出版社1991年版，第876页。

玲回忆，1942年初的某次高级干部学习会上，与会者的话题很快就集中到《野百合花》《三八节有感》等"暴露"杂文上来了。①当时战斗在晋西北前线的贺龙愤然指出："我们的战士在前方保卫毛主席，保卫党中央，保卫延安，你们却在后方'说延安黑暗'。如果真是这样，我们就要'班师回朝'了。"②毛泽东与艾青的一次谈话，更是道破了整顿的必要性："现在延安文艺界有很多问题，很多文章大家看了有意见。有的文章像是从日本飞机上撒下来的；有的文章应该登在国民党的《良心话》上"③。

这就是说，文艺座谈会和整顿之前的延安文艺界尽管呈自由状态，但也显示了某种程度的混乱。原因是多方面的，首先是延安文化界尚未对"延安文学"有明确的内涵方面的界定，从来没有人描述过延安文学到底应该是怎样的。由于战争阴云威胁着根据地的生存安全，中共将主要精力放在了军事、政治建设上，还无暇顾及文化建设，因此也不可能过多考虑文艺问题。既然根据地领导层不干预文艺活动，延安的作家、文艺理论家就只能从经验出发，从启蒙文学、革命文学和左翼文学汲取话语资源，即使同样是从左翼文学汲取话语资源，也由于文艺观念的细微差异，可能产生相应的矛盾纠葛，由此导致的混乱状况不难想象。延安作家的文学活动还局限在知识分子圈子，周立波坦言："我们和农民，可以说是比邻而居，喝的是同一井里的泉水，住的是同一格式的窑洞，但我们都'老死不相往来'。"④这显然与延安给作家艺术家的待遇⑤形成了极大的反差。作家文艺家的自行发展、自行其是及与大众之

---

① 丁玲：《延安文艺座谈会的前前后后》，载《新文学史料》1982年第2期。
② 艾克恩：《延安文艺运动纪实——毛主席〈在延安文艺座谈会上的讲话〉的前前后后》，载《新文学史料》1992年第3期。
③ 朱鸿召：《延安文人》，广东人民出版社2001年版，第125页。
④ 周立波：《纪念、回顾和展望》，见《周立波选集》（第6卷），湖南人民出版社1984年版，第385页。
⑤ 张闻天主持颁布的《中央宣传部中央文化工作委员会关于各抗日根据地文化人与文化人团体的指示》说："应该用一切方法在精神上、物质上保障文化人写作的必要条件，使他们的才力能够充分的使用，使他们写作的积极性能够最大的发挥。""力求避免对于他们写作上人工的限制与干涉。我们应该在实际上保证他们写作的充分自由。"原载《共产党人》1940年第12期。

间的严重脱节，使文学活动很难起到启蒙大众、鼓舞大众和引导大众的战时效应，这是中共领导层极不愿意看到的。延安文艺界的混乱状况及由此而来的负面影响，促使中共领导层慎重看待文艺问题，进一步明确"延安文学"的内涵。

从1942年4月初开始，毛泽东广泛约请延安作家艺术家交谈，以了解延安文艺界的实际状况，为座谈会议题做前期准备。交谈对象就包括丁玲、白朗、草明等女作家。现在看来，毛泽东《讲话》，是以现代民族／国家建构为话语背景，以建设新文化为目标，从大众性、民族性和现代性的视野对文学的性质、内涵、方向等做的全方位的阐释和定位，并就延安文学的叙事资源、叙事伦理和叙事向度等问题做了阐发和限定。《讲话》确有改变延安女作家文学人生的理论力量。

现代民族／国家想象是一个近现代史命题，也是一个文学史命题。鸦片战争的爆发迫使前现代中国开始进入现代世界秩序，被迫踏上现代之路，从此，现代民族／国家想象与建构便成为中国社会所有矛盾冲突的集散地，也成为中国不断爆发革命运动的基本依据，戊戌变法、辛亥革命等革命运动都莫不如此。然而，这些革命运动在本质上都是以西方现代性模式为仿效对象的。但问题在于，中国走西式之路又要与其进行无始无终的残酷的现代性竞争，就有可能永远被置于西方的控制之下并丧失主权，永远不可能在现代世界竞争中胜于西方列强。正因为这样，中国先进知识分子选择了走马克思主义的中国化道路。这种选择的根本意图，在于建构一个完全意义上的现代民族／国家。在毛泽东等中国共产党人看来，要实现这个伟大目标，就必须结合中国历史文化的实际走自己的现代之路。认知这样的近现代史背景，也就不难推测，1940年毛泽东在《新民主主义论》中提出的"我们要建立一个新中国"的目标，对延安作家构成了多么大的感召力。毛泽东对这个想象中的新中国做了具象描述：

> 我们不但要把一个政治上受压迫、经济上受剥削的中国，变为一个政治上自由和经济上繁荣的中国，而且要把一个被旧文化统治因而

愚昧落后的中国，变为一个被新文化统治因而文明先进的中国。①

于此，毛泽东将现代民族／国家的新文化界定为民族的科学的大众的文化，这就对新文化的性质和边界做了限定，而《讲话》实际上是对《新民主主义论》精神的延伸及对新中国文化设计的具体化。

文学作为文化中最敏感、最活跃的部分，必然要以审美的方式去参与和表现现代民族／国家的建构历程，因此，现代民族／国家想象与实践便成为延安作家的出发点与归宿，民族化、大众化和现代化等命题都是由其衍生而来的，从而成为延安文学极为鲜明的标识。《讲话》中，毛泽东将文学活动在现代民族／国家建构中可能发挥的作用提升到了最大限度，将大众化、民族化看作两个最重要的问题，其落脚点则是现代化。这就为延安作家的创作指明了方向。

毛泽东以中共领袖身份发表的《讲话》，具有不容置疑的权威性，但真正让作家心动的，则是《讲话》本身所弥散的理论力量。它的冲击力不仅让作家感到震撼，更让他们心悦诚服，使亲聆《讲话》的作家成为延安文艺思想的终身追随者。陈学昭多年后谈起《讲话》，似乎还沉浸在亲聆《讲话》的震撼之中："在他的座谈会讲话以后，我才找到了我新的写作的生命！"②或许草明的感受更具代表性。在聆听了《讲话》的当天晚上，草明心潮起伏，突然意识到自己的创作与延安文学的要求还有较大差距，这种意识使她陷入了一种焦虑："大家心里都品味着这服略有苦味，初感难咽，但对于一个真正的革命文艺工作者来说却是终生受用的良药啊！"③延安女作家正是在《讲话》理论的感召下踏上了转型之路，这个转型过程注定是艰难而漫长的，因为她们与大众必然有一个磨合与交融的过程，她们的世界观、人生观、审美观都需要大的转变，在民族化、大众化和现代化以及由其衍生而来的命题如叙事资源、叙事伦

---

① 毛泽东：《新民主主义论》，见《毛泽东选集》（第2卷），人民出版社1991年版，第663页。
② 陈学昭：《对于写作思想的转变——自从听了毛主席的延安文艺界座谈会讲话以后》，载《人民日报》1949年7月6日。
③ 草明：《世纪风云中跋涉》，人民文学出版社1997年版，第123页。

理和叙事向度的把握上都需要不断摸索、实践和锻造。尽管如此，延安女作家的真诚是显而易见的，她们期盼通过文学的方式为现代民族／国家建构做出贡献，这也预示着她们的努力将终有结果。

从延安女作家转型的实际状况来看，显然有一个由浅入深的过程。《讲话》刚发表时，她们在理论上的探索，更多地表现为对《讲话》精神的认知与对自我创作的比照性反省。尽管她们的反省有时表现得很"谦卑"，但我们却没有理由怀疑她们的真诚。丁玲就说：

> 既然是一个投降者，从那一个阶级投降到这一个阶级来，就必须信任、看重他们（大众——笔者注），而把自己的甲胄缴纳，即使有等身的著作，也要视为无物，要抹去这些自尊心自傲心，要谦虚的学习他们的语言、生活习惯。①

丁玲显然要从头做起，诚心诚意地置身于大众之中，只有这样方能使自己的创作走向大众化、民族化和现代化。1942年9月15日，丁玲在《谷雨》杂志发表《关于立场问题我见》，表明她进行文学转型的决心。她意识到"我们的文艺事业只是整个无产阶级事业中的一个组成部分"②，将个体的生命与文学创作视为整个无产阶级事业的一部分，这个认识高度在她过去的文学观中是没有的，预示着她对自身超越的可能。丁玲显然意识到知识分子改造的艰难，但她对这种改造还是很有自信："根本问题应该是靠作家本身有一颗愿意去受苦的决心。这种苦，不是看得见，说得清的，是把这一种人格改造成那一种人格中的种种磨练"。从知识分子人格转变为大众人格，尽管是一个痛苦的过程，然而"在克服一切的不愉快的情感中，在群众的斗争中，人会不觉的转变的"。③如果说丁玲的左联经历使其相对容易理解和把握《讲话》精神，那

---

① 丁玲：《关于立场问题我见》，见刘增杰、赵明、王文金等编：《抗日战争时期延安及各抗日民主根据地文学运动资料》（上），山西人民出版社1983年版，第179页。
② 丁玲：《关于立场问题我见》，见刘增杰、赵明、王文金等编：《抗日战争时期延安及各抗日民主根据地文学运动资料》（上），山西人民出版社1983年版，第175页。
③ 丁玲：《关于立场问题我见》，见刘增杰、赵明、王文金等编：《抗日战争时期延安及各抗日民主根据地文学运动资料》（上），山西人民出版社1983年版，第178、179页。

么,对于"五四"后留学法国而对国内的普罗文学、左翼文学略显生疏的陈学昭来说,转型显然要艰难得多。陈学昭的文学人生,面临的是从启蒙文学跨越式地进入延安文学时代,这种跨越所留下的空白,不是靠文学上的及时跟进就可以弥补的。尤其在对文学的民族化、大众化和现代化等内在要求的把握上,她感到极难适应。陈学昭说,自己虽然是从五四时期就开始从事文学活动的作家,但"在我的脑子里,感情上,为谁写作,有没有弄清楚呢?我承认,这问题我没有想过"①。理论导向与自身创作之间的巨大缝隙,使她坚定了自我否定的决心:"以前写的东西纯粹是发泄个人感情,就使写了一点对旧社会的不满,那也是出于个人观点,个人立场的"②。她同时确立了自己的创作方向:"写作是为人民服务,……站在人民大众的立场上,向人民学习,向社会学习,联系实际,然后才能写作"③。

转型初期,女作家在创作上也表现出一种矫枉过正的态势,作品面貌大致趋同。这是由于她们对《讲话》精神的理解还不够深入,又渴望快速完成转型,于是就不约而同地放弃自己的创作个性,甚至放弃自己原来熟悉的创作领地。延安女作家这个时期的表现,往往成了被研究者批评的证据,但从她们转型的全过程来看,倘若没有这一时期的矫枉过正,又何谈后来更大的超越?正是这种经历,为她们此后更深入的反省和转型奠定了基础,因此,重估这个时期的创作是必要的。其时,她们或讴歌根据地的新生活和工农大众精神气质的新貌,或书写各行各业的劳动英雄和先进模范,或描述西部的地域风光、风土人情和民俗民风,创作视野得到空前拓宽,使她们深深感受到置身大众的真正快乐以及亲临文学天地的无限宽广。引人注目的是,在她们笔下,大众英雄开始崛起,这些来自底层的所谓英雄,并没有创造惊天动地的伟业壮举,但所体现的历史主体性与阶级自觉性却被作为叙事的焦点而得以展开。这是此前的文

---

① 陈学昭:《天涯归客》,浙江人民出版社1980年版,第170页。
② 陈学昭:《对于写作思想的转变——自从听了毛主席的延安文艺界座谈会讲话以后》,载《人民日报》1949年7月6日。
③ 陈学昭:《我的祝愿》,载《延安文艺研究》1984年创刊号。

学不曾有过的,显示了延安文学特有的气象。

这些面目相似甚至有些雷同的表达,毕竟不是延安女作家的终极追求。随着体验的深化和理论认识的提升,她们开始重视创作个性和风格上的变化。丁玲有意识地长期深入基层体验生活,为长篇小说创作做精心准备。解放战争初期,她离开延安,到晋察冀地区农村参加土改工作,获得了极为宝贵的生活体验,对大众化产生了深刻的认知。数年之后,她谈起这次经历仍记忆犹新:"我好像同他们在一道不只二十天,而是二十年,他们同我不只是在这一次工作中建立起来的朋友关系,而是老早就有了很深的交情。"①这个时候,丁玲才真正触摸到大众化、民族化的精要,其代表作《太阳照在桑干河上》就是在这个时候孕育成形的。丁玲的经历显示出,大众化是知识分子话语与大众话语的有机融合,而非单纯的向大众学习,这样的话语形态"愉快、单纯、平凡",这是繁华落尽的纯净,是返璞归真的平淡,也是大众化的可持续发展之路。

草明此后的深入大众生活,已不同于以往的了解,对大众的情感态度也不限于同情,她坚持到基层去,在社会底层感受革命和建设的脉动,这让她获得了极为真切的生活感受,为创作奠定了坚实的基础。她的代表作《原动力》,就有赖于在张家口宣化炼铁厂、镜泊湖发电厂、哈尔滨邮政局的深切的生活体验。这部作品的成功,使草明对延安文学的大众化、民族化和现代化要求产生了实际的领悟,她认为这是"写给工人看的书,尽量少写虚的,写得实在"②,由此开创了中国新文学的工业题材的书写。延安时期是草明文学人生的重要转折时期,她这样谈自己转折的必要与漫长:"延安文艺座谈会,是我思想上创作上的一条分界线。""这条分界线指什么呢?就是说过去那十年,我还不懂得要到工农兵里头去。""所以,怎样向工人学习呀,改造思想呀,

---

① 丁玲:《一点经验》,见张炯主编:《丁玲全集》(7),河北人民出版社2001年版,第417页。
② 草明:《世纪风云中跋涉》,人民文学出版社1997年版,第180页。

都不懂。到了延安以后才逐渐学会的。"①草明的转型体验代表了来自左翼阵营的女作家的普遍感受。

陈学昭则根据自己的实际情况，选取了别样的改造之路：其一，刻苦学习马列原著、毛泽东著作。赴延安之前，她是一个自由知识分子，对中国革命史、思想史知之不深甚或谈不上了解，她必须补这一课。其二，积极参加体力劳动。她拔过猪草，捻过羊毛，硬是让自己弹钢琴的手学会了熟练地摇纺车，在长年累月的纺线中学会了实实在在。更为重要的是，她学会了感受和理解劳苦大众，为以后的大众叙事找到了切入点。其三，尽可能到大众中去。文艺座谈会后不久她就调往《解放日报》社，经常外出采访，在和大众的实际接触中更深入地了解了大众。几年下来，经过不懈努力，她变成了一个地地道道的革命人、一个延安文艺思想忠实的践行者。转型后的陈学昭，在题材选择上显然要宽阔得多，相较于前期作品也有了实质性的超越，如《漫走解放区》记叙了根据地民众正在急剧变革的命运，《新柜中缘》《土地》等作品直接叙述民众的建设活动。伴随着题材的贴近现实，作品的叙事风格也一扫以往那种幽怨、缠绵、阴郁的情调，变得激昂、硬朗，甚至还带着几分粗粝。陈学昭的文学转型，说明作家只有将根扎在大众生活的深处，才能够生发出持久的激情与灵感。

文艺座谈会召开之后，延安女作家的群体特色才渐趋明朗。她们真诚地追随和实践延安文艺思想，纷纷走向大众生活的深处，感受和体验大众的喜怒哀乐与命运变迁，她们对女性的关注和感受更为深切，并以大众可理解的方式书写时代风云与社会沧桑。需要注意的是转型之后延安女作家的话语形态在内部结构上的调整，亦即革命话语、女性话语和知识分子话语，在新中国的文化设计与践行中得到了某种整合。就革命话语而论，延安女作家已认识到此时所进行的革命不仅仅是一个阶级推翻另一个阶级，而是要成立一个新中国，因此，革命意味着政治革命、经济革命和文化革命的同时进行，认识的提升极大

---

① 草明：《"讲话"精神永放光芒》，见《草明文集》（第6卷），光明日报出版社1992年版，第2279页。

地带动了话语内涵的提升。丁玲的《太阳照在桑干河上》就是在土改背景下，尽可能地呈现革命话语的丰富性。作者以土改这样的历史大变动为场域，来观察农村中存在的错综复杂的阶级关系，展现了农民与地主、农民与农民、地主与地主之间的矛盾斗争，真实记录了农民终于成为主体的历史瞬间。作者的可贵之处在于能够沉入历史文化的深层，再现农民如何在现实斗争中，逐渐摆脱数千年历史沉淀下来的旧观念、旧传统，以及自私、保守、个人顾虑和宿命论思想。《太阳照在桑干河上》所呈现的革命话语的丰富性和深广度，已大大超越了丁玲此前的作品。所谓知识分子话语，说到底是知识主体对历史文化或现实情境的判断、质疑和表述，体现着知识主体必然遵循的准则。那么，延安女作家所遵循的准则是什么呢？无疑是现代民族／国家想象，它的主体则是工农兵，缘于此，《讲话》才反复陈述知识分子改造的必要性，这实际上是要知识分子成为现代民族／国家的主体，而绝不是将其排除在主体之外。但就已融入工农兵的知识分子来讲，与现代民族／国家的主体——工农兵还是有着不容忽视的区别，那就是他们同时是知识主体。

作为知识主体，转型后的延安女作家，不仅能感受到大众的历史能动性与阶级主体性，而且能觉察到大众所因袭的沉重的历史文化的负累，这便形成了作家独特的知识分子话语。延安女作家的知识分子话语也承担着启蒙的使命，但此启蒙已非彼启蒙。五四启蒙重在人的觉醒，而延安女作家的启蒙则重在人民的觉醒，虽只一字之差，境界和结果却差之千里。应该看到，延安女作家的知识分子话语不仅与革命话语是完全融合在一起的，而且是和大众话语完全融合在一起的，她们忠实地代表着大众的利益在言说，已经成为大众中的一分子，在民族革命战争的洪流中，以女性特有的话语方式，展现着现代女性别样的风采。

三、延安女作家群全新的话语创构

延安女作家的女性话语的生成，同样离不开对新中国的想象。首先，这里有必要澄清的是：何谓"女性话语"？众所周知，随着人类社会的出现，性别问题也就出现了，性别将人类区分为两种最基本的社会身份，即男人和女人。但"女人"并不是一成不变的，也不存在雷同的女性观，"女人"是某种文明形态的产物，随着这种文明形态的更替，其内涵必然发生变化。尽管如此，作为女性自有其不同于男性的必须面对的相似问题，诸如女性的生理周期、心理特征，女性承担的母职、家庭角色等。这样，我们就可以在普遍意义上对"女性话语"做出界定。所谓女性话语，是女性（尤指女性作家）基于对特定文明的反思和女性权力的自觉，通过语言来表述自我，表述对男性和女性的感受，对世界的体验，以及对历史文化和社会现实的思考。女性话语的发生，既与特定的文明有着紧密联系，又与特定的历史语境息息相关。

毛泽东在《湖南农民运动考察报告》中指出：

> 政权、族权、神权、夫权，代表了全部封建宗法的思想和制度，是束缚中国人民特别是农民的四条极大的绳索。①

毋庸置疑，毛泽东所指出的旧中国普遍存在的四种权力形态，不仅是束缚中国人民的"四条极大的绳索"，更是压在中国妇女身上的四座权力大山。"四权"形态的历史沿承，使中国妇女丧失了经济生活的独立、精神信仰的自由和公共空间的表述，她们没有自主的婚姻，不能像男性那样接受教育，不可能参与社会政治生活，更谈不上女性的权利和发声。中国女性被死死地捆绑在家庭生活中，这种与外界人为的隔绝方式，使其承袭着世代的人生悲剧。五四新文化运动不仅唤醒了人的意识，也唤醒了女性意识，庐隐、冯沅君、冰心、凌叔华、陈衡哲等知识女性纷纷登上文坛。1918年，《新青年》刊登了挪威作家易卜生的话剧《玩偶之家》，其倡导的女性人格独立引起了知识女性的强烈共鸣，"走出家庭"成为她们共同的文学母题，由此形成了启蒙时代的女性话语。启蒙时代的女性话语虽然是中国女性在文坛上的一次集体发声，使中国文学史首度呈现了来自女性的话语谱系，但实际上许多深层次的问题启蒙女作家

---

① 毛泽东：《湖南农民运动考察报告》，见《毛泽东选集》（第1卷），人民出版社1991年版，第31页。

都尚未触及。譬如，"出走的娜拉"最终可能到哪里去，她可能担当什么样的社会角色，谁来保证她的权利的实现。这些问题的悬而未决，使她极有可能重返旧家庭。鲁迅的《伤逝》就叙述了"出走的娜拉"在无路可走时不得不重返旧家庭的悲剧。

"娜拉主义"的失败说明，倘若没有动摇和瓦解旧的文明形态——这种造就女性悲剧命运的基石，任何女性解放都是空谈。马克思主义经典文献从来都是从社会解放的高度来看待女性解放的，认为剥削制度的被废除是女性解放的前提，而女性解放思潮又往往成为社会解放运动的导火线，"每个了解一点历史的人也都知道，没有妇女的酵素就不可能有伟大的社会变革。社会的进步可以用女性（丑的也包括在内）的社会地位来精确地衡量"①。正由于此，有人认为："中国现代女性文学的勃起，同整个民主主义和妇女解放运动相联系，具鲜明的社会内涵与革命色彩。"②不难理解，左联时期的女性话语已大不同于启蒙时代的女性话语，此时的"娜拉"已经走出家庭，积极参与社会事务，投身革命大潮，寻找着广阔的解放空间。左联时期的女性话语渗透着极强的革命话语，换句话说，其女性话语只有在革命、阶级、民族等宏大叙事中才显得生气勃勃。在丁玲、白朗、草明这些奔赴延安的女作家之外，白薇、谢冰莹等也有意识地将女性话语与革命话语进行融合，如白薇的《打出幽灵塔》《革命神受难》《炸弹与征鸟》等作品，就在革命话语中呈现了激进的女性意识。抗战的爆发，在唤起民族意识觉醒的同时，催生了女性话语的大崛起。民族革命战争给女作家带来了更多的进入公共空间的机遇，使她们参与国家政治生活，使她们自觉肩负起民族救亡的历史重任，从而将民族解放与女性解放有机统一起来。

但无论是左联时期的女性话语，还是抗战前期的女性话语，都不足以给人呈示清晰的女性解放的前景。从深层来看，诸如女性的终极归属在哪里，以

---

① 《马克思致路德维希·库格曼》，见中共中央马克思恩格斯列宁斯大林著作编译局编译：《马克思恩格斯全集》（第32卷），人民出版社1974年版，第571页。
② 盛英主编：《二十世纪中国女性文学史》（上卷），天津人民出版社1995年版，第18页。

什么样的社会制度来保证女性权利的实现,那些处于社会底层的连基本的启蒙教育都缺乏的女性的解放之路又在何方,此类现实问题,在这些女性话语中没有也不可能有清晰的表述。延安女作家因为有着新中国想象的烛照,其女性话语显示了某种前瞻性与超越性,如茅盾所指出的那样,她们已找到了女性解放的大道并奋力践行:"'五四'时代的妇女运动不外是'娜拉主义'",娜拉空有反抗的热情,而没有正确的政治社会思想,现在"她们却已不是'娜拉主义'所能范围,她们已经是'卢森堡型'的更新的女性!她们对于现实有正确的认识,她们有确定的政治社会思想,她们不像娜拉似的只有一股反抗的热情,她们已经知道'怎样'才是达到'做一个堂堂的人'的大路",①于是,她们团结在一起,为女性的真正解放,为获得民族／国家的独立自由而卓然前行。

毛泽东的妇女理论(包括女性解放理论)对延安的影响无疑是巨大而深远的。在毛泽东看来,"妇女占人口的半数,劳动妇女在经济上的地位和她们特别受压迫的状况,不但证明妇女对革命的迫切需要,而且是决定革命胜败的一个力量"②。正因为妇女是"决定革命胜败的一个力量",所以,"全国妇女起来之日,就是中国革命胜利之时"③。妇女理论是毛泽东思想的一个重要组成部分,从瑞金到延安,毛泽东始终都在思考女性解放的可行之路,并尽可能地从制度层面保障女性权利的实现。这样也就可以理解,妇女工作在延安为何受到高度重视。如1937年9月,陕甘宁边区党委做出了《关于边区妇女群众组织的新决定》。1938年3月,延安召开陕甘宁边区妇女第一届代表大会,并通过了《陕甘宁边区妇女第一次代表大会宣言》和《陕甘宁边区各界妇女联合会章程》。1939年,中共中央书记处做出《关于开展妇女工作的决定》。为切实保障女性权利的实现,延安还将如何提高女性在政治、经济、文化上的地位列入

---

① 茅盾:《从〈娜拉〉说起》,见《茅盾全集》(第16卷),人民文学出版社1988年版,第140、141页。
② 中共中央文献研究室编:《毛泽东文集》(第1卷),人民出版社1993年版,第98—99页。
③ 柳建辉、曹普主编:《中国共产党执政历程》(第1卷 1921—1949),人民出版社2011年版,第378页。

《宪法原则》和《施政纲领》。延安的女性解放不是停留在理论层面，而是注重实践效应，这无疑使延安女作家触摸到女性解放的实体，从而对其创作产生了重大影响。

法国学者伊夫·瓦岱在文学现代性的研究中，提出了"时间类型"的概念，其中一类被称为"断裂类型"。在他看来，"断裂类型基于好几种历史模式，其中每一个模式都会产生一些集体回忆、一种想像、一种修辞。这些历史模式中的第一个也是最重要的一个显然是革命的模式"[①]。伊夫·瓦岱的现代性理论对我们的启示是，在观察女性话语的变迁时，应该看到由革命造成的断裂，其实也是现代性表述的一个标识。延安女作家在新中国的文化建构中，书写着女性命运的巨大变迁，而造成这一巨大变迁的决定性因素便是革命，是革命恢复了女性的人格尊严，恢复了她们生的希望和乐趣，使她们从苦难的旧时代走向美好的新时代。女作家这类书写的突出特点是，一方面揭示女性在旧时代的非人生活，另一方面描述女性走向新时代后精神气质上的重大变化。草明完成于1947年的短篇小说《今天》就属于这类作品。女主人公王秀荣，在旧时代活得像一个"含冤未报的吊死鬼"，丈夫在"大扫荡"中被鬼子杀害后，她带着三个儿女逃难到了哈尔滨，靠乞讨过日，后来虽在铁路工厂找了个捻线球的活，却因债主和日本人的逼迫而陷入更大的困境。1946年哈尔滨解放，这个已分不清自己是在阴间还是阳间的女性，终于挺直了腰杆。新时代的到来使她爆发出前所未有的活力，她勤奋地工作着，体验到了过去想也不敢想的幸福生活。类似的作品还有白朗的中篇小说《为了幸福的明天》，颜一烟的秧歌剧《农家乐》等。

从战争硝烟中走来的延安女作家，在深切感受战争和敌我斗争的惨烈的同时，不断丰富着女性体验，强化了女性身份的觉悟，从而得以全方位地透视战争中的女性不同于男性的性别差异，拓展了女性对自我的体认。因此类作品叙述的不是女性在家庭而是在公共空间的智慧与魄力，故与纯粹抒写性别情趣的

---

① 伊夫·瓦岱：《文学与现代性》，田庆生译，北京大学出版社2001年版，第71页。

小女人话语有天壤之别，可视为大女人话语。李伯钊于1945年问世的中篇小说《女共产党员》就是这样一部能够体现大女人话语风范的作品。女共产党员帅孟奇因组织上海丝厂女工罢工而被捕，敌人用尽各种酷刑进行逼供，但她始终守口如瓶，不向敌屈服。在狱中，她还经常对同伴进行革命教育，受到狱友的敬爱，甚至得到狱中看守的同情。抗战爆发后，经过党的营救，她才重返工作岗位。作品塑造的帅孟奇这个女性形象，与此前文坛出现的女性人物有很大不同，她不仅具有钢铁般的意志，还具有超凡的智慧，是集毅力、智慧和正义于一身的女性，这为此后的女性书写开拓了新的向度。崔璇于同年发表的短篇小说《周大娘》与《女共产党员》形成呼应。周大娘本是一个平凡的母亲，她的儿子参加了八路军，对儿子深沉的爱使她产生了某种移情，对八路军战士关怀备至。一场战斗之后，她从麦地里救回一名八路军伤员，最后不惜烧掉自己的房子以掩护伤员撤离。周大娘的身上不仅折射着民间智慧，更体现了人民对战士母亲般的慈爱，从中不难看出战争岁月的军民深情，以及作品对女性话语的多向度探索。白朗于1946年发表的报告文学《八烈士》也属于大女人话语的范畴。作品叙述了八个抗联女战士在前去执行任务的途中，被敌人发现而英勇投江的壮烈行为。女抗联战士殉国的民族气节表现得可谓惊天地泣鬼神，使女性叙事也呈现出沉雄悲凉的风格神韵。当然，延安女作家创造的这类大女人话语也不是尽善尽美的。例如，对女性母职一定程度的轻视和极少谈及生育，以及对外部雄化力量的过分看重而导致女性性别意识的淡化等，也使这类女性话语有时呈现出中性化的趋势。

对女性成长史的叙述，同样是延安女作家创造的具有突破意义的女性文本。"五四"以来，尚未出现一部在较大时空范围内描述女性成长的作品，这使得延安女作家的女性成长叙事格外值得关注。巴赫金对成长小说有过精辟的论述，其认为：

> 在诸如《巨人传》、《痴儿历险记》、《威廉·麦斯特》这类小说中，人的成长带有另一种性质。这已不是他的私事。他与世界一同成长，他自身反映着世界本身的历史成长。他已不在一个时代的内

部,而处在两个时代的交叉处,处在一个时代向另一个时代的转折点上。这一转折寓于他身上,通过他完成的。他不得不成为前所未有的新型的人。①

人在历史中成长,人的成长无疑蕴含着历史的重要信息,这也许是一切成长小说最迷人的地方。陈学昭在1948年创作的《工作着是美丽的》(上卷)就是这样一部成长小说,作者显然对人的成长与历史的关系有着自觉的认识,她说:"从这样一个女性身上,反映出时代的一角。"②主人公李珊裳出身于一个没落的旧式商人家庭,在五四新思潮的影响下,毅然冲破家庭与社会藩篱,走上了远赴海外寻求真理的道路。在法国留学期间,由于无知与单纯,李珊裳违心地嫁给了市侩气很浓的陆晓平,错误的选择导致了她多年的不幸。归国后,李珊裳夫妇曾两度赴延安参加抗战,却因为小资产阶级思想的干扰,对延安的新生活总感到有些格格不入。此时,她的家庭破裂了。在一连串变故的打击下,李珊裳几度心灰意冷,党组织的关怀和群众的呵护终于使她重新振作起来,全身心地投入革命大潮。经过战争的磨砺与考验,李珊裳逐步认识了中国,了解到广大的工人和农民,完成了由小资产阶级知识分子到坚定的共产主义战士的重大转变。作者在广阔的时空背景中,呈现了一个时代女性追求与奋斗的历史,字里行间流溢着情感颤动与心灵感慨。作品借人物经历所传达的关于信念、爱情,关于人生意义的哲理性思考,更是为女性书写增添了几分沧桑与深沉。李珊裳的命运史不仅是个人的成长史,显然也是一个时代的女性成长史,正如法国女性主义批评家西苏所说的那样:

> 在妇女身上,个人的历史既与民族与世界的历史相融合,又与所有妇女的历史相融合。作为一名斗士,她是一切解放不可分割的一部分……她的斗争不仅仅是阶级斗争,她将其推进成为一种更为广大得

---

① 巴赫金:《巴赫金全集》(第3卷),白春仁、晓河译,河北教育出版社1998年版,第228页。
② 陈学昭:《工作着是美丽的》,浙江人民出版社1979年版,第1页。

多的运动。①

现代民族／国家的文化设计无疑给延安女作家的话语创造提供了多种可能。这是因为，她们处于新旧交替的历史时期，既真切感受到了政治上被压迫、经济上被剥削、精神上被奴役的中国妇女，在摆脱旧的文化、制度、风俗、习惯束缚时表现出的冲动、欣喜和巨大热力；同时深刻体察到了中国妇女在政治、经济翻身过程中实现精神翻身——思想气质、心理状态的变化——的长期性与艰巨性。因前者，延安女作家的写作显得格外热情，而后者，又显得别样冷峻。但无论是热情还是冷峻，都因为生活本身已提供了初步的答案，在中国共产党的领导下，封建残余正在被摧毁，中国妇女已踏上彻底解放的道路，她们的情绪是乐观昂奋的，这是延安女作家明显不同于其他女作家的地方。

婚姻自主是女性话语中一个常说常新的话题，也是标示女性解放程度的一个重要尺度，倘若对两部作品做简单比较，便可看出延安女作家所呈示的女性婚姻自主发生了多大的改观。鲁迅的《离婚》塑造了一个泼辣好强的女性爱姑。当丈夫有了外遇且要与其离婚时，爱姑摆出誓死捍卫自己婚姻的姿态，说即使离也要拼他个家破人亡，但在七大人等乡绅的调解下，却不得不换了红绿帖离婚，无果而终。袁静于1947年编创的秦腔剧《刘巧儿告状》显示了女性完全不同的婚姻命运。故事发生在陕北边区，刘巧儿与赵柱儿自小订婚，长大后，巧儿的醉鬼父亲刘彦贵因贪图财礼，欺瞒巧儿说赵柱儿是傻子，便和赵家散了亲，暗中却把巧儿卖给了又老又瘸的王财东。巧儿知道后，表示"死也要跟赵柱儿"。赵柱儿探得巧儿的态度，便把刘彦贵卖巧儿的事告诉了父亲赵金才，赵老汉一气之下，邀集乡邻把巧儿抢回了家。刘彦贵以抢亲为由，将赵家父子状告到了政府。石裁判员未做调查，对案子做了不公正的判决。群众极为不满，联名向马专员写禀帖，刘巧儿也向马专员陈述了自己对赵柱儿的感情。

---

① 埃莱娜·西苏：《美杜莎的笑声》，见张京媛主编：《当代女性主义文学批评》，北京大学出版社1992年版，第197页。

最后在上级政府的支持和群众的帮助下,刘巧儿和赵柱儿终于结为夫妻。爱姑与刘巧儿的婚姻命运之所以如此不同,是她们所处的时代发生了重大变化。爱姑时代,封建势力森严如壁垒,她孤军作战终难取胜;而刘巧儿时代,封建势力已如衰败的黄花,她获得了来自人民政府和群众的支持,故终能与意中人在一起。作者通过塑造刘巧儿这个大胆追求美好生活、敢于反抗的女性形象,表现了在新旧时代的交替之际,延安女作家对女性解放的文学想象与抑制不住的乐观情绪。

刘巧儿的命运也反映出女性解放之路不可能是一帆风顺的,虽然封建势力不足以构成显在的威胁,但旧文化在人们观念中留下的烙印却不是立即就能消除的。如刘彦贵仍视女儿为私有财产,把她当作可随意交易的商品,王财东也认为买卖婚姻是合情合理的,更有石裁判员作为政府官员仅凭一面之词就轻率定案,这都构成了女性解放的现实阻力。女权主义者瓦勒里·布赖森认为,女权主义"所追求的是去理解社会,以便向它提出挑战,并对其加以改变;它的目标不是抽象的知识,而是那种能够被用来指导和造就女权主义政治实践的知识"[①]。在此且不论瓦勒里·布赖森表述中的偏激之词,就其所说的"理解社会"并试图"对其加以改变"而言,可以说与延安女作家对女性解放的长期性与艰巨性的理解形成了某种呼应。

丁玲于1940年创作的短篇小说《我在霞村的时候》是一部备受争议的作品,争议的焦点集中在女主人公贞贞的"贞"与"不贞"上。贞贞的"贞"与"不贞"都与其女性身体相关。追求婚姻自主的贞贞逃婚后却被日寇轮奸,做了随营军妓,这是她的"失身",但也是暴力胁迫下的"失身"。身陷火坑的她逃离后,又被"咱们自己人"派去继续做军妓,为抗日武装提供情报,此时的她已是为革命主动"献身"。由于身体长期被蹂躏而落下性病的贞贞,不见容于乡邻,最后决心去延安治病和学习,期盼在新的环境中"重新做一个人"。如果从封建礼教所倡导的女子不失身不改嫁的戒律而言,贞贞的确是

---

① 瓦勒里·布赖森:《女权主义政治理论引论(代序)》,见李银河主编:《妇女:最漫长的革命》,生活·读书·新知三联书店1997年版,第2页。

"不贞"的，乡邻们就是这样看贞贞的；但她对革命是忠贞的，明知继续做军妓是往火坑里跳，还是义无反顾地去了。贞贞所承受的痛苦，除了日寇的强暴和身体的病痛之外，更多的是精神上的被孤立和不被理解。精神上的痛苦越深，预示着旧文化对人们的影响越大，女性解放之路也就越漫长。贞贞最终选择去延安，表现了作者对延安的期待与信心。贞节问题是女性书写中一个极为敏感的话题，也是女性解放的一个终极性命题，丁玲大胆触及此类话题，可见其思考的深度与女性话语的魄力。

女性话语的核心读者群应该是女性，这似乎是不言而喻的。德国学者尧斯指出：

> 文学作品的历史生命没有其接收者的积极参与是不可思议的。因为正是由于接收者的中介，作品才得以进入具有延续性的、不断变更的经验视野，而在这种延续性中则不断进行着从简单的吸收到批判的理解、从消极的接受到积极的接受、从无可争议的美学标准到超越这个标准的新的生产的转化。①

对于延安女作家来说，写作所面临的一个现实问题是，她们的读者群并非知识女性，而是边区妇女。边区妇女所经受的"四权"形态的压迫比知识女性要沉重得多，她们中的绝大多数"不识字，无文化"，真正处于社会的最底层。但这并不是说边区妇女就不需要女性解放，相反，她们对女性解放的渴望比知识女性来得更强烈，更需要一个普遍的启蒙运动。延安女作家所面临的现实困境在于，如何以边区妇女可接受的方式来写作。文艺座谈会之后，她们显然意识到了化解这种困境的可能途径，就是与边区妇女的接受状况相一致，与边区妇女的审美期待及审美习惯相匹配，这样，追求民族化、通俗化便成为延安女作家写作的一个突出亮点。她们融合中外艺术经验，充分吸收民间文化营养，学习和转化那些为边区妇女所喜闻乐见的艺术形式和流行语言，从而切实为边区

---

① 汉斯·罗伯特·尧斯：《作为向文学科学挑战的文学史》，王卫新译，见王海远、袁影、高树海选编：《20世纪中国文学史文论精华：东渐之西潮卷》，河北教育出版社2000年版，第521页。

妇女的真正解放起到了启蒙、引导和推波助澜的作用。颜一烟曾将戏剧与陕北秧歌结合，创作了新秧歌剧《反巫婆》《农家乐》《翻身年》等，还以边区农民特别是边区妇女所喜爱的"逗笑话"这一的载歌载舞的形式进行宣传，也大受边区女性的欢迎。袁静《刘巧儿告状》的民间性体现得相当突出，上演后很快被边区妇女接受，并起到宣传党的婚姻政策的效应，就是因为秦腔剧在陕北广为流行，极受陕北民众的欢迎。延安女作家在女性话语的创建方面所做出的这些探索，应该引起研究者的重新关注。

当然，延安男作家也有关涉女性题材的作品，如孔厥的《一个女人翻身的故事》、阮章竞的《漳河水》、康濯的《灾难的明天》等。那么，当时女作家与男作家笔下的女性到底有哪些区别呢？应该承认，在女性解放这个话题上，无论是延安女作家还是男作家，都将女性解放看作社会解放的一个重要组成部分，女性解放的程度标志着社会解放的程度。但他们之间的区别还是很明显的，首先是男作家对女性命运缺乏持续关注的兴趣，他们的这类作品还未形成规模。以孔厥来说，除集中书写女性命运的《一个女人翻身的故事》外，也只有《受苦人》等为数不多的几篇作品。而延安女作家却以极大的兴趣长期观察和书写女性，草明属于文艺座谈会之后的高产女作家，她的绝大多数作品都在展示女性在新旧变革时代的命运变迁。其次，他们之间的区别主要表现在性别差异造成的体验上。延安男作家是从男性意识的视角观察女性，对女性外部行为特征的把握或许是恰切的，却无法深入体验女性内在的文化心理感受，这使他们总是与女性话语失之交臂。延安女作家的性别身份则使其能敏锐捕捉女性的生存状态与精神诉求，表达遭遇的可说与不可说的难题，正如丁玲所说：

> 我自己是女人，我会比别人更懂得女人的缺点，但我却更懂得女人的痛苦。她们不会是超时代的，不会是理想的，她们不是铁打的。[①]

这种感同身受与同性相惜，有时使女主人公的命运甚至与作家自身的经历合二

---

① 丁玲：《三八节有感》，载《解放日报》1942年3月9日。

为一，从而释放出爆发性的情感能量，深深感染读者。从丁玲《在医院中》和《我在霞村的时候》的女主人公陆萍、贞贞身上不难看出作者的人生经历。陈学昭《工作着是美丽的》的女主人公李珊裳身上更渗透着作者的命运沧桑。这说明，延安女作家的女性话语并不是可以取代的。

延安女作家的创作，与新文学前二十多年的女性写作相比，的确显示了全新的气象。这种新，不仅表现在对女性话语的多维度的呈现上，表现在对女性话语从女性解放的视野进行的深度开掘上，而且表现在触及了女性解放的某些现实而迫切的问题，诸如女性解放的实体依托是什么，以什么样的社会制度来保证女性权利的实现，那些处于社会底层的连基本的启蒙教育都缺乏的妇女的解放之路又在何方。延安女作家创造的女性话语，显然没有囿于性别身份这样狭隘的视野，而是与现代民族/国家建构联系在一起，与新旧时代的巨大更替联系在一起，与革命联系在一起，从而赋予女性书写以特别的历史感、现实感和崇高感，这是对此前女性话语的重大超越。对于延安女作家来说，女性解放意味着中国妇女在政治、经济和文化上的全面解放，这是中国数千年历史上一次最深刻的女性解放。这就可以理解，延安女作家何以要反复讲述中国女性的命运变迁和成长史，并以女性大众可接受的方式进行讲述。

遗憾的是，新时期以来，很多研究者对延安女作家的创作缺乏全面深入的考察，致使他们对如此富于活力和创造性的女性话语缺乏公允的判断，惯性地对其做出粗暴而肤浅的评价，如有人认为延安女作家创造的女性话语属于"无性之性"[1]。在这样的研究中，采取双重标准就容易走向极端。譬如，对启蒙时代的女性话语研究，是从女性解放的角度进行考量的，但到了延安女作家这里就执行性别标准，将女性解放抛在了别处。毋庸置疑，在所有的女性话语中，女性解放是一个元问题，也是女性话语合法性建立的根本条件。背离女性解放这个元问题而简单地从性别说事，就可能滑向男人与女人相对立的二元论泥淖，不仅会导致对女性话语判断的简单化，而且可能导致研究结论的荒谬

---

[1] 孟悦、戴锦华：《浮出历史地表——现代妇女文学研究》，河南人民出版社1989年版，第213—215页。

化，最终动摇女性话语的合理性。性别问题无疑是女性话语研究中的一个重要方面，但远不是全部，这是研究女性话语应有的认知，否则我们将重蹈西方极端女权主义者的覆辙。性别问题被极端放大的后果，就是对所谓纯粹女性写作的论证和倡导，但这种努力被认为是虚妄的，提出这样观点的不是别人，正是西方女性主义批评家肖瓦尔特，她认为：

> 女性美学试图以假设存在着一种女性语言、丧失了的母亲大地，或男性文化中的女性文化来建立一种独特的妇女写作，但这样的做法不能够由学术研究结果来支撑和证明。①

肖瓦尔特的观点对女性话语的研究来说，的确意味深长。

延安女作家群的形成及其创构的话语形态是中国新文学发展中一个突出的文化现象，应该受到研究者的充分重视。苏联学者赫拉普钦科指出：

> 在文学发展的一定时期语言艺术家当中形成的统一体，首先来源于对待现实的态度、对现实的审美感受和创作方法上的共同性。其次，作为这种统一体的根源的，是那些引起属于这一文学流派的作家浓厚兴趣的生活问题和创作问题的相似性。②

赫拉普钦科还特别强调文学现象的发生与新旧时代的更替息息相关：

> 新的文学流派往往产生于社会生活已经发生重大变动的时候，或者产生在时代的先进人物开始或多或少清楚地感觉到这些变动的必要性的条件下。新的生活进程和新的冲突要求得到理解和艺术上的阐明，这就使得在文学创作中发生"路标的转换"。③

文艺座谈会之后，延安女作家在《讲话》精神的引领下，以新中国的文化

---

① 伊莱恩·肖瓦尔特：《我们自己的批评：美国黑人和女性主义文学理论中的自主与同化现象》，见张京媛主编：《当代女性主义文学批评》，北京大学出版社1992年版，第258页。
② 赫拉普钦科：《赫拉普钦科文学论文集》，张捷、刘逢祺译，人民文学出版社1997年版，第186页。
③ 赫拉普钦科：《赫拉普钦科文学论文集》，张捷、刘逢祺译，人民文学出版社1997年版，第187页。

想象为烛照,以文学的大众化、民族化和现代化追求为目标,逐渐形成了统一体。尽管完成路标的转换对延安女作家来说是一个艰难的过程,但她们在战时共产主义的理想国——延安,已切实体验到无论是历史实践还是社会生活都正在发生翻天覆地的变化,这种变化不久将波及整个中国大地,因此她们必然以全新的文学姿态及表现方式呈现"新的生活进程和新的冲突要求"。作为一个创作群体,延安女作家的共性特征主要体现在女性话语的创造上,其女性话语显然不是囿于性别身份这样狭隘的视野,而是与民族的命运紧密联结在一起,从而赋予其女性书写以别样的历史感、现实感和崇高感。延安女作家群为中国新文学特别是女性文学的发展做出了不可替代的重要贡献。

第二节

延安女作家的集体叙事特征

在延安女作家的精神结构中,启蒙、革命、阶级、女性等多种身份与多重话语的纠缠与碰撞,使得她们的写作实践具有不可化约的复杂性:一方面,她们在创作中自觉弱化自身的女性立场以服膺时代与革命的需要,构成了一种集体性的"被压抑的女性叙事"现象;另一方面,性别体验与身份认同使得她们更加关注现实社会中女性真实的生存状态与文化困境,文本包含着更为复杂的蕴意和多重阐释的空间。延安女作家对女性在革命队伍中边缘境遇的体认亦使得她们的书写带有明显的边缘叙事特征,呈现出与居于中心地位的男性作家截然不同的创作风貌。

一、政治化的集体叙事

历史地看,经过延安整风洗礼的女作家的创作立场以及作品的题材、内容、风格等都发生了重大变化,但这种变化艰难而曲折,它沉重地负载着女作家痛苦的心灵轨迹与创作实践的历练过程。转换认同的过程即女作家习得延安话语系统并使自己渐趋延安机制与其规约化的过程。正是在这种转型中,她们的话语实践不仅表现在女作家裂变的人格与抵牾式的精神形塑中,更体现在她们趋于一致的创作追求中,彰显着作为历史转型期女性书写所具有的复杂特征及文化意义。

综观延安时期女作家的创作,不难发现,由于战争烽火的蔓延与革命热情的高涨，她们往往以战时文化规范和革命理性来调整、统摄自己的创作，这使得她们的作品呈现出与五四女作家迥异的风貌。如果说五四女作家是以个性解放、思想启蒙和妇女解放意识开始登上新文学的舞台，以前所未有的反叛姿态言说中国女性特有的心理情绪与时代愿望，秉承女性立场，自由抒写女性尤其是知识女性在时代风云中的命运沉浮以及她们内心的苦闷与哀伤，女性意识极为强烈；那么，延安女作家的创作则由于受到战时环境的影响和民族危机意识的诉求，其书写开始由五四时期的个性呐喊转换到民族解放的广阔天地，由亭子间的自哀自吟走到广大的民众之间，由个人主义的悲悯幽怨转向集体主义的救赎，由子君、莎菲式的叛逆绝望走向阶级翻身的洪流之中。这是一次真正的精神洗礼。在这一过程中，女作家自觉不自觉地弱化或压抑了女性自身的性别意识与女性立场以服膺于时代与新的文化建设的需要。

　　但值得注意的是，延安女作家创作中女性意识的淡化与女性立场的祛魅，除了战时文化语境的影响以及延安意识形态的规约等因素外，她们自身的主动追求亦是一个很重要甚至在某种程度上占据主导地位的因素。这一点往往为研究者所忽略。实际上，五四运动落潮后，伴随新文化运动兴起的个性解放思潮及个人主义话语在现代中国的思想文化进程中开始面临自身难以逾越的困境，其话语实践的有效性遭到了极大怀疑。中国新文学在经历从文学革命到革命文学以及步入民族化、大众化的集体想象后，如何超越自我，克服个人主义话语的困境便成为许多深受五四新文化濡染的延安女作家所面临的共同难题。也正是在此基础上，个人主义话语的对立面——集体主义话语，便成为超越个人主义话语困境的有效资源，于是她们开始自觉将眼光从小我的世界转向更为宽广的天地，主动将女性自身的解放与民族、国家的解放融为一体。体现在创作中，即她们开始追求宏大叙事，甚至为了突显阶级、政党对战时文学与新的国家文化设计的需求而不惜主动压抑或弱化自身的女性立场和女性意识。因此，在延安女作家的创作中，民族意识与革命意识总是高调出场，女性意识则明显淡化。尤其是整风以后，女作家往往以高度政治化的心态，自觉向主流意识形态靠拢，适时调整自己的写作立场，以革命理性统摄创作，使得作品在具备鲜明意识形态色彩的同时缺乏对女性的伦理关怀，忽略了女性的性别特征，性别辨识度不高，构成了中国现代文学史上一种集体性的"被压抑的女性叙事"现象。

作为文坛宿将，丁玲早期的作品以强烈的女性意识与女性的反叛精神为旨向，如《莎菲女士的日记》《梦珂》等被视为现代女性文学的杰作，丁玲也因之被公认为20世纪中国女性文学的先驱之一。但这一时期，丁玲一贯张扬与追求的女性气质，却被浓重的革命与阶级意识遮蔽了。在《太阳照在桑干河上》这部为人们反复读解的长篇小说中，丁玲为女性所留下的话语空间已十分有限，暖水屯这个乡村舞台上所上演的故事中，革命与政治是显在的主题，重要角色均由男性来承担，属于女性的戏份已经很少。显然，转换为革命阵线文艺工作者的丁玲更关注的是"土地改革是如何在一个村子里进行的，这个村子是如何成功地斗倒地主，村里的人们又是如何在土改过程中成长起来的"这样的宏大叙事。及至小说完成后，丁玲还为小说没有充分揭示出"贫农如何在毛泽东思想指引下提高了阶级觉悟，他们如何迅速地成长为为争取建立一个自由民主的新中国而奋斗的坚强不屈的战士"这样的主题内涵而深以为憾。[①]作品中，丁玲虽出于女性的敏锐，为我们创造了黑妮这一处于历史夹缝中的形象，并在其身上倾注了更多女性的情感，但是由于这个人物政治性复杂得难以把握，故作者对黑妮的表现还是相当单薄，甚至还将原本想好的许多场面去掉[②]，这不能不说是革命暴力叙事对女性叙事的遮蔽与抑制。

草明这一时期创作了《延安人》《史永平》《平凡的故事》《他没有死》《今天》《新夫妇》《咱们的女区长》《原动力》等作品，其间，女性

---

① 丁玲：《作者的话》，见袁良骏编：《丁玲研究资料》，天津人民出版社1982年版，第120页。
② 在《生活、思想与人物》这篇文章中，丁玲谈到黑妮这一人物的创作时，指出自己并未好好发展她，她说："但是在写的时候，我又想这样的人物是不容易处理的。于是把为她想好了的好多场面去掉了。"参见丁玲：《生活、思想与人物》，见张炯主编：《丁玲全集》（7），河北人民出版社2001年版，第433页。

或者处于缺席状态,或者为了意识形态的需要而出场。其中,《今天》可说是对歌剧《白毛女》"旧社会把人变成鬼,新社会把鬼变成人"这一主题的翻版演绎。小说通过主人公今昔的对比,指出过去那个"活象个含冤未报的吊死鬼,或者是个在监狱里饿死的女鬼"①的王秀荣,在新中国成立后过上了人的日子,开始焕发出前所未有的生命光辉。作品虽以女性为主人公,以妇女解放为主旨,但在叙述过程中,却突显共产党是人民苦难的拯救者这样的政治主题。小说结尾,作家还特意借女主人公之口说:

> 我这样寻思,有今天就会有明天——人民有了共产党领路,还怕什么?我脑筋笨,嘴也笨,说不尽共产党的好处。现在工厂是咱们人民的,为啥不加油干活?②

这里,作者歌颂阶级翻身的同时却有意趋避女性本真的生存体验,在向主流的靠近中显然轻慢了女性于翻身解放中所经历的艰难斗争与内心波澜,特别是对中国妇女如何从封建意识的枷锁中挣脱出来寻求精神翻身的描述更显得薄弱。又如《原动力》中关于"命名"的场景,当选为妇女小组长的张大嫂提出妇女要有自己的名:"妇道得有个名儿呀。咱妇道也解了放,该各个有个名儿,我娘家本姓唐,为啥姓他的张?"③此间,作者原意并不在书写底层女性意识的觉醒,而是为了突显新政权给底层妇女思想、精神所带来的积极变化。而且,作者很快就将这种命名权赋予了代表革命政权的王经理,而王经理则在为张大嫂命名这一仪式中再次升华了小说的政治主题,于是我们看到:

> "叫新华好不好?"王永明高兴的站起来,笑着说:"为啥呢?过去是老中华,后来是满洲国,那些统治者都压迫我们。现在是新中华的国家,是民主国家,是人民当家的国家,叫新华,就表示解

---

① 草明:《今天》,见《草明文集》(第1卷),光明日报出版社1992年版,第385页。
② 草明:《今天》,见《草明文集》(第1卷),光明日报出版社1992年版,第389页。
③ 草明:《原动力》,见《草明文集》(第2卷),光明日报出版社1992年版,第664页。

放啦。"①

这里，简单的命名仪式演化为对新中国的礼赞，作家在高扬意识形态内容时，却搁置了妇女精神解放的命题②。

这种女性叙事的抑制化表现，充分体现在创作中由于对女性性别特征的规避与消解所呈现出的一种无性化或雄性化倾向。在一些作品中，女作家因某种特定的政治需求无视女性的性别特征，从而使得作品主人公的性别辨识度不高，以至于有时我们将"她"直接置换为"他"也不觉得突兀。白朗的报告文学《一面光荣的旗帜》，记叙了抗日女英雄赵一曼光荣而英勇的事迹，歌颂了她为国捐躯的崇高精神。但浏览全篇，却几乎看不到赵一曼作为女性的任何特征。在此，作者只是从赵一曼作为一个革命者的角度来选择、组织材料，在突出其刚性的同时却有意识地隐去了其作为女性的性别特征，这实际上是对女性本真生存经验的一种遮蔽与抹杀。

以女性文学特征的淡化甚至消解为代价而形成的对国家意志与阶级意志的高扬，实际上是对女性作为女人而存在的生命意义的漠视。这是否就意味着延安女作家完全放弃了自己的女性立场呢？她们有没有尝试在政治文化框架的限制下去开拓新的话语表述空间呢？实际上，延安时期，虽然女作家群情激昂地投入血与火的民族战争的洪流，自觉在文本中突显非文学本身审美需求的革命意识形态内容，但身为女性的敏感仍然使她们注意到现实社会中女性真实的生存状态、精神困境与文化困境，并促使她们在创作中予以揭露和批判，因此，她们的作品包含着种种冲突与张力，具有了更为复杂的意蕴和多重阐释的空间。

---

① 草明：《原动力》，见《草明文集》（第2卷），光明日报出版社1992年版，第664页。
② 草明关于命名场景的描写，实际上从侧面揭露了革命根据地的妇女解放更多的是一种自上而下的思想灌输，而不是主体由内到外的自觉。作为被解放的主体，张大嫂虽然意识到"妇道也解了放"，要求"起个解放点的名儿"，"不要花呀草呀的"，但是这种命名的方式并不是自主的，她还未能使用自己的理性与话语权。最终，命名这一行为仍是由掌握革命权力话语的男性完成的，这其中妇女解放的限度值得我们思考。

二、边缘化的女性叙事

在中国历史上，女性作为缄默的他者，一直被放逐、流浪在文化的边缘地带。虽然在五四新文化运动的潮流中，她们顺势而起，开始发出自己的声音，但是历史沿袭下来的根深蒂固的性别等级秩序与观念并非一次思想文化运动便可全盘根除。加之，妇女解放问题从一开始提出便带有极大的依附性与衍生性，是附着在人的解放命题的基础上，由人的解放命题衍生出来的子命题，并不具有自身独立的价值与意义。及至30年代抗战爆发后，妇女解放的命题更是被置于民族解放与社会革命这样具有先行性的宏大命题下，一度被掩盖、遮蔽。由此可知，中国妇女解放的道路是漫长而艰难的，虽然她们开始浮出历史地表，并向着自由地带进发，但是长期因袭的性别等级秩序与观念的限制，使得她们仍然在文化的边缘地带徘徊、张望，即使在抗日民主根据地亦是如此。一些延安女作家敏锐地意识到了这一点，并在创作中予以表达。她们的作品不仅委婉地揭示了女性在革命队伍中的边缘处境，而且从自身经验出发，书写了作为边缘人的生存体验与精神困惑。

毋庸置疑，处于抗日民主根据地的广大妇女特别是知识女性，较之于其他地区的女性有了更多的权利和更高的社会地位，边区政府颁布了一系列法律条例与政策，如《陕甘宁边区婚姻条例》《陕甘宁边区禁止妇女缠足条例》等，以构建和谐的两性关系，并开始从政治、经济角度赋予男女两性平等的社会地位。但是由于生育、性以及家庭观念中根深蒂固的性别模式等意识的、生理的和社会文化因素的影响，实际上女性在革命队伍中仍然处于边缘地位。关于这一点，我们可从当时关于"公家人"中男女比例的统计中窥见一斑：

> 1938年前后，延安革命队伍里的男女比例为30∶1。几年过后，到1941年前后，男女比例稍有缓解，为18∶1。再过几年，情况向更好的方向发展，1944年4月，男女比例为8∶1。这个数字比例关系基

本维持到1946年开始逐渐撤离延安。①

可见，在革命队伍中，男女比例严重失衡，男性掌握了绝对权力，而女性虽极力向主流靠拢，但是绝大多数仍然被拒斥于主流之外，很难进入这个为男性所掌控的权力体系，更遑论掌握政治核心权力了。因此在当时的边区，女干部数量非常少②，以至于在文学书写中，女性干部的出现常常会被冠以明显的性别标签。这一点我们可从草明此期的作品《咱们的女区长》中得到印证。单从小说名字来看，便不难体认到革命政权中女性干部的稀缺，以至于作家在书写时会特意强调其性别身份。而在具体叙事中，女区长的性别身份被不断强调和突出，"女区长"似乎成了一个固定词，不断地出现在文本中，以时刻提醒读者注意区长的性别身份，这正从侧面进一步证明了革命队伍中女性干部的缺乏。实际上，正是由于草明对女性在革命队伍中的边缘化境遇有着清醒的自觉体认，才会出现上述这种明显的性别标签和边缘叙事的特征。作者试图以这样一个突进革命系统的女性来证明女性的能力与价值，从而为女性向主流地带的挺进打下良好的舆论基础。但这种刻意强调的背后掩藏的却是深深的失落，毕竟个别女性突围的神话终究难掩众多女性陷落的尴尬。而且，文本囿于意识形态宣传的需要，未能深入剖析这个问题，很快便由对女区长的书写转移到了对民主政府的歌颂上。

与这种边缘境遇相联系，她们的作品必然会呈现出与居于中心地位的男性作家截然不同的叙事特征。如果说男作家的书写带有更多的自信和完满的话，女作家的书写则带有更多的犹疑和彷徨，在革命队伍中的边缘地位使得她们的作品具有明显的边缘叙事特征。③以韦君宜在延安抢救失足者运动中所写的一

---

① 朱鸿召：《延安男女》，载《文史博览》2004年第10期。
② 虽然边区政府注重对妇女干部的培养，并特意号召成立中国女子大学以培养妇女干部，但是真正进入边区革命系统的中心并成为干部的女性仍是极少的，女性在革命队伍中多从事妇运工作和医护、保育等相对边缘的工作。
③ 值得注意的是，与男作家的自信相对应，作为边缘人的延安女作家在面对男性尤其是男性领导时往往会产生自卑，这或许可视为女作家文本中男性领袖崇拜情结产生的深层文化根源。实际上，她们的这种领袖情结与其说是对男性领导能力的膜拜和倾慕，不如说是对男性中心地位的一种憧憬和向往。

首现代诗及其丈夫杨述的续诗为例。

这两首诗虽写成于40年代,但一直未公开发表,时隔半个多世纪后才终于付梓面世。在此,为了阅读的方便,特引述韦君宜在抢救失足者运动中所写的诗作:

八年来／对人说／这儿是我们的家／可是／如今在家里／我们却成了外人／那好比一个暖热飞腾的梦／（可怜那个糊涂梦）／北方十二月雷霆／给我们／闪一条迸火花的路径／前门大街抢水龙／门头沟去宣传矿工／眼盯着人家头上绑的小灯／心里想……这上头就点着光明！／忘不了的是年轻朋友／忘不了生物馆里的雄歌／生活像泥河一样流。／忘不了第二院庄严的宣誓／我从今天起……／嘴里一字字念响，／心头掂到那份斤两

也曾从风里进／雨里出／也曾躲过刀枪绳索／并不爱这头颅／（那时人是年轻／这句话可不年轻）／也不是不知道／平安岁月／锦绣前程／眼前放着／想拿就行／可是老高说的好：／我们／是自觉的／给我们的阶级挖坟……／三七年七月卢沟桥／这声大炮来得正好／甩脱了家庭学校／信仰呵！／你叫我们上哪儿去／我们就那儿都好！／……／七年！／八年！……／为信仰受人迫害／是当然／尽管他风吹雨打啊！／我们可有个家／家在陕北黄土高原／温暖的声音向四方召唤／为有这个家／爹娘跑一万里来找我／我连娘的面都不愿见／尽管这家／少的是繁华／多的是风沙／我们爱她／没到延安就指着清凉宝塔／看哪／红日青天／够多灿烂的新天下！／看那少年人来／我想／"你也到我家来啦！"／看那年纪大点的来／我想：／"咱们一同回家啦！"

这一串／都不能再想／想起来／热泪望笔端直淌／家啊！／你对我们／就是这般模样！／究竟谁是手足！／谁是仇人？／谁是亲人／谁是奸臣？／光明的世界里／却搅在一团糊打混／我们如今成了外

人／有辱骂／有冷眼／有绳索／有监狱……／半夜里睁眼／我追想这八年／这是什么世界／天翻到地／地变成天／这本是我们的家呀！／我惭愧了／这八年／捶碎了胸腔／把记忆从头铲／是和非从今都不算／咬紧了牙关／看那些冷眼／世上人有什么肝胆？／八年只算个飞腾的梦／梦醒来／高原的老北风／吹得热身子冰冷／把心撕碎放在牙缝里咬／看还知道痛不知道！／不该哭／本该狂笑但我刚甩开笑纹／眼泪就顺它流下来了

家呀／（让我再呼唤这一声！）／我们对得住你／你愧对了我们／世界／人生／革命／学来好大个聪明！／如今／已变成无家的流民／夜晚寻不上宿头／让我弹一曲没弦的琴／你听／站在旷野里／呆望着／最远的星星……

杨述的续诗：

不管家里把我们当作外人／我们也是家里的人／就是死了也愿意——葬在家里的地／就是变做杜鹃／也住在家里的屋檐／因为我们只有一个家——惟一的家／无论遭到怎样的摧残／怎样的迫害／不论被践踏得有如粪土／有如草芥／我还依恋着家／尽管被当作狗似的乱棍打出／我还是要进家门来／因为打不掉也抹煞不了的——一颗共产主义的心。[①]

这两首诗皆作于延安抢救运动时期，但在相似的环境下二者的立场、态度和情感却有很大差异。韦诗中，作者追溯了"我们"的革命历程，写到"我们"抛却锦绣繁华，背弃亲人家庭，受尽冷眼折磨，终于投奔到了黄土高原上的"家"，可是"家"却将"我们"视为外人，用辱骂、冷眼、绳索和监狱来招待"我们"，由此思想上遭遇了一次信仰危机，出现了动摇和犹疑。诗篇表达了八年一梦的荒凉与迷惘、辛酸与无奈。其丈夫杨述的续诗则

[①] 参见杨团：《〈思痛录〉成书始末》，载《当代》2001年第2期。

明显不同于韦诗。杨诗中，坚定的信仰贯穿全篇，其"家里人"的认同，使得他即使被摧残践踏、视如草芥，也依然不改初衷，依然眷恋着家，即便"被当作狗似的乱棍打出／我还是要进家门来／因为打不掉也抹煞不了的——一颗共产主义的心"。夫妇二人的诗作为何会出现这样大的反差呢？其根源在于二者对自身身份的不同定位。"家里人"与"家外人"相对应的实际乃是主体与客体间的关系。杨述"家里人"主体身份的认同，使得他的诗中更多的是坚定和执着。这种居于主体地位的自信，使得男性即使在蒙受冤屈时依然能够保持一种昂扬的精神状态，依然能够不改初衷、坚定不移，即便牺牲也是一种崇高的献祭，从中可得到一种精神的满足。而韦君宜"家外人"客体身份的体认，却使得她与革命政权保持了一定的距离。她没有男性那种居于革命主体地位的自信，在蒙受冤屈时也更易产生犹疑与彷徨，因此她的诗中充满了失望的悲哀与迷失的怅惘、怨恨。但也正是因为这种距离的存在，使得韦诗对"家"的叩问与反思更具历史的深度，更令人回味。而之所以会产生如此迥异的身份定位，实际上又与革命政权中男女两性地位的差异相联系。正如前文所述，在抗日民主根据地，虽说女性拥有了与男性一样的社会地位与经济权利，但在革命队伍中，男性仍然占据绝对优势地位，这使得他们能够以革命主体和"家里人"的身份自居，而女性作为革命队伍中的边缘人，自然很难产生男性那种主体（优越）感，她们更多的是一种边缘感，较之男性，更易产生"家外人"的心理认同。

综上可知，延安女作家以知识女性所特有的敏感细腻，敏锐地觉察到了女性在革命队伍中的边缘化境遇，并在创作中进行了难能可贵的探索。也正是由于她们对女性的边缘化境遇有着清醒的自觉体认，她们的作品才会出现明显的性别标签和边缘叙事特征，呈现出与居于文化主流地位的男性作家的创作迥然不同的风貌。实际上，她们关于根据地女性边缘境遇的书写以及潜藏在边缘叙事中的批判、反思意识，不仅为我们了解那个时代女性的真实处境留下了珍贵的感性材料，而且使得她们的作品较之居于中心地位的男性作家的创作更具有历史内涵，更令人回味。

三、策略化的双声叙事

在中国现代史上,"妇女解放问题曾两度成为具有全社会意义而不仅是女性自身意义的问题,一度是为五四,一度则为解放区"。在解放区,"妇女有史以来第一次有了与男人一样的经济权力和政治——社会价值"。①但值得注意的是,政治、经济上的平等并不意味着妇女的彻底解放,它仅仅是妇女解放的第一步,妇女精神解放的过程更加艰难而漫长。而且不能否认,这一时期妇女解放问题的提出,更多的是出于现实抗战与抗日民主根据地生产实际等的需要,实际上两性间的性别秩序在社会解放这样的宏大命题的掩盖下继续存在着。

关于这一点,我们可从当时毛泽东发表的有关妇女解放问题的言论中得到再认识。在1939年3月8日发表的《妇女们团结起来》这篇文章中,毛泽东首先强调了女子的重要性:

> 世界上的任何事情,要是没有女子参加,就做不成气。我们打日本,没有女子参加,就打不成;生产运动,没有女子参加,也不行。
>
> 无论什么事情,没有女子,都绝不能成功。②

毛泽东是从战时需要出发,强调女子在战争与生产中的重大作用,表现了革命领袖的慧眼卓识,也体现着新的文化引领者的精神气度。但是也应看到,毛泽东在这种论断中强调的是女子的社会意义,而非女子本身的性别意义。在此基础上,毛泽东又论述了中国民众(男女)所承受的重重压迫,他清醒地认识到女子承受着更多一重的压迫,即男子的压迫与歧视。然而,毛泽东认为"这种歧视,是社会的歧视,而不是两性间的问题;这种压迫,是社会的压迫,也不

---

① 孟悦、戴锦华:《浮出历史地表——现代妇女文学研究》,河南人民出版社1989年版,第210页。
② 毛泽东:《妇女们团结起来》,见《延安市妇女运动志》编纂委员会编:《延安市妇女运动志》,陕西人民出版社2001年版,第285页。

是两性间的问题"①。此时，毛泽东将男女两性间的性别冲突归结到社会的根源上，从而将妇女的解放与社会的解放联结起来，在发动广大妇女为争取社会解放做斗争时，男女两性间的不平等和压迫则在这个宏大命题下被遮蔽了。毛泽东的这种思想在《给中央妇委的信》中表现得更为突出：

> 妇女的伟大作用第一在经济方面，……提高妇女在经济、生产上的作用，这是能取得男子同情的，这是与男子利益不冲突的。从这里出发，引导到政治上、文化上的活动，男子们也就可以逐渐同意了。②

从某种角度讲，革命实际上纵容着男性特权的存在，妇女的活动须得经由男性的首肯，由此出发，妇女解放的限度不言自明。

实际上，在根据地，妇女的社会地位虽有所提高，但并不意味着女性取得了话语权，她们在革命政权中仍然处于边缘地位，传统的性别秩序以及延续数千年的封建思想依旧压迫着她们，再加之生育、性等因素的影响，女性承受着常人难以想象的痛苦。同为女性的女作家自然能深深体会到她们的痛楚，她们在作品中对这一系列问题进行了揭露。这一时期，女作家关于女性真实生存境遇和性别困境的揭示存在着两种不同的路径：一种是显在的揭露，一种是隐性的呈示。

从显在的揭露来看，她们直接将女性的生存境遇及性别困境和盘托出，批判的矛头直指造成女性生存困境的根源，对之进行了严厉的诘责，代表作有丁玲的《三八节有感》《我在霞村的时候》、陈学昭的《延安访问记》、莫耶的《丽萍的烦恼》等。

以陈学昭的《延安访问记》为例。在"两性与恋爱"一节中，作家敏锐地指出：

---

① 毛泽东：《妇女们团结起来》，见《延安市妇女运动志》编纂委员会编：《延安市妇女运动志》，陕西人民出版社2001年版，第286页。
② 毛泽东：《给中央妇委的信》，见《延安市妇女运动志》编纂委员会编：《延安市妇女运动志》，陕西人民出版社2001年版，第292页。

> 我们，中国女子的斗争，是两方面并进的：在民族、社会的利益方面，我们女子的利益就是劳动者的利益，要劳动者得着解放，我们女子也方能得着解放。……在两性方面，我们要同这些谋民族解放的共同友人，但却是统治惯了的，背上负着重重历史的、封建的、歧视女子的恶习，这样的男子作斗争。这个双方并进的斗争是同样的艰苦。无论怎样新的中国男子，他摆脱不了旧的根性。①

如果说陈学昭关于女性解放的前半部分论述与毛泽东在《妇女们团结起来》中的思路是一致的；那么在后半部分，身为女子的性别体验与身份认同使得她无法忽略现实中性别等级秩序的存在，因此她没有将两性间的矛盾内置于民族、社会利益之下，而是将之特意提出来，作为与民族解放、社会进步并行的命题。而且，她对历史因袭下来的性别歧视的稳定性有着清醒的认识，强调两性间的斗争与民族解放、社会斗争一样艰苦。在此基础上，陈学昭分析了中国妇女的生存处境，尤其是边区妇女的境遇，指出她们虽然"地位比中国任何地方提高了些"②，但是在实际生活中，仍承受着许多苦楚，如忽视男女差异的绝对平等、男子对生育的鄙视、参加战争与养育后代的双重压力等。同时，陈学昭对边区的恋爱与婚姻问题投以热烈的关注，并对其中许多问题进行了省思，如对边区婚恋中革命老干部那种原始、粗糙、强制性恋爱方式的批判，对×女同志丈夫卑劣恋爱心理的鞭笞等。陈学昭以觉醒女性的眼光，来观察周遭的人与事，敏锐地察觉到了日常人伦中的两性问题，并直言不讳地表达出来，在揭示边区妇女真实生存状态的同时，对造成妇女悲剧命运的根源进行了毫不留情的批判。

实际上，对两性问题的关注与批判一直体现在陈学昭整个延安时期的创作中，即使在后来自觉趋向政治话语形态过程中创作的《工作着是美丽的》亦流露出此种倾向。这部自传体长篇小说中，有这样一个情节：李珊裳

---

① 陈学昭：《延安访问记》，中国国际广播出版社2013年版，第234—235页。
② 陈学昭：《延安访问记》，中国国际广播出版社2013年版，第249页。

的丈夫陆晓平在下药毒害的手段未能成功后，便以珊裳政治上落后、妨碍工作和破坏医院团结为由，欲与之离婚，并且认为事情会到如此地步，全是珊裳"自作自受"，从而将责任完全归于珊裳。但这实际上却是陆晓平为了满足私欲而故意设下的圈套。这里可以看到，所谓落后女人的政治问题乃是由男性话语造成的性别问题，是男性以政治之名强加于女性的性别压迫和歧视。因此，作家对陆晓平这种以冠冕堂皇的政治话语来掩蔽自己无耻行径的行为进行了批判与讽刺，揭露了革命队伍中冠革命之名而行性别压迫之实的现象。这是陈学昭的敏锐之处，但令人遗憾的是，她虽寄予珊裳以极大的同情，却并未从深层为珊裳寻找出路，最后珊裳的解脱之道乃在中共高层领导的信任和帮助以及相信时间、历史会证明一切的愿望中被消解。

莫耶的小说《丽萍的烦恼》，在对女性自身弱点进行批判的同时，揭示了革命队伍中女性所面临的生存困境及承受的各种压力。如小说在叙及丽萍和前男友林昆谈论自己与×长的婚姻时，这样写道：

> 她先说着医院里使他厌烦的事，然后谈到跟×长的结婚，说她自己是怎样不愿意，可是人家又怎样"包围"、"进攻"，有人还批评她思想意识落后，要她保证首长的威信，没法子只得结婚等等。①

可见，丽萍并非出于自愿而与×长结婚，她是在周围人的"包围"与"进攻"之下，慑于政治落后的批评强力而被迫与之结婚的。此间，作者清晰地为我们呈现了革命队伍中女性的婚姻困境，展示了革命政治话语对女性的压抑。小说在对以革命政治为由绑架女性婚姻的现象进行揭露的同时，批评了×长身上所残存的封建男权意识，如×长不允许老婆与其他男同志过多接近，不停地要求老婆注意保持他的威信，认为妻子服从丈夫是一种天职，老婆应该为着他个人而牺牲自己，在老婆的生育上，亦明显地表现出对男孩的偏好，等等。

然而整风以后，上述这种显在的批判与揭露开始消失，转而更多地表现

---

① 莫耶：《丽萍的烦恼》，见《生活的波澜》，陕西人民出版社1984年版，第81页。

为一种隐性的呈示。体现在女作家的创作中，则是对双声话语写作策略的运用，即"既体现着主宰社会的声音，又体现着属于自己的声音"①。实际上，这正是延安女作家在政治框架内努力开拓女性自己话语表述空间的体现。众所周知，整风以后，延安作家的创作被纳入革命意识形态的框架，政治成为显在的主题，这对女作家的创作自然也不例外。但是女作家在向革命趋附的过程中，身为女性的身份焦虑又促使她们在显在的政治主题下继续关注和探讨女性真实的生存与生命状态，以婉曲隐晦的艺术方式传达出另一种声音。

白朗此期的小说《孙宾和群力屯》，反映的是斗争地主恶霸的阶级解放主题，突显群众在翻身斗争中的重要性。但在宏大题材之下，作家还在文本的缝隙中通过孙大嫂这一形象为我们委婉地揭示了农村妇女真实的生存处境。小说中，孙大嫂在丈夫孙宾与姜家父子撕破脸皮时，因担心丈夫遭人暗算而天天唠叨，这本无可厚非，却引起了丈夫的强烈不满。在丈夫看来，"老娘儿们家懂得个屁"，他甚至发誓说，"你这娘儿们要是再嘀咕，我就到区政府跟你打罢刀（离婚——笔者注），我不要你这路反动老婆"②，吓得孙大嫂自此不敢再多言，怕落个"反动"罪名。这里，作者表面上似乎是在写孙宾政治上的坚定与进步，批判孙大嫂的妇人见识与落后，但实际上，却是对孙大嫂倾注了更多感情，由此造成的实际阅读体验是我们更能理解孙大嫂的行为。作品不仅委婉地揭示出孙大嫂与孙宾之间仍然存在着性别等级秩序，同时揭示了政治话语向私人生活空间的渗透，以及它在事实上给女性造成的压抑，以至于孙大嫂背上了沉重的精神负担——"打罢刀还在末节，要是落个反动罪名，那多寒伧哪"③。

又如丁玲在《太阳照在桑干河上》的"好赵大爷"一章中对赵得禄女人挨打场景的描写。此间，丁玲为我们描绘了一场普通的家庭闹剧，赵得禄之所以要打女人，是因为其接受了地主女人的"贿赂"——一件不合身的花洋布衫。

---

① 邱运华：《文学批评方法与案例》，北京大学出版社2005年版，第237页。
② 白朗：《孙宾和群力屯》，见《白朗文集》（1），春风文艺出版社1984年版，第150页。
③ 白朗：《孙宾和群力屯》，见《白朗文集》（1），春风文艺出版社1984年版，第151页。

表面上，丁玲似乎是在写赵得禄政治立场坚定，不为外物所诱惑。但在实际的阅读想象中，我们却几乎感受不到赵大爷的崇高品质，反而更为同情赵得禄女人卑微、屈辱的生存处境。而丁玲将这么一个场景置于"好赵大爷"的标题下，就具有了浓重的反讽意味①。在此，丁玲正是通过对双声话语策略的创造性运用，婉曲地揭露了农村底层妇女真实的生存处境，展现了在农村家庭中存在的男人之于女人的言语暴力与行为暴力。

值得注意的是，我们并不能过于夸大女作家这种隐性揭示的力度，实际上，女作家在政治框架范围内的突围是有限度的。在当时抗日民主根据地的历史环境中，仅从女性角度揭示女性话语与民族／国家话语、政治话语之间的冲突和抵牾，阐明现代民族／国家话语与政权结构中所存在的性别等级与权力关系，必然会动摇现代民族话语与革命政权的合法性，这不仅不合时宜，而且决不被允许。女作家们显然清醒地意识到了这一点，因此，虽然她们有时在文本的罅隙处为我们揭露了女性真实的生存困境与存在状态，但却并未在创作中深入探讨女性的解放与出路等问题。再以白朗《孙宾和群力屯》为例，作者虽然发现了现实生活中两性的不平等以及革命话语给女性造成的事实上的压抑等问题，但是由于政治与阶级意识的限制规约以及自身叙事的需要，作者并没有进一步探讨孙大嫂与孙宾及革命间的紧张关系。而且在小说最后，孙大嫂与孙宾及革命间这种紧张关系的化解还是以孙大嫂主动向丈夫和革命靠近为前提的。这种以女性否定自我为代价的矛盾的消泯，实际上遮蔽和掩盖了女性最真实的心理诉求。从这里我们可以看出女作家在文化夹缝中突围的限度所在。

作为活跃于延安时期的女作家，她们以群体性的创作追求，紧扣时代脉搏，切近现实生活底部，深入日常人伦缝隙，以灵动、微妙而又细腻的笔触为我们书写了战争年代抗日民主根据地的人们尤其是女性在历史风云中的生存状态与精神境遇。虽然她们的创作受到了时代的限制，艺术个性不无损伤，有些

---

① 黄丹銮：《寻找丁玲"自己的声音"——重评〈太阳照在桑干河上〉中的女性视角》，载《中国现代文学研究丛刊》2011年第9期。

作品存在着主题先行、结构松散、意识形态色彩浓重等缺陷，但是她们在中国新文化的建构过程中，自觉将对女性命运的关怀与思考融入对国家、社会、民族的思考，表现出强烈的民族承担意识与卓越的人格魅力，更难得的是她们为新文学留下了足以让人回味的精神与心灵的轨迹。同时，她们在性别体验与主流话语需求间辗转突围的尝试，为当代中国文坛持续探索女性与革命、性别与阶级、女性与社会、女性解放等20世纪中国思想文化史上的重要议题，提供了弥足珍贵的历史经验。

第三节

延安女作家的情感方式与文本意蕴

——以莫耶《丽萍的烦恼》为例

1941年春，伴随着抗战局势进入相持阶段，大后方延安会聚了越来越多的青年知识分子。他们积极参加各类革命文艺工作，同时自发形成了一股"写革命队伍中自我批评"①的创作风气。4月以降，中共中央青委、中共中央西北局自办《轻骑队》《西北风》墙报，《中国文艺》《解放日报》《草叶》《谷雨》等刊物亦接连创刊。受此风潮影响，《西北文艺》于同年7月正式创刊，主编卢梦在《谈我们写作的主题》中旗帜鲜明地推出当下文艺创作的宗旨，"在颂扬之外，应当有揭露与批判；在现象下边，应当更深入一步地去发掘本质"，并倡导"这就是我们文学工作者所应努力的事"。②1942年3月，经审查后，莫耶的小说《丽萍的烦恼》正式发表于《西北文艺》第2卷第1期。当时恰逢《解放日报·文艺》专栏为庆祝《百期特刊》，连续推出《三八节有感》《野百合花》《了解作家，尊重作家》《还是杂文的时代》等数篇作品，它们距离《丽萍的烦恼》发表仅数天之隔。4月3日，中共中央政治局讨论通过了整顿三风的"四三决定"，正式强调通过"使用批评武器"以"彻底改造每个同

---

① 莫耶：《一篇小说的坎坷经历》，见《生活的波澜》，陕西人民出版社1984年版，第110页。
② 卢梦：《谈我们写作的主题》，载《西北文艺》1941年第1期。

志的工作作风与思想作风"①。不日,《解放日报》转载了毛泽东于中央党校的演讲《整顿学风党风文风》(后改为《整顿党的作风》)。文章从阶级角度对知识及知识分子重新做出定义,并明确提出了"惩前毖后,治病救人"的整风基本方针。与此同时,筹备许久的延安文艺座谈会如期召开。会上,毛泽东批评了前述文艺界风潮的思想问题,以自己感情变化的经验为例,主张"我们知识分子出身的文艺工作者,要使自己的作品为群众所欢迎,就得把自己的思想感情来一个变化,来一番改造"②,一场轰轰烈烈的文艺界整风随之展开。对此,作家们纷纷做出回应与检讨,表示"不只是变更我们的观点,而是变更我们的情感,整个地改变这个人"③。为进一步响应整风及树立典型,莫耶所属的晋绥军区战斗剧社于7月赴延安演出④。由莫耶参与编写的话剧《丰收》、创作的歌剧《荒村之夜》收获好评,毛泽东更是亲自写信赞扬:"你们的剧我以为是好的,延安及边区正需看反映敌后斗争生活的戏剧,希望多演一些这类戏。"⑤然而,莫耶却因成为晋绥地区的整风目标,被要求参加《丽萍的烦恼》作品座谈会而未能成行。而后,《西北文艺》因这篇小说被问责停刊,莫耶也在受到批判后转任《战斗报》编辑。

从小说《丽萍的烦恼》的文本实践,到莫耶自身情感转向的具体过程中可以看出,身处延安氛围中的知识分子,个体的感性认识及变化是促使其实现改造的重要环节。然而在以往有关延安知识分子改造的相关论述中,具有突转性作用的事件,往往被聚焦于毛泽东的《讲话》本身,这在一定程度上遮蔽了丰富、杂糅且细腻的支配着个体行为动机的日常情感实践。恰如雷迪所言:"在

---

① 新华社:《中共中央宣传部关于在延安讨论中央决定及毛泽东同志整顿三风报告的决定》,载《解放日报》1942年4月7日。
② 毛泽东:《在延安文艺座谈会上的讲话》,见《毛泽东选集》(第3卷),人民出版社1991年版,第851页。
③ 丁玲:《关于立场问题我见》,见刘增杰、赵明、王文金等编:《抗日战争时期延安及各抗日民主根据地文学运动资料》(上),山西人民出版社1983年版,第178页。
④ 刘伍:《忆战斗剧社去延安学习前后》,载《人民戏剧》1977年第5期。
⑤ 中共中央文献研究室编:《毛泽东文艺论集》,中央文献出版社2002年版,第275页。

'硬邦邦'的'理性'材料之外，情感有其自身的历史。"[1]座谈会本身作为一次知识分子的"唤醒"仪式，并不能直接作用于个体的情感立场并令其遽然发生转变，而情感表达的规训与教化过程，才是知识分子改造工作的重心之所在。真正回到延安历史经验的情感维度时可以看出，作为个体的知识分子实则是在丰富的日常情感的反馈与积累中最终实现了思想的转向。可以说，作为新的组织形式生成的必然条件，知识分子的"情感改造"暗示了一种具有重大意义的情感政治体系的确立与定型。其中，基于"情感本身在历史上被定位为人类经验的典型女性化"的缘故，女性知识分子的创作实践及个体经验能够更为生动地彰显出延安集体空间下知识分子"情感改造"的细腻面向。因此，这里选择以莫耶的小说《丽萍的烦恼》为再解读文本，要考察的是：携带着"五四"特质的知识分子情感，何以成为革命语境中典型的问题范式，又是如何在日后延安日常生活改造的过程中令其情感发生转移并最终实现统合的。

一、批判丽萍：作为问题的小资产阶级情感话语范式

小说《丽萍的烦恼》主要以知识青年丽萍在林昆的带领下奔赴延安，却因贪图安逸而嫁给了工农干部×长为背景展开叙事。作家集中描绘了婚后丽萍不再满足于物质生活，工作的繁难、交友的受限、旁人的冷淡无一不令其郁结烦乱，她与×长的矛盾最终在抚养婴孩的争持中走向激化。在这个情节较为单纯的故事中，作家特别塑造了一个经"五四"洗礼而觉醒但又尚未孕育出革命主体意识的小资产阶级女性的典型形象。恰如莫耶所言："她（丽萍——笔者注）感情脆弱，易怒易哭，骄傲、虚荣、浮躁、嫉妒、庸俗、怕吃苦等，都是小资产阶级女性的典型表现。"[2]基于此，作家以带有情绪化的词语——"烦

---

[1] 威廉·雷迪：《感情研究指南：情感史的框架》，周娜译，华东师范大学出版社2020年版，第1页。
[2] 莫耶：《与某同志谈〈丽萍的烦恼〉》，见《生活的波澜》，陕西人民出版社1984年版，第104页。

恼"为题并贯穿全文,揭示了主人公于个体生命灵与肉间踟蹰挣扎的矛盾,而这一情感特质具体表现为她在感情及工作生活中的体验。

纵观丽萍的感情生活经历,出身商人家庭的她自幼接受现代教育,能够勇敢地挣脱传统伦理所推许的"压抑、克制和坚定"的"情感家庭单位",为逃离包办婚姻、追求自由恋爱而毅然追随林昆奔赴延安。这一出走行为无疑是对五四时期的《家》《玩偶之家》《隔绝》《梦珂》《是爱情还是痛苦》等小说中主人公们反封建意旨的自觉承续,因而构成了一幅追求个体解放的现代叙事的典型图景。但相较于动机单纯、意志坚定的觉慧们,青年丽萍对爱情及婚姻家庭的认知,受到延安具体人事行为的影响而不断变化动摇着。譬如当行军途中有马兵抱孩子的"六条腿"出现时,丽萍即感到"越想越不平,不平中也带着羡慕";而在部队渡河进发人困马乏之际,阿黄家自足的私人空间更是暗暗唤醒了她内心深处对物质生活的真实渴望。正是上述切身经历的种种事件营构了丽萍对政治婚姻的想象,以致最终选择接受了×长的追求。由此,这位曾愤而出走的"娜拉"因无法拒绝物质生活享受,主动选择了固执权威的丈夫并再次归附于家庭单位之中。但是,由于缺乏有效的情感支持,婚后的丽萍必然面临着"精神上却感到无限的抑郁、烦恼"的困境。而恰似《青春之歌》中林道静所面临的选择,相较于威严的工农干部×长,此时"耐心、稳重、忧郁"且"善于体贴人"的革命知识分子林昆,隐隐地暗示着丽萍婚姻另一种理想的归宿,并由此激荡起了丽萍内心歉仄、羞愧、懊悔、怀恋等复杂的情绪体验。①

当丽萍这一矛盾的情感状态延续至实践活动中时,又具体表现为对是否工作以及做何工作等问题的摇摆不定。一方面,恰如恩格斯所提出的:"妇女解放的第一个先决条件就是一切女性重新回到公共的劳动中去"。②作为受女性主义思潮影响而成长的一代知识分子,丽萍已不再把在家庭结构内部背负起养育责任的传统妇女视为必然归宿,相应地对"家务管理和一切从前与家庭私人

---

① 莫耶:《丽萍的烦恼》,见《生活的波澜》,陕西人民出版社1984年版,第81—88页。
② 恩格斯:《家庭、私有制和国家的起源》,中共中央马克思恩格斯列宁斯大林著作编译局译,人民出版社1972年版,第72页。

场所有关的事务"①持回避甚至厌弃情绪,而对社会化的革命工作心存向往,这也构成了她与×长的主要分歧。但是另一方面,丽萍在真正进入各类具体的革命工作后,依然时常感到无所适从。无论是在剧团受同事"痛苦地猜疑",在教育股"顿觉得自己受了欺侮",还是在调至侦察连、妇救会后"觉得文化教员太差劲",因"职位比起×长来差好几级"等细微的个体感受,都可以从中发现除却个人性格因素外,丽萍与那一时期工作空间内部隐蔽的等级制度难以协调的情感风格。其时,延安基于战时环境形成了以军队为中心的干部等级评定体系,并具体反映在供给制的待遇差别之中。但这一制度却隐晦地导致了丽萍对个体情感失衡的体验,即在各工种对比之下的不平等感受与其单纯的对革命的乌托邦想象间形成的巨大的张力。恰如尚在剧团工作时的丽萍在看到"六条腿"后所产生的强烈不满:"现在不是有许多人背粮吗?那个女人凭什么骑着马?马兵还给她背孩子!"②可见她之所以与不同层级的革命工作者产生隔阂,恰源于受五四精神烛照而承续的个体平等观念。

综上可见,无论是基于情感生活抑或是工作实践方面的矛盾烦恼,都不难看出丽萍内心深处隐隐烙印的"五四"底色。回溯五四新文化运动,为"脱离夫奴隶之羁绊"而实现"其自主自由之人格之谓"③,自伊始即开启了对西方个人主义自觉引进及追随的进程。知识分子对自由意志、平等权利、合理欲望及个性解放等现代质素的信仰,反映在当时的小说之中即表现为冲破旧家族牢笼而出走的高觉慧、反抗包办婚姻而自杀的维乃华、缠绕于身体欲望与精神诉求间的莎菲等新式青年角色的塑造。与此同时,在批判封建专制的思想钳制的过程中,与这股"J'accuse(我控诉)"④思潮密切相伴的,即个体情感主义的滥觞。其时,即便是备受推崇的启蒙话语本身,也是以极致情感化的面目出现在公众的视野之中的。因此,基于个体觉醒而成长起来的一代知识分子的

---

① 汉娜·阿伦特:《人的境况》,王寅丽译,上海人民出版社2009年版,第21页。
② 莫耶:《丽萍的烦恼》,见《生活的波澜》,陕西人民出版社1984年版,第86页。
③ 陈独秀:《敬告青年》,载《青年杂志》1915年第1期。
④ 巴金:《春天里的秋天·序》,见《巴金全集》(第5卷),人民文学出版社1987年版,第97页。

情感无疑是炽烈的。为自觉地张扬个性化的生命体验，当时作家们纷纷选择从创作主体出发，将自然情感毫无保留地暴露出来。它是郭沫若式"我把一切的星球来吞了，我把全宇宙来吞了。我便是我了！"的激情呼号，也表现为郁达夫式"祖国呀祖国！我的死是你害我的！"的零余感伤。小说中丽萍的种种情感特质无疑是这一思潮的自然承续。但是自1920年代以降，伴随着阶级意识的普及、左翼文学的兴起以及马克思主义理论资源的引入，当五四知识分子开始携带着上述情感特质进入革命实践后，革命所需的高度的自律性、利他性、集体性精神随即开始与个体自由的追求发生背离。因此，当时的革命文学被相应地转换为反个人主义的文学①，同时个人主义浪漫的情感锋芒则被进一步视为"个人主义骄傲自满情绪"②"小资产阶级的自私自利性"③等而成为众矢之的。这一观念逐步酝酿并发展至延安时期，形成了一套被定性的、具有原罪意味的小资产阶级话语范式。

因此可以看到，莫耶正是企图通过塑造一个矛盾的知识女性的典型形象——丽萍，完成对当时革命队伍中存在的小资产阶级情感杂质的批评。所以在小说之中，丽萍带有个人主义色彩的行为无不受到来自革命同志的"鞭挞的同情"④。譬如当丽萍真正进入与×长的婚姻后，正是因为剧团曾相熟的人"新奇地打量着她，怪模怪样地笑着"，教育股同事对她兴味索然，以及伤病休养员对她的鄙夷与辱骂等事件的发酵，一次次加深了她对自身婚姻的失望与懊恼，直至最终选择以离婚这一极端的方式乍然收束。同时在工作方面，丽萍并非没有感到"工作总没坐着吃闲饭舒服"，因此其强烈的工作诉求仅仅来自"为着不要给人说闲话，她得提出要求工作"，而怀孕休养则无时不加重着她

---

① 蒋光慈：《关于革命文学》，载《太阳月刊》1928年第2期。
② 中共江西省委党校政治常识教研室：《怎样学习〈联共（布）党史简明教程〉》，江西人民出版社1956年版，第151页。
③ 毛泽东：《反对自由主义》，见《毛泽东选集》（第2卷），人民出版社1991年版，第360页。
④ 莫耶：《与某同志谈〈丽萍的烦恼〉》，见《生活的波澜》，陕西人民出版社1984年版，第107页。

的思想包袱。①正是由于"在具有集体主义文化背景的语境中，人们识别集体情感反应中细微变化的能力尤为强大"，因此丽萍上述系列认知行为背后所反映的实质，是当时延安革命知识分子集体情绪的泛化表现。这一气氛令身处其中且尚残留着物质欲望的丽萍，很难不受此监督而感到焦虑。耐人寻味的是，当丽萍因个性与革命性的矛盾情绪而被革命群体视为小资产阶级女性典型并因此受到孤立与批评时，在隐含读者莫耶的心目中，到底怎样的知识分子形象才能够受到当时情感氛围的鼓励与推崇呢？为此，莫耶在小说中还格外塑造了一个同在教育股工作的、真正具备革命情感的女性知识分子——白沙。

二、从丽萍到白沙：革命女性身份与情感的想象及困境

恰如毛泽东所言："革命是暴动，是一个阶级推翻一个阶级的暴烈的行动。"②当启蒙精神势不可挡地涌向革命浪潮的时代转型之际，携带着"五四"特质的丽萍们显然尚未适应新的革命斗争的话语要求。基于此，莫耶又在肯定与否定的对照中塑造了另一个成熟的革命女性角色——白沙。相较于以自我为中心、注重物质生活及情感宣泄的丽萍，白沙则显得"不爱说话，见了人只是淡淡地点头"，同时"却跟谁都很亲切"，可见其经历革命历练后所持的平和理性态度。而一旦涉及崇高的革命信仰时，白沙则会显露出激情的一面："谈着工作，谈着抗战胜利后的生活，谈着写作、文艺时，一向不爱开头的白沙话最多，声最响"。③由此可以看出，白沙等业已成熟的革命知识分子，在革命激情与日常理性交织中，将纯粹的革命道德情感作为最终指向，并为此不惜压抑"五四"时被标举的"自己的利益，自己的事情，个人情感和个人关系"④。这一情感特质延伸至对待日常生活的态度中，即表现为主动

---

① 莫耶：《丽萍的烦恼》，见《生活的波澜》，陕西人民出版社1984年版，第84、89页。
② 毛泽东：《湖南农民运动考察报告》，见《毛泽东选集》（第1卷），人民出版社1991年版，第17页。
③ 莫耶：《丽萍的烦恼》，见《生活的波澜》，陕西人民出版社1984年版，第90页。
④ 尼·别尔嘉耶夫：《俄罗斯思想：十九世纪末至二十世纪初俄罗斯思想的主要问题》，雷永生、邱守娟译，生活·读书·新知三联书店1995年版，第118页。

选择禁欲的生存方式,并进一步转向审美观念的革命化。譬如小说中白沙于上海时如同电影明星般的形象,同赴延安后"枯黄的短发披在黄皱的脸上,破旧的灰军衣裹着凸起的肚子"①的鲜明对比。相似类型的革命者形象还有梅行素(《虹》)、美琳(《一九三零年春在上海》),甚至被毛泽东誉为"昨日文小姐,今日武将军"的女作家丁玲等等。而在家庭婚姻方面,白沙与丈夫的婚恋样态——"平常得象普通朋友,两人各有各的男女朋友,也都互相爱护对方的朋友"②,则代表了其时延安语境中知识分子理想的革命家庭样态。韦君宜的《结婚》、柳风的《妻的条件》、葛陵的《结婚后》、潘之汀的《决心》等小说或正或反,也大都弥漫着作家相似的情感理想,从中不难看出延安知识分子革命婚姻伦理观念的整体趋向。

  然而,白沙这样一个作家心目中的理想革命女性形象,并未获得当时批评者的普遍认可,甚至被斥为看似"以鞭挞的同情,督促进步"实则"以'左'的面孔吓吼她们(丽萍)"③的负面角色。究其原因,在于革命知识分子的批判性意识与延安政权所需的建设性指向间的冲突。以情感表达方式的嬗变为视角来考察新文化运动到革命文学的发展,可以看出知识分子的个体激情在这一进程中被逐步置换成了对革命的热忱,其背后不变的则是对启蒙主体性的内在坚守。这使得他们在面对周遭与革命集体氛围不协调的人与事时,依旧习惯从理想中高度纯粹的革命愿景出发,以敏锐的批判性目光对其加以捕捉、审视及反思,由此对"落后"行为会流露出本能的否定态度。因此,小说中的丽萍会感觉到"她(白沙——笔者注)有点瞧不起她"④,主要是由于其行为在白沙眼中有悖于革命的先进性要求,因此她必然能感受到来自白沙审视目光下的巨大压力。而延安公共空间对革命道德的崇尚氛围,更好地保护了白沙们于道德高地批判"落后"时不受阻碍。同样地,这一场景十分相似地发生在其时丁玲

---

① 莫耶:《丽萍的烦恼》,见《生活的波澜》,陕西人民出版社1984年版,第95页。
② 莫耶:《丽萍的烦恼》,见《生活的波澜》,陕西人民出版社1984年版,第90页。
③ 沈毅:《与莫耶同志谈创作思想问题》,载《抗战日报》1942年7月7日。
④ 莫耶:《丽萍的烦恼》,见《生活的波澜》,陕西人民出版社1984年版,第96页。

的小说《在医院中》的革命女青年陆萍身上,这正应和了批评者所言的"他们的立场、观点是相一致的,对于现实采取了同样的态度,所创造出来的艺术形象就必然有着血缘关系"①。

更深一步而言,上述看与被看的典型场景在小说中还反复出现着,譬如丽萍对"六条腿"的轻视、革命同志对婚后丽萍的观察等。作为一种启蒙视野观照下的群氓式场景,鲁迅在《示众》《祝福》《孔乙己》等文本中首次创造了"看"与"被看"的叙事模式,在其揭露"毫无意义的示众的材料和看客"②的背后,实则暗含着作家对庸众劣根性的沉重批判。但莫耶笔下这一精神暴力的集体无意识场景,却出自同属革命阵营的同志之间,因此便具有了延安氛围的解构意味。恰如涂尔干在考察原始社群的禳灾仪式时所言:"社会也会对集体成员施加道德压力,使他们的情感与这个情境协调起来",否则"就等于宣告了社会在其成员的心目中丧失了其应有的地位,社会就否定了它自身"。③由此便不难理解,作家对丽萍周遭人物白沙等的行为描写,为何在十七年后还会遭到"冷漠到没有起码的同志爱和友谊"④的严厉批评。正是因为在丽萍陷入思想困境时,处于同一情感空间中的他们未能及时履行延安整体环境赋予的责任,从而使革命的集体主义情感被淡化甚至消解,这便从根源上削弱了延安社会历来被赋予的强大感召力量。而对情感认同的集中与强化,是一个共同体社会必不可少的治理环节,因此如何改变延安当时的状况正是促使毛泽东开展整风运动的重要考量因素之一。

此外,白沙于启蒙主体性坚守下交织着激情与理性的革命情感,体现在其从事的专业实践活动中时,还表现为其所秉持的"不管在什么地方,我能工作

---

① 山西省文学艺术工作者联合会编:《山西文艺史料》(第二辑 晋西北抗日根据地部分),山西人民出版社1959年版,第144页。
② 鲁迅:《〈呐喊〉自序》,见《鲁迅全集》(第1卷),人民文学出版社1981年版,第417页。
③ 涂尔干:《宗教生活的基本形式》,渠敬东、汲喆译,商务印书馆2017年版,第550页。
④ 山西省文学艺术工作者联合会编:《山西文艺史料》(第二辑 晋西北抗日根据地部分),山西人民出版社1959年版,第149页。

就要工作"①的信条。她专注并擅长文学创作及编辑工作,平日里"不是看书就是写日记"②,热衷于与人交流写作、探讨文艺且有独立的见解,如同战士般自然地融入革命队伍的工作体系。其实,莫耶的这一对革命女性的身份想象在整风运动前并非孤例。譬如赵超构就曾观察到,在延安,"这些'女同志'都在极力克服自己的女儿态"③;陈学昭也指出,延安的"女子同男子一样,穿蓝布军装,有的还打起绑腿"④,因此使得"女性的气息,在这里异常淡薄"⑤;延安女作家代表丁玲更是"活脱脱一个健壮活泼的士兵"⑥。可见作为女性革命者,她们极力表达着"特别想做一个人,一点也不推诿的与男子负起同样卫国的责任"⑦的先锋意识及情感,因此在现实生活与文学作品之中,共同指向了作为主体的延安女性知识分子立场下作家的性别想象,即真正实现恩格斯所提出的"妇女解放的第一个先决条件就是一切女性重新回到公共的劳动中去"⑧的女性革命之路。

但与此同时,女性对职业革命者的身份想象则必然导致其对传统家庭分工的回避。因而,当白沙等女性将工作视为革命积极性的唯一标志时,便意味着革命工作与日常生活间的裂隙被进一步扩大。然而,由于其时抗战与成立新中国要求的特殊性,在家庭内部结构短时间内难以发生根本性变革的前提下,延安女性相较于过往更背负着养育与工作的双重困境。因此,如果不重新定义工作的内涵,对养育孩子、操持家务等活动进行社会化解读,就不能有效达成乡村伦理与革命要求间的有效平衡。所以,白沙式革命女性的先锋身份想象在此必然遭遇现实的困境。与此同时,革命者的身份与边区经济状况间的矛盾无

---

① 莫耶:《丽萍的烦恼》,见《生活的波澜》,陕西人民出版社1984年版,第94—95页。
② 莫耶:《丽萍的烦恼》,见《生活的波澜》,陕西人民出版社1984年版,第80页。
③ 赵超构:《延安一月》,中国国际广播出版社2013年版,第85页。
④ 陈学昭:《延安访问记》,中国国际广播出版社2013年版,第104页。
⑤ 赵超构:《延安一月》,中国国际广播出版社2013年版,第54页。
⑥ 里夫:《丁玲——新中国的女战士》,叶舟译,光明书局1938年版,第1页。
⑦ 陈学昭:《延安访问记》,中国国际广播出版社2013年版,第253页。
⑧ 恩格斯:《家庭、私有制和国家的起源》,中共中央马克思恩格斯列宁斯大林著作编译局译,人民出版社1972年版,第72页。

疑又加重了这一危机。皖南事变后，国民党对边区的全面封锁使得延安过往的供给制生活的宽松工作状态面临严峻考验，毛泽东即从供给关系平衡的角度指出："（医生、文学艺术工作者及其他人）决不能过多，过多就会发生危险。"①当知识分子从昔日边区的"公家人"转变为经济运转的沉重包袱时，机构体系的改革便开始被置于延安发展的首要议题中。因而白沙等专业型工作人员须得自觉退居于体力劳动者位置之后，"新的知识分子的模范"也被重新定义为"能够认真的和工农士兵群众站在一块工作"②的形象，并被纳入整风改造的重要环节。而从编辑白沙到即将登场的劳动者孟祥英的主体身份转换，所流露的恰恰是革命女性自身职业身份及情感归属的想象的终结。

三、"投入这伟大的熔炉"：日常生活、政治仪式与情感规范的新建

综上可以看出，《丽萍的烦恼》之所以成为晋绥根据地整风运动的标志性事件，正是因其背后所呈现出的充满张力的文本缝隙。而围绕小说产生、阐释及批判导致的作家莫耶的个体遭遇，更是将其从文本进一步延伸至延安的日常政治生活之中。通过进入当时莫耶以自我情绪实体化方式撰写的《一本幸存的敌后日记》，不仅可以更为完整地把握特定时期莫耶内心的情感体验及行为动机，而且能够"从特定社会行为者之间的特定交流的微观层次到对大范围人群的情感处方和描述的宏观层次"进行总体把握，从而为延安知识分子如何在个体情感的实践中完成改造的心路历程提供新的思路。

从《丽萍的烦恼》的诞生本身进行考察，这篇小说其实并非无本之木，而是因为"延安'文抗'传来消息，要文艺工作者写革命队伍中自我批评的作品"。可见其为延安"鲁迅风"影响下作家自觉的应时之作。此外，莫耶还在回忆录中提及早在小说构思之初，其所在部队的师政委关向应便敏锐地指出，

---

① 毛泽东：《经济问题与财政问题》（节选），见《毛泽东文集》（第2卷），人民出版社1993年版，第466页。
② 艾思奇：《"有的放矢"及其他》（哲学·文艺·随感集），新文艺出版社1951年版，第152页。

"现在还在打仗，写这种题材影响不好"①，但是莫耶最后仍选择将其所见所感诉诸文本。这一执意书写的行为习惯背后，既反映了作家对文艺暴露立场的倾向性选择，也体现了其作为知识分子主体对五四文学精神的情感承续。由于题材立意的大胆、修辞技巧的突出及人物性格的鲜活，小说甫一面世便在晋绥边区获得了广泛关注。地方文艺界为此专门召开座谈会，令莫耶赢得了一些干部、青年、学生的"一片颂扬声"②，其影响力甚至延伸至文艺场域以外，连批评者非垢也不得不承认"这种现象在晋西北是前所未有的"③。莫耶的同事高鲁曾在日记中记录莫耶同他探讨《丽萍的烦恼》的场景，并由衷夸赞"她写的作品确实值得学习"④。正如同延安"讽刺画展"、《轻骑队》墙报、《解放日报·文艺》等作品迅速走红的场景，不难想象当时莫耶获得支持与赞誉时正向的情感体验。

1942年5月，伴随着延安文艺座谈会的正式召开，延安前期宽松的文艺氛围开始被纳入统一的工农兵文艺语境，有关《丽萍的烦恼》的评价也在此间悄然发生转向。但是，在人与人之间的关系尚未发生根本性变化之际，莫耶还未感到切身的压力。6月11日，时任宣传科科长的非垢首先对小说进行发难，指出其"单纯的感情激动代替了对于客观事物冷静的观察和研究"⑤的主要缺点，其中措辞之严厉无疑令作家本人感到猝不及防。而透过当时莫耶日记中剖白心迹、谈话取证、发文回应等一系列行为，不难看出其最初的震动、委屈与不平之意。然而，莫耶的回应并未换得相应的理解与同情，相反的是，它甚至超越了参与者自身而延伸形成了"一个自行爆发并影响其他人的新行动"⑥。一时间，叶石、沈毅等批评者的声音接踵而至，且不断被拔擢至新的政治高度。诚

---

① 莫耶：《忆敬爱的关向应政委》，见《生活的波澜》，陕西人民出版社1984年版，第174页。
② 莫耶：《一篇小说的坎坷经历》，见《生活的波澜》，陕西人民出版社1984年版，第110页。
③ 非垢：《偏差——关于〈丽萍的烦恼〉》，载《抗战日报》1942年6月11日。
④ 理京、理红整理：《高鲁日记》，内蒙古大学出版社2004年版，第214页。
⑤ 非垢：《偏差——关于〈丽萍的烦恼〉》，载《抗战日报》1942年6月11日。
⑥ 汉娜·阿伦特：《人的境况》，王寅丽译，上海人民出版社2009年版，第149页。

然如此，分散的论调仍未呈现出强力集中的话语修辞，而作为中间媒介的《抗战日报》也使莫耶与批评者双方避免了直接的情感交锋。但是，这一短暂的和缓却因随即召开的《丽萍的烦恼》检讨会而被添油炽薪。

检讨会作为一种在主流话语运作下、利用集体力量规训个体情感倾向的特殊形式，历来与现代民族／国家的建立这一诉求有着密切关联，因此被具体化为批评与自我批评的实践策略而广泛运用于共产党的工作方法①之中。《讲话》中，毛泽东更是格外强调批评和自我批评也是文艺的最重要任务之一。马克·赛尔登在考察"延安道路"中的整风形式时曾指出：

> 小组能对成员形成巨大的心理压力，特别是当某个人被全体成员认为是"有病"的时候。这些人只能证明他们已经完全接受大家的观点和规范，才能够恢复自己的尊严并为小组重新接纳。②

可见批判会这一形式对个体精神及情感的巨大箝制力量。1942年9月，情况十分紧张的莫耶检讨会即是在这样的整体背景下进行的。然而，相较于检讨会的具体议程内容，莫耶却在日记中详细记录了面对不同对象时自身细微的情绪变化。从看到老首长甘主任后的安慰、听到工农干部批评后的紧张，到看到同样是知识分子的杨朔走后产生的不安、熟悉的同事不理解自己时的心酸，再到最后检讨时"觉得我受了莫大的委屈"而"几乎要哭了"③的情绪流露，以至当晚反省时的懊悔与冷静，都表现了批评与自我批评对个体情感的巨大冲击。其实，面对来自同志阵营的批判时，莫耶的情绪反应并非孤例。茅盾的女儿沈霞便曾提及自己"觉得好像不是生活在我自己想像的同志中"④；刘白羽也在受到批评后"羞得满脸像火炭般红了起来，满怀失望委屈"⑤。可见批判会本身只是一个仪式，真正关键的是它以"实现，训练，表达和调节针对个人和社会

---

① 斯大林：《反对把自我批评口号庸俗化》，载《人民日报》1950年3月29日。
② 马克·赛尔登：《革命中的中国：延安道路》，魏晓明、冯崇义译，社会科学文献出版社2002年版，第189页。
③ 叶茂樟：《圣歌未曾止息——莫耶传》，新华出版社2018年版，第202页。
④ 沈霞：《延安四年（1942—1945）》，钟桂松整理，大象出版社2009年版，第58页。
⑤ 任文主编：《我所亲历的延安整风》（下册），陕西师范大学出版总社2014年版，第78页。

目的的情感的手段",强势介入并震慑、重塑个体情感体验的过程。在批判会场这个已被组织化了的公共空间中,思想冲击力之大使得群体与个人之间的情感表达由单纯的信息交换演变为强制性的"唤醒",令主体在惩戒性的仪式过程中被震慑,从而对个体情感进行规训与矫治以进一步稳固集体的团结性。

正如《荀子·性恶》篇中所言:"故圣人化性而起伪,伪起而生礼义,礼义生而制法度。"那么,在"大喝一声,说:'你有病啊!'使患者为之一惊,出一身汗"①的"唤醒"仪式后,被视为规范的新的情感规则又是如何在知识分子身上塑造起来的呢?其实,相较于疾风骤雨般的政治仪式,莫耶的思想改造则是在后《讲话》时代的日常生活中最终完成的。譬如在其时的日记中,莫耶详细记录了一次晋绥军区政治部甘主任为解其困而主动宴请老干部与她相聚的场景。"他们一个个给我的碗里夹了肉菜,一面亲切地对我说:'吃吧!吃吧!'"莫耶内疚且感动,由此真诚地感到"对不起他们,……应该多写一些英雄人物对敌斗争的英雄事迹"。②正如同刘白羽、周立波、丁玲等作家的转变过程一样,当批评与规训发生作用后,内化形成的"羞耻感"能够使行为主体"不断地进行一种情感上的自我塑造",从而进一步加强个体的自律行为。恰如当时何其芳在诗集《夜歌》中的忧郁吟唱:"我在给我自己筑着堤岸,/让我以后的日子平静地流着,/一直到它流完,/再也不要有什么泛滥。"③而一年后,当新通讯作品被《解放日报》《抗战日报》连续刊载时,莫耶在日记中难掩激动地写道:

> 我今后要更深入工农兵生活,更多地写这类战争中英雄人物的动人事迹,我想我是把写《丽萍的烦恼》的思想方法创作方法改过来了……④

---

① 毛泽东:《反对党八股》,见《毛泽东选集》(第3卷),人民出版社1991年版,第833页。
② 叶茂樟:《圣歌未曾止息——莫耶传》,新华出版社2018年版,第204—205页。
③ 何其芳:《夜歌》,诗文学社1944年版,第159—160页。
④ 叶茂樟:《圣歌未曾止息——莫耶传》,新华出版社2018年版,第243—244页。

可见作家在受到官方话语媒介的肯定后，感情上自然会进一步强化对工农兵文艺标准的认可程度。至此，在经历了批评、反批评、检讨的党内民主斗争程序及日后长期反复的知识分子下乡劳动之后，莫耶才能够从情感转变层面上阶段性地完成其艰难的思想改造工作。

然而耐人寻味的是，莫耶自认为彻底从情感上完成了世界观的转变，她就真的能够顺利地由一个阶级变到另一个阶级了吗？诚如洪子诚所言：

> 只有一代人普遍具有的革命化加艺术化的思想性格和文学性格，也才会有绝对性的、同时反复很大的修辞习惯。①

其实，即便在政治话语与知识分子话语开始共享同一套修辞符号系统后，隐匿于其间的龃龉依旧会在苍黄翻覆的历史语境中出没无常。从1947年莫耶因《丽萍的烦恼》遭受批判被关禁闭数月，到1957年因"张凌虚事件"受到降级处分，到1965年又因这部小说被打为阶级异己分子，再至"文革"时被作为"走资派"下放农场进行劳动改造……这不仅仅是莫耶作为一个文艺工作者和新闻工作者一波三折的个体改造经历，更可在广义层面上视为知识分子群体改造的普遍心路历程。当1942年的莫耶在日记中感慨不能"把小说中的人物（丽萍）当作作者自己"②时，她未曾料想到自己却寓言般地同笔下的丽萍一样，被裹挟在日后强大的集体情感空间之中，追随并改造着自我的"意识本能"与"行为方式"③。

莫耶的胞弟陈文炳曾言："莫耶的道路正是中国现代革命史的缩影。"④当从延安知识分子"情感改造"的视角考察小说《丽萍的烦恼》文本内外的曲折历程时，可以看到延安集体空间下的个体知识分子并非孤立的存在，而总是

---

① 洪子诚、孟繁华主编：《当代文学关键词》，广西师范大学出版社2002年版，第140页。
② 叶茂樟：《圣歌未曾止息——莫耶传》，新华出版社2018年版，第202页。
③ 诺贝特·埃利亚斯：《文明的进程——文明的社会起源和心理起源的研究》（第2卷），袁志英译，生活·读书·新知三联书店1999年版，第301页。
④ 中国人民政治协商会议安溪县委员会文史资料工作组：《安溪文史资料》（第6辑），1988年，第10页。

作为"与他人发生关系的人"①并被"置于社会交织的网络之中",因此其情感立场的转变也相应地受制于其时"意识形态／集体机构合法化建构"。那么,携带着"五四"特质的知识分子如何进入革命,如何对其情感归属及身份定位进行先锋的想象,又如何最终在日常的人际交往中受新的情感规则规约、理解与内化,便成为研究者所关注的重心所在。无可否认,作家莫耶的经历自有其特殊性,但这一事件无疑代表并揭示了当时知识分子如何在具象的个体认知经验中追求新的情感风格的普遍历程。正是在丰富的日常情感的反馈与积累中,延安知识分子群体最终完成了基于生活世界及审美实践的细腻的"情感改造"。因此从这一维度来看,对"情感改造"的关注可以给我们带来对延安文学层次更为丰富的理解。

---

① 诺贝特·埃利亚斯:《文明的进程——文明的社会起源和心理起源的研究》(第2卷),袁志英译,生活·读书·新知三联书店1999年版,第299页。

第七章　延安文艺的『戏改』路向与文体样式

延安戏曲改革是延安文艺精神最典范的体现。延安文艺是在20世纪中国民族矛盾、阶级斗争、文化冲突交错纠缠最为激烈的历史时段中产生的。借由文学进行革命宣传,将现代思想向大众普及,成为延安文艺义不容辞的责任。这是高度危急的历史环境对文学的要求,也是延安知识分子对社会责任的自觉承担。在这一主客观环境中,戏曲作为综合性视听艺术,因独有的艺术优势成为延安文艺中改革意识最为强烈、改革效果最为突出的文艺样式。

延安戏曲改革在短短数年间创造了秧歌剧、新歌剧等新型艺术形式,并对京剧、秦腔等传统戏曲进行了改造,使成熟而封闭的中国传统戏曲重新走向对现实生活的开放,焕发出与时代同行的活力。

在延安戏曲改革中创作的众多戏曲剧本里,"反抗"和"劳动"是最主要的现代思想主题,这既是对五四启蒙精神的传承,也是马克思主义中国化的重要成果。与现代思想主题相匹配的是民族审美趣味,大团圆结构是中国传统戏曲的基本模式,在五四时期被全盘推翻,延安知识分子顺应民间审美习惯,重新拾取这一结构并予以改造,最终形成了一种崭新的戏曲大团圆结构。

延安戏曲改革不仅是延安文艺的代表性成就,也是20世纪中国新文学史上冲突最为激烈、张力最为丰富、历史地位最为关键的文化事件。深入清理并认知延安戏曲改革,可以为客观理解延安文艺乃至20世纪中国文学提供一个新的视角，发掘总结中国经验，为中国当下的大众文化的发展以及世界文化的发展提供思路，从而铸就中国话语，树立中国形象，传播中国文明。

第一节

延安戏曲改革研究的回顾与反思

20世纪中国新文学是以文艺大众化为主潮,以变革、实验为主要特征的文学历程。其中,得益于相对封闭而完整的社会环境、有组织有体系的意识形态引导、系统有力的媒介传播、知识分子的倾力参与、文艺生产与文艺接受之间的频繁互动,延安文艺成为20世纪中国文艺大众化追求中用力最深、影响最广、变革意味最强烈的文学实践活动。具体到延安文艺活动中,戏剧这一集文学、美术、音乐、舞蹈等艺术要素于一体的综合性文艺体式因其广泛的接受基础、延安政权的着力提倡等因素,成为延安文艺生产中大众化特征最为鲜明、改革最为剧烈的文艺样式。同时,与从西方舶来的话剧相比,中国传统戏曲在当时当地拥有更广泛的民众基础,经历了更为剧烈的变革,取得了更显著的即时社会效果,产生了更久远的历史影响,所以更突出地成为延安戏剧改革实验的典型。由此,延安戏曲改革成为20世纪中国文学史上张力最为丰富、冲突最为激烈、典型性最为突出的文化现象之一。深入探察延安戏曲改革的艺术实践与研究历程,是客观考察延安文艺、深度认知20世纪中国新文学大众化思潮的最佳视角。

本著所论述的延安戏曲所指范围为学界一般认为的,从1935年10月中共中央主力红军到达陕北,至1947年3月中央撤离延安这一期间产生的平剧(京剧)、秦腔、眉户、秧歌剧,以及在秧歌剧基础上产生的以《白毛女》为代表的歌剧等戏曲品种，其共同特点是融合了文学、音乐、美术、舞蹈等因素，最终以妆扮[①]的表演方式呈现出的艺术形态。同时，本著所研究的主要对象是延安戏曲活动中，以文艺大众化为目标的戏曲改革活动，而非原生态的全部戏曲活动。

延安戏曲改革作为延安文艺的重要组成部分，研究者对延安戏曲改革的评述基本是在延安文艺研究范畴内展开的。学界对延安文艺研究史进行阶段划分时，基本上倾向于划分为三个时间段：刘增杰认为，延安文艺研究从20世纪40年代至70年代末以颂扬为基本格调，80年代是新旧杂陈的蜕变阶段，90年代以后是富有新意的研究阶段。[②] 毕海认为，延安文学研究从新中国成立到80年代以前是在新民主主义革命文化视野下的阐释；80年代至90年代中期是在现代化观念支配下，由重写文学史和现代性思考激发出的"再解读"思潮；90年代后期则是在重新理解文学和政治关系的基础上，试图还原延安文学的复杂性。[③] 赵学勇则认为，延安文艺研究从第一次文代会召开到80年代早期，是从建构角度出发的新民主主义革命文化叙事；80年代中后期至90年代是以解构为动机的"新启蒙"、"重写文学史"、"20世纪中国文学"和"再解读"思潮；新世纪以来则是在意识到中国经验重要性前提下的多维研究。[④] 可见，尽管切入角度不同，时间段起止略微有所区别，但研究者基本上都认为三个阶段的研究彼此间呈转折关系，并隐含一阶段有一阶段之研究的进步意味。延安戏曲改革研究与延安文艺研究发展历程基本一致，但另一方面，延安戏曲改革研究体现出独有的流变。

一、史料整理

延安文艺座谈会召开后，延安文艺界对戏曲开始大规模改革，此时延安

[①] "妆扮"这一术语借鉴了傅谨先生的观点，具体论述参见傅谨：《中国戏剧艺术论》，山西教育出版社2003年版，第25页。
[②] 参见刘增杰：《于平静里寓波澜：读王培元〈延安鲁艺风云录〉》，载《中国现代文学研究丛刊》2005年第4期。
[③] 参见毕海：《延安文学研究的历史与现状》，载《文艺争鸣》2011年第1期。
[④] 参见赵学勇：《延安文艺研究：历史重评与当代性建构》，载《陕西师范大学学报》（哲学社会科学版）2012年第3期。

地区唯一的文学类报刊是《解放日报》附设的综合副刊，而《解放日报》是作为党报来编辑的。因此，这一时期对延安戏曲改革的研究主要呈现为即时的新闻报道，以鼓励、赞扬为基调，罕见否定、批评的声音。在中华人民共和国成立后，出于建构新时代意识形态体系的需要，延安戏曲改革被迅速定位为革命文学传统，一些历史亲历者纷纷以自豪的情感状态撰写回忆文章，如安波的《一段最美好的回忆》、任颖的《回忆王大化》、李波的《延安秧歌运动的片断回忆》等。这些饱含细节的回忆为后来的研究者提供了诸多生动的历史纪实片段。

80年代之后，学界开始力求成规模成体系地整理延安时期的文艺运动史料。1983年，山西人民出版社出版了《抗日战争时期延安及各抗日民主根据地文学运动资料》，收入从1937年7月到1945年9月期间，延安及其他抗日民主根据地较有代表性的文学史料，包含部分关于延安戏曲改革活动的历史记载和相关评论。

1984年，湖南人民出版社出版了十六卷本的《延安文艺丛书》，其中"文艺理论卷"收入了一部分记载、论述戏曲改革的资料，收录范围与《抗日战争时期延安及各抗日民主根据地文学运动资料》大体相同，不同之处在于《抗日战争时期延安及各抗日民主根据地文学运动资料》以时间为顺序编排，而《延安文艺丛书·文艺理论卷》以著者身份分类。"秧歌剧卷""歌剧卷""戏曲卷"收入了延安戏曲改革中出现的众多代表性作品，关于秧歌舞的论述则被收入"舞蹈、曲艺、杂技卷"。"文艺史料卷"在以时间为序的"延安文艺运动大事记"中，详细地记录了延安戏曲改革的过程，并概述了延安时期戏剧团体的组织活动情况，整理了延安时期各种戏剧演出的剧目。

1987年，艾克恩编纂的《延安文艺运动纪盛》以编年体形式，详细梳理了1937年至1948年的延安文艺活动。与《延安文艺丛书·文艺史料卷》相比，该著着意将延安文艺置于广阔的抗日战争背景下，对同时期国统区的重要文艺活动也有所涉及，呈现了延安文艺与国统区文艺的交流状况。其中，延安戏曲改革的诸多历史细节得到了生动展示。

与上述资料汇编性文献不同,朱鸿召、王克明等学者注重从史料梳理中有所发现。朱鸿召在《秧歌是这样开发的》一文中,将延安时期对传统秧歌的利用改造与整风运动中知识分子改造联系起来,认为整风后的知识分子为表白个人的政治态度,期待脱胎换骨求得政治新生,从而将传统秧歌进行了"从内容到形式的政治改造,革命意识形态占领了这种民间形式的所有审美空间,秧歌队是宣传队,具有号召群众,教育群众,组织群众的革命斗争功能"①。

王克明的相关文章有《〈讲话〉前后的延安文艺》和《古装传统戏:〈讲话〉前后的延安主流艺术》。前文通过精确的数据分析,指出《讲话》前并未出现"大洋古"占领舞台的现象,文艺活动也未"脱离抗战",《讲话》后也没有创作出一大批适应抗战需要的作品,"一场载誉近70年的'革命文艺运动',已知的主体成就便是这302个秧歌剧"。②后文中,作者进行了详细的剧目整理,得出"古装戏曲在《讲话》前后始终是延安的主流艺术,且在《讲话》后得以更大发展"③的结论。王克明对史料发掘的深入和数字统计的精细令人钦佩,但所得出的结论并不妥当。延安文艺成就的重要部分的确是秧歌剧,但并非只有秧歌剧。仅戏剧范围而言,从文学价值角度考察,《白毛女》《兄妹开荒》的艺术感染力至今不减;从历史影响看,《逼上梁山》《三打祝家庄》等戏曲改革经验一直影响到新中国成立后的戏剧活动。而《古装传统戏:〈讲话〉前后的延安主流艺术》一文更需要仔细辨析。如文中数据显示,传统戏的确是延安文艺演出活动的主要内容,但这是否可以证明"大洋古"没有反思的必要,知识分子思想改造毫无意义,革命文艺运动是虚妄的呢?

这个问题的回答直接关系到对延安文艺运动的性质定位。"延安文艺运动"是一个时间概念,还是一个意义概念?如果是时间概念,那所指范围就是延安时

---

① 朱鸿召:《秧歌是这样开发的》,载《上海文学》2002年第10期。
② 王克明:《〈讲话〉前后的延安文艺》,载《中国现代文学研究丛刊》2013年第5期。
③ 王克明:《古装传统戏:〈讲话〉前后的延安主流艺术》,载《炎黄春秋》2013年第10期。

期的所有文艺活动，包括知识分子的新文学创作，怀安诗社的古诗词唱和，民间依然存在的传统秧歌舞、说书，以及韦君宜1943年创作而2002年才发表的"八年来/对人说/这儿是我们的家"这种潜在写作，这是一个原生态的混沌状态。如果是意义概念，那延安文艺运动就是以文艺大众化为主要追求，以变革实验为主要特征的文艺实践活动类型。在这一意义上，只有这些呈现出强烈变革意味的戏曲改革活动才是延安戏曲运动的主体，而那些在演出数量上占绝对优势的古装戏曲只是消遣性的娱乐形式，是延安社会生活的重要部分，而非延安文艺运动的重要部分。考虑到延安文艺在历史上的重要地位，本著倾向于将延安文艺运动定义为后者，具体到延安戏曲运动，则是指延安戏曲改革活动。

这一问题的提示意义在于，任何对文学史实的记录都不可能是完全忠于历史的真实再现，研究者总是从某种视角出发予以选择性表述，即便是资料性汇编也会有所取舍、有所侧重。因此，对于延安文艺这一战时环境形成的独特文学样态而言，更要着力将其置于纵深的历时背景和宽广的共时环境中予以研究，以此尽力避免认识的偏狭。当然，即便如此，也并非可以得到不时移世易的"最后之真理"。

二、外部研究

延安戏曲改革是一场有预设目的的文化运动，改革活动展开的同时，相关研究在同步进行。这些研究批评不是外在于改革活动的独立行为，而是迅捷有力地反馈到戏曲改革的具体进程中，起到总结经验指导戏改的作用，甚至因批评者的特殊地位而成为规范戏曲改革路径的决定性意见。

1944年1月9日，毛泽东看了新编平剧《逼上梁山》后写给杨绍萱、齐燕铭的信是延安戏曲改革活动中出现的最重要的批评，其影响与《讲话》不相上下。来信寥寥数语但含义丰富：第一，"历史是人民创造的"[①]，尽管中国传

---

① 毛泽东：《看了〈逼上梁山〉后写给杨绍萱齐燕铭二同志的信》，见刘增杰、赵明、王文金等编：《抗日战争时期延安及各抗日民主根据地文学运动资料》（上），山西人民出版社1983年版，第277页。

统文化中有根基深厚的民本思想，但这一人民史观更多地属于来自西方的马克思主义唯物史观。人民史观在当时的延安史学界声势大盛，范文澜以人民史观为主导思想，主持编写的《中国通史简编》上册、中册已分别于1941年、1942年出版。但如何将这一史观普及，使听惯了三皇五帝、习惯了寄希望于明君清官的普通民众接受这种外来的崭新思想，将历史上的阶层问题转译为阶级矛盾，既为当下的实践斗争提供精神动力，又建立起自成体系的政治意识形态以争夺话语权，显然是一个艰难的甚至无从下手的难题。实践证明，话剧、小说都无法承担这一大众化任务，而为普通民众喜闻乐见却被知识分子漠视的戏曲恰恰是最适合用以思想启蒙的文艺样式。第二，"这种历史的颠倒，现在由你们再颠倒过来，恢复了历史的面目"①，历史生活要按照历史的本质重新认识，按照同样的逻辑，现实生活也要按照本质真实认知，这种认识论后来被发挥为"革命浪漫主义与革命现实主义相结合""阶级斗争为纲"等一系列论述，对当代文艺创作和社会政治生活都产生了深远的影响。

毛泽东的上述见解被迅速贯彻到《逼上梁山》的修改过程中，进而直接指导了《三打祝家庄》的创作，为阶级启蒙开拓了行之有效的新路径，也为古典气息浓厚的戏曲如何跟上时代发展指出了一条道路，并进而为20世纪中国文学大众化提供了经验借鉴。当然，毛泽东的主要出发点是强调文学的政治功用。

周扬的《表现新的群众的时代——看了春节秧歌以后》发表于1944年3月21日，写作背景是1944年延安秧歌剧改革已成为大规模的群众性活动。文章主要对秧歌剧的创作者、表现内容和表演形式三方面做了总结分析，指出1944年春节的秧歌剧是一种完全的集体创作，工农兵不再是纯粹的被表现者和欣赏者，而是积极的参与者，这在文艺史上是开创性的。知识分子积极地参与了秧歌剧运动，并在参与过程中改变了自己的态度。在内容方面，传统秧歌中恋爱的主题、随之而来的调情特色被生产和战斗、劳动的主题代替，丑角被工农兵和人

---

① 毛泽东：《看了〈逼上梁山〉后写给杨绍萱齐燕铭二同志的信》，见刘增杰、赵明、王文金等编：《抗日战争时期延安及各抗日民主根据地文学运动资料》（上），山西人民出版社1983年版，第277页。

民大众的形象取代。形式上吸收了"五四以来新文艺形式的要素",但"这种创造无论如何不能离开本来的秧歌舞的基础,要保持民间舞蹈的健康、明朗、有力的特色,要拒绝都市的小市民歌舞的庸俗作风的影响"。① 作为延安文艺界的重要领导人,周扬的文章文艺批评色彩更多一些,但政治标准依然是主要批评依据。周扬的文章以阶级论为思想基础,对秧歌剧的文艺生产方式、表现内容与表现方法予以价值评判。同样是秧歌剧运动参与者,工农兵的参与显示的是作为历史主体的正当性,知识分子的参与则是一次思想改造的过程;恋爱这种私人情感成为不重要的生活,更无须被表现,只有生产和战斗、劳动才是更有意义的生活,值得言说;民间舞蹈只能是农民式的,都市被排除出民间,小市民也被排除出群众,审美风格的取舍隐藏的是对农民和小市民的阶级划分。

如果说延安时期的批评因为尚未拉开时间段,未能形成一种有分寸的距离感,因而显得就事论事的话;那么,周扬于1949年做的《新的人民的文艺——在中华全国文学艺术工作者代表大会上关于解放区文艺运动的报告》可以看作第一篇具备了文学史意味的延安文艺研究的标志性论著。该报告将旧剧的改革作为解放区文艺运动的重要经验予以详细介绍,指出延安戏曲改革的方针是"从思想到形式逐步加以改革"。周扬认为,对于民众而言,传统戏曲起到了讲述历史事件的教科书作用,但灌注于其中的是封建统治阶级的意识形态,延安戏曲改革的成就在于以新的科学的意识形态即历史唯物主义的观点重新阐释历史事件,构建出历史的本来面目。形式的改革则是"反对不适当地强调旧剧(主要是平剧)艺术上的'完整性',强调掌握技术的困难",要"大胆突破旧剧形式"。②

王瑶的《中国新文学史稿》是新民主主义文学史的代表性著作。这部诞生

---

① 周扬:《表现新的群众的时代》,山东新华书店1949年版,第28、29页。
② 周扬:《新的人民的文艺——在中华全国文学艺术工作者代表大会上关于解放区文艺运动的报告》,见北京大学、北京师范大学、北京师范学院中文系中国现代文学教研室主编:《文学运动史料选》(第5册),上海教育出版社1979年版,第698、705页。

于50年代初期的文学史详细地叙述了秧歌剧的产生、旧剧改革的过程和成果,并将上述艺术形式概括为广义的"新歌剧"。王瑶对戏曲改革的总结沿袭了周扬的内容和形式两分法,又进一步抬高了内容的重要性:

> 从内容着手,从主题思想的正确表现着手,是创造新歌剧首先必须注意的事情;一切关于形式的问题,只有在通过如何可以更恰当地表现人民大众的生活与斗争(包括历史性的内容)这一任务,才有其积极的意义。①

强调内容的决定性地位事实上是强调以新民主主义史观去表现、阐释历史题材和现实生活,是对"政治标准第一,艺术标准第二"的发挥,态度较周扬更为激进。

在当代文学阶段,戏曲经由十七年时期的大规模、有组织、有步骤的政治运动式改革,最终走向了史无前例的革命样板戏。延安戏曲改革的意识形态化努力被更激进更坚决的政治话语全盘推翻,其标志性成果——歌剧《白毛女》成为"忠于资产阶级的反动立场,忠于周扬的文艺黑线及其总后台党内头号走资本主义道路的当权派污蔑和暴露人民的反动的历史观和文艺观"②的标本。

刘增杰等撰著的《中国解放区文学史》出版于1988年,历史转折的印记分外清晰。该著在梳理延安戏曲改革从秧歌剧到新歌剧的流变、旧剧改革的历程以及分析新秧歌剧受到群众欢迎的原因诸方面并无新意,但值得注意的是对《白毛女》的分析:

> 《白毛女》之所以获取巨大功成,主题思想之"非常适合时宜"是其主要原因。而主题思想的获得,同主人公喜儿形象的内涵、同她具有传奇性的生活经历有非常密切的关系。……奶奶庙仇人相遇那场戏,把喜儿的反抗性格推向了高峰。这时,她简直成了复仇的化身,

---

① 王瑶:《中国新文学史稿》(下册),新文艺出版社1953年版,第389—390页。
② 李希凡:《在两条路线尖锐斗争中诞生的艺术明珠——从芭蕾舞剧〈白毛女〉的再创作看周扬文艺黑线及其总后台的"写真实"谬论的破产》,见湖南师范学院中文系编:《无产阶级文艺的新纪元——赞革命文艺样板》,1970年,第348页。

喜儿形象的塑造，到此也就基本完成了。喜儿进山后成为"白毛女"的生活遭遇，有力地说明了"旧社会把人逼成'鬼'"的悲惨事实。但如果仅止于此，就会大大降低剧本的思想价值和严重削弱剧本的感人力量。剧本最后写八路军搭救喜儿出山，斗倒了黄世仁，喜儿由"鬼"变成了人，真正翻身得解放，这才"卒章显志"，把带有浓厚封建迷信色彩的"白毛仙姑"的故事变成了具有深刻的思想内容和高度思想价值的《白毛女》，使剧本的主题思想升华到新的高度，新的境界。正是这个变化，使《白毛女》取得了划时代的成就。①

刘增杰等注意到，《白毛女》的成功固然源自"非常适合时宜"的思想主题，但鲜明生动的人物形象、曲折多变的故事情节、浓厚的传奇色彩同样对其艺术魅力做出了独立的贡献。正如刘增杰等所言，喜儿在奶奶庙与仇人相遇之后性格塑造已经定型，因此，歌剧《白毛女》的叙事出现了巨大的裂痕，喜儿的人物形象从激烈的反抗者迅速弱化为被动的等待者，其叙事功能也从情节发展的主要推动者变为图解主题的陪衬者，"卒章显志"更近似于生硬的主题植入。刘增杰等已经触摸到了《白毛女》的审美价值得失，但最终的结论却没有就艺术本身进行分析，而是以是否体现了意识形态话语作为评价标准。

孟悦的《〈白毛女〉演变的启示——兼论延安文艺的历史多质性》是"再解读"思潮中出现的《白毛女》研究的典范之作。在之前发表的《女性表象与民族神话》中，作者提出在歌剧《白毛女》的叙事设计中，阶级冲突是借助一个性别压迫的情节进入叙事的，其后又通过抹杀女性的性别标志与身体特征、阶级斗争、党的权威与位置等这些政治象征秩序才得以成立。在《〈白毛女〉演变的启示——兼论延安文艺的历史多质性》中，孟悦进一步发掘了《白毛女》的"历史多质性"：在歌剧《白毛女》中，政治话语只有在民间伦理逻辑的掩护下才能暗地滋长，并且直到叙事终止处才取得了权威地位。"民间伦理逻辑乃是政治主题合法化的基础、批准者和权威。"电影版《白毛女》也采取

---

① 刘增杰、赵明、王文金：《中国解放区文学史》，河南大学出版社1988年版，第274—275页。

了相同的叙事策略，"以市井流行文艺中的富于悲欢离合的娱乐性形式翻译并转换了歌剧所表现的乡土伦理原则"，两者的文化内涵有所区别，但叙事功能一致。①综合两文可知，孟悦认为《白毛女》之所以受到大众的喜爱，就在于非政治话语比政治话语占据了更高的支配地位，从而留下了比较宽裕的审美空间。

  90年代后期特别是新世纪以来，对延安文艺以及延安戏曲的研究日趋多元化。但值得强调的是，相当一部分研究依然是在与80年代中后期以来的研究成果做潜在对话。其中有两个代表性的文本，一个是前文提及的孟悦的《〈白毛女〉演变的启示——兼论延安文艺的历史多质性》，另一个则是陈思和的《民间的浮沉——对抗战到文革文学史的一个尝试性解释》。陈思和在文中提出了"国家权力支持的政治意识形态，知识分子为主体的西方外来文化形态和保存在中国民间社会的民间文化形态"三分天下的文学史观。文章从民间的角度出发，以政治意识形态和民间文化形态之间的冲突为线索，将抗战到"文革"的文学史划分为三个阶段。其中，"延安时代对旧秧歌剧和旧戏曲的改造，便是冲突的第一阶段"②。在这一阶段，政治意识形态通过知识分子之手对民间文化形态做了渗透和改造。但民间文化并非完全被动，而是以民间隐形结构予以反渗透、反改造，成为文本中隐晦但顽强地存在着的另一套话语体系。在《白毛女》和"文革"样板戏这样的类宣传品中，以往的研究或肯定或否定都认为是对政治意识形态的高纯度阐释，甚至本身就是形象化了的意识形态。但在孟悦和陈思和的论述中，这些文本被发现事实上存在着两套话语体系：政治话语与非政治话语。一反王瑶、刘增杰等的判断，这些以表现政治话语为目的的戏曲之所以受到大众欢迎，却是其中存在的非政治话语。非政治话语可以是偏重于思想内容的伦理逻辑、道德规范等，也可以是审美趣味、语言

---

① 唐小兵编：《再解读：大众文艺与意识形态》，北京大学出版社2007年增订版，第57—58、62页。
② 陈思和：《民间的浮沉——对抗战到文革文学史的一个尝试性解释》，载《上海文学》1994年第1期。

游戏等偏重于形式的表达。比较而言,孟悦更高地强调了非政治话语的决定作用。

针对孟悦和陈思和的观点,李杨在《50—70年代中国文学经典再解读》一书中一显一隐地同时做了回应。他赞同孟悦对《白毛女》中政治话语通过民间伦理逻辑的运行而成立的分析,指出其中隐藏着一个"恶有恶报,善有善报"的俗文学创作思维模式,这与陈思和提出的民间隐形结构有暗合之处。陈思和对"民间"的定义是"民间是与国家相对的一个概念,民间文化形态是指在国家权力中心控制范围的边缘区域形成的文化空间"①。李杨并不赞同这一界定,也反对孟悦将民间和政治对立起来的解读策略,他认为政治与民间不能二元对立,政治通过对民间的借用制造了民族／国家——阶级这样的现代政治,而这些现代的政治意识形态最后又内化成了新的民间。因此,民间与政治之间存在着"真正复杂的现代性关系"②。

李杨的分析出于某种原因以抽象能指代替具体所指而导致行文艰涩,李洁非等则简洁诙谐地将延安戏曲改革中对旧形式的改造称为"延安体"。旧形式作为民间文化的产物,天然地存在着破坏、消解统治性文化的野性。所以在革命意识形态呈在野状态时,两者可以彼此投合;但革命意识形态的最终目标是走向庙堂,所以必然会对民间文化做出招安式的改编。因此,延安戏曲改革"推陈出新"的文化策略"并不是'革命意识心态+旧形式'那样简单。在本质上,这是一个使原本根植民间、表现民间性格的旧形式'庙堂化'的过程"③。李洁非等同样借鉴了陈思和的"民间""庙堂"的文化观点,但认为两者的关系并非是对立而是互相渗透,在这一点上与李杨达成了一致。

袁盛勇的博士论文《宿命的召唤——论延安文学意识形态化的形成》从意识形态化的形成角度对延安文学做了整体观照,将延安文学本质定义为"一种意识

---

① 陈思和:《民间的浮沉——对抗战到文革文学史的一个尝试性解释》,载《上海文学》1994年第1期。
② 李杨:《50—70年代中国文学经典再解读》,北京大学出版社2018年版,第261页。
③ 李洁非、杨劼:《解读延安——文学、知识分子和文化》,当代中国出版社2010年版,第208页。

形态化的文学"。在吸收了政治权力、知识分子、民间三分天下理论的基础上，袁盛勇从集体创作写作方式的角度分析了旧戏曲改革的意识形态化过程，从知识分子和民间艺人改造的角度分析了旧秧歌旧说书的意识形态化改造过程。由于延安的知识分子已经成为"有机化知识分子"，所以"延安文人、权力意志与民间三者的关系其实可以简化为权力意志与民间的关系。……在延安文人、权力意志和民间三者之间，起着决定性作用的只能是权力意志或新的意识形态，而延安文人和民间所起的都仅仅是一种工具性作用。权力意志或政治意识形态在当时的历史情境下对于延安文人和民间来说，也都会起到同样的规约作用"①。

黄科安在《延安文学研究——建构新的意识形态与话语体系》一书中，也指出延安戏曲改革是为了建构现代民族／国家的意识形态。与李杨、李洁非等相仿，黄科安同样不赞成孟悦将民间与政治对立起来的解读，指出"在当时的延安，人们对'民间伦理'和'民间形式'发生浓厚的兴趣，归根到底还是出于政治力量和政治话语的需要"。对这一过程中知识分子发挥的作用，黄科安发出了疑问："在'政治'与'民间'话语结合过程中，知识分子的位置在哪里？他们是否也拥有话语权？"②通过对《白毛女》细节修改过程的钩沉，他认为延安知识分子依然顽强地继承了五四启蒙话语。

在《民间文化与"十七年"戏曲改编》中，周涛将延安戏曲改革作为十七年时期戏改的历史经验予以考察，以《逼上梁山》为例，指出延安戏曲改编是为了借助戏曲这一大众熟知的形式工具而推行民族、阶级的政治意识形态，在此过程中，戏曲作为积淀了丰富民间文化的形式，具有独立的艺术作用，政治意识形态的正当性要在民间伦理逻辑的认可下才能成立。但政治意识话语并非完全处于被动，在威权与压制下，民间文化会选择妥协。因此，周涛的结论是民间与政治在延安时期达成了一种"共谋"。③

---

① 袁盛勇：《宿命的召唤——论延安文学意识形态化的形成》，复旦大学2004年博士论文，第184页。
② 黄科安：《延安文学研究——建构新的意识形态与话语体系》，文化艺术出版社2009年版，第82、76页。
③ 参见周涛：《民间文化与"十七年"戏曲改编》，广西师范大学出版社2012年版。

文贵良在《话语与生存：解读战争年代文学（1937—1948）》中提出了"话语生存论"的阐释方法，将陈思和的民间、广场和庙堂转化为民间、知识者和大众话语的话语主体。这是一个非常有意思的发现，在五四文化氛围中，民间（大众）与庙堂（非大众）是对立的。而在延安时期，这种对立开始界限模糊了，民间、知识分子、政治权力都被卷入了文艺大众化的潮流，似乎都在大众化中拥有话语权。但文贵良对此做了精细的分解，在其论述中，大众话语更近似于一个话语的场域，在这个场域里，以毛泽东思想为主题的政治话语占据着中心地位，但并不能完全覆盖；民间既参与又被改造；知识分子没有自我言说的权力，却是不可缺少的言说中介。延安时期这种大众话语的表达方式呈现为军事术语和民间形式的结合。作者以秧歌剧的改造说明了尽管从政治方向改造民间，但最终改造的深度仍受限于民间形态。①

至此，延安戏曲改革研究的一条主要线索清晰地显现出来：从产生之初至今，延安戏曲改革研究始终围绕着政治意识形态而争论。以80年代后期为界，之前的研究中，延安戏曲改革因趋近政治意识形态而受到肯定；之后的研究中，对延安戏曲改革的价值评定则视其在多大程度上背离政治意识形态。尽管所持标准截然相反，但思维模式相当一致，依然是根深蒂固的二元对立。对此，周维东提出了从价值论转向发生论的解决方式：

> 研究者必须放弃自己文学合法性评判者的角色，不再证明什么样的文学合法且具有价值，而要作为一个历史的叙述者，说明文学史上一个个历史现象是如何在复杂的语境中发生，研究的目的就是为了说明文学史的丰富性和复杂性。②

换言之，周维东指出政治对延安文学产生了影响，这已成为共识，无须做过多阐释。延安文学研究深化的可能性在于客观地爬梳这一影响是如何产生的，而

---

① 参见文贵良：《话语与生存：解读战争年代文学（1937—1948）》，上海书店出版社2007年版。
② 周维东：《"文学性"的偏至与文学内、外部研究的危机——以延安文学"政治决定论"的形成为例》，载《延安大学学报》（社会科学版）2007年第1期。

不是对这一影响做价值褒贬。但是,笔者认为这种研究方式对某些文艺形态是适用的,但对自觉地"肩住了黑暗的闸门"的20世纪中国文学来说,特别是对投身于血与火的延安文艺而言,不正面面对这一文艺活动中的政治性价值,就是无言的贬低。

三、内部研究

对延安戏曲的内部研究始于延安时期。丁里的《秧歌舞简论》发表于1942年9月,显示出历史草创期特有的驳杂与鲜活。该文的主要研究对象是偏于原始状态的秧歌舞,这种舞蹈的优势在于群众性,即广受民众欢迎又容易被民众掌握,能紧密地配合政治宣传任务。但缺点在于表现形式千篇一律,舞姿与表现内容不协调,人物性格一般化。因此,丁里认为秧歌舞发展的方向是舞蹈而不是歌舞剧,更不可能成为"政治论文或行动纲领的抄本"[①]。丁里的这一预言在延安时期是落空了,但在其后的历史时段中却成了现实。值得深思的是,在秧歌舞基础之上发展而成的秧歌剧活动在延安时期达到巅峰之后盛况难续,时至今日,延安时期的创作大多成为停留在史料中的历史遗迹,也不见有新的创作出现。以舞蹈为主的秧歌舞在节庆之时仍有民众演出,但舞蹈样式甚至不如当年的丰富多彩,其中原因值得探究。

艾青是秧歌运动的主要参与者之一,曾承担过中央党校秧歌队副队长的任务,他以切身的经验和丰厚的艺术素养为基础写作的《秧歌剧的形式》,从表现手法、音乐、曲调、唱词、舞蹈形式、化装、服装、道具、规模和审美风格方面对秧歌剧进行了全面分析。而且,由于当年的表演已经无法再现,该文的记载以及相关的针对性研究更多了一重史料价值。其中对旧剧和话剧表现手法的利弊分析,"大团圆"的时代适用性的研究,既是对"五四"全盘否定传统戏曲表现手法和审美风格的反思,也是延安时期文艺思想的忠实体现。

周扬于1944年3月发表的《表现新的群众的时代——看了春节秧歌以后》一

---

① 丁里:《秧歌舞简论》(续完),载《解放日报》1942年9月24日。

文中有着这样精到的分析：在旧秧歌中，调情是恋爱的畸形表达，丑角是变形的抗议。六十年后，来自韩国的安荣银在《对旧秧歌的改造与利用——"新秧歌"形态探讨之一》中对调情、丑角两个秧歌改造的关键因素做了详细解读，是与周扬观点的对话，也是拓展。

调情在秧歌剧改革过程中消失，周扬解释是因为"恋爱退到了生活中的不重要的地位"①，而安荣银认为正是因为延安男女比例严重失调，恋爱成为个人生活中难以解决的问题，以至于影响到政权建设，调情才被作为严加防范的敏感因素彻底排除。调情排除之后，对身体的阐释也随之变化。首先，表现情感的身体形象被转变为宣传劳动、生产的功能的身体，秧歌剧中的人物分为投身劳动的英雄和脱离劳动的二流子，通过对不同形象的颂扬或鞭笞，"落后、分散的解放区农村就注入了现代的民族国家意识，逐渐建立起对共产党政权的'阶级'认同"。其次，调情被消除后，作为其主要因素的女性身体被转化为"穿着劳动服的女性身体形象"，妇女虽然尚未走出家庭但已开始解放，不过，"传统秧歌中的妇女作为被'调情'的对象、被压抑的身体在新秧歌中得到了解放，但又通过'比赛'，'比较'，'超过'，'挑战'，'竞赛'成为无性别差异的英雄、模范，又受到新的压抑"。②

丑角是旧秧歌中的重要角色，但在新秧歌中受到了限制。周扬的解释是"在新的社会条件下，小丑的身份已经完全改变了。边区及各根据地是处在工农兵和人民大众当权的朝代，人民是主人公，是皇帝，不再是小丑了"③。但安荣银指出："这样'再不需要丑角'的观点，表面上看来只是由于新社会的丑角诞生，已失去其作用，但里面隐藏着对丑角会打破新的秩序的警惕。……在新的人民时代刚开始的时期，文艺家警惕丑角前言不搭后语的语言和行动里

---

① 周扬：《表现新的群众的时代》，山东新华书店1949年版，第27页。
② 安荣银：《对旧秧歌的改造与利用——"新秧歌"形态探讨之一》，载《中国现代文学研究丛刊》2005年第3期。
③ 周扬：《表现新的群众的时代》，山东新华书店1949年版，第27—28页。

暗含着对共产党政策的批评的可能性。"①而且,丑角并未消失,只是转化为二流子、巫师这样的落后分子,在民众的欣赏感受中,这些新的丑角并非是周扬认定的"完全否定的人物,没有丝毫积极的作用"②,而是被观众嘲笑和需要帮助改造的同伴,在丑角引发的笑声中,民众的娱乐需求和政府的教育目的同时得以实现。

郭玉琼的《发现秧歌:狂欢与规训——论二十世纪四十年代延安新秧歌运动》一文综合了陈思和官方、民间、知识分子三分天下说和巴赫金文化诗学理论,指出在新秧歌运动中"传统秧歌体现着狂欢化特征的内容和形式被一系列带有强烈意识形态象征意味的话语和符号系统所替代、置换。与这个替代、置换过程相伴相生的,是官方规训的全面渗入秧歌。官方的规训通过知识分子,以秧歌为载体,在狂欢化四面敞开、无限阔大的广场上,最终顺利传递到最广大的民众那里"③。

郭国昌的《二十世纪中国文学的大众化之争》将延安戏曲改革定位为中国戏剧通过民间形式走向大众化的探索,也是文学大众化思潮的民间化趋向中的一环。这样的认知将延安戏曲改革置于大众化和民间化的链条中,视野开阔,但论述较为简略,未能展开具体文本分析支撑上述判断。

贾冀川的《解放区戏剧研究》是一部综合研究解放区戏剧的专著,从戏剧题材、作家、作品、戏剧形象等方面呈现了解放区戏剧景观,简要勾勒了解放区戏曲改革的过程。论著指出《逼上梁山》《三打祝家庄》有着强烈的政治色彩,而《白毛女》的现代意义在于揭露了由地主主导确立的契约的不平等,指出了建立在这种契约上的社会秩序的不合理性,对普通民众起到了政治启蒙的作用。

孟远的博士论文《歌剧〈白毛女〉研究》以延安文艺的现代性及复杂构成

---

① 安荣银:《对旧秧歌的改造与利用——"新秧歌"形态探讨之一》,载《中国现代文学研究丛刊》2005年第3期。
② 周扬:《表现新的群众的时代》,山东新华书店1949年版,第28页。
③ 郭玉琼:《发现秧歌:狂欢与规训——论二十世纪四十年代延安新秧歌运动》,载《中国现代文学研究丛刊》2006年第1期。

为问题意识，以革命经典的形成为内在理路，梳理了歌剧《白毛女》的创作经过、改编过程、传播路线及经典化途径，试图以《白毛女》为例将延安文艺置于开阔的视域中予以考察，突破先前政治化研究模式的局限。

总体而言，对延安戏曲的内部研究偏向于抽象的理论概括，少见具体的文本分析；偏向于抽取个别特征阐释，少有综合的整体审视；特别是新时期以来，偏向于依据艺术审美标准予以解构，少有置于历史具体语境中给予理解；集中于对《白毛女》的一再言说，少见对其他作品的认真清理。在这样的研究格局中，尽管研究者们一再声称要"回到历史现场"，但始终难以呈现并把握延安戏曲改革的丰富内涵。

四、大众化研究视角的引入

综观半个世纪以来的延安戏曲改革研究，可以发现关于延安戏曲改革的史料梳理、外部研究和内部研究都呈现出片面的深刻的特点。尽管在某些点的挖掘上达到了深刻，但研究视野的片面尤为明显。究其原因，这种片面的深刻缘于整体观的缺失：延安戏曲改革作为延安文艺乃至20世纪中国文学大众化的重要组成部分，尚未有专著对此进行基本史实脉络的清理和作为完整体系的文学运动予以观照；研究者或是在论证某一观点的过程中零星拾取延安戏曲改革作为例证，或是只针对延安戏曲改革的某一特点就事论事地阐释，延安戏曲改革所蕴含的丰富艺术价值、思想价值、文学史价值被轻视甚至被否定。这两方面互为因果，恶性循环。因缺乏对延安戏曲改革过程、成就的全面梳理，故不能发现其中蕴含的丰富价值；因价值估计不足，所以无意甚至不屑对延安戏曲改革做系统整理，从而使延安戏曲改革这样一个在20世纪中国文学史上承上启下的关键性文学活动成为被遮蔽的存在。因此，对延安戏曲改革的研究亟须引入一个整体性研究视角，既切合延安时期的现实，又能站在制高点上俯视历史，能担此重任的非大众化莫属。但在目前的研究中，尚未有将延安戏曲改革与20世纪中国文学大众化思潮联系起来的具体考察。

延安戏曲改革是延安文艺大众化努力的标志性成果，是20世纪中国文学大众化在理论建设和实践探索上最为深入的阶段，其得失只有置于文艺大众化这一背景下才能予以准确的辨析。大众化是20世纪中国文学的主潮，将民主、科学、建构民族／国家、实现共产主义理想等等一系列旨在救国救民的现代性思想最大限度地对广大民众予以普及，是20世纪中国历史的要求，也是20世纪中国文学的使命。正是在文学大众化的追求中，才产生了延安时期对戏曲这一民族特色浓厚的文艺体式的改革，才规定了延安戏曲改革中文艺与政治紧密结合的改革方向，也才决定了延安戏曲改革的种种细节。

深化延安戏曲改革研究的可能性在于将延安戏曲改革和20世纪中国文学大众化思潮的互相作用作为中心线索，以延安戏曲改革怎样体现、实践、推动了大众化，大众化如何指导、限定了延安戏曲改革为主要问题，对延安戏曲改革的发生、性质定位以及相关的外部研究、内部研究做一一清理。其中，必须格外注意延安戏曲改革中文学与政治的关系、知识分子的状态、延安戏曲改革的当代启示等重要话题，这一切分析又必须落实到文本分析方能不空疏无当。

如上文分析显示，关于延安戏曲改革中政治意识形态产生了重要影响这一点，学界已达成共识，分歧之处在于政治意识形态在多大程度上影响了延安戏曲改革，其影响是正面的还是负面的。尽管众多研究者争辩激烈，却忽略了对此问题前提的清理：那无处不在却又大而化之的政治意识形态到底包括哪些内涵？是否只有阶级冲突、人民战争等政党话语？是否继承了五四时期人的解放、妇女解放等现代性意识？阶级启蒙、革命启蒙是否也属于另一种现代性意识？这是一系列具有学术原点意义的问题，只有在厘清上述问题的前提下，才能公正客观地认知延安戏曲改革中文学与政治的关系，并牵涉到对延安戏曲改革的价值判定，以及对文学大众化正反面经验的总结等广阔的学术命题。

政治意识形态对延安戏曲改革的作用该如何评价？从上文的梳理可见，这一问题以80年代后期为界，之前被笼统而不加分析地肯定，之后又被强硬而不顾历史具体语境地否定。文学投身于传播阐释政治意识形态是否一定是对文学自身的损害？文学是否应该取得审美价值和社会价值的平衡？正如赵学勇所强调的：

> 文学到底是一种文化消费品，还是一种与民族命运联系在一起的精神活动？文学活动到底是作家个体行为，还是一种与大众的命运联系在一起的事业？到底是作家的文学才华重要，还是体验和正视现实的生活重要？到底是大众的接受重要，还是在形式上的花样翻新重要？这些问题都关乎文学存在的根基。①

探讨延安戏曲改革中文学与政治的问题，就不能不追问知识分子在其中的作用。以往的研究将知识分子定格为思想改造的姿态，周扬、张庚的陈述中，知识分子表现出的是"放下臭架子，甘当小学生"的诚恳；而在新时期以来的研究中，知识分子的改造是在政治威权压迫下的被动之举。

延安时期，知识分子作为一个整体性的阶层接受思想改造，这是无可争辩的历史事实。但问题之一在于，经历过思想改造后的知识分子是否彻底丧失了主体性，失去了自我言说的能力？

> 作为这些战争的好些领导者、参加者的知识者，往往在现实中为这场战争所征服。具有长久传统的农民小生产者的某些意识形态和心理结构很容易挤走他们原有那一点可怜的民主启蒙观念，而且这种农民意识和传统的文化心理结构还会自觉不自觉地渗进了刚学来的马克思主义思想中。②

李泽厚的这一判断显然是不能成立的。

> 无论现实与历史有多大距离和如何不同，它仍包含有无法排斥的过去的某些东西。所以，尽管现代中国知识分子抛弃了大量遗产，但他们还是从遗产中接受了现代没有或无法抛弃的东西。实质上，从儒学统一性大厦赖以建立的智力自信和职业优越这一基本原则中派生出来的社会责任心和使命感，也仍然是现代中国知识分子生活的主要目

---

① 赵学勇：《延安文艺的大众化：历史实践与当代启示》，载《中国社会科学报》2012年5月28日。
② 李泽厚：《启蒙与救亡的双重变奏》，载《走向未来》1986年创刊号。

的之一。①

何况，在延安戏曲改革中发挥重要作用的文艺工作者不仅是经历了五四思想解放的现代知识分子，更是在政治恐怖下奋起抗争、怀抱着革命信仰来到延安的大无畏者，让这样一批时代精英在短时期内彻底"缴械投降"，其可能性需要深入分析。

关于知识分子的问题之二在于：在延安戏曲改革中，知识分子对自我的认知努力地从化大众的启蒙者向大众化的学习者转变，这一思想改造的过程是心悦诚服的主动追求，还是被动的无可奈何？有关这一问题的回答关系到对整个20世纪中国文学大众化思潮的价值认知。五四新文化运动提出"人的文学""平民文学"，意在唤醒民众，改造国民性；其后的革命文学以及左联作家更是鲜明地提出文学大众化的理想追求，但都无法消除文学与民众的巨大隔膜，知识分子陷入了无物之阵的困境。毛泽东适时地提出了将知识分子的立足点转移到工农大众的立场上来，提供了打破这一僵局的思路，使文学大众化在延安时期真正落到了实处，在理论建设和实践展开方面都取得了前所未有的突破。对于知识分子而言，将文学实用化，直接实现文学的物质性功用，既满足了知识分子经世济用的精神追求，又解脱了知识分子在战争处境中"百无一用是书生"的角色困窘。可以说，在延安戏曲改革的文学大众化追求中，官方、知识分子、民间达成了合作与共赢。至于知识分子精神定位的不断下移，要放在以后的历史环境中予以解读了。

大众化是20世纪中国文学最重要的经验，但这一潮流在当下的文学创作中变得面目模糊、指向不明。一方面，精英文学日益自我封闭，无法与广大民众发生联系，更遑论社会影响；另一方面，大众文化迅猛发展，成为民众最主要的娱乐产品。但必须指出的是，受消费语境的影响，一些作品缺乏严肃的精神追求与深切的人文关怀，甚至出现了诸多封建意识的沉渣泛起。这样的文化看似贴近了大众，但无益于文学，也无益于人民。习近平总书记指出："当高楼

---

① 格里德尔：《知识分子与现代中国》，单正平译，南开大学出版社2002年版，第1—2页。

大厦在我国大地上遍地林立时,中华民族精神的大厦也应该巍然耸立。"①21世纪的中国在建设物质文明的同时,更要着力建构精神文明,要继承20世纪文学大众化思潮中知识分子对社会、对人民秉承的使命感、责任感,学习文学大众化中民族化和现代化相辅相成的文化策略。可喜的是,随着国家整体实力的增强、人民文化水平的提高,大众化有了更好的社会环境,达到了鲁迅先生当年所期待的"若是大规模的设施,就必须政治之力的帮助"②。文学大众化必将有更广阔的发展前景,这是文学之幸,也是人民之幸。

---

① 习近平:《在文艺工作座谈会上的讲话》,载《人民日报》2015年10月15日。
② 鲁迅:《文艺的大众化》,载《大众文艺》1930年第3期。

第二节

延安"戏改"的现代性主题与民间资源的互补

延安戏曲改革是20世纪中国新文学文艺大众化的重要组成部分,主要涵盖了平剧、秦腔、眉户、秧歌剧、在秧歌剧基础上产生的歌剧等戏曲品种。延安戏曲改革注重对传统戏曲的思想内容进行革新,并在此前提下汲取传统的民族审美资源,力求启蒙思想能够最大限度地为民众接受,从而达到思想现代性与审美民族性的互补互动,最终致力于新的民族／国家的建构。

一、延安戏曲改革的现代性主题

启蒙的要义之一便是发动民众反抗现存秩序,建立更理想的社会状态,因此,唤起民众的反抗精神成为20世纪前半叶中国新文学最重要的主题之一。从五四文学"人的发现",到30年代左翼文学对阶级的"发现",再到抗战文学对民族的"发现",无不贯穿着对反抗精神的高度弘扬。延安戏曲改革将反抗精神的阐释推向高潮,多方面地体现在各类题材的戏曲创作中。

在延安戏曲中,反抗统治阶级的政治、经济压迫是一再书写的题材,压迫—忍耐—反抗是这类题材书写的基本叙事线索,影响较大的有历史剧《松花江上》《逼上梁山》《河伯娶妇》,现代戏《难民曲》《血泪仇》《官逼民反》等。

延安戏曲改革早期阶段的主要改革方式是以传统剧目为蓝本,进行简单的"旧瓶装新酒"式改编,《松花江上》是其典型代表。全剧以传统剧目《打渔杀家》为原本进行简单置换，全盘套用了原剧目中的人物角色、故事情节以及大部分台词，只将人物姓名和时间地点略微变化。主要改动在于，《打渔杀家》讲述的是梁山好汉萧恩不堪欺压快意恩仇的个人行为，而《松花江上》则描述的是渔民赵瑞不堪官府与恶霸狼狈为奸剥削压榨，奋起反抗，最终被抗日联军接应，营救后共同走上革命道路的农民起义故事。

与之前的《白山黑水》中"司令官挂髯口迈大方步，女的政治委员有'奴家政治委员是也'"[①]的新内容与旧形式冲突的粗糙滑稽相比，《松花江上》的改革是比较成功的。在选取的原本《打渔杀家》中，人物为渔家打扮的平民，与蟒袍玉带的帝王权贵、珠翠满头的小姐丫鬟相比，戏曲形式和审美意蕴的时代色彩本就非常淡薄，《松花江上》只需略微改动时代背景与人物行动，就可借助一个情节相近的反抗故事自然地导出贴切的革命主题，但延安的戏曲改革显然不能止步于此。

延安文艺的目标是建立"民族的形式，新民主主义的内容，——这就是我们今天的新文化"[②]，《松花江上》式的简单置换无法容纳崭新的新民主主义内容。延安戏曲改革的出发点是进行新民主主义思想的启蒙，因此改革的主要着眼点是思想的革新，一切用以传达思想的载体的改革都要服从思想革新的需要。正是在这样的认识基础上，延安戏曲改革不仅远远超越了晚清戏曲改良在新内容与旧形式之间的犹豫不决，也大胆地摒弃了抗战初期"旧瓶装新酒"的戏曲改革方式，最终选择主攻现代戏和新编历史剧的创作。

京剧现代戏《难民曲》由李纶编剧，情节较为简单，只有八场，主要人物是河南佃农崔老头和儿子崔志发。幕启之时，河南遭遇大旱，饿殍遍地，草根树皮已被灾民吃完，路旁乡亲的尸体也成为人们觅食的目标。使灾民生活雪上加霜的是，地主仍然催缴地租，国民党政府不但不履行政府职责，反而巧立名

---

① 罗合如：《回忆延安平剧研究院》，见中国京剧院编：《旧剧革命的划时代的开端——延安平剧研究院纪念文集》，中国戏剧出版社2005年版，第179页。
② 毛泽东：《新民主主义论》，见《毛泽东选集》（第2卷），人民出版社1991年版，第707页。

目横征暴敛。崔家走投无路之下只能将儿媳出卖，然而这一生离死别换来的只是一小袋糠、一个馒头和一百多块钱。即便如此，这一小袋糠和钱还被国民党军队强行夺走了。绝望之际，曾经逆来顺受的崔老头带领儿孙外出逃难，他和孙子终于逃到了边区，受到了边区群众、政府和军队的热情款待；崔志发在路上被国民党抓了壮丁，最后在八路军的营救下也来到了边区，大家期待着河南解放、一家团聚。故事到此戛然而止。

与《难民曲》相比，秦腔《血泪仇》共三十场，情节更为丰富，人物形象也更加立体，戏剧冲突更为激烈。《血泪仇》的前九场与《难民曲》相似，同样讲述了河南的天灾肆虐，国民党政府疯狂压榨，人民在生死线上呻吟挣扎。与崔老头的佃农身份不同，主人公王仁厚曾经拥有三十亩土地，但最终土地被巧取豪夺，儿子被抓壮丁，只能举家连夜逃亡。逃难路上儿媳被逼致死，妻子一气碰死，王仁厚携幼女孤孙逃进边区。与《难民曲》最大的不同在于，《难民曲》的故事在崔家到达边区时戛然而止，《血泪仇》则用大量的篇幅描述了王仁厚进入边区后的幸福生活。在稳定的社会秩序和边区人人友爱的社会氛围中，王仁厚一家辛勤劳动，不仅换来了物质生活的富足，在精神上也前所未有地获得了尊严和满足感，从伤痕累累的难民蜕变成自豪感满怀的边区主人公。同时，戏曲剧本重点渲染了王仁厚之子王东才被国民党诱骗进入边区从事破坏活动，险些害死自己儿子，觉悟后起义复仇的惊险情节。

《难民曲》《血泪仇》的故事基本框架是将国统区的黑暗统治和边区的幸福生活做对比，秦腔《官逼民反》则主要暴露国统区大小黑暗势力的丑态百出。与前两剧相比，三十三场的《官逼民反》展示的社会面貌更为开阔，人物形象更为多元，同时反抗情绪更加强烈。被压迫的人物不仅有老实忠厚的农民杨万玉，还有两头受气的保长赵志良、公正善良的士绅唐靖修。与此类题材中通常占主导地位的贫苦农民不同，保长赵志良属于统治机构的一分子，士绅唐靖修在乡村社会中占据较高地位，这些人物出场时并未山穷水尽，但无一例外地被黑暗统治逼得走投无路。这类以妥协换生存而不得的人物形象与赵梆子、王二虎、朱登魁等一出场便反抗意识十足的人物形象相互烘托，有力地向受众说明了反抗黑暗社会不是偶发性的个体行为,而是符合社会发展方向的集体行动。

以《难民曲》《血泪仇》《官逼民反》为代表作的延安现代戏创作中,暴露国民党统治的罪恶、号召民众反抗国民党统治是最显豁的思想主题。但是,如果延安戏曲的反抗叙事仅止于传达官逼民反的古老观念,那延安戏曲改革的现代意义便大打折扣了。就渲染抗争情绪而言,延安戏曲的艺术感染力并不比相同题材的《打渔杀家》《宝剑记》高超,甚至有所不及;就启蒙民众而言,仅仅揭露批判国民党的腐朽统治也无法达到延安文艺建立新民主主义文化的目标。细读这些被历史一再标签化的戏曲剧本,会发现延安戏曲的反抗叙事在宣传现实的政治军事斗争的同时,承载了对人的价值、对社会公平正义的深刻思考,这是对五四时期"人的发现""国民性改造"等现代思想的继续探索。

安分守己、逆来顺受的农民形象是延安现代戏中的重要人物系列,他们即使濒临死亡也坚持完粮纳税,这在一个社会秩序稳定的时代尚可称为奉公守法,而在已丧失了基本准则的环境中无疑是奴隶根性的体现。鲁迅指出中国历史只有两个时代:"一,想做奴隶而不得的时代;二,暂时做稳了奴隶的时代"①。奴隶的最高理想自然是有一个可以安安稳稳做奴隶的环境,但即使身处"想做奴隶而不得的时代",全家将冻饿而死,崔老头依然坚持着"咱崔家祖宗三代都是安份的受苦人!就是饿死,也不能当土匪啊!"②这种深入骨髓的奴性与统治者丧心病狂的压榨同样令人触目惊心,这不仅是身的奴役状态,更是心的奴役,是人性的极大扭曲。即便如此,社会压迫仍然超过了奴隶所能承受的底线,被置之死地后,奴隶开始质疑秩序的合理,"官家做事太无理,把百姓全不放心里;有一日百姓全做鬼,看你们做官再靠谁!"③奴隶一旦开

---

① 鲁迅:《灯下漫笔》,见《鲁迅全集》(第1卷),人民文学出版社1981年版,第247页。
② 李纶:《难民曲》,见刘润为主编:《延安文艺大系·戏曲卷》(上),湖南文艺出版社2015年版,第118页。
③ 马健翎:《血泪仇》,见刘润为主编:《延安文艺大系·戏曲卷》(下),湖南文艺出版社2015年版,第437页。

始质疑曾经视为天经地义的秩序，便会继续反省自己遵守秩序的必要，进而重新估量以遵守秩序为荣的道德观。

> 奴隶在拒绝接受主子令人屈辱的命令时，也同时否定了自己的奴隶地位。反抗行动使他比单纯的拒绝走得更远，甚至超过了为其对手所划定的界限，现在他要求得到平等待遇。①

民众一旦开始反抗经济剥削，就不仅仅止于对物质利益的保护，同时开始了对精神上奴隶状态的拒绝，人不再盲目地跟随他者对秩序的规定，被动地服从强加于己的命令。这种对奴隶状态的拒绝自然会延伸到对人的价值的发现、人性的解放。这一现代的思想质素以反抗的形式出现在延安戏曲改革的叙事中。

《难民曲》中，逃难路上崔志发与另一个难民有一段对话：

> 崔志发　咱们难民就不是人，他们就不拿咱当人看！
> 难　　民　咱们还不如他们喂的狗哩！我亲眼看见一个阔太太拿牛肉喂狗！我想向她要一点吃，还挨她一顿臭骂！②

如果仅限于狗吃肉而人饿死的描述，这只是对为富不仁者朴素的道德控诉，但在"他们就不拿咱当人看"的前提下，"朱门酒肉臭，路有冻死骨"就不再是对个人道德的谴责，而是将人人平等作为社会必然公理的追求。对人的认识不是从自然属性的角度与其他生物做区分，而是在社会属性的层面上予以定义。在人类社会中，人不仅是作为单独的个体存在，而且是作为人类的一分子存在于社会有机体中，由此必然会发生人与人之间的利益关系和权利互动，也必然会产生人对自身利益与权利的追求，最终落实为对自我价值的确认，并进一步延伸到对人与人之间的关系的衡量。追求人人平等是人类社会发展的基本冲动，但将平等作为人类社会最基本准则却是典型的现代思想。延安戏曲一再宣扬以穷人、难民身份为掩护的阶级斗争，其意义就不止于对形而下的物质经济压迫的反抗，也是对人的自我价值的维护，更是对社会平等正义的追求。

---

① 加缪：《加缪自述》，丁大同编译，天津人民出版社2015年版，第171页。
② 李纶：《难民曲》，见刘润为主编：《延安文艺大系·戏曲卷》（上），湖南文艺出版社2015年版，第131页。

对于当时处于前现代的中国社会而言，延安戏曲对人的觉醒、对建立现代社会秩序的呼吁具有十足的现代性意义，而考虑到延安戏曲将这一思想传达给传统因袭最为沉重的中国农民，延安知识分子的启蒙努力更显意义重大。

将国统区"人吃人，犬吃犬"①与边区人民的丰衣足食做比较，是延安现代戏创作中的主要叙事策略。但是边区作为理想社会状态的标本，并不仅仅是"穷人有饭吃"②的好地方，更是穷人获得人的尊严的平等社会。跪拜是中国社会沿袭已久的礼节，但与作揖、握手等表示互相尊重的仪式相比，跪拜更多的是表示下跪者自我示卑示贱之意，这种礼俗建立在封建社会等级观念的基础之上，昭示着人格的不平等。王仁厚九死一生进入边区后，遇到了一位肩扛农具、和蔼可亲的问候者，在谈话中他得知这个貌似农夫的人竟然是县长，剧本生动地再现了一个备受摧残的中国农民见到当官的自然反应。

〔王仁厚连忙跪下叩头。

王仁厚　你是县长老爷，你看我还不晓得！……

〔县长急忙扶起王仁厚。

县　长　老人家，不要这样，咱们都是一样的人，咱们边区人人平等，再不要这样。……

……

王仁厚　县长老爷，这就实在……我忘不了你的恩！

〔说着，跪下又叩头，县长急忙扶起王仁厚。

县　长　老人家，再不要这样，这样就不对啦！

乡　长　你不晓得，咱们边区，做官的跟老百姓是一家人，常在一块呢。③

---

① 马健翎：《血泪仇》，见刘润为主编：《延安文艺大系·戏曲卷》（下），湖南文艺出版社2015年版，第441页。
② 李纶：《难民曲》，见刘润为主编：《延安文艺大系·戏曲卷》（上），湖南文艺出版社2015年版，第131页。
③ 马健翎：《血泪仇》，见刘润为主编：《延安文艺大系·戏曲卷》（下），湖南文艺出版社2015年版，第465页。

脱口而出的"县长老爷",再三的下跪叩头,这一幕与闰土的那一声"老爷"何等相似!当知识分子迅哥儿已经接受了科学民主、自由平等这些现代理念时,底层民众闰土对此却闻所未闻,尊卑有序的等级观念已经内化到他对自己的人格认知中。历史已经行进到戏曲中标示的1943年,五四思想启蒙却并未触及广大民众,民众不但没有在现实生活中享受到民主、平等,在精神上也未曾接受这些崭新的启蒙思想。当剧本中的县长拒绝他人的尊奉,将人格的不平等称为"这样就不对"的时候,延安戏曲对国统区和边区的对比就不是简单的政治话语的宣传,而是对人的尊严的推崇,对现代社会规则的承认。延安戏曲致力于将这些抽象理念用通俗易懂的形式传达给民众,随着延安戏曲的广为传播,启蒙思想得以真正深入民间,实实在在地参与了新的民族／国家的建构。在20世纪中国新文学文艺大众化历程中,延安戏曲以及延安文艺的这一实践是相当独特并重要的。

自晚清以来,新内容与旧形式的尖锐冲突一直是戏曲改革难以突破的瓶颈,两者的矛盾严重撕裂了戏曲的艺术美感,也妨碍了新思想与新内容的表达。在延安戏曲改革中出现的众多现代戏,一方面拓展了传统戏曲形式容纳时代题材的能力,另一方面与搬演历史故事的传统戏曲相比,讲述现实题材的戏曲创作更容易被缺乏历史知识的普通民众理解,戏曲形式与内容之间获得了一定的弹性。但内容对形式的作用力不容忽视,现代戏唱少白多,也无法大量展示传统戏曲中把式等与现代生活不相匹配的表演技巧,话剧色彩浓厚而戏曲韵味不足。这种情况下,新编历史剧成为延安戏曲改革的重要方向。

在延安戏曲改革史上,高层领导最为重视、思想引导最为集中、人力投入最多、舆论评价最高的《逼上梁山》《三打祝家庄》均为新编历史剧并非偶然。新编历史剧以历史人物、历史故事为表现内容,与戏曲形式的传统审美风格可以和谐统一,避免了现代戏中极易出现的生硬错位。但延安戏曲改革不是限于艺术领域的戏曲自然发展,而是一次高度政治化的文艺革新运动,其戏曲编演的方向是贯彻极度强化的意识形态话语,而这种话语又以推翻传统的历史观念为前提,因此,以新的意识形态话语去裁剪阐释传统故事,最终归结到既定的主题就成为新编历史剧的主要创作方式。《逼上梁山》就是这一改革方向的重要代表作。自然，该剧的历史命运也与延安文艺一般，随着其中承载的政治话语的兴衰而浮沉。当时间拉开了审美距离，后来者自当摘除历史的有色眼镜，客观地审视延安戏曲中被认定为政治意识形态的思想主题是否仅仅是狭隘的政治斗争话语，其中是否也蕴含了超越性的人类价值观？

《逼上梁山》以《水浒传》第十回到第十一回的林冲故事为根据编写。历史上以同一题材为材料编写的戏曲不少，明嘉靖时李开先创作的传奇《宝剑记》，明万历时陈与郊据李开先本改编的传奇《灵宝刀》，清代杨小楼与他人合作编创的京剧《野猪林》都是其中的佼佼者。尽管小说以及上述戏曲情节略有不同，文辞有雅俗之别，但无一例外都以林冲的个人遭遇为主要内容，书写了抱负不凡的林冲因为夺妻的偶然事件，一步步被逼入四面楚歌的人生绝境，最终孤注一掷走上复仇之路的悲剧故事。在小人横行奸佞当道的黑暗社会里，人欲委曲求全而不得，只有无处释放的一腔无奈和愤懑，这是一种古老而普遍的人生境遇和情感，这种悲剧处境和情感几乎可以引发所有人的共鸣。而林冲忍无可忍之后，终于爆发英雄本色手刃仇人的痛快淋漓，又让每一个在现实生活中心怀不平又不得不忍气吞声的平凡人物在欣赏中得到了情感宣泄的快感，这自然是一种杰出的艺术魅力。应该看到的是，《逼上梁山》的艺术探索同样值得正视。

《逼上梁山》以自觉的改革意识排除了传统的个人复仇主题，而代之以马克思主义人民史观的主题思想，并以此为依据重新生发组织故事情节和人物构成等具体戏曲内容。在《逼上梁山》初稿本的讨论中，剧本主题是主要的争论点。

有人就谈到群众观点的问题，《逼上梁山》应该写群众事业呢，还是写林冲的个人英雄行为呢？有人说林冲的被逼上梁山是这个剧目的主题。有人说林冲的遭遇并不是主题，林冲只是主角。他的遭遇是这个剧的故事线索，用林冲的遭遇反映群众的斗争，而且反映了像林冲这样阶层的人物的前途。他是被统治阶级压迫，同时被群众推动而走到革命方面来的。他的思想应该有个明显转变的过程。中心的问题,则是这个剧的主题主要的不应该是林冲的遭遇、个人英雄的慷慨和悲歌,而是在其遭遇的背后,写出广大群众的斗争和反抗,一个轰轰烈烈的创造历史的群众运动。①

显然,后一种群众观点无可置疑地成为《逼上梁山》的主题。由此,该剧呈现了一个与以往同类戏曲大异其趣的艺术世界,林冲不再是一个仅仅执念于个人恩仇、杀掉仇人即告终的复仇者,而是一个反抗腐朽的统治机构、维护人民与国家利益的英雄。以林冲从东京到沧州的遭遇为叙述线索,戏曲表现的社会生活越来越宽阔,统治机构的罪恶也越来越突出,人民的苦难越来越深重,林冲作为一个忧国忧民的英雄形象也就越来越高大。当林冲终于喊出"众家父老兄弟,我等杀死州将,陆谦,那些贪官污吏岂肯干休?不如一同奔往梁山泊去者!"②此时他不再是传统小说戏曲中被迫无奈逼上梁山的末路英雄,而是主动追求新天地的开创者,低沉压抑的悲剧情感一转成为高亢明亮的进攻号角。这种充满集体自信的反抗精神不仅激发了延安时代的革命情绪,产生了现实的政治动员作用,也以对公平公正的勇敢追求显示了超越时代地域的理想与创造之美。

延安戏曲改革的一大突破体现为《逼上梁山》中出现了众多的群众形象,这不仅体现在形式上"多了群众的场面:开场不久的饥民群众,末场的救火的农民群众,都是一二十人同时上场,在普通旧剧里,除了'全武行'之外,是很少看见的"③,更重要的改革是,李铁、李老、李小二等人物既没有林冲

---

① 刘芝明:《从〈逼上梁山〉的出版到平剧改造问题》,见中国京剧院编:《旧剧革命的划时代的开端——延安平剧研究院纪念文集》,中国戏剧出版社2005年版,第339—340页。
② 延安中共中央党校俱乐部、大众艺术研究社集体创作:《逼上梁山》,见刘润为主编:《延安文艺大系·戏曲卷》(上),湖南文艺出版社2015年版,第111页。
③ 崇基:《逼上梁山》,载《解放日报》1944年1月8日。查《解放日报》《中国文化》诸刊原始资料可知,崇基是哲学家艾思奇的笔名,中国京剧院编的《旧剧革命的划时代的开端——延安平剧研究院纪念文集》(中国戏剧出版社2005年版)和中共文化部党史资料征集工作委员会延安平剧活动史料征集组编的《延安平剧改革创业史料》(文津出版社1989年版)中均载为"基崇",与事实不符。《解放日报》为从右到左排列的竖排版,而非今日通行的从左到右排列的横排版,错讹应与版式变化有关。

"八十万禁军教头"的显赫,也没有鲁智深"倒拔垂杨柳"的传奇,只是普普通通的平凡小人物,但剧目不仅详尽地描写了这些普通人的遭遇,更将其作为推动历史发展的决定性力量予以表现。这既是马克思主义人民史观的体现,也是对底层民众独立价值的承认,是延安知识分子对五四时期周作人提出的表现"普通男女的悲欢成败",创作平民文学的继续。从这一点上看,毛泽东对《逼上梁山》的高度评价——"历史是人民创造的,但在旧戏舞台上(在一切离开人民的旧文学旧艺术上)人民却成了渣滓,由老爷太太少爷小姐们统治着舞台,这种历史的颠倒,现在由你们再颠倒过来,恢复了历史的面目"①,就不仅仅是意识形态色彩浓厚的阶级论,更是对五四时期人的发现、平民的发现的历史回应。延安戏曲改革绝非单纯的救亡压倒启蒙的政治话语宣讲,同样洋溢着现代思想的质素。

劳动②是延安戏曲改革中与启蒙并列的现代思想主题。延安戏曲改革中出现了众多书写二流子改造的创作,集中地歌颂劳动英雄,抨击不积极劳动的二流子。更重要的是,劳动作为基础性话语结构深层次地规约着延安戏曲及延安文艺的面貌。

延安戏曲改革如此关注劳动主题,现实原因是抗日战争进入相持阶段后,日本帝国主义对抗日根据地实行"三光"政策,摧毁根据地赖以坚持的人力物力;在正面战场压力减弱后,国民党抗日积极性降低,而反共活动则日益活跃,对根据地实行经济封锁;1940年以后,华北各地连续遭受自然灾害,大片土地荒芜,种种天灾人祸使根据地的财政经济和军民生活遇到了严重困难,根据地面积减少,人员减员,生产遭到破坏。在这样严峻的现实状况下,1942年12月召开的陕甘宁边区高级干部会议上,毛泽东在《抗日时期的经济问题和财政问题》的报告中提出了"发展经济,保障供给"的方针,指出党必须领导人

---

① 毛泽东:《看了〈逼上梁山〉后写给杨绍萱齐燕铭二同志的信》,见刘增杰、赵明、王文金等编:《抗日战争时期延安及各抗日民主根据地文学运动资料》(上),山西人民出版社1983年版,第277页。
② 劳动一般来说分为体力劳动和脑力劳动,但在延安戏曲中,"劳动"这一概念更偏重于指称体力劳动。下文中提到的劳动一般指称体力劳动。

民努力发展生产，并号召政府机关、学校、军队尽可能实现生产自给，减轻人民负担。这一报告与毛泽东1943年10月为中共中央起草的《开展根据地的减租、生产和拥政爱民运动》党内指示、1943年11月29日在中共中央招待陕甘宁边区劳动英雄大会上的讲话《组织起来》是中共中央领导根据地军民开展大生产运动的纲领性文件，大生产运动成为当时根据地的中心任务之一。延安戏曲改革进入实践展开期的时间基本与此运动重合，表现宣传这一政治任务自然成为延安戏曲的重要内容。

更深层次的原因在于，对劳动价值的推崇是延安意识形态话语中基础意义的现代话语之一。劳动的意义并不仅仅局限于自己动手、丰衣足食的物质财富创造，而是最终指向了现代民族／国家的建构、人的解放、女性解放等诸多现代政治思想命题。

劳动创造了人赖以生存的物质条件，是人类和人类社会存在发展的必要前提，也是绝大多数人基本的生存和生活方式。在人类社会早期，所有人都必须直接参加劳动，但随着生产力水平的提高，开始出现了物质资料的剩余和积累，劳动分工和私有财产也由此产生。一部分人从直接的劳动中脱离出来，由此形成了劳动者和非劳动者的区别，进而产生了对劳动本身以及对劳动者的轻视，造成了社会成员之间严重的人格不平等。

中国古代社会，不仅有统治者与被统治者之间的等级对立，被统治者内部也存在着士、农、工、商的等级秩序。《论语》中有载："樊迟请学稼。子曰：'吾不如老农。'请学为圃。曰：'吾不如老圃。'樊迟出。子曰：'小人哉，樊须也！上好礼，则民莫敢不敬；上好义，则民莫敢不服；上好信，则民莫敢不用情。夫如是，则四方之民襁负其子而至矣，焉用稼？'"孔子施教的目的在于培养管理劳动者的政治能力，而非培养直接从事生产的劳动能力，孔子对体力劳动的轻视对后世的影响极为深广。孟子则在"君子劳心，小人劳力，先王之制也"的基础上提出了"劳心者治人，劳力者治于人。治于人者食人，治人者食于人"的观点。社会分工是人类社会发展中的必然现象，孟子对这一现象的肯定顺应了社会发展规律，具有一定的时代合理性。但这一观念传至后世成为封建等级秩序存在的重要理论依据，"天生民而立之君，使司牧之，勿使失性"。

尽管劳动者创造了社会赖以维持运转的基础性物质资料，但在社会管理中只能处于被动位置，甚至不具备自足的自我管理能力，要靠君主教化约束。劳动者的存在不具备独立自足的意义，只能依附君主而存在，进一步导致了中国古代社会中没有民族、国家的观念，只有"一姓之私业"①的朝廷观念，民众的最高理想不过"学成文武艺，货与帝王家"。个体与共同体的关系一方面极其松散，知有家庭、宗族而不知有民族、国家；另一方面极为紧密，只忠于某一姓王朝，遗民以不事新朝为荣，"夷夏之防"屡屡成为号召汉族人推翻少数民族统治的有力口号。发展至20世纪，当资本主义席卷全球时，这种鄙视劳动的传统观念一方面不利于物质财富的创造，阻碍了社会经济的发展；另一方面不利于自由、平等、民主的现代民族／国家的建立，阻碍了社会政治制度的前进。因此，发现劳动的价值，提高劳动者的地位便成为历史发展的必然趋势。国门开启后，先驱开始"睁眼看世界"，马克思主义的传播以及俄国十月革命的胜利为中国先进知识分子高举"劳工神圣"的大旗提供了理论支持和事实依据。

尽管20世纪中国思想界对劳动的推崇来自西方的启示，但西方思想史对劳动的认知同样经历了从轻视到重视的过程。奠定了西方政治思想基础的亚里士多德认为："人就是天生的'政治动物'；它也是最重要的，因为它是人具有纯粹而又完美人生的先决条件。"从"人"的这一定义出发，亚里士多德将社会成员划分为："那些智力超群、先知先觉的人天生就应该做统治者和主人；而那些靠体力吃饭、听从别人指挥的人是被统治者，天生就应该是奴隶。"②体力劳动者被排除出"人"的范畴，成为"奴隶"，亚里士多德的这一认识是古希腊时期代表性的劳动观念。进入中世纪，基督教神学占据了思想统治地位，劳动被视作上帝对人类的惩罚。《圣经》中亚当和夏娃因偷吃禁果被上帝赶出伊甸园，亚当被上帝诅咒："地必为你的缘故受诅咒，你必终身劳苦，才

---

① 梁启超：《中国积弱溯源论》，见《饮冰室合集·文集9》，中华书局1989年版，第16页。
② 亚里士多德：《政治学》，高书文译，江西教育出版社2014年版，第3页。

能从地里得吃的。地必给你长出荆棘和蒺藜来；你也要吃田间的菜蔬。你必汗流满面才得糊口"①，劳动成为惩罚性行为，不具备任何积极意义和荣耀意味。在社会分层上，神职人员地位最高，贵族和骑士次之，劳动者地位最低。同时，这一时期人不具备独立意义，只是上帝的创造物。直到宗教改革兴起，劳动才开始了在西方思想史上的上升期，人类可以通过劳动荣耀上帝。随着文艺复兴和启蒙运动时期的到来，劳动的积极意义逐渐得到越来越多的肯定。在欧洲资本主义产生时期出现的古典政治经济学奠定了劳动价值论的基础，劳动与财富等同的观点启迪了黑格尔对劳动的思考：

> 劳动是受到限制或节制的欲望，亦即延迟了的满足的消逝，换句话说，劳动陶冶事物。对于对象的否定关系成为对象的形式并且成为一种有持久性的东西，这正因为对象对于那劳动者来说是有独立性的。这个否定的中介过程或陶冶的行动同时就是意识的个别性或意识的纯粹自为存在，这种意识现在在劳动中外在化自己，进入到持久的状态。因此那劳动着的意识便达到了以独立存在为自己本身的直观。②

人塑造客观世界和塑造自我的基本方式无疑是劳动，但在黑格尔这里，劳动依然只是精神活动的中间环节，重要性不及精神活动本身。

直到马克思主义提出"劳动创造了人本身"，劳动的哲学地位和价值作用才得到了前所未有的肯定。从人的本质意义来看，劳动生成了人的自然属性，将人与动物区分开来；劳动生成了人的社会属性，形成了人类社会。从政治经济学角度来看，"劳动是一切财富的源泉。其实劳动和自然界一起才是一切财富的源泉，自然界为劳动提供材料，劳动把材料变为财富"。③"劳动是一切价值的创造者。只有劳动才赋予已发现的自然产物以一种经济学意义上的价值。价值本身只不过是物化在某个物品中的、社会必要的人的劳动的表

---

① 郑敬畤、谷祥云：《外国文学名作选》（下），安徽教育出版社1991年版，第340页。
② 黑格尔：《精神现象学》（上卷），贺麟、王玖兴译，商务印书馆1983年版，第130页。
③ 恩格斯：《自然辩证法》，见中共中央马克思恩格斯列宁斯大林著作编译局编译：《马克思恩格斯全集》（第20卷），人民出版社1971年版，第509页。

现。"①马克思主义并不否认生产资料在创造物质财富中的重要作用，但将生产资料转变为物质财富的奥秘在于凝结在其中的无差别的人类劳动。由此，劳动成为评判一切社会价值和人类事物的准绳，从而引出了对劳动者价值判断的上升，反映到社会政治领域，便体现为以争取劳动者社会主体地位为目标的革命问题。

马克思主义的劳动观深刻地影响了20世纪中国的历史进程。1918年第一次世界大战结束，中国属于战胜国一方，民众为简单的民族情绪驱使而欢欣鼓舞。在一片欢呼声中，李大钊冷静地指出中国的前途不在于战争的胜利，而在于顺应劳工主义的世界性潮流：

> 须知今后的世界，变成劳工的世界。我们应该用此潮流为使一切人人变成工人的机会，不该用此潮流为使一切人人变成强盗的机会。凡是不作工吃干饭的人，都是强盗。强盗和强盗夺不正的资产，也是一种的强盗，没有什么差异。我们中国人贪惰性成，不是强盗，便是乞丐，总是希图自己不作工，抢人家的饭吃，讨人家的饭吃。到了世界成一大工厂，有工大家作有饭大家吃的时候，如何能有我们这样贪惰的民族立足之地呢？照此说来，我们要想在世界上当一个庶民，应该在世界上当一个工人。诸位呀快去工作呵。②

无论是个人还是民族、国家，都必须以劳动求生存，劳动者才是社会的主体，不劳动者只能是多余的"强盗"；只有劳动者组成的民族、国家才能成为世界的主体，中国只有向劳动者组成的民族、国家发展，才能不被时代潮流淘汰，在世界民族之林中占得一席之地。

相对于中国古代劳动观念来说，李大钊的这一思想可谓新奇，但在20世纪初的中国，"劳工神圣"的价值观已渐成潮流。1918年11月在天安门外举行的庆祝欧战胜利的大会上，蔡元培发表《劳工神圣》的演说，同样认定：

---

① 恩格斯：《反杜林论》，见中共中央马克思恩格斯列宁斯大林著作编译局编译：《马克思恩格斯全集》（第20卷），人民出版社1971年版，第217—218页。
② 李大钊：《庶民的胜利》，载《新青年》1918年第5期。

> 此后的世界,全是劳工的世界呵!我说的劳工,不但是金工木工等等凡用自己的劳力作成有益他人的事业,不管他用的是体力,是脑力,都是劳工。所以农是种植的工;商是转运的工;学校职员、著述家、发明家,是教育的工。我们都是劳工。我们要自己认识劳工的价值!劳工神圣!①

蔡元培的这一思想在五四时期影响深远,但与其说是先驱倡导了社会思潮,不如说是先驱点破了社会思潮:

> 想来蔡元培一个人,哪里能够凭空造出"劳工神圣"这句话,他不过将众人脑筋里深深地藏着的"劳工神圣",一声叫破了出来,于是众人都被他喊着,就回答一声"劳工神圣"。②

从李大钊希望"一切人人变成工人"和蔡元培的对比性论述来看,"凡用自己的劳力作成有益他人的事业"都属于劳动范畴,而没有体力劳动和脑力劳动的区别,劳动取得了抽象意义上的同一性,劳力与劳心的价值对比趋向平衡,与之绑定在一起的社会等级秩序开始松懈,这不仅是五四新文化运动民主旗帜的重要内容,也是"人的发现"的重要前提。

只有将延安时期对劳动的推崇置于中西思想史的宏阔背景中,才会发现延安戏曲改革中劳动主题所彰显的现代性意义。首先,通过对劳动价值的高度推崇,劳动者以独立自足的个体成为社会关系中平等的一员。

> 世事好,世事坏全靠劳动,靠劳动才能把世事换新。只要咱劳动人大家革命,好社会一定会快快来临。到那时世界上人人劳动,享幸福、享权利大家公平。③

"劳心者治人,劳力者治于人"的思想逻辑被全盘推翻,劳动者在担负社会责任之外应该享有并主动地追求相应的权利。延安戏曲以通俗易懂的形式生动地

---

① 蔡元培:《劳工神圣》,载《新青年》1918年第5期。
② 玄庐:《劳工神圣底意义》,载《民国日报·觉悟》1919年10月26日。
③ 马健翎:《十二把镰刀》,见刘润为主编:《延安文艺大系·秧歌剧卷》(上),湖南文艺出版社2015年版,第41页。

阐释了"历史是人民创造的"这一人民史观，也依据这一理论组织了相应的叙事逻辑，《逼上梁山》中一再强调的群众观点便是其最典型的体现。

　　劳动者不仅应该成为平等的社会成员，更要成为社会的主体存在，"世上的事儿有千万，第一名要算我们劳动的人。我说此话你不信，我问你那吃的、穿的、住的靠着何人？"①在劳动创造世界的认识基础上，延安戏曲进一步提出了劳动者对民族、国家的意义。《血泪仇》中剧作者借农民王仁厚之口提出疑问："劳动生产，为自己么，与自己也好么，大家还为什么要这样抬举呢？"对于这样一个朴素的疑问，作为政权化身的指导员回答道："全边区的人，都能很好的劳动，咱们边区就有办法。要是全中国的人，都能很好的劳动，全中国就有办法。"②劳动的意义不再限于劳动者，而是与民族、国家有着紧密的联系，由此将个体从家庭、宗族中解放出来，组织进更大范围的民族、国家的建构中去。二流子王三宝不事劳动无米下锅，只好去姑表兄弟石万明处借粮食，却遭到断然拒绝。王三宝认为："你给政府还帮助救国公粮哩么，咱们是至亲么，更应当帮助才对么！"③乡土社会中，亲属与国家是私与公的对比，费孝通认为，中国社会结构的基本特性是"以'己'为中心，像石子一般投入水中，和别人所联系成的社会关系，不像团体中的分子一般大家立在一个平面上的，而是像水的波纹一般，一圈圈推出去，愈推愈远，也愈推愈薄"④。因此，王三宝理所当然地认为与作为公家的政府相比，自己与表兄的关系更为亲近，自然更加应该得到帮助。但这种传统的人际关系被石万明以劳动的尺度予以重新衡量，"现在咱们政府动员全乡群众都要劳动生产，二流子也非劳动不可，只要你把瘾丢了，种地生产，慢说咱们是表兄弟，就是旁人，

---

① 马健翎：《十二把镰刀》，见刘润为主编：《延安文艺大系·秧歌剧卷》（上），湖南文艺出版社2015年版，第30页。
② 马健翎：《血泪仇》，见刘润为主编：《延安文艺大系·戏曲卷》（下），湖南文艺出版社2015年版，第484页。
③ 马健翎：《大家喜欢》，见刘润为主编：《延安文艺大系·戏曲卷》（下），湖南文艺出版社2015年版，第705页。
④ 费孝通：《乡土中国》，上海人民出版社2006年版，第22—23页。

我也肯帮助的"①。即便延安戏曲中这种颠覆传统伦理关系的观点足够激进，也并不能否认表兄弟这一层亲属关系，但与血缘、婚姻等旧有尺度不同，劳动成为衡量个人是否可以进入群体的新尺度，在呈现传统亲族伦理关系淡化的同时，现代民族／国家观念开始建构起来。

对个人而言，劳动不再是被迫的异化行为，而是通向自由发展的必然之路。"劳动"是知识分子引进的外来词，在本土语词中对应的是"受苦"。"晨兴理荒秽，戴月荷锄归"只是士大夫的田园想象，"锄禾日当午，汗滴禾下土"才是劳动的真实写照。在科技不发达的社会中，体力劳动因超强度的负荷成为一种毫无愉悦感的劳动类型，加之劳动者居于社会等级秩序底端的屈辱感，和只有完粮纳税的义务而没有社会发言权的被动感，种种因素使劳动成为与人性相冲突的异化行为。在延安戏曲中，劳动不仅获得了尊严，更被进一步崇高化，对劳动英雄、劳动状元的热烈歌颂和对二流子的无情嘲笑是其用以构成戏剧冲突的主要手段。对于劳动者而言，体力劳动的繁重程度不仅没有减轻，反而更加严重，劳动英雄张治国为了挖甘草"两手肿的明胖胖的，像蛤蟆一样"②，但这不再是受苦受难的被迫行为，而是个体出于信仰的力量爆发，是无私的奉献精神，是人的自由发展。

延安戏曲改革中，女性解放是劳动主题下的一个重要子命题。女性解放程度是衡量社会文明的重要维度，五四新文学提倡恋爱自由、婚姻自由，以女性与家庭特别是与父系家庭对抗为手段，寻求女性解放，但最终以女性无法获得经济独立而失败。延安时期，知识分子曾经把这种五四式的女性解放思想灌输到民间去，非但不能起到预期效果，反而引起了乡土社会对新政权的敌视。吸取教训之后，延安探索出了以鼓励女性参与公共劳动为途径的女性解放之路，一方面创造经济价值，使女性与家庭和谐相处，另一方面使女性达到经济自

---

① 马健翎：《大家喜欢》，见刘润为主编：《延安文艺大系·戏曲卷》（下），湖南文艺出版社2015年版，第705页。
② 联防军政治部宣传集体创作：《张治国》，见刘润为主编：《延安文艺大系·秧歌剧卷》（上），湖南文艺出版社2015年版，第80页。

主,逐步地实现恋爱自由与家庭地位的上升。1944年,到访延安的赵超构敏锐地发现了这种延安特色的女性解放方式:

> 在陕北的农业环境,家庭依然是生产的堡垒,破坏了家庭,也就妨碍到生产,从前那些女同志下乡工作,将经济独立男女平等一套理论搬到农村去,所得的报酬是夫妻反目,姑媳失和,深深的引起民间的仇恨。现在呢,决不再提这一切,尊重民间的传统感情,家庭仍是神圣的。妇运的"同志",决不再把那些农村少妇拖出来,或者挑拨婆媳夫妻间的是非了,而只是教她们纺线、赚钱、养胖娃娃。一句话,是新型的良妻贤母主义。①

传统社会中,女性只能在封闭的家庭范围内活动,"未嫁从父、既嫁从夫、夫死从子"的行为准则是对女性生存状态的精准概括。因此,女性的存在仅对家庭有意义,与家庭之外的社会公共事务不发生关系。传统女性并非不参加劳动,只是洗衣做饭、哺乳针黹等劳动仅仅局限在家庭范围之内,与男性所从事的劳动类型相比,女性的劳动一方面无法直接创造物质财富,形成女性只能依附男性才能生存的认识,在家庭生活中自然居于弱势地位;另一方面,封闭自足的劳动使女性与家庭之外的公共生活脱离了联系,成为社会的隐形人,丧失了社会话语权。因此,在劳动与劳动者被异化的社会状态中,女性不仅要承担男性所遭遇的压迫,还要额外承受家庭的束缚。所以,五四时期的女性解放首先选择了打破家庭的枷锁,并非无的放矢。

延安女性解放思路的深刻之处在于,提倡者终于认识到了女性深受压迫的根本原因在于其所承担的劳动类型,家庭与婚姻只不过是继发性的形式表现。因此,在延安戏曲改革中,鼓励女性参与公共劳动成为重要的戏曲主题。一方面,女性直接创造物质财富,在与家庭和谐相处的同时逐渐瓦解了男性的权威;另一方面,女性开始参与到公共生活中,赢得了社会话语权,提升社会地位的同时促进了家庭地位的上升。延安戏曲改革中出现的秧歌剧《二媳妇纺

---

① 赵超构:《延安一月》,中国国际广播出版社2013年版,第164—165页。

线》《一朵红花》《模范妯娌》等颇具象征意味地阐释了延安女性解放的思路。这三个秧歌剧都以女性角色为主，戏剧冲突主要发生在家庭环境中，但家庭与公共生活的界限逐渐松动，随着女性与社会互动的活跃，家庭的封闭性与男权的权威性逐渐弱化。

《二媳妇纺线》中出现的是一个完整的传统家庭，婆婆虽生理性别为女性，但其伦理角色是男权的"共谋"。二媳妇代表了传统女性的生活态度，"赚钱事只有那男人来当。女人家管的是养娃作饭，放下福不来享自找麻烦"①。"纺线就得跑外边。我又不是男子汉，跑来跑去人笑咱。"②无须参加公共劳动的经济观和不能参加社会活动的伦理观使女性只能将自我局限在家庭的附属角色上，因此，二媳妇希望买一件新衣服的愿望只能通过百般讨好婆婆才能实现。与这一传统女性角色相反的是生活在同一环境中的大媳妇。通过参加纺线生产，大媳妇取得了实实在在的经济收入，这不仅改变了二媳妇依靠男人穿衣吃饭的生活观念，还在一定程度上消减了婆婆的权威，她成为家庭生产的安排者："妈！你再喂上些鸡，我与随丁妈两个纺线，咱兰娃老子种地，随丁老子做生意，那咱家就没有吃闲饭的人啦。"③正是通过纺织这一公共劳动，外来者张二嫂参与到高老婆、大媳妇、二媳妇的家庭生活中来，使这个封闭的农业家庭逐渐对外开放，引导其中的女性参与到新社会的建构中，女性的存在不再仅仅对家庭有意义，而是扩展到了社会公共秩序的建构过程中。"纺线不只为赚钱，为的咱边区有衣穿。毛主席，号召咱，婆姨女子都纺线，自纺自织有衣穿，不怕那顽固封锁咱。"④

与《二媳妇纺线》相比，《一朵红花》中的家庭规模有所缩减，只有婆

---

① 苏一平：《二媳妇纺线》，见刘润为主编：《延安文艺大系·秧歌剧卷》（下），湖南文艺出版社2015年版，第378页。
② 苏一平：《二媳妇纺线》，见刘润为主编：《延安文艺大系·秧歌剧卷》（下），湖南文艺出版社2015年版，第388页。
③ 苏一平：《二媳妇纺线》，见刘润为主编：《延安文艺大系·秧歌剧卷》（下），湖南文艺出版社2015年版，第392—393页。
④ 苏一平：《二媳妇纺线》，见刘润为主编：《延安文艺大系·秧歌剧卷》（下），湖南文艺出版社2015年版，第388页。

婆胡大妈、儿子胡二哥、儿媳胡二嫂。与《二媳妇纺线》中尚显传统的家庭结构不同,《一朵红花》中的家庭俨然已成为一个以女性为中心,特别以新劳动女性胡二嫂为中心的家庭。胡二嫂在家务劳动之外还承担了传统社会中应由男性承担的生产劳动,更突出的是,胡二嫂的劳动不仅仅限于自己的家庭,还通过参加并领导全村的纺线生产,与公共生活发生了密切联系,并且得到了社会组织的高度肯定。"二嫂今年生产有成绩:地种得好,粮打得多,村子里纺线小组领导得也好;她自个纺的哟线,又白、又细、又匀、又紧,县上说奖励她做劳动英雄呢!"①因此,胡二嫂成功地颠覆了传统家庭的伦理秩序,丈夫胡二哥不只被母亲批评:"她一天勤劳的,纺线线,还要领导村里的生产小组,像你咧,好吃懒做的!"②他也被妻子借助公共舆论的力量予以指责:"我说你也该收收心,好吃懒做有啥好收场。人家指着脊背,骂的是你来一家不光荣。"③胡二哥在压力和鼓励之下决心好好生产,摆脱二流子形象。胡大妈作为婆婆也不以家庭权威的面目出现,而是分享着胡二嫂的光荣。胡二嫂通过劳动特别是参与公共劳动,不仅提高了自己的家庭地位,也赢得了社会地位,两者互为促进形成了良性循环。

《模范妯娌》中传统家庭色彩进一步淡薄,婆婆的角色不复存在,男性角色只作为环境衬托被提及,呈现在舞台中心的是一对妯娌在做军鞋的活动中激烈地竞争第一名,如果排除戏曲加强情节冲突的需要,这种人物关系完全可以抛弃家庭的形式。两个女性在做军鞋这样一种毫无经济回报的活动中,以体力的极度透支、对孩子的疏忽为代价,换来了参与公共事务的满足感。女性终于以个体身份独立地参与到社会生活中,取得了与男性同等的社会地位,"男人

---

① 周戈:《一朵红花》,见刘润为主编:《延安文艺大系·秧歌剧卷》(上),湖南文艺出版社2015年版,第176页。
② 周戈:《一朵红花》,见刘润为主编:《延安文艺大系·秧歌剧卷》(上),湖南文艺出版社2015年版,第175页。
③ 周戈:《一朵红花》,见刘润为主编:《延安文艺大系·秧歌剧卷》(上),湖南文艺出版社2015年版,第180页。

帮助八路军，女人做鞋去劳军"①。

饶有意味的是，在延安戏曲改革中，女性解放主题的表达主要集中在秧歌剧这种初级形态的戏曲形式中，女性题材一旦进入歌剧、秦腔等较为成熟的戏曲形式，即被赋予了其他社会政治主旨。《白毛女》尽管以女性人物的命运遭际为叙事线索，但指向的却是"旧社会把人变成鬼，新社会把鬼变成人"的社会革命思想；《刘巧儿》以女性追求婚姻自主为主要情节，传达的则是对新政权的歌颂。这说明，尽管女性解放思想已经进入了延安戏曲改革的视野，但依然是一个被压抑的次要命题，受重视程度远远不及其他社会革命问题，而后者通常被认为具有更根本的意义。

二、延安戏曲改革的民间资源利用

在政治权威的启发引导和民众需求的合力下，延安知识分子扬弃了以新知识分子趣味②为主的话剧形式，转向了发掘利用适合民众审美习惯的传统戏曲。但延安时期对民间审美趣味的利用并非无条件的照搬，而是在顺应的同时予以消解转移，这集中地表现为延安戏曲改革中对大团圆结构的传承与改造。

大团圆结构是中国传统戏曲的主要模式，与观众的基本审美预期相适应。

> 吾国人之精神，世间的也，乐天的也，故代表其精神之戏曲小说，无往而不著此乐天之色彩：始于悲者终于欢，始于离者终于合，始于困者终于亨；非是而欲厌阅者之心，难矣！③

关于大团圆结构何以在中国传统戏曲中占据如此重要的地位，学界已有相当多的论述，故本著不再赘述。本著着重解决的问题是：大团圆结构为何在五四时期遭到彻底批判？为何又在延安戏曲改革中卷土重来，甚至风头更劲，基本上

---

① 王琳：《模范妯娌》，见刘润为主编：《延安文艺大系·秧歌剧卷》（下），湖南文艺出版社2015年版，第604页。
② 必须要强调的是，在20世纪前半叶的中国社会中，始终存在着传统知识分子趣味和"五四"以后培养起来的新知识分子趣味的对立，前者主要表现为通俗文学，后者则表现为以启蒙为主要追求的新文学。民间文化审美无疑与传统知识分子趣味更为接近。
③ 王国维：《王国维文集》，北京燕山出版社1997年版，第213页。

成为唯一的模式？延安戏曲改革的这种取向是对五四文学的根本背离还是有所传承发展？

五四时期，对大团圆结构批判最有力的是胡适和鲁迅这两位新文化运动主将。在《新青年·戏剧改良号》中，胡适发表了《文学进化观念与戏剧改良》，该文以文学进化论阐释戏剧史的观点既代表了胡适的戏剧观，也代表了五四时期的新知识分子的戏剧观。胡适以西方戏剧为参照，指出中国戏曲的一大弱点在于缺乏悲剧观念。《红楼梦》是中国文学中少见的悲剧作品，但"《后石头记》《红楼圆梦》等书把林黛玉从棺材里掘起来好同贾宝玉团圆"，《说岳传》等更是将历史事实任意更改，以达到大团圆结构的形成。对于这一司空见惯的传统戏曲模式，胡适以迥异于中国审美趣味的西方写实主义文学观念作为衡量标准，认为这种戏曲模式"是中国人思想薄弱的铁证。做书的人明知世上的真事都是不如意的居大部分，他明知世上的事不是颠倒是非，便是生离死别，他却偏要使'天下有情人都成了眷属'，偏要说善恶分明，报应照彰。他闭着眼睛不肯看天下的悲剧惨剧，不肯老老实实写天工的颠倒惨酷，他只图说一个纸上的大快人心。这便是说谎的文学"。[1]

五四新文学尽管以推翻传统文学为己任，但在对文学功能的认识上不仅继承了传统文学的"文以载道"观，并且进一步强化。五四先驱认为，一切不民主的政治制度、不科学的社会思想的根源都在于传统的伦理道德和思想认识，而传统的伦理道德和思想认识与传统的文学艺术互为因果，彼此表述。因此，欲推翻旧社会、旧道德，必须从推翻旧文学着手；欲建设新社会、新道德，也必须从建设新文学着手。陈独秀在发起文学革命的檄文《文学革命论》一文中，声色俱厉地指出贵族文学、古典文学、山林文学"与吾阿谀夸张虚伪迂阔之国民性，互为因果。今欲革新政治，势不得不革新盘踞于运用此政治者精神界之文学"[2]，五四新文化运动将"改造国民性"的伦理革命视作改变民族、国家、社会发展方向的根本途径，文学的功利性也随之被极度强调。因此，

---

[1] 胡适：《文学进化观念与戏剧改良》，载《新青年》1918年第4期。
[2] 陈独秀：《文学革命论》，载《新青年》1917年第6期。

五四新文学以及整个20世纪中国新文学的最主要出发点和最终目的都不在文学本身，而是以文学革命为途径实施思想革命，最终指向社会政治革命。所以，胡适对大团圆结构的批判自然不会止于对传统文学观念的异议，而是直指这种文学观念背后的国民精神状态。

晚清以来，中华民族遭遇了"二千年未有之大变局"，在鸦片战争、中法战争、中日战争等对战中，曾经在东亚占据绝对中心地位的"天朝上国"在与"蛮夷番邦"的对战中一次次惨败，列强环伺，主权沦丧，"各国甚至提倡'瓜分'，日本也公然叫嚣'吞并'，动魄惊心，几有朝不保暮之势"①。政治衰败、军事贫弱、经济命脉被他国把持，而政府腐朽专制，民众愚昧落后，毫无奋起直追的血性与斗志，"九州生气恃风雷，万马齐喑究可哀"。只有使中国社会摒弃长期以来形成的妄自尊大的世界观念，真切地认识到时势的危急，才能焕发出昂然斗志，浴血重生。因此，王国维认为大团圆结构所表现的乐天的国民精神，在"五四"氛围中成为在"铁屋"中的昏睡，社会革命的前提是思想启蒙，而思想启蒙的前提则是民众认清现实的残酷，中国传统文化心理中的乐天知命思想正是造成愚昧自大的国民劣根性的重要原因。五四知识分子急切地引入西方文学中的写实主义和悲剧精神，以期揭破现实的黑暗，召唤出民众抗争的激情与力量。

将大团圆结构的表达模式进一步作为民族文化心理表征并予以彻底批判的是鲁迅。1924年7月，鲁迅赴西安讲学，以进化论思想为依据论述了中国小说发展史。在分析元稹的传奇小说《莺莺传》的改编情况时，鲁迅指出：

> 金人董解元的《弦索西厢》，……元人王实甫的《西厢记》，关汉卿的《续西厢记》，明人李日华的《南西厢记》，陆采的《南西厢记》，……等等，非常之多，全导源于这一篇《莺莺传》。但和《莺莺传》原本所叙的事情，又略有不同，就是：叙张生和莺莺到后

---

① 阿英：《〈晚清文学丛钞·传奇杂剧卷〉叙例》，见《阿英全集》（4），安徽教育出版社2003年版，第510页。

来终于团圆了。这因为中国人底心理，是很喜欢团圆的，所以必至于如此，大概人生现实底缺陷，中国人也很知道，但不愿意说出来；因为一说出来，就要发生"怎样补救这缺点"的问题，或者免不了要烦闷，要改良，事情就麻烦了。而中国人不大喜欢麻烦和烦闷，现在倘在小说里叙了人生底缺陷，便要使读者感着不快。所以凡是历史上不团圆的，在小说里往往给他团圆；没有报应的，给他报应，互相骗骗。——这实在是关于国民性底问题。①

鲁迅以惯有的尖锐和"向来是不惮以最坏的恶意，来推测中国人的"②趋恶视角，发现了大团圆结构在表面圆满乐观的审美趣味底下隐藏着的是瞒和骗的国民劣根性：

凡有缺陷，一经作者粉饰，后半便大抵改观，使读者落诬妄中，以为世间委实尽够光明，谁有不幸，便是自作，自受。

有时遇到彰明的史实，瞒不下，如关羽岳飞的被杀，便只好别设骗局了。一是前世已造凶因，如岳飞；一是死后使他成神，如关羽。定命不可逃，成神的善报更满人意，所以杀人者不足责，被杀者也不足悲，冥冥中自有安排，使他们各得其所，正不必别人来费力了。

中国人的不敢正视各方面，用瞒和骗，造出奇妙的逃路来，而自以为正路。在这路上，就证明着国民性的怯弱，懒惰，而又巧滑。一天一天的满足着，即一天一天的堕落着，但却又觉得日见其光荣。……

……中国人向来因为不敢正视人生，只好瞒和骗，由此也生出瞒和骗的文艺来，由这文艺，更令中国人更深地陷入瞒和骗的大泽中，

---

① 鲁迅：《中国小说的历史的变迁》，见《鲁迅全集》（第9卷），人民文学出版社1981年版，第316页。
② 鲁迅：《记念刘和珍君》，见《鲁迅全集》（第3卷），人民文学出版社1981年版，第277页。

甚而至于已经自己不觉得。世界日日改变，我们的作家取下假面，真诚地，深入地，大胆地看取人生并且写出他的血和肉来的时候早到了；早就应该有一片崭新的文场，早就应该有几个凶猛的闯将！

....

没有冲破一切传统思想和手法的闯将，中国是不会有真的新文艺的！[1]

大团圆模式不仅仅是一种戏曲结构和审美趣味，而且是深刻地影响到有关民族、国家未来的国民性问题，鲁迅对改造国民性的认知是建立在进化论思想的基础之上的。鲁迅未曾参与《新青年·戏剧改良号》的戏曲讨论，但在1918年10月15日《新青年》第5卷第5期的《随感录》栏目中，集中发表了"三五""三六""三七""三八"四篇短文，对"国粹""国民性"予以痛切批判。在20世纪前半叶这一历史时段中，中国知识界对"世界"的定义只限于文明富强的欧美社会以及受欧美影响而发展起来的日本，在现实的强烈对比和进化论史观的影响下，新知识分子坚信只有向西方社会学习，吸纳包括物质文明和精神文明的西方式现代思想，才能使中国按照人类社会的进化规律向前发展，跟上历史的节奏。而瞒和骗的懦弱苟且使中国民族精神日益萎靡，国民不思进取故步自封，当其他在进化链条上已经占据先进地位的国家奋力发展时，中国社会依然自欺自大、不肯努力进化的后果便不是原地不动，而是在对比体系中急速退化，最终"中国人失了世界，却暂时仍要在这世界上住"[2]，成为被奴役的"类猿人"[3]。

当大团圆不再单纯地作为艺术结构和审美趣味存在，而成为民族伦理精神的表征，并与进化论史观相对立时，大团圆结构便被赋予了负面的价值判定和道德的可耻感。由此，曾在传统戏曲中占据至高地位的大团圆结构在五四时期陡然跌落，霎时间声名狼藉，人人喊打，彻底丧失了在中国戏剧领域的话语

---

[1] 鲁迅：《论睁了眼看》，见《鲁迅全集》（第1卷），人民文学出版社1981年版，第239—241页。
[2] 唐俟（鲁迅）：《随感录·三六》，载《新青年》1918年第5期。
[3] 唐俟：《随感录·四一》，载《新青年》1919年第1期。

权。以至于在现代话剧史上,不仅大团圆结局罕有出现,甚至喜剧作品也鲜有出现,只有丁西林的偏重语言趣味的幽默喜剧和陈白尘的偏重批判现实的讽刺喜剧等少数创作。

余波所及,当1944年秧歌剧已被认定是延安戏曲改革的重大成就时,周扬尽管肯定了秧歌剧中蕴含的这种民间趣味浓厚的戏曲结构,但语气仍不免犹疑:"我是甚至主张大团圆的结局的。"①此时延安文艺座谈会已经扭转了延安文艺的发展方向,新知识分子的文艺趣味被视作小资产阶级的自我表现而遭到彻底否定,"工农兵方向"成为延安文艺创作和评价的唯一标准。

> 无论高级的或初级的,我们的文学艺术都是为人民大众的,首先是为工农兵的,为工农兵而创作,为工农兵所利用的。②

但知识分子的审美习惯并非一触即溃,而是与民间文化一样拥有顽强的韧性。因此,即便在1944年的延安,依然出现了新知识分子与工农兵对大团圆结构的认识冲突:

> 保安处秧歌队演出的《冯光琪防奸》的最后给锄奸英雄送匾一场,配合喇叭的吹奏,是很有艺术的效果的。据说老百姓都很欢迎,但也许是为要避免团圆主义吧,在机关演出时却给删掉了……③

延安知识分子是在五四文化熏陶下成长起来的新知识分子,在延安文艺座谈会召开之前,延安戏剧界创作和演出的主要是话剧,影响较大的有《红灯》《重逢》《母亲》《秋瑾》等。这些剧作同样洋溢着必胜的信念和乐观的革命精神,但基本上继承了西方话剧的开放式结构和悲剧精神,因此在这些剧作的叙述中,革命的光明前景毋庸置疑,但毕竟还悬置在预言的阶段;而正面人物的壮烈牺牲尽管以必胜的信念为底色,但依然抹杀不了革命的惨烈。与延安话剧形成鲜明对比的是,延安知识分子在政治意识形态的指引下,对民间审

---

① 周扬:《表现新的群众的时代》,山东新华书店1949年版,第39页。
② 毛泽东:《在延安文艺座谈会上的讲话》,见《毛泽东选集》(第3卷),人民出版社1991年版,第863页。
③ 周扬:《表现新的群众的时代》,山东新华书店1949年版,第39—40页。

美进行利用而创作的延安戏曲却形成了新质的大团圆模式。这种新质的大团圆模式体现在哪些方面？知识分子为何会采取与自己审美趣味相违背的传统结构模式？

首先，延安戏曲的新质大团圆模式体现在对锁闭式结构传承基础上的发展。中国民众习惯有头有尾的叙述方式，介绍人物来由，按照时间顺序铺陈故事情节，给予故事限定的结局，观众从中获得了完整固定的故事言说，不会有继续发展的想象空间，《红楼梦》第五十四回"史太君破陈腐旧套"正是对这种传统叙述模式的生动概括。在30年代第二次文艺大众化论争中，瞿秋白和茅盾就这种"有头有尾的平铺直叙"[1]是否可以作为创作大众化文艺的方法展开争论。瞿秋白认为，与西方式的横截面描写等方式相比，这种传统的叙述方式更容易使民众接受。而茅盾认为，"平铺直叙，都是形式上之形式，不足重轻"[2]。延安戏曲改革初期的实践证明了瞿秋白的认识是符合实际的。在延安戏曲改革中，第一个在民众间引发接受热潮的秧歌剧是《兄妹开荒》，主人公出场后自我介绍道：

> 我小子，本姓王，家住在本县南区第二乡。兄妹二人都长大，父亲、母亲也健康。自从三五年革命后，咱们的生活是一年比一年强。种地种了三十垧，还有条耕牛吃得胖。[3]

对人物来龙去脉的详细介绍显然源自中国古代小说戏曲传统，把人物的背景和特征和盘托出的同时暗示了故事情节的走向，便于观众对故事发展的顺畅理解。而"本县南区第二乡""三五年革命"等现实生活元素的引入，使戏曲所讲述的故事不再是远距离的传奇志异，而是在场观众感同身受的日常生活；故事主人公不再是缥缈的文化符号，而是亲切熟悉的乡邻同伴。延安知识分子对锁闭式结构的传承与发展既体现了向民众固有审美习惯的倾斜，又体现了创造

---

[1] 止敬：《问题中的大众文艺》，载《文学月报》1932年第2期。
[2] 止敬：《问题中的大众文艺》，载《文学月报》1932年第2期。
[3] 王大化、李波、路由：《兄妹开荒》，见刘润为主编：《延安文艺大系·秧歌剧卷》（上），湖南文艺出版社2015年版，第3页。

具有生活真实感的戏剧氛围的努力。

其次，延安戏曲的新质大团圆模式体现在对正面人物形象的塑造中。国民性改造不仅是五四新文学的主题，也是20世纪中国新文学的主题，更是延安文艺的主题。延安戏曲运动的方针是"为战争生产教育服务"，战争生产的主体是人，人的精神力量则来自教育，因此宣传战争生产是其中心任务，但教育民众才是根本思路。五四时期，国民性改造侧重于解构，先驱主张重估一切价值，打倒与现代文明相违背的封建伦理道德；而延安时期的民众教育工作则呼应战时环境对民众力量的需求，开始着力建构一种崭新的、理想的国民性。与五四文学中表现的愚昧、落后、不觉悟、自私自利、自大等负面的老中国的儿女构成对比的是，延安戏曲塑造的则是意识先进、无私奉献、善良勤劳的民众形象。其中，有一出场便站在人性制高点上的劳动英雄、拥军模范，也有经过批评教育后幡然醒悟的成长型人物。当然，延安戏曲中也有负面形象，但这些形象是作为敌人、特务等角色出现的，不属于民众范围。

最后，延安戏曲的大团圆模式的最本质精神体现在对"光明必将战胜黑暗"的主题书写中。延安戏曲中，基本所有的戏剧冲突都得到了确切的解决，经过波折之后，战争最终胜利、生产取得成功、教育顺利完成的圆满结局代替了"才子及第，奉旨成婚"的大团圆模式，题材不同但内在精神同一，同样可以给观众带来心理的满足。这一点在延安戏曲改革的巅峰之作《白毛女》的修改过程中体现得尤为明显：

> 原来最后一场是喜儿和大春婚后的幸福生活。周扬同志指出，这样写法把这个斗争性很强的故事庸俗化了。后来才改成开斗争会的。[1]

在周扬看来，与有情人终成眷属的传统结局相比，推翻旧秩序、建立新生活的大团圆结局更具有历史进步性。但是，就本质而言，两者同属于对"光明必将战胜黑暗"的主题的书写，并没有根本的区别。

---

[1] 张庚：《回忆延安鲁艺的戏剧活动》，见《中国话剧运动五十年史料集》（第3辑），中国戏剧出版社1963年版，第16—17页。

从表面看，"光明必将战胜黑暗"不过是传统戏曲中善恶报应观念的变体，这种观念在五四时期被定性为瞒和骗，是对现实不负责任的歪曲。大团圆结构之所以在五四时期被痛加批驳、全盘推翻，就在于新文化运动先驱认为大团圆结构内蕴着瞒和骗的精神实质，阻碍了国民性改造。延安知识分子是在五四文化熏陶下成长起来的，他们为何会再次启动这种传统的艺术机制呢？

中国传统戏曲与西方话剧的重要区别之一在于舞台幻觉的营造。西方话剧属于舞台剧，观众与表演者之间被"第四堵墙"隔离开来，演出者致力于创造一种尽可能接近生活真实的艺术幻觉。而中国传统戏曲不存在"第四堵墙"，表演者可通过背躬直接与观众交流，破除舞台上制造的幻觉。观众则在欣赏奸佞当道、忠良遇害的情节时，依然会为饰演反面人物的表演者唱腔、身段等技艺的精彩表演而鼓掌，看到人物无辜蒙冤六月飞雪时，也会因为杰出的艺术表现而叫好。这并不是因为中国戏曲的内容无足轻重，而是因为中国戏曲的"演员或观众进入角色后，不像西方戏剧所出现的那样，完全沉浸在角色里，而能保持其自我的独立自在性"。其原因在于：

> 在西方戏剧观中，演员或观众的自我溶解在角色里，审美主客（或心与物）双方，不是相反相成，互补互助，有你也有我，而是呈现了有我则无你，有你则无我的非此即彼的逻辑，体现了A是A而不是非A的同一性原则。京剧或中国传统戏剧观则是两者并存，亦此亦彼，对立而统一，你中可以有我，我中亦可以有你。①

这种传统的艺术思维在五四时期遭到激烈抨击，胡适等人大力提倡西方的写实主义文学观，奉西方写实性的话剧为圭臬，批判传统戏曲中脸谱、打把子，要求废唱，"须要使戏中的事实样样都可在戏台上演出来"②等等，正是出于营造尽可能接近生活真实的舞台幻觉的追求。

延安知识分子延续了晚清以来增强戏曲写实成分的努力，一方面继承了晚

---

① 王元化：《清园谈戏录》，上海书店出版社2007年版，第22—23页。
② 胡适：《文学进化观念与戏剧改良》，载《新青年》1918年第4期。

清戏曲改良中将现实题材大量引进传统戏曲的表达范围，加强戏曲写实因素；另一方面吸收了五四时期的写实主义戏剧观，竭力营造一种生活真实与艺术真实合一的舞台真实情境。但是延安戏曲改革摒弃了五四时期重在揭露的批判现实主义，更多地传承了左翼文学的社会主义现实主义的创作方法。在社会主义现实主义理论逻辑中，再现现实只能达到表象真实，描写理想才能达到本质真实，而本质真实是比表象真实更准确、更具备真理性的真实。所以，周扬敢于断定"一个作家即使说了实在的事实，也并不能就等于他说出了真理"[①]。因此，在延安戏曲中，"光明必将战胜黑暗"的主题被进一步本质化、先验化。

延安戏曲追求创造一种具有生活真实感、话语引导性和本质真实缺一不可的真实情境。这种真实情境必须能以本质真实对受众加以话语引导，其效果的取得与戏曲生活真实感的烘托密不可分。因此，"光明必将战胜黑暗"便成为延安戏曲大团圆模式的本质精神，在此基础上可以生发出战争胜利、生产任务完成、教育目的达到等等圆满的结局。从这一角度出发，可以深入地理解《白毛女》是如何从一个模糊的民间传说逐步丰富、发展为由除夕夜逼债、父亲自杀、有情人离散、革命来临等一系列细节组成的现实感十足的故事，而戏曲艺术高度被认为由"旧社会把人变成鬼，新社会把鬼变成人"思想主题所决定。

延安戏曲改革是中国20世纪文艺大众化历程中实践性最强的一环，延安知识分子在尊重社会现实和顺应民众审美的前提下，利用并改革了传统戏曲，在坚持戏曲思想主题现代性的前提下，对大团圆这一传统戏曲主要的结构模式进行了消解转移，形成了新质的大团圆模式。延安戏曲改革所形成的大团圆模式表面上与五四新文学的戏剧观念背反，实际上是对五四新文学启蒙民众的文艺功能、改造国民性的思想命题、写实主义戏剧观的继承发展。认识到这一点，不仅有助于全面认识延安戏曲改革的形成机制与改革成就，更有助于细致梳理20世纪中国文艺大众化思潮的流变。

---

① 周扬：《〈腊月二十一〉的立场问题——与张棣赓同志的通信》，载《解放日报》1942年11月8日。

第八章 延安文艺与当代文学新方向的构建

当代文学新方向的确立及新制度的建构是20世纪中国文学史上的重大现象之一，它沿着延安文艺发展的历史轨迹并在1950年代文学中心的转移中，不断深化并形成了区别于现代文学之性质的当代文学新的范型，又在日后的历史实践中产生了广泛深远的影响，构成了至今一直为人们反复辩难却又无法隐去的当代文学传统。如果深入细致地考察以延安文艺为源头的中国当代文学的发展脉络，并对当代文学新的传统进行近距离的观照，把审视的目光投向新文学中心转移后作家主体的创作心态以及新的文学形态给人们的日常生活、伦理道德、审美情趣、情感方式、价值取向等带来的全新的冲击，就可以更深入地揭示延安文艺延展下的当代文学思潮的内在转化以及文学史的深层演变过程。

从20世纪80年代中期开始，就有学者不断提出"20世纪中国文学"的概念，并认为始于五四时期的中国新文学应该是一个整体，甚至基于这样的认知，急于对尚未完全过去的那个世纪的中国文学进行匆忙的总结。[①]但显而易见的是，在已经过去的20世纪中，中国文学内部所表现出的巨大的复杂性与差异

---

① 这里讨论的中国当代文学均指大陆文学，对港澳台文学暂不涉及。关于"20世纪中国文学"，参见黄子平、陈平原、钱理群的论文《论"二十世纪中国文学"》（载《文学评论》1985年第5期）和陈思和的著作《中国新文学整体观》（上海文艺出版社1987年版）中的系列文章。同时，王晓明于1990年代末主编的《二十世纪中国文学史论》（4卷，东方出版中心1997年版），也显然是在"20世纪中国文学"的命名下对自己观点的一种表达。除此之外，世纪之交雨后春笋般问世的一系列以"20世纪中国文学"命名的文学史著作，更是对"20世纪中国文学"的提法表现出了惊人的认同。

性引起了学界的广泛关注及持续争论。如果暂且抛开理论层面颇有争议的"现代文学"与"当代文学"的命名不谈,在经过了一段时间的沉思之后,继续深究,事实上这两个时段的文学之间,的确存在着鲜明的差异。比如就20世纪五六十年代"中心"作家所表现出的一系列特征,洪子诚就有这样的认识:"首先,从作家出身的地域,以及生活经验、作品取材等的区域而言,出现了从东南沿海到西北、中原的转移。"他同时强调:"'地理'上的这一转移,与文学方向的选择有关。它表现了文学观念的从比较重视学识、才情、文人传统,到重视政治意识、社会政治生活经验的倾斜,从较多注意市民、知识分子到重视农民生活的表现的变化。这会提供关注现代文学中被忽略的领域,创造新的审美情调的可能性,提供不仅从城市、乡镇,而且从黄河流域的乡村,从农民的生活、心理、欲望来观察中国'现代化'进程中的矛盾的视域。"[①]这种以史家的眼光看待从现代文学到当代文学变化转折的视点,敏锐而独到。它不仅从深层触摸到了20世纪中期中国文学演变的脉流,而且已初步揭示出这一时段文学所表现出的种种症状及特点。今天看来,要研究、认识中国当代文学的全部丰富性和复杂性,发生在延安时期且在新中国成立之后完成的文学中心的转移,以及这种转移对当代文学的深广影响,已经成为问题展开的不可忽视的前提。一个不争的事实是,源自延安时期的新文学中心的转移,已经成为20世纪中国文学发展历史中最为重大的现象之一,而且不管人们承认与否,此后几十年的中国当代文学的走向都与这样的转移有着千丝万缕的联系。

---

① 洪子诚:《中国当代文学史》,北京大学出版社1999年版,第30、31页。

第一节

新文学中心的转移与作家队伍转型

1949年,随着革命的胜利,中国的社会结构发生了根本性的变化。首先是以延安为中心的中国共产党所领导的人民政权成为全国性的政治力量,此前在革命根据地倡导的一系列政治、经济、文化政策,迅速为全国人民熟知。在新的时代面前,饱受战乱之苦的中国人民对共产党在军事上与政治上的胜利予以了很大的认同,发自内心地把新中国的建立称为"伟大的开始",满怀信心地迎接已经来到眼前的新社会。

对于新中国而言,共同的敌人被打败后,胜利的喜悦暂时掩盖了原本存在于不同政治团体之间的歧见,而随后越来越紧张的政治气氛更是直接推动了一体化的进程。政治上的巨变必然会对文化(文学)产生直接的影响:

> 毛主席的《在延安文艺座谈会上的讲话》规定了新中国的文艺的方向,解放区文艺工作者自觉地坚决地实践了这个方向,并以自己的全部经验证明了这个方向的完全正确,深信除此之外再没有第二个方向了,如果有,那就是错误的方向。[1]

当时事实上的文化领导人周扬的报告既是对解放区文艺的全面总结,更是对接下来的当代文艺发展方向的一种不容置疑的确认。在周扬用极端性的话语为解

---

[1] 周扬:《新的人民的文艺》,见北京大学、北京师范大学、北京师范学院中文系中国现代文学教研室主编:《文学运动史料选》(第5册),上海教育出版社1979年版,第684页。

放区文艺定性后,在"没有第二个方向"的绝对制驭下,解放区文艺所具有的正确性、方向性、排他性、唯一性特征也被毫无保留地表现出来。如果说五四一代开创的新文学以开放的胸襟包容了启蒙文学、人道文学、革命文学、左翼文学、现代主义文学甚至消闲文学等多种文学形态的话,那么这一时期中国共产党的文化领导人发言中非此即彼的二元对立的姿态和立场,已经为一脉相承的革命文学、左翼文学、解放区文学之外的其他文学确定了非我的性质。更为严重的是,非我即意味着敌对,意味着将被修正、改造甚至消灭。20世纪初所形成的中国文学(文化)的多元格局随着全国的解放正面临着前所未有的挑战。

当时文化演变的异常并没有引起人们的更多关注。在一个激情大于理性的年代,对未来的想象或许比现实的存在更能吸引人们的目光。旧的势力已经被打倒,全国人民正在信心百倍地憧憬新时代的早日来临。对于文学而言,政治一体化所影响的文化一体化固然是一个不可忽视的原因,然而持不同文化观念的人们在这一时期的"殊途同归"更值得我们关注。当被人们认为最有鲁迅风骨的胡风也不得不低下执拗的头满怀真诚地歌唱新政权的"时间开始了"(胡风以为,其时他的确表达的是自己"心里面的一股音乐,发出了最强音,达到了甜美的高峰")时,似乎所有的有关文化的分歧与矛盾已经在一夜之间得到解决。惶恐、无助且受到左翼激进主义者讨伐的沈从文或许是一个特例。但在不少人眼中,此时沈从文的忧郁、自闭、孤寂乃至精神失常也仅仅是个人性格懦弱的结果[①],事实上,有关宗派主义斗争中弱势者的真实内心,却被人们不经意地忽略或者有意地掩盖了。相对于胡适、陈独秀时代的"新文学打倒旧文学",1949年之后的中国文学表现出更加决绝的态度,它以恢宏的气势宣告了包括封建主义文学、资产阶级文学、小资产阶级文学在内的所有非工农文学的不合时宜,甚至在工农文学内部也显得相当挑剔,并在之后的"文革"中割断了一切传统文化的脐带,表现出极端的排他性与虚妄性。

---

① 转引自李辉:《沈从文与丁玲》,湖北人民出版社2005年版,第203页。

中国新文学的发展历史中，曾经两度形成极为显眼的文学中心区。一次是在五四时期，随着陈独秀、胡适等人进入北京大学以及《新青年》影响的日益扩大，北京作为文学中心的地位得到确立。这一时期的作家大多以高校为依托，他们在教书、办刊和写作之间实现着自己的社会理想与文学主张，尽管他们门派有别，见解有歧，作品风格各异，但却共同推动了新文学的发展，为中国文学在20世纪的艰难起步做出了巨大贡献。此后随着革命目标的转移，北京文人的纷纷离去以及革命文学的兴起、左联的成立等，上海取代北京成为文学的又一个中心。这一时期的文学事件已经不再局限于文学（文化）内部和作家的人生理想，而更多地与个人的社会责任、严酷的现实斗争结合起来，加之上海本身的开放性特点和商业化特征，众多的文化人涌入这里似乎更像是进行某种文化冒险或政治冒险。尽管文学（文化）仍然是这些人的身份符号，尽管上海也相继出现了现代主义文学与张爱玲那样的另类作家，但作为文学的中心显然已经没有当初的北京那样单纯。人们可以感受到，1920年代的北京处处洋溢着一种浓郁的文化气息，而1930年代及其后的上海，在文学的背后往往折射着一缕阴郁的政治光线，文学与政治的关系不仅变得相当紧密，而且已经胶着在一起。

　　周扬在讲话中把解放区文艺作为唯一正确的方向，文学中心的再一次转移也成为历史的必然。如果说1940年代在解放区文学、国统区文学、现代主义文学等多种形态的文学的交相辉映与共同努力下，中国文学整体上呈现出纷繁、多样的色彩，那么随着第一次文代会的召开，中国文学的格局也发生了巨大的变化。原有的平衡被突然打破，作为延安传统重要组成部分的解放区文学从一种普通的文学上升为中国文艺的新方向。应该说，这种转变既在情理之中，又多少让人有些猝不及防。就在同一次会议上，茅盾以《在反动派压迫下斗争和发展的革命文艺》为题做了长篇报告，认为"从基本上说，十年来国统区的文艺创作是有显著的成就的"，但同时指出了国统区文学存在的多种"不良倾向"，并发出了这样的警告：

　　　　如果作家不能在思想与生活上真正摆脱小资产阶级的立场而走向

> 工农兵的立场，人民大众的立场，那么文艺大众化的问题不能彻底解决，文艺上的政治性与艺术性的问题也不能彻底解决，作家主观的强与弱，健康与不健康的问题也一定解决不了。①

不难看出，对于"胜利会师"后的作家们而言，诞生于现代文学中心转移后的中西部的解放区文学就是现实的榜样，文艺界的领导人正是要求全国的作家向根据地作家学习，真正创作出具有工农兵立场、人民大众立场的作品。

茅盾是左联的发起人之一，是左翼文学的有力倡扬者和实践者，尽管新中国成立前有好长一段时间在国统区从事文艺工作，但以他的身份和立场而言，做出这样的讲话应该在情理之中。即便是执拗的胡风，由于他一向以"忠实的无产阶级文艺理论家"自居，在革命胜利的时候暂时抛除个人偏见，由衷地从大局出发，对崭新的共和国给予热情的歌唱，也容易让人理解。问题在于，不同立场的作家在这一时期迅速地会聚在"为工农兵服务"的旗帜下，并纷纷表明自己对源自左翼文学的解放区文学的认同，则多少有些出人意料。现实的政治压力是一个方面，但涌动在文化人内心的波澜同样不容忽视。"在一个马克思主义成为'常识'的时代，拒绝接受社会主义和社会主义思想就是'自甘落伍'、'落后于时代'。"为了避免自甘落伍，一些文化人开始调整自己的价值理念与生存态度，即抛开直接介入现实批判的立场，通过自己的创作和专业工作去做一个单纯的作家或专家，因为"1949年后的共产党政权真正批判的并不是作为'专家'的知识分子，而是作为批判性介入社会现实的知识分子；真正缩小的不是'专家'的社会空间，而是知识分子的批判空间"。②

出于这样的认识，大批作家在新中国成立前后纷纷做出新的选择。如萧乾、老舍等人开始按照自己的理解调整创作方向，而沈从文、钱锺书等则经过一段时间的思考、犹豫、恐惧之后选择了较为单纯的学术研究。与这种文化人

---

① 茅盾：《在反动派压迫下斗争和发展的革命文艺》，见北京大学、北京师范大学、北京师范学院中文系中国现代文学教研室主编：《文学运动史料选》（第5册），上海教育出版社1979年版，第668、680页。
② 贺桂梅：《转折的时代——40~50年代作家研究》，山东教育出版社2003年版，第76、77页。

的分化、整合相伴随的，是文学中心迅速向中西部转移，解放区文学所具有的榜样性质进一步凸显。需要指出的是，与新文学史上的前两个文学中心区北京、上海相比，此时的文学中心并没有具体落实在某一个地区。作为新的文学中心，中西部仅仅是当代文学精神上的中心，中西部地区不会也不可能成为文化人持久聚集的地方。随着革命胜利后中央政权所在地的更易和大批文人入京，中西部地区文化传统薄弱、贫瘠的劣势也越发显现出来。除延安时期一大批文化人从四面八方涌向这座"红色"的小城以及晋、冀、绥等革命根据地，并在毛泽东《讲话》之后创作了许多具有全新内容、全新形式的作品外，1949年之后的中西部与此前相比，作家的数量已经明显减少，创作的作品也不够丰富。可以说从这个时候开始，中西部地区文学生产的黄金时期已经暂时告一段落。但是，从这里形成的文学精神却进一步扩大，并经过第一次文代会上文艺界领导人的肯定后，最终确立了中西部作为中国当代文学精神发源地的崇高地位，其文学实践和经验教训更是直接影响了中国当代文学此后数十年的整体面貌。

第二节

政治审美与文学本体的活力

对中国当代文学与政治之间的暧昧关系,研究界历来保持着浓厚的兴趣。无论是新中国成立之初文艺界领导人的讲话,还是新时期以来学界持续不断的对文学与政治关系的思考和争议,都把政治对文学的影响夸大到了一个无以复加的地步。所不同的是,前者强调文学对政治的从属地位,后者揭示政治对文学的挤压与戕害。然而,不管是文学对政治的主动献媚,还是政治对文学的随意驱使,二者立论的前提却是如出一辙——过多地纠缠文学与政治的主仆关系或者"共谋",到底还是没有能够从文学内部厘清中国文学在1949年后所走过的道路。有学者对已有的研究成果进行梳理,试图从中国当代文学内部寻找文学在发展过程中所做出的选择,至少为我们提供了一种新的研究思路。强调文学回到自身,并不意味着文学与政治的关系不能讨论,更不是说中国当代文学完全在政治之外保持着纯粹的独立性,而是说从中国作家的追求来看,的确存在着单从政治-文化角度难以解释清楚的地方,因为新中国成立之后的文学,包括被一些学者看作政治极端化产物的"文革"文学,也在政治之外有着自己的审美追求。①

---

① 关于当代文学的艺术追求,陈思和在其有关"民间"的系列文章中有所涉及。在陈思和看来,民间艺术形式作为当代文学中的隐形结构,是出于对政治的不满与反动,而这种民间艺术在当代文学中的滋长,也多少带了些于夹缝中求生存的意味。显然,这样的思路依然没有走出政治/文学的研究视野,还不足以被认为是完全从文学自身的发展出发而展开的系统研究。

基于这样的理解，可以认为，中国当代文学在自身的发展中虽然与政治有着剪不断、理还乱的关系，但这种关系从一开始就有着很大的裂缝。也就是说，政权领导人（包括文艺界领导人）对文艺的期待和要求是一回事，而文学自身的选择和追求则是另一回事，至于二者在后来表现出的紧密结合，却是完全意义上的"殊途同归"，应该属于历史的择向及遇合。现当代文学研究中，人们往往习惯于从已有的结果去推寻可能的原因，却很少在认真地弄清了事情的真相之后，自然而然地得出科学的结论。理论的预先设置不仅导致了文学史叙事的偏颇，而且使得现时的整体的文学史场域总是不断遭到人们的质疑。即便是在研究界享有崇高地位的文学史家王瑶，其作为"现代文学学科的奠基之作"[1]的《中国新文学史稿》也是在新民主主义理论的指导下完成的，并将文学与政治紧密结合的研究思路贯穿于著作的始终，鲜明地体现出政治-文化的研究立场。学者采取哪一种研究方法原本并不能成为人们对其诟病的理由，但研究中这种与政治保持紧密契合的出发点事实上给研究本身带来了很大的束缚。不仅王瑶本人对这一点有着深切的体认，而且其著作中对沈从文、张爱玲等非左翼作家的冷落与漠视，也成了这部优秀著作无法弥补的硬伤。尽管人们习惯于说瑕不掩瑜，尽管出于对前辈学者的尊崇与敬仰，后来者更愿意强调给予当事人历史的同情之理解，但从科学的角度而言，《中国新文学史稿》的不足却成了永远的遗憾。[2]

　　然而创作与理论终究存在着差别。1949年之后的中国文学虽然从表面上看，毋庸置疑地走过了一条与政治同行的道路，但长期以来为研究者所曲解所不屑的作家的创作动机和审美理想却有必要引起我们的重新关注。1952年，周

---

[1] 温儒敏、李宪瑜、贺桂梅等：《中国现当代文学学科概要》，北京大学出版社2005年版，第74页。

[2] 对于学术生产体制化，温儒敏有深入的研究。他认为，原本被称为"天下之公器"的学术被纳入体制，既是学术的悲哀，也说明学术研究领域原本就不是一方净土。在写作《中国新文学史稿》时，王瑶尽管"跳跃腾挪"，已经做到了那个时候所能够做到的客观、公正，但遗憾仍然难以避免。另外，王瑶早年成为左翼文艺理论家的努力，是否早已预示了他的"跳跃腾挪"终究只能是"戴着镣铐的舞蹈"呢？

扬在苏联的文学杂志《旗帜》上发表了《社会主义现实主义——中国文学前进的道路》一文，经《人民日报》转载后，很快在国内产生了很大的反响。在这篇长论中，周扬不仅从理论上阐述了"社会主义现实主义文学"的内涵，而且对刚刚获得斯大林文学奖的《太阳照在桑干河上》（丁玲）、《暴风骤雨》（周立波）等给予了高度评价。周扬指出：

> 判断一个作品是否社会主义现实主义的，主要不在它所描写的内容是否社会主义的现实生活，而是在于以社会主义的观点、立场来表现革命发展中的生活的真实。我们的许多作品，例如上述得奖的丁玲等同志的作品以及赵树理和其它作家的一些作品，都是描写农民的生活和斗争的。但这些作品却不是农民文学或一般民主主义的文学，而是社会主义现实主义的文学。因为在这些作品中，作者并不是以普通农民的或一般的民主主义的观点而是以工人阶级的社会主义的观点来描写农民的，他们以工人阶级的眼光观察了农民的命运，表现了在共产党领导之下农民的从事革命斗争，他们的生活地位的变化和思想觉悟的过程。①

这种既有理论阐发又有成功例子的文章一经发表，便自然成为众多作家努力的方向。值得注意的是，周扬在这里不仅强调了作家所应具备的"工人阶级的社会主义的观点"，并对作品的内容做了规定："他们（农民）的生活地位的变化和思想觉悟的过程。"到这里，多数研究者自然会得出结论：正是因为现实政治对于文学的需要，中国文学表现的重心才从城市转移到农村，中国当代文学才不可避免地与政治纠缠在一起。

这样的分析有一定的道理。但现在看来，透过模糊的现实政治的影子，社会主义现实主义文学在1950—1970年代的实践还应该有它自己的发展轨迹。回溯几千年的文学史可以知晓，中国文学自古就有介入现实政治的传统，不仅

---

① 周扬：《社会主义现实主义——中国文学前进的道路》，原载苏联《旗帜》1952年12月号，《人民日报》1953年1月11日转载。

"兴、观、群、怨"完全是文学对现实的主动干预，而且颇具指向意味的"劝谏""讽喻""美刺"等都不能说成是古代士大夫阶层在现实面前的被动反应。无论是"文起八代之衰"的韩愈倡导的古文运动，还是杜甫忧国忧民的"三吏三别"；无论是古已有之的"文以载道"，还是顾炎武的"国家兴亡，匹夫有责"的知识者的承担；无论是梁启超等人轰轰烈烈的"小说界革命"，还是鲁迅力透纸背的杂文、小说……都完全是当事人通过自己的判断而对社会现实表达的不满。即便是胡风在精神最煎熬时期难以抑制的不得不言说的"三十万言书"，除作家对所遭受的不公正待遇奋起抗争外，又何尝没有主体的自为以及架构自己理论的"野心"在？相比于理论的冷静、客观，文学艺术更强调"由感而发"与"有感而发"："诗者，志之所之也。在心为志，发言为诗，情动于中而形于言"，"情者文之经"，"文章之作，本乎性情"……无一不是在强调创作主体对客体的主动情感投入，也无一不是创作主体对社会现实的主动声言，"可见情与志是相联系的，情动则为志，所谓'诗言志'者，就必然要求'诗表情'"。①虽然文论家的理论主要是就文艺的情感作用而言，但这里却预设了一个前提，即文艺对生活的反映是创作主体独特的体验，不能单单看作创作主体对客体的被动反应。因而，无论"载道"还是"缘情"，文艺自身的传统都值得研究者认真思考。

解放区文学是在毛泽东《讲话》之后迅速发展起来并形成了自己的规范及特色的，尽管其配合现实的革命政治运动的意图显而易见，但其源于中国文化传统的主动追求同样不容忽视。如解放区文学创作覆盖了戏曲、小说、诗歌、散文等几乎所有的文类，体现了对传统文化资源的重视。第一次文代会后，来自解放区、国统区、沦陷区的各种文学派别迅速整合，并最终汇聚在社会主义现实主义的旗帜之下，一方面说明在新的政治形势下，文化（文学）自身的独立性遭到了前所未有的挑战，另一方面希冀中的国家的统一也给文艺干预生活的传统提供了新的机遇。

---

① 吴中杰：《文艺学导论》，复旦大学出版社2002年第3版，第36页。

> 所谓干预生活，是指文艺直接介入当前的社会斗争和政治斗争，对社会事件或政治事件发言，其效果是快速的，反应是强烈的。[1]

我们强调文学介入社会生活的主动性，同时要看到与社会主义现实主义文学的提出相伴随的，是文学对现实政治的干预得到了体制的许可与鼓动。尽管这种许可与鼓动必然会被限制在一个特定的时间、空间中，但与此前三十年中文学自发介入现实的情形相比，有了体制的鼓动与规约，文学对现实发言的传统还是迎来了一个"激情燃烧的岁月"。当然，有整合就有分化，正像前面提到的那样，在一些作家对新生活热情讴歌的同时，另一些由于自己的出身、文化背景、气质、创作性格而难以适应体制号召的作家，重新开始了新的选择。在新的时代面前，他们中有的人心甘情愿地站到了三尺讲台上，开始了教书育人的生活；有的则干脆专心于学术研究，把自己封闭在一个狭小、单纯的空间里，从此失去了创作的热情。与这一小部分人的退缩相比，更多"不甘落伍"的作家则在努力调整着自己的写作方向，他们尽量让自己跟上时代的步伐（特别是从革命根据地走来的作家更是自然而然地融入了时代的潮流），并在通过自己的作品反映社会主义革命和建设的伟大成就的努力中，成为1950—1970年代中国文学的主流力量。

与文学干预现实的传统紧密相关的，是文学的教育功能的进一步强化。需要指出的是，这种放之四海而皆准的艺术的教育功能在中国文学中历来就有充分的发挥。特别是到了新文学发轫之初，不仅"为人生"派的文学研究会鲜明地提出了文学对生活的作用，就是一向被认为"为艺术而艺术"的前期创造社，也在他们的文学实践中表现出强烈的现实针对性。随着全国的解放和文学一体化的形成，文学的教育功能得到进一步加强，并在1950年代中期之后体现出"明显的政治唯美倾向"[2]。中国当代文学政治审美追求的强化是文学在新的环境中自我调整的结果，但也与客观形势密不可分。第一次文代会之后，一

---

[1] 吴中杰：《文艺学导论》，复旦大学出版社2002年第3版，第50页。
[2] 叶世祥：《二十世纪五十至七十年代中国文学的审美倾向》，载《文学评论》2004年第5期。

批反映中国革命斗争与现实生活的作品相继出现，如《我们夫妇之间》《铜墙铁壁》《洼地上的"战役"》《不能走那条路》《铁道游击队》《保卫延安》等都在一定时间和范围内获得了好评，然而在那个"追求素朴的文学年代"①，现实政治要求的迫切很快超出了人们的想象。冯雪峰在发表于1953年的一篇文章中指出：

> 我们已经出版和发表的作品，……在水平上也还不能说已经达到能力上可能达到的高度，……而最重要的，是我国丰富的实际生活和伟大的斗争，在这几年艺术形象上的反映，实在太单薄了。在这几年的创作上，现实主义显得特别薄弱。……这是我们这几年创作上最严重的问题。②

这种尖锐的批评不能不引起作家的重视，于是，中国文学本来具有的干预社会的传统被进一步强化，而作家也在积聚着自己的力量，努力开掘社会主义现实主义文学的新方向。1957年，柳青的小说《创业史》（第一部）出版，作品以宏大的史诗性构架，集中描写了农村合作化运动中的冲突与斗争，迫切地提出了关键的问题是"教育农民"，并试图回答"中国农村为什么会发生社会主义革命和这次革命是怎样进行的"③的重大问题，而主人公梁生宝也成了作家着力塑造的社会主义新人形象。之后，作家们更是有意识地自觉介入现实的政治生活和斗争，直到在"文革"中制造出高大全这样完美的英雄形象和革命样板戏的文学范式。

客观地说，文学的政治唯美倾向是文学自身发展和现实生活对文学要求的共同结果，单纯地强调政治对文学的束缚与挤压既不符合历史的真实，也忽视了文学本身的发展规律。因此可以看到，在整个当代文学的发展过程中，尽管经历了无数次的曲折，文学依然在艰难地走着自己的路。而同时，随着新中国

---

① 董之林：《旧梦新知："十七年"小说论稿》，广西师范大学出版社2004年版，第39页。
② 冯雪峰：《关于创作与批评》，见李庚主编：《中国新文艺大系（1949—1966）·评论集》，中国文联出版公司1994年版，第36页。
③ 柳青：《提出几个问题来讨论》，载《延河》1963年第8期。

成立后文学中心的转移，当代文学内部也出现了新的因素，表现出新的精神活力，并逐渐沉淀为一种全新的文化因子，在以后几十年中国文学的发展中或隐或显地分裂变化着，产生了持久的影响。其中的原因既有文学对现实的主动关怀和承担，也有文学在政治面前不得不做出的无奈选择，但无论如何，当代中国文学依然表现出坚韧的生命力。

第三节

现实感应与作家情感的表达方式

　　文化"是人类独有的现象，它是人对自身的生物性的加工，并对这个生物性作出某一个程度的调整"①。对1949年以后的中国文化（文学）而言，前文提到的文学中心的转移所带来的影响（调整）是全方位的。它不仅为当代文学提供了"关注现代文学中被忽略的领域，创造新的审美情调的可能性"，也提供了"不仅从城市、乡镇，而且从黄河流域的乡村，从农民的生活、心理、欲望来观察中国'现代化'进程中的矛盾的视域"②，而且深深地打破了中国文化固有的结构，给人们的日常生活、伦理道德、审美情趣、情感方式、价值取向等带来了全新的冲击。直到今天，当人们再次体验文学的多元格局给认知与审美带来的多重取向时，仍然能感受到当年文化剧变所残留给我们的难以抹去的记忆，并且经过时间的沉淀，这些记忆更加清晰地印在我们的心灵深处。

　　与世界上其他国家、民族的文化相比，中国传统的文化（主要是儒家文化，也结合有道释文化）历来注重"和"，虽然出于多样性的考虑也会强调"和而不同"，但在已有的伦理中，对"和"的认同却被人们实实在在地贯穿于日常生活的始终。它不仅对国家有"礼仪之邦"的要求，而且邻里家庭之间相处一直注重"和为贵"。与此相适应，则是现实生活中对现状的极力维持和对尊卑等级的强力维护，以求社会与家庭伦理秩序的平衡。在中国的封建社

---

① 孙隆基：《中国文化的深层结构》，广西师范大学出版社2004年版，第6页。
② 洪子诚：《中国当代文学史》，北京大学出版社1999年版，第31页。

会，君君、臣臣、父父、子子有着严格的等级秩序和行为规范，打破等级和超出规范的行为就被认为"大逆不道"，要受到社会的强烈谴责，严重者甚至要被"得而诛之"。为了维护既定的等级与规范，整个社会从上到下都有自己的行为原则，君王要懂得仁，父兄要知道爱，下属与人子必须做到忠和孝。在这样的前提下，传统文化更强调平衡，因为只有平衡才是"和"的必要条件。平衡一旦在某一个环节被破坏，现存的秩序必然会受到强有力的冲击，"和"在事实上也将不复存在。那么，如何维护已有的平衡呢？这就需要净化人心。只有除去人心中的恶念，只有让人们去选择善，才不至于做出那些超越常规的举动。于是，对个体生命存在方式的重视成为传统文化着力强调的内容。只有满足了一个人身体的合理要求，他才不会铤而走险，也才能保持自己应有的良心。可以看出，这种文化结构有明确的价值取向，它不仅涉及人与人之间的血缘亲情，而且渗入社会的各个环节，具有天然的稳定性。

这种绵延了中国几千年的文化传统经过岁月的淘洗日益深入人心，并随着各时期形势的变化不断进行着内部的调整，得以在20世纪的前半期依然保持自己稳定的结构。按照一般常识，五四新文化运动是一次彻底的反帝反封建的革命，否定传统、学习西方是运动的初衷。正是因为有了陈独秀、李大钊、胡适、鲁迅等一批先进的知识分子的努力，中国现代史的崭新帷幕才徐徐开启。然而必须看到，尽管长达两千年的封建社会在20世纪初已经结束，但其文化深层的结构却依然坚固。或者至少可以说，封建主义的残留仍然深深地影响着中国人生活的方方面面。"人的发现"相较于封建专制而言有了巨大的历史的进步，但来自西方的个性的解放、个人的自由所表现出的空泛性也显而易见；启蒙主义者的理论不仅没有深入普通民众的心灵，而且其高高在上的精英姿态更缺乏必要的现实性。对于1949年以前的中国来说，尽管封建社会的彻底结束已经动摇了中国文化的基础，但国家四分五裂，战争频仍爆发，依然不可能有一种全新的文化重新规约这个社会。国民党的腐败和反动统治已经使它推崇的儒家文化失去了广大民众的信任，而远在西北一隅的共产党又缺乏足够的力量影响全国，因而移植于西方的共产主义也只能成为特定区域中部分人的信仰。加之文化本身具有的独立性与排他性，直到全国解放，中国传统的文化依然在曲折地滋长，并顽强地表现出生命力。

随着全国的解放和共产党成为中国的执政党，工农大众成为中国社会结构中最基本也是最核心的力量；而社会主义现实主义文学的提出，则在客观上为中国文学介入、干预社会的传统提供了新的发展契机。从这个时候开始，源于阴阳在太极之中互相调和的中国本体论模式遭到了最强有力的挑战，阶级斗争的残酷性与彻底性也粉碎了中国人思维深处对"和"的认同。多米诺骨牌一经推倒，所有的连锁反应便接踵而至：革命的信念取代了旧有的良心，同志间的友情超越了血缘亲情，集体纪律限制了个人自由，无产阶级的追求否定了小资产阶级的温情……既然革命要流血牺牲，既然胜利要付出代价，那么革命人民的立场就必须坚定。父子关系、手足之情、个人幸福、儿女私情，只要这些小我的追求不符合集体的需要，只要血缘的纽带变成革命的羁绊，那么斩断私情、大义灭亲就成为个人最正确的选择。于是我们看到，1949年之后的中国文学表现出了强烈的政治道德原则：梁生宝买稻种时对集体的精神归属让他超越了现实的苦难，并在完成农业合作化的过程中不惜与父亲梁三老汉数度发生冲突；共产党人江姐无意中看到自己丈夫被敌人杀害、头颅悬挂在城楼上示众时，竟超越常理地首先意识到自己失去了患难与共的战友、同志，然后才想到的是丈夫；《红灯记》中李家三代原本没有任何血缘关系，他们家庭的组织并不是我们理解中的出于对亲情的渴望，而完全来自革命的阶级情感；《铁道游击队》塑造了与日寇斗争中以老洪、王强、林忠、鲁汉、小坡等为代表的革命者群像，但所有的人似乎都远离个人私情，只懂得把聪明才智运用到战场上；即便是新中国成立初期的《我们夫妇之间》，也明显反映出夫妻感情可以融合但革命歧见决不可调和的非家庭性价值取向。

在现实政治的影响下，文学主动调整着自己的美学取向与价值追求。纯粹的文学审美带给读者的身心愉悦被看成小资产阶级的情调，遭到作家们自觉的抵制与摈弃，而有关政治道德的判断却成为体现作品价值的重要尺度，甚至到"文革"中被简单化为唯一的尺度。与文学主题所体现出的政治道德化原则相适应,文学的情感表现方式也日趋简单化、概念化、模式化,对革命的天然认同和对敌人的刻骨仇恨成为社会共有的情感选择。作品中敌我对立的双方理所当然地成为丑与美的代表者;即便在表现人民内部的冲突时,工农新人的美与落后分子的丑也会形成强烈的对照。社会主义现实主义文学要反映中国革命和建设的伟大成就,及时总结革命和建设的成功经验,塑造革命和建设中的英雄形象和工农新人,那么作家们就需要相应地调整自己的写作方向。对于1950年代的多数作家而言,这样的调整并不是太难,因为这一时期活跃在中国文坛的主流作家大都来自解放区,解放区文学的成功经验本身就是他们努力的结果。尽管这一批作家从文学储备和文学观念上来说,学识、才情、文人传统比之五四一代都有所不足,但来自延安及广大根据地的生活经历和政治历练却有助于他们的作品表现出强烈的现实适应性。

正如上文谈到的那样,文学现实性的加强并不能简单地说成文学对政治的趋附,因为文学对现实的介入自有它的发展传统。同样,我们强调中国当代文学的政治审美倾向,也旨在说明文学所具有的审美功能在这一时期有着独特的表现,它不仅改变了人们的情感方式,也丰富、改变着自身。我们看到,即便是人们多有诟病的"文革"文学,也依然顽强地探寻着自主性并实践着自己的艺术追求。如样板戏中的舞台装饰、音乐美感、表演形式、形象设计、唱腔选择和浩然小说中的"艳阳天""金光大道"等光明意象,都有一种明显的唯美倾向,曲折地反映出文学自身的追求以及对政治束缚的抗争意识。① 至于随着形势的变化,文学从一体化最终走向了政治极端化,的确是文学本身所意想不到且无法左右的。

五四新文学中"人的发现"集中表现在主人公对封建旧家庭的逃离,出走成为一种最常见的叙事和想象,而1949年后的中国文学中家的形象被进一步打碎:革命不仅预示着家的地位将让位于集体,那些成为革命者精神羁绊的家甚至要被彻底颠覆。《创业史》中农民落后的小家庭将最终被先进的农业合作社

---

① 参见叶世祥:《二十世纪五十至七十年代中国文学的审美倾向》,载《文学评论》2004年第5期。

代替；《铁道游击队》《保卫延安》《林海雪原》等反映革命战争的小说中，革命者本身就是无家可归之人，正是家的不存在或对家的极力淡化决定了主人公革命的彻底性；即便是《红灯记》中的家，无非也是阶级情感的寄托所，而不是建立在血缘亲情等伦理基础上的心灵港湾——家的地位的丧失，是以人与人之间血缘纽带的断裂为标志的，而革命（阶级）情感则成为人与人之间最重要的情感方式。

上述作品中，李奶奶、李玉和、李铁梅三代人之间的情感是革命情感的最好写照；梁生宝与梁三老汉之间养子与养父的非血缘关系，也为新的条件下父子情感为革命情感的让路做了最好的预设；共产党人江姐面对丈夫被杀害，痛苦之时的第一反应，更清晰地折射出超越亲情的革命情感在现实中被给予的崇高地位。这些作品中，家固然重要，但与革命相比，显然还不具备足够的分量。中国传统文化中"一屋不扫，何以扫天下"的古训在这里被翻转过来——没有天下（国家以及与国家有关的革命），又怎么会有个人？个人被纳入了集体的轨道，而以个人亲情为纽带的家庭就必然被革命放逐。于是，现实的斗争不仅要求人们"革命不回家"①，而且对那些恋着自己的安乐窝而不能与家割断联系的人要给予毫不留情的批判（《红岩》）。在这样的逻辑展开中，当代文学人物群像中最具"名气"的叛徒甫志高被作者描写成一个讲求个人生活、对代表着"享受"与"庸俗"的家有着特殊爱恋的意志薄弱者，正是由于他不听从组织决定选择了深夜回家，才径直走上了政治人生的"不归路"。②这种在革命面前对小家庭的否定，不仅演变为"文革"中不属同一派别的夫妻白天互相争斗、晚上同归一屋檐下的现代喜剧，而且一直在新时期以来的文学中有所延续：《白鹿原》中的一对恋人——白灵与鹿兆海，最终因为政治选择的不同而分道扬镳，《历史的天空》中高汉英、高秋江兄妹同样因为政治追求有别而各有归属。在这两部先后获得茅盾文学奖的作品中，陈忠实与徐贵祥不约而同地设计了爱情、亲情在政治选择面前的脆弱，恐怕并非出于偶然。

---

① 李杨：《50—70年代中国文学经典再解读》，北京大学出版社2018年版，第162页。
② 李杨：《50—70年代中国文学经典再解读》，北京大学出版社2018年版，第168—169页。

事实上，从歌剧《白毛女》开始，对新社会的赞颂就取代了五四一代知识分子对国民性的批判，成为文学的核心主题。正是借助《白毛女》中"旧社会把人变成鬼，新社会把鬼变成人"的对比，文学既获得了自己的价值，更得到了广阔的发展空间。对于这一时期的文学而言，配合形势的任务不仅不能被看作一种束缚，而且实际上给文学带来了新的发展契机。文学需要新的形势赋予它更多的机遇，而中国革命的发展的确为文学的发展开拓了更多的可能性。如果说丁玲的《我在霞村的时候》还是对普通人世俗眼光的批判，那么《太阳照在桑干河上》则已经摆脱了知识分子以无情的批判介入社会的写作策略，而直接表现农村土地改革中的经验与失败、斗争与冲突。尽管这部作品中依然遗留着丁玲擅长的个人心理意识的揭示和表现，但作家整体上的政治文化叙事姿态已掩盖了她此前写作的个人优势，由"与众不同"转向了"与众趋同"。在这样的转换过程中，不仅创作主题发生了变化，作家的思维方式也在进行着悄然的转变。从批判旧制度、旧习俗、旧观念转到表现新社会、歌颂新观念、展示新成果，作家介入生活方式的变化既体现着他们创作立场的转变，更具体反映着他们自身的存在方式及对新中国的认知态度。

当代文学构建中的中国主流作家，大多有着较为丰富的革命生活经历，写作对他们而言本身就是革命的一部分。谈到《创业史》的主人公梁生宝时，柳青说：

> 我根本没有一点意思把梁生宝描写为锋芒毕露的英雄。他不是英雄父亲生出来的英雄儿子，也不是尼采的"超人"。他的行动第一要受客观历史具体条件的限制；第二要合乎革命发展的需要；第三要反映出所代表的阶级的本性，就是无产阶级先锋队成员的性格特征。[①]

实际上，梁生宝不仅是作家要表现的对象，在一定程度上更是柳青自己的化身——作家把对"三个学校"（政治的学校、生活的学校、艺术的学校）的体验融化于创作，使得对革命的认同让笔下的作品自觉地变成了自己的心灵史，

---

① 柳青：《提出几个问题来讨论》，载《延河》1963年第8期。

反过来，这种心灵史的展开也成为更多的柳青们写作时努力的方向。

文学的转变不仅仅出现在创作领域，与创作相适应，文学史叙事也表现出鲜明的时代特点。不仅王瑶的《中国新文学史稿》自觉地把新民主主义理论作为指导，而且为社会主义写史的追求也成为文学史家工作的一部分。王瑶说：

> 从"五四"文学革命开始，作为中国新民主主义革命的一条重要战线，现代文学就是随着时代的前进和革命的深入而得到发展的。……总的看来，"五四"革命文学传统的最重要的内容，就是对文学如何更好地为人民革命服务这一光荣使命的不断努力和追求。①

这篇作为《中国新文学史稿》"重版代序"的文字写作于1979年2月4日，时间上应该属于文学新时期的"早春"季节，但字里行间不难看出革命留在文学史家心目中的难以抹去的深刻印记。

从1950年代中后期开始，文学史写作逐渐逸出了个人学术成果的范畴，形成了一种集体化的写作现象，这与特定时期中国社会大规模的全民运动不无关系，也与文学创作中个人淡出、集体突显的价值取向有必然的联系。因为这毕竟是一个抑制个人性的时代。而一批集体写作的文学史的出现②，在不断重复"文学史是中国革命史的一部分"的理念的同时，造成了正常的学术研究工作的停顿，文学研究在表面轰轰烈烈的繁荣中离学术的道路越来越远。20世纪80年代后期，一些学者正是缘于对当时文学史著作的不满，提出了"重写文学史"，其中所透出的怀疑精神值得我们深入思考。不能简单地说集体写作的文学史必然会缺乏学术价值（如由唐弢、严家炎主编的《中国现代文学史》），

---

① 王瑶：《王瑶文集》（第3卷），北岳文艺出版社1995年版，第5页。
② 这期间集体写作的文学史大都由高校师生完成，当时有影响的有：复旦大学中文系学生编写的《中国现代文学史》（上海文艺出版社1959年版）和《中国现代文艺思想斗争史》（上海文艺出版社1960年版）、吉林大学中文系师生编写的《中国现代文学史》（3册，吉林人民出版社1959、1960年版）、中国人民大学语言文学系师生编写的《中国现代文学史》（内部发行，1961年）以及北京大学中文系师生编写的现代文学史（征求意见本，未正式出版）。

但直到今天,在已经出版的中国当代文学史著作中,众多的集体力量依然没有显现出比个人行为更多的优势,反倒是那些属于个人书写的文学史自觉地表现出回到历史现场的姿态,洪子诚的《中国当代文学史》问世以来一直得到学界的普遍好评,就足以说明这一点。

第四节

新文学经验的启示与作家书写的多样追求

对于20世纪的五六十年代文学而言，新中国成立初期文学中心转移所带来的变化是最为直接的，它给人们的日常生活、伦理道德、审美情趣、情感方式、价值取向带来了巨大冲击。而十年"文革"中作为主流文学的浩然小说加八个样板戏，学术界普遍认为是在十七年文学基础上的极端发展，"实际没有什么先进性可言"①。"文革"文学所采取的否定一切传统的激进主义和虚无态度，使中国文学遭受了一次毁灭性的打击。相比于1950—1960年代的文学来说，这一时期文学的发展空间被大大缩小，文学的主体性受到了挤压，文学完全脱离了自己本来的发展轨道。如果联系新中国成立前后文学的发展变化来看，可以说，"文革"文学的出现其实并非偶然，它与之前的左翼文学、十七年文学有着一脉相承的关系，前两者给它带来的影响不言而喻。

除前文已涉及的"文革"文学外，让我们把目光投向新时期以后的文学，去看看当年那次文学中心转移所产生的结果带给当下文学的深刻影响。新时期文学被看作向"左"宣战的文学，代表新时期文学到来的伤痕文学、反思文学，实际上就是对"文革"中人们心灵受到的伤害进行的揭露与反思。但这并不意味着这一时期的文学已经走出了意识形态的泥沼，不仅伤痕文学、反思文学在一定时间和范围内受到"偏左派"的批评（例如对小说《苦恋》和朦胧诗

---

① 程光炜：《关于五十至七十年代文学中的知识分子形象》，载《文学评论》2001年第6期。

的批评，以及"清除精神污染"口号的提出），而且作者本身就有不少是有着强烈革命认同的右派作家，他们在获得讲述历史的权利的同时，表现出与现存体制极其暧昧的关系。应该说，这两种文学的产生与政治有着天然的关系，从某种程度上说，他们正是要通过文学为自己曾经遭受的不公正待遇进行控诉。正像有论者指出的那样：

> 他们在与国家体制和主流意识形态之间经过了关于"革命"身份的"认同/承认"和"认同/拒认"的曲折经历以后，一旦后者对于他们的"革命"身份重新确认，二者间的"蜜月"便会重新来临。①

伤痕文学、反思文学在特定的时期客观上起着配合政治运动的作用，不能不说它们依然对现实表现出极大的兴趣，在坚持自身的现实传统和寻求进一步突破之间进行着艰难的选择。

过去文学经验的投影体现在创作主题上只是文学发展的一个层面。对于文学的叙述语言来说，几十年前的轰响同样存在。五四新文化运动是从语言革命开始的，"语言的力量是五四新文化运动和新文学运动最深刻的原因之一。新的语言系统不仅使五四新文化运动得以发生、得以成功，而且使中国现代文化得以定型"②。这段话虽然说得有些绝对，但白话文代替文言文，文学不仅获得了表意的自由，更随着语言能指的扩大确立了自己的传统。

1950年代文学中心的转移必然影响到文学语言的变革。由于作为启蒙者的知识分子在新的形势下变成被启蒙者，原先启蒙者的话语方式随着他们言说能力的丧失，也失去了引人注目的魅力。而为工农兵服务的社会主义文学则要求文学语言适应新的需要，这就直接促成了以赵树理为代表的革命根据地作家，结合自己的生活经验在创作中找到了一种真正符合农民话语表述方式的语言，赵树理本人也因此赢得了"语言大师"的美誉。遗憾的是，文学从来不愿单单作为语言的试验场，随着革命史诗越来越走红，经过提炼的农民口语受到了抑

---

① 许志英、丁帆主编：《中国新时期小说主潮》（上卷），人民文学出版社2002年版，第83页。
② 高玉：《现代汉语与中国现代文学》，中国社会科学出版社2003年版，第83页。

制,而革命领导人抽象说理的语言则大量充斥在作品之中。例如《创业史》第十六章写梁生宝到区公所向王、杨二书记汇报工作,三人的谈话足足占了十六页的篇幅,给人的印象却是,"通过这样生硬的处理方式塑造的'杨书记'、'王书记'们的形象,既单调又苍白,只能是概念化、公式化的政治图解符号"①。这样的结果或许并不是作家所愿,而到"文革"文学中"高大全"这样完美人物的出现,其人物语言的概念化和理念化程度更是可想而知。所幸的是,赵树理式的喜闻乐见的农民语言还是经过民间的努力曲折地保留下来了。如样板戏《智取威虎山》中人物的语言,借用了一些江湖黑话,反而获得了令人意想不到的效果。或许这正是该戏能在众多的样板戏中给人留下深刻记忆的原因之一。

而到了新时期的寻根文学,则以另一种重新检讨五四文学的面目突显民族文化的重要性,作品的叙述语言自然也得到了前所未有的重视。"寻根"的概念由阿城、郑义、韩少功、李杭育等作家提出,但语言的实验却由贾平凹、莫言、李锐等人完成。贾平凹作品中叙述语言的鬼魅气息,莫言小说中铺张语言的感官刺激性,李锐笔下人物语言的个人特征,都清晰地显现出作家们寻求语言突围的自觉努力。这里要重点提到的是李锐,或许他是今天最具文体创新意识的作家了。他的小说《无风之树》《万里无云》《银城故事》中,对人物语言的探讨成为他主要着力的地方之一;而他对网络时代的方言的近乎保守的执拗偏爱和对全球化的警觉,更是把对语言民族性的关注摆放到了一个最为突出的位置。

因此,简单地强调新时期以前的中国当代文学是否中断了五四新文化传统,已经没有太多的意义。我们看到的情形是,即便在最困难的时期,文学依然在找寻着自己的发展轨迹,并以小草破土般的坚韧实践着自己的理想。1980年代中期,先锋派作家的集体登场同样值得关注。他们对传统小说讲故事的有意回避以及对叙述语言的实验、把玩,并不是仅仅用受到西方的刺激与启示就

---

① 赵学勇、李明:《左翼文学精神与20世纪中国文学的现代化论纲》(下),载《兰州大学学报》(社会科学版)2003年第2期。

可以说得清楚的。在一片"寻根"的口号声中,先锋派作家借助出人意料的想象和建立在经验世界之外的陌生化意象,在创作上与寻根文学呈双峰并立之势,难道在内在与传统的"奇崛""精警"没有任何关联?难道他们对刚刚过去不久的那些"激情岁月"没有某种背离的冲动?而新写实文学对日常生活的关注,则把一些原本不值一提的鸡零狗碎的小事推至文学的前台,让以前一直作为文学中心的英雄人物退居次席甚至彻底消失,更是与1950年代文学有着剪不断、理还乱的关系。他们以无声拒绝呐喊,以平庸消解激情,以陈谷子烂芝麻对抗英雄人物与宏大叙事,不能不说是文学的又一次主动出击,因为在这种表面的冷静与平庸的背后,我们依然能够看到一种涌动的激情,像岩浆一样左右奔突、蓄势待发。除此之外,现实主义冲击波对底层的关注,民间诗人对诗歌中心话语的不屑与反对,反腐小说对社会丑恶现象的揭露与鞭挞,新历史主义对世界言说的愿望与冲动……无不折射出20世纪末文学介入社会的某种企图。即便是力求原生态的私人化写作,充满挑逗与诱惑的身体写作、欲望化写作,纯粹以金钱为价值核心的商业化写作,可以说在作家的多元选择背后,也仍然折射出历史斑斓的影子,在鲜活的历史与纷繁的现实之间架起了一座并非虚幻的桥梁。

这里应该重点提到的还有张炜、张承志所坚持的理想主义,以及1993年由一批具有文化焦虑意识的知识分子所发起的"人文精神"大讨论。经过1980年代末的政治风波和1990年代初的从计划经济向市场经济的转变,中国社会发生了深刻的变化,不仅实用主义一度甚嚣尘上,更有人断言经历了这些事件后,"中国的理想主义已经彻底终结"。在这样的背景下,张炜连续推出了《古船》《柏慧》《家族》等小说,以他一贯的决绝和忧愤对日益强化的商业化现实给予了批判。进入新世纪,张炜又先后发表《外省书》《你在高原》等小说,依然坚守着自己的写作立场,与世俗的社会进行着明知不可而为之的坚韧对抗。张承志从《黑骏马》《北方的河》等小说开始,就显现出对浪漫主义的积极追求。在这些小说中,他不仅把内心涌动的情感发挥到了极致,更以一种特立独行的骑士姿态表现出对青春的追恋与张扬。进入1990年代,张承志逐渐回归哲合忍耶，接连写出了《金牧场》《心灵史》等扛鼎之作，不仅从人子与养母的角度定位自己与脚下草原的关系，并以参与者的身份记录了一个民族在数百年间遭受的痛苦和灾难。这一时期张承志笔下的激情有所退却，但经过沉淀之后的情感显得更加浑厚。张炜、张承志都有过知青生活经历，激情曾经支持了他们一代人的信仰，在他们表面的血性情感消融之后，我们看到他们的内心深处实际上涌动着更加澎湃的血液，无论是张炜对世俗社会执拗的忧愤，还是张承志回归宗教的彻底，都离不开那种支撑了他们多年的激越情感。中国人的情感表现方式经过了1950—1960年代的真诚热情、"文革"的狂热激情、1980年代的欣喜真情，随着1990年代最后一批理想主义者的情感内敛，逐渐走向沉稳，但我们不能因此说曾经激励了数代人的情感取向就此终结了。

几乎是市场经济在中国确立的同时，上海一批年轻的学者发起了影响全国的"人文精神"大讨论。这次讨论最初是从几个年轻学人的一次谈话开始的，谈话的记录以《旷野上的废墟》为标题发表出来后，很快引起了众多知识分子的参与，其涉及问题之广、发言立场之多，实为讨论的发起者们料想不及。时至今日，再去追问这样的讨论所能达到的程度已经意义不大，但这次大讨论在特定的时间展开，并在短短的时间内波及全国，吸引了众多人的参与，的确值得我们思考。中国文学从1950年代开始对现实表现出超乎寻常的关注后，经过了"文革"和新时期不同的发展阶段，到1990年代多元化的格局已经逐步形成。这一时期"人文精神"大讨论的出现，再一次让人们看到了知识分子对现实所表现出的巨大热情。他们的参与既是过去大规模集体运动在某种程度上的现时反映，更与中国作家从1950年代开始所形成的传统有关。明白了这一点，理解这次讨论为何首先从文学界展开就不再困难。

对于今天的研究者来说，倘若能够站在历史的高度，以冷静、客观的科学态度去看待当代文学传统，那么，1950年代文学中心转移之后中国文学所走过的道路就会比较清晰地展现在我们面前。我们没有必要回避现实政治对文学的影响，但更愿意强调文学发展自身所遵循的规律。在我们看来，一种文化之所以能穿越历史的长河而绵延不绝，不仅仅全是参与者精心呵护的结果，相反，某种意义上的"断裂"或许更能促使它在内部完成调整,获得新的发展动力和长久的生命力。进入新世纪,中国当代文学表现出更多新的特点,也有更多的文化现象值得我们去关注、去研究。但无论是文学环境的全球化,还是文学自身的本土化,理论层面的问题最终都不可能超越作家的努力。而当代中国文学在新时代的发展和繁盛,更重要的因素还在于当代中国作家对历史、对时代的真诚热情的拥抱,对民众创造历史的关怀,对人类进步文明的瞩望,这样,处于百年不遇之巨变世界格局中的当代中国文学才有可能与时代同步,与人类文明共存。

第九章 延安文艺经验与当代文学实践

延安文艺不仅在当时产生了极为广泛的政治文化影响，更值得关注的是，它在新中国成立后很快就转化为国家的文学，即一种整体性的塑造国家形象的文学，并规范着以后中国文学的基本走向。因此可以说，要深入探究1949—1976年文学（当然也包括新时期以来的许多文学现象）的形成、发展及特点，就必须追寻延安文艺的形成、发展及特点，否则，我们就会对当代文学的发展状态及趋向缺乏深入的理解，也就不可能真正把握当代文学进程的内在规律。正因为这样，探究延安文艺的形成及特点也就自然成为中国现当代文学研究领域不可或缺的探源性工作。

以整体性的眼光来看延安文艺的发展，它在新文学发展中起着承前启后的重大作用。新中国的文艺理论体系的建构、文学创作的规范都是以毛泽东《讲话》作为根本方向的，延安文艺在实践过程中所积累的基本经验成为当代文学的制度和规范。也就是说，中国当代文学在运行和发展过程中，它的精神资源主要来自延安文艺传统。特别是从中华人民共和国建立一直到70年代末的三十年间的文学体制、文学制度、文学生产方式、文学的传播与接受等，都受到了延安文艺传统的规范和影响。创作方面，这一时期出现了大量的以革命历史题材讲述中国革命的长篇小说，如《红日》《红岩》《红旗谱》《青春之歌》《保卫延安》《铁道游击队》《林海雪原》以及《创业史》等，实际上都是延安文艺工农兵方向的当代实践。特别是"文革"时期的样板戏模式，也不失为延安文艺经验在特定历史时代的衍变。

第一节

延安文艺话语的当代延展

1949年新中国的成立，标志着中国社会巨大的历史转折，革命政权保证了社会主义制度与文化实践的可行性。与社会变迁相应的，文学格局也发生了翻天覆地的变化。从1920年代中期以后开始形成和发展的无产阶级革命文学（左翼文学）原本是中国新文学的一种文学潮流和文学派别，只在局部的有限的区域得到发展，1949年以后一变而为国家意识形态的重要组成部分，成为占支配地位的文学主潮和对整个社会生活与民族精神都发生重要影响的主流文化形态。这种高度政治化、体制化的文学形态被命名为"中国当代文学"（简称"当代文学"），用来指称1949年10月1日新中国成立以来的文学。

当代文学意味着一定时间（1949年以来）、一定历史语境（社会主义制度下的中国大陆）、一种文学形态和文学规范（文学发展的方向、路线，文学创作、出版、阅读、传播、批评的规则等）。一般认为，20世纪30年代末至40年代在以延安为中心的陕甘宁边区发生的延安文艺是当代文学的直接源头。准确地说，当代文学前三十年的文学形态和文学规范的生成是从1942年毛泽东《讲话》发表开始的。《讲话》标志着中国政治史、中国文化史、中国文学史都将揭开新的一页：文艺与政治的关系在抗日民主根据地这个新的现实条件下发生剧烈的尖锐的变化，文艺运动和艺术教育必须和新民主主义政权、人民军队、工农大众密切而且直接地联系起来，这就是文艺为工农兵服务、文艺从属于政治的基本方针。文艺工农兵方向的确立不仅使延安文艺作为一种文艺现象、运动和思潮定型化、定性化、定向化，而且规定了当代文学的发展方向和性质内容。

新中国成立后，延安文艺的文学经验由局部的文学形态推广到全局而成为大陆唯一的文学事实。在文学观念、指导方针、题材与主题、风格与形式、理论批评等方面形成框架并基本定型的延安范式深刻影响了十七年文学乃至"文革"文学的实践，决定了当代文学前三十年的话语系统。此外，在中国共产党和新型人民政权直接领导和推动下的延安文艺为社会主义文艺体制的建构积累了丰富的经验。延安成功地建立起对作家和创作活动的强有力的领导体制，延安文艺座谈会召开之前，中国共产党已通过种种措施强化了对党校、党报、广播、出版的严格管理，党、政府、文艺团体之间已初步形成了新中国成立后延续至今的运作与管理模式。延安整风运动以党领导下的群众运动模式确立了毛泽东思想的绝对权威，在反右和"文革"中这一模式被反复运用，塑造了中国共产党特殊的政治文化形态，是整肃知识分子的各种运动之滥觞。文艺界在延安整风运动中成为中心，毛泽东《讲话》使文艺界意识形态认同达到空前的统一。整风期间，王实味因杂文《政治家·艺术家》《野百合花》和在中央研究院的墙报《矢与的》上发表暴露延安阴暗面的言论而被树为思想斗争的对立面，受到批斗并最终被打成托派和奸细，1947年在战争环境中被错误处决。这一冤案造成了把思想问题上升到政治问题、把文艺批评转化为政治批判的先例，是新中国成立后历次文学批判与政治运动的预演。可以说，《讲话》指导下的延安文艺已基本确立了当代文学的制度形态和组织生产方式，文学的体制化过程在延安及革命根据地已经开始，延安文艺构成当代文学的直接源头毋庸置疑；但后者对于前者并不是简单的时间上的延续，而是一个对延安遗产不断拓展且转换的过程，因此，这两者之间必然会产生差异和矛盾。

延安文艺座谈会以后，中国共产党领导下的左翼文学阵营开始在国统区宣传贯彻延安文艺政策和毛泽东的《讲话》精神。延安文艺座谈会和《讲话》的主要内容在1943年通过《新华日报》传到重庆，此外，还开展了多种形式的座谈会、讨论会、谈心会、学习会传达《讲话》精神。但是考虑到借助民主力量在第二战线讨伐国民党政权的政治需要，大后方文化界的整风只限于文委及《新华日报》社两部门，而没有扩大到党外文化人。不过，《讲话》精神还是被国统区进步文艺界了解并逐渐成为开展文艺工作的指导方针，《讲话》的概念、词语也成为左翼作家、批评家开展文学批评与论争的理论工具，从而为当代文学的一体化打好了思想理论基础。

抗战胜利后，虽然文坛的多样化格局没有发生根本性的改变，但文学发展的环境已不同于抗战时期，政治军事形势的变化孕育着文学的转折。早在抗战艰难相持、国民党又一次掀起反共声浪的1940年，毛泽东就在《新民主主义论》中高瞻远瞩地对中国向何处去的问题做出了明确的理论阐释，全面论述了将要建设的新中国的新民主主义政治、经济和文化的内涵及方针。毛泽东创造性地把"五四"以后的新文化运动纳入无产阶级领导的人民大众的反帝反封建的新民主主义文化的范畴，把鲁迅称为中国共产党领导的文化新军的旗手、主将。毛泽东对文化战线的高度评价是为即将取得政权的中国共产党在政治、经济、文化等全部社会生活领域确立领导权提供历史的合理性、合法性说明，这种文化整合与中国共产党在文化上的积极进取政策及巨大成就是相辅相成的。1940年代后期，随着人民解放军在战场上转守为攻，延安文艺的组织者和领导者一方面着手树立自己的榜样，另一方面则开始厘清和批判各种异己的文学力量，为将要到来的当代文学确立规范和秩序。

1946年，延安文艺界开始大规模宣传和评论赵树理。先有周扬《论赵树理的创作》，随后身处国统区的郭沫若、茅盾也都撰文称赞。1947年，晋冀鲁豫边区文联召开座谈会，确立"赵树理方向"，认为这是实践毛泽东文艺思想的具体方向，由此赵树理及其作品成为延安文艺的代表或经典。这是《讲话》之后延安文学宣布自己的文学实绩并规范未来文学方向的一次行动。陈荒煤在《向赵树理方向迈进》一文中这样阐释了"赵树理方向"：第一，作品有很强的政治性，阶级立场鲜明；第二，创造了生动活泼、为广大群众所欢迎的民族新形式；第三，具有高度的革命功利主义精神。这正是当代文学的性质。①然而由于赵树理的问题小说并不能承担共和国文学的首要任务——通过阶级对立塑造英雄人物、建构国家与现实秩序合法性的宏大历史叙事，"赵树理方向"在1949年以后就很少被提及。

对异己力量的批判主要通过中国共产党领导或影响下的进步刊物有计划地进行，其中震动香港与国统区文坛、影响深远的是1948年3月1日在香港出版的杂志《大众文艺丛刊》。这是一个以发表文艺理论为主、体现中国共产党（集体）意志的刊物，主要撰稿人邵荃麟、冯乃超、胡绳、林默涵、乔木、夏衍、郭沫若、茅盾、丁玲等都是当时及1949年以后中国共产党主管文艺工作的重要领导人或作为主要依靠对象的文坛领袖。《大众文艺丛刊》的创办是党在历史转折时刻强化对文艺及知识分子领导的一个重要举措，其主要职责是通过文艺批评（批判）的形式，开展左翼文艺活动。发表在第1辑《文艺的新方向》上的由邵荃麟执笔的《对于当前文艺运动的意见——检讨、批判和今后的方向》，是刊物的纲领性文件，它的副题概括了这一时期党的文化工作的要点。一是检讨。对大后方的文艺运动做出总体评价，并对松懈了领导思想前进的责任的文艺界现状提出自我批评：

> 这十年来我们的文艺运动是处在一种右倾状态中。形成这右倾状态的，是由于长期抗日文艺统一战线运动中，我们忽略了对于两条路线斗争的坚持，在克服"关门主义"的倾向时，却也不自觉地削弱了我们自己的阶级立场，甚至这种观念在许多人的头脑中久已模糊了。因此，我们的文艺运动中就缺乏一个以工农阶级意识为领导的强旺思想主流，缺乏这种思想的组织力量，使我们不能形成一支像曾经走在鲁迅先生大旗下那样强壮的队伍。

> 我们以为今天文艺思想上的混乱状态，主要即是由于个人主义意

---

① 参见荒煤：《向赵树理方向迈进》，载《人民日报》1947年8月10日。

识和思想代替了群众的意识和集体主义的思想。①

二是批判。对个人主义文艺思想（其根源是小资产阶级思想）多种倾向的批判，矛头所向主要是自由主义文学（胡风文艺思想、通俗文学也在打击揭露之列），而广泛的中间阶层作家是团结的对象。沈从文、萧乾、朱光潜、梁实秋等自由主义作家被冠以各种贬义的指称点名批评。三是今后的方向，即《讲话》规定的文艺新方向。总括起来，《大众文艺丛刊》的主旨在于强调党对文艺的领导——文艺的阶级性与党派性（党性原则）。刊物对当前文艺运动的不少意见成了1949年7月第一次全国文代会前后制定共和国文艺发展方针政策的重要参考依据之一。

《大众文艺丛刊》以权威性的革命话语方式对作家进行类型划分，在当时产生了强烈反响，尤其是对胡风文艺思想的"正面展开讨论"和对朱光潜、沈从文、萧乾等自由主义作家"毫不容情地举行大反攻"，实质上已构成1940年代末中国文坛上两大重要的文学事件。如果说对胡风文艺思想的批判还是站在统一战线立场上进行的，属于进步文艺界内部争夺革命话语解释权的矛盾冲突，那么对朱光潜等自由主义作家的批判则完全是在两条路线斗争的立场上进行的，是中国共产党夺取政权之前在文化战线上的最后一战。1948年初的《人民日报》发表的出版条例中已经明文规定出版界要反对自由主义，党的领导人讲话中也指出党报不能办成自由主义报纸。《大众文艺丛刊》对自由主义作家发起批判，香港的《小说》月刊、《华商报》与内地的《文汇报》《文萃》等报刊也发表了类似的批判文章。

对自由主义作家的批判无疑与他们坚持的文艺立场和思想理论有关，抗战后的一段时间里自由主义作家一度表现活跃，办报办杂志，宣传疏离政治、超功利性的文学独立价值和创作自由的信念。作为贯穿西方资本主义社会几百年的一种占主导地位的社会文化思潮，自由主义和其他资产阶级思想始终被左翼

---

① 本刊同人、荃麟执笔：《对于当前文艺运动的意见——检讨、批判和今后的方向》，载《大众文艺丛刊》1948年第1期。

文学或无产阶级革命文学树为当然的对立面，因此自由主义作家在中国行将进入一个崭新时代的1948年前后被选择为"反动"作家，受到左翼文艺界的清算是必然的。他们的被贬黜不仅使追求个性、追求自由的自由主义文学失去了参与新的人民的文学艺术的合法权利和生存空间，而且使权力话语在整个文学领域得到广泛的传播，事半功倍地为文坛新秩序的建立扫清了障碍。此外，中国共产党领导和影响下的其他刊物如《小说》月刊、《文艺生活》等对1940年代国统区最有影响的作家作品进行了有计划的批判，其中包括钱锺书、沈从文、路翎、李广田、骆宾基、中国新诗派作家等。对国统区著名作家作品的这种批判性的再评价与对同时期解放区作家作品的肯定性评论相互映照，旨在为不久即来的作家阵营的划分与文学史的评价做准备。

1949年7月2日至19日，第一次文代会在北平召开，周恩来做政治报告，郭沫若做题为《为建设新中国的人民文艺而奋斗》的总报告，茅盾做题为《在反动派压迫下斗争和发展的革命文艺》的关于国统区革命文艺运动的报告，周扬做题为《新的人民的文艺》的关于解放区文艺运动的报告。这几个主要报告集中反映了这次大会的主旨精神，即重申和强调毛泽东《讲话》中所规定的党对文艺工作的领导和文艺的工农兵方向。大会产生了新的全国性的文艺界组织——中华全国文学艺术界联合会，选举郭沫若为主席，茅盾、周扬为副主席。会后紧接着成立了全国文联下属的各个协会，如中华全国文学工作者协会（选举茅盾任主席，丁玲、柯仲平任副主席），中华全国戏剧工作者协会，中华全国电影艺术工作者协会，等等。大会最后做出决议，把毛泽东提出的文艺为人民服务并首先为工农兵服务的方向，作为发展新中国的人民文艺的基本方针，号召中国文学艺术工作者以最大努力来贯彻执行。这样，《讲话》被确立为指导新中国文艺工作的总方针，其基本精神在历次文代会决议中都得到明确的体现，延安文艺的基本模式在政权保障下成为新中国文学唯一的发展模式，文联、作协等机构设置实现了党对整个文艺界坚强有力的领导，当代文学崭新的一页由此揭开。

20世纪50—70年代，文学发展的特点是作为社会主义建设整体的一部分被纳入体制化轨道，多元共生的文学追求从此统一于一种权力话语，鲜明的政治化文学主潮压倒不同声音成为唯一合法的存在，按照毛泽东的说法就是有了"统一意志"①，从而使这一时期的文学总体呈现整齐划一、单调贫瘠的面貌。确切地说，这一时期的文学思潮并非真正意义上的文学思潮，它是在权力体制保障下形成和发展的，不存在异类思想的平等交锋与互补关系，而紧紧呼应着政治的风云变幻，更适宜于用文艺运动史来反映。政治化文学主潮把文学活动的各个环节即作家、作品、读者、社会生活都组织在庞大的社会主义计划体制中，使文学沿着毛泽东制定的文艺路线演进。共和国广义上的文学组织包括党政系统的文艺领导部门和全国文联、全国文协（在1953年第二次文代会上改组为中国作家协会）及地方文联、地方文协（作协）。对它们的职能和相互关系，周扬在党的第二次全国宣传工作会议上做了如下描述：

> 党通过政府领导全国文艺生活，党从思想上、政策上、方针上给予政府文化部门工作的监督和指示，文联是文艺生产的合作社，任务就是组织自己干部搞创作和学习，党则通过这个文艺团体进行文艺工作。党、政府、文艺团体要共同为发展社会主义，建设社会主义文艺以不辜负党和人民对我们的期望而努力。②

由于所有文学组织无一例外地被纳入党和国家的控制、支配与管理体系，一方面作家（职业作家通常也是国家干部）的生存权利有了基本保障，另一方面消弭了文学流派和社群自由生长的环境，各级作协成为全国唯一的文学组织，它的性质是通过集体领导来推动社会主义文学创作和实行作家自我教育的战斗性的社会团体。文学被要求充当官方意识形态工具，不仅不能自由传播任何非官方意识形态，而且不允许不体现官方意识形态，"脱离政治""形式主义"是受到批评的创作倾向。

---

① 毛泽东：《一九五七年夏季的形势》，见《毛泽东选集》（第5卷），人民出版社1977年版，第456页。
② 周扬：《在中国共产党第二次全国宣传工作会议上的发言》，见《周扬文集》（第2卷），人民文学出版社1985年版，第305页。

新中国成立后，社会各阶层成员对党、政府、国家的权力持基本认同态度，意识形态领域存在一定的协调机制。意识形态化的文学规范通过文艺整风（如1951年秋至1952年秋知识分子的思想改造运动中文艺界对文艺新方向的重新学习，1964年毛泽东第二个批示后文艺界的全面整风）、学习讨论（主要形式是座谈会、报告会、学习班、训练班，如1953年开展的对社会主义现实主义创作方法的讨论，1958年对"两结合"以及历次批判运动中的讨论学习等）、批判运动（从1951年批判《武训传》到1966年"文革"）等相互配合的规训手段深入人心，内化为文学创作与鉴赏评价的唯一标准。这一时期的文学观念空前一致，大多数文学主张和文学理论都是对官方文艺政策的直接呼应或说明性阐释，相关的文学批评也顺应主流意识形态而多从政治出发找寻作品的可肯定或可否定之处，文学创作浸润于官方色彩浓厚的政治心态和政治风尚，形成了以崇高为基调、以幽默和喜剧为变奏、以歌颂为主旋律的文艺新气象。

这个阶段，意识形态化文学主潮的演进有两个交叉并行的运行轨迹：一是以社会主义现实主义的演化为标志，不断推向绝对和纯粹的理论追求；二是"两条路线斗争"理论指导下的"香花/毒草"批评模式和批判运动。

一、社会主义现实主义演化下的理论阐释

新中国成立后的意识形态化的文学主潮继承和坚持了延安文艺传统，源于《讲话》的一套自成体系的理论概念居于至高无上的权威地位，文学创作被迫削足适履，遵循教条、僵硬、机械的原则，在不断追求纯粹化的过程中逐渐丧失了无产阶级革命文学的先锋精神，陷入公式化、概念化的恶性循环。此外，中国无产阶级革命文学作为"世界无产阶级的社会主义的文化革命的一部分"①，处于国际两大阵营意识形态斗争的旋涡中，深受苏联文艺理论、文艺政策的影响，它的思潮发展史与中苏外交史、国际共运史紧密相连，构成错综复杂的互动关系。在半个多世纪的发展过程中，对创作方法的规约构成无产阶

---

① 毛泽东：《新民主主义论》，见《毛泽东选集》（第2卷），人民出版社1991年版，第698页。

级革命文学理论体系的核心,许多文艺论争都围绕这一理论本身存在的矛盾而展开。

1930年代初,苏联提出了社会主义现实主义的创作方法,并把它写入《苏联作家协会章程》(1934),使之成为得到官方肯定的唯一正确的权威方法。它的经典定义是:

> 社会主义的现实主义,作为苏联文学与苏联文学批评的基本方法,要求艺术家从现实的革命发展中真实地、历史地和具体地去描写现实。同时艺术描写的真实性和历史具体性必须与用社会主义精神从思想上改造和教育劳动人民的任务结合起来。社会主义的现实主义保证艺术创作有特殊的可能性去表现创造的主动性,选择各种各样的形式、风格和体裁。①

这一创作方法在苏联刚刚提出时就传入中国,周扬是最早的阐释者。1942年,毛泽东在《讲话》中明确表示"我们是主张无产阶级的现实主义的"(《讲话》收入《毛泽东选集》时改为通行的"社会主义的现实主义")。社会主义现实主义创作方法因人民性、政治性原则契合战争文化的要求而融入毛泽东的文艺理论体系,成为文艺新方向的组成部分。1953年,新中国从巩固政权、恢复经济的状态中解脱出来,进入社会主义改造阶段,与苏联保持意识形态一致、全面学习苏联经验是这个阶段的基本国策。在这种形势下,第二次全国文代会正式确认"我们把社会主义现实主义方法作为我们整个文学艺术创作和批评的最高准则"②,要求每个作家都必须严格遵照。从此,社会主义现实主义创作方法作为主流话语的重要组成部分,广泛运用于中国当代文艺的理论与实践,拥有了不容置疑的权威性和合法性。

---

① 《苏联作家协会章程:关于社会主义现实主义》,见北京师范大学文艺理论组编:《文学理论学习参考资料》,高等教育出版社1956年版,第648页。
② 周扬:《为创造更多的优秀的文学艺术作品而奋斗——一九五三年九月二十四日在中国文学艺术工作者第二次代表大会上的报告》,见张炯主编:《中国新文艺大系(1949—1966)·理论史料集》,中国文联出版公司1994年版,第125页。

社会主义现实主义由两个部分组成：社会主义和现实主义。前者决定了它区别于旧现实主义的本质规定性，同时构成自身无法解决的内在矛盾，这些矛盾无论在苏联还是在中国都曾经引发过质疑与挑战，最后只能统一于党性原则。在社会主义现实主义被确立为新中国成立后文学创作与批评的最高准则后，胡风、周扬、冯雪峰、邵荃麟、茅盾、秦兆阳等权威理论家在诠释过程中都曾经触及它的某些矛盾层面，很多人因此得咎。社会主义现实主义的根本矛盾源于现实主义创作方法所要求的艺术性与社会主义意识形态所要求的政治性之间的矛盾，具体表现为以下各个层面的矛盾：创作方法与世界观，真实性与历史具体性（革命倾向性），人民性与党性，现实主义与浪漫主义（革命浪漫主义是社会主义现实主义的组成部分），典型创造中的共性（本质）与个性，等等。韦勒克分析社会主义现实主义的理论矛盾是：

> 在描写和指示之间、真实和教诲之间有一种张力，这种张力逻辑上不能解除，……作家应该按社会现在的状态描写它，但他又必须按照它应该有或将要有的状态来描写它。①

这种理论矛盾成为社会主义现实主义的特征，它的合法性依赖于政权的保障，所有理论矛盾最后都无可争议地要服从党性原则的绝对权威，文学为政治服务的最高原则压倒艺术性原则从而消解任何矛盾。这正是新中国成立后文学上公式主义、教条主义绵绵不绝的根源，文学创作与批评中的一系列清规戒律如无冲突论、一片光明论、重大题材论、创造英雄人物论等皆源于此。

1958年，中苏关系出现裂痕，中共八届二中全会通过"鼓足干劲，力争上游，多快好省地建设社会主义"的总路线，提出"超英赶美"和新的"二五"计划等不切实际的要求，全民动员的"大跃进"运动开始。为适应和配合"大跃进"形势，"建设共产主义的文艺"，毛泽东提出革命现实主义和革命浪漫主义相结合（简称"两结合"）的创作方法取代已有二十多年历史的社会主

---

① 韦勒克著，刘象愚选编：《文学思潮和文学运动的概念》，中国社会科学出版社1989年版，第236页。

现实主义。这一倡导立刻引起高度重视，八大会议后文联召开主席团扩大会议，提出在这个"大跃进"形势下建设共产主义文学艺术的新任务和响应"两结合"的口号，"两结合"被认为是最有利于共产主义文学艺术实践的创作方法：

> 革命的现实主义和革命的浪漫主义相结合的方法，要求真实地反映出不断革命的现实发展，并且充分表现出崇高壮美的共产主义理想；要求文艺创作者创作出最真实的同时又是具有最高理想的文艺，忠于现实而又比现实更高的文艺。只有这种文艺能够完满地反映出跃进再跃进的现实，鼓舞人们向更新更美的目标前进。①

于是座谈会、报刊、讨论纷纷展开对"两结合"的学习和阐释。

由于现实主义已在以往的马克思主义文艺理论中获得正统地位，从社会主义现实主义中抽离出来的革命浪漫主义就成为"两结合"口号中需要重点阐释的新概念。周扬的《新民歌开拓了诗歌的新道路》、邵荃麟的《门外谈诗》、贺敬之的《漫谈诗的革命浪漫主义》等响应文章都着重指出革命浪漫主义的内涵、历史渊源和重要意义，其中并没有多少超越社会主义现实主义理论的新意。此间，对革命浪漫主义的话语表述集中于以下概念：共产主义精神和理想、革命乐观主义和革命英雄主义（基本要求）；豪迈的语言、雄壮的调子、鲜明的色彩（风格表现）；夸张、想象和幻想（具体手法）。1960年1月，《文艺报》社论指出"两结合"是社会主义现实主义的新发展，同年7月召开的第三次文代会把"两结合"确立为"完全新的艺术方法""最好的创作方法"，从此"两结合"代替社会主义现实主义成为中国本土自创的唯一合法的创作方法，直至"文革"结束，现实主义呼声再起才不再流行。可以说，"两结合"的意义更多的在于显示毛泽东文艺思想的独创性和调整中苏权力关系的意图，与之相关的建设共产主义的文学艺术这一新任务则表现出毛泽东的政治激情和文化革命理想。"大跃进"文艺的特点是更强调文艺为中心工作服务的义务和

---

① 《掀起文艺创作的高潮！建设共产主义的文艺！》，载《文艺报》1958年第19期。

责任（演中心、画中心、唱中心），强调文艺创作搞群众运动，通过发动工农兵起来掌握文化的群众文艺运动造就无产阶级文艺大军的主力。倡导打破专家与业余界线的工农兵群众文艺创作，明确提出集体创作与"领导出思想，群众出生活，作家出技巧"的"三结合"的创作方法，鼓励"破除迷信、解放思想""厚今薄古""翻天覆地"的大改革，更加突出革命浪漫主义。这一切在《讲话》后的延安文艺运动高潮中早已有过先锋实验和成功范例，其实也是对延安文艺精神的延展与转换。在"大跃进"受挫后的1960年代初期的政治、经济、文化全面调整中，这一激进文艺路线得到修正，但它导致的浮夸风使本来已经薄弱的现实主义精神进一步萎缩，从意识形态需要出发粉饰现实成为理直气壮的教义，而蔑视传统、拒斥外来文化的封闭式的"大革新""大解放"所产生的"大跃进"民歌这样的"两结合"范本，标志着"文革"时期更趋极端的文化实验的来临。

作为文学创作和批评的最高准则，从社会主义现实主义到"两结合"的创作方法是新中国成立后政治化文学主潮的核心内容，不仅构成了十七年文学的基本框架，其畸形发展还演变为"文革"文学的一系列教条如"三突出""根本任务论""主题先行""重大题材决定重大意义"等等。然而，在社会主义现实主义不断走向极端和绝对、不断僵化凝固的过程中，始终有一股微弱而又绵绵不绝的制衡力量在发挥作用。1953年第二次文代会和1956年作协第二次理事扩大会议都集中力量批评过公式化、概念化的错误倾向。此外，有不少在社会主义现实主义理论框架内、与各个时期主流思想的阐释没有完全重合而呈现出异端色彩的理论探索，影响比较大的有三次。第一次是1953—1955年，再次受到批判的胡风文艺思想。第二次是1956—1957年，"双百"方针提出与反右运动开始之间短暂的"早春天气"下出现的一批理论主张和创作潮流，如秦兆阳提出并受到刘绍棠、从维熙等人支持的"现实主义广阔的道路"论，刘宾雁、王蒙、宗璞等人掀起的"干预生活"的创作潮流，巴人、钱谷融、王淑明为"人性""人情"正名的人道主义思想。第三次是1961—1962年，在"调整、巩固、充实、提高"八字方针指导下（"调整"时期）周扬等人的理论反思，如张光年《题材问题》中对"题材决定论"的批判，周扬以"为最广大的人民群众服务"代替"为工农兵服务"对《讲话》进行的修正，邵荃麟提出的"写中间人物"论、"现实主义深化"论等。这些理论探索和创作主张试图在社会主义现实主义的政治性与艺术性之间求得某种平衡，在强调革命倾向性的同时保持现实主义的艺术生命。遗憾的是，在全球冷战、中苏关系风云变幻、国家政权承受多重压力的形势下，社会主义现实主义的政治层面必然是权力关注的焦点，意识形态统一性是党派文艺压倒一切的根本要求。对阶级斗争的警惕性提高了政治嗅觉，文艺界当权派往往在最符合无产阶级正统思想的表述中发现"反党反社会主义"的倾向，因此以上这些系统内自我调整的理论探索都以受批判告终。其中一个有趣的现象是，同一理论或概念常常被改头换面甚至原封不动地再次提出，而后一位提出者实际上是在重申他曾经参与批判过的思想观点。胡风文艺思想在周扬、邵荃麟、何其芳那里发出回响是一个例子，这表明理论教条化的过程存在着日益强烈的突破趋势。

二、"两条路线斗争"理论指导下的"香花/毒草"批评模式

文学批评是文学活动中必不可少的一个环节，文学的创造、传播和接受，文学流派与思潮的形成，文学理论的发展，都离不开批评的建构作用。新中国成立后的文学批评是体制化文学活动的一种规范手段，借鉴苏联批评实践形成的"香花/毒草"批评模式是开展文艺斗争的重要方法，也是党领导文艺工作的重要方法。"香花/毒草"批评模式是按照政治标准把文学区分为"香花"和"毒草"两种对立性质的文学，即社会主义文学和反社会主义文学，并对它们分别采取歌颂肯定与批判否定的态度。按照"香花""毒草"二分法，无产阶级文学运动的历史被总结为文艺战线两条路线（两条道路）的斗争。这种非此即彼的二元判断是阶级斗争学说在文艺领域的创造性运用，是马克思主义意识形态话语在文学批评方面的中国化表现。它在社会主义社会的使用价值来自继续革命理论的支持，即在社会主义改造基本完成、社会主义制度已经基本建立的情况下，阶级斗争仍将长期存在。1957年，毛泽东在《关于正确处理人民

内部矛盾的问题》等文中提出和阐明"香花""毒草"说，并具体地提出辨别"香花"和"毒草"的六条政治标准：

> （一）有利于团结全国各族人民，而不是分裂人民；（二）有利于社会主义改造和社会主义建设，而不是不利于社会主义改造和社会主义建设；（三）有利于巩固人民民主专政，而不是破坏或者削弱这个专政；（四）有利于巩固民主集中制，而不是破坏或者削弱这个制度；（五）有利于巩固共产党的领导，而不是摆脱或者削弱这种领导；（六）有利于社会主义的国际团结和全世界爱好和平人民的国际团结，而不是有损于这些团结。这六条标准中，最重要的是社会主义道路和党的领导两条。①

从此，六条标准就成为文艺批评和文艺斗争的方针和武器，"反党反社会主义"也就成为对创作和作家批判的先决条件。

"两条路线斗争"理论指导下的"香花/毒草"批评模式必然导致文艺批评的政治化、阶级斗争化，浓烈的火药味是其风格化特征。这种批评的理论背景和价值取向制约和影响着文学创造的发展趋势，导致作品的价值构成单向化。所谓思想性即社会主义意识形态层面被绝对化，而艺术性即作品的美学属性和美学构成被忽略乃至取消。这种批评也极大地限制了作家的创作自由，创作与政治立场直接挂钩，决定作家的政治生命和写作权利，不能不使作家提心吊胆、如履薄冰。这种简单粗暴的评价标准还会误导读者的期待视野和接受动机，培养出一代善于捕风捉影、穿凿附会、响应权威的畸形读者，使之成为自觉维护文学规范的基础力量。

"香花/毒草"批评模式的运作方式是它的特点之一，即文学批评的正常秩序往往演变为由当权者发动的政治性批判运动。频繁的批判运动构成新中国成立后文学发展的鲜明脉络，思想斗争的漫天风雪掩盖并加剧了文学创造的单一和贫瘠。这一时期，全国范围的文艺批判主要有：1963年，对孟超改编的昆曲

---

① 毛泽东：《关于正确处理人民内部矛盾的问题》，载《人民日报》1957年6月19日。

《李慧娘》和廖沫沙的评论《有鬼无害论》的批判，对周谷城"时代精神汇合论"的批判；1964年，对邵荃麟在大连会议上提到的"写中间人物""现实主义深化"等观点的批判。此外，点名批判了一大批电影作品，如《早春二月》《林家铺子》《北国江南》《舞台姐妹》《兵临城下》等。这些批判不同于以往的特点是有明显的帮派针对性，攻击重点集中在"文革"准备打倒的对象（如"四条汉子""三家村"等）上，批判更加随心所欲、捕风捉影，阶级斗争理论成为战无不胜的最简便、最有效的法宝。就这样，新中国成立以来"两条路线斗争"理论指导下的文艺批判愈演愈烈，最终导向被称为十年浩劫的"无产阶级文化大革命"。

第二节

延安文艺影响下的当代书写潮流

从20世纪中国文学发展流变的大背景上看,50—60年代的文学书写,表现出一些时代特征。

一、政治功利性

五四文学和左翼文学也注重文学的政治功利性,但只有在1942年的延安整风运动和文艺座谈会后,由毛泽东的《讲话》所规定的文艺为工农兵服务、为无产阶级政治服务的方向才成为文学发展的总纲领、总方针。也就是说,只有在党的领导和政权保障下,新文艺的方向问题才可能得到真正的解决,并实现为一种广泛的运动,这是20世纪50—60年代文艺工作者始终坚持的目标。毛泽东在《讲话》中明确肯定无产阶级的革命的功利主义,并对它做了切合实际的具体阐释:"使文艺很好地成为整个革命机器的一个组成部分,作为团结人民、教育人民、打击敌人、消灭敌人的有力的武器"[①]。在社会主义革命和社会主义建设的时代,这种政治功利性要求文艺用社会主义的思想感情去教育、改造全体劳动人民,培养他们的共产主义道德品质,鼓舞他们为完成各个时期的政治任务而斗争,同时要与残余的封建主义和帝国主义、资本主义的思想影响做斗争,批判各种抵抗社会主义改造的思想意识。这种政治功利性从马列主

---

① 毛泽东:《在延安文艺座谈会上的讲话》,见《毛泽东选集》(第3卷),人民出版社1991年版,第848页。

义毛泽东思想的哲学基础到具体的政治政策水平，连成人民性、阶级性、政治性、党性四位一体的思想链，把文学的思想表达、题材选择范围牢牢锁定。

20世纪50—60年代的文学，无论小说、戏剧，还是诗歌、散文，都以正确有力地传达权威意识形态为旨归。中国共产党领导中国革命的光荣历史，党在各个历史阶段的大政方针和基本政策，国家政治经济文化领域的一系列运动，都以符合权威意志的阐释，形象地反映在文学的历史镜像中。历史题材必须表现阶级斗争和暴力革命，从自发的农民起义到中国共产党领导的革命斗争都要说明一个原理：阶级斗争是阶级社会历史发展的动力，以此证明中国共产党和国家政权的正义性、合理性、合法性；现实题材则立足于歌颂，对党的政策的合理性和社会主义优越性大唱赞歌，同时要着力表现生活中新旧力量的矛盾斗争，对人民进行共产主义教育。1960年代提出"千万不要忘记阶级斗争"，现实题材作品也弥漫着敌我矛盾、阶级斗争的硝烟。创造正面的英雄人物、时代的先进人物，是文艺创作最重要最中心的任务，原因在于这种人物可以做人民的榜样（典型示范），作为积极的先进的力量，和一切阻碍社会前进的反动的和落后的事物做斗争。题材选择呈现单向度发展趋势，表现社会领域政治运动、中心事件的题材因为能够更深更广地反映历史发展的必然规律和社会生活的本质（所谓历史真实和时代精神）而备受推崇，个人的日常生活、情感世界则被认为是渺小的、没有意义的而被摈斥于题材选择范围之外，即使把革命斗争放在背景上侧面表现的艺术策略也会招来"不能充分体现历史真实和时代精神"这样的责难。革命斗争事件构成典型环境的唯一内容，代表革命主流的典型环境不仅排斥非主流的典型环境并极力贬低其价值。一方面，政治生活掩盖私人生活，个体的生命体验和生存过程被公共生活的洪流湮没，影响了文学向人本哲学、生命哲学和文化哲学等抽象境界的深化与提升；另一方面，对文学政治功利性的要求不仅轻视文学的艺术性和技巧层面，还对作家的艺术追求加以约束，个性风格和艺术探索只有被合法的审美规范接纳才可能进入文化市场，从而造成十七年文学艺术形态的单一化。

二、一元化美学形态

社会主义文化生产具有标准化、统一化和同质化的特征和强制性的支配力量，使新中国成立后的文艺创作被纳入国民生产轨道，规定且制约着艺术个性和人的精神创造力，并生产出一种同质的社会主体。这个时代，作家身份发生了质的变化，不再作为自由撰稿人表达一种民间立场或个人观点，而具有了官方的特征。从第一次文代会确立文艺为工农兵服务的方向，第二次文代会规定社会主义现实主义创作方法，到1958年提倡革命现实主义和革命浪漫主义相结合，文学创作始终沿着意识形态一元化的轨道前进，这集中表现在文学创作方法问题上的社会主义现实主义（包括"两结合"）一元独尊。社会主义现实主义要求在革命理想主义光照下进行现实主义描写，强调文学的浪漫主义因素、理想主义精神和英雄主义气概，以歌颂新社会、新生活的光明面为主。这种追求切合新中国民族新生、国家振兴的灿烂前景和青春勃发的时代氛围，在引导作家学习马列主义毛泽东思想、树立科学世界观和革命人生观，深入社会生活、参与社会主义实践等方面卓有成效，产生了不少无愧于时代、对民族精神的塑造发挥巨大作用的优秀作品。但这一文学规范在理解和运用时也不可避免地出现重大偏差，一方面，社会主义现实主义创作方法本身存在无法克服的理论局限，过分强调世界观对创作方法的决定作用，在创作中往往导致思想与艺术二元分裂、艺术水准下降的倾斜局面；另一方面，新中国成立后社会主义现实主义成为全社会唯一倡导和推崇的创作方法，否定和排斥其他现实主义形态与非现实主义形态文学的存在，从而限制了对世界各国乃至中国传统艺术经验的借鉴和吸收，最终造成美学形态一元化的现象。

社会主义现实主义导致创作一元化的表现是多方面的，首先是作家艺术个性的淡化。当时的时代精神和文艺政策都把艺术个性视为同普遍的时代艺术要求和群众的审美习惯相矛盾、相对立的东西而不加提倡，社会主义现实主义等文学规范的制约使作家艺术思维定式化并抑制自我艺术个性的发展，艺术探索和追求趋于停滞，各种文体都出现了因模仿流行艺术模式而大量雷同化的倾向。文体之间也存在惊人的一致性，如主题的重复与集中、题材选择的一致与应时乃至修辞方式、艺术手法、语言、风格的统一等。这种一元化美学形态鲜明地表现在所谓英雄典型塑造的方面。从战争题材到农村题材，从小说到诗歌到报告文学，塑造英雄典型是其共同的美学目的，而且这些英雄形象都具有某些相似的特征，如无私无畏、坚定顽强、感情朴素、相貌端正等。与之相关的一个问题是，人物身份及其在阶级对立中的地位与他们的性格——相对，造成一个阶级一种典型、一种身份、一种品格的极端公式化写作套路的出现，这种政治道德化是本时期文学普遍运用的修辞方式。其次，语言的模式化是20世纪50—60年代文学最为明显的时代特征。由于把民族化、大众化的要求理解为通俗化，加上权威的政治文体对文学体式的介入，文学语言成为政治时尚语言和通俗语言的结合，现代文学语言丰富的独白性、隐喻性、写意性等特征难得一见，语言的表意效果变得简明而单调，语言的个性化和创新性逐渐减弱。再次是美学风格上，奔放、雄伟、刚健、热烈的风格受到提倡。1958年，伴随着"两结合"口号的提出，社会主义现实主义的现实主义层面受到革命的浪漫主义层面的冲击和压抑，走向浮夸粉饰的非现实主义道路。"文革"进一步提出一套极左的文艺思想和创作模式，把社会主义现实主义演变成一系列公式和概念，最终扼杀了现实主义的生命，但是这也为新时期以来现实主义深化、不同创作方法和美学形态多元并举积蓄了反弹的力量。

三、民族化追求

新文学是在西方强势话语的压迫下诞生的，从1920年代中期开始，中国文化精英就开始反思西方话语与中国本土文化、本土文学之间无法融合的隔膜与冲突，一些作家也尝试突破西方话语的控制，创造真正的民族文本。在抗战烽火燃烧的1940年，毛泽东构想的人民大众反帝反封建的新民主主义文化是"民族的科学的大众的文化"，它应该具有民族的形式、新民主主义的内容。这是中国新文学民族意识的一种最自觉的理论表述，由此引发民族形式讨论和延安文艺的民族化实验。

新中国成立后，政治上的独立解放诉诸文学，就是要拆解新文学中民族传统与西方话语之间的不平等关系，打破西方话语对新文学的制约和规范，建设一种新型的现代民族文学。这是"五四"以来新文学发展道路的经验总结，是延安文艺传统的继承和发展，也是新中国社会主义意识形态建设的文化策略。新型的现代民族文学的建设只有在突显本土化、张扬民族性及反西方话语的宏大框架中才能完成，在这个意义上，20世纪50—60年代文学追求民族性和自觉反西方性是中国文学走向现代化的又一契机。但由于对民族化的理解有失偏颇，这种民族文学的自觉追求没能达到预期的成就。《讲话》后的延安文艺把民族形式问题的重点落在中国民间传统形式的继承上，在搜集研究、改造利用民间形式尤其是直接介入生活的艺术样式方面成绩显著，如秧歌剧等作品采用群众（农民）熟悉的旧形式反映工农兵群众斗争生活，对群众、军队和干部都产生了最大的政治动员作用。

20世纪50—60年代，文学继续民间形式的创作，同时更加重视从中国古典文学中吸取营养，出现了革命英雄传奇、民歌体新诗、新辞赋体和故事型小说创作等立足于民族形式的文学探索，在语言、体裁、叙事抒情方式、艺术手法和技巧等方面都自觉追求中国气派和中国作风。但过于迷信民族传统也会矫枉过正，比如1958年的新民歌运动和关于中国新诗发展道路的讨论，就把中国新诗的出路限定于民歌加古典的狭窄范围。文学民族化的更高追求是把苏联文学和19世纪现实主义文学资源融入本土文学传统，创造一种宏大历史叙事手法以实现文学的意识形态功能，进而建构国家与现实秩序合法性的新型文学样式，如政治抒情诗、史诗性长篇小说等，使民族化向着塑造英雄典型、以共产主义道德品质教育人民、重铸民族精神的文化深层推进。这些作品以真诚的信念、高昂的理想和纯真的热情激励人民，使文学有效地参与社会历史进程，切实发挥用社会主义精神从思想上改造和教育劳动人民、重铸民族精神的政治作用，造就了一代精神振奋、斗志昂扬、意气风发的国民，在读者接受、社会效应方面取得了骄人成绩。

这一时期，文学按照政治概念划分为三个阶段：社会主义改造阶段

（1949—1956），社会主义建设阶段（1957—1965），"文革"时期（1966年5月—1976年9月）。但是文艺思潮的连续性和文艺运动的发展态势决定了这一时期文学创作的潮流也是一脉相承的，尤其是1962年毛泽东提出"千万不要忘记阶级斗争"之前的文学创作，虽然随着政治运动和政治斗争而一波三折，但发展态势基本是比较平稳的，阶段性特征不太鲜明。20世纪50年代末60年代初出现了新中国成立以来文学发展的第一个高潮，代表性的文本是所谓十部优秀长篇小说，但这些作品的创作多受"双百"方针影响，实际上是跨越前后两个阶段的。而且，十七年时期的创作虽然紧跟政策不断转换题材重心，但创作方法和思想表达都如出一辙，创新之作凤毛麟角。即使"文革"文学也是十七年文学合乎逻辑的发展，在"文革"文学扭曲变形的格局中，十七年文学理论教条粗砺的线条清晰可辨。1962年以后，日益扩大和强化的阶级斗争形势带来了艺术的危机，除了少数艺术样式如歌剧、京剧现代戏繁荣发展，其他体裁的文学创作都出现全面滑坡现象，这种趋势一直延续到"文革"爆发。因此，20世纪50—60年代的文学创作潮流和趋势虽然可以大致按照政治概念进行划分以便梳理和把握，但必须注意各阶段的连贯性、反复性和每一阶段内在的转折与变化。

社会主义改造阶段：新中国成立初是颂歌的时代，三颂——新华颂、英雄颂、劳动（建设）颂是基本主题。郭沫若的《新华颂》、何其芳的《我们最伟大的节日》和胡风的长诗《时间开始了》最先唱出对新中国的歌颂，这是贯穿本时期诗歌创作的政治抒情诗潮流的开端。同时，诗歌的写实风气在滋长，以阮章竞的《漳河水》为代表的一些叙事诗作品把1940年代解放区叙事诗创作的艺术经验带入当代诗坛，在1950年代初形成了短暂的叙事诗创作热潮。1950年代中期，郭小川、贺敬之融合外来影响和中国古典诗歌及民歌形式，完成了楼梯式抒情诗体的中国化，使之成为政治抒情诗的主要艺术形态。以贺敬之的《放声歌唱》、郭小川的《致青年公民》为代表的政治抒情诗创作日益繁荣；来自革命根据地的诗人和新中国成立后进入诗坛的新诗人如李季、阮章竞、张志民、田间、傅仇、邵燕祥、戈壁舟、顾工、雁翼、梁上泉、闻捷、公刘、白桦、李瑛、张永枚、未央等深入生活，创作了一批以各行各业经济建设和社会生活题材为对象、写实倾向极强的抒情诗，这是新中国诗歌的第一个丰收季节。

在当代小说的奠基阶段，贯穿20世纪50—60年代文学的最重要也最有成就的两个题材领域成为热点。一是战争和革命历史题材，有刘白羽的《火光在前》、徐光耀的《平原烈火》、刘知侠的《铁道游击队》、高云览的《小城春秋》、李英儒的《战斗在滹沱河上》、孙犁的《风云初记》、柳青的《铜墙铁壁》、杜鹏程的《保卫延安》和路翎、峻青、王愿坚的短篇小说等代表作品。一是农村题材，主要反映农业合作化运动中新旧思想的矛盾冲突，歌颂农村新貌，前者以赵树理的《三里湾》《登记》和马烽等山西作家的喜剧风格小说为代表，后者以秦兆阳的《农村散记》、康濯的《春种秋收》的牧歌风格为代表，而新进作家李准的《不能走那条路》最早发现了土地改革后农村出现的两极分化问题，提出了"两条路线斗争"的核心主题。

本阶段是通讯、报告文学等纪实性文学的兴盛时期，通讯报告的题材集中于两个领域。一是正在进行的抗美援朝战争，有专业作家的作品集，如魏巍的《谁是最可爱的人》、巴金的《生活在英雄们的中间》、刘白羽的《朝鲜在战火中前进》、杨朔的《鸭绿江南北》等，也有专业和业余作家创作的战地通讯报告的大型选集，如《朝鲜通讯报告选》（一、二、三辑）、《志愿军一日》和《志愿军英雄传》等。二是火热的社会主义经济建设，有《祖国在前进》、《经济建设通讯报告选》、《散文特写选》（1953—1955）、《特写选》（1956）等选集。此外，游记与杂文也有一些收获。

本阶段话剧创作十分活跃。从20世纪50年代初期至中期陡起高潮，独幕剧适应配合政治运动进行宣传教育的需要，空前繁荣。工厂、农村等社会主义建设领域的生活斗争与革命历史、朝鲜战争是两大题材聚集点，前者有杜印等的《在新事物的面前》、夏衍的《考验》、魏连珍的《不是蝉》、崔德志的《刘莲英》、安波的《春风吹到诺敏河》、胡丹沸的《春暖花开》、孙芋的《妇女代表》等，后者有胡可的《战斗里成长》、陈其通的《万水千山》等。老舍的

《龙须沟》代表新中国成立初期话剧创作的最高成就。新中国成立后，歌剧走上专业化、正规化的道路，产生了于村的《王贵与李香香》《刘胡兰》、田川等的《小二黑结婚》、塞克等的《星星之火》、任萍的《草原之歌》等优秀剧目。新中国成立伊始，根据毛泽东"百花齐放，推陈出新"的指示，中央人民政府就发起了戏曲改革运动，挖掘旧戏加以整理改造，取得显著成果，出现京剧《将相和》《三岔口》《白蛇传》、越剧《梁山伯与祝英台》、黄梅戏《天仙配》、豫剧《花木兰》等优秀剧目，其中1956年昆曲《十五贯》的上演轰动京沪。另外，戏曲创作方面出现了表现现代生活的优秀剧目，如评剧《刘巧儿》《血泪仇》、沪剧《罗汉钱》等。

1956年上半年"双百"方针提出之前到1957年春夏之交反右斗争开始，在苏联影响、中国文学界倡导和"双百"方针的鼓励下，一股"干预生活"的创作潮流兴起。引领潮头的是特写和小说，如刘宾雁的《在桥梁工地上》、耿简（柳溪）的《爬在旗杆上的人》、白危的《被围困的农庄主席》、王蒙的《组织部新来的青年人》、刘绍棠的《田野落霞》、丰村的《美丽》、邓友梅的《在悬崖上》、宗璞的《红豆》等，内容包括揭露生活矛盾和表现人情、人性两个方面。潮流所及，骆宾基、秦兆阳、康濯、李准、陆文夫等人均有这类作品问世。1979年，上海文艺出版社以《重放的鲜花》为名结集出版了其中一部分作品。与此同时，诗歌领域出现了以流沙河的《草木篇》为代表的"干预生活"的讽刺诗以及哲理寓言诗、山水诗、爱情诗等拓展诗歌形式与内容的新探索。散文领域除特写外，巴人、徐懋庸使鲁迅式杂文风采再现。话剧领域也出现了"干预生活"的独幕讽刺喜剧和在工、农、兵剧本之外表现爱情、婚姻、家庭等个人生活、情感纠葛的真正写人的"第四种剧本"[①]。

社会主义建设阶段：受胡风事件、反右斗争扩大化打击和新民歌运动影响，诗歌逐渐走上题材狭窄、感情浮泛、形式僵化的末路。政论型的政治抒情诗风靡一时，并带动一般抒情诗向理念化、程式化的抒情方式靠拢。但叙事诗

---

① 黎弘（刘川）：《第四种剧本》，载《南京日报》1957年6月11日。

却在1960年前后迎来了新中国成立后长诗创作的第一个也是唯一的一次高潮，郭小川的《将军三部曲》、李季的《杨高传》、闻捷的《复仇的火焰》等蔚为大观。另外，贺敬之、郭小川、李瑛等的抒情诗走向成熟，也有优秀之作问世，不过整个诗坛的创作生机已在主流意识形态话语的干扰下逐渐趋于萎缩。

本阶段迎来小说的丰收季节，李准、王汶石、茹志鹃等新进作家形成了自己独特的艺术风格，创作了一批代表当代文学成就的优秀短篇作品，如《李双双小传》《新结识的伙伴》《百合花》等。在文艺政策调整期，赵树理、马烽等山西作家写出针对"大跃进"的浮夸冒进、提倡实干精神、描写"中间状态"人物形象的问题小说，针砭现实的历史题材短篇小说也出现一个短暂热潮。但这一创作回升的势头很快被紧张的政治形势遏制了。长篇小说经过新中国成立后长期的积累和准备进入全面收获期，当代文学的一些重要长篇作品都诞生于1957年到1961年，革命历史小说有吴强的《红日》、曲波的《林海雪原》、罗广斌和杨益言的《红岩》、梁斌的《红旗谱》、杨沫的《青春之歌》、欧阳山的《三家巷》等，反映现实生活的小说有周立波的《山乡巨变》、柳青的《创业史》、周而复的《上海的早晨》等，代表了本时期小说创作的最高成就。1962年以后，长篇小说创作落入低谷，值得注意的作品只有《艳阳天》《李自成》等不多的几部。

散文在这一阶段趋向繁荣，出现了1961年的"散文年"和其后持续两三年的高峰状态，但其发展道路受反右、"大跃进"、文艺政策调整等的左右而曲折反复。杨朔、刘白羽、秦牧等人是本时期的抒情散文大家，他们与冰心、吴伯箫、巴金、碧野、曹靖华、菡子、峻青等新老作家一起把抒情散文推向高潮。报告文学在这一时期得到长足发展，开始突破新闻通讯的文体限制、加强文学性而成为独立的文学样式，但集中于歌颂性题材。作家出版社于1963年、1964年出版的《报告文学》集和《新花红似火》标志着报告文学不同于新中国成立初通讯报告的又一高潮。杂文在1960年代初一度复苏，以《北京晚报》的《燕山夜话》、《前线》杂志的《三家村札记》和《人民日报》的《长短录》等杂文专栏打头阵，全国许多报纸纷纷开辟杂文专栏针砭时弊，产生了广泛的社会影响。邓拓、吴晗、廖沫沙等《三家村札记》的作者因此在"文革"到来之际成了反革命修正主义分子。此外，革命回忆录和"三史"（公社史、工厂史、部队史）写作的兴盛也构成了本时期纪实性文学创作的热点。

老舍在1957年创作的新剧《茶馆》，实际上是社会主义改造阶段话剧高潮期的压轴之作，也是本时期话剧乃至当代话剧的经典。20世纪50年代后期到60年代初期，现实题材话剧创作低迷而历史剧突起高潮，领风气之先的是"五四"以来享有盛誉的老作家，郭沫若的《蔡文姬》《武则天》、田汉的《关汉卿》《文成公主》、老舍的《神拳》、曹禺的《胆剑篇》等都取得了突出成就。1963年到"文革"前夕，出现戏剧创作和演出的高潮，旨在"反修""防修"，进行革命传统教育，强化阶级斗争观念的社会主义教育剧风行一时，沈西蒙等人的《霓虹灯下的哨兵》、丛深的《千万不要忘记》、陈耘等人的《年青的一代》影响较大。歌剧在这一阶段出产颇丰，且艺术水准更高，出现了《洪湖赤卫队》《江姐》《刘三姐》《红珊瑚》《阿诗玛》等被争相传唱的名剧佳作，但也存在歌剧戏曲化、英雄主义对抒情主义的压抑和现实题材阙如等问题。本阶段传统戏曲陷入困境，争夺舞台的是革命现代戏和新编历史剧，后者在"文革"序幕拉开的政治批判中全军覆没。1958年，配合"大跃进"运动而出现了现代戏的编演热潮，沪剧《母亲》、闽剧《海上渔歌》、豫剧《朝阳沟》等当时的重要作品多是地方戏。1960年后，京剧现代戏编演取得重大突破，1964年起，全国各大区举行了京剧现代戏观摩演出，京剧现代戏编演进入高潮，并迅速演化为样板戏，优秀剧目有《红灯记》《红色娘子军》《沙家浜》《智取威虎山》《杜鹃山》《节振国》《奇袭白虎团》等，这些革命现代京剧在内容和形式方面都对传统戏曲进行了巨大变革。新编历史剧的代表作有田汉的《谢瑶环》和吴晗的《海瑞罢官》，后者在1965年江青、姚文元炮制的"文革"发难之作《评新编历史剧〈海瑞罢官〉》中被宣判死刑。"文革"爆发后，整个戏剧界走入低谷，戏剧舞台百花凋零，只剩下样板戏和"四人帮"的"阴谋戏剧"了。

第三节

文学话语的变异与激进文艺思潮

1966年至1976年为"无产阶级文化大革命"时期(简称"文革"时期),这场历时十年的政治运动,给中国社会的各个方面造成影响极为深远的灾难性破坏。文学不仅受到前所未有的大冲击,而且被当成这场运动的导火线。

1965年11月10日,上海《文汇报》发表了姚文元的文章《评新编历史剧〈海瑞罢官〉》。《海瑞罢官》是研究明史的著名学者吴晗写的历史剧,原是为了响应毛泽东1959年提出的要宣传和学习海瑞的号召,也是应京剧表演艺术家马连良之约而创作的。1961年,《海瑞罢官》在北京京剧团公演之时,适逢彭德怀因为在庐山会议上就"大跃进"问题激烈批评党的路线错误而被免去国防部长等领导职务。康生、江青等人别有用心地把剧中的海瑞和现实中的彭德怀联系在一起,从而使毛泽东也认同此剧含有影射和讽刺意味。四年之后,姚文元在文章中写道:

> 《海瑞罢官》并不是芬芳的香花,而是一株毒草。它虽然是头几年发表和演出的,但是,歌颂的文章连篇累牍,类似的作品和文章大量流传,影响很大,流毒很广,不加以澄清,对人民的事业是十分有害的……①

姚文元的文章是在江青和张春桥的策划下完成并经毛泽东审批后发表的,同年

---

① 姚文元:《评新编历史剧〈海瑞罢官〉》,载《文汇报》1965年11月10日。

11月29日之后在全国各大报刊全文转载，影响之大已远远超越了关于《海瑞罢官》的学术性争论。1966年5月召开的中共中央政治局扩大会议和同年8月召开的八届十一中全会，标志着"文革"的全面启动，而其源头可追溯到姚文元的这篇批判文章。

1966年2月，江青在林彪的支持下，在上海以林彪的名义召开了部队文艺工作座谈会。会后，根据江青的谈话内容，由参加者刘志坚、陈亚丁起草了一份纪要，后由江青、张春桥、陈伯达定稿，经毛泽东审阅修改，以《林彪同志委托江青同志召开的部队文艺工作座谈会纪要》（以下简称《纪要》）[①]为题于1966年4月16日作为中共中央文件下达全党。《纪要》指出，新中国成立以来的文艺界"被一条与毛主席思想相对立的反党反社会主义的黑线专了我们的政，这条黑线就是资产阶级的文艺思想、现代修正主义的文艺思想和所谓三十年代文艺的结合"。《纪要》重申了毛泽东在批示中的判断，并对文学现状做了这样的估计："十几年来，真正歌颂工农兵的英雄人物，为工农兵服务的好的或者基本上好的作品也有，但是不多；不少是中间状态的作品；还有一批是反党反社会主义的毒草。"因此，要"坚决进行一场文化战线上的社会主义大革命，彻底搞掉这条黑线"。[②]从此，"文艺黑线专政"不仅成为《纪要》也成为"文革"文学的核心概念之一。

1962年秋，毛泽东提出"千万不要忘记阶级斗争"的口号。之后，毛泽东关于文艺问题做过两个批示[③]，对50年代以来的文艺现状进行了严厉的批评。在1963年12月12日的批示中，他指出："戏剧、曲艺、音乐、美术、舞蹈、电

---

① 《纪要》当时没有公开发表。《解放军报》1966年4月18日的社论《高举毛泽东思想伟大红旗，积极参加社会主义文化大革命》在没有提及座谈会和《纪要》的情况下，全面公布了《纪要》的观点。1967年5月29日，《人民日报》等报刊公开刊登了《纪要》全文。
② 《林彪同志委托江青同志召开的部队文艺工作座谈会纪要》，载《人民日报》1967年5月29日。
③ 毛泽东的这两个批示当时没有公开发表，《红旗》杂志1966年第9期重新发表《讲话》时所加的按语《无产阶级文化大革命的指南针》，是首次在公开出版物上披露这两个批示。

影、诗和文学等等，问题不少，……社会主义改造在许多部门中，至今收效甚微。许多部门至今还是'死人'统治着。……许多共产党人热心提倡封建主义和资本主义的艺术，却不热心提倡社会主义的艺术"。1964年6月，毛泽东在另一次批示中，对全国文联及各个协会表示不满，认为："十五年来，基本上（不是一切人）不执行党的政策，做官当老爷，不去接近工农兵，不去反映社会主义的革命和建设，最近几年，竟然跌到了修正主义的边缘"，并有"变成像匈牙利裴多菲俱乐部那样的团体"的危险。[①]根据毛泽东的批示精神，在1964年全国京剧现代戏观摩演出总结会上，康生一次就点名批判了电影《早春二月》《舞台姐妹》《北国江南》《逆风千里》、京剧《谢瑶环》、昆曲《李慧娘》等多部作品，称其是"大毒草"。同年12月，江青又把《林家铺子》《不夜城》《红日》《革命家庭》《球迷》《两家人》《兵临城下》《聂耳》等影片列为"毒草"。

《纪要》和江青的《谈京剧革命》、姚文元的《评反革命两面派周扬》、上海革命大批判写作小组的《鼓吹资产阶级文艺就是复辟资本主义》、初澜的《京剧革命十年》等文章在不同时期的出台，形成了持久的声势浩大的激进文艺思潮。

"文革"主流意识形态下的文艺理论，逐渐形成了一套完整的话语体系，概括起来，其观点主要突显在以下几个方面。

"根本任务论"。这是"文革"文艺理论体系的核心观点。这个观点认为：塑造工农兵英雄人物是社会主义文艺的根本任务。作为《纪要》的一个重要命题出现以后，"根本任务论"就成为文艺创作的出发点、文艺批评的根本标准和文艺工作的生命线。山水诗、风景画、抒情歌曲等艺术种类由于无力表现根本任务而长期被冷落。因为只能表现工农兵英雄人物，所以主流意识形态话语下的文学作品思想内容贫乏，艺术表达单调，风格和流派之说基本消失。

[①] 中共中央文献研究室编：《毛泽东年谱（一九四九——一九七六）》（第5卷），中央文献出版社2013年版，第288、368页。

"三突出"原则。这是从"根本任务论"派生出来的创作原则,以及在实践中所形成的文艺创作模式,最早出现在于会泳的《让文艺舞台永远成为宣传毛泽东思想的阵地》①一文中,后经姚文元加工定型。"三突出"原则,即在所有的人物中要突出正面人物,在正面人物中要突出英雄人物,在英雄人物中要突出主要英雄人物。按照"三突出"的创作原则,无论什么作品的人物均被区分为英雄人物、正面人物和反面人物,英雄人物又分等级,即主要英雄人物和一般英雄人物。而不管什么性质的人物,都要用各种艺术手段加以表现,如陪衬、烘托,为主要英雄人物做铺垫,通过这种铺垫,使主要英雄人物更加高大完美。不仅如此,这位主要英雄人物还要在整个演出中居主导地位,在复杂的人物关系中支配一切。用"三突出"原则刻画出来的英雄人物,只能是重外在形式而不重实际内容,比如他们清一色是共产党员,是做政治工作的模范干部,是无所不知、无所不晓、无往而不胜的超人。这种作品,将一切无助于英雄人物完美的内容都过滤掉,以至于纯化到英雄人物不食人间烟火的地步。

"主题先行论"。这一观点认为,文艺创作可以先有主题思想,然后到生活中选择人物、寻找故事,以表现既定的主题思想。这同"大跃进"时期的"领导出思想,群众出生活,作家出技巧"的口号如出一辙。在实际的写作过程中,通常是先学习毛泽东著作和有关的政治文件,以确定写作的主题,然后根据所要表达的主题来设计人物以及人物之间的矛盾冲突。在"主题先行论"的指导下,作家不是从生活而是从概念出发,文学同人民丰富多彩的现实生活的联系被切断,作品严重脱离现实,谎言和虚假泛滥。

除上述几点外,构成"文革"时期主流意识形态下理论话语体系的要素,还包括"反灵感论""反写真实论""反无冲突论""反唯情节论"和"反娱乐论"等观点。《纪要》等一系列文章在理论上有一破一立的过程。其中的"立",上文已经论述,而"破"是从三个方面着手的。

---

① 于会泳:《让文艺舞台永远成为宣传毛泽东思想的阵地》,载《文汇报》1968年5月23日。

一是理论"黑"。《纪要》把20世纪50年代以来文艺界讨论的"写真实""现实主义深化"等文艺主张称为"文艺黑线"的代表性论点，后来又名曰"黑八论"。二是作品"黑"。《纪要》认定新中国成立后的绝大部分作品"歪曲历史事实，不表现正确路线，专写错误路线"，"不写英雄人物，专写中间人物，实际上是写落后人物，丑化工农兵"，"对敌人的描写，却不是暴露敌人剥削、压迫人民的阶级本质，甚至加以美化"，"专搞谈情说爱，低级趣味"，等等，一言以蔽之，"都是资产阶级的、修正主义的东西"。三是创作队伍"黑"。《纪要》把当时的文艺工作者说成是"受资产阶级的教育培养"的，说他们不是"经不起敌人的迫害叛变了"，就是"经不起资产阶级思想的腐蚀烂掉了"，或者"在前进中掉队了"，说"要重新教育文艺干部，重新组织文艺队伍"。①

"文革"时期，激进的文艺思潮横贯和独霸文坛十年。从1966年7月始，全国的文学刊物，除《解放军文艺》外，绝大部分被封杀，其中包括《文艺报》《人民文学》《诗刊》《收获》《上海文学》《文学评论》等。同时，作家、艺术家面临各方攻击，1979年10月第四次全国文代会宣读的《为被林彪、"四人帮"迫害逝世和身后遭受诬陷的作家、艺术家致哀》中列举的知名作家、艺术家计二百多人，其中作家、文学理论家有邓拓、老舍、傅雷、叶以群、周作人、杨朔、司马文森、丽尼、李广田、田汉、吴晗、赵树理、萧也牧、闻捷、邵荃麟、侯金镜、王任叔、魏金枝、丰子恺、陈翔鹤、海默、孟超等。其他大多数作家、艺术家也备受人身摧残，有的被拘禁、劳改。

"文革"激进文艺思潮的形成自然有一个长期而渐进的过程。我国无产阶级文学在诞生和发展的历程中，特别是在延安文艺被奉为圭臬后，一直未能摆脱陈陈相因的痼疾，很少顾及文学本位的探讨，漠视文学的多元性、开放性要求，利用行政手段将文学紧紧束缚于政治的羽翼之下，把文学看作社会革命的一部分，赋予文学以过于沉重的历史使命。在毛泽东社会主义社会阶级斗争长

---

① 《林彪同志委托江青同志召开的部队文艺工作座谈会纪要》，载《人民日报》1967年5月29日。

期存在的理论指导下，文学艺术逐渐成了用来配合政治运动、图解政治概念、宣传现行政策的工具。"文革"时期的激进文艺思潮不过是这种思潮的极端化表现，文学的价值功能彻底恶化，文学艺术沦落为御用工具和阴谋工具。

综观"文革"时期的文学写作，其方式主要有公开的文学写作、集体写作、公开的私人写作等。公开的文学写作又可分为官方写作、集体写作和私人写作。官方写作，指由江青、姚文元、张春桥等控制的写作班子所写的文章和在江青等人的极力倡导下产生的革命样板戏。这类文章通常署名"初澜"或"江天"，"文革"前后的一些最重要的文章均由这些写作班子完成，主要是一些批评文章，采用报刊的时评、社论方式。一方面展示了其权威地位，另一方面表明了文艺创作方向。影响大的，例如上海的写作班子，有时署名"丁学雷""方泽生""罗思鼎""方岩梁""常峰""任犊""方耘"等，有时直接署名"上海大革命批判写作小组"，当时以姚文元的名义发表的重要文章，如《评新编历史剧〈海瑞罢官〉》《评"三家村"》《评反革命两面派周扬》等实际上都是由上海的写作班子撰写的。再如"文革"后期成立的由江青等人控制的"北京大学、清华大学写作组"，北京的"辛文彤写作班子""洪广思写作班子"等。"文革"时期，官方提倡最力、影响最大的文艺作品是革命样板戏。

集体写作在"文革"时期得到鼓励和提倡，尤其是工农兵的创作。集体写作的方式多种多样，常见的一种是"三结合"，即党的领导、工农兵群众和专业文艺工作者相结合的共同创作。这种"三结合"写作小组，通常是抽调一些文化水平较高的工人（或农民、士兵），短期或长期脱离生产劳动，由部门的文化宣传干部组织起来，再加上一些作家（或文艺报刊编辑、大学文学教师）组成。集体写作在当时产生了较大的影响，周天《文艺战线上的一个新生事物——三结合创作》一文说，"三结合"创作具有"巨大的生命力和深远的影响"，它"有利于加强党对文艺工作的领导"，"是造就大批无产阶级文艺战士的好方式"，"由于工农兵业余作者的参加，他们也把无产阶级的生产方式和先进思想带进了创作集体"，"为破除创作私有等资产阶级思想提供了有利条件"。①有影响的集体写作的作品,如《金训华之歌》(仇学宝、钱家梁、张鸿喜)、《牛田洋》(署名"南哨")、《桐柏英雄》(集体创作,前涉执笔)、《虹南作战史》(上海县《虹南作战史》写作组),电影文学剧本《创业》(集体创作,张天民执笔),话剧《战船台》(杜冶秋、刘世正、王公序编剧)、《风华正茂》(天津市话剧团集体创作,路希执笔)、《宣战》(江西省话剧团集体创作,陈其行执笔)、《大江飞虹》(江苏省话剧团集体创作)、《迎着朝阳》(李冰、胡庆树编剧),评剧《向阳商店》(北京评剧团集体创作),晋剧《三上桃峰》(山西省文化局《三上桃峰》创作组),楚剧《追报表》(湖北省《追报表》创作组),湖南花鼓戏《送货路上》(株洲市文艺工作团创作组),等等。

长篇小说《虹南作战史》,反映的是20世纪50年代合作化运动中的矛盾和斗争,作者完全按照"主题先行""从路线出发"的思路写作,所以主观臆造的成分多,人物形象模糊,缺少个性;情节的进展不是按照生活本身的逻辑,而是按照作者的主观意图,并充斥着大量的议论;人物语言高度理性化,叙述语言远离生活。这部小说深受张春桥、姚文元等人的欣赏,它实际上开创了变文学作品为政治说教的先例。《牛田洋》写的是1957年潮汕地区的群众在党的领导下围垦牛田洋,然而半途而废,1962年部队接管了牛田洋,于是这个事业很快就取得了巨大的胜利。这部小说的出发点是为林彪歌功颂德,缺少严格意义上的小说品格。《创业》是一部集体写作中较具文学性的作品,它以大庆石油会战为题材,比较真实生动地展示了中国工人艰苦创业的生活画面;作品基调昂扬,笔触豪放,节奏强烈,迸发着60—70年代的人们特有的政治热情和战天斗地的豪情。但这部作品的"文革"气息很浓厚,例如作品的两个英雄人物形象周挺杉和华程,人物性格一开始就很定型,始终一个腔调,很难找到人物性格的发展轨迹,人物的全部经历好像只有公共生活,毫无私人生活,程式化写作的痕迹是明显的。《理想之歌》(北京大学中文系1972级工农兵学员创

---

① 周天:《文艺战线上的一个新生事物——三结合创作》,载《朝霞》1975年第12期。

作班）是一首70年代反响较大的长诗，其主题和诗体形式明显受到贺敬之的影响，诗的叙述者虽以阶级青年代言人的身份出现，但多少还有到陕北插队的知青的生活体验，从而加强了政治表达上的生活实感。郭小川50年代的《投入火热的斗争》，贺敬之60年代的《雷锋之歌》《西去列车的窗口》，再到70年代的《理想之歌》，是讲述人生道路和理想的系列诗歌，显示了在当代的各个时期，个体的理想是怎样被组织进国家意识形态之中的。

公开的私人写作，特指"文革"期间个人独立完成且以个人署名方式而能够公开发表的文学作品。"文革"期间，大量的公开发表的文学作品，例如小说、诗歌、散文等还属于私人写作。散文方面，在当时影响较大或被推崇的，是一些发表在报刊上的文艺通讯，如《一不怕苦、二不怕死的共产主义战士》《拉革命车不松套，一直拉到共产主义》等，以及反映工农业方面生活和建设的散文和报告文学作品，如收入《在昔阳大地上》的散文，收入《他们特别能战斗》的报告文学作品。小说方面影响大的，有浩然的《金光大道》、姚雪垠的《李自成》、克非的《春潮急》、黎汝清的《万山红遍》、李云德的《沸腾的群山》、李心田的《闪闪的红星》、谌容的《万年青》、王士美的《铁旋风》、张长弓和郑士谦的《边城风雪》、郭澄清的《大刀记》、郑万隆的《响水湾》、古华的《山川呼啸》、张抗抗的《分界线》等。

《春潮急》的作者克非，本名刘绍祥，曾长期在四川省安县、绵阳一带做农村工作，和群众一起开展过清匪、反霸、土改和农业合作化运动。《春潮急》像50年代末60年代初的许多描写农业合作化运动的长篇小说一样，围绕农业社建立过程中两个阶级、两条道路的斗争构思故事。作者选择了川西北的一个美丽的山村——梨花村作为故事发生的地点，作品中描写的，无论是土地、副业的生产经营方式（如修整坝田、伐竹造纸、上山烧炭和开辟肥源等），还是烤食"冻粑"（一种用玉米壳子包着发酵米浆蒸熟的食品）、喝刺梨子烧的香茶的生活习俗，抑或是经过作者加工的幽默、生动的川西方言，都使作品呈现出川西北特有的生活风貌。但因这部作品受极左思潮的影响，人物性格、心理的刻画和剖析厚度不足，把阶级斗争作为组织故事情节的纽带，所以难以摆脱简单化、概念化的弊病。长篇革命历史小说《万山红遍》，是"文革"时期出现的一部较好的作品，写的是第二次国内革命战争时期，一支农民武装坚持斗争、建立农村革命根据地的故事。小说的艺术视野比较宽阔，一定程度上真实地展现了那个历史时期的社会面貌和革命战争的趋势，情节比较集中，结构比较完整，较成功地塑造了红军指挥员郝大成和红军战士史少平的英雄形象，但同时必须看到这部小说受"三突出"的影响是明显的。

李心田的中篇小说《闪闪的红星》写一个红军战士的孩子潘震山（冬子）在党组织和群众的关怀教育下，成长为一个革命战士的故事，真实地反映了苏区人民所经历的艰苦、曲折的斗争以及他们对党和革命军队的深厚感情。作品某种程度上成功塑造了潘冬子、妈妈、胡汉三的形象，是这个时期出现的一部较优秀的少儿文学作品。李云德的长篇小说《沸腾的群山》描写新中国成立初期东北地区矿山在修复过程中的复杂矛盾斗争，反映了当时工业界的形式和特点，刻画了一批矿山干部和老工人的形象。谌容的长篇小说《万年青》，书写在建立和巩固集体经济的过程中农村各色人等的精神状态及相互关系。由于作者有比较丰富的生活积累，某些地方写得比较成功。但作品明显受"文革"思潮的影响，过分强调个别英雄人物的作用，出现了许多不真实的描写。

综观"文革"时期的小说创作，无论是集体写作，还是私人写作，都呈现出鲜明的"文革"文学的特征。从构思情节、设置人物到叙述语式，无不表现出程式化的写作倾向。大多数小说竭力写高大、完美的主要英雄人物，作为英雄人物的对立面的通常是阶级"敌对"力量（"文革"时期属于这类人物的有地主、富农、反动资本家、暗藏特务、党内走资本主义道路的当权派等），并在这两者之间设置各种"问题"人物（"路线斗争"觉悟不高、受敌对势力蒙蔽或道德品质上有问题的人物），围绕中心事件（例如生产建设、政治斗争等）展开矛盾冲突，其结局一般是主要英雄人物在群众的支持下，教育、争取"问题"人物，最后孤立和战胜阶级"敌对"力量。作为故事的叙述者，是以全知全能的身份出现的，并不时发一通议论，小说品格中应有的那种人物心理、行为和情节展开的独立性，以及叙述与干预之间的复杂关系，在此已被消解或极大简化,读者听到的,是凌驾于人物、故事之上的意识形态权威的粗暴的声音。

"文革"文学的语言分别运用两种叙述语式写正面人物和反面人物,例如下面的两段文字:

> 杨镇宇三十多岁,长得英气勃勃,威风凛凛,有着劲松那样挺拔的姿态,有着白杨那样昂首云天的气概。……瞧那沉静的神情,就知道是在熔炉里炼过、铁砧上锻过的人。那两条浓黑的眉毛含着威严、果断,刚毅的额头上蕴蓄着革命的智慧,一条条深深的纹路,显示出战斗岁月的艰辛。最惹人注目的是,在那年轻的、英姿风发的脸上长着黑针针的连鬓胡子,深嵌在眼窝里锐利如剑的眼神熠熠闪光。他骑在马上就象山一样稳,山一样雄伟。

> 这家伙身材矮小,瘦瘦的面庞,黑牙根,黑嘴唇,一脸烟气。他准是刚刚灌下一碗奶酒,只喝得醉马猴一般:紫脖子,红眼珠,嘴里溅着唾沫星子。他一边打着酒嗝,一边用二五眼的蒙古话嚷叫……这个大管事的不是诨名叫作瘸腿狼的包四吗?[1]

这两段文字摘自"文革"时期的著名小说《边城风雪》。前一段是对小说中的英雄人物杨镇宇的描写和介绍,后一段则是对反面人物包四的刻画和描述。很显然,作家在写杨镇宇时采用的是一种叙述语式,在写包四时采用的则是另一种截然不同的叙述语式。"文革"文学的语言,一个共同且显著的特征,就是在叙述英雄人物时,作家们大量采用那些十分庄重严肃而且比较雅致的语言,采用仰视视角和溢美夸张的语汇叙事。在语言操作中,作家们常常运用"青松""高山""大海""雄(山)鹰""骏马""铁塔""朝霞""茁壮成长的幼苗"等意象做比喻,并以"红日(太阳)""红旗""暴风雨""怒涛""风浪"等做衬托。为正面人物命名也十分讲究,翻开"文革"文学作

---

[1] 张长弓、郑士谦:《边城风雪》,人民文学出版社1975年版,第9—10、37页。

品，人们见到的往往是这样一些如雷贯耳的名字：江水英（《龙江颂》）、周挺杉（《创业》）、洪雷生（《虹南作战史》）、高大泉（《金光大道》）、郭铁（《激战无名川》）等。"文革"文学中的这些正面人物的命名，总是与美好的、伟大的、崇高的、雄壮的事物联系在一起，寄予着作家的政治寓意和赞美之情。而在描写反面人物时，总是用非常情感化的贬义词，如"豺狼""毒蛇""狡猾的狐狸""癞皮狗""恶霸""不自量力的螳臂""吸血鬼""走狗"等词语，写尽反面人物的丑陋、龌龊、十恶不赦，将坏人写得一无是处，令人厌恶和痛恨。此外，在本名之外常常给他们加上滑稽或丑恶的绰号。虽说坏人的本名用字十分讲究，但是在嘲谑的语境中却总是给人以酸腐之感，其效果恰恰偏离了字面的雅致，而绰号更是注入了作家对反面人物的否定与嘲弄的感情，例如"歪嘴子"和"滚刀肉"（《金光大道》）、"尤二狗"（《海霞》）、"武大癞子"（电影剧本《难忘的战斗》）、"眼镜蛇"（杨佩瑾《剑》）等。作者在叙事中将这些反面人物置于被嘲谑和讽刺的语境，在他们的愚蠢、滑稽、丑陋和失败中获得一种讥讽的效果。两种叙述语式表示的是对待敌我双方的截然相反的情感态度，但所表现的政治态度实质上是完全一致的。这两种叙述语式都在做绝对化的描写，其叙述效果严重偏离真实，因为现实生活是丰富多彩的，现实生活中的人也是相当复杂的，并非如"文革"文学文本所呈现的那样非此即彼式的或好或坏。

"文革"文学在中国当代文学史上的确是一个非常独特的存在。蒙难的中国文学所遭受的那些冤屈、挫折和付出的沉重代价，作为历史的悲剧给我们留下了太多的教训和启示。失去的永远失去了，但不能无视，更不能逃避，只能在庄严神圣甚至痛苦的血与火的洗礼中才能获得新生。因此，反思"文革"文学，从中吸取教训，总结经验，得到启示，是当代中国文化建设的必要内容。

邓小平《在中国文学艺术工作者第四次代表大会上的祝词》中指出：

> 党对文艺工作的领导，不是发号施令，不是要求文学艺术从属于临时的、具体的、直接的政治任务，而是根据文学艺术的特征和发展规律，帮助文艺工作者获得条件来不断繁荣文学艺术事业，提高文学

艺术水平，创作出无愧于我们伟大人民、伟大时代的优秀的文学艺术作品和表演艺术成果。……文艺这种复杂的精神劳动，非常需要文艺家发挥个人的创造精神。写什么和怎样写，只能由文艺家在艺术实践中去探索和逐步求得解决。在这方面，不要横加干涉。①

这实际上提出了艺术本位的问题。从"艺术本位"概念出发，上述讲话可理解为：其一，作为社会科学体系中一个分支的文学艺术具有相对的独立性和自身规律，不能无视它的存在，也不能用政治手段加以控制，而应帮助文学艺术找到最恰当的定位，在多元社会格局中充分发挥其功能和价值。其二，作为创作主体的艺术家有各自的生活观和艺术观，不能强求一统，也不能树此压彼，搞正统非正统之分，而应提倡独立思考、自由探讨、多元互补，在"众声喧哗"中促进文学工作者的理论思维和艺术思维能力。"文革"的惨痛教训必须牢记，那种扼杀艺术规律和创作个性、紧跟政治亦步亦趋的文学悲剧绝不能重演。强调艺术本位的目的是尊重文学特性，赋予个人最大的创作主动性，并且在文艺创作中把表达世界观感的艺术化放到突出地位。正视艺术本位的同时，应加强艺术本位的导向，这种导向应该是宽容理解式的、科学理智式的。在和风细雨的沐浴下，促使创作主体更灵活主动地掌握、应用艺术规律，研究探索文艺表现的新维度、新方式，在艺术的最高境界中去展现人生、推动历史，使文艺成为真正的社会审美的重要组成部分。总之，艺术本位呼吁的是艺术的自尊、自立、自主、自信。生活在走向未来，文学也必须走向未来。虽然"文革"已经成为历史，但对"文革"遗风的批判认识、对"文革"文学的思辨论争将成为一种内驱力，推动当代文学向着更丰富、更健康、更深刻的方向发展。

---

① 邓小平：《在中国文学艺术工作者第四次代表大会上的祝词》，见《邓小平文选》（第2卷），人民出版社1994年第2版，第213页。

第四节

无产阶级文艺经典的再造

在"文革"的文学经验中,最值得关注的是对无产阶级革命文学经典的极力打造,其最鲜明的表征是革命样板戏的生成与当时主流作家浩然的小说叙事。它将延安文艺遗产的"精神要素"发展到了极致,在此有必要进行再反思、再认识。

一、样板戏的生成及特点

1964年至1976年的十二年里,中国戏曲舞台上出现了历史上从未有过的景象:全国三百六十多个剧种和几千个剧团纷纷编演现代戏、学唱京剧样板戏(无法学到京剧原腔原调的地方戏剧团,也将样板戏移植到自己的园地中),以京剧现代戏为主的样板戏呈压倒一切的态势占领了全国的戏曲舞台。

1964年6月5日至7月31日,全国京剧现代戏观摩演出大会在北京举行,十九个省、市、自治区的二十九家剧团参加了演出,共上演了三十七个剧目。其中根据同名沪剧改编的《红灯记》和《芦荡火种》,根据小说《林海雪原》改编的《智取威虎山》,取材于真人真事的《奇袭白虎团》,被大会列入优秀剧目。随着全国各地剧团的争相效仿和舆论界的大肆鼓吹,这几出现代戏进入了修改和加工阶段。为了把自己打扮成京剧革命的旗手,江青参与了现代戏的改进工作。她把凝聚着广大戏曲工作者心血的作品窃为己有,加入了许多带有浓厚政治色彩的公式化、概念化的内容,使得这几出现代戏不同程度地打上了

"江记"的烙印。两报一刊(《人民日报》《解放军报》和《红旗》杂志)分别在1967年5月10日、1967年第6期刊载了江青1964年7月在京剧现代戏观摩演出人员的座谈会上的讲话《谈京剧革命》。同时配发的《红旗》杂志社论《欢呼京剧革命的伟大胜利》声称:"江青同志……这篇讲话,是运用马克思列宁主义、毛泽东思想解决京剧革命问题的一个重要文件。""样板戏"一词,作为官方宣传的正式词语,在这篇社论中首次出现。5月25日,《人民日报》刊发了《毛主席无产阶级文艺路线辉煌成果的盛大检阅》一文,报道了八个革命样板戏在京同时上演的消息,声称京剧《智取威虎山》《海港》《红灯记》《沙家浜》《奇袭白虎团》,芭蕾舞剧《白毛女》《红色娘子军》,交响音乐《沙家浜》,"以它们为工农兵服务、为无产阶级政治服务、为社会主义服务的鲜明的政治内容和强烈的艺术感染力,使一切资产阶级、修正主义和封建主义的所谓艺术黯然失色"。至此,样板戏以其无可争辩的统治地位,走进了中国人的文化生活。

样板戏创作最突出的特点,就在于政治对艺术的粗暴干涉。正如江青的御用写作班子在文章中说的:"发生在中国的这场京剧革命,是由社会主义历史时期存在着阶级、阶级矛盾和阶级斗争的现实决定的,是马克思列宁主义和修正主义斗争的必然产物,是党的基本路线指引下无产阶级防止资本主义复辟、巩固无产阶级专政的战略措施。"[1]因此,"革命样板戏的创作,就不是单单搞一两出戏的问题,而是一场激烈的阶级斗争"[2]。既然艺术创作已经成了战略措施和阶级斗争,那么,当然要绝对服从政治的需要了。在样板戏的创作中,有关艺术的目的、内容和创作方法都被至高无上的政治标准限定和扭曲了。

样板戏在创作上对内容的处理形成了一套较为固定的创作模式。首先,反映民主革命时期斗争生活的样板戏,必须歌颂毛泽东以武装斗争为主的军事路线。

---

[1] 初澜:《京剧革命十年》,载《红旗》1974年第7期。
[2] 初澜:《中国革命历史的壮丽画卷——谈革命样板戏的成就和意义》,载《红旗》1974年第1期。

《沙家浜》根据沪剧《芦荡火种》改编，原剧旨在歌颂党领导下的地下工作者，阿庆嫂是第一主角，但因有歌颂刘少奇白区工作路线之嫌，京剧便将郭建光上升为第一号人物，增加了他的戏份，并将结尾改为"飞兵奇袭沙家浜"，以强调武装斗争的决定作用。《红灯记》在李玉和牺牲之后，也安排了一个柏山游击队痛歼顽敌、乘胜前进的光明的尾巴。其次，反映社会主义时期斗争生活的样板戏，必须以党的基本路线为指导思想、以阶级斗争为核心来组织戏剧冲突。根据同名话剧改编的京剧《龙江颂》和根据淮剧《海港的早晨》改编的京剧《海港》，为了体现毛泽东"千万不要忘记阶级斗争"的思想，把烧窑师傅黄国忠和调度员钱守维改为隐藏多年的阶级敌人。由于他们梦想变天，伺机破坏，为这两个剧目增加了浓烈的火药味。《海港》中的装卸队书记方海珍心里时刻想的是毛主席"阶级斗争要天天讲，月月讲，年年讲"的教导，她批评赵震山："你近来阶级斗争的观念淡薄了"。同样，《龙江颂》中的支书江水英，遇到问题要大家"学习党的八届十中全会公报，统一思想"。这两出戏由于江青干预较多，带有较浓重的帮派文艺的色彩。

样板戏除上述对内容的要求外，艺术上要求采用革命的现实主义和革命的浪漫主义相结合的创作方法。其实，较早正式提出"两结合"这一名称的是周恩来。他在1959年5月3日所做的《文艺工作也要两条腿走路》讲话中谈道：

> 既要浪漫主义，又要现实主义；既要有理想，又要结合现实。没有理想的艺术作品，干巴巴的，和照像一样。况且照像还有艺术性呢！主导方面是浪漫主义、理想主义。……理想和现实相结合，这样才能提高与美化我们的情操与生活。①

但"文革"理论家们完全抛开周恩来的科学论断，想方设法从毛泽东的著作中为样板理论寻找依据。毛泽东《讲话》提出："文艺作品中反映出来的生活却可以而且应该比普通的实际生活更高，更强烈，更有集中性，更典型，更理

---

① 周恩来：《文艺工作也要两条腿走路》，见中共中央文献研究室编：《周恩来文化文选》，中央文献出版社1998年版，第184页。

想，因此就更带普遍性。"①因为对这个命题做了极端化的理解，样板戏中的英雄人物都被放在一定的历史时期和革命的阶级斗争的环境中，要求从各个方面完整、深入地揭示、体现在英雄人物世界观、思想、作风、性格气质等方面的阶级素质，表现高度的政治觉悟，展现内心世界的共产主义光辉。《智取威虎山》为了塑造杨子荣这个用毛泽东思想武装起来的高大完美的英雄形象，删除了原演出本中"茫茫林海形影单""白骨累累、血迹斑斑绝人烟"等所谓思想境界不高的段落，特意增加了"共产党员""胸有朝阳"两个核心唱段，表现主人公对党、对毛主席的赤胆忠心，"越是艰险越向前"的斗争意志和"愿红旗五洲四海齐招展"的博大胸襟，点出毛泽东思想是他胆识和智慧的源泉。同样，李玉和在刑场上唱的是"飞舞到关山，要使那几万万同胞脱苦难"的解放全中国的伟大理想。由于戏曲工作者的辛勤努力，这两出戏在唱腔方面取得了较大的成就，但因为这种浪漫主义特色过于空泛，有不够真实和拔高之嫌。《龙江颂》和《海港》中的两位女支书更是不食人间烟火，她们没有爱人，没有亲人，胸中涌动的是阶级情、战友情，唱的是时代最强音。如方海珍的"胸怀着马列主义毛泽东思想走向那共产主义、要把世界彻底变个样"，江水英的"莫教巴掌把眼挡，四海风云胸中装""埋葬帝修反，人类得解放"等唱段，都大大超出了基层干部的实际水平，给人以虚假之感。按照革命的现实主义和革命的浪漫主义相结合创作方法的要求，每一人物在困难时想的都是中国乃至世界革命，使得教条化、公式化等弊病蔓延开来，严重破坏了戏曲艺术的创作规律。

  样板戏创作中被运用得最为广泛并或多或少带有首创性质的是著名的"三突出"创作原则。江青1964年7月在京剧现代戏观摩演出人员的座谈会的讲话中说："上海的《智取威虎山》，原来剧中的反面人物很嚣张，正面人物则干瘪瘪"②，要求增加正面人物的戏份，这可算作"三突出"创作原则的雏形。

---

① 毛泽东：《在延安文艺座谈会上的讲话》，见《毛泽东选集》（第3卷），人民出版社1991年版，第861页。
② 江青：《谈京剧革命——一九六四年七月在京剧现代戏观摩演出人员的座谈会上的讲话》，载《人民日报》1967年5月10日。

与"三突出"创作原则相应而生的,还有三个衬托(在正面人物与反面人物之间,反面人物要反衬正面人物;在所有正面人物之中,一般人物要烘托、陪衬英雄人物;在所有英雄人物之中,非主要人物要烘托、陪衬主要英雄人物)、三个对头(思想感情对头、性格气质对头、时代气息对头)、三个打破(打破唱腔流派、打破唱腔行当、打破旧有格式)等一系列"三字经"创作模式。为了创造好十全十美的当代革命英雄形象,江青说得更为明确:

> 英雄一出场,就应当是一尊完美的雕像;任何场合,都要用最好的语言、最好的音乐、最挺拔的表演动作,最重要的舞台位置和最突出的灯光服饰,对他进行热烈的讴歌……①

为了达到这一目的,《智取威虎山》将原演出本中定河道人、蝴蝶迷、一撮毛、栾平老婆的戏全部砍掉,将第三场一撮毛杀死栾平老婆的戏改为杨子荣深山问苦,又将座山雕的宝座由舞台正中改放到侧面,删去渲染敌人威风的"开山""坐帐"等场景,让杨子荣牵着座山雕的鼻子满台转。《海港》中教育韩小强的戏原来是以小强家为背景,通过妈妈和舅舅的家庭教育来帮助小强转变,但为了突出党的领导角色方海珍,将这场戏的地点改在阶级教育展览会上,通过方海珍的大段唱词来使韩小强幡然醒悟、立足海港,从而达到用韩小强衬托方海珍的目的。"三突出"要求一切围绕中心人物来设计剧情、组织戏剧冲突,中心人物必须高、大、全,没有任何弱点和缺点,是头上时刻笼罩着炫目光环的"完人"。这种主观主义、唯心主义、形式主义、追求所谓完美的创作模式,恰好是样板戏无法完美的主要原因。作为歌舞剧,在表演上需要演员展示各自不同的声色技艺。传统戏剧中,众多角色各具光彩,众多流派异彩纷呈,所以给人以极大的审美享受。而样板戏把大量的戏份、唱腔都加在一人身上,这样势必使主要英雄人物之外的角色失去应有的艺术魅力。总之,对最需要个性创作自由的文艺事业规定所谓必须遵从的一套创作模式,必然严重损害、扭曲样板戏,进而包括"文革"时期的所有文艺创作。

---

① 许晨:《人生大舞台——"样板戏"的内部新闻》,黄河出版社1990年版,第127页。

随着对"文革"的全面否定,样板戏因为天然地与"文化大革命"和政治有着千丝万缕的联系,也一度遭到了全面的否定。但是,探究样板戏最初的产生,它们原本是一批现代题材的京剧,主要讲述的是中国共产党领导中国人民前赴后继、英勇奋斗的革命斗争故事,这些实际上是一个个中国革命的历史缩影。例如,《沙家浜》取材于崔左夫《血染着的姓名——三十六个伤病员的斗争纪实》,是一篇记录抗战时期新四军与(伪)忠义救国军之间的一场武装冲突的故事。故事发生在1939年秋,新四军某部转移,在阳澄湖的沙家浜留下郭建光等十八名伤病员,中共常熟县委负责人陈天民将掩护伤病员的任务交给了地下联络员——春来茶馆的女老板阿庆嫂。阿庆嫂将伤病员隐藏在芦苇荡子里,这是抗日期间在江苏里下河及江南一带常用的方法。(伪)忠义救国军司令胡传魁和参谋长刁德一暗中与日军勾结,进驻沙家浜,抓捕新四军伤兵。阿庆嫂遵照地下党的指示,在沙老大、沙七龙的协助下,制造胡、刁之间的矛盾,同时,展开智斗,保护了伤员。郭建光等十八人伤愈之后,足智多谋的阿庆嫂利用胡传魁结婚的机会,让他们乔装成轿夫、厨子等进入荡子,一举歼灭敌人,解放了沙家浜。《沙家浜》一剧颂扬了中国人民坚强不屈反对外来侵略者的民族斗争精神,表现了中国人巧斗外来侵略者的民族智慧,有力鞭挞了汉奸卖国贼的卖身求荣嘴脸,并刻画了日本侵略者的残暴和愚蠢。在中国人的民族情结中,无疑是喜爱阿庆嫂这样的民族形象和郭建光这样的民族英雄的,也无疑是憎恶刁德一、胡传魁这样的民族败类的。无论社会转型时期人们的价值观、审美观发生多大的变化,这一点是可以肯定的。

20世纪90年代中后期,当人们重新翻开尘封已久的样板戏的时候,不禁震惊于样板戏所蕴含的巨大艺术感染力。例如《沙家浜》中,郭建光有一段唱词富含诗意:"朝霞映在阳澄湖上,芦花放稻谷香岸柳成行。全凭着劳动人民一双手,画出了锦绣江南鱼米乡。祖国的好山河寸土不让,岂容日寇逞凶狂。"唱词通过对明丽的朝霞、碧绿的湖水、怒放的芦花、飘香的稻谷、垂柳成行等美好意象的描绘组接,借景抒情,使情随景生,抒发了对祖国大好河山的热爱之情,表达了"祖国的好山河寸土不让"的正义之理。再比如《红灯记》中有一段,当铁梅从刑场释放回家,再也看不到爹爹奶奶,只看见号志灯,她的满腔悲愤冲出胸膛,化为一段感人至深的唱词:"提起敌寇心肺炸!强忍仇恨咬碎牙。贼鸠山千方百计逼取密电码,将我奶奶、爹爹来枪杀!咬住仇,咬住恨,嚼碎仇恨强咽下,仇恨入心要发芽!不低头,不后退,不许泪水腮边挂,流入心田开火花。万丈怒火燃烧起,要把昏天黑地来烧塌!铁梅我,有准备!不怕抓,不怕放,不怕皮鞭打,不怕监牢押!粉身碎骨不交密电码,贼鸠山你等着吧——这就是铁梅给你的好回答!"唱词以抒情为主,调动多种修辞手段,通过多种抒情手法,突出了铁梅强烈的内心冲突。正是这种情感冲撞,使铁梅的满腔愤怒和悲情随话语飞迸而出。而观众在这种激愤的内心世界的披露中,也受到了深深的震动。抒情性与戏剧性得到了紧密结合,人物和观众的情感一起被推上高峰,从而形成了戏剧高潮。《红色娘子军》中,吴琼华在洪常青和连长的教育下,认识到了狭隘复仇思想的危害性,她的自我反省和心理冲突过程,在剧中被化为优美的诗句和戏剧的动作性:"一番话字字重千斤,拨开迷雾照亮我的心。好像是引来万泉河水层层浪,冲刷掉我胸中点点灰尘。霎时间如登上高峰峻岭,看到了北国烽烟、南海怒涛、东方火炬、西山枪林!"唱词运用比喻和排比,层层推进,真切表现了吴琼华从迷茫到豁亮、从斑杂到纯净、从狭窄到宽阔的心理变化过程。景物的描写,不是为写景而写景,而是将景物融进情节的发展与人物心理的变化里。万泉河水、高峰峻岭等景物,很好地衬托了吴琼华涤清私念、思想境界得以升华所表现出来的欢欣和昂扬情绪。

  一部风云变幻的中国革命史本身就是一部阶级斗争史、一部政治史。古今中外文学艺术史上许多优秀经典的作品之所以经得起历史的考验,除文学艺术造诣外,最重要的就是有极其丰富的思想、政治内涵,相应地产生了巨大的艺术震撼力。正如王元化所说:"艺术虽然不是政治,但脱离政治的艺术是极其狭窄的。"[1]样板戏作为一种历史,是不容抹杀的。样板戏终究是一种艺术现

---

[1] 王元化:《样板戏七人论》,载《文汇报》1997年3月18日。

象，是特定历史时期的艺术现象，毕竟有它的艺术贡献：第一，它的气势是恢宏的，节奏是明快的，在音乐与表演上，又进行了大胆的革新，应视为戏曲改革的一份遗产。第二，样板戏有些唱段是宣扬民族气节和革命英雄主义的，这些都是当今应该提倡的。第三，样板戏涉及了一系列的综合性艺术问题，如戏曲的继承和发展、普及与提高、戏曲的文学性和艺术性、中西乐队的结合、现代舞蹈和美术、灯光的介入等值得借鉴的东西。第四，事过境迁这么多年，观众换了一茬又一茬，一度兴起的样板戏热与"文革"应该说已没有关系，只能说明这些现代剧目并未随时光流逝而失去艺术魅力。第五，样板戏的现代性、普及性和通俗性因素吸引和凝聚了大批年轻的京剧爱好者，并在一定意义上使京剧得以发扬光大。样板戏作为一种高度专业化创作的产物，显然不同于以往任何剧种、剧目的民间艺术创作，它集中代表了当时各个艺术门类的优秀精英文化及集体智慧；它曾经努力追求完美，追求经典，所以直到现在依然保持着独特的艺术魅力，其多样的经典片段至今仍广为流传，为广大民众所喜爱。而更为重要的是，样板戏的打造及实践，映射着中国新文学大众化历程中曲折复杂的内在诉求，它是现代中国无产阶级革命文学长期实践所取得的重大成果，是毛泽东《讲话》所强调的"文艺为政治服务""文艺为工农兵服务"的延安遗产在艺术实践中的极端表征，这一切都为新时代文学的大众化及"为人民"追求积累了丰富的值得反思的经验。

二、标志性作家的小说文本

作为"文革"文学的标志性人物，浩然在"文革"前开始创作，"文革"中被时代风潮裹挟到"成功"的顶峰。"文革"后文坛有称"八个样板戏和一个作家"，"鲁迅走在金光大道上"，这不是戏言，的确能够反映出这个时期的文学面貌及浩然的地位和影响。

现在来看，对浩然的小说叙事文本进行再解读，对认识延安文艺经验在当代的承续与衍变不无意义。与新文学以来的众多作家的身份相一致，浩然身上带有浓郁的农民精神气质，其作品也与中国农民的历史命运、性格特征、道德价值观念等血肉相连。他的文学生涯从短篇小说《喜鹊登枝》（载《北京文艺》1956年第11期）开始，这是一个为宣传《婚姻法》而创作的喜剧故事。故事主人公韩兴老头和老伴真诚拥护《婚姻法》，同时担心他们的女儿吃"自由"的苦头，于是韩兴老头以公事为名，亲自去相看女儿的意中人林雨泉，老头相中准女婿，两家人皆大欢喜。故事的深意在于，通过韩兴老头的相亲过程，展现农村在社会主义农业社时期的新人新事新面貌，诸如顾全大局、乐于助人、诚实正直、勤俭朴素等。《喜鹊登枝》的诸多特征，为浩然奠定了以后很长一段时间内的风格基础。比如浓郁自然的乡土生活气息与政治话语对人物思想行为的影响渗透相结合；人物塑造上的概念化倾向，对人物内心世界缺乏全面立体的考察；在环境刻画、气氛渲染上，采用与情节相配合的象征手法等。浩然其他比较重要的早期作品还有《一匹瘦红马》《送菜籽》《晌午》《夏青苗求师》《杏花雨》《认错》等。浩然"文革"前的短篇小说在内容取向上比较单纯明朗，充满对新中国成立后农民新式道德价值观念的赞扬倡导。也有一组小说总题为《老支书的传闻》，委婉隐晦地表达了作者对当时过"左"行为的反感。单纯、明朗的主题，优美、浅俗的文风，浩然的短篇小说创作奠定了他立足文坛的基础。读这些作品，与读路遥、陈忠实等作家的早期作品不无同样的感觉。

"写农民，为农民写"是浩然一以贯之的创作宗旨。20世纪50年代中期步入文坛的浩然，出身背景与赵树理等人相似。他热衷于颂歌主题，与自身对文学使命的理解有关："由于新生活的感召，艺术的诱惑，革命责任心的促使，我选择了文学这条开满鲜花，又遍布荆棘的人生道路。这样的理想选择的前提，决定了我为什么写、写什么和怎样写这些根本性的问题。"[①]这样的"感召""诱惑""促使""选择"和大多数当代作家的书写道路类似，都是把文学作为一种承担社会使命的责任来看待，因此，他在题材选择和倾向把握上非常谨慎："我这支笔来之不易。我最怕有了拿笔的本领而失掉拿笔的权利。于

---

① 浩然：《我的一个进步》，载《新闻与写作》1989年第6期。

是乎,小心谨慎,不敢迈错一步。"①

20世纪60年代中期,多卷本长篇小说《艳阳天》问世,标志着浩然的创作进入巅峰时期。小说讲述的是1957年北京郊区东山坞农业社围绕土地分红和粮食问题发生冲突的故事。农业社党支部书记、社主任萧长春,是浩然着力塑造的英雄人物。从某种意义上看,萧长春这个人物不妨看作柳青《创业史》中的农村新人梁生宝形象的延续。在浩然那里,以萧长春为代表的"先进力量",分三条线索展开与"落后力量"的斗争。诚如浩然所言:

> 1962年是我创作道路上的一个关键时刻。我已经出版了七、八本短篇小说集,很想把自己的作品质量提高一步,又苦于找不到明确的解决方法。……"千万不要忘记阶级斗争"的伟大号召,象一声春雷,震动了我的灵魂。②

在这种意识形态的启示下,浩然迅速完成了《艳阳天》的构思。于是,读者所熟悉的浩然小说中的田园风情被严峻的争夺天下的局面取代了,淳朴务实的父老乡亲也在战歌声中卷入了你死我活的斗争旋涡。

从《艳阳天》的创作也可以看出,作家在努力转变自己"旧"观念的过程中,时时不自觉地流露出对阶级斗争观念的潜在的对抗痕迹。比如他在塑造人物时,有时也能以未经彻底改造的平静心态,去揭示和描写深层次的农民心理,去发现和相对公正地看待农民对集体化的固执态度,这在对韩百安形象的刻画中体现得较为鲜明。与同类艺术形象如梁三老汉(《创业史》)、亭面糊(《山乡巨变》)、严志和(《红旗谱》)、马多寿(《三里湾》)等相比,韩百安在作品中的地位和性格的丰富程度也许算不上最突出的,但作为一个地道的农民形象,作家客观平静地在其灵魂深处所做的披露和描绘,人物所突显的农民心态的历史真实感,却形成了当时罕有匹敌的典型性意义和

---

① 浩然:《〈苍生〉是怎么写出来的》,见孙达佑、梁春水编:《浩然研究专集》,百花文艺出版社1994年版,第199页。
② 浩然:《〈春歌集〉编选琐记》,见南京师范学院中文系资料室编:《浩然作品研究资料》(修订本),1974年,第172—173页。

艺术冲击力。韩百安是顽固抵制农业社的最后一个入社的中农，对他来说，性命攸关的头等大事是过日子，那场轰轰烈烈的农村改造运动和新旧剧变的历史性转折，带给他的最大痛苦，在于"摸摸什么都是大伙的，动一下也有人管着，这种日子他过不惯哪"。在马连福大闹会场之后，韩百安从耳闻土地分红风声时一反常态的轻爽活跃，到目睹干部激烈对阵而悄悄溜出斗争是非之地的惊恐，从看到田野好庄稼景致时的愁闷顿消，到信步走近曾属于自己的那块土地时油然而生的迷惘和愧疚之情，舒缓徐致的描述都给人入木三分之感。尤其是对韩百安那种近乎本能的对土地关爱有加的细腻情感的描写，对压抑着他的愧对心爱土地的无奈情绪的刻画，使得一位普通农民在土地占有关系发生变化时所生发的心灵的搏斗和震颤，都在自然平实的描述中得到了充分恰切的表现，反映出作家洞入灵魂的努力和功底，有着较强的审美穿透力。

但在当时的文学环境中，以政治学说作为创作质量的突破口，由此而来的，是对自我创作潜力的遏制及对人物心灵世界的简化，这种简化的痕迹几乎存在于浩然中后期所有人物性格的刻画中。比如，马之悦是以"敌方"主帅和阴险的阶级异己分子的"鬼"的形象出现的，但作品第一卷也有对他作为人的内心世界的真实的展示，如实现抱负的雄心、为人处世的感叹、激流进退的犹豫彷徨与心灰意倦等。如果循着这一路径延伸下去的话，反面人物同样可以写出丰富多彩的内心世界，但这是以阶级斗争为纲的文学创作所不许可的。所以，此后马之悦的性格便愈来愈简化为单一而肤浅的阴险和狡诈，以致出现了操纵抢粮库、拉牲口退社等极尽渲染的情节。

正是浩然无条件地接受了以阶级斗争观念指导创作的原则，才导致了《艳阳天》艺术世界的单薄化，这主要表现在人物外部关系和内心世界的简化上，并导致作品第二、三卷与第一卷之间出现了明显的艺术落差。一方面，由于浩然刻意地要把英雄放到阶级斗争的场景中去表现，因而丰富而复杂的人物外部关系即社会关系和实践关系，就必然要简化为与阶级斗争观念相适应的两大营垒之间的对抗性关系，萧长春和马之悦便要成为正、反两大集团的首领，而其他人物也别无选择地被嵌入这一阶级斗争的典型环境，用来体现和佐证"阶级斗争越来越深入，越来越复杂"的"本质"规律。所以，萧长春等农村干部的首要任务就是"排队伍"，"为自己的阶级调兵遣将"。当这种排兵布阵完成以后，作品的第二、三卷就完全以对立营垒的你死我活的冲突，来取代形象的刻画和性格发展的描写了。另一方面，阶级斗争的模式势必带来对人物内心世界描写的冲淡和简化。当我们在看到作品生趣盎然的形象与外加的观念常常扭结在同一场景的不和谐现象时，更应看到，在《艳阳天》创作的后期，在浩然那里，对农村生活的原生体验与对阶级斗争观念的信仰遵奉，两种相悖的因素已同化为作家内在的理性自觉，成为合二而一的东西了。由此，也就并不奇怪，韩百安典型的小农心态、焦二菊本然的泼辣直爽、哑巴天生的内秀憨直等，都理所当然地被当作了阶级斗争本质的外化形态。同样的道理，阶级斗争的规律和要义必然要演化出马小辫持刀杀人、弯弯绕放鸡糟蹋集体的庄稼、马老四用自己的口粮喂集体的牲畜、马翠清和韩道满因阶级出身时而和解时而冷战等情节。这样，浩然要深刻反映现实生活本质真实的创作追求，却与他对生活本质、对现实人物的片面理解统一在了一起。

就其创作旨向来说，《艳阳天》要在反映生活的深度、广度方面实现新的突破，透过现象看到本质，写出社会现实生活的本质真实的意图，只能以阶级斗争观念作为过滤生活、理解历史的思想武器。显然，长篇小说在共时性的点的凝视下，社会现实的本质"真实"是阶级斗争，生活的"本质"是阶级斗争的必然规律，而在历时性的线的纵观下，农村之史和农民之传是连续的、动态的阶级斗争的历史，于是，浩然所追求的史诗变成了一部预设的阶级斗争史。

在20世纪50—60年代农村题材的长篇小说中，《艳阳天》的影响最大。其原因首先在于，它与当时政治话语中激进一方所提倡的社会结构和文学结构模式更相契合；其次，《艳阳天》的成功，绝不仅仅取决于当时政治因素对读者阅读审美心理的导向，作品自身的艺术魅力也不可忽视。这部作品里，虽然外加的观念、冰冷的说教、人为的拔高不可避免，但是同时处处充溢着生趣盎然的形象、浓郁质朴的人情味和真实的人生血泪。《艳阳天》在描绘场景、刻画人物上很细腻，每个人物的小传不是概括地介绍出来，而是化作几个小故事，颇能吸引读者。不可否认，浩然是一位生活积累厚实的作家，他对京郊农村的生活和各式各样的人物有深切的感受和认识，整部小说满溢着京郊的地方色彩，明丽、干净、生动，富于生活情趣。从这一点上看，浩然的生活积累和艺术才能，对当时政治话语的渗透起到了某种潜在的抗衡作用。他虽有俯就政治观念的一面，但对文学本身的热爱令他还能坚持刻画人物的灵魂，塑造出血肉丰满的人物形象。《艳阳天》从艺术成就上讲，堪称新中国成立后当代文学在主流意识形态主导下作家创作的一个总结。

浩然的另一部多卷本长篇小说《金光大道》，叙述了冀东一个名叫芳草地的村庄里农民所经历的改造运动，塑造了高大泉、张金发、田雨等正面或反面的人物形象，我国农村社会主义改造运动从开始到结束的全过程正好贯穿整部小说的叙事时间。对这样一部作品，浩然后来曾表示过自己的"勃勃雄心"："想给中华人民共和国的农村写一部'史'，给农民立一部'传'"①。"文革"时期，文坛萧条，局面如茅盾所言只剩下"八个样板戏、一个作家"。浩然凭《金光大道》成为"一枝独秀"的那"一个作家"，并非偶然。"文革"后期，文学领域的激进一派欲在小说领域树立样板，需要找到适应其政治和美学口味同时具有一定的艺术水准的作品。此时浩然的小说文本，尤其是《金光大道》，与这一要求相契合。而且，与《艳阳天》相比，《金光大道》在对政治话语的适应意识上更为自觉，作品中人物的行为、思想特色以及作家对自身体验的认识态度，都已经与"文革"时期激进一方的政治话语相一致。浩然通过其文本叙事成为"文革"文学话语的阐释者。

1994年，《金光大道》的再次出版伴随的事件众多：1994年前后，海外和大陆学界展开了有关"重写'文革'文学史"和"重读40—70年代文艺经典"的讨论，1995年前后，红色经典、样板戏重登舞台，以及这一时期出现毛泽东

---

① 浩然：《有关〈金光大道〉的几句话》，见《金光大道》（第1部），京华出版社1994年版，正文前第1页。

热、知青热等。无论如何，商品时代宽容、多元的对话氛围，以及对历史面貌进一步了解、反思的心理需求，都为一度被"埋入历史"的浩然提供了一个重获评价的机会。紧随《金光大道》的再版，1995年人民文学出版社再版《艳阳天》。总的来说，对浩然及其作品的纷争，焦点大致集中在"文革"时期的"走红"，这个实在太引人注目的特殊经历，难免会引起大众和学者对作家人格与文格的怀疑、追问。然而毕竟任何人都难以超越历史环境的局限，浩然那种深受泥土濡染的、农民式的深层文化心理结构、生活和知识积累，确实令他很难建构起充分的反思历史、反省自我的精神能力。这也就是浩然及其作品命运的根源所在，其成就和局限、荣耀和可疑，皆是因为他从未走出"农民"这座"精神围城"。

当然，"文革"时期浩然及其作品的命运，以至于整个社会的文学境遇的形成，都强烈地负载着时代与历史的沉重使命。从《讲话》到《太阳照在桑干河上》《暴风骤雨》，再到《红旗谱》《创业史》《艳阳天》，文学创作中逐步形成并强化了政治话语对现实生活的抽象。这种抽象在作品结构上主要表现为斗争阵线的不断分明，在人物塑造上主要表现为话语的更替，政治话语逐渐渗透和遮蔽了农民自身具有的传统道德话语，并最终取而代之，成为文学作品中占主导地位甚至可以说是唯一的话语取向。划清阵线和置换话语的深层目的皆在于，强化政治话语对文学创作的规范，净化提纯"文学为政治服务"的理念。在这个趋势上，浩然是一个后来者，也是一个真诚坚定的继承者、执行者。

不难发现，浩然是延安文艺遗产的忠诚继承者之一，他是真诚的，但这种真诚却很快被淹没在文学史重构的时代的浪潮中，这形成了当代文学历史的一种典型的悖论现象，让人回味。

第十章 延安文艺与20世纪中国文学研究范式的反思

新时期以来,纷至沓来的西方后现代话语令延安文艺研究透过新的方法重回学界的视野,由此建构起的一套研究范式,亦从不同维度探讨了延安文艺如何回应战时中国社会生活、大众化诉求等重大问题。但对延安文艺本身而言,所谓的价值重估,既不能简单地以想象式研究否定延安文艺中出现的一些不成熟的问题,也不能简单地以西方文学性的标准否定延安文艺的政治性。而要借用价值重估这一科学的研究视角和方法对其进行研究,目的仍在重建延安文艺的历史价值与当代意义。对从左翼文艺运动至延安文艺的历史形态、历史意义和重大理论与创作问题进行溯源分析,客观而公正地进行再研究、再评价,才能使其在新时代获得新的生命力,亦有助于当下文学的新发展与推动社会的现代化进程。延安文艺研究的反思之反思,对重新认识延安文艺与20世纪中国文学的关系、得失等,具有重要意义。

第一节

民族性与世界性研究的反思

一、民族文化的现代性重构

从现代中国文学的产生和发展脉络来看，五四时期的文学革命已经成为中国文学史上重要的转型时期和重要的文化节点。这是因为，现代新文学体现了与古典时期中庸平和明显不同的狂飙突进的时代精神。新文化运动中的"民主"和"科学"这两个关键词，有着强大的文化号召力，加之新文学作家们的理论建设和创作实践，彰显了五四新文学不同于以往的文学气象。社会历史的发展是不断向前的，那么我们如何面对本民族的传统文化呢？毋庸置疑，一成不变、因袭传统最终会被历史淘汰。如果传统文化阻碍了历史发展的进程，尤其是本民族的传统文化遭遇异质文化冲击而无法自我维系之时，则需要因势利导变革传统，或者用外来思想改造传统，或者在传统文化母体内植入外来文化因子。而当新文化运动时期的发难者面对新的时代变局，不被既有的文化框架限制，呼吁并形成一种不同于以往的新文化思潮时，一个新的文化传统便应运而生了。

事实上，五四新文学是在对古典文学进行了较为彻底的革命之后才完成现代转型的。"打倒孔家店"的口号虽然极端，却反映了先驱面对传统的激烈态度；用"活"的白话文代替"死"的文言文的做法貌似不近情理，却反映了彼时知识分子与传统决裂的心态。总体而言，从古典文学到五四文学之变，是本土文学为适应社会时代的变革，在外来文化思潮的催生下发生的由传统向现代的转型。当然，中国古典文学的独特之处，比如重情少理的思维模式、强调道德的训诫方式等虽然遭到压抑，却仍作为潜流在此后的文学发展中发挥着应有的作用。当然，古典文学遭遇现代，它本身所具有的薄弱环节，与时代不合拍的地方，比如贵族文学、山林文学、陈腐的古典文学遭遇激烈的挑战，而不得不向着国民的、写实的、社会的文学形态去发展。文学的体式发生了变化，小说、戏剧等取得了超越以前的地位，甚而占据时代潮头。同时，文学的价值思维、文学的表达程式以及相应的价值取向，都发生了根本性的变化。

五四时期是现代中国的另一个"诸子"并立时代。特别是在文学领域，新文学作家们才华出众，创作体裁兼备，文学实绩突出，从而在整体上提升了时代的文学素养。正可谓时代多难，文学勃兴。从五四知识分子的构成来看，他们要么是政府的官派留学生，要么是进过学堂接受过新知的文化人。既然五四新文学作家大多留过洋，学习了新的知识，而且对旧文学是彻底反对的，是不是就说明新文学的精神资源应该来源于西方呢？长期以来，学界对此似乎有着较为一致的观点，普遍认为五四文学革命以"科学"与"民主"为旗号，从而完成了中国文学从古典向现代的整体转换。有学者在对新文学的历史进行描述时就这样说："五四新文学的根本倾向，是人性的启蒙和文学观念与表达的现代化。……启蒙文学所依据的艺术范例，是西方近现代文学。所以从某种意义上说，五四新文学是一场从价值观念到文学形式的'西化'运动。"[①]再如《周作人论》一文中所谈道的："中国的新文学运动，完全是因为接受西洋的学术思想而起来的"[②]。的确，不少新文学运动的发难者和亲历者也持有同样的观点，如鲁迅在谈到自己的写作之路时就说："大约所仰仗的全在先前看过

[①] 刘勇、杨联芬：《"五四"的困境与新文学的历史描述》，载《北京师范大学学报》（社会科学版）1999年第2期。
[②] 许杰：《周作人论》，见上海文艺出版社编：《中国新文学大系（1927—1937）·文艺理论集一》，上海文艺出版社1987年版，第663页。

的百来篇外国作品和一点医学上的知识"①。陈独秀的文学革命论就是在"今日庄严灿烂之欧洲"②的启发下提出的。然而吊诡的是，周作人却在《中国新文学的源流》一文中认为，五四新文学运动与明末文学的根本方向是一致的，得出的结论是"明末的文学，是现在这次文学运动的来源"③。诚然，中国新文学是在彻底的反封建文化和旧的文学形式的基础上产生的，也受到了外来文学和文化思潮的巨大影响，但这并不能表明新文学与传统的决裂，实质上，文学的传承是不可能被彻底阻断的。这是因为文学传统有着非常丰富的构成，除了语言传统、表现方法之外，还有审美意识、文学理想、创作风格等，尤其是后者，对后来的文学或多或少有一定的借鉴价值。这也是新文学的源流问题颇有争议，未能达成普遍共识的根本原因。

尽管五四文学革命表现出彻底地反对旧文学的姿态，但新文学的建设理论和创作实践并没有完全抛弃传统文学，反而相当多地强调了传统文学的重要性，甚至提出了"复古"之说。胡适的《文学改良刍议》和陈独秀的《文学革命论》被称为五四文学革命的宣言书，其中的观点并非全盘反传统。胡适在文中就明确表示，他是传统白话小说的继承者，而陈独秀也认为，"多里巷猥辞"的国风和"盛用土语方物"的楚辞"非不斐然可观"，"元明剧本，明清小说，乃近代文学之粲然可观者"。④也就是说，五四文学革命的发难者否定的是传统文学中的消极因素，对传统文学中的进步因素则持肯定态度。五四新文化运动的主将、中国新文学的奠基人鲁迅同样认为，中国新文学的发展要继承本民族文学的优良传统，他在《文化偏至论》中表明，只有"弗失固有之血脉"，并"取今复古"，才能"别立新宗"。⑤可见，"五四"并非绝对的反

---

① 鲁迅：《我怎么做起小说来》，见《鲁迅全集》（第4卷），人民文学出版社1981年版，第512页。
② 陈独秀：《独秀文存》，安徽人民出版社1987年版，第95页。
③ 周作人：《中国新文学的源流》，华东师范大学出版社1995年版，第30页。
④ 陈独秀：《文学革命论》，载《新青年》1917年第6期。
⑤ 鲁迅：《文化偏至论》，见《鲁迅全集》（第1卷），人民文学出版社1981年版，第56页。

传统，而是在继承与批判中国传统文学的基础上，走一条合乎历史潮流的道路。这是因为新文学在向现代转型的过程中，除了需要注入外来文学的活水外，更重要的是立足本土。一个民族的文学，必须根植于民族共同的文化心理结构，这才是作家们创作的不竭源泉。

如果说以古典文学为代表的文学传统是大传统的话，那么五四新文学又生成了一个时代序列上的新传统。但是无论怎样的传统，现代文学与本民族传统文学之间的渊源不能被断然否定和割裂。在反叛旧传统和建构新传统的思考方式的指导下，五四新知识者所建构的五四传统便具有反叛性和创造性。自然，其中也不免存在着内在的动荡性和立场的摇摆性，而且当传统继续生发影响之时，这种内在的不稳定性难免还会产生新的时代问题。五四文学革命和1920年代的革命文学被认为脱离了大众，其重要原因之一就是，作家们对民族旧形式的排斥造成了文学与民众之间的隔阂。对此现象，茅盾曾撰文指出："二十年来旧形式只被新文学作者所否定，还没有被新文学所否定，更其没有被大众所否定。"[①]也就是说，作家们虽然在理论主张上反传统，但在实际创作中却不自觉地运用传统，不仅如此，大众读者的阅读兴趣并不排斥旧文学。

五四新文学运动是以民族文化的发展趋势为内在动力，并在西方其他民族文化的强烈刺激下开启的革新运动；前者决定了"五四"的民族文化特质，后者则加快了中西方多民族文化冲撞的融合进程。而传统文化变革的契机就是基于这种整合功能而催生出来的，文化运动的革新意识和民族自我维护的力量，为五四新文化运动中的传统文化带来了强烈的阵痛感，尤其是面临民族危机的重压，便催生了更为强大的民族凝聚力。"五四"开启的写实文学和关注现实的文化立场，更多的是基于本民族所做的文化考量。于是，对民间的、下层民众的关注以及对本民族文化重构的思考成为新文化复兴运动的基本任务。

---

① 茅盾：《大众化与利用旧形式》，见北京大学、北京师范大学、北京师范学院中文系中国现代文学教研室主编：《文学运动史料选》（第4册），上海教育出版社1979年版，第389页。

二、新文学民族性的价值追求

然而我们知道,现实情况却不容乐观,五四精英知识分子和下层人民存在着较大的文化隔阂,即便是左联所提倡的文学大众化,其实质也没有太大的改变,即使发生些许变化也只是形式上的变革。知识分子虽然全面投身于革命文学创作,笔触也更为真实地贴近民众,但其创设的现实文化格局是上下割裂的,而非圆融一体的。因此,无论是革命的现实需要,还是民族文化的建构诉求,都决定了新文学的发展方向必然是面向民间。这是因为民族文化的特点是民族意志、民族文化心理结构以及相应的审美追求,而民间蕴含着巨大的文化资源,能够较为真实地反映民族文化的特点。20世纪30年代的左翼文学运动在文艺大众化的要求下,必然要重视对旧形式的接受和运用。瞿秋白经过分析论证后认为,大众乐于接受"旧式体裁的故事小说,歌曲小调,歌剧和对话剧等",作家在利用旧形式进行创作时"应当做到两点:第一,是依照着旧式体裁而加以改革;第二,运用旧式体裁的各种成分,而创造出的新的形式"。[①]尤其是在抗战爆发后,民族情结更加激发了人们对本民族传统的关注,文艺界兴起了一股关于"文艺旧形式"的讨论热潮。显然,这里所谓的文艺的旧形式其实就是文艺的民族形式。艾思奇有一篇系统讨论民族形式的文章《旧形式运用的基本原则》,从"问题提起的必然性""运用旧形式的中心目标""旧形式的根本规律"和"运用旧形式的基本方式"等四个方面进行论述后,认为"直到今天,我们有新的文艺,然而极缺少民族的新文艺,我们的民族的东西,主要地都是在旧形式的东西"。[②]

在左联和文协围绕旧形式的利用问题开展讨论的基础上,毛泽东发表了关于民族形式的基本观点:"中国文化应有自己的形式,这就是民族形式。民族

---

① 史铁儿:《普洛大众文艺的现实问题》,见北京大学、北京师范大学、北京师范学院中文系中国现代文学教研室主编:《文学运动史料选》(第2册),上海教育出版社1979年版,第380页。
② 艾思奇:《旧形式运用的基本原则》,载《文艺战线》1939年第3期。

的形式,新民主主义的内容——这就是我们今天的新文化。"①可见,关于民族形式的讨论不仅使新文学的发展重新接续到了与中国传统文化的血脉联系,同时在左翼文学与延安文艺之间搭起了一座走向民族化发展道路的桥梁。在《讲话》中,毛泽东并没有对利用和改造旧形式为大众服务的问题进行过多的阐释,只是强调了继承文艺传统的重要性,以及对旧形式的改造与运用。延安时期的文艺工作者也认识到了文艺与人民大众关系问题的重要性,他们在创作时,"把民族的,民间的旧有艺术形式中的优良成分吸收到新文艺中来,给新文艺以清新刚健营养,使新文艺更加民族化,大众化"②,由此出现了一大批运用民族传统形式来写新人新生活题材的、具有大众化风格的优秀作品。1943年春节期间,延安掀起了一股新秧歌剧的热潮,出现了以秧歌的形式反映大生产运动的《兄妹开荒》等深受群众欢迎的新秧歌剧。在新秧歌剧取得巨大成果的基础上,延安鲁迅艺术学院根据1940年流传于晋察冀边区一带的民间故事"白毛仙姑"加工改编而成的大型新歌剧《白毛女》,成为延安文艺的标志性作品,迅速风靡各抗日民主根据地。诗歌方面,出现了李季、艾青、何其芳、柯仲平等著名诗人,尤其是李季采用陕北民歌信天游的形式和手法创作的民歌体叙事长诗《王贵与李香香》,给新诗的大众化、民族化树立了典范。小说方面的成就更大,在以赵树理为方向的小说创作的带动下,柳青、欧阳山、孔厥、周立波、孙犁、马烽等新老作家,各有一批具有中国作风、中国气派的佳作问世。

对《讲话》发表后民间文艺的历史价值,史家给予了这样的评价:

> 1942年毛泽东《在延安文艺座谈会上的讲话》发表之后,专业作家与群众文艺运动结合,中国传统民间文艺在现代新文艺的启迪下得以蓬勃复兴,反过来,民间文艺的创造活力又补充丰富了现代新文艺。对于自诞生以来就主要受外国文学影响的新文学来说,这种来自

---

① 毛泽东:《新民主主义论》,见《毛泽东选集》(第2卷),人民出版社1991年版,第707页。
② 周扬:《对旧形式利用在文学上的一个看法》,载《中国文化》1940年创刊号。

民族传统和民间文化的推动力，是具有特殊的意义与价值的。[①]

这对延安时期文艺吸收民间传统价值的评价应该说是客观而准确的。由以上论述可知，延安文艺承续和发展了五四新文学的启蒙精神，在左翼文艺运动理论建设的基础上，进一步深入讨论和实践了文学的大众化和民族化问题，通过对民族形式和民族语言的创造性运用，不仅真正意义上实现了近现代以来文学为大众的目标，而且使新文学的发展重新接续了与民族传统文化的血脉联系。认为延安文艺背离或者中断了中国文学现代化进程的观点，显然是没能清楚地认识延安文艺与五四精神的内在联系。

新文学实践经验的必然要求是现实的凝聚力以及相应的整合功能，而对民族凝聚力量的重视是传统文化发展的内在逻辑，并且催促着中华民族的全面觉醒；同时，有文艺的本民族问题的讨论；再就是民族如何生存以及如何生长于世界文学范围内，成为一时之问题。我们可以把这些问题统称为文学的民族性问题。民族性本质是一种族性力量认同框架下的凝聚和追认，同时，民族性是在中华民族与异质文明对抗中产生的一种对本土文化的时代认同，从某种意义上说，它体现的是一种文化力量的凝聚。可见，民族性是在外部环境压抑下不断自我收缩的过程，但又是一个自我力量不断积累的过程。

在五四文化价值立场中，民族性更多地为浓烈的异质文化元素所压抑。从构成和系统发展来看，现代文化的建构是一种内外因综合的过程，但从内在发展的动力来看，其显示出来的则是一种民族情感的张力。民族性的存在就是复兴中华民族所具有的优越特性，而文艺从根本上深化了这种复兴动力，强化了民众之间的认同感受。延安文艺形成了具有高度认同感的民族性力量，并由此带来全面性的社会发展动力。文艺留下了民族性生长的具体痕迹，从根本上呈现了文化发展的深刻动力，并且在强化和固化的同时激活了民族发展的活力。民族自觉意识的觉醒使得文艺工作者的归属意识增强，同时艺术家在进行文艺

---

① 钱理群、温儒敏、吴福辉：《中国现代文学三十年》（修订版），北京大学出版社1998年版，第349页。

创作时，能以更宏观的视角看问题，能使作品的内涵更丰富、更深刻。甚至可以说，在文艺民族性的追求和感召下，文艺知识分子自觉放弃了文学中浮躁的夸饰成分，而选择直面民族的未来，这是因为民族性的使命感和责任感让知识分子放下文人身份的羁绊，在自我总结和自我推陈的层面助力民族文化的弘扬和民众民族意识的觉醒。而文艺工作者这样的思考立场和文化姿态也得到了社会的回应，那些有着鲜明的民族性的文艺作品受到了广泛欢迎。因此可以这样认为，文艺民族化运动成了文艺生产的特殊力量。

当然，文艺民族性的追求也有其内在的矛盾。当民族性成为社会发展的动力时，它必然会从内向外地强力伸展出时代的价值属性。从这种意义上看，民族性具有一定的排他性。外族文化势力以高压姿态向中华民族强势渗透，面对国土与文化的双重危机，民族的觉醒首先需要民族文艺率先觉醒。也可说，民族性是中华民族在外敌入侵时率先觉醒的那一部分，而且它与外族对抗之时，在一定程度上促进了民族内部的自我团结。

文艺的民族化倾向则将民众以及文学的大众化运动逐步加以整合，形成一种聚集国族的合力。而不断恶化的外部环境，也让这种族性力量的增长有了现实的合理性，从而，民族性便不可能再为时代所不容。在延安文艺的框架下，民族性不只体现在大众化、民族化等层面，而且体现在文化建构层面。文艺的工农兵方向得以确定，民众的文化水平在普及中得以提高，由此彰显了文艺的民族凝聚力，使民族性力量获得了现实性的张力。文艺的社会向度和文化向度的结合，使得延安文艺具有了广泛的传播力，而这种传播力与民族发展的族性力量通常相得益彰，进而生成强大的社会力量，造就强大的现实影响。民众参与，知识分子引导，社会生产与文艺生产相融，突显了文化在民族性力量整合中的作用，丰富并强调了文艺的多元性和共生性。在更深广的历史空间中，文艺的多元共生的可能得到了实践证明。

与现代文学的本土性相对应的是其世界性。现代中国文学的诞生与世界文学的发展是不可割裂的。五四新文化运动最有力的思想资源就是西方人文主义思潮，而文学革命就是在欧洲文艺复兴的影响下发起的。正如有学者所认为的，五四文学革命以"科学"与"民主"为口号，"才使中国新文学站到了与世界文学对话的新起点上，初步完成了从古典文学向现代文学的整体转换"①。其实文学革命向革命文学的转变，以及革命文学在中国的兴起，不仅有着现代中国文学自身寻求发展和突破的内在要求，更有着深刻的国际社会政治、文化因素的影响。亦如郭沫若所言：

> 文学是社会上的一种产物，她的生存不能违背社会的基本而生存，她的发展也不能违背社会的进化而发展，所以我们可以说一句，凡是合乎社会的基本的文学方能有存在的价值，而合乎社会进化的文学方能为活的文学，进步的文学。……真正的文学是只有革命文学的一种。②

可以说，革命文学是五四新文化运动乃至晚清以来文学建构民族／国家意识和使命发展的必然结果，影响现代中国文学流变长达半个多世纪，是研究延安文艺和当代文学必然要深入探讨的议题。

三、延安文艺世界性的话语塑造

20世纪20年代，革命文学的出现和勃兴有着世界范围内的红色文化背景，尤其是马克思主义在世界各国，特别是在苏联、日本、中国等国家的传播与接受。随着社会主义制度在苏联的确立，无产阶级掌握了思想文化和文学艺术领域的领导权，以拉普为中心的无产阶级文学思潮、流派和社团纷纷出现，参加者如马雅可夫斯基、法捷耶夫、绥拉菲莫维奇、肖洛霍夫等著名作家，他们的作品对革命文学和左翼文学起着示范性的作用。与拉普相关的一些文艺理论，如文艺与现实、文艺与政治的关系，真实性和典型性，现实主义和浪漫主义，形式与内容的关系等命题，尤其是辩证唯物主义的创作方法，不仅影响着中国

---

① 陈晓明：《现代中国文学思潮流变论》，载《学术研究》1998年第3期。
② 郭沫若：《革命与文学》，见北京大学、北京师范大学、北京师范学院中文系中国现代文学教研室主编：《文学运动史料选》（第1册），上海教育出版社1979年版，第439—440页。

左翼文学的创作，而且成为重要的创作理念和价值评价标准。日本的左翼文学运动始于20世纪20年代。1928年，日本成立了左翼作家总同盟，继而组成全日本无产阶级者艺术联盟，简称"纳普"，其核心纲领是"建立为无产阶级解放服务的阶级文学"。1931年，纳普解散，又成立了简称为"克普"的日本无产阶级文化联盟，它是日本共产党的外围组织。日本的左翼文学运动接受共产国际和日共的政治领导，因而其文学活动带有鲜明的政治色彩，代表作家有小林多喜二和德永直等。除了克普，福本主义是对日本无产阶级文学运动影响最大的理论，代表人物是青野季吉和藏原惟人。对中国左翼作家产生影响的是福本主义和纳普，后期创造社的理论构架如"意识斗争""分离结合"等就来源于福本主义。青野季吉的"自然生长""目的意识"，以及藏原惟人的"无产阶级写实主义"等理论，为中国的左翼文学运动的发展提供了文学理论资源。

20世纪二三十年代，左翼文学运动不仅在苏联、日本和中国有着较大规模的涌现，在欧洲、北美洲和东南亚等地，如德国、法国、匈牙利、波兰、美国等也都出现，并且由此建立了无产阶级文学组织，创办了无产阶级文学刊物。在此基础之上，由苏联拉普提议，1925年建立了国际革命文学联络机构，成立了国际革命作家联盟，由其来领导世界各国的革命文学组织。由此可见，包括中国在内的世界各国无产阶级文学运动，无论在方针政策、指导思想，还是组织形式、创作理论等方面都是基本一致的。正如有的研究者所说："中国对国际的亦步亦趋，既表现为政治的，更表现为组织的，尤其表现在思想、理论上。"[①]世界范围内无产阶级文学运动的兴起，为中国左翼文学的产生和发展提供了理论资源和组织方式，并使中国左翼文学运动成为世界左翼文学运动中较为重要的组成部分。同时，中国左翼文学运动的理论建构和创作实践为马克思主义文艺理论中国化提供了重要实践经验。

当国民党的三民主义和其他思想体系不能为社会政治文化进程提供顺应历史规律的指导时，以马克思主义为理论指导的中国左翼无产阶级运动，以被压

[①] 转引自汪应果、吕周聚主编：《现代中国文学史》，南京大学出版社2007年版，第119—120页。

抑者代言人的身份出现，适应了民众缓释政治焦虑的需要。一位左联成员曾回忆道：

> 那年头，青年为解脱思想苦闷，到处找文艺书读。对于无关痛痒的作品，厌弃不顾，专门找鲁迅、郭沫若、蒋光慈作品来读，从中寻求启示和刺激。只要有进步的名教授、名作家讲演，不管路程远近总要去聆听一通。我说这片闲话，在说明青年为政治上苦闷而追求文学，又从文学中找寻政治出路。①

左翼文学备受民众尤其是青年的关注，很大程度上是因为马克思主义以一整套科学的认识社会状态的理论系统，对社会发展前景做出了全新构想，唤起了饱受压抑的人们对世界的美好憧憬。左翼文学实践建构了一个虽粗糙简单但却充满希望的艺术想象空间，而且其中的无产阶级运动的政治关怀适应了民众的政治取向和社会心理，文学在某种程度上成了民众的人生理想和行动指南。可见，左翼思潮成为当时社会思想界和文学界的主潮是大势所趋。十年来的左翼文学运动的成效之一，是在左翼知识分子及其文学创作的推动下，中国文学现代进程的方向由对欧美资产阶级人文主义思潮的仰慕与追随，转变为对马克思主义的接受与传播。由此，我们不难理解，延安能吸引来自全国的大量青年知识分子，不仅因为延安文艺传承了左翼将文学创作纳入共产主义理想的历史实践，自觉地将文学作为实现政治目标和社会变革的有效手段，还因为对无产阶级现代性的渴望，以及马克思主义带来的巨大的道德理想主义热忱，得到了全国民众尤其是年轻知识分子的热情支持。

从文学地理学的角度考察，在20世纪中国的文化地图中，延安不只是一个纯粹的地理坐标，还是耸立在人类文明史册中的文化地理高地，具有深厚的文化内涵和思想气质。仅就延安文艺所表现出的内容和主题而论，延安文艺局限于20世纪三四十年代的中国，是区域性质的；但就延安文艺的现实意义及影

---

① 杨纤如：《寿南北两"左联"六秩》，见中国左翼作家联盟成立大会会址纪念馆、上海鲁迅纪念馆编：《"左联"纪念集 1930—1990》，百家出版社1990年版，第26页。

响力来看，它自然又是世界性的。延安文艺的创作主体是延安文艺知识分子群体，他们自集群开始便形成了一个具有持续影响力的文艺流派。与此同时，延安文艺知识分子群体的形成本身就包含了地理迁徙的过程，便自然具有很强的空间属性。在此区域内，延安文学延续了革命文学所具有的特定气质，继续在个性解放、人格独立等议题上展开深入的研究和讨论。延安文艺集中发出共产主义的革命声音，注定了它本身具有强大的生命力，而这种影响正在不断扩张，于是，延安文艺首先要突破的便是地理界限，即在文化版图上扩大自己的影响力。从这个意义上看，延安文艺首先要站立在广大劳动人民的立场，将黄土高原的声音及其所培养的文化体验加以扩大，进而打破国民党统治的界限，播散到全国，甚或与苏联联系进而产生世界性的影响力。因此，从某种意义上来说，延安文艺也蕴含着中共中央与苏共中央以及国际共产主义运动之间联系的可能性，这说明了延安文艺自诞生之日起，就具有了世界性的元素。而美国记者埃德加·斯诺在《西行漫记》中对延安的特意关注，也成为延安文艺世界性影响力的明确证据。世界性的目的是彰显新文学的审美价值，同样成为延安文艺思考的主要内容之一。文艺的主要功能是审美，而艺术审美是现代人的心理需求。那么，从审美的视角去思考和观照延安文艺，比如说作为延安文艺的典型代表，赵树理的文学具有怎样的审美价值，其思想又具有怎样的世界性？他的创作究竟是一种什么样的审美，对五四新文学传统是一种怎样的延续？诸如此类的问题都值得进一步探讨。

每一个时代的审美风潮都随着时代的变化而变化。五四时期文艺的审美对象主要是知识分子，而延安文艺要求文学创作者深入人民大众，显然，艺术审美的追求和风格是不同的。延安文艺在形式上以小说、戏剧为主体，其中，小说大多呈现了知识分子和人民大众的思想状态。老百姓喜欢什么，文艺工作者就创作什么。如老百姓喜欢看有表演性质的歌剧，根据地就开展戏剧运动，促进戏剧文学的创作，通过戏剧表演发挥其宣传、鼓动和教育的作用，让识字不多的工农兵大众能够看懂并接受审美教育，这就是当时戏剧盛行的原因之一。《白毛女》《兄妹开荒》《夫妻识字》《赤叶河》等一大批备受欢迎的现代歌剧被文艺工作者创作出来。戏剧是较为原始的艺术形式，其在延安时期得以盛行，就是因为延安文艺促使劳苦大众与知识分子之间形成了一种密切的文化关联。戏剧从某种角度上看是具有原始生命力的。因为中国农民庞大的数量和多样化形态又增强了其审美体验的独特性，戏剧等较为原始的艺术也就蕴含了人类学的价值内涵，而这些则加快塑造了延安文艺的世界性话语形态。

从某种意义上来说，越是民族的越是世界的，民族性与世界性并不矛盾。只有深入了解当地人民的民俗风情和具体生存环境，才能发现和认可延安文艺的价值功能。解放区，就需要这样的文艺来鼓舞民众，唤起大众改造社会的热情。与国统区喜欢张爱玲的审美情趣不同，延安文艺首先得展现土地的问题。在一个生产滞后、民不聊生的现实困境中，奢靡和消费都是极不恰当且非常过分的行为，而生存需要的紧迫感强化了这种生产和劳动审美的需要。但是，我们同时要认识到，在劳动生产的大环境下，延安文艺所具有的自觉性和能动性以及文艺在社会革命中的调动作用，无疑是世界性的。在此，民族性与世界性既不冲突也不矛盾，而是有着很好的延续。

第二节

现代性理论研究的反思

在全球化进程加速发展的20世纪末,后现代、后殖民等话语对现代性话语造成了极大的冲击,全球知识界掀起了一股强劲的现代性反思浪潮,为亟待拓展研究空间和建构新研究范式的中国现代文学研究提供了新的视角。在"重写文学史"思潮的影响下,持新启蒙主义文学史观的研究者指出,新时期之前的文学具有的"前现代"性质,在某种程度上造成了20世纪中国文学现代发展进程的断裂,而新时期文学才真正与五四时期文学的现代性接续。正如有研究者所指出的:

> 不少评论家干脆把这种无论在基本主题还是在艺术审美形式上都带有强烈的反现代与回归传统特征的"社会主义现实主义"理解成有几千年历史的中国农民文艺或封建文艺的延续,因为它的出现,中断了五四新文学的传统,而新时期文学的繁荣,正是因为接续了被中断多年的五四传统,使饱经沧桑的20世纪中国文学重新回到了"现代"的轨道上来。[①]

这种颠覆以往文学史中占主导地位的新民主主义文学史观,以及质疑左翼文学传统的现象,在新时期去政治化和革命祛魅的社会思潮下,被认为是一种

[①] 李杨:《抗争宿命之路——"社会主义现实主义"(1942—1976)研究》,时代文艺出版社1993年版,第314页。

毋庸置疑的分析问题的基本理念，在20世纪90年代市场经济和全球化进程加速发展的新的时代语境中，引起了中外学术界的强烈反思，而其中最有影响的理论命题是围绕延安文艺、社会主义现实主义文学等左翼性质文学的"反现代的现代性"的阐释。不可否认的是，这些讨论突破了社会历史研究视阈的局限，但却出现了矫枉过正的现象，出现了对左翼文学传统全面质疑甚至全盘否定的现象。

因此，对左翼文学现代性的研究更应该引起学界的足够重视。不管是"前现代"还是"反现代的现代性"的讨论，其实都与延安文艺有着不可分割的联系，或者说对20世纪中国文学的现代性话语讨论以及对左翼文学传统的重新评估，其落脚点和突破口其实就在于对延安文艺的现代性的重新认识。作为中国左翼文学发展历程中最有代表性的文学形态，延安文艺在20世纪中国文学发展进程中上承五四文学革命和左翼文学运动，并成为新中国文学体制创构和创作的范型，因此对延安文艺现代性的历史渊源和时代表征进行全面辨析，有利于我们对左翼文学以至20世纪中国文学的现代性有一个更明晰的认识。

一、"反现代的现代性"理论命题的反思

尽管围绕着"反现代的现代性"的理论命题，不同的研究者的理解和阐释各不相同，但不可否认的是，现代性反思开启了对20世纪中国文学，尤其是左翼文学的现代性重估的学术研究新视野。从理论的提出到对当代造成的学术影响来看，"反现代的现代性"对进一步探讨和反思中国现代文学的话语性质和研究范式的影响不容忽视。较早介入该命题且极具代表性的研究者应该是身处海外的唐小兵，他在《再解读：大众文艺与意识形态》中撰写的一篇代导言《我们怎样想象历史》，将延安文艺与西方的大众文艺进行比较后得出，延安文艺所代表的大众文艺是"一场反现代的现代先锋派文化运动"[①]。与此同时，李杨在著作《抗争宿命之路——"社会主义现实主义"（1942—1976）研

---

① 唐小兵：《我们怎样想象历史（代导言）》，见《再解读：大众文艺与意识形态》，北京大学出版社2007年增订版，第6页。

究》中，较为系统地阐述了社会主义现实主义文学的反现代的现代意义。[①]随着学术界对现代性反思的进一步研究，汪晖在《韦伯与中国的现代性问题》一文中，针对新时期以来的中国社会状况及思想状况尤其是新启蒙主义思潮展开探讨并提出了"谁的现代性"的问题之后，在《当代中国的思想状况与现代性问题》中进而提出，"毛泽东的社会主义思想是一种反资本主义现代性的现代性理论"，并且认为"'反现代性的现代性理论'并不仅仅是毛泽东思想的特征，而且也是晚清以降中国思想的主要特征之一"。[②]此后，左翼文学现代性的讨论成为学界的一股潮流，研究者们开始重新将视角聚焦于现代以来的革命文学、左翼文学、延安文艺以及50—70年代文学。然而，唐小兵等只是抛出了一个抽象概念，每位研究者对其理解各不相同，因而具体的阐释也显得纷繁复杂。那么，究竟如何理解"反现代的现代性"这一理论命题呢？在这一理论视角下的左翼文学究竟传达了阐释者怎样的态度？需要对该命题进行深入辨析。

首先，我们要厘清"反现代的现代性"产生的话语环境。对左翼文学进行现代性反思，与80年代以"探讨文学史研究多元化的可能性"为目的的"重写文学史"观点有着必然的联系。[③]"重写文学史"提出，"要改变这门学科原有的性质，使之从从属于整个革命史传统教育的状态下摆脱出来，成为一门独

[①] 李杨：《抗争宿命之路——"社会主义现实主义"（1942—1976）研究》，时代文艺出版社1993年版，第341页。
[②] 汪晖：《当代中国的思想状况与现代性问题》，见《去政治化的政治：短20世纪的终结与90年代》，生活·读书·新知三联书店2008年版，第65页。在汪晖看来，这种合理性建构在这一话语与晚清以来的中国现代性话语的内在一致上，"'反现代性的现代性理论'并不仅仅是毛泽东思想的特征，而且也是晚清以降中国思想的主要特征之一。'反现代'的取向不仅导因于人们所说的传统因素，更重要的是，帝国主义扩张和资本主义现代社会危机的历史展现，构成了中国寻求现代性的历史语境。……甚至可以说，对现代性的质疑和批判本身构成了中国现代性思想的最基本的特征。因此，中国现代思想及其最为重要的思想家是以悖论式的方式展开他们寻求中国现代性的思想努力和社会实践的。中国现代思想包含了对现代性的批判性反思"。
[③] 陈思和、王晓明：《关于"重写文学史"专栏的对话》，载《上海文论》1989年第6期。

立的、审美的文学史学科"①。于是,在"重写文学史"的理论预设下,左翼文学被理解为"前现代"现象,以人文主义立场从启蒙主义角度呼吁文学应该重回"五四",重新勾画20世纪中国文学的现代化图景。对左翼文学的质疑,来自新的历史时期对严重僵化的"文革"文学的批判。我们知道,十七年文学和"文革"文学延续了延安时期的文艺政策,而革命文学、左翼文学、解放区文学,包括十七年文学和"文革"文学,通常被学界认为有着一脉相承的血缘关系,在清算中国当代文学中的极左倾向时,必然向前溯源到30年代的左翼文学。

如何辩证地认识左翼文学的"前现代性"?在此,我们要清楚划分现代性的标准。很显然,该理论预设是以西方的人文主义现代性为衡量标准的,符合这一标准的就归入"现代性",如五四启蒙主义文学;不符合的就认为是"前现代"。这一划分标准至少忽略了几个现象:第一,对现代性范畴的狭隘理解。我们知道,现代性有着复杂的层面,不同层面对"现代性"的定义各不相同,这就是现代性的多面性。

> 作为结论,我要说的是,由于真正的现代化在任何领域都是同创造性(解决现存问题的首创方式,想像,发明等)相联系的,它排除了模仿,或至多给予它一种外围角色,这同许多现代性或现代化理论家所认为的相反。惟其如此,我要说,人们不应只谈论一种现代性,一种现代化方式或模式,一个统一的现代性概念——它内在地是普遍主义的,并预设独立于时间与地理坐标的普遍一致标准。如果现代性确实是创造性的——无论是作为经济上的发展,还是处于可能性范围的另一端,作为知识与见解通过不可预言的发现获得增长——那它就只能是多元的、局部的和非模仿性的。因此,当波德莱尔说现代性就在于对现时、对现时之现时性的一种独特感觉时,他是对的,而且不仅仅是在美学上。在波德莱尔看来,这种感觉不可能通过模仿古代大师们学到,人们只能靠自己去获得,靠自己感觉的敏锐性,靠自己面对新事物时

---

① 陈思和:《关于"重写文学史"》,载《文学评论家》1989年第2期。

的好奇，靠波德莱尔定义为"回复童年"（enfance retrouvé）的那种天赋——因为"儿童看一切事物都是新的"，并因此能够更新世界。在此意义上，现代性只是又一个用来表述更新与革新相结合这种观念的词。①

第二，现代性的分类也较多，既有启蒙的现代性，也有审美的现代性，而启蒙现代性既有个性解放的启蒙，也有阶级和民族／国家的启蒙。如果是这种标准，那么左翼文学包括延安文艺，显然是具有现代性的，但左翼文学的现代性又往往是学界不太想承认的，甚至会被认为走向了现代性的反面，于是"前现代性"和"反现代的现代性"之类的说法应运而生。由此可见，将左翼文学划入"前现代性"显然是界定标准单一的结果。第三，持该观点的人忽视了包括左翼文学在内的现代中国文学，已经完全被纳入了世界文学的现代化进程，虽然中国文学的现代性因其民族语境的不同而呈现出复杂且独特的特点，但并不能因为与西方文学的差异就否定其现代性。

如果说上述研究是对左翼文学价值的质疑与重估，那么还有一类被称为"新左派"的文学史观，认为左翼文学是"反现代的现代先锋派"，从而肯定了左翼文学在20世纪中国文学中的主导地位及历史合理性。之所以将解放区文学定位为"反现代的现代性"，就在于肯定其对西方资本主义现代性的批判。有研究者认为，"新左派"文学史观与新民主主义文学史观并没有本质的区别，只是前者借用了后现代主义、后殖民主义、西方马克思主义等新的理论资源重新阐释了左翼文学。

> "新左派"思潮的理论资源主要是经典马克思主义、卢卡契的理论、法兰克福学派等西方左派理论，并融合了解构主义、弗洛伊德理论、女权主义、后殖民主义等新兴学说，成为一个不但具有理论深度、而且与时代保持着密切关系的世界性思潮，在20世纪晚期产生了

---

① 马泰·卡林内斯库：《现代性的五副面孔：现代主义、先锋派、颓废、媚俗主义、后现代主义》，顾爱彬、李瑞华译，商务印书馆2002年版，第360—361页。

巨大的影响，至今依然具有蓬勃的生命力。①

的确，新理论资源的运用使左翼文学的阐释呈现出新的面貌，在一定程度上打开了左翼文学研究和文学史研究的新视野。而且"新左派"在文学史叙述上更为重要的意义是，走出了非正即反的翻烙饼似的文学史观，寻找到一种更具阐释力的文学史观。但"新左派"最大的问题是，脱离了具体语境而从概念上对左翼文学作品进行解读，缺乏对中国现代性内在规律的整体把握。不仅如此，"新左派"所选取的文本大多是传统的左翼文学，没有尝试用人文主义或者文学审美的方式进行阐释，因此没能对左翼文学进行有效的反思。

上述两种对左翼文学价值进行重估的现象，无论是"重写"的质疑还是"新左派"的肯定，都脱离了左翼文学的中国具体历史语境，它们的相同之处在于都用西方理论对中国文学进行研究。要讨论某一种文学流派或者文学思潮是否具有现代性，必须将其放到具体的历史语境之中，才能考察这种现代性的真实品格。同时，它们都割裂了左翼文学与五四新文学的关系，甚至将二者对立起来。最为重要的是，上述两种对左翼文学的重估理论依据都是以西方的现代性为基础。前者肯定了西方现代性的先进性，后者尽管批判了西方的现代性，但还是把中国左翼文学的现代性与之捆绑。因为反西方的现代性，首先是要肯定西方现代性的前发优势。我们需要清楚的是，中国走的是另外一条不同于西方现代性的道路，有着中国自身的特点和历史必然。但不管怎样，新文学的归属是人的现代性，这是最大的现代性，而左翼文学的现代性不仅指向单纯的个人的解放和个性的解放，而且是上升到阶级和民族／国家的解放层面，在对西方现代性以及对中华民族文化和历史的不断反思中构建起的别具一格的现代性文学景观。

左翼文学，包括延安文学在内的革命话语书写，是在对西方人文主义现代性的反思过程中，以本民族的传统历史文化为文学书写的土壤，在强调作家书

---

① 郑闯琦：《当代文学研究的四种文学史观和三条现代性线索》，载《唐都学刊》2004年第3期。

写中国经验的同时，赋予了更多的时代内涵，将个人的解放与民族／国家的建构紧密结合，踏上了中国作为后发现代国家的现代性之路，开始了具有本民族特色的现代化进程。

二、"想象"式研究范式的反思

由上文的论述来看，关于左翼文学是否具有现代性，学术界众说纷纭。对此，李杨的一个观点直击问题的核心，那就是衡量标准的问题。他说：

> 与20世纪80年代的主流文学史叙述在"传统"与"现代"的二元框架中讨论"左翼文学"不同，我一直认为"左翼文学"带来的问题并不是"左翼"的问题，而是现代性本身的问题。①

显然，李杨的这种现代性反思还是颇具特色的。虽然李杨针对的是"现代性"概念本身的多义性，但其实他的这个观点给我们提供的另一个信息就是，左翼本身没有任何问题，问题在于评价者进行阐释时所运用的理论。

如唐小兵的著作中，有一个让我们觉得非常新奇的观点。他认为，延安文艺是中国先锋派的起源，其理由是，延安文艺是一个带有乌托邦冲动的社会实验，"是一场反现代的现代先锋派文化运动"②。对此观点，唐小兵后来是这样解释的，他肯定了对先锋派的多种理解，而他的这一观点的来源是德国学者彼得·比格尔的《先锋派理论》。比格尔在书里对先锋派有两个基本理解：其一，先锋派不只是形式上的创新，还要挑战现存艺术体制，而不只是艺术风格；其二，先锋派的基本使命是要把艺术回归到生活，使生活和艺术真正实现统一。

> 比格尔的这两个观点给我很大启发和影响，从90年代初期写《再解读》那个序言到最近完成的这本关于左翼木刻的书，我都是以这两点作为先锋派的基本定义。通过这两点来看的话，先锋派不仅在延

---

① 李杨：《文学史写作中的现代性问题》，山西教育出版社2006年版，第187页。
② 唐小兵：《我们怎样想象历史（代导言）》，见《再解读：大众文艺与意识形态》，北京大学出版社2007年增订版，第6页。

安,就是在整个20世纪30年代中国左翼文艺运动里面都是很明显的;而20世纪后期的那种先锋派并不是真正意义上的先锋,而只是一种艺术形式上的先锋,某种意义上它是要进入或者说回归到国际艺术的现存体制中去。①

首先,比格尔的先锋派理论针对的是19世纪垄断法国艺术界的沙龙体制,主张艺术要走出沙龙,回到生活,艺术活动还应该有新的展览方式、新的艺术语言、新的艺术群体、新的定义等。比格尔的先锋派理论并非对中国的左翼文学运动进行考察后所提出,也与延安文艺没有任何时空关联,就因为其理论中存在着对现存艺术体制的挑战,以及对唯美主义的生活和艺术割裂的挑战,就直接搬用过来并下结论认为,延安文艺是一场"反现代的现代先锋派文化运动",显然有点武断,但至少也让我们清楚了汉学家的某些看似惊世骇俗的结论背后的轻率,连唐小兵自己也承认:"在某个意义上,我想写的,在抽掉具体的语境、具体的文艺实践和经验这个层次上的东西之后,可能是20世纪中国革命的冲动和它的运作逻辑。"②但如果抽掉不谈文艺运动的具体语境、具体的文艺实践和经验,这种被抽象出来的所谓的中国革命的冲动和运作逻辑是否是恰当的?唐小兵等想象历史的方式是通过再解读活动进行的,是通过一种文本策略"对中国现当代文化政治、社会历史的一次借喻式解读"③。问题是这种通过文本来想象中国社会历史的方式的有效性和真实性是否能够保证。更令人担忧的是,近年来"想象"一词在学术研究领域成为热门理论术语,如"想象的共同体""想象中国的方法""民族国家想象"等。受其影响,一些文学研究也动辄冠以"想象"之名,以此质疑和颠覆已有的文学史结论,过分追求新意而主观地建构另类的文学史叙述。不可避免的是,正因为唐小兵等的这种

---

① 李凤亮、唐小兵:《"再解读"的再解读——唐小兵教授访谈录》,载《小说评论》2010年第4期。
② 唐小兵编:《再解读:大众文艺与意识形态》,北京大学出版社2007年增订版,第260页。
③ 唐小兵:《我们怎样想象历史(代导言)》,见《再解读:大众文艺与意识形态》,北京大学出版社2007年增订版,第17页。

研究方法存在脱离文本产生的具体语境而妄下大而不当结论的问题，所以有必要对"想象"式研究及其接受机制进行反思。

从词源学上看，"想象"原本属于心理学名词，用到文学艺术研究领域，通常强调的都是想象在感知上的创造力，而不是逻辑理性的思辨和史料依据的验证。历史哲学家克罗齐把想象与历史研究并置，提出"一切历史都是当代史"的观点，将两个看似矛盾的术语——想象和历史组合在一起，改变了以往历史研究以史料实证为主的研究方法，为历史研究提供了别样的理论话语。比克罗齐走得更远的是海登·怀特，他把历史文本等同于文学叙事。在他看来，以虚构为主要特征的文学叙事需要建构的想象力，作为叙事之一的历史文本也需要想象力的参与。因为历史事件之间不是延续不断的，总会留有空白，而这些空白就需要想象来补充并使之成为完整的叙述。当下文学史研究领域中异常流行的"想象"式研究范式，大多以这些理论为依据。

文学自诞生以来，就和历史有着密切的联系。如古希腊的《荷马史诗》或者中国的《史记》，都充分证明了文学创作与历史著作同根同源甚至不分彼此的关系。正因为文学叙事和历史著述往往能互相参证阐释，于是就有研究者提出"以诗证史"的命题。文学在一定程度上担负着记录社会历史的功能，我们不否认想象在文学艺术领域中的作用，但不能在研究中忽视历史发展而肆意夸大想象的建构作用，从而使文学史研究脱离客观历史，按照研究者自己的方式和需要进行有选择的历史建构。更何况很多研究者想象的依据是叙事文学文本，这种以虚构为前提的推论即使逻辑再严密，也不能完全代替历史事实和客观规律。中国近现代以来的小说与社会历史和国家意识形态有着错综复杂的关系，割裂两者的关系或者单纯夸大想象的建构作用都不足以呈现文学史的真实性和复杂性。

"想象"式研究之所以能在中国文学研究中成为一种潮流，除了这种研究模式本身能引发新的学术生长点之外，更多的是学界因求变心切而产生的理论焦虑。近年来，一些文学研究者患上了"理论依赖症"，落入西方理论体系难以自拔，盲目追随西方理论话语和研究方法。实际上，诸多"想象"式研究背后往往隐含着西方的文化霸权,是站在西方立场对中国的想象,以一种居高临下的姿态对中国问题做出不切实际的判断和研究。和"想象"一样,诸如"现代性""后现代性""公共空间""身份认同""性别""权力"等西方术语在各类研究文章中被盲目使用,造成了理论术语的混乱、研究心态的自卑以及理论原创力的欠缺等不良现象。那些在文学研究中被广泛运用的西方理论,往往有其创生的具体语境,被移植和借用后还必须考虑其阐释的准确性和解决问题的有效性。如本尼迪克特·安德森的"想象的共同体"理论[1],是近年来被研究者广泛认同的研究范式之一。但有研究者指出,其"想象",并不是说民族/国家的共同体凭借作家的文学创作,如小说,或者作家的想象力就能凭空创造出来,而是强调民族/国家共同体得以创制需要凭借想象力量的参与。安德森不仅探索了文学与民族这一"想象共同体"的相互关系,而且揭示了文学在参与构建民族这一幅历史图像中所起的重要作用。但他指出,最初兴起于18世纪欧洲的想象形式是小说与报纸,强调的是文学与印刷技术对民族共同体形成的作用。很多研究者在运用这些理论时,大多强调的是文学想象在建构民族/国家共同体中的作用,并将其进行无限制的夸大,认为文学叙事比历史政治论述更为真切实在,这就"失之毫厘,谬以千里"了。面对热门的西方理论,研究者尤其须理性对待并谨慎使用。正如有学者所指出的:

> 仅仅诉诸于想象,无法解释为什么历史上有那么多个体为民族国家赴汤蹈火、牺牲生命,更无法解释为什么种族间的大规模的冲突和杀戮一直绵延不断。所以,在民族国家共同体内部机制中,肯定还存在更深刻的感同身受的内在联系,这些联系让人想到诸如血脉、根系、族群、手足、情感、心理这一类令人有切肤之感的词汇。所以,现代民族国家在建制上的确存在想象的构建作用,但是其内在基础肯定存有超出想象这一功能,而与个人和群体相关的切身性。[2]

---

[1] 参见本尼迪克特·安德森:《想象的共同体:民族主义的起源与散布》,吴叡人译,上海人民出版社2003年版。
[2] 吴晓东:《"想象的共同体"理论与中国理论创新问题》,载《学术月刊》2007年第2期。

从已有的一些研究来看,以西方理论为立论基础的文学研究并没有建构出一个客观的中国形象,而只是通过强调想象以及不同的想象方式在文学研究界获得一定的话语权,从而建构出一条与主流文学史迥然不同的文学发展演变道路,同时将一些所谓的被边缘化的文学思潮、现象和作家推向文学研究的中心。国内很多"想象"式研究的追随者,并没有清醒地意识到这一点,他们没有给予自己的文学研究以严肃认真的历史责任感,而是丢弃了文学研究中注重理性和实证的优良传统,主观地为文学史强行寻找"想象"的元素,从而忽视或者遮蔽了文学史的本来面目和真实发展状况。这种研究恰恰体现了研究者对中国文学历史的隔膜和误解,对西方理论的盲目崇拜。因此,文学研究者应该有足够的理论自觉和文化自信,认真梳理和思考中国文学历史的发展脉络,以尊重历史和事实的态度积极建构本土文学史理论话语体系。尽管我们可以借鉴"想象"式研究方法来观照本土问题、拓展理论资源和文化视野,但决不能将其奉为文学史研究的至高范式,从而丧失研究的自主性和问题意识。

当然,我们不否认小说可能在某些方面比历史、政治更真切实在,但即使小说与历史真有密切的关系,也只能是小说通过叙事虚构反映历史,因此小说不仅仅是历史的记忆,更多的是参与了对历史的某种言说。想象是一种创造性的行为方式,具有开放性和不确定性,但其现实依据只能是客观的现实生活和历史事实。从小说虚构与历史叙事两者的关系略加思考,一些文学领域中的"想象"式研究就明显缺乏理论的严谨性和实践的有效性。比如一些研究者用中国文学特别是小说来拼接中国形象,建立一整套民族/国家想象的文学史叙事观,他们发掘并推崇那些被五四知识分子贬为琐屑、颓废或是反动的晚清小说作品,认为晚清时期才是中国文学现代性的开端,这显然是针对五四文学建构出的一条不同于主流文学史的历史线索。他们认为,将中国现代文学的开端定在五四时期是失之偏颇的,因此需要发挥"想象",另寻开端,以此来抵抗主流文学史观。这种看似新颖的"晚清起点说"不过是一种概念范畴的阐释游戏,而且对"五四"起点的否定明显有其意识形态立场的因素。显然,这些"想象"式研究并非以还原历史为使命,标举和主张的是从审美角度重新认识与整合中国现代文学史，以及摆脱文艺研究对政治的依附，主要目的是对以往的研究成果进行颠覆和瓦解。文学研究担负着提升民族思想文化水平的责任，要尊重客观历史，不能肆意对文学发展实际状况进行主观误读，进而误导读者的历史认知。因此，文学研究者应当坚持正确的历史观和研究导向，使"想象"式研究建立在客观的历史规律和严谨的历史事实基础上。漠视历史规律和无视基本史实，随意想象和虚构历史，胡乱拼贴历史材料，为了颠覆主流文学史而主观地"想象"虚构文学发展进程，只会使我们的文学史研究错误百出，缺乏历史的真实性和深厚的学理性。

对先锋派的理解，比格尔仅是一家之言，并不具有普遍性，或者说仍有待商榷。从唐小兵所运用的比格尔的先锋派理论来看，五四文学革命具有先锋性，这个毋庸置疑，左翼文学运动和延安文艺也具有先锋性，甚至包括很多文学流派和思潮运动都具有先锋派的性质。如果真是这样，先锋派就会和现代性一样，陷入一种无边界的先锋派。那么，这种理论以及由此得出的观点又有何意义？因此，我们不能因为西方某些理论以及汉学家的结论新奇就一拥而上，也不能因为扩展研究空间的焦虑而不加辨析就全面接受，甚至奉其为圭臬。事实上也是如此，正如论者所说：

> 《再解读》这些作者，当年都是在芝加哥周围来来往往，在当年芝加哥的环境里，每天讨论对现代性反思的这些理论的时候，怎样把我们曾经读得很熟的这些文本纳入在最新的思考里头去，是当时这些朋友都很关心的一个问题。①

也就是说，唐小兵等的"再解读"是在芝加哥的环境中，在讨论对现代性反思的这些理论的时候开始的思考，显然有理论先行之嫌。再解读的方式没有充分考虑文学运动的具体语境，套用西方理论将复杂问题抽象简单化的研究方式不仅未能引起学界的重视，反而被众多研究者奉为经典之论，不能不令人担忧。

---

① 唐小兵、黄子平、李杨等：《文化理论与经典重读——以〈再解读——大众文艺与意识形态〉为个案》，载《文艺争鸣》2007年第8期。

三、左翼文学的现代性辨析

上文谈到了左翼文学的先锋性，那么如何看待其先锋性？我们从哪些方面来认识其现代性特质呢？与其套用那些纷繁复杂的理论，还不如从其诞生的时代语境，从其呈现出的世界范围内的先进文学性质谈起。上文在论述中国左翼文学具有的世界性时认为，包括中国在内的左翼文学运动在20世纪初是走在世界前列的文学现象，显然体现了先锋的特质。或许我们从卡林内斯库的两段话中可以探知考察左翼现代性的途径：

> 先锋派起源于浪漫乌托邦主义及其救世主式的狂热，它所遵循的发展路线本质上类似比它更早也更广泛的现代性概念。……先锋派实际上从现代传统中借鉴了它的所有要素，但同时将它们加以扩大、夸张，将它们置于最出人意料的语境中，往往使它们变得几乎面目全非。①

> 在此意义上，现代性只是又一个用来表述更新与革新相结合这种观念的词。②

首先，探讨左翼文学的现代性不能割裂其与新文学传统的关系，因为左翼现代性的要素往往借鉴了五四新文学现代性的要素；其次，讨论左翼文学的现代性，应该要追问左翼文学"更新与革新"了什么，到了什么程度。任何断裂论、脱离语境的抽象论，或者从"现代性"的概念上进行辨析，都不能真实地触摸到左翼的现代性。

我们知道，在西方现代性的形成和发展过程中，出现了众多的思想流派，其中对中国现代文学有着较大影响的是启蒙的现代性和审美的现代性。启蒙的现代性重理性，而审美的现代性重感性，正因为这是一对充满张力的面向，于

---

① 马泰·卡林内斯库：《现代性的五副面孔：现代主义、先锋派、颓废、媚俗主义、后现代主义》，顾爱彬、李瑞华译，商务印书馆2002年版，第104—105页。
② 马泰·卡林内斯库：《现代性的五副面孔：现代主义、先锋派、颓废、媚俗主义、后现代主义》，顾爱彬、李瑞华译，商务印书馆2002年版，第361页。

是学界就出现了截然对立的两种现代性批判。对立双方互相抗衡，在现代性框架内寻找最佳结合点。现代以来，启蒙者通过"三界"革命的新文学运动来促成社会的变革，文学的社会功利性较强；而审美维度的现代性则以自由主义诗学为主，强调文学的感性因素和非政治化，如周作人、废名等。所以从类别上来说，无论是五四新文化运动还是左翼文学运动，都属于以启蒙理性为核心的现代性，不能因为左翼文学提倡大众化，不同于"五四"的个人解放就将二者对立起来。左翼文学以实用理性为主导，有着较强的政治功利性。如果从纯艺术的标准来看，左翼文学确实存在创作思想概念化、艺术形象和情节雷同等问题。但是因艺术性的缺憾而对左翼文学求全责备，也是不符合客观历史的。与其直接套用某些西方现代性理论来进行评价，不如从具体历史语境出发，考察左翼文学的产生，评价其得失。如果忽略了具体历史语境中强大的民族／国家意识作为主体的特殊性，忽略了左翼文学作品中强烈的政治社会属性，只把文本作为一个独立于社会时空语境之外的文艺作品进行审美观照，显然不是客观的评价。更令人担忧的是，在西方现代性理论制约下的文学再经典化过程中，极有可能带来文学史真相的被遮蔽甚至被颠覆。

因此，从晚清到"五四"，随着帝制结束，民主共和政权建立，文化与文学也开始从传统向现代转型。无论是从民族／国家政权的建立，还是人文主义价值观的彰显来看，左翼文学都可以称得上具有现代性。然而，人们对现代化的过高期待还是落空了，民主共和制度下的民国并没有给社会带来明显的效果，贫富悬殊，阶级矛盾激烈。也正因为对民国制度下的"现代"的失望，革命文学开始了对反封建的五四文学的批判。纵观20世纪初中国文学的发展，对现代民族／国家的热烈向往，成为现代文学基本观念产生与发展的基本依据，也是我们考察其历史走向的一条思想线索。

中国现代民族／国家建构的话语系统中，思想来源中西交融，多元并行。这种文化的多元综合，造成了中国文化的现代性实践过程中的开放姿态。对现代性不竭追求的中国知识分子吸收和践行了中外不同的思想和学说，使新文学在发生、发展进程中呈现出流派纷争、竞争共存的态势。以胡适为代表的留学欧美的知识分子，追求人的解放和个性自由，主张复制欧美资本主义国家的发展道路使中国走向现代；以陈独秀、李大钊为代表的知识分子，运用对西方资产阶级进行批判的马克思主义理论，选择俄国十月革命的经验作为参考，建立以大众为主体的民主国家，以此实现中国的现代化；还有以学衡派为代表的留美知识分子，不能认同"五四"偏执且激烈地扬弃传统的行为，相信伦理道德的力量能够凝聚国家社会，着力于研究和整理传统文化，建立一套相对稳健的文化系统。它们因现代化道路的选择不同而呈现出不同的现代性价值取向，但无论选择哪一种理论作为发展依据，都有一个最终的归属，那就是以建立独立的现代民族／国家为目标。

我们知道，五四新文学是人的文学，源自欧洲人文主义，主题为启蒙。晚清以至五四知识分子对大众进行启蒙的主要目标，是为落后的中华民族寻找一条富强的道路。有些研究者认为，左翼文学的主要目的是救亡，用革命文学来鼓舞士气，做好舆论动员，与"五四"的启蒙传统有着很大的不同。其实，启蒙与救亡并不矛盾，晚清到"五四"也是如此，左翼文学更是如此。左翼文学的大众化包含着对大众的启蒙方案，也就是说，从左翼文学到延安文艺，不仅关注个人，更关注人与社会革命，关注人与民族／国家的建立。从左翼作家的创作中，我们不仅看到了作家对个人解放的书写，也看到了作家对民族文化的改造利用以及现代性转化，他们在作品中还对民族／国家、社会意识形态等相关问题进行了探讨，可以说，左翼文学是一个包含了丰富内容、多样形式的现代性书写的文学形态。如茅盾、丁玲等的文学书写，难道不是一种独特的现代性体现吗？当然，前提是所谓的现代性观念并非统一的，也没有模式化，至少在讨论左翼文学方面表现得尤为明显。

这是因为在革命与战争的社会环境中，文学的现代性不仅仅与个人的启蒙相关，个人的觉醒和解放只是其中的一个部分，更多的是要表现人民的反抗和民族的觉醒，也就是对大众的启蒙。所以，从五四启蒙者启蒙大众，到左翼文学关注的大众的启蒙，启蒙的主题未变，但启蒙者与被启蒙者、启蒙的范围和力度都发生了变化。尽管五四启蒙的最终目的也是独立强大的民族／国家的建构，但相对于左翼文学运动来说，五四新文学的启蒙仅仅停留在理论倡导层面，尚未达到对现代性追求的社会实践层面。尤其是五四文学的启蒙并没能在大众之中充分展开，更多的只是启蒙者在"呐喊"，而民众依然在"铁屋子"里昏睡。左翼文学运动延续了五四启蒙传统，并且扩大了启蒙的接受范围，通过文学的大众化运动继续完成"五四"未竟的启蒙重任，从个人的启蒙到阶级的启蒙，并由理论的提倡与设计进一步深入民族／国家整体的现代性追求的实践。从被迫现代性到积极追求的主动现代性道路，从某种意义上说，左翼文学运动的这种解决现存问题的首创方式，显然就是一种现代性的体现。

但无论怎样的裂变方式和选择过程，近现代中国在传统与现代之间都遭遇了巨大的制度与文化的阵痛。所谓的现代性，即是一种全面而深刻地对现实世界的回应。如何把文化观念的阵痛转变为民族／国家建设的动力，根源则在于中国社会变革历程中的知识分子对现代性的追求之变。在中国的现代化进程之中，五四新文学和延安文艺无疑都是重要的环节。而节点之重要，则与彼时对传统的态度之变有关。仅就左翼知识分子而言，传统于他们来说有两个，一是中国古典文化传统，二是五四新文化传统。从民族／国家建构的宏大目标来看，不难发现，左翼文学运动其实是对五四精神的具体落实，甚至可以说是五四文化理念的深入。因左翼作家所面对的时空不同，面对具体的社会状况，他们思考的对象物也得以具体化。这样的具体不仅是在精神和理念上得到重视，它从现实社会的裂变中找到了其合理性和重要性，并且成为以后文化发展的重心，这就是符合历史规律的现代性。面对传统与现代，二者之间必然要做出选择，而知识分子的选择必然受到客观现实的制约，因此，不同的历史节点对待传统出现不同的态度便显得自然而然。传统的文化内涵得到提炼，现实的精神动力也得到发掘，而这些，在五四文学和左翼文学运动之间，可以进行整体观照，因为两者内部之间，深刻地对应着历史发展的观念变迁。

现代性作为一种社会存在，既表现着一个民族的精神、素质与能力，更离不开人的发展。也就是说，讨论现代性，归根结底要还原到人的现代化，包括个人的权利、自由和发展。只有社会的现代性与人的现代性、现代社会制度与个人品格的相互塑造，才能真正让一个民族走向现代。因此，除民族／国家想象外，人的现代化是带有浓厚中国色彩的现代性。中国新文学现代转型伊始，就以"人的发现"为书写主题，将人从传统伦理的序列中解放出来。因此，书写人的觉醒是五四新文学现代价值特性的展示，也为中国文学树立了一个用以衡量是否具有现代性的标杆。作为革命话语系统的左翼文学，本质是革命的，于是就有人认为，从新文学的启蒙话语到左翼文学的革命话语，这种转换是现代文学传统的断裂。殊不知，从五四启蒙话语中的"人"，到左翼文学中的"大众"，再到延安文艺中的"人民"，其中变化的不仅仅是概念，更多的是在具体社会背景下对人的社会性的具体关注。这是因为，五四时期以人性启蒙为"人"的现代性追求的西方话语方式，在中国现代化进程中遭遇了传统价值理念的阻力，从而出现启蒙无效、现代性推进乏力的现象。在这种背景下，革命文学以对"五四"修正的姿态开始正式出现在中国文艺界。

　　虽然相对于五四新文学而言，左翼文学更加注重革命理性，但从人的发现这个角度来看，二者具有同一性。只不过五四文学侧重于人的个性的发现与觉醒，所面对的是全体国民，而左翼文学所书写的"人"是建立在阶级基础上的，侧重于人的社会性和阶级性，是对下层民众的关注与同情。由此可见，五四文学所启蒙的是人性，是抽象的人，目的是个人的解放，而左翼所要唤醒的是无产阶级大众的阶级意识，所要求的是阶级的解放。

> 假如说第一个十年的文学以个性论的价值尺码，在礼教的牢笼中发现了"人"，而且是带平民性的"人"，那么，第二个十年的文学则以阶级论的历史透镜，在社会的血泊中发现了"大众"，而且是被挤压在社会最底层的工农劳苦"大众"。[①]

---

① 杨义：《中国现代小说史》（中卷），人民出版社1998年版，第1页。

因为左翼文学的历史语境不同于五四时代，左翼知识分子主要承担的不再是个人思想上的启蒙，而是对整个阶级的唤醒。左翼时期，民主和科学已经不能解决阶级问题，所以当马克思主义在俄国十月革命后再次以席卷之势向全世界传播时，思想敏锐的知识分子将目光投向马克思主义，主动接受其阶级斗争革命理论。也就是说，从自由主义人文思想转向无产阶级革命理论并不是一种突然的转变，阶级和阶级斗争理论被知识分子用来分析和解决中国问题，并成为20世纪30年代以来思想文化界的核心理念，是时代需要使然。

> 现代革命的倾向，就是要打破以个人主义为中心的社会制度，而创造一个比较光明的、平等的、以集体为中心的社会制度。①

当然，马克思主义阶级论的引入，与晚清时期的进化论和五四时代的启蒙思想一样，都是中国的知识分子为了建立现代民族／国家而从西方国家寻找真理，寄希望于这些理论能有助于中华民族摆脱当时的社会困境。但需要注意的是，左翼始终关注的是社会底层民众，与统治阶级完全对立，是在对民族／国家命运的强烈使命感的驱使下，寻求到了完全有别于传统文化的现代意识，这正体现了左翼文化独特的价值和意义。

如果说左翼文学运动是将当时较为前卫的现代政治理性精神引入中国并进行实践的话，那么衍生于左翼文学运动的延安文艺也是政治现代性的有机组成，二者都是马克思主义在中国的回响。之所以认为以马克思主义为指导思想的左翼文学与延安文艺具有现代性，是马克思主义与资本主义现代性都是现代资本主义体系派生出来的，只不过马克思主义提出了一整套不同于资本主义的现代性重构方案。这个方案对寻求民族救亡之道的中国人来说无疑有着极大的吸引力，尤其是其面向大众特别是下层民众的福祉的社会形态，激发了中国知识分子救国救民的强烈愿望。左翼文学思潮究其根源，不是中国传统文化的产物，而是西方现代文化的直接产物。同时，左翼文学思潮能在中国广泛传播并发展成为现代中国文学的思想主脉，其中必然有一个马克思主义中国化的问

---

① 蒋光慈：《关于革命文学》，载《太阳月刊》1928年第2期。

题。从晚清到五四时期，中国全盘接受了西方现代化发展模式，事实证明，被动接受和模仿套用的效果并不好，中华民族还是未能从贫弱中摆脱出来。而当俄国十月革命被证明为有效的民族／国家建构的经验后，马克思主义很快就被中国知识分子引入，并在具体实践过程中与民族的历史困境结合，逐步探讨解决列强外敌入侵、阶级对立矛盾以及长期受封建礼教文化浸淫、压抑的旧文化如何转变等紧迫的社会问题，使马克思主义成为与中国的革命实际和现实状况相联系且具有中国特色的现代性理论。

第十一章 延安文艺精神对新世纪中国文学的启示

延安文艺是在20世纪中国民族矛盾、阶级斗争、文化冲突交错纠缠最为激烈的历史时段中产生的。延安文艺是革命宣传工作的一部分，更是20世纪先行者将现代思想向大众普及的重要成果。这是高度危难的历史环境对文学的要求，也是知识分子对社会责任的自觉承担。从容雅静、无关时事的文学在那个时代只能成为主流之外的个体行为。文学大众化、民族化、现代性的追求是延安文艺精神最典范的体现，也是20世纪中国文艺实践性最强的历史成果。文艺大众化的根本出发点是对民众进行思想启蒙，启蒙是人类永不停止的追求，也是一个永远无限接近的目标。因此，文艺大众化是一种永远在推进的文化思潮，而不是一段已经终结的文化实践。大众文化正是文艺大众化思潮在当下中国的具体表现形式。在关注现实、坚持批判、全面理性地面对文化全球化和民族化的问题上，20世纪中国文艺大众化的理论与实践，给当代中国的文化建设提供了宝贵的经验。

在多元文化的视域中整体性地审视、解读延安文艺精神，厘清延安文艺中政治意识形态的内容及作用，分析其对现代性思想文化资源和传统民族审美风格的鉴用，不仅具有文学史意义，也能够为新世纪中国文学提供重要的经验。从这个意义上讲，延安文艺实践连同整个20世纪现代文艺的求索经验，不仅属于21世纪的中国，更属于人类。

第一节

新世纪文学对延安文艺精神的延展

延安文艺及其话语构成在20世纪50年代后的数十年间，一直是中国社会主义革命建设和文学艺术的指导思想。我们也不能不注意到，21世纪以来，文学的种种表现特征如现实主义复归、底层写作泛起、大众文化兴盛等，有延安文艺内在精神的深层延伸。更值得关注的是，在新的历史时期，文艺发展开始出现一些新的情况，如热衷追求商业利益、日趋娱乐化低俗化等等。而延安文艺作为中国经验的集大成，恰恰能为当下文艺的健康发展提供多方有价值的启示，这正是我们研究"延安文艺与20世纪中国文学"这一论题的一个重要视点。

一、消费时代的文学表征

20世纪90年代之后，特别是21世纪以来，商业文化无可置疑地占据了中国文学版图的主要部分。尽管以宣传政治话语为使命的主流意识形态文艺的影响不容小觑，但坚持思想批判功能、对抗世俗潮流的精英文学仍有相当大的影响力。在上述诸因素的影响下，科学、民主、民族、国家等宏大的整体性启蒙话语成为文学表现的边缘，日常生活、个人体验、感性欲望则成为主要商业文化所热衷的述说对象。如果说，开启了20世纪中国文艺之路的五四启蒙话语的现代性主要体现在整体性的民族、国家话语启蒙以及个体性的"人"的发现，那么，当下的商业文化已经淡化了对前一种现代性话语的思考，而着力于对后一种现代性话语的探索。两种现代性话语之间本身并无高低之分，问题在于，商业文化在放逐民族、国家等宏大目标的同时，放弃了对现实生活的关注；在排斥理想、精神的同时，排斥了对真、善、美的追求；在认同凡俗、日常的同时，丧失了批判的力量与激情；在承认感性欲望合理性的同时，失去了理性思考的能力。由此，21世纪以来愈演愈烈的文学商业模式呈现出了与延安文艺精神传统相背驰的面向。

具体而言，21世纪以来，文学主要呈现出一种市场经济主导下的商业形态。伴随着社会主义市场经济体制的确立以及后现代主义思潮的影响，新时期以来的文学叙事不同于以往启蒙、革命、政治形态的严肃主题与宏大叙事，而转向消遣主题与个体化欲望叙事的商业形态。在文学的言说对象上，21世纪以来的大众内涵在以往文本价值层面的文学表现对象的基础上，又增加了商业运作层面的市场受众维度，而且在消费时代，后者更为凸显，由此导致当代文学创作出现唯畅销度、点击率是尊的商业化、媚俗化倾向。在文学的言说主体上，伴随着市场化的社会转型以及以解构、颠覆为鲜明特征的后现代主义思潮的广泛影响，文学日益走向边缘化，写作日益走向职业化，相应地，知识分子也表现出对消解崇高价值、迎合世俗趣味的商业化写作模式的认同。由此，知识分子的精英意识虽然在80年代反思、批判的文化思潮中有所复苏，但又很快被湮没在市场化的浪潮中。在文学大众化言说方式上，21世纪以来的文学写作在商业运作机制的影响下，走向了创作的模式化、平面化，即通过世俗性的题材、传奇性的情节、感官化的语言、平面化的思想来满足大众日常生活娱乐、消遣的需要。整体而言，90年代以来的商业文学书写带有强烈的经济功利主义色彩，导致文学的审美价值、精神价值让位于商业价值。一方面，片面追求商业性、娱乐性，导致文学创作走向媚俗化、感官化，从而导致人文精神失落；另一方面，文学的复制化、批量化生产模式导致文学创作走向模式化、概念化，从而导致艺术个性萎缩。面对这一与延安文艺精神传统相背驰的商业文化现状，我们需要重回延安文艺的场域，透过其时对启蒙性、大众化、民族化、现代化等的追求，重新找寻与重估能够支撑并构建起有中国特色的民族文艺之路的元素。

二、底层书写的泛起与大众诉求

虽然20世纪90年代以后，尤其是21世纪以来，文学书写以商业化文学为主要形态，但是底层文学作为延安文艺精神延伸的纯文学形态也不容忽视。底层文学以描写农民工、下岗工人、市井小民、城市边缘人等社会底层小人物为主要对象，通过展现社会底层艰辛苦难的生存状况，传达了知识分子的平民精神、人道主义关怀以及社会承担意识，因而在消费主义时代闪现出了难得的人文精神光芒。

从晚清的新民文学、五四新文化运动中的平民文学、左翼文学中的大众化、延安文艺中的"文学为工农兵"，一直到当下的底层文学，可以看到20世纪中国文学的一个核心使命是，努力使文学贴近民众，关注平民百姓。可见，文学的底层写作问题，不仅是各时代知识分子探索和讨论的问题，也是当下文学面临的一个重要问题。尽管从晚清到"五四"，社会大众逐渐成为作家所关注和表现的对象，然而直到《讲话》确立了文艺为工农兵大众服务的方向后，文艺才真正开始与大众结合，人民群众才开始参与文学活动。时至当下，习近平在《在文艺工作座谈会上的讲话》中所论述的民本思想，便是对毛泽东在《讲话》中所提出的文艺为人民大众服务的思想的承续，坚持了马克思主义文艺属于人民、文艺必须植根于广大人民群众之中的唯物主义观点。因此，可以看出左翼文学的大众化和延安文艺的工农兵方向，对当下的底层写作有着一定的借鉴价值。

再观当下诸多底层文学作家（贾平凹、迟子建、阎连科、方方、池莉、陈应松、罗伟章等）的文学创作，他们虽然一定程度上回应了五四精英文学的现实主义传统，但是仍然缺乏深刻的启蒙精神与现实批判性。在叙事方面，只是对民生问题的表象进行描述，而缺乏对苦难现象的深刻剖析；在人物刻画方面，只是表现出对人物不幸遭际的怜悯与同情，而缺乏人物形象所能够带来的深沉的悲剧震撼力；同时，只专注于描写底层人物由物质匮乏所带来的生存苦难，而没有深掘到人物自身实现精神救赎的超越层面，因而整体上限制了作品的思想深刻性。此外，底层文学在艺术创作上存在着题材单一化、情节模式化等不足。但是，在消费文学盛行的当今时代，底层文学所体现的这种贴近现实生活、关注普通人生存状态的务实品质与平民精神无疑具有重要意义。因此，底层文学如何继承延安文艺的启蒙传统，如何提高自身的现实批判力度，将是推动当今文学大众化坚实发展的重要一环。

需要注意的是，21世纪以来的诸多底层文学实践在以影响力覆盖大众的同时，却在无意之间忽略了真正的大众生存状态，将大众的艰难生存传奇化或恶趣味化。新时期以来，底层文学成为文坛热点，但是，底层文学除一少部分真正由社会底层亲历者所创作外，绝大部分是由知识分子代言而成，尽管这一类创作中不乏真挚的人道主义关怀，但是由于创作者经历的缺乏，以及底层逐渐成为一种文学创作的题材选择与策略，真正的底层民众的生活与精神状态就成为一种被想象的书写，"真正的民工生存状态、民工身上的复杂人性，被严重地简单化、理念化"。贾平凹的长篇小说《高兴》，以自己同伴的命运为蓝本，结合采访得到的信息，表现了拾荒农民工的生活困境和精神世界。小说中尽管时时有对农民工生活细节的描写，甚至有对拾荒行业潜规则的展览，但总体对农民工的讲述却恍惚感浓重，人物形象割裂，主人公刘高兴更像是一个精神病患者，而不是作者所希望塑造出的一个拥有丰富灵魂的人物。究其原因，恐怕正是创作者与真正底层民众的生活有隔膜。对于贾平凹而言，拾荒工的生活远非通过几次采风式的访问或者接触一个与创作者生活环境有着天差地别的人物所能完全了解的。

另一方面，大众文化自觉不自觉地向大众的思维惰性投降，无条件推崇庸俗的享乐心态，甚至对封建道德的大肆吹捧成为大众文化消费的主流。以近年来大众文化领域的佼佼者二月河的历史系列小说及据其改编而成的影视作品为例，小说融合了历史、言情、公案、官场、传奇等元素，可读性很强，特别是由众多优秀影视人才参与制作而成的系列电视剧更是精美，是大众文化市场的一个成功案例。作品分别呈现了康熙、雍正、乾隆三位知名度较高的封建帝王的统治生涯，对一些重要的历史事件做了阐释，特别是对雍正的历史形象进行了较大的改写，展示出极强的新意。同时，作品将对现实的关切映射到对历史的描述中，浓墨重彩地描写了官场的腐化、制度的弊端，使接受者极易产生共鸣。同时，用"平三藩"、收复台湾、"平定准噶尔"等著名历史事件反复渲染领土意识，宣扬国家统一强盛，其中洋溢的民族自豪感感染力极强。但是，该系列作品存在一个致命的缺点：奴化视角。作者以仰视的姿态、感恩的情感讲述了三位帝王的传奇人生，不仅以扭曲历史事实为代价塑造了帝王形象中的"高大全"，而且以陈腐的忠奴思想为标尺衡量剧中角色，符合这一标尺的人物被添加了"好人"光环，背离者则属道德败坏而下场凄惨。这一情感取向和价值判断不仅迎合了大众的集体潜意识，更加强了这一道德判断。人的独立价值被抹杀，其中女性的独立价值更是荡然无存，女性只是男性人生的陪衬与附庸。这一价值取向并非二月河系列作品独有，而是在近年来众多大众文化畅销品中屡屡被重复。这一表现折射的是知识分子理性批判精神的严重缺失。当创作者理性批判精神的丧失与对现实生活的淡漠相结合时，大众文化所创造出的便是一个个叙事逻辑脆弱、精神取向扭曲、审美品格卑微的肥皂泡。

正是在这一文学现状的对照下，延安文艺在文艺大众化追寻中所展示出来的启蒙现代性就值得深入理解。延安文艺的理论与实践始终关注着民众的命运与生活，在讴歌战斗英雄、劳动模范的传奇人生时，同样关注人民一粥一饭来之不易的苦难，观照女性在家庭中看似细碎无声但沉重致命的磨难；它注重民众的认同与接受，竭力追求文艺形式的通俗化，但并未放弃对民众的现代性思想启蒙。从抽象的劳动价值、人的平等独立等较为形而上的思想，到破除迷信，宣传互助劳动、家庭和睦等贴近生活的现实话题，诸多作家及作品以对现实生活的积极介入态度和理性超越的批判精神，实实在在地参与了国民启蒙的实践，落实了"国民性改造"这一重要的现代性设想，有效地推进了社会生活的改变。

第二节

延安文艺经验与新世纪文学的创化之路

延安文艺传统中的重要文学现象和问题如：作为现代化标志的现代民族/国家的建构问题，展示现代理性意识的思想启蒙问题，20世纪中国文学的大众化问题，新文学的民族性与现代性问题等，既是中国现当代文学研究的热点问题，也是能够代表20世纪以来中国文学特质的理论与实践经验，因此成为对延安文艺与20世纪中国文学进行价值体系重建时无法绕过的话题。尤其是当下，中国社会的物质文明和精神文明与20世纪相比，已经发生了翻天覆地的变化，但仍然处于持续追求现代化的历史阶段。因此，延安文艺的历史经验依然是观察中国文艺和文化的有效视角，文艺大众化与大众文化的全球化、民族化问题都可以在这一背景上得到合理的解释和展望。但延安文艺研究中仍存在一些诸如否认延安文艺与新文学关联、左翼文学与纯文学在政治与审美上的论争、现代文学研究中的汉学心态与西方理论的套用等问题，其中不乏偏激与遮蔽性的言论，正如王富仁曾提出的：

>在"文化大革命"之前，我们将《讲话》奉为中国现当代文学艺术的圭臬，而在"文化大革命"之后，我们似乎又将中国当代文学史上发生的所有灾难、所有过错都推到了《讲话》身上。[①]

因此，当下站在十字路口，我们认为，延安文艺对21世纪中国文学的发展具有

---

① 王富仁：《延安文学有重新加以研究的必要》，载《学术月刊》2006年第2期。

启示意义，所以有再次加以研究与价值重估的必要。此外，总结延安文艺精神，进而审视其与21世纪以来文学发展的联系，从而探讨延安文艺的当下意义，更是对讲好中国故事、总结中国经验所做的最丰富的注脚。

一、大众文化的全球化视景

全球化是人类历史发展过程中的一种总体趋势。它以经济全球化为基础，以信息技术全球化为媒介，以文化全球化为突出表现。人类社会在发展过程中，很早就萌发了全球化的努力，如中国古代的张骞出使西域、郑和下西洋，西欧国家努力寻找东方的地理大发现等。但由于古代技术手段落后，这些旨在文化交流和经济贸易的全球化努力事实上局限在一个较小的范围，世界上各个地区依然处于相对独立的状态。对于中国而言，始终在东亚地区占据着区域性中心的位置，因此自视为天朝上国。尽管与世界上其他地区也有政治、经济、文化交流，但始终抱着高高在上的输出的姿态，到清朝末期更是闭关锁国，基本上停止了与外界的交流。

历史发展到19世纪后半期至20世纪初，随着轮船、飞机、铁路、汽车等交通技术出现质的飞跃，世界各地之间人力、物力资源的国际交流急剧增加。也正是在这个时候，古老的中国半被动半主动地打开国门，在综合国力和国族认同感一落千丈的同时，既充分领略了现代化物质文明和精神文明的巨大魅力，也因为在国际交流中处于劣势地位而备受欺凌。

中华人民共和国成立之后，国际交流几乎被完全切断，基本退出了全球化潮流。直到20世纪80年代改革开放，中国再次打开国门，迎面撞上了全球化潮流，并且是人类历史上规模最为宏大、范围最为广阔、渗透率最高的全球化进程。可以说，对中国文化而言，在相当长一段时期内，全球化的含义等同于以西方化为表现形式的现代化，全球化的过程便是以西方文明为体现形式的现代文明的全面推进和深度渗透的过程。由此，中国文化界以现代化为衡量标准，将世界划分成了与西方和东方对立的区域关系相对应的先进与落后的价值对比关系。对于一个在现代性链条上处于后发展地位的国家而言，中国近现代历史上对全球化的态度主要是热烈思慕和积极追求,唯恐被全球化潮流背后的现代化标尺淘汰,从而失去进入全球化的资格。晚清时期"中体西用"的论调很快被五四时期"全盘西化"的强音击败,对西方的学习迅速走过了器物—体制—文化的层面。鲁迅的这段思考很典型地代表了20世纪中国人的文化心理:

> 现在许多人有大恐惧;我也有大恐惧。许多人所怕的,是"中国人"这名目要消灭;我所怕的,是中国人要从"世界人"中挤出。我以为"中国人"这名目,决不会消灭;只要人种还在,总是中国人。譬如埃及犹太人,无论他们还有"国粹"没有,现在总叫他埃及犹太人,未尝改了称呼。可见保存名目,全不必劳力费心。但是想在现今的世界上,协同生长,挣一地位,即须有相当的进步的智识,道德,品格,思想,才能够站得住脚:这事极须劳力费心。而"国粹"多的国民,尤为劳力费心,因为他的"粹"太多。粹太多,便太特别。太特别,便难与种种人协同生长,挣得地位。有人说:"我们要特别生长;不然,何以为中国人!"于是乎要从"世界人"中挤出。于是乎中国人失了世界,却暂时仍要在这世界上住! ——这便是我的大恐惧。[①]

20世纪中国文艺现代化潮流开始于五四文学革命,深化于延安文艺。这正是西方世界进入现代化阶段,中国奋起直追、努力赶上现代化的历史时期。其后种种文艺大众化努力无不以文艺现代化、社会现代化为追求目标,其最终表现方式便是中国文艺对西方文化的借鉴、学习、吸收与重组:白话文运动兴起,文言文的统治地位被推翻,对文学文体进行了重新划分,小说、戏剧进入文学正宗范畴并且地位迅速上升,从西方引入话剧这一中国未曾有过的戏剧体式,等等。中国大众文化在20世纪90年代之后迅速兴盛起来,这一时期正是中国以加入世界世贸组织为标志性事件,主动参与、快速融入全球化的阶段。因此,在全球化问题方面,20世纪中国文艺大众化和90年代之后的中国大众文化

---

① 鲁迅:《随感录三十六》,见《鲁迅全集》(第1卷),人民文学出版社1981年版,第307页。

存在着诸多共同点，传承与超越体现得非常鲜明。

文化全球化的根本动力是经济全球化，主要手段是信息全球化。世界上不同国家、民族、地区之间的文化，在经济全球化的推动下，以互联网等快速发展的大众传媒技术为媒介，在全球范围内进行文化信息的密切交流与互动。所谓经济全球化，简单来说，是将世界变成一个全球性的大市场，生产全球化、市场全球化、资金全球化、科技开发和应用全球化。尽管资金和科技开发等全球化的发出者主要是发达国家，但生产、市场这些全球化的接受者却是全世界，并且主要是地域广大、人口众多的欠发达国家。因此，在经济全球化与文化全球化相互作用、互为渗透的过程中，以追逐经济利益为目标的文化活动不得不考虑接受市场的民族文化需求，只有顺应市场独特的民族喜好、文化传统、文化活动才能达到经济效益最大化。因此，即便是由经济强势、文化强势的发达国家所组织发起的文化活动，也不得不考虑其他不发达地区的文化需求和民族传统，从而形成一种交流的态势。文化的独特性在于，尽管文化的发展程度受经济、政治实力的影响，但并不构成绝对的对应关系。政治、经济实力较弱的国家、地区同样可以凭借文化的特有魅力，获得全球市场的承认。起源于非洲的说唱音乐、迪斯科，起源于美洲的探戈风行全世界，一些地理风情独特的东南亚国家成为旅游胜地都可以作为明证。因此文化全球化不是某一种民族文化对另外一种民族文化的单方面输出影响，而是不同民族文化之间的交流与相互影响。

> 全球化不是一种文化的大同化或是某一种文化对另外一种文化的影响。它既是全球范围内一些文化因素流动对于不同区域、不同民族产生的影响，也是不同区域、不同民族之间的相互影响，以及不同地区、不同民族之间的文化在全球层面上的流动对其他地区和其他民族的影响。也就是说全球化背景下的文化是一种互相影响的互动关系。[①]

信息全球化是文化全球化得以形成并迅速发展的主要手段。以信息高速

---

① 郑晓云：《论全球化与民族文化》，载《民族研究》2001年第1期。

公路的兴建为标志的第三次信息革命，开启了信息全球化时代。其中，互联网以地空合一的信息高速通道为传输渠道，以日益丰富的多媒体产品为收发工具，即时、高效、开放性地处理着不同国家、地区之间的信息传播。任何信息一旦进入网络，就在理论上获得了传播与接受的平等机会，任何人都可以自由选择收看，从而打破了国家、地区、意识形态控制等有形的限制。因此，在信息全球化的背景下，不同民族、不同类型的文化被现代传媒技术紧密地联系在一起，突破了政治意识形态、民族文化背景、语言、时空距离等平面的或多维的条件限制，在一种灵活多变的文化传播和文化生产机制中获得了平等交流和竞争的机会。与传统媒体技术时代相比，经济条件的限制、政治意识形态的拒斥、人为手段的干预等对信息传播、文化交流的控制能力大大减弱，弱势文化也可凭借无远弗届的互联网技术自由传播，越过中间环节而直达文化消费者和接受者。

因此，文化全球化的首要特征是多元化。文化全球化是在全世界范围内，某些人类共通的文化因素对不同民族、不同地域产生广泛的影响，或者不同民族、不同地域之间的文化相互影响，而不是某一种民族文化击败所有文化独霸天下，随之其他民族文化消失殆尽，或是某一种民族文化对其他民族文化的绝对单向度输出。文化全球化借助信息全球化的技术进步，打破了传统社会中的时空限制、意识形态屏障等障碍，文化的国际交流在深度、广度、频次方面都有了长足进步。这一历史趋势表现得最为明显的，正是兼容并包的大众文化的迅速崛起。

就中国大众文化而言，首先要做的是顺应文化全球化的潮流。历史告诫我们，当文化全球化已经成为席卷全世界的潮流时，所有的民族文化无论是主动还是被动，都将被卷入。即便在主观上追求与世隔绝或自我保存，也会被世界潮流击败，最后落得故步自封，一败涂地。因此，中国大众文化所面临的最急切的任务是，抓住文化全球化所带来的多元化契机，迅速找准中国文化在这幅快速变动的文化景观中的位置，搭上文化全球化的快车，兼收并蓄，与其他民族文化深层次互动，吸收一切可以为我所用的文化因素，建构起与中国目前政治实力、经济实力迅速发展相匹配的文化实力,同时为政治、经济的发展提供动力,取得文化效益与政治、经济效益的共同发展,互为促进。

同时,应正视西方文化在文化全球化中的强势地位。传统的精英文化侧重于精神价值与意识形态的传播,民间文化主要以自娱自乐为主要传播方式,两者与市场经济有一定联系,但并不紧密。而大众文化是以现代化工业为背景,以市场规则为运作机制,以经济利益为根本追求的消费性文化,大众文化的文化独立性大大降低,对市场的依附程度日益加重。因此,在目前文化全球化市场中,西方大众文化凭借其背后雄厚的经济实力、成熟的文化市场体制和技术,无可置疑地占据着强势地位。在文化生产环节,西方文化建构出一系列标准,人物形象、语言风格、叙事节奏、道德标准等无所不包。这一系列标准以"文明""先进"的标签成为文化市场中的生产标准,不仅西方大众文化遵循这一标准大量复制生产文化产品,其他文化弱势国家也亦步亦趋地按照这一标准生产文化产品,可谓顺此标准者昌,逆此标准者亡,这正是市场经济的规则。

在文化流通环节,西方文化凭借成熟的运作机制、强大的经济后盾、发达的媒介技术、广泛的信息渠道,其文化产品占据了全球文化市场的大部分份额。这一点,在大众文化的电影产业方面表现得最为突出。许多国家不得不违背市场经济自由竞争规则,以政府行为强制规定美国电影的引进数量,以保护本国电影行业,便是有力的反面例证。在文化接受方面,西方文化已经培养了数量可观的忠实的非本土接受者。而对于包括中国在内的许多发展中国家来说,这一批接受者更是在本国拥有话语权的中上层阶层,其影响力与示范性都不容小觑。纵观中国大众文化的发展历程,咖啡、西点等西方社会中的普通物质消费品在中国摇身一变,成为附着了高雅、情调等文化意义的精神意象;丰乳肥臀、深目高鼻成为袅袅娜娜、柳眉杏眼之外女性新的审美标准;理想的男性形象不只是丰神俊逸、洒脱豪放,还有西方式的高大威猛、谈吐幽默。从表层的物质符号到深层的审美标准,中国大众文化在自觉追求和不自觉模仿的过程中归顺了西方文化的标准,又通过广泛的媒介传播和公众人物的示范作用,对普通受众发挥暗示和支配作用,潜移默化地影响并塑造了大众的文化观念、欣赏习惯和审美意识。这一潮流如此迅猛且威力巨大,因此,中国大众文化的发展始终伴随着以民族化对抗全球化的焦虑。支持全球化者秉承现代化的价值标准,认为中国社会仍处在继续追求现代化的道路上,向西方文化学习,融入全球化就是实现现代化,具有历史的合理性和必然性;支持民族化者则认为,全球化等同于西方文化对全世界文化的同质化,当可口可乐、肯德基、麦当劳、好莱坞电影成为全世界民众生活的必需品时,西方文化将彻底地、排他地成为唯一的文化形态,这不仅使其他民族文化消失殆尽,更会使其他民族的文化认同不复存在,从而使弱势文化国家和地区在无硝烟的糖衣炮弹中成为西方文化的殖民地。可以说,上述两种认识都有事实依据和理论合理性。

但是,需要看到的是,西方文化占据文化市场的主流地位,除了经济、技术方面的硬实力使然,还因蕴含了众多属于人类共同追求的普世价值和共同伦理。正是这种普世价值和共同伦理所昭示出的文化软实力,使西方文化能够在自由市场经济中获得最多数的接受者。承认这一点,是中国大众文化冲破西方文化的笼罩,走出进退两难的尴尬境地的必要前提。因此,在不可抗拒的文化全球化历史潮流中,鲁迅先生提出的"拿来主义"依然适用于今天的中国大众文化的发展。而对于西方文化,如何取其精华,弃其糟粕,融会贯通,为我所用,仍然是中国大众文化面临的最主要问题。

二、大众文化的民族化之路

延安文艺中的文艺大众化思潮以启蒙民众为根本目的。因此,如何顺应民众的欣赏习惯,如何表现并探索解答民众生活中遇到的现实问题,始终是文艺大众化的中心任务。所以,在20世纪中国文艺大众化历程中,民族化的问题被一再提出,掀起了一次次理论探索和实践探索热潮,积累了相当丰富的民族化经验。20世纪90年代中国大众文化兴起后,经历了国门再次开启后急切地走向世界的热潮。

  所谓"世界"在很大意义上就是支配世界主导经济文化秩序的西

> 方发达国家,而所谓"走向"则意味着试图受到西方本位的世界经济文化秩序的接受和肯定。①

但这时,中国国情已经完全不同于20世纪早期。作为一个正在崛起的大国,中国经济、政治、文化都要求在积极融入文化全球化潮流的同时,走出切合本国实际、符合本国利益、彰显独特价值、树立文化自信的发展道路。因此,民族化被适时地提出来,成为与全球化纠缠对立的价值范畴。由此,尚显稚嫩的中国大众文化的发展便深深地镌刻上了文化全球化和民族化冲突的烙印。在文化全球化势不可挡的潮流中,中国大众文化该如何解决民族化问题呢?

首先,要以开放、动态的眼光看待民族化问题。文艺民族化是与文艺全球化相对而言的,但两者之间的关系并不是绝对对立,而是互相依存、互为促进。民族文化是世界文化的组成部分,任何一种民族文化的发展变动都会影响世界文化的整体面貌,同时,世界文化的发展变化会作用于民族文化的走向。这一点,在过去的文学史中已经被无数次证明。20世纪五六十年代,在欧洲超现实主义的影响下,现代文学领域基本空白的拉丁美洲,经历了一次文学大爆炸,魔幻现实主义横空出世,出现了像加西亚·马尔克斯的《百年孤独》这样的世界性杰作。随之这一文学潮流迅速地影响了中国文学,产生了寻根文学流派,至今余脉不绝。从具体的作家作品中去辨析哪些文学因素属于欧洲民族文化或者拉美民族文化、中国民族文化是比较容易的,但绝对地去指认魔幻现实主义的民族归属,则是不明智的。因此,民族化不是某一种特定的文学形式,如曾经被大力提倡的民歌;也不是某一种特定的审美风格,我们很难说明中国民族文化的审美风格到底是含蓄蕴藉还是豪放不羁,毕竟无论是婉约派宋词还是豪放派宋词都是中华文化瑰宝;也不是某一种特定的文学创作方法,现实主义、浪漫主义、现代主义等在中国文学史上,或源远流长,或成就斐然,或前景可观。抛开这些浅层次因素,民族化应该是一种对外开放的,积极吸收利用外来资源的,始终在变动且一直处于进行时的民族精神。这种民族精神随着社

---

① 尹鸿:《全球化、好莱坞与民族电影》,载《文艺研究》2000年第6期。

会环境、民族／国家总体任务的改变而在不同的历史时期表现出特定的精神内涵。在20世纪中国文艺大众化思潮中，这种民族精神集中地体现在"国民性改造"中。而在当下中国文化与文化全球化激烈碰撞的时刻，民族精神则主要体现为道路自信、理论自信、制度自信与文化自信。在民族精神的旗帜之下，任何文学形式、审美风格、创作方法的运用都可以形成大众文学的民族化品格。

在20世纪中国文学史上，对民族文化的暴露与批判是中国文学最重要的主题。唯有暴露批判，才能"揭出病苦，引起疗救的注意"，从而为"国民性改造"的启蒙事业奠定基础。因此，中国现代文学史出现了鲁迅的"格式的特别"的短篇小说《狂人日记》《阿Q正传》，出现了老舍的恢宏巨著《骆驼祥子》，出现了暴露乡村社会深重积习的乡土小说流派，也出现了在田园牧歌的吟唱中默默凭吊逝去的美好人性的《边城》，出现了无情批判的《华威先生》《潘先生在难中》，出现了昂扬激越的《女神》。在暴露与批判社会黑暗、文化停滞的主题下，现实主义创作方法成为现代文学中最为流行、最被提倡的创作方法，浪漫主义和现代主义也得到了一定发展。小说的文学地位从不登大雅之堂的末流一跃成为启蒙国民之利器；诗歌在外来思潮的影响下，推翻了古典诗歌的绝对权威，建立起现代诗歌的独特传统；话剧引入后，迅速成长，田汉和曹禺贡献了在20世纪世界文学画廊中熠熠生辉的杰作；本土戏曲虽然遭到话剧的压抑，但不再是单纯的声色娱乐，而是灌注了时代精神，焕发了现代化的生机。

与人类以及中华民族数千年的文化史相比，20世纪中国文艺大众化的历史实践时间短、成果少，但我们不能否认，这些有限的文学实践以其鲜明的民族文化特色，紧贴时代潮流的思考，为中华民族漫长的文学史续写了新的篇章，也为世界文学贡献了独特卓越的成果，文学的全球化与民族化同时推进了一大步。新时期以来，在意识形态控制放松的社会氛围中，中华民族开始整体性地反思历史，反思文化。随着中国与其他国家的交流日益增多，中国文化融入全球化的愿望日益迫切，中国文化界对如何表现民族文化这一主题的态度逐渐分流。一部分人认为，民族文化是一个民族区别于他者的最显著特征，只有集中地描绘表达本民族特色，才能得到全球化市场的承认。于是，《大红灯笼高高挂》《黄土地》《霸王别姬》一系列电影出现在国际市场上，深宅大院、亭台楼阁、求神祈雨、京剧脸谱、功夫打斗等成为中国文化的特别符号。另一部分人则认为，这些电影之所以得到西方社会的承认，是其中展示出来的"奇观化场景"满足了西方人的猎奇心理和窥视欲望，同时迎合了西方文化中对东方的歧视性想象。因此应塑造维护民族文化的正面形象，这样才可以提高中国大众文化在全球化市场中的吸引力。

那么，该如何看待两者之间的分歧呢？也许，莫言的创作可以提供给大众文化的民族化之路一些参考经验。莫言是中国当代颇负盛名的作家之一，也是在世界文化市场中颇受关注的中国当代作家之一。在《酒国》《檀香刑》《生死疲劳》《蛙》一系列创作中，莫言以汪洋恣肆的情感铺张和荒诞悖谬的情节设置，营造了一个个虚实相映、真假掺杂、光怪陆离的文学世界。

《酒国》中，莫言设置了"酒国"这样一个荒诞虚无却又在现实中随处可见的叙事空间。丁钩儿作为省人民检察院的特级侦察员，以发现者和批判者的外来身份进入酒国市，意图调查一个骇人听闻的案件：酒国市官员吃红烧婴儿。来到酒国市后，丁钩儿发现这是一个被酒全面主宰的荒诞空间。政府出面创办酿酒大学，斥巨资建造酿酒博物馆，政府大楼里高高矗立着酒坛酒缸，酒学博士、酒学教授为开发新的酿酒方法无所不用其极，酒国的一流酒店从经理到侍者都是身高不足一尺的侏儒。酒国林立着大小酒厂。在"以酒立市"的口号下，酒国人骄奢淫逸却又冠冕堂皇。从官员到普通民众，众人日日浸泡在酒里，衣食住行全都离不开酒。官员升迁靠喝酒，酒国市委宣传部副部长金刚钻之所以为官，就是酒量大。民众送往迎来要喝酒，开车要喝酒，洗澡也要喝酒。喝酒已经成为酒国的最高道德标准、伦理规约和社会制度。酒国有十二种"劝酒法"——"亲密关系法""纳税光荣法""爱国主义法""入乡随俗法""好事成双法"等等，荒诞的行为和堂皇的措辞杂乱并置，荒谬可笑却实实在在地箍住了每一个踏入酒国的人。丁钩儿极力提醒自己不能被污染，但不喝酒就难以开展工作，酩酊大醉之后被偷走了随身物品，并且参与了吃婴儿。

法律执行者在法律面前赤身裸体，尊严扫地。面对"盘里端坐着一个金黄色的遍体流油、异香扑鼻的男孩"，东道主宣称这不是真正的婴儿，而是用种种名贵材料精制而成，何况还有德高望重的领导人、五湖四海的友人吃过。最后，丁钩儿也伸出了筷子，并被美味彻底征服。最终，外来者丁钩儿淹死在了酒国厕所里，酒国的盛宴依然在日日上演。

《檀香刑》则以莫言独有的"高密东北乡"为叙事空间，以檀香刑这样一种传统刑法为叙事线索，以野性十足的女主人公眉娘为中心，串起了亲爹——起义领袖孙丙，公爹——从刑部大堂退休的首席刽子手赵甲，干爹——眉娘的情人高密知县钱丁，丈夫——痴呆的屠夫赵小甲一系列人物。在一小部分微不足道的小人物的悲欢离合中串联起一连串历史大事件，德国人修建胶济铁路，袁世凯镇压义和团运动，八国联军攻陷北京，清皇室仓皇出逃，讲述了中国近代史上一段农民暴动反抗外来列强和本国专制制度的壮丽历史，对人性的复杂悖谬做了深入探索。

《生死疲劳》中，莫言又以转世轮回这样一种煞有介事的民间想象方式，讲述了地主西门闹在土地革命中被枪毙以后，因为坚信自己无罪而不屈不挠地申冤，所以先后转世为驴、牛、猪、狗、猴，最后转世为一个大头婴儿的奇诡故事，由此对新中国成立后，半个世纪以来的农村社会的芜杂沧桑做了沉重的呈现。

《蛙》中，莫言更是以空前的勇气、独立的思考回顾了新中国六十年的计划生育史。对计划生育这样一个历史上从未有过，在道德伦理上复杂莫名，在国家政策上又有充分理由的历史事件，莫言做了多层次多侧面的质询。

无论是高密东北乡还是酒国，莫言作品中呈现出的文学世界都达到了文学全球化与民族化的高峰，完美实现了文学形象的独特性与普遍性的统一。莫言文学中对朝气蓬勃、元气淋漓的人性的讴歌，对生命的执着与热爱，对历史的悲悯，都丰富了中国民族精神的内涵，也为全人类提供了一座抚慰心灵的精神花园；而莫言对人性中光明与阴暗交织、历史中崇高与卑微纠缠的挖掘，对中国社会历史中苦难的质疑，对东方伦理道德毫无人道可言的嬉笑怒骂，不仅是对中国文化的批判性建设，继续了20世纪中国文艺大众化中"国民性改造"的主题，更是对全人类的警示。对中国读者而言，熟悉的文学呈现会让人自然触摸到全人类的共同价值观；而对世界读者来说，在共同意义的探寻下，可以发现东方文化的独特思路。因此，莫言对民族精神中正面内容的表现并不是夜郎自大，而是文化自信的结果，文化输出顺理成章；他对民族精神中负面内容的批判并不是以"奇观化"取媚世界市场，而是对全人类的共同命运、共通话题的深度探索。进一步说，对民族负面因素的严肃探索正是文化自信的表现，而不是阿Q式的讳疾忌医。

此外，莫言的小说创作深受拉美魔幻现实主义影响，但对外来资源的吸收并没有影响他对民族文化、历史的深入挖掘，反而使其在叙述语言、小说结构、内容题材、审美风格方面形成了特色鲜明、格调独特的民族化创作。《酒国》的幻觉式书写最接近于《百年孤独》的魔幻现实主义，但其中的嬉笑怒骂却更接近于晚清谴责小说的审美风格；《檀香刑》中，莫言以公然挑战艺术"陌生化"原则的态度，列出凤头-猪肚-豹尾的中国传统文学结构模式；《生死疲劳》中，莫言再次启用已经久被中国现代文学抛弃的章回体小说形式，完成了对中国古典小说的回顾和致敬；《蛙》中，莫言无所顾忌地将元小说叙事、书信、话剧混合杂糅，刷新了小说的艺术结构。莫言的文学创作有力地证明了，文学世界化与民族化并非截然对立，而是可以互为转化和圆融通约的。

其次，要在传承文化遗产的基础上，熔铸出独有的民族艺术品格。中国大众文化的发展要面对两个对象。第一，要面对本民族的受众。大众文化是商业性文化，只有呼应本民族受众的要求，才能取得最大经济效益。印度宝莱坞的歌舞电影或许可以给中国大众文化发展提供借鉴价值。中国文化同样有着悠久的视听艺术传统，在现代媒体和传统戏曲的结合方面也做过一定探索，1992年台湾出品的电视连续剧《新白娘子传奇》以传统戏曲故事为蓝本，穿插了大量民族音乐风格的现代流行歌曲，使整个电视剧呈现出浓郁的民族审美趣味。但目前戏曲舞台似乎倒退至"五四"之前，一直在重复传统曲目的演出，无论是内容还是风格几乎毫无创新。而现代传媒文化又简单地重复西方模板，大量电视剧、电影或是原封不动地翻拍西方经典，结果画虎不成反类犬，在市场上惨败，或是邯郸学步，亦步亦趋。传统文化与大众文化若能交融，对两者的突破都有重大意义。第二，中国大众文化必须面对西方文化这一强有力的竞争者。在求同方面，以相似风格讲述同一主题故事，中国很难超越好莱坞。近年来，中国国产电影低迷，面对美国大片毫无抵抗之力就是明证；只有以求异的思路，形成独特的美学风格，才能不被西方文化湮没。

文艺大众化是20世纪中国文学的主潮，也是中华民族文化在进入世界现代化历程中所建构出的自信、自强、自觉、自救的文学形态，是在文化全球化潮流中形成的中国经验，兼具普遍性与独特性。文艺大众化作为中国文学的现代化追求，尽管已经取得了巨大成就，但探索仍在继续，并且在不同的历史阶段、不同的现实语境中，体现为不同的文学探索与实践。大众文化不仅是中国20世纪文艺大众化在当下中国社会阶段中的时代表现，而且是全世界共同面对的难题，以延安文艺为代表的文艺大众化实践完全可以给大众文化的发展提供借鉴意义。同时，大众文化的发展在继续丰富着文艺大众化的探索。文艺大众化与大众文化之间的互动关系的探索，不仅具有民族文化的独特意义，更具有世界文化的普遍意义。

三、延安文艺经验的价值重估

延安文艺在整个20世纪中国文学中，作为一个在特殊历史时代创构的新的文艺形态，具有非常重要的地位和价值。它与五四文学以及左翼文学具有天然的联系，又直接规范并影响了十七年文学和"文革"文学的发展。从本体研究来看，延安文艺在对中西方文化借鉴和运用的基础上，从制度层面、理论层面、实践层面展开了民族／国家文学的建构。从影响来看，延安文艺的政治倾向、文学创作实践以及美学经验等，直接影响了十七年文学，而"文革"文学的爱情叙事、"智斗"书写和"诉苦"书写也都能从延安文艺中找到渊源。可以说，延安文艺及其精神作为典型的中国经验，为20世纪的现代文艺求索增添了浓墨重彩的一笔。

总体而言，延安文艺建构及价值重估是一个涉及多层面复杂问题的研究。仅延安文艺中国化、民族化、大众化的本体研究就涉及文学中心的乡村化、文艺空间的创造和生产、农民文化方向、大众趣味等问题。从延安文艺的影响研究来看，延安文艺对文艺体制的构建以及对十七年文学、"文革"文学的影响则是直接而持久的。中国现代文学中，文艺的组织及生产、文学稿酬、体验生活、政治与艺术的关系、人物塑造和情感的改造、人性美和喜剧美的美学反思、"突击文化"、方向性文化、样板文化、"智斗"叙事、"诉苦"叙事、经典与复制等都是文艺在发展和承袭过程中所出现的问题，其中某些问题的研究还有待进一步深化，但在这些问题之外，延安情感与延安精神也不容忽视。

延安精神，是延安文艺在当代文学建构过程中最核心的精神，是一种崇高的精神旨向。它吸引了当时众多的知识分子会聚延安，体现出我们民族强大的凝聚力、归属感和认同感。1949年4月16日，柳青离开延安，十年后即1959年5月19日再回延安，写出《延安精神》，高呼"延安精神万岁！"[①]这是延安精神对那个时代亲历者的持续性影响。这种精神影响持续到十七年文学中红色经典的创作，甚至90年代的革命战争题材的小说创作，如尤凤伟的《五月乡战》、邓一光的《父亲是个兵》、柳建伟的《突出重围》、姜安的《走出硝烟的女神》、黎汝清的《皖南事变》、都梁的《亮剑》、乔良的《灵旗》、项小米的《英雄无语》等战争小说，反映小人物在战争中的命运和经受离乱之苦的内心伤痛，展现个人的价值和对生存状态的思考。这些作品虽然离延安时期已经久远，但也受到了延安精神的烛照，书写战争与人的关系，并因为电影、电视的改编再一次掀起红色经典热的浪潮。90年代之后，战争题材小说掀起热潮，某种程度上缘于民族潜意识中的革命战争文化传统的影响，也缘于延安情感的持续影响。抗日根据地曾经广为传唱的歌曲：边区的天，明朗的天，/全区人民好喜欢，/民主政府爱人民呀，/共产党的恩情说不完……这是大众对根据地的真实感受，表达了大众的喜悦情感。柳青具体阐释了这种情感：

[①] 柳青：《柳青文集》（第4卷），人民文学出版社2005年版，第310页。

>中国共产党人有一种"延安感情"。到过延安的人想念延安。没到过延安的人向往延安。根本不可能朝延安的人,也憬慕延安。延安作为革命圣地,所有正直的中国共产党人,不管他或她在延安经过什么锻炼和考验,甚至受过委屈,都对延安有感情。①

这份民族潜意识里的情感,被一代代人通过血缘亲情传承下来。作为红色革命根据地的延安,后来被当代人一遍遍参观、体验、学习,也是因血脉深处的延安情感。文艺思考的目的是寻找其当下的意义,"重新认识延安文艺精神,对于真正认识'中国历史'、正视'中国问题',总结'中国经验'有着相当重大的意义"②。而在延安情感的影响下,艰苦朴素、众志成城、不怕千难万险的延安精神也感召着我们。

新时期以来,开放的文化环境促使学界重新思考延安文艺的一些问题,如1979年邓小平在《在中国文学艺术工作者第四次代表大会上的祝词》中就提出了《讲话》以来不断强化的文艺与政治的关系问题,要求淡化文学艺术的政治性因素:

>党对文艺工作的领导,不是发号施令,不是要求文学艺术从属于临时的、具体的、直接的政治任务,而是根据文学艺术的特征和发展规律,帮助文艺工作者获得条件来不断繁荣文学艺术事业,提高文学艺术水平,创作出无愧于我们伟大人民、伟大时代的优秀的文学艺术作品和表演艺术成果。③

再次强调了文艺的规律性和作家创作的主观能动性。周扬在全国第四次文代会的报告中又指出:"文艺反映生活的真实,就应当适合一个历史阶段的政治的需要。在今天来说,就是社会主义现代化建设的需要",所以,"不应该把文艺和政治的关系狭隘地理解为仅仅是要求文艺作品配合当时当地的某项具体政

---

① 柳青:《柳青文集》(第4卷),人民文学出版社2005年版,第305页。
② 赵学勇:《"延安文艺"与当代文化建设》,载《陕西日报》2011年8月22日。
③ 邓小平:《在中国文学艺术工作者第四次代表大会上的祝词》,见《邓小平文选》(第2卷),人民出版社1994年第2版,第213页。

策和某项具体政治任务。政治不能代替艺术。政治不等于艺术"。①此时的周扬将革命时代的政治要求和新时期的社会建设任务做了区分,以真实性来要求还原文学的艺术性等。当然,新时期文艺的重建,不仅仅止于对文学自身规律性的发现和作家创作主观能动性的提倡,也不断地通过反思"伤痕"来书写"文革"给一个时代的人所带来的精神以及肉体的伤痛。甚至,文学界对改革文学的尝试,对先锋文学的实验,对新写实小说或者女性的书写等,也是在不断的探索中寻求文学写作的多样方式,通过对文学书写的变革与重建,实现创作的突破。

延安文艺经由十七年文学再到"文革"文学,实现了党的意识形态下一元化价值观念的文学一体化。"文革"后,结束了极左路线的统治,也使文学由此开启了多元化的时代。1936年,毛泽东会见美国作家斯诺时说:"谁赢得了农民,谁就会赢得中国";"谁能解决土地问题,谁就会赢得农民"。②农民问题是延安文艺和新时期以来文学创作的一个共同主题。如知青文学中,知青将文艺创作转向农村,表现农村生活。底层文学或者其中更细分类的打工文学,则关注处于社会底层的农民、工人等无权无势者的生活。虽然时代不同,但都将视角移向广大农村和农民,书写对社会底层人民的人文关怀,可以说是延安时期书写农民文化的文艺创作精神的延续和再次呈现。延安文艺无形中开启和建构了对社会中大多数群体尤其是底层群体的持续关注,以一种人道主义观念审视社会的主体力量——人民的存在及意义,以推动历史发展的人民来实现对社会、人生变迁的见证。

今天,经济的快速发展催生了消费社会的疾速发展,市场需求对文艺创作的影响越来越大,人们不禁会质疑:当下文学还需要民族化、大众化吗?在以市场为导向的消费社会中,审视延安时期提出的民族化、大众化的问题,是大

---

① 周扬:《继往开来,繁荣社会主义新时期的文艺——一九七九年十一月一日在中国文学艺术工作者第四次代表大会上的报告》,载《人民日报》1979年11月20日。
② 洛易斯·惠勒·斯诺:《斯诺眼中的中国》,王恩光、申葆青、许邦兴等译,中国学术出版社1982年版,第47页。

有必要的。以追求语言实验、叙事圈套等形式创新的先锋文学来看，即使格非和孙甘露们如何穷尽所能挑战读者的语言习惯和阅读顺序，马原们又如何努力去建造叙事的迷宫，都是吃力不讨好，艰涩难懂的语言和繁乱复杂的叙事成了困扰读者的负担，他们慢慢被大众抛弃了。无疑，先锋文学的文本叙事探索尽管有其文学史的价值，但其与所面对的受众却是有很大距离的。先锋文学以自身的短命证实了民族化、大众化文艺方向的正确性和可持续性，实践证明，受众的接受仍然是衡量文艺作品成败的关键因素之一。

1990年代以来，随着中国经济的发展，作家们总是努力在创作中逐渐隐去意识形态的干扰，力求从另一向度，围绕受众的消费需求进行去政治化、去阶级性、去崇高性的创作。从某种意义上看，当代作家能够从大众的消费愿望出发，反映社会现象，关注大众的生存境遇及精神问题；在创作内容上，或回到传统，以宫廷剧、武侠剧、言情剧等带有传统文化特色的文艺形式满足当下大众多样化的审美需求；或展览底层现实，以非虚构的文本形式展现消费时代人们的种种欲望，等等，也是需要的，因为文学毕竟是对繁复的人的社会生存和精神现象的反映，凡是人的生活的种种都无疑可以进入文学的视野，供人们认识人与社会。然而，当代文学中对快餐式文化的喜逐，追求无节制的享乐和阅读的时效性、便宜性以及对文学的消费和娱乐，致使文学走向平庸和低俗，失去了本身应该具有的美感功能及效应，其实质与真正意义上的大众化不可同日而语。在此，有必要再次反思并借以延安文艺大众化的经验，以观当今文学大众化的趋势。可以看到，延安时期的大众化是为了化大众，更好地实现文艺的宣传教育功能，而当下的文学则更重视消费性。不管时代如何变化，民族审美心理是不会变的。文学在追求大众化的过程中，也不能盲从于大众，甚至需要发挥些许功利性的教育功能，而不能只追求以消费为目的的创作。所以，在当代中国，延安文艺的大众化追求的历史经验及人民性精神指向仍值得珍视。

在当代，文艺大众化、民族化、本土化问题，作家与民众结合的问题，民间文化资源的吸收、利用、改造问题，文学创作中的历史观问题，人民性问题，如何创造具有中国作风、中国气派的文学精品的问题，等等，都是中国文学创作实践所面临的迫切问题。那么，在新的历史时期如何认识延安文艺自身独异性传统的形成以及对中国文学的影响，如何借鉴和吸收延安文艺的宝贵经验来进一步发展符合中国实际的、具有中华民族特色的文学和艺术，仍是我们需要面对的重要问题。

参考文献

[1] 欧阳山. 马列主义和文艺创作：文艺思想性和形象性漫谈之一［N］. 解放日报，1941-05-19.

[2] 胡乔木. 欢迎科学艺术人才［N］. 解放日报，1941-06-10.

[3] 周扬. 文学与生活漫谈［N］. 解放日报，1941-07-17-1941-07-19.

[4] 艾青. 了解作家，尊重作家：为《文艺》百期纪念而写［N］. 解放日报，1942-03-11.

[5] 罗烽. 还是杂文的时代［N］. 解放日报，1942-03-12.

[6] 艾青. 我对于目前文艺上几个问题的意见［N］. 解放日报，1942-05-15.

[7] 丁玲. 文艺界对王实味应有的态度及反省［N］. 解放日报，1942-06-16.

[8] 艾青. 现实不容歪曲［N］. 解放日报，1942-06-24.

[9] 柯仲平. 从写作上帮助工农同志［N］. 解放日报，1942-10-17.

[10] 严辰. 关于诗歌大众化［N］. 解放日报，1942-11-02.

[11] 舒群. 必须改造自己［N］. 解放日报，1943-03-31.

[12] 何其芳. 改造自己，改造艺术［N］. 解放日报，1943-04-03.

[13] 陈学昭. 边区是我们的家［N］. 解放日报，1943-08-03.

[14] 毛泽东. 在延安文艺座谈会上的讲话［N］. 解放日报，1943-10-19.

[15] 周扬. 一位不识字的劳动诗人：孙万福［N］. 解放日报，1943-12-26.

[16] 周扬. 马克思主义与文艺：《马克思主义与文艺》序言［N］. 解放日报，1944-04-08.

[17] 大后方青年致书延大同学[N]. 解放日报, 1944-10-28.

[18] 《延安文艺》征稿[N]. 解放日报, 1946-09-02.

[19] 陈独秀. 敬告青年[J]. 青年杂志, 1915（1）.

[20] 成仿吾. 祝词[J]. 文化批判, 1928（1）.

[21] 李初梨. 自然生长性与目的意识性[J]. 思想月刊, 1928（2）.

[22] 茅盾. 从牯岭到东京[J]. 小说月报, 1928（10）.

[23] 中国左翼作家联盟的成立[J]. 拓荒者, 1930（3）.

[24] 鲁迅. 中国人失掉自信力了吗[J]. 太白, 1934（3）.

[25] 张一柯. 文学中的典型人物[N]. 大晚报, 1934-12-31.

[26] 陈伯达. 思想的自由与自由的思想：再论新启蒙运动[J]. 认识月刊, 1937（1）.

[27] 齐柏岩. 五四运动与新启蒙运动[J]. 读书月报, 1937（2）.

[28] 茅盾. 论加强批评工作[N]. 抗战文艺, 1938-07-16.

[29] 本报副刊征稿启事[N]. 新中华报, 1938-07-20.

[30] 周恩来. 鲁迅逝世二周年纪念题词[N]. 新华日报, 1938-10-19.

[31] 艾思奇. 旧形式新问题[J]. 文艺突击, 1939（2）.

[32] 生产突击[N]. 新中华报, 1939-03-22.

[33] 何其芳. 论文学上的民族形式[J]. 文艺战线, 1939（5）.

[34] 毛泽东. 新民主主义的政治与新民主主义的文化[J]. 中国文化, 1940（1）.

[35] 周扬. 对旧形式利用在文学上的一个看法[J]. 中国文化, 1940（1）.

[36] 光未然. 文艺的民族形式问题[J]. 文学月报, 1940（5）.

[37] 何其芳. 给陈企霞同志的一封信[J]. 文艺月报, 1941（4）.

[38] 艾青. 论抗战以来的中国新诗：《朴素的歌》序[J]. 文艺阵地, 1942（4）.

[39] 郭沫若. 新文艺的使命：纪念文协五周年[N]. 新华日报, 1943-03-27.

[40] "七七七"文艺奖金缘起及办法[N]. 抗战日报, 1944-03-02.

[41] 茅盾. 关于《李有才板话》[J]. 群众, 1946（10）.

[42] 荒煤. 向赵树理方向迈进[N]. 人民日报, 1947-08-10.

[43] 陈荒煤. 为创造新的英雄典型而努力[N]. 长江日报, 1951-04-22.

[44] 应当重视电影《武训传》的讨论[N]. 人民日报, 1951-05-20.

[45] 邵荃麟．沿着社会主义现实主义的方向前进［J］．人民文学，1953（11）．

[46] 茅盾．新的现实和新的任务［N］．文艺报，1953（19）．

[47] 冯雪峰．英雄和群众及其它［N］．文艺报，1953（24）．

[48] 陈白尘．稿酬·出版·发行：给文汇报记者的一封信［N］．文汇报，1957-05-04．

[49] 黄欧东．一定要下决心到群众中去安家落户［N］．人民日报，1957-12-12．

[50] 赵树理．从曲艺中吸取营养［J］．人民文学，1958（10）．

[51] 本报评论员．怎样看待稿费［N］．人民日报，1958-10-05．

[52] 华夫．文艺放出卫星来［N］．文艺报，1958（18）．

[53] 华夫．集体创作好处多［N］．文艺报，1958（22）．

[54] 郭开．略谈对林道静的描写中的缺点：评杨沫的小说《青春之歌》［J］．中国青年，1959（2）．

[55] 柳青．谈谈生活和创作的态度［N］．文艺报，1960（13/14）．

[56] 沐阳．从邵顺宝、梁三老汉所想起的……［N］．文艺报，1962（9）．

[57] 姚文元．使社会主义文艺蜕化变质的理论：提倡"写中间人物"的反动实质［N］．解放日报，1964-12-14．

[58] 《文艺报》编辑部．关于"写中间人物"的材料［N］．文艺报，1964（8/9）．

[59] 江青．谈京剧革命［J］．红旗，1967（6）．

[60] 初澜．中国革命历史的壮丽画卷：谈革命样板戏的成就和意义［J］．红旗，1974（1）．

[61] 文化部批判组．评"三突出"［N］．人民日报，1977-05-18．

[62] 赵浩生．周扬笑谈历史功过［J］．新文学史料，1979（2）．

[63] 王维玲．柳青和《创业史》［J］．延河，1980（8）．

[64] 李振坤．鲁迅与文艺大众化运动［J］．新疆师范大学学报（社会科学版），1981（1）．

[65] 王瑶．从现代文学的发展看《在延安文艺座谈会上的讲话》的历史意义［J］．社会科学战线，1982（4）．

[66] 王元化．论样板戏及其他［N］．文汇报，1988-04-29．

[67] 唐弢．关于重写文学史［J］．求是，1990（2）．

[68] 孟悦．性别表象与民族神话［J］．二十一世纪，1991（4）．

[69] 黄曼君，王泽龙．论延安文艺的文化价值［J］．华中师范大学学报（哲学社会科学版），1992（3）．

[70] 林焕平．延安文学刍议［J］．文艺理论与批评，1992（3）．

[71] 黎辛．丁玲和延安《解放日报》文艺栏［J］．新文学史料，1994（4）．

[72] 张颐武．重估"现代性"［J］．黄河，1994（4）．

[73] 苏光文．大众化：抗日民主根据地文学表现形式的显著特点［J］．西南师范大学学报（哲学社会科学版），1997（3）．

[74] 龙泉明．现代性与现代主义［J］．文艺研究，1998（1）．

[75] 孟长勇．延安文艺与新中国十七年文学的历史联系［J］．人文杂志，1998（5）．

[76] 李陀．丁玲不简单：革命时期知识分子在话语生产中的复杂角色［J］．北京文学，1998（7）．

[77] 王锺陵．20世纪新诗大众化民族化的历程［J］．社会科学战线，1999（2）．

[78] 朱晓进．政治文化心理与三十年代文学［J］．文学评论，2000（1）．

[79] 秋山洋子．再读《我在霞村的时候》［J］．陈苏黔，译．中国现代文学研究丛刊，2001（1）．

[80] 孙晓忠．抗战时期的"集体创作"［J］．中国现代文学研究丛刊，2001（1）．

[81] 李新宇．迷失的代价：20世纪中国文艺大众化运动再思考：上、下［J］．文艺争鸣，2001（1）；2001（2）．

[82] 刘延年．毛泽东与新民歌运动［J］．江淮文史，2002（2）．

[83] 郭国昌．文艺奖金与解放区的文学大众化思潮［J］．中国现代文学研究丛刊，2002（4）．

[84] 萨支山．"延安文艺"与"当代文学"［J］．中国现代文学研究丛刊，2003（2）．

[85] 赵一凡．现代性［J］．外国文学，2003（2）．

[86] 杨劼．旧形式与"延安体"［J］．文艺理论与批评，2003（6）．

[87] 尤西林．现代性与时间［J］．学术月刊，2003（8）．

[88] 萨支山．"故事"与"抒情"：五六十年代短篇小说的两种可能性［J］．

中国现代文学研究丛刊，2004（2）．

［89］旷新年．赵树理的文学史意义［J］．文艺理论与批评，2004（3）．

［90］阎纲．作家与稿费［J］．文史博览，2004（10）．

［91］吴遐．中苏二国建国初期文学组织制度的比较分析［J］．河南师范大学学报（哲学社会科学版），2005（1）．

［92］袁盛勇．延安时期工农写作的话语指向：提倡工农同志写文章［J］．西南民族大学学报（人文社科版），2005（1）．

［93］黄科安．批判立场与潜在女性话语：论丁玲在解放区前期的小说创作［J］．海南大学学报（人文社会科学版），2005（1）．

［94］周维东．延安文学研究的现状与深化的可能［J］．现代中国文化与文学，2005（2）．

［95］刘增杰．于平静里寓波澜：读王培元《延安鲁艺风云录》［J］．中国现代文学研究丛刊，2005（4）．

［96］尤西林．20世纪中国"文艺大众化"思潮的现代性嬗变［J］．文学评论，2005（4）．

［97］辛萍．毛泽东与延安《文艺突击》、《山脉文学》［N］．西部时报，2005-08-26．

［98］胡玉伟．"十七年文学"的爱情叙事与解放区文学传统［J］．南方文坛，2006（1）．

［99］鲁振祥．"马克思主义中国化"解读史中若干问题考察［J］．中国特色社会主义研究，2006（1）．

［100］郭玉琼．发现秧歌：狂欢与规训：论二十世纪四十年代延安新秧歌运动［J］．中国现代文学研究丛刊，2006（1）．

［101］陈伟军．著书不为稻粱谋："十七年"稿酬制度的流变与作家的生存方式［J］．社会科学战线，2006（1）．

［102］王富仁．延安文学有重新加以研究的必要［J］．学术月刊，2006（2）．

［103］宋绍香．在异质文化中探寻"自我"：国外汉学家中国解放区文学译介、研究管窥［J］．文艺理论与批评，2006（2）．

［104］杨经建，郭君．"大众化"与"经典化"："红色经典"论之五［J］．

浙江社会科学，2006（4）.

［105］袁盛勇. 重新理解延安文学［J］. 西南民族大学学报（人文社科版），2006（5）.

［106］贺仲明. "大众化"讨论与中国新文学的自觉［J］. 中国社会科学，2006（6）.

［107］石凤珍. 左翼文艺大众化讨论与延安文艺大众化运动［J］. 文学评论，2007（3）.

［108］赵敦华. 为普遍主义辩护：兼评中国文化特殊主义思潮［J］. 学术月刊，2007（5）.

［109］李里峰. 土改中的诉苦：一种民众动员技术的微观分析［J］. 南京大学学报（哲学·人文科学·社会科学版），2007（5）.

［110］孙桂荣. 文学"大众化"与当代批评的应对策略：从池莉小说的当代评价谈起［J］. 东方论坛，2007（6）.

［111］孙国林. 延安时期的稿费制度［J］. 文史精华，2007（12）.

［112］周维东. "突击文化"与延安文学引论［J］. 中国现代文学研究丛刊，2008（2）.

［113］雷世文，郑春. 中国现代文化生产中的媒介角色论略：以报纸文艺副刊为中心的考察［J］. 北方论丛，2008（2）.

［114］张健，周维东. "突击文化"的历史内涵及其对延安文学研究的意义［J］. 南开学报（哲学社会科学版），2008（3）.

［115］陈非. 从文艺大众化到乡村文艺主流化：论中国现代文学三十年中关于文艺大众化的历史建构［J］. 广东社会科学，2008（5）.

［116］陈非. 民族传统的现代表达：孙犁40年代小说创作的民族传承、时代命运及其历史贡献［J］. 西北民族大学学报（哲学社会科学版），2008（5）.

［117］王小平. 文艺大众化：从现代到后现代［J］. 社会科学研究，2008（6）.

［118］李薇. 20世纪30年代左翼文学"大众文艺"运动的现代性追求［J］. 福建论坛（人文社会科学版），2008（9）.

［119］杨劼. 延安文学：深层的面对［J］. 艺术评论，2008（10）.

［120］刘苏华. 延安出版物的稿酬研究［J］. 出版科学，2009（4）.

[121] 华金余. "左翼文学"与"延安文学"异同论［J］. 北京工业大学学报（社会科学版），2010（6）.

[122] 赵学勇. 重新认识"延安文艺"研究的价值和意义［J］. 延安大学学报（社会科学版），2010（6）.

[123] 王荣. 关于延安文艺史料学研究的设想［J］. 延安大学学报（社会科学版），2010（6）.

[124] 汪信砚. 马克思主义中国化时代化大众化有关命题辨析［N］. 光明日报，2011-01-17.

[125] 毕海. 延安文学研究的历史与现状［J］. 文艺争鸣，2011（1）.

[126] 田刚. 鲁迅与延安文艺思潮［J］. 文史哲，2011（2）.

[127] 赵学勇. "延安文艺"与当代文化建设［N］. 陕西日报，2011-08-22.

[128] 郭剑敏. "十七年"文学创作中的话语权问题［J］. 文艺争鸣，2011（9）.

[129] 宋玉，耿传明. 革命与启蒙的辩证：重思1932至1935年的"文艺大众化"讨论［J］. 现代中国文化与文学，2012（1）.

[130] 孟远. 延安文艺的现代性选择［J］. 徐州师范大学学报（哲学社会科学版），2012（1）.

[131] 周冰. "群众"对"大众"的胜利：从词汇变迁看革命文艺权力机制的转换［J］. 文艺争鸣，2012（1）.

[132] 张宝明. 重建阶级秩序：20世纪30年代文学大众化运动的内在动机［J］. 北京师范大学学报（社会科学版），2012（3）.

[133] 赵学勇. 延安文艺研究：历史重评与当代性建构［J］. 陕西师范大学学报（哲学社会科学版），2012（3）.

[134] 黄科安. 启蒙·革命·规训："文艺大众化"考论［J］. 文史哲，2012（3）.

[135] 李继凯. 论延安文人与书法文化［J］. 陕西师范大学学报（哲学社会科学版），2012（3）.

[136] 田刚. 鲁迅精神传统与延安文艺新潮的发生［J］. 陕西师范大学学报（哲学社会科学版），2012（3）.

[137] 王荣. 宣示与规定：1949年前后延安文艺丛书的编纂刊行：以"北方文丛"与"中国人民文艺丛书"的编辑出版为例［J］. 陕西师范大学学报

（哲学社会科学版），2012（3）．

[138] 吴翔宇．抗战文学"大众化"的历史逻辑与实践理路［J］．淮南师范学院学报，2012（4）．

[139] 袁盛勇．《讲话》的边界和核心［J］．文艺争鸣，2012（5）．

[140] 侯松涛．诉苦与动员：抗美援朝运动中的诉苦运动［J］．党史研究与教学，2012（5）．

[141] 王达敏，胡焕龙．中国现代文学大众化传统的形成［J］．安徽大学学报（哲学社会科学版），2013（5）．

[142] 傅修海．文艺大众化：一个文论套语的中国化与经典化进程：以瞿秋白为中心［J］．郑州大学学报（哲学社会科学版），2015（5）．

[143] 吴小美．抗战时期长篇小说中的《四世同堂》［J］．中国现代文学研究丛刊，2015（11）．

[144] 习近平．在文艺工作座谈会上的讲话［N］．人民日报，2015-10-15．

[145] 赵学勇．人民性：路遥写作的精神指向［J］．中国文学批评，2020（1）．

[146] 马克思，恩格斯．马克思恩格斯全集：第4卷［M］．中共中央马克思恩格斯列宁斯大林著作编译局，编译．北京：人民出版社，1958．

[147] 贝尔登．中国震撼世界［M］．邱应觉，杨海平，胡代岗，等译．北京：北京出版社，1980．

[148] 王安娜．中国：我的第二故乡［M］．李良健，李希贤，校译．北京：生活·读书·新知三联书店，1980．

[149] 斯诺．斯诺眼中的中国［M］．王恩光，申葆青，许邦兴，等译．北京：中国学术出版社，1982．

[150] 斯诺．红色中国杂记：1936—1945［M］．党英凡，译．北京：群众出版社，1983．

[151] 斯诺．斯诺文集［M］．宋久，柯南，克雄，译．北京：新华出版社，1984．

[152] 韦勒克，沃伦．文学理论［M］．刘象愚，刑培明，陈圣生，等译．北京：生活·读书·新知三联书店，1984．

[153] 史沫特莱．史沫特莱文集：3［M］．梅念，译．胡其安，李新，校注．北

京：新华出版社，1985．

[154] 贝特兰．华北前线［M］．林淡秋，等译．北京：新华出版社，1986．

[155] 斯坦因．红色中国的挑战［M］．李凤鸣，译．北京：新华出版社，1987．

[156] 卡尔逊．中国的双星［M］．祁国明，汪杉，译．北京：新华出版社，1987．

[157] 白修德，贾安娜．中国的惊雷［M］．端纳，译．北京：新华出版社，1988．

[158] 福尔曼．北行漫记［M］．陶岱，译．北京：新华出版社，1988．

[159] 休梅克．美国人与中国共产党人［M］．郑志宁，黄际英，高二音，等译．长春：吉林文史出版社，1989．

[160] 亨廷顿．变化社会中的政治秩序［M］．王冠华，刘为，等译．北京：生活·读书·新知三联书店，1989．

[161] 薄复礼．一个被扣留的传教士自述［M］．张国琦，译．北京：昆仑出版社，1989．

[162] 汉密尔顿．埃德加·斯诺传［M］．柯为民，萧耀先，等译．陈弢，审校．沈阳：辽宁大学出版社，1990．

[163] 费正清．剑桥中华民国史：1912—1949［M］．杨品泉，张言，孙开远，译．北京：中国社会科学出版社，1994．

[164] 佛克马，蚁布思．文学研究与文化参与［M］．俞国强，译．北京：北京大学出版社，1996．

[165] 周策纵．五四运动：现代中国的思想革命［M］．周子平，等译．南京：江苏人民出版社，1996．

[166] 高利克．中国现代文学批评发生史：1917—1930［M］．陈圣生，华利荣，张林杰，等译．北京：社会科学文献出版社，1997．

[167] 吉登斯．现代性与自我认同：现代晚期的自我与社会［M］．赵旭东，方文，译．北京：生活·读书·新知三联书店，1998．

[168] 吉登斯．民族–国家与暴力［M］．胡宗泽，赵力涛，译．北京：生活·读书·新知三联书店，1998．

[169] 福柯．知识考古学［M］．谢强，马月，译．北京：生活·读书·新知三

联书店，1999.

[170] 福柯. 规训与惩罚：监狱的诞生[M]. 刘北成，杨远婴，译. 北京：生活·读书·新知三联书店，1999.

[171] 伊萨克斯. 美国的中国形象[M]. 于殿利，陆日宇，译. 北京：时事出版社，1999.

[172] 伊格尔顿. 历史中的政治、哲学、爱欲[M]. 马海良，译. 北京：中国社会科学出版社，1999.

[173] 葛兰西. 狱中札记[M]. 曹雷雨，姜丽，张跣，译. 北京：中国社会科学出版社，2000.

[174] 鲍曼. 立法者与阐释者：论现代性、后现代性与知识分子[M]. 洪涛，译. 上海：上海人民出版社，2000.

[175] 夏志清. 中国现代小说史[M]. 刘绍铭，等译. 香港：香港中文大学出版社，2001.

[176] 曼海姆. 意识形态和乌托邦[M]. 艾彦，译. 北京：华夏出版社，2001.

[177] 赛尔登. 革命中的中国：延安道路[M]. 魏晓明，冯崇义，译. 北京：社会科学文献出版社，2002.

[178] 卡林内斯库. 现代性的五副面孔：现代主义、先锋派、颓废、媚俗艺术、后现代主义[M]. 顾爱彬，李瑞华，译. 北京：商务印书馆，2002.

[179] 威尔斯. 续西行漫记[M]. 陶宜，徐复，译. 北京：解放军文艺出版社，2002.

[180] 刘禾. 跨语际实践：文学，民族文化与被译介的现代性（中国，1900—1937）[M]. 宋伟杰，等译. 北京：生活·读书·新知三联书店，2002.

[181] 鲍曼. 共同体：在一个不确定的世界中寻找安全[M]. 欧阳景根，译. 南京：江苏人民出版社，2003.

[182] 费尔克拉夫. 话语与社会变迁[M]. 殷晓蓉，译. 北京：华夏出版社，2003.

[183] 安德森. 想象的共同体：民族主义的起源与散布[M]. 吴叡人，译. 上海：上海人民出版社，2003.

[184] 本雅明. 机械复制时代的艺术[M]. 李伟，郭东，编译. 重庆：重庆出

版社,2006.

[185] 艾森斯塔特.反思现代性[M].旷新年,王爱松,译.北京:生活·读书·新知三联书店,2006.

[186] 德波顿.身份的焦虑[M].陈广兴,南治国,译.上海:上海译文出版社,2007.

[187] 顾彬.20世纪中国文学史[M].范劲,等译.上海:华东师范大学出版社,2008.

[188] 波伏瓦.长征:中国纪行[M].胡小跃,译.北京:作家出版社,2012.

[189] 黑格尔.精神现象学[M].贺麟,王玖兴,译.北京:商务印书馆,1983.

[190] 加缪.加缪自述[M].丁大同,编译.天津:天津人民出版社,2015.

[191] 胡适.中国新文学大系:第1集 建设理论集[G].上海:上海文艺出版社,1935.

[192] 周扬.表现新的群众的时代[M].济南:山东新华书店,1949.

[193] 中华全国文学艺术工作者代表大会宣传处.中华全国文学艺术工作者代表大会纪念文集[C].[新华书店发行],1950.

[194] 江超中.解放区文艺概述:1941—1947[M].天津:百花文艺出版社,1958.

[195] 刘流.烈火金刚[M].北京:中国青年出版社,1958.

[196] 丛深.千万不要忘记[M].北京:中国戏剧出版社,1964.

[197] 陕西省延安地区革命委员会政工组.知识青年在延安:第2集[G].西安:陕西人民出版社,1972.

[198] 人民文学出版社.革命样板戏剧本汇编:第1集[G].北京:人民文学出版社,1974.

[199] 戈壁舟.延安诗抄[M].西安:陕西人民出版社,1978.

[200] 茅盾.茅盾评论文集[M].北京:人民文学出版社,1978.

[201] 北京大学,北京师范大学,北京师范学院中文系中国现代文学教研室.文学运动史料选[G].上海:上海教育出版社,1979.

[202] 陕西师范大学教育研究所.陕甘宁边区教育资料:教育方针政策部分

[G]．北京：教育科学出版社，1981．

[203] 邵荃麟．邵荃麟评论选集[M]．北京：人民文学出版社，1981．

[204] 黄修己．赵树理评传[M]．南京：江苏人民出版社，1981．

[205] 中华人民共和国文化部办公厅．文化工作文件资料汇编：（一） 1949—1959[G]．[内部资料]，1982．

[206] 杨志杰．赵树理小说人物论[M]．太原：山西人民出版社，1983．

[207] 刘力群．纪念埃德加·斯诺[M]．北京：新华出版社，1984．

[208] 温济泽，李言，金紫光，等．延安中央研究院回忆录[G]．长沙：湖南人民出版社，1984．

[209] 何其芳．何其芳文集：第6卷[M]．北京：人民文学出版社，1984．

[210] 丁玲．丁玲论创作[M]．上海：上海文艺出版社，1985．

[211] 黄修己．赵树理研究资料[G]．太原：北岳文艺出版社，1985．

[212] 周立波．周立波文集：第5卷[M]．上海：上海文艺出版社，1985．

[213] 武继忠，贺秦华，刘桂香．延安抗大[M]．北京：文物出版社，1985．

[214] 蒙万夫，王晓鹏，段夏安，等．柳青写作生涯[M]．天津：百花文艺出版社，1985．

[215] 《延安自然科学院史料》编辑委员会．延安自然科学院史料[G]．北京：中共党史资料出版社；北京工业学院出版社，1986．

[216] 金城．延安交际处回忆录[M]．北京：中国青年出版社，1986．

[217] 董大中．赵树理评传[M]．天津：百花文艺出版社，1986．

[218] 文振庭．文艺大众化问题讨论资料[G]．上海：上海文艺出版社，1987．

[219] 戴光中．赵树理传[M]．北京：北京十月文艺出版社，1987．

[220] 陈思和．中国新文学整体观[M]．上海：上海文艺出版社，1987．

[221] 艾克恩．延安文艺运动纪盛：1937.1—1948.3[M]．北京：文化艺术出版社，1987．

[222] 陆梅林．西方马克思主义美学文选[M]．桂林：漓江出版社，1988．

[223] 刘增杰，赵明，王文金．中国解放区文学史[M]．开封：河南大学出版社，1988．

[224] 梁启超．饮冰室合集[M]．北京：中华书局，1989．

[225] 於可训,吴济时,陈美兰.文学风雨四十年:中国当代文学作品争鸣述评[M].武汉:武汉大学出版社,1989.

[226] 瞿秋白.瞿秋白文集:第3卷 文学编[M].北京:人民文学出版社,1989.

[227] 金春明,黄裕冲,常惠民."文革"时期怪事怪语[M].北京:求实出版社,1989.

[228] 陈平原,夏晓虹.二十世纪中国小说理论资料:第1卷 1897—1916[G].北京:北京大学出版社,1989.

[229] 葛洛,刘剑青.中国新文艺大系:1949—1966 短篇小说集[G].北京:中国文联出版公司,1989.

[230] 本书编辑委员会.中国新文学大系:1937—1949[G].上海:上海文艺出版社,1990.

[231] 周扬.周扬文集:第3卷[M].北京:人民文学出版社,1990.

[232] 中央档案馆.中共中央文件选集:第12册 1939—1940[G].北京:中共中央党校出版社,1991.

[233] 中国史沫特莱、斯特朗、斯诺研究会.《西行漫记》和我[M].北京:国际文化出版公司,1991.

[234] 毛泽东.毛泽东选集[M].2版.北京:人民出版社,1991.

[235] 杨义.中国现代小说史:第3卷[M].北京:人民文学出版社,1991.

[236] 艾青.艾青全集[M].石家庄:花山文艺出版社,1991.

[237] 巴金.巴金全集:第5卷[M].北京:人民文学出版社,1987.

[238] 郭志刚.中国现代小说论稿[M].太原:山西教育出版社,1991.

[239] 艾恺.世界范围内的反现代化思潮:论文化守成主义[M].贵阳:贵州人民出版社,1991.

[240] 梁斌.一个小说家的自述[M].北京:中国青年出版社,1991.

[241] 雷加.中国解放区文学书系:散文·杂文编[G].重庆:重庆出版社,1992.

[242] 中共中央文献研究室.建国以来重要文献选编:第1册[G].北京:中央文献出版社,1992.

[243] 王志武. 延安文艺精华鉴赏［G］. 西安：陕西人民教育出版社，1992.

[244] 汤洛，程远，艾克恩. 延安诗人［G］. 西安：陕西人民教育出版社，1992.

[245] 艾克恩. 延安文艺回忆录［M］. 北京：中国社会科学出版社，1992.

[246] 胡采. 中国解放区文学书系：文学运动·理论编［G］. 重庆：重庆出版社，1992.

[247] 阮章竞. 中国解放区文学书系：诗歌编［G］. 重庆：重庆出版社，1992.

[248] 李杨. 抗争宿命之路："社会主义现实主义"（1942—1976）研究［M］. 长春：时代文艺出版社，1993.

[249] 宋贵仑. 毛泽东与中国文艺［M］. 北京：人民文学出版社，1993.

[250] 陈晓明. 无边的挑战：中国先锋文学的后现代性［M］. 长春：时代文艺出版社，1993.

[251] 毛泽东. 毛泽东文集：第2卷［M］. 北京：人民出版社，1993.

[252] 中共中央文献研究室. 毛泽东年谱：1949—1976 第5卷［M］. 北京：中央文献出版社，2013.

[253] 张炯. 中国新文艺大系：1949—1966 理论史料集［G］. 北京：中国文联出版公司，1994.

[254] 邓小平. 邓小平文选［M］. 2版. 北京：人民出版社，1994.

[255] 董大中. 赵树理年谱［M］. 太原：北岳文艺出版社，1994.

[256] 胡乔木. 胡乔木回忆毛泽东［M］. 北京：人民出版社，1994.

[257] 李庚. 中国新文艺大系：1949—1966 评论集［G］. 北京：中国文联出版公司，1994.

[258] 中共中央马克思恩格斯列宁斯大林著作编译局. 列宁选集［M］. 3版. 北京：人民出版社，1995.

[259] 刘家栋. 陈云在延安［M］. 北京：中央文献出版社，1995.

[260] 戴嘉枋. 样板戏的风风雨雨：江青·样板戏及内幕［M］. 北京：知识出版社，1995.

[261] 朱晓进. "山药蛋派"与三晋文化［M］. 长沙：湖南教育出版社，1995.

[262] 贺志强. 现代作家与延安［M］. 西安：三秦出版社，1995.

［263］黄子平．革命·历史·小说［M］．香港：牛津大学出版社，1996．

［264］谭好哲．文艺与意识形态［M］．济南：山东大学出版社，1997．

［265］陈晋．文人毛泽东［M］．上海：上海人民出版社，1997．

［266］黄修己．中国现代文学发展史［M］．2版．北京：中国青年出版社，1997．

［267］孔范今．二十世纪中国文学史［M］．济南：山东文艺出版社，1997．

［268］鲁湘元．稿酬怎样搅动文坛：市场经济与中国近现代文学［M］．北京：红旗出版社，1998．

［269］陈荒煤，黄修己，等．赵树理研究文集［G］．北京：中国文联出版公司，1998．

［270］徐迺翔．中国新文艺大系：1937—1949 理论史料集［G］．北京：中国文联出版公司，1998．

［271］旷新年．1928：革命文学［M］．济南：山东教育出版社，1998．

［272］谢冕．1898：百年忧患［M］．济南：山东教育出版社，1998．

［273］杨鼎川．1967：狂乱的文学年代［M］．济南：山东教育出版社，1998．

［274］李书磊．1942：走向民间［M］．济南：山东教育出版社，1998．

［275］钱理群．1948：天地玄黄［M］．济南：山东教育出版社，1998．

［276］钱理群，温儒敏，吴福辉．中国现代文学三十年：修订版［M］．北京：北京大学出版社，1998．

［277］钱中文．文学理论：走向交往对话的时代［M］．北京：北京大学出版社，1999．

［278］宋剑华．现代性与中国文学［M］．济南：山东教育出版社，1999．

［279］王培元．抗战时期的延安鲁艺［M］．桂林：广西师范大学出版社，1999．

［280］丁帆，王世诚．十七年文学："人"与"自我"的失落［M］．开封：河南大学出版社，1999．

［281］陈思和．中国当代文学史教程［M］．上海：复旦大学出版社，1999．

［282］胡风．胡风全集［M］．武汉：湖北人民出版社，1999．

［283］高力克．求索现代性［M］．杭州：浙江大学出版社，1999．

［284］陈建华．"革命"的现代性：中国革命话语考论［M］．上海：上海古籍出版社，2000．

[285] 蔡若虹. 赤脚天堂：延安回忆录[M]. 长沙：湖南美术出版社，2000.

[286] 刘建军. 单位中国：社会调控体系重构中的个人、组织与国家[M]. 天津：天津人民出版社，2000.

[287] 刘纳. 从五四走来：刘纳学术随笔自选集[M]. 福州：福建教育出版社，2000.

[288] 孙琴安. 毛泽东与中国文学[M]. 重庆：重庆出版社，2000.

[289] 苏春生. 中国解放区文学思潮流派论[M]. 北京：中国社会科学出版社，2000.

[290] 赵学勇. 文化与人的同构：论现代中国作家的艺术精神[M]. 兰州：兰州大学出版社，2000.

[291] 黄子平. "灰阑"中的叙述[M]. 上海：上海文艺出版社，2001.

[292] 许志英，邹恬. 中国现代文学主潮[M]. 福州：福建教育出版社，2001.

[293] 朱鸿召. 延安文人[M]. 广州：广东人民出版社，2001.

[294] 朱鸿召. 众说纷纭话延安[M]. 广州：广东人民出版社，2001.

[295] 张炯. 丁玲全集[M]. 石家庄：河北人民出版社，2001.

[296] 白士弘. 暗流："文革"手抄文存[M]. 北京：文化艺术出版社，2001.

[297] 逄增玉. 现代性与中国现代文学[M]. 长春：东北师范大学出版社，2001.

[298] 中共中央文献研究室. 毛泽东文艺论集[M]. 北京：中央文献出版社，2002.

[299] 南京大学中国现代文学研究中心. 中国现代文学传统[M]. 北京：人民文学出版社，2002.

[300] 孙犁. 孙犁文集[M]. 天津：百花文艺出版社，2002.

[301] 张俊才，李扬. 二十世纪中国文学主潮[M]. 石家庄：河北教育出版社，2002.

[302] 洪子诚. 中国当代文学史：史料选 1945—1999[G]. 武汉：长江文艺出版社，2002.

[303] 黄曼君. 毛泽东文艺思想与中国文艺实践[M]. 武汉：华中师范大学出版社，2002.

［304］丁帆，许志英．中国新时期小说主潮：上卷［M］．北京：人民文学出版社，2002．

［305］关鸿．金锁沉香张爱玲［M］．北京：人民文学出版社，2002．

［306］李杨．50～70年代中国文学经典再解读［M］．济南：山东教育出版社，2003．

［307］高力克．五四的思想世界［M］．上海：学林出版社，2003．

［308］贺桂梅．转折的时代：40～50年代作家研究［M］．济南：山东教育出版社，2003．

［309］王德威．现代中国小说十讲［M］．上海：复旦大学出版社，2003．

［310］王晓明．二十世纪中国文学史论［M］．上海：东方出版中心，2003．

［311］杨联芬．晚清至五四：中国文学现代性的发生［M］．北京：北京大学出版社，2003．

［312］谢泳．胡适还是鲁迅［M］．北京：中国工人出版社，2003．

［313］王建刚．政治形态文艺学：五十年代中国文艺思想研究［M］．北京：中国社会科学出版社，2004．

［314］王珂．百年新诗诗体建设研究［M］．上海：上海三联书店，2004．

［315］王培元．延安鲁艺风云录［M］．2版．桂林：广西师范大学出版社，2004．

［316］王一川．大众文化导论［M］．北京：高等教育出版社，2004．

［317］方维保．红色意义的生成：20世纪中国左翼文学研究［M］．合肥：安徽教育出版社，2004．

［318］余岱宗．被规训的激情：论1950、1960年代的红色小说［M］．上海：上海三联书店，2004．

［319］钱理群，黄子平，陈平原．二十世纪中国文学三人谈：漫说文化［M］．北京：北京大学出版社，2004．

［320］瞿秋白纪念馆．瞿秋白研究［M］．上海：上海社会科学院出版社，2005．

［321］谭好哲，任传霞，韩书堂．现代性与民族性：中国文学理论建设的双重追求［M］．北京：社会科学文献出版社，2005．

［322］柳青．柳青文集［M］．北京：人民文学出版社，2005．

［323］林伟民．中国左翼文学思潮［M］．上海：华东师范大学出版社，2005．

[324] 王德威. 被压抑的现代性：晚清小说新论[M]. 宋伟杰，译. 北京：北京大学出版社，2005.

[325] 温儒敏，李宪瑜，贺桂梅，等. 中国现当代文学学科概要[M]. 北京：北京大学出版社，2005.

[326] 方竞. 中国当代文学理论体系研究[M]. 北京：中国文联出版社，2005.

[327] 程光炜. 文学想像与文学国家：中国当代文学研究 1949~1976[M]. 开封：河南大学出版社，2005.

[328] 北京市艺术研究所，上海艺术研究所. 中国京剧史：中卷[M]. 北京：中国戏剧出版社，2005.

[329] 赵树理. 赵树理文集[M]. 北京：人民文学出版社，2005.

[330] 张均. 权力、制度与场域：中国当代文学传播研究（1949—1976）[M]. 武汉：武汉大学出版社，2006.

[331] 谢柏梁. 中国当代戏曲文学史[M]. 2版. 北京：高等教育出版社，2006.

[332] 杨匡汉. 20世纪中国文学经验[M]. 上海：东方出版中心，2006.

[333] 陈明远. 知识分子与人民币时代：《文化人的经济生活》续篇[M]. 上海：文汇出版社，2006.

[334] 郭国昌. 20世纪中国文学的大众化之争[M]. 南昌：百花洲文艺出版社，2006.

[335] 李杨. 文学史写作中的现代性问题[M]. 太原：山西教育出版社，2006.

[336] 李怡. 现代性：批判的批判：中国现代文学研究的核心问题[M]. 北京：人民文学出版社，2006.

[337] 李遇春. 权力·主体·话语：20世纪40—70年代中国文学研究[M]. 武汉：华中师范大学出版社，2007.

[338] 袁盛勇. 历史的召唤：延安文学的复杂化形成[M]. 北京：中国戏剧出版社，2007.

[339] 朱鸿召. 延安日常生活中的历史：1937—1947[M]. 桂林：广西师范大学出版社，2007.

[340] 周忠厚，边平恕，连铰，等. 马克思主义文艺学思想发展史[M]. 北京：中国人民大学出版社，2007.

[341] 王本朝．中国当代文学制度研究：1949~1976［M］．北京：新星出版社，2007．

[342] 唐小兵．再解读：大众文艺与意识形态［M］．增订版．北京：北京大学出版社，2007．

[343] 汪民安．文化研究关键词［M］．南京：江苏人民出版社，2007．

[344] 艾晓明．中国左翼文学思潮探源［M］．北京：北京大学出版社，2007．

[345] 洪子诚．中国当代文学史［M］．北京：北京大学出版社，1999．

[346] 钱谷融．钱谷融论文学［M］．上海：华东师范大学出版社，2008．

[347] 沈国凡．《红灯记》的台前幕后［M］．北京：当代中国出版社，2008．

[348] 沈霞．延安四年：1942—1945［M］．钟桂松，整理．郑州：大象出版社，2009．

[349] 师永刚，张凡．样板戏史记［M］．北京：作家出版社，2009．

[350] 李继凯，等．20世纪中国文学的文化创造［M］．北京：中国社会科学出版社，2009．

[351] 艾克恩．延安文艺史［M］．石家庄：河北教育出版社，2009．

[352] 黄科安．延安文学研究：建构新的意识形态与话语体系［M］．北京：文化艺术出版社，2009．

[353] 罗振亚，李锡龙．现代中国文学：1898~1949［M］．天津：南开大学出版社，2009．

[354] 吴秀明．当代中国文学六十年［M］．杭州：浙江文艺出版社，2009．

[355] 席扬．文学思潮：理论、方法、视野：兼论20世纪中国文学思潮若干问题［M］．上海：上海三联书店，2009．

[356] 杨春时．现代性与中国文学思潮［M］．北京：生活·读书·新知三联书店，2009．

[357] 余仁凯．草明研究资料［G］．北京：知识产权出版社，2009．

[358] 朱立元，等．马克思主义文艺理论中国化研究［M］．北京：经济科学出版社，2009．

[359] 赵学勇，孟绍勇．革命·乡土·地域：中国当代西部小说史论［M］．北京：中国人民大学出版社，2009．

[360] 张新颖. 20世纪上半期中国文学的现代意识[M]. 修订版. 上海：复旦大学出版社，2009.

[361] 中国社会科学院文学研究所现代文学研究室. "革命文学"论争资料选编[G]. 北京：知识产权出版社，2010.

[362] 中国作家协会，中央编译局. 马克思、恩格斯、列宁、斯大林论文艺[G]. 北京：作家出版社，2010.

[363] 严家炎. 二十世纪中国文学史[M]. 北京：高等教育出版社，2010.

[364] 黎之. 文坛风云续录[M]. 北京：人民文学出版社，2010.

[365] 刘增杰，赵明，王文金，等. 抗日战争时期延安及各抗日民主根据地文学运动资料[G]. 太原：山西人民出版社，1983.

[366] 钱文亮. 新文学运动方式的转变[M]. 上海：上海文化出版社，2010.

[367] 蔡翔. 革命/叙述：中国社会主义文学：文化想象 1949~1966[M]. 北京：北京大学出版社，2010.

[368] 寇国庆. 延安时期及其以后的文学趣味[M]. 银川：阳光出版社，2010.

[369] 惠雁冰. "样板戏"研究[M]. 北京：中国社会科学出版社，2010.

[370] 李洁非. 典型文案[M]. 北京：人民文学出版社，2010.

[371] 李洁非，杨劼. 解读延安：文学、知识分子和文化[M]. 北京：当代中国出版社，2010.

[372] 徐廼翔. 文学的"民族形式"讨论资料[G]. 北京：知识产权出版社，2010.

[373] 李洁非，杨劼. 共和国文学生产方式[M]. 北京：社会科学文献出版社，2011.

[374] 吴敏. 宝塔山下交响乐：20世纪40年代前后延安的文化组织与文学社团[M]. 武汉：武汉出版社，2011.

[375] 吴秀明. 当代历史文学生产体制和历史观问题研究[M]. 北京：中国社会科学出版社，2011.

[376] 韩晓芹. 体制化的生成与现代文学的转型：延安《解放日报》副刊的文学生产与传播[M]. 北京：中国社会科学出版社，2012.

[377] 李松. "样板戏"：编年与史实[M]. 北京：中央编译出版社，2012.

[378] 师永刚,刘琼雄,肖伊绯. 革命样板戏:1960年代的红色歌剧[G]. 北京:中国发展出版社,2012.

[379] 朱鸿召. 延安曾经是天堂[M]. 西安:陕西人民出版社,2012.

[380] 万安伦. 二十世纪中国文学的奖励机制研究[M]. 北京:北京师范大学出版社,2012.

[381] 萧军. 侧面:从临汾到延安[M]. 北京:中国国际广播出版社,2013.

[382] 李松,筱沣. 红舞台的政治美学:"样板戏"研究[M]. 哈尔滨:黑龙江人民出版社,2013.

[383] 刘福春. 中国新诗编年史[M]. 北京:人民文学出版社,2013.

[384] 鲁迅. 鲁迅全集[M]. 北京:人民文学出版社,1981.

[385] 任文. 延安时期的日常生活[M]. 西安:陕西师范大学出版总社,2014.

[386] 赵园. 北京:城与人[M]. 北京:北京师范大学出版社,2014.

[387] 洪子诚. 问题与方法:中国当代文学史研究讲稿[M]. 增订版. 北京:生活·读书·新知三联书店,2015.

[388] 刘润为. 延安文艺大系[M]. 长沙:湖南文艺出版社,2015.

后 记

《延安文艺与20世纪中国文学的价值体系重建》这本论著,是本人所主持的国家社会科学基金重大招标项目"延安文艺与20世纪中国文学研究"的一个子题成果。因研究内容的需要,本研究的时间下限已延至新世纪二十年,故时而也称"延安文艺与百年中国文学"。近期,再经反复修订,终于有了这样一本论著。

在这一课题研究中,我们着眼延安文艺与20世纪中国文学发展的整体性价值判断和评估,力图从价值重建的视角,以强烈的问题意识贯穿其中,紧密联系延安文艺与20世纪中国文学研究中的许多有争议的理论与实践问题,如延安文艺与左翼文学内在精神的联系,延安文艺的现代启蒙与现代性追求,延安作家的独特话语创构与文学书写,延安文艺精神遗产对当代文艺思潮的影响及衍化,延安文艺研究范式的再反思等进行深度研讨,阐释延安文艺与百年中国各时段文化(文学)的关联、发展、互动、影响等复杂的历史形态与现实意义。

价值重估,即要科学地、更加学理性地将延安文艺作为一个历史的客观研究对象,以探讨其形成的历史必然性,发掘其形成的理论资源并解析其复杂的体系架构。在此基础上,将延安文艺作为一个特殊的切入视角,以观察和辨析百年中国文学发展、演进的内在联系,反思、重估和总结百年中国文学的成功经验与深刻教训,广泛深入地探讨延安文艺所生发的中国经验的丰富性和独特性。对延安文艺与百年中国文学每一时段及整体性价值意义的重估,包括对延安时期重要作家作品的重读及其经典意义的发掘,深化、升华和提炼于当代文化建设有意义的精神资源。

百年中国文学的发展始终离不开文学经验的烛照，从五四文学革命作为新文化建构的先声，到新中国文化初创期十七年文学的导向与示范，再到1978年后社会主义文化转型中新时期文学的思想领潮，不难发现，文学经验始终是文化建设极其重要的信息资源、理论资源和精神资源。而当代中国文化实际处于前现代、现代和后现代多元并存的状态，在这种大背景下，如何建构一种在现代化、市场化和全球化的发展过程中能不断焕发新的生机与活力，并能不断激发现代潜能，为当代中国文化（文学）提供必要的精神动力和思想资源的新型文化（文学），亦即研究的这种"当代"意义，尤显重要。

上述，是本课题研究的初衷，当然也力求在不断的深化研究中有所收益。实际上，延安文艺与20世纪中国文学这一课题的研究还远远没有结束，因史料的限制，诸多问题也根本不是能够在一个课题内解决的。因此，这一研究中的许多未能深入探讨的问题还将持续研究下去。

最后，需要说明和感谢的是，多位学人为本书的完成付出了辛勤的劳动：张英芳（第四章部分内容）、吕惠静（第五章部分内容）、魏欣怡（第六章第三节）、武菲菲（第七章部分内容）、田文兵（第十章部分内容）。感谢武菲菲博士对书稿的精心校订！感谢梁菲编辑认真负责的工作劳辛！感谢陕西师范大学文学院、社科处对课题研究的一贯支持，感谢陕西师范大学出版总社对本书顺利出版的全力支持！感谢学界同人长期以来对本课题研究的关注和支持，对书中的诸多问题，还请不吝赐教。

2020年12月2日